Brücke
Federhaus
+
Steigrad

Ralf Isau

DER HERR DER UNRUHE

Mit Illustrationen
von Tina Dreher

RALF ISAU

Der Herr der Unruhe

ROMAN

EHRENWIRTH

Ehrenwirth
ist ein Imprint der Verlagsgruppe Lübbe

Textredaktion: Helmut W. Pesch

Satz: Kremerdruck GmbH, Lindlar
Gesetzt aus der ITC Berkeley Oldstyle
Druck und Einband: Friedrich Pustet, Regensburg

Printed in Germany

ISBN 3-431-03392-x

Sie finden die Verlagsgruppe Lübbe im Internet unter
www.luebbe.de

und die Webseite des Autors unter
www.isau.de

1 3 5 4 2

Für Roman

Die Zeit verwandelt uns nicht,
sie entfaltet uns nur.

MAX FRISCH

INHALT

1. KAPITEL

Der Sohn des Uhrmachers

Nettuno, 1932

Der tägliche Umgang mit Unruh, Anker, Spirale und all den anderen Teilen filigraner Uhrwerke formt gemeinhin eher feinsinnige Menschen von stiller, zurückhaltender Wesensart. Ein polterndes, aufbrausendes Gehabe ist ihnen fremd. Darauf baute Nico, als er sich auf dem Heimweg wappnete, seinem Vater gegenüberzutreten. Ein flaues Gefühl in der Magengrube spürte er trotzdem.

»Hast wohl die Hosen gestrichen voll«, sagte neben ihm Bruno, ein kräftig gebauter, beinahe schon dicker Junge mit glattem schwarzem Haar und weithin hörbarer Stimme. Während man Bruno durchaus zutraute, ein Scheunentor im Sturm einzurennen, ohne ernstere Blessuren davonzutragen, hätte dem schmächtigen Nico von derartigen Unternehmungen jeder sofort abgeraten. Zu seinem Leidwesen wurde der Sohn des Uhrmachermeisters, obwohl er den Kinderschuhen allmählich entwuchs, bisweilen immer noch für ein Mädchen gehalten. Nicht unerheblich trugen dazu seine großen braunen Augen bei, deren auffallend lange Wimpern das weibliche Geschlecht gemeinhin vor Neid erblassen ließen. Zum Steinerweichen konnte er daraus blicken, eine Wirkung, die er an Abenden wie diesem besonders zu schätzen wusste.

Die beiden Dreizehnjährigen polterten durch die enge Via Sacchi. Ihre Schatten wurden von einer schmutzigen Laterne, die hinter ihnen an einer Hauswand hing, gespenstisch in die Länge gezogen.

»Keine Ahnung, wovon du sprichst«, brummte Nico. Er hatte

seinem besten Freund noch nie etwas vormachen können. Die Hände in den Hosentaschen vergraben, blickte er finster auf das vom letzten Regenschauer noch feuchte Kopfsteinpflaster.

»Ich sage nur ein Wort: Sabbat. Du hast ihn gebrochen.«

»Und du hast mich dazu angestiftet.«

Bruno drückte die Brust heraus und hob abwehrend die Hände. »Ich bin Katholik und hab nicht den geringsten Schimmer, wie viele Schritte ihr am Ruhetag laufen dürft, bevor aus einem Spaziergang eine Reise wird.« Er kicherte. »Eure komplizierten Bräuche werd ich nie begreifen. Also gib bitte nicht mir die Schuld.«

»Ja, ja, ich weiß. Und du bist ein Heiliger. Ein *Schein*heiliger.«

»Es war deine Entscheidung, aus dem Fenster zu klettern und mit mir zur Festung zu gehen.«

»Ach! Dann hast du das Steinchen wohl nur zufällig an meine Scheibe geworfen.«

»Ich wollte dir wenigstens gesagt haben, dass Don Alberto uns in sein Gemäuer einlädt.«

Die Rede war von Baron Alberto Fassini Camossi, der im Forte Sangallo, gleich neben der befestigten Altstadt von Nettuno, residierte. Durch großzügige Aufträge förderte er das örtliche Kunsthandwerk. Auch den Vätern der beiden Jungen, dem begnadeten Uhrmachermeister Emanuele dei Rossi sowie dem Maler und Restaurator Evaristo Sacchi, hatte der Mäzen schon mehrmals aus finanziellen Notlagen geholfen. Des Barons Gunst für die zwei Meister strahlte sogar auf deren Söhne aus. Hin und wieder lud er die Jungen in seine spätmittelalterliche Festung ein, ließ durch den etwas steifen Leibdiener Donatello Limonade und süßes Gebäck auftragen, und wenn sie sich die Mägen voll geschlagen hatten, durften sie einen der vier Türme erklimmen, um von dort oben nach *Neptunia* Ausschau zu halten – der Legende nach stieg die mythische, dem Meeresgott Neptun geweihte Stadt bei Ebbe zuweilen an dieser Stelle aus dem Wasser auf. An diesem Abend hatte sie sich jedoch nicht blicken lassen.

Das Haus, in dem der Uhrmacher und sein Sohn wohnten wie

schon Generationen anderer dei Rossis zuvor, schälte sich aus dem Schatten. Es lag an der nordöstlichen Ecke der Stadtmauer und war mit ihr verwachsen wie ein uralter Baum. Bei unvorbereiteten Betrachtern löste sein Anblick bisweilen Irritationen aus. Zur Via Vespucci hin ragte ein halber mittelalterlicher Rundturm aus dem Gebäude heraus, gemauert aus Ziegeln und Felssteinen und im Gegensatz zum übrigen Haus unverputzt. Über dem Dach erhoben sich wie eine Krone die Zinnen eines zweiten, viereckigen Türmchens. So wie alle übrigen Teile, die jünger als vierhundert Jahre waren, wies es einen Anstrich auf, der ehedem hellgelb gewesen sein mochte, inzwischen jedoch fleckig geworden war und großflächig abblätterte. Zudem verfügte der architektonische Flickenteppich über ein Sammelsurium unterschiedlichster Fenster, einige viereckig, andere dagegen mit Rundbögen versehen. Im Erdgeschoss drang Licht durch die Ritzen der Fensterläden. Hier hatte Emanuele dei Rossi seine Werkstatt, die ihm zugleich als Laden diente.

»Dein Vater arbeitet schon wieder?«, fragte Bruno.

»Er schuftet seit einem Jahr wie ein Verrückter.«

»An der Manzini-Uhr?«

Nico schnaubte verächtlich und nickte. »Bin froh, wenn das Ding endlich aus dem Haus ist.« Massimiliano Manzini war vielleicht der reichste und mächtigste Mann der Stadt, aber gewiss nicht der beliebteste. Sein Name wurde nicht selten in Verbindung mit üblen Machenschaften erwähnt. Freilich hatte man ihm nie eine Gesetzesübertretung nachweisen können, was an seinen exzellenten Beziehungen zum faschistischen Machtapparat liegen mochte. Er schien sich nicht einmal daran zu stören, dass manche ihn einen skrupellosen Fuchs nannten. Dank seiner Gerissenheit hatte der Sohn eines römischen Steinmetzen sich aus einfachsten Verhältnissen nach oben gekämpft. Sein Einfluss wuchs unentwegt. Manche sahen ihn schon im *Palazzo Comunale* auf dem Stuhl des Gemeindevorstehers sitzen. Manzini schien von dem Gedanken beseelt, eine Dynastie zu gründen. Nur zwei Dinge fehlten ihm dazu noch: ein Sohn und die Meisteruhr.

Um die Beschaffung des Ersteren kümmerte er sich hingebungsvoll selbst. In der Stadt, die er seit dem Ende des großen Krieges wie der Schatten einer großen Wolke beherrschte, gab es eine ganze Reihe von Kindern, die ihm wie aus dem Gesicht geschnitten waren. Sehr zur Freude des angehenden Dynasten war mittlerweile sogar Genovefa, seine blutjunge Ehefrau, schwanger – bereits im sechsten Monat, wie es in Nettuno die Spatzen von den Dächern pfiffen. Donna Esmeralda, seine erste Gemahlin, hatte ihm nur eine Tochter geschenkt, inzwischen so um die elf Jahre alt und vom Vater der Obhut eines Schweizer Internats anvertraut. Die Mutter starb nur wenige Tage, nachdem ihr Gatte zur Erteilung eines besonderen Auftrages in der Werkstatt von Nicos Vater aufgekreuzt war.

Damit die in Planung befindliche Dynastie auch ein symbolträchtiges Insigne erhielt, hatte Manzini nämlich vor etwas mehr als einem Jahr bei Emanuele dei Rossi die Meisteruhr in Auftrag gegeben. Was, abgesehen von Gott, hatte er den Uhrmacher gefragt, sei so gewaltig wie die Zeit? Sie beuge die Kraft der Jugend, lasse härtesten Stein zu Staub zerfallen und sei sogar mächtiger als der Raum, der sich unter ihrem Auge – der Uhr – ständig verändern muss, während sie in souveräner Gleichmut dahinfließt. Nico hatte mit dieser Erklärung nicht viel anfangen können, als sein Vater ihm davon erzählte. Erst als der ihm die Gebräuche der Renaissance in Erinnerung rief – Könige und Kaiser hatten sich damals eigene Hof-Uhrmacher gehalten, um sich von ihnen einzigartige, unermesslich kostbare »Augen der Zeit« bauen zu lassen –, dräute ihm, worum es den als ausgesprochen abergläubisch beleumundeten Manzini tatsächlich ging. Er wollte die Meisteruhr wie ein Amulett benutzen, um damit den Zeitgeist in seinem Sinne zu beschwören.

»Danke fürs Mitkommen«, flüsterte Nico zum Abschied, als sie das Uhrmacherhaus erreicht hatten.

Unwillkürlich senkte auch Bruno die Stimme. »Soll ich noch mit reinkommen?«

»Besser nicht. Vielleicht kann ich mich unbemerkt in mein Zimmer schleichen.«

»Warum kletterst du nicht wieder durchs Fenster?«

»Weil es jetzt dunkel ist, du Hornochse, und ich mir nicht den Hals brechen will.«

»Ist ja schon gut. Also dann, bis morgen, Nico.«

»Ja. Vorausgesetzt, ich bekomme keinen Stubenarrest. Gute Nacht, Bruno.«

Der Sohn des Kunstmalers entbot seinem Freund einen zackigen Gruß, der einem Brigadegeneral nicht schlecht zu Gesicht gestanden hätte, und entfernte sich rasch in Richtung Piazza Battisti, wo er mit seinen Eltern direkt gegenüber der *Chiesa collegiata Santi Giovanni Battista ed Evangelista* – der »Stiftskirche der Heiligen Johannes des Täufers und des Evangelisten« – wohnte. Nachdem Bruno in die Via del Galliardo verschwunden war, stieg Nico die zwei Stufen zum Eingang empor und legte seine Hand auf eine kleine Messingkapsel, nur wenig länger als sein Mittelfinger, die schräg am rechten Türpfosten hing. Ihr oberes Ende zeigte nach innen, das untere nach außen. Sie enthielt die *Mesusa*, einen kleinen zusammengerollten Pergamentstreifen, auf dem sich in zweiundzwanzig Zeilen zwei Textpassagen aus dem Dewarim, dem fünften Buch der Thora, befanden. Die Worte mahnten jeden Gläubigen zur Liebe und zum Gehorsam gegenüber dem Ewigen und versprachen dem Folgsamen Segen, dem Abtrünnigen Fluch.

»Möge Gott mein Hinausgehen und mein Hineingehen behüten von nun und für immer«, murmelte Nico, obwohl er ernste Zweifel hegte, ob das Gebet ihn vor einer Zurechtweisung des Vaters schützen konnte. Er atmete noch einmal tief durch. Dann drückte er, äußerst behutsam, die Klinke der Haustür nieder.

Aus der Werkstatt fiel ein gelber Lichtschimmer in den unbeleuchteten schmalen Flur. Der Junge hörte gedämpfte Stimmen und wunderte sich. War das ein Kunde? So spät? Das Wochenende eignete sich nicht besonders zur Abwicklung von Geschäften zwischen strenggläubigen Christen und Juden. Wenn am Samstagabend bei Einsetzen der Dämmerung der *Schabbat* endete, blieb nur wenig Zeit bis zum Beginn der heiligen Sonntagsruhe.

Emanuele dei Rossi neigte zwar im persönlichen Bereich zu einer eher großzügigen Auslegung der strengen Regeln jüdischen Glaubenslebens, aber weil die Leute niemandem ihre kostbaren Uhren anvertrauen mochten, der auch nur im Geringsten den Eindruck von Unredlichkeit erweckte, bemühte er sich wenigstens um den Anschein eines frommen Mannes. Selbiges ließ sich wohl, wenngleich aus anderen Gründen, auch von Manzini sagen. Ja, es war unzweifelhaft Don Massimilianos Stimme, die da aus der Werkstatt drang, untermalt vom gleichförmigen Ticken mehrer Wand- und Standuhren.

Eben noch hatte sich Nico, die Gunst der schützenden Geräuschkulisse nutzend, die Stiege hinauf in sein Zimmer schleichen wollen, doch nun entfachte die Gegenwart des hohen Besuchers seine Neugier. Die Tür zum Arbeitsraum stand etwa zwei Handspannen weit auf. Nico zog sich an die gegenüber liegende Wand zurück. Eine Diele knarrte verräterisch. Er hielt den Atem an. Auch der Uhrmacher und sein Kunde verfielen in Schweigen. Hatten sie den Lauscher in der Dunkelheit gehört? Nico spähte mit angehaltenem Atem in das Zimmer.

Die beiden Männer standen sich gegenüber, höchstens einen Schritt voneinander entfernt. Auf dem schmalen Gesicht des Uhrmachers lag ein müdes, aber zufriedenes Lächeln. Endlich durfte er sein Werk präsentieren, in das er mehr Zeit und Lebenskraft investiert hatte als in jede andere Uhr. »Fertig und übergeben am Samstag, den 2. April 1932 um 20.30 Uhr«, würde er, wie es seine Gewohnheit war, mit rotem Stift unter dem vereinbarten Abgabetermin ins Auftragsbuch schreiben, vermutlich mit einem dicken Kringel drum herum. Wie lange hatte er diesem Moment entgegengefiebert! Endlich durfte er sich an der Bewunderung seines Kunden satt trinken, wie ein Dirigent am Applaus des begeisterten Publikums.

Auf schwarzem Samt gebettet, lag die Uhr glitzernd wie ein am Nachthimmel funkelnder Stern in einer Kiste aus poliertem Ahornholz. Diese wiederum ruhte in Manzinis prankenartigen Händen, und der hohe Herr wirkte dabei auf eine komische Weise unbeholfen, fast wie ein Vater, der zum ersten Mal sein neugeborenes Kind im Arm hält. Sein schwarzer Schnurrbart zuckte nervös. Don Massimiliano war eine stattliche Erscheinung, die gewöhnlich durch sicheres Auftreten überzeugte. Damit überspielte er geschickt einige körperliche Defizite, die zumeist auf das Konto seiner enormen Masse gingen. Sein rundes Vollmondgesicht und die fleischige, an ihrem dicken Ende wie ein Kinderpopo gespaltene Nase gaukelten Gutmütigkeit vor, was ihm bisweilen zum Vorteil gereichte. Er kleidete sich stets elegant; auch für seinen informellen Besuch im Haus des Uhrmachers hatte er einen schwarzen Anzug gewählt. Der einzige Spleen, den sich das ansonsten sehr konservative Mitglied des Gemeinderats von Nettuno leistete, waren bunt schillernde Seidenwesten. An diesem Abend glänzte er vorwiegend in den Farben Rot und Silber. Nachdem er die Uhr durch sein goldgefasstes Monokel gebührend bestaunt hatte, kam das darüber ins Stocken geratene Gespräch wieder in Gang. Der Lauscher im Flur blieb unentdeckt und atmete erleichtert auf.

»Sie ist schöner, als ich es mir je hätte vorstellen können!«, schwärmte Manzini, dessen Stimme stets so klang, als würden in seinem Kehlkopf kleine Kieselsteine tanzen.

»Danke. Sie sind zu freundlich, Don Massimiliano.«

»Ehre, wem Ehre gebührt, *Maestro*. Was bewegt sich da hinter dem Zifferblatt?«

»Es ist die Unruh. Sie hatten mich ja eindringlich auf die Symbolik der Uhr eingeschworen. Durch das Fenster aus Saphirglas kann man in ihr Inneres sehen. Die Unruh soll Ihre Lebenskraft darstellen, Don Massimiliano, und Ihren nie rastenden Fleiß.«

Nico verdrehte die Augen. Manzini würde die Uhr auch ohne derartige Schmeicheleien bezahlen.

»Haben wir das abgesprochen?«, fragte der Kunde.

Emanuele dei Rossi wirkte für einen Augenblick erschrocken. »Ich kann ein anderes Zifferblatt einbauen, wenn es Ihnen nicht gefällt, Don …«

»Nein, nein, schon gut, Signor dei Rossi. Darf ich sie mir genauer ansehen?«

»Nur zu! Sie gehört ja jetzt Ihnen.«

Manzini entnahm die Uhr der Holzkiste, die er Emanuele achtlos reichte, rückte sein Monokel zurecht und widmete sich den vielen Details des Meisterstücks. Auf dem vorderen Deckel war ein Pfau dargestellt, der ein Rad schlug. Kleine Smaragde funkelten auf dem Außenrand des Federkreises. Die Augen des Vogels bestanden aus Rubinsplittern. Die Rückseite der schweren Uhr trug das Familienwappen der Manzinis. Als Gründer einer Dynastie hatte er es sich nach eigenen Vorstellungen entwerfen lassen. Umgeben von fein ausgearbeiteten Ornamenten zeigte es auf einem Schild den Hammer eines Steinmetzen, gekreuzt von einem *gladius*, jenem Kurzschwert römischer Legionäre, dem auch die Gladiatoren ihren Namen verdankten. Das Werkzeug des Handwerkers verwies unverkennbar auf Manzinis Wurzeln, mit jenem des Kriegers wollte er offenbar seinen unbezwingbaren Willen dokumentieren wie auch seine Entschlossenheit, sich von nichts und niemandem einschüchtern zu lassen. In der Aufzugkrone saß ein Brillant von sechs Karat. Auch für die Lagerung der Unruhwellenzapfen und anderer beweglicher Teile hatte Nicos Vater Diamanten verwendet, insgesamt fünfzehn an der Zahl. Die Spiralfeder bestand aus Invar, einer speziellen Nickel-Stahl-Legierung, die sich bei Hitze und Kälte kaum verzog und dadurch einen besonders genauen Gang garantierte. Man könnte ein ganzes Buch füllen mit den erstaunlichen Einzelheiten von Emanuele dei Rossis Meisteruhr. Er allein und sein Sohn, der ihre Entstehung in allen Phasen begleitet hatte, wussten um ihre vielen inneren Qualitäten.

Deren enthusiastisch vorgetragene Aufzählung schien Don Massimiliano weniger zu interessieren. Äußerste Präzision und Langlebigkeit hatte er ohnehin verlangt. Ihm kam es in erster Linie auf die »Verpackung« an, denn ohne prunkvolle Ausstattung würde selbst das beste Chronometer ihm nichts nützen. Er stand im Begriff etwas zu schaffen, das so unerschütterlich war wie der Lauf der Zeit. Beim Anblick seiner Familienuhr sollten selbst Kleingeister eine Vision davon erhalten. Im Moment wirkte er selbst wie verzaubert von der Pracht des Meisterstückes.

»Wollen Sie einen Blick auf das Uhrwerk werfen?«, hörte Nico seinen Vater fragen.

»Wozu?«, entgegnete Manzini lustlos. Trotzdem drehte er wieder die Wappenseite nach oben. In seiner Hand wirkte die nicht eben kleine Taschenuhr geradezu zierlich.

»Ich habe einige technische Besonderheiten eingebaut, die für dieses Kaliber ungewöhnlich sind. So etwa die Stoßsicherung mit elastischen Deck- und Lagersteinen, die Sie sonst nur bei Armbanduhren ...«

»Kaliber?«, fiel Manzini dem Meister ins Wort.

Nicos Vater lächelte, als gelte es, damit einen unverzeihlichen Fehler auszubügeln. »In unserer Zunft bezeichnen wir so die unterschiedlichen Typen der Werke. Wenn ich es Ihnen kurz zeigen darf, Don Massimiliano.« Er entwand seinem Kunden die Uhr und klappte den hinteren Deckel auf. »Im Gegensatz zu den Formkalibern haben wir es hier mit einem runden von dreißig *Linien* zu tun, das entspricht nicht ganz achtundsechzig Millimetern. Ich habe mich an die alte Maßeinheit für Uhren gehalten, um damit die Verwurzelung des Manzini-Geschlechts in den Traditionen ...«

»Was ist *das?*« Don Massimilianos schneidende Stimme kappte wie ein Fallbeil den Redefluss des Meisters, und sein Gesicht verfärbte sich rot.

Emanuele dei Rossi fuhr erschrocken zusammen. Sein Körper verharrte gekrümmt wie ein Fragezeichen. Manzinis Ausbruch musste ihm ebenso rätselhaft erscheinen wie dem verborgenen Beobachter auf dem Flur. »Ich verstehe nicht ...«, stotterte der Uhrmacher.

»Na, das da! ›Die Zeit geht hin, und der Mensch gewahrt es nicht.‹ Was soll dieses Zitat?« Sichtlich empört entriss Manzini dem Meister sein Werk und deutete auf den Schriftzug im Innern des Deckels.

»Das ist von Dante«, beteuerte der Uhrmacher, als könne ihn allein der Name des Dichterfürsten von einer Schuld reinwaschen, deren Natur er nicht einmal begriff.

An Manzinis geröteten Schläfen traten dicke Adern hervor. »Sparen Sie sich die Erklärungen, Signor dei Rossi«, zischte er. »Ich bin ein glühender Bewunderer unseres großen Dichterfürsten und kenne jedes seiner Werke. Was haben Sie sich dabei gedacht, ausgerechnet *diese* Worte in den Deckel zu gravieren?«

»Es handelt sich um eine Prägung …«

»Wollen Sie sich über mich lustig machen?« Manzini brüllte, dass die Wanduhren in der Werkstatt ins Stocken gerieten. Sein Kopf sah aus, als würde er jeden Moment platzen.

Nicos Knie zitterten, und weil sie zudem wachsweich wurden, rutschte er mit dem Rücken die Wand hinab, bis er am Boden kauerte wie ein verängstigter kleiner Junge. So erzürnt hatte er Don Massimiliano noch nie erlebt.

»Nein«, antwortete der Vater des Lauschers mit besänftigender Geste. »Bitte verstehen Sie mich richtig, Don Massimiliano. Dieser Schriftzug ist keine spezielle Gravur für *Ihre* Uhr so wie die Ziselierungen auf der Außenseite. Es handelt sich nur um eine Prägung. Um eine Art Markenzeichen. Ich besitze für sie einen Stahlstempel. Ein Erbstück meines Großvaters Adamo. Schon er – der erste Uhrmacher in unserer Familie – hat Dantes Worte in alle seine Meisterstücke geprägt: ›Die Zeit geht hin, und der Mensch gewahrt es nicht‹. Sie müssen Dantes Worte zusammen mit Adamos eigener Ergänzung lesen. Hier …«

»›Es sei, Dei-Rossi-Uhren tun ihre Pflicht‹«, hauchte Nico die zweite Zeile des Familienmottos im Chor mit seinem um Aufklärung bemühten Vater.

Manzini schien weder den Meister noch dessen Sohn zu hören. »Ich will dieses verfluchte Ding nicht haben. Da, nehmen Sie!«, schrie er und drückte dem verdutzten Handwerker die Uhr in die Hand.

»Aber das können Sie nicht tun, Don Massimiliano!«, widersprach Emanuele dei Rossi bestürzt. »Ich habe über ein Jahr lang an ihr gearbeitet. Ohne Bezahlung.«

»Und was ist aus meinem üppigen Vorschuss geworden?«

»Der hat nicht einmal ausgereicht, um die teuren Materialien einzukaufen. Außerdem mussten mein Sohn und ich ja auch von irgendetwas leben.«

»Jetzt fangen Sie nicht an zu jammern, Signor dei Rossi. Der Schwarze Freitag steckt uns allen noch in den Knochen.«

»Schämen Sie sich, Don Massimiliano, so etwas zu sagen. Sie sind der reichste Mann Nettunos. Ich dagegen musste mein Haus verpfänden, um Ihre Uhr zu bauen. Hier geht es um meine *Existenz!*«

Besorgt registrierte Nico die zunehmende Schrille in der Stimme seines Vaters. Nie hatte er ihn so aufgeregt erlebt. Manzini indes ließ sich davon nicht beeindrucken. Seine Antwort troff geradezu vor Zynismus.

»Sie sind Ihr eigener Herr, Signor dei Rossi, und tragen als solcher auch das Berufsrisiko. Ich kann Ihnen ja ein Angebot für Ihr Haus machen. Sie sind noch jung. Nehmen Sie das Geld, verlassen Sie mit Ihrem Jungen die Stadt und fangen irgendwo ein neues Leben an.«

»O nein, Don Massimiliano! So leicht kommen Sie mir nicht aus dem Vertrag. In meinem Auftragsbuch steht Ihre Unterschrift. Sie wollten die Uhr haben, nun müssen Sie sie auch nehmen.«

»Nicht mit dem Spruch im Deckel.«

»Darüber lässt sich reden.« Emanuele stapfte aus dem Sichtfeld. Auf Don Massimilianos Frage, was er da mache, reagierte der Uhrmacher nicht. Nico hörte nur ein Rascheln. Dann kehrte sein Vater in den Türausschnitt zurück. In seiner Rechten lag das geöffnete Auftragsbuch, das er Manzini unter die Nase hielt. »Hier, sind Sie jetzt zufrieden?«

Der Gefragte würdigte die in Leder gebundene Kladde keines Blickes. »Was soll das?«

Emanuele dei Rossi tippte mit dem Zeigefinger der freien Hand ins Buch. »Da steht: ›Kunde wünscht keinen Purgatorio im Deckel. Muss entfernt werden.‹ Sind Sie jetzt zufrieden?«

»Zufrieden?«, keuchte Manzini. »Sie schreiben in dieses Buch, was ich … Ach, ist ja auch egal. Nachher erzählen Sie allen Leuten in der Stadt, was ich Ihnen zugemutet habe.«

»Das ist nicht meine Art.«

»Man kann keinem von euch trauen.«

»Was soll *das* jetzt?«

»Ihr Juden habt den Herrn ans Kreuz genagelt.«

»Don Massimiliano! Sie vergessen sich …«

»Ich sage nur, was alle hier denken. Schmelzen Sie die Uhr ein und machen Sie sich einen siebenarmigen Leuchter draus.«

»Bitte beruhigen Sie sich doch! Und unterlassen Sie diese Anspielungen. Es geht hier um ein Geschäft, um gegenseitige Abmachungen, und um nichts anderes. Sie bekommen einen Deckel *ohne* Innenprägung, und dann zahlen Sie den vereinbarten Preis.«

»Einen Teufel werde ich tun! Sie können die verdammte Uhr behalten.«

Nico sah, wie sein Vater einen Schritt zurücktrat, wodurch er zur Hälfte aus dem Türspalt verschwand. In seiner leisen Erwiderung schwang ein drohender Unterton. »Wenn Sie es wünschen, Don Massimiliano. In Rom gibt es viele betuchte Leute. Ich werde einen anderen Käufer finden.«

»Das lassen Sie schön bleiben. Sie werden die Uhr zerstören.«

»Um meinen Verlust noch größer zu machen? Auf keinen Fall. Ich verkaufe sie, und sollte mir trotzdem ein Schaden entstehen, werde ich ihn notfalls gerichtlich von Ihnen einfordern.«

Manzini japste. »Sie wollen *mich* verklagen?«

»Sie lassen mir keine andere Wahl.«

»Das halten Sie nie durch, Signor dei Rossi.«

»Wir werden sehen.«

»Sie verlieren.«

»Das soll der Richter entscheiden.«

»Sie sind nichts als ein Käfer, den ich zwischen meinen Fingern zerdrücke, so wie die Uhr, die ich gleich unter meinem Absatz zermalmen werde. Geben Sie das Ding her.«

Nico sah seinen Vater nun ganz aus dem Türspalt verschwinden. »Zahlen Sie den Preis, oder verlassen Sie mein Haus, Don Massimiliano.«

Manzinis rechte Hand war zuletzt von seinem massigen Köper verdeckt gewesen. Jetzt tauchte sie wieder auf. Sie hielt eine verchromte Pistole. »Ich sage es zum letzten Mal: Her mit der Uhr!«

»Niemals!«, keuchte Emanuele dei Rossi.

»Dann zerstören Sie das Ding selbst!«

»Sie sind ja von Sinnen, Don Massimiliano. Gehen Sie! Sofort!«

Nico wäre gerne weggelaufen, wenn er es nur gekonnt hätte. Er stand Todesängste aus. Überdies fühlte er seine angewinkelten Beine nicht mehr, konnte sie nicht im Geringsten bewegen. Warum rückte sein Vater die Uhr nicht heraus? Sie war doch nur ein Ding aus Gold und Edelsteinen, nichts, für das es sich zu sterben lohnte. Oder glaubte er Manzini nicht? Ehrlichkeit gehörte nicht zu dessen Stärken, eher schon Drohung und Erpressung – vorausgesetzt, die Gerüchte über ihn entsprachen der Wahrheit.

»Ich zähle jetzt bis drei«, sagte Manzini. »Ist die Uhr bis dahin noch nicht zerstört, drücke ich ab.«

»Scheren Sie sich davon!«, entgegnete Nicos Vater trotzig. Nur dessen zum Ausgang deutende Hand war für den heimlichen Beobachter zu sehen.

»*Eins.*«

Der Junge zitterte jetzt am ganzen Körper. *Er* war von dem Ernst der Drohung überzeugt.

»*Zwei.*«

»Hören Sie endlich auf damit, Don Massimiliano. Wegen einer Uhr begehen Sie keinen Mord.« Emanueles Stimme klang zornig, aber er wagte auch nicht, gegen den wesentlich schwereren Gegner vorzugehen.

Nico schloss die Augen und begann unbewusst eine kleine Melodie zu summen, eine Marotte aus frühen Kindertagen, mit der er bisweilen seine Angst bekämpfte. In der Werkstatt blieb er ungehört, weil sich dort in diesem Moment jemand von der Stelle bewegte und dabei die Dielen laut knarrten. Das Bild der blitzenden Pistole schien sich durch die Lider des Jungen zu brennen. Er sah die Waffe immer noch, glaubte zu hören, wie sie Atem schöpfte, um ihre tödliche Ladung auszuspeien. Wenn er ihr nur befehlen könnte zu schweigen! Alles in ihm bäumte sich gegen den Augenblick auf, der ihm unabwendbar schien …

»Drei!«

… Die Pistole *durfte* nicht …!

Klick!

Nico riss die Augen auf. Im lichten Türspalt war niemand zu sehen.

Klick, klick, klick!

Manzini betätigte wiederholt hektisch den Abzug, aber die Waffe verweigerte ihm aus irgendeinem Grund den Gehorsam. »Verdammt! Wenn man sie mal braucht, dann funktionieren die Dinger nicht.«

»Jetzt haben Sie mich aber wirklich erschreckt, Don Massimiliano! Einen Augenblick lang hatte ich gedacht …« Noch im Flur konnte man die Erleichterung in der Stimme des Uhrmachers vernehmen. Ein Poltern brachte sie erneut zum Verstummen.

Nico sah, wie die Pistole über den Boden rutschte. Danach hörte er ein metallisches Klacken. Wiederum erschien Manzini im Türspalt, in seiner Hand lag ein langes Stilett.

»Jetzt ist aber Schluss!«, rief Emanuele.

»Sie sagen es, Signor dei Rossi.« Manzini trat mit unerwarteter Schnelligkeit vor, umfasste Emanueles Nacken und zog ihn zu sich heran. Das Auftragsbuch fiel zu Boden Beim Aufprall öffnete es sich an der Stelle des letzten Eintrags, wo die Seiten von einem metallenen Lesezeichen zusammengehalten wurden. Einen Moment lang kämpften die Männer miteinander und taumelten dabei in dem Ausschnitt, der dem heimlichen Beobachter so jäh zum Fenster in eine Kammer des Schreckens geworden war. Der Junge vernahm das Ächzen der beiden um Leben und Tod ringenden Kontrahenten. Er wollte schreien, aber seine Kehle war wie zugeschnürt. Plötzlich ging ein Ruck durch Manzinis Körper. Nico hörte ein Keuchen, dem ein gurgelnder Laut folgte. Während er die ineinander verschlungenen, wie versteinert dastehenden Männer anstarrte, entleerte sich seine Blase.

»Papà!« Das Wort war nicht mehr als ein Hauch auf seinen Lippen. Warum bewegten sich die beiden nicht? Hatte sein Vater etwa den mächtigsten Mann der Stadt erstochen? Oder …?

Unvermittelt rutschte der Uhrmacher am Körper seines Gegners herab. Nico zuckte zusammen, als er seinen Vater zu Boden sinken sah, wo er auf dem Rücken liegen blieb. Das Stilett ragte aus seiner Brust.

»Niemand verrät Massimiliano Manzini.« Der Mörder bückte sich und zog seinem Opfer das Messer aus dem Körper. Auf Emanueles Hemd verwandelte sich um die blutende Wunde herum Weiß zu Rot. Nachdem Manzini die schmale Klinge an der Hose des Uhrmachers abgewischt, das Stilett zusammengeklappt und es weggesteckt hatte, richtete er sich wieder auf. Ohne erkennbare Eile ließ er seinen Blick durch die Werkstatt schweifen.

Einen Moment lang sahen seine dunklen, kleinen, eng zusammenstehenden Augen direkt zu dem Türspalt. Nico konnte sich noch immer nicht rühren. Er glaubte den Blick des Mörders wie die Glut zweier Kohlen auf seinem Gesicht brennen zu spüren. Das Blut seines Vaters klebte auf Don Massimilianos schillernder Weste.

Dann war der Atemhauch des Todes vorübergezogen. Manzinis Augen suchten weiter, und der Junge fühlte, wie das Leben kribbelnd in seine Beine zurückkehrte. Während er sich langsam, jedes unnötige Geräusch vermeidend, aufrichtete, durchquerte der Mörder mehrmals den Ausschnitt der offen stehenden Tür. Beim ersten Mal hielt er die Schatulle aus Ahorn in der Hand, beim zweiten sah Nico die Meisteruhr unter dem sich schließenden Deckel verschwinden, und dann zog Manzini das Auftragsbuch unter dem Körper seines Opfers hervor. Erst als er sich darauf zum Gehen wandte, wurde Nico bewusst, in welcher Gefahr er schwebte. Er konnte nicht fortlaufen, ohne sich zu verraten – die Dielen des alten Hauses knarrten bei jedem Tritt.

»Du denkst, die Zeit zu beherrschen, doch am Ende wird sie über dich siegen …«

Nico horchte auf. Es war die Stimme seines Vaters, keuchend, leise nur, die Manzini herumfahren ließ. Und dann glaubte der Junge selbst einen Stich in der Brust zu spüren. Er sah das ihm zugewandte Gesicht des Vaters, seine glitzernd feuchten Augen, in denen das Leben noch einmal trotzig aufflackerte. Nur einen Moment lang berührten sich beider Blicke, ein stiller Händedruck zum Abschied. Hatte der Vater etwa doch das Summen seines zu Tode erschreckten Kindes vernommen? Hatte er deshalb den Zorn des Mörders auf sich gelenkt, wie er es auch nun wieder tat?

»Ich verfluche dich, Massimiliano Manzini!«, röchelte der Uhrmacher.

Manzini bekreuzigte sich, als wolle er sämtliche Spötter Lügen strafen, die ihm nachsagten, der einzige Glaube, den er besitze, sei der Aberglaube. »D-du … Du hast mich dazu gezwungen«, stieß er hervor.

Emanueles Kopf wippte auf dem Boden hin und her. *»Flieh …!«* Er hustete. Nach einer entsetzensschweren Sekunde begriff Nico, dass der Sterbende ihn meinte. Die Uhrwerke tickten leise ihr Totenlied. Der Junge stieß sich von der Wand ab, brachte es aber nicht übers Herz, seinen geliebten Vater im Stich zu lassen. Emanuele spielte ein gefährliches Spiel, um seinen Sohn zur Flucht zu bewegen. Wenn Manzini begriff, wem diese Aufforderung gegolten hatte, dann …

»Flieh doch, wenn du kannst!« Der Meister bäumte sich mit letzter Kraft auf. Seine Worte kamen nur noch stockend hervor. *»Aber … es wird dir nichts nützen, Don Massimiliano. Dein Leben … es soll wie die Unruh der Uhr sein, die du gestohlen hast: unstet, zerbrechlich und wenn sie einst stehen bleibt … sollst auch du sterben.«*

»Schweig!«, zischte Manzini. Er stand über dem Uhrmacher, die Faust auf die Lippen gepresst, und zitterte, als könnte ihn seine Unschlüssigkeit jeden Augenblick zerreißen. Wen sollte er mehr fürchten, den Fluchenden oder dessen Verwünschung? Diesen Moment nutzte Emanuele, um sein Werk zu vollenden.

»Achte gut auf deine Lebensuhr! Und … bebe vor Furcht! Denn wenn ihr Zeiger verschwindet … und die Unruh erstarrt, … kommt mit ihr auch dein Leben zum Stehen, … wird für immer … verge-

hen …« Der Kopf des Uhrmachers fiel auf den Boden zurück und sank kraftlos zur Seite. Nico sah ein rotes Rinnsal aus dem Mundwinkel des Vaters sickern, und er wusste, dass er dessen Stimme nie wieder würde hören können.

Ein langer Augenblick der Stille kehrte ein. Sogar der mächtige Don Massimiliano war wie gelähmt. Bis zu dieser Stunde hatte er nichts und niemanden gefürchtet. Aber nun war der Fluch des Uhrmachers in die Welt gekommen, um ihn, Manzini, zu verschlingen.

Er schüttelte den massigen Kopf, erst langsam, dann immer schneller. »Nimm das zurück«, flehte er. Emanuele rührte sich nicht. »Ich habe gesagt, du sollst deinen Fluch zurücknehmen!«, kreischte Manzini.

Die schrille Stimme riss Nico vollends aus der Starre. Obwohl die Angst ihm fast alle Kraft geraubt hatte, schaffte er einen ersten Schritt in Richtung Ausgang. Das Bodenbrett knarzte unter seinem Fuß.

Manzini bekam davon nichts mit. Er schien dem Wahnsinn anheim gefallen zu sein. Seine Stimme war eine Mischung aus Wut und Wimmern. »Du verdammter Dreckskerl. Was fällt dir ein, mich zu verfluchen? Mich!« Nico hörte ein abscheuliches Krachen, als würde der Messerstecher nun auch noch den Schädel seines Opfers am Boden zertrümmern wollen. Manzinis Stimme hallte wie irr durch das alte Haus. »Nimm ihn zurück. Sofort!« Wieder erzitterten die Dielen. »Hast gedacht, du kannst mich mit deiner jüdischen Kabale austricksen, was? Aber nicht mit mir, mein Junge. Nicht mit Massimiliano Manzini. Wenn du glaubst, ich habe vor deinem Bannspruch Angst …«

Mehr konnte Nico nicht verstehen, weil er aus dem Haus gestürzt und in die Dunkelheit geflohen war. Während er voranstolperte, begann er hemmungslos zu weinen. Zurück blieben der Mörder und sein Opfer, wobei noch nicht feststand, wer von beiden der Sieger und wer der Besiegte war. Zurück blieben auch eine Pfütze und ein paar feuchte Fußstapfen im Flur.

2. KAPITEL

Der Fremde

Nettuno, 1938

Der baumlange Kraftprotz steckte in einer dunkelblauen Uniform und kämpfte wie ein Elitesoldat. Hände und Füße waren seine einzigen Waffen. Die Angriffe zielten vor allem auf die ungepanzerten Weichteile in den unteren Regionen des Gegners. Dieser gab schon längst keinen Laut mehr von sich, empfing stumm die härtesten Hiebe und Tritte.

Die Tortur vollzog sich auf offener Straße, am helllichten Tag. Einige Passanten blieben stehen und schüttelten verständnislos die Köpfe. Aber niemand wollte dem schwarzen Lancia zu Hilfe kommen. Bis der Fremde auftauchte.

Es handelte sich um einen jungen Mann von schlanker Statur, kaum zwanzig Jahre alt. Mit verschlossener Miene, die Arme um einen abgeschabten braunen Koffer geschlungen, war er um das Bahnhofsgebäude gekommen. Wie angenagelt blieb er stehen. Er trug derbe schwarze Schuhe, eine hellbraune, ziemlich ausgebeulte, jedoch saubere Hose sowie zum Schutz gegen die klamme Novemberkälte eine grüne Lodenjacke. Unter seiner schwarzen Schirmmütze lugten ein paar dunkelblonde Locken hervor.

Langsam ließ der junge Mann seinen Pappkoffer zu Boden sinken. Auf seinem Gesicht spiegelte sich noch Ungläubigkeit über den sinnlosen Gewaltakt, in seinen auffallend großen braunen Augen glomm indes schon ein Unwille, der jeden Moment in Zorn umzuschlagen drohte.

»Er ist noch so jung, gerade erst ein Jahr alt«, sagte er mit mühsam beherrschter Stimme. Es war sonst nicht seine Art, sich in anderer Leute Angelegenheiten einzumischen, zumal wenn diese ihn um mehr als einen Kopf überragten und wohl auch das Doppelte seines Kampfgewichts auf die Waage brachten.

Der Wüterich trat wie zum Trotz noch einmal gegen den Reifen der Limousine und baute sich sodann vor dem Fremdling auf. Nachdem er die Arme über der Brust verschränkt hatte, grunzte er: »Was verstehst du davon, he? Scher dich weg!«

Der junge Mann wich nicht von der Stelle. Im Gegenteil schob sich sein spitzes Kinn sogar aufmüpfig dem Hünen entgegen. »Wenn Sie den Wagen weiter schlagen, treten und beleidigen, wird er erst recht nicht anspringen.«

Der Chauffeur hieb mit der flachen Hand auf die Motorhaube, dass es nur so krachte. Danach strich er sich mit dem Zeigefinger über den dunklen Schnurrbart, kniff ein Auge zu und erwiderte grinsend: »Ich kann diesen störrischen Esel aus Blech so viel treten und beschimpfen, wie ich will, Bürschchen. Außerdem, woher willst du wissen, dass die dumme Kiste bockt? Bist du nicht gerade erst vom Bahnsteig rübergekommen?«

»Ich weiß es eben.«

»Bist wohl nicht von hier. Deine Sprache ist so komisch.«

»Ich komme aus Österreich.«

»Ein Reichsdeutscher? Dafür ist dein Italienisch allerdings ganz passabel.«

»Danke.«

»Du bist nicht zufällig Mechaniker? Kennst du dich mit solchen Wagen aus?«

Der Fremde ging um Chauffeur und Fahrzeugfront herum, immer noch beobachtet von einigen Passanten. Er beugte sich leicht vor und ließ seine Handfläche dicht über die Haube entlangschweben, so als wolle er die Wärme des Motors fühlen. Aus den Augenwinkeln spähte er in das Innere der Limousine, konnte aber nicht viel erkennen, weil gerade die Wolken aufgerissen waren und sich die Sonne in den Scheiben spiegelte. Er glaubte im Fond eine zierliche Gestalt auszumachen. Ohne den Blick vom Wagen zu nehmen, entgegnete er: »Zugegeben, Automobile können recht eigensinnig sein. Manche sind unheimliche Aufschneider: Sie blenden mit poliertem Holz und Chrom, obwohl sie doch lärmen und ganz fürchterlich stinken. Euer übermütiger junger Lancia Astura hier macht da keine Ausnahme. Dreiliter-V8-Motor – das nenne ich ein starkes Herz! Baujahr '37, nicht wahr? Und eine feine Hülle hat man ihm auch angepasst: Die Karosserie wurde von Mayfair Carriage geschneidert, nehme ich an.«

Der uniformierte Choleriker bekam den Mund nicht mehr zu. Offenbar hatte ihn der junge Mann mit seinem profunden Wissen über Luxusautomobile überrascht. Schließlich fand der Chauffeur dann – hörbar gemäßigt – doch seine Sprache wieder. »Verstehst wohl tatsächlich was davon. Meine Herrin würde es sehr zu schätzen wissen, wenn …« Er hielt inne, als sich unversehens der hintere Wagenschlag öffnete.

Auch der Fremde wandte sich um. Zuerst sah er nur ein blasses Gesicht hinter dem Fenster, hiernach einen über der Tür auftauchenden Kopf, und dann verschlug es ihm die Sprache. Sein Herz begann heftig zu schlagen. Die vom Chauffeur mehrmals erwähnte »Herrin« war keine Achtung gebietende Signora in fortgeschrittenem Alter, sondern eine Signorina von höchstens achtzehn Jahren.

Mit dem Antlitz eines Engels.

Dieser Gedanke vernebelte explosionsartig das Bewusstsein des jungen Mannes. Von nun an befand er sich in einer Art Trancezustand, in dem es ihm völlig unmöglich war, sie nicht anzusehen. Ihr Gesicht erschien ihm geradezu überirdisch. Einige schwarze Strähnen ragten ihr, als wollten sie Zweifel am Bild der makellosen Blässe wecken, tief in die Stirn. Aber dieser Kontrast machte das Mädchen in den Augen des jungen Mannes nur umso schöner. Während er noch den Umstand bedauerte, nicht mehr von ihrem wunderbaren, leider unter einem eng anliegenden Käppi größtenteils verborgenen Haar zu sehen, reckte sie sich eher keck als damenhaft hinter der offenen Tür. Sie hatte sich auf das Trittbrett der Limousine gestellt, die Unterarme auf die Tür gestützt und das Kinn auf die zarten weißen Hände gelegt. Für einen atemberaubenden Moment betrachtete sie den Fremden aus ihren funkelnden dunklen Augen. Unter ihrem strengen Blick fühlte sich der junge Mann wie ein im Schaukasten mit einer Nadel fixierter Schmetterling. Es fiel ihm schwer, nicht auf ihre Brüste zu starren, die sich an dem Fenster drückten.

Ohne den so gefangenen Wanderfalter freizugeben, rief sie: »Uberto, wie lange dauert denn das noch?«

Der Chauffeur sah erst seine Herrin, dann den jungen Mann an – keiner von beiden würdigte ihn eines Blickes. »Das störrische Ding hat mir den Krieg erklärt, Donna Laura. Ich werde Ihnen wohl ein anderes Fahrzeug besorgen müssen.«

Das Herz des Jünglings machte einen Sprung. *Laura!* Das also war ihr Vorname. Nein, es war ein kostbares Schmuckstück, ein Begrüßungsgeschenk, das seiner Ankunft in der Stadt einen bittersüßen Beigeschmack verlieh. Er würde diese goldene Kette aus fünf Buchstaben im sichersten Winkel seines Gedächtnisses bewahren …

»Und was sagen Sie dazu?«

Der junge Mann erschrak. Hatte Donna Laura, die zweifellos aus gutem Hause stammte, da eben *ihn* angesprochen, den eher ärmlich gekleideten Fremden? Er deutete auf seine Brust. »Ich?«

Irgendetwas schien sie zu amüsieren. Ihr Blick blieb kühl. Und ihre Antwort klang ungeduldig, sogar ein wenig spitz. »Abgesehen von Uberto, der seine Unfähigkeit ja eindrucksvoll unter Beweis gestellt hat, sehe ich niemanden hier, den ich sonst hätte fragen können.«

Der junge Mann sah verwirrt zu der Menschentraube hinüber, die dem Dialog aufmerksam folgte. »Nun«, begann er verlegen, »ich würde sagen, Ihr Chauffeur hat Recht.«

Das Mädchen wandte ihm ihr schneeweißes Ohr zu. Scheinbar belustigt fragte sie: »Höre ich da einen Wiener Akzent?«

»Sie haben ein feines Gehör, Donna Laura.«

Ein bezauberndes Lächeln huschte über ihre Lippen. »In Locarno hatte ich zwei Klassenkameradinnen aus Wien, deren Italienisch ganz ähnlich klang«, sagte sie in fließendem Deutsch – sehr zum Unwillen des Publikums –, und der Fremde passte sich ihr an.

»Sie sind in der Schweiz zur Schule gegangen?«

Donna Lauras eben noch heitere Miene wirkte mit einem Mal wieder so unnahbar wie zuvor, fast so, als habe eine innere Stimme sie zur Ordnung gerufen. »Womit hat Uberto Recht?«

Dem jungen Mann gelang der Themenwechsel weniger leicht. Er musste das Gespräch im Gedächtnis erst zurückrollen, bevor ihm die passende Antwort einfiel. »Ihr Chauffeur sagte zu Ihnen, das störrische Ding habe ihm den Krieg erklärt. Genau so ist es.«

Ihre Mundwinkel zuckten. »Wie kann ein Automobil einem Menschen den Krieg erklären?«

»Beispielsweise, indem es sich nicht mehr starten lässt.«

»Sie wollen sich über mich lustig machen, Herr ...«

»Michel. Niklas Michel. Das liegt mir fern, Donna Laura. Es gibt Personen, die einen Apparat nur scheel ansehen müssen, und schon verweigert die Maschine ihnen den Dienst. Oder schlimmer noch: Sie tut völlig unerwartete Dinge, für die sie eigentlich überhaupt nicht konstruiert ist.«

»Wenn Sie jetzt auch noch behaupten, *ich* wäre meinem Automobil unsympathisch, dann rufe ich die Polizei.«

»Um einen Irren in die Nervenheilanstalt zu überstellen?« Niklas Michel lächelte. »Die Mühe möcht ich Ihnen ersparen, Signorina. Im Übrigen ist es Ihr Chauffeur, der auf den Gefühlen des Lancia herumtrampelt. Mir ist schleierhaft, wie Sie einem solchen Grobian Ihren Wagen anvertrauen können. Es hätte nicht viel gefehlt, und das gute Stück wäre von ihm restlos zerbeult worden.«

»Das Automobil gehört meinem Vater, und außerdem sind Ubertos Wutausbrüche nur Schau. Er macht immer viel Lärm, hat aber noch nie etwas kaputt... *Halt!* Wo wollen Sie denn hin?«

Der junge Mann hatte unversehens den Rückweg zu seinem Koffer angetreten. Ohne sich umzudrehen, lüpfte er die Schirmmütze und rief: »Ich wünsche Ihnen noch einen guten Tag, Signorina.«

»Was hat er gesagt, Donna Laura?«, knurrte der Fahrer, der wohl aus dem für ihn unverdaulichen deutschen Wortbrei seinen Namen herausgefischt hatte.

»Er behauptet, du hättest die Gefühle des Automobils verletzt.«

Der Fahrer schnappte nach Luft. »So etwas Haarsträubendes habe ich überhaupt noch nie gehört. *Ich* …« Er schüttelte empört den Kopf und wandte sich dem Fremden zu. »Sie gehören in die Klapsmühle, Signore. Setzen Sie sich in den Zug und fahren Sie schnell wieder dorthin, woher Sie …«

»Uberto!«, unterbrach Donna Laura den erbosten Fahrer.

»Na ist doch wahr!«, murrte der.

»Herr Michel«, richtete sie ihr Wort wieder an den Fremden, und sie benutzte dabei erneut die deutsche Sprache.

Der Angesprochene hatte gerade seinen Koffer aufgehoben und sah zu dem übers Wagendach blickenden Engelsgesicht. »Signorina?«

»Wenn Sie sich mit den Seelen von Maschinen so gut auskennen, könnten Sie dann das Automobil meines Vaters nicht überreden, mich nach Hause zu fahren?«

»Selbstverständlich könnte ich das. Aber warum sollte ich es tun?«

»Vielleicht, weil ich Sie darum bitte …?«

Der junge Mann fühlte sich, als würde ein elektrischer Strom durch seinen Körper fließen. Für Uberto, den unsensiblen Maschinenschinder, empfand er nur Verachtung, aber wie konnte er *diesem* Mädchen einen Wunsch abschlagen? Er seufzte und stellte den Koffer wieder ab.

Wortlos ging er erneut um die Motorhaube herum. Dafür gab es keinen bestimmten Grund, außer vielleicht jenen einen: Im Fenster der nach wie vor offenen Tür konnte er einen weiteren Blick auf Donna Lauras elfenhafte Gestalt erhaschen. Auf dem Rücksitz entdeckte er einen zerknüllten ockerfarbenen Mantel. Wieso trug sie ihn nicht, sondern trotzte in ihrer schmal geschnittenen, spitzenbesetzten, lindgrünen Bluse dem kühlen Klima? Wollte sie ihn mit ihrer Weiblichkeit verzaubern? Oder ging es ihr gar wie ihm, der weder die Novemberkälte noch die zornglühenden Blicke des Fahrers spürte?

Mit einem Ruck riss er sich von ihr los und richtete seine Augen auf die Motorhaube. Langsam streckte er beide Arme aus und ließ abermals die Innenflächen seiner Hände dicht über das schwarz lackierte Blech wandern. Dabei summte er leise vor sich hin.

»Was soll das werden?«, brummte der uniformierte Hüne.

»Ich suche die kranke Stelle«, murmelte der junge Mann und setzte sein Summen fort.

»Wie wär's, wenn du mal in deinem Kopf nachschaust?«

»Lass ihn, Uberto!«, verlangte Donna Laura.

Die Hände des jungen Mannes legten sich langsam auf einen bestimmten Punkt im oberen Drittel der Motorhaube. Uberto schnaubte verächtlich. Seine Herrin schmunzelte zwar, verfolgte aber nichtsdestotrotz fasziniert das seltsame Benehmen des Besuchers aus Wien. Selbiges ließ sich von der Menschentraube vor dem Bahnhof sagen, die den offenkundig auf Benzinkutschen spezialisierten Nervenarzt tuschelnd bei seiner Arbeit beobachtete. Während seine Hände noch auf dem warmen Blech lagen, neigte der Fremde den Kopf zur Seite und sagte leise auf Deutsch: »Im Übrigen haben die leblosen Dinge keine Seelen, wie Sie es sich vorstellen mögen, Donna Laura.«

»Sondern?«

»Für jemanden, dem ihre Natur fremd ist, lässt sich das schwer erklären. Vielleicht kann ich es so ausdrücken: Die Weisheit und unerschöpfliche Kraft des Allmächtigen hat die *gesamte* Schöpfung hervorgebracht. Wir Menschen mögen darin zwar die Krönung sein, aber der göttliche Funke glimmt sogar im winzigsten Sandkorn, das sich drüben am Badestrand mit Millionen anderen in den Wellen wiegt. Wenn wir, wie es in der Thora heißt, ›im Bilde des Ewigen‹ erschaffen worden sind, dann muss sich in jedem unserer guten Werke auch er spiegeln.« Niklas Michel lächelte verlegen. »Sobald man diese tiefe Wahrheit spürt, empfindet man sogar für ein Automobil Respekt.«

»Das ist alles?«, flüsterte Donna Laura erstaunt.

»Ich fürchte ja.«

»Und Sie wollen mir tatsächlich weismachen, die Maschinen könnten die Achtung spüren, die Sie ihnen entgegenbringen?« Allmählich wurde die junge Frau wieder lauter.

Anstatt zu antworten, umrundete der Fremde erneut den Kühlergrill des Wagens, öffnete die Fahrertür und setzte sich ans Volant.

»Das geht jetzt aber zu weit ...«, beschwerte sich Uberto bei seiner Herrin.

Sie hob nur ihre weiße Hand, um ihn zum Schweigen zu bringen, dann ließ sie sich auf den Rücksitz gleiten und beugte sich zu dem jungen Mann vor. »Sie haben Mut, Herr Michel.«

Ihr warmer Atem strich an seinem Ohr vorbei, und sein Nacken kribbelte wie unter einer heißen Dusche. Sie war umgeben von einem betörenden Duft. *Jasmin?*, fragte er sich. Alles um ihn herum drehte sich. Er war zu keiner Erwiderung fähig.

»Sind Sie Jude?«

Ihre überraschende Frage ließ ihn jäh zu Eis erstarren.

»Sie brauchen keine Angst zu haben«, fügte sie rasch hinzu.

»Wie ...?«

»Woran ich das gemerkt habe?« Sie lachte wie ein kleines Mädchen und kümmerte sich nicht im Geringsten um die verdutzten Blicke, die von draußen zu ihnen hereinstarrten. »Sie haben gerade von der Thora gesprochen, Herr Michel. Nur Juden nennen die Bibel so. Sie halten mich für ein verwöhntes, hochnäsiges, dummes Mädchen, nicht wahr?«

Der junge Mann fühlte einerseits den wohligen Schauer, den ihm ihr Atem im Nacken bereitete, andererseits den lähmenden Schrecken, der es ihm unmöglich machte, sich zu ihr umzudrehen. Er starrte in den Innenspiegel und sah darin ihre dunklen, herausfordernd funkelnden Augen. »Ich ... äh ... habe bei einem jüdischen Meister gelernt. Da muss wohl einiges abgefärbt haben.«

Sie legte ihre Hand auf seine Schulter und drückte sie sanft. »Ich verurteile Sie nicht, Herr Michel, ganz gleich, ob Sie nun Jude sind oder ein Christ, der mit ihnen sympathisiert. Es sind dunkle Zeiten für diese Leute, und ich will sie nicht noch schwerer machen. Ihr Geheimnis ist bei mir sicher. Aber seien Sie in Zukunft etwas vorsichtiger.«

»Ja, Donna Laura.«

»Und jetzt interessiert mich, ob Sie das Automobil meines Vaters besänftigen konnten«, trällerte sie unvermittelt fröhlich und ziemlich laut auf Italienisch.

Endlich entspannte er sich. Er schloss die Augen, holte tief Luft. Eine große Ruhe überkam ihn, wie er sie meistens empfand, wenn er sich in Einklang mit einem von Menschenhand erschaffenen Gegenstand versetzte. Leise summend kontrollierte er den Hebel für die Kaltstarthilfe – das noch warme Herz des Lancia brauchte fettarme Kost. Er nahm den Gang heraus und drückte außerdem das Kupplungspedal, um dem geschundenen Anlasser nicht mehr als nötig aufzubürden. Zuletzt betätigte er den Anlasserknopf. Der bullige Achtzylindermotor sprang geradezu übermütig an.

Auf dem Gehweg wurde gejubelt und applaudiert.

Auch das Mädchen im Fond juchzte vor Vergnügen. »Sie sind mir ein Schelm! Wie haben Sie das gemacht, Herr Michel?«

Er zuckte die Achseln und suchte im Rückspiegel einmal mehr ihre wunderbaren Augen. »Ich dachte, ich hätte es Ihnen erklärt, Donna Laura.«

Uberto trat neben die offene Fahrertür und grunzte: »Die Zündkerzen müssen nass gewesen sein. Das Benzin ist einfach verdunstet, während er Ihnen irgendwelchen Schwachsinn erzählt hat, Donna Laura.«

»So, so, und wieso ist es nicht verflogen, während du das Automobil mit Fußtritten traktiert hast?«

»Weil der Deutsche mich unbedingt dabei stören musste.« Der Chauffeur packte den jungen Mann an der Schulter und zerrte ihn aus dem Wagen. »Genug gespielt, Bürschchen. Und jetzt mach, dass du fortkommst.«

»Uberto!«

»Bei allem Respekt, Donna Laura, aber es wird Ihrem Vater nicht gefallen, wenn ich ihm von der Zudringlichkeit dieses Kerls erzähle.«

»Aber er hat uns geholfen!«

»Er wollte sich nur wichtig machen.« Der Chauffeur schob den jungen Mann zur Seite, setzte sich ans Steuer und knallte die Tür zu.

Das Mädchen rutschte auf der Rückbank hinter den Fahrersitz und kurbelte eilig das Fenster hinunter. »Ich danke Ihnen, Herr Michel.«

Er sah verlegen zu Boden. »War nicht der Rede wert, Donna Laura.«

»Bleiben Sie länger in unserer Stadt?«

Er blickte wieder auf. »Kommt drauf an.«

»Worauf?«

»Ich muss hier was erledigen.«

»Geschäfte?«

Wieder ließ er den Blick sinken.

»Wir sollten jetzt fahren«, beschied der Chauffeur, bevor einer der beiden jungen Leute noch etwas sagen konnte. Und nachdem auch er sein Fenster heruntergekurbelt hatte, fügte er an den Fremden gewandt hinzu: »Für Wichtigtuer ist bei uns kein Platz. Lass dir für deine Geschäfte nicht allzu viel Zeit.«

Der junge Mann hob bedächtig den Kopf und sah den Fahrer aus großen braunen Augen durchdringend an. »Das habe ich nicht vor.«

Die Scheibe wurde wieder hochgekurbelt. Uberto grinste frech und fuhr dann los. Der Lancia protestierte mit einer knallenden Fehlzündung, ließ sich dann aber doch in eine Wende zwingen, bevor er die Via Durand de la Penne hinab davonrollte. Im Heckfenster sah der junge Mann Donna Lauras ernstes Gesicht. Sie wirkte nachdenklich, fast ein wenig verstört.

Jemand klopfte ihm auf die Schulter, dann noch einer und gleich darauf ein Dritter. Aus irgendeinem Grund schienen sich die Leute prächtig unterhalten zu haben, und nun dankten sie dem Narren für seine Vorstellung. Schnell löste sich die Menschentraube vor dem Bahnhof auf, und der Besucher aus Wien stand immer noch neben seinem Koffer und blickte in

Richtung Neptun-Brunnen. Bis ihn jemand in ungläubigem Ton ansprach.

»Nico?«

Der Fremde fuhr herum, als hätte man ihn gerade bei einer verbotenen Tat erwischt. Erschrocken blickte er in das Gesicht des einzigen Passanten, der von den Schaulustigen übrig geblieben war, eines etwa gleichaltrigen jungen Mannes, um einen halben Kopf kleiner als der Besucher, aber kräftig, ohne dabei dick zu sein. Er hatte volles, glattes schwarzes Haar sowie ein jungenhaftes Gesicht mit einer breiten Nase und einem dicklippigen Mund, der ebenso Erstaunen wie auch Freude ausdrückte.

»Da muss eine Verwechslung vorliegen«, sagte Niklas Michel mit unüberhörbar deutschem, leicht näselndem Akzent. Er bückte sich nach seinem Koffer und wollte sich davonstehlen, aber eine kräftige Hand packte seinen Arm und hielt ihn fest.

»Ich dachte, Nico dei Rossi wäre tot«, flüsterte Bruno Sacchi.

3. KAPITEL

Der Flüchtling

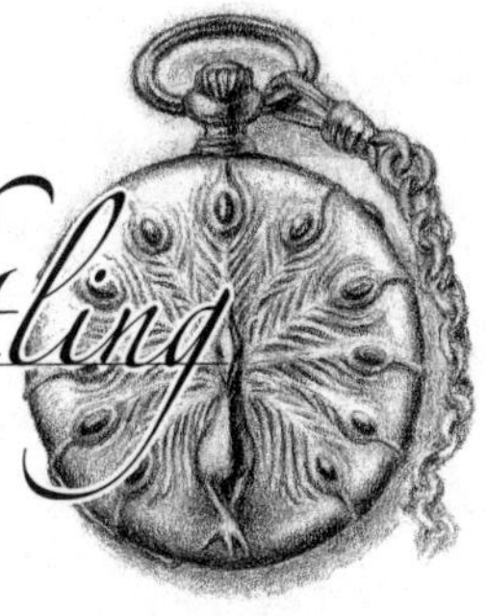

Außerhalb von Nettuno, 1932

Der Regen hatte wieder eingesetzt. Schluchzend stolperte der Junge durch die Dunkelheit. Wo sollte er hin? Zur Polizei? Das war keine gute Idee. Obwohl man Manzini allerlei Schurkereien nachsagte, hatte er angeblich nie auch nur eine Nacht im Gefängnis zugebracht. Er konnte sich fast nach Belieben Polizisten und Richter kaufen. Nico wischte sich mit dem Ärmel Tränen und Rotz aus dem Gesicht. Nein, er durfte nicht länger in Nettuno bleiben. Es gab wohl nichts, das mörderischer war, als sich Don Massimiliano zum Feind zu machen.

Längst hatte er Nettuno in Richtung Westen verlassen. Bis zum Ortsrand von Anzio waren es nur etwa drei Kilometer. In der größeren Nachbarstadt würde er leichter eine Mitfahrgelegenheit finden. Irgendwie musste er es bis nach Rom schaffen, bis zu Meister Davide.

Nicos Vater hatte bei Davide Ticiani die Goldschmiedekunst und das Handwerk der Uhrmacherei gelernt. Die beiden waren mehr als Lehrherr und Geselle gewesen; eine enge Freundschaft hatte sie verbunden, die zuletzt auch Davides Frau und Emanueles Sohn mit einschloss. Mehr als einmal war Nico bei den Ticianis zu Gast gewesen, hatte von Salomias *challot* gegessen – die geflochtenen, mit Mohn bestreuten, nach ihrem ganz speziellen Rezept gebackenen Schabbatbrote – oder dem Meister in seiner Werkstatt bei der Arbeit zugesehen. Bis dorthin musste er kommen, ohne von Manzinis Leuten geschnappt zu werden, dann würde es wieder Hoffnung für ihn geben.

Hinter dem Jungen flackerten Lichter auf. Erschrocken fuhr

er zusammen. *Don Massimiliano kommt mich holen!* Der Gedanke drohte ihn erneut zu lähmen, wie es gerade eben geschehen war, als er tatenlos den Mord an seinem Vater mit angesehen hatte. Von Schuldgefühlen und Furcht geschüttelt, stolperte Nico von der Straße und suchte hinter einer Pinie Deckung. Im Schutz des Baumes spähte er zum Ortsausgang hinüber. Die zwei Scheinwerfer kamen ohne allzu große Eile näher. Er hörte ein Röhren, das wunderbar zu einem asthmatischen Drachen gepasst hätte. Es schwoll an, verlor sich abrupt in einem mechanischen Knacken und gewann erneut an Intensität. Bei jedem knirschenden Schaltvorgang lief Nico ein Schauer über den Rücken.

»Ein Lastwagen!«, flüsterte er. Würde Don Massimiliano ihn mit einem lahmen Transporter verfolgen? Nico kniff die Augen zusammen und summte seine kleine Melodie. Die Beine hatte er überkreuzt, als müsse er den feuchten Fleck in seiner Hose verdecken, und er zitterte vor Angst am ganzen Leib. Wenn Manzinis Schläger in dem Fahrzeug waren, würden sie ihn fangen und ihn umbringen wie seinen Vater. Aber falls jemand anderer am Steuer saß …? Zu Fuß konnte er seinen Verfolgern nicht entkommen. Er musste etwas tun, und zwar sofort.

Nico trat auf die Straße hinaus und riss die Arme hoch.

Der schwere Wagen dröhnte immer näher heran. Es hörte sich an, als schöbe jemand eine Ladung Felsbrocken über die Allee.

»Halt!«, schrie der Junge.

Der Laster donnerte weiter.

Nico kniff die Augen zu und summte seine Angst hinaus.

Plötzlich knallte es.

Ein metallisches Kreischen scholl durch die Nacht. Die Bremsen quietschten, als könnten sie das scheinbar Unabwendbare nicht ertragen. Das schwere Fahrzeug schlitterte auf dem regennassen Pflaster auf den Jungen zu.

Und kam etwa einen halben Meter vor ihm zum Stehen.

Die Tür wurde aufgerissen, und ein ebenso großer wie breiter Mann kullerte heraus und keuchte: »Ist alles in Ordnung, Junge?«

Nico stand da wie in Gips gegossen. Augen und Mund waren weit aufgerissen.

Der Fahrer eilte zu ihm und begann ihn zu schütteln. »Mutter Maria, der Arme hat einen Schock!«, murmelte er und schüttelte weiter.

Vielleicht war es der Weinatem des unrasierten Mannes, der Nico ins Hier und Jetzt zurückversetzte. Zuerst blinzelte er, dann fragte er: »Darf ich mitfahren, Signore?«

Der Stoppelbart ließ ihn los und beugte sich in der Mitte zurück, um den Knaben im Licht der Scheinwerfer besser betrachten zu können. »Ist wirklich alles in Ordnung mit dir?«

Der Junge schüttelte langsam den Kopf.

Der alkoholisierte Transporteur stutzte. »Aber ich sehe nicht die kleinste Beule!«

Nicos Antwort beschränkte sich auf einen leidvollen Blick.

Der Fahrer runzelte die Stirn. »Sag bloß, du hast mir diesen Schrecken eingejagt, nur um mitzufahren!«

»Nein.«

Das schlechte Gewissen des Fahrers meldete sich. »Hab wohl in der Trattoria zu lange auf den Fisch gewartet, den ich heute noch nach Rom bringen soll. Da ist meine Kehle trocken geworden. Das ist nicht gut, weißt du? Ich musste sie einfach befeuchten.«

Der Junge nickte verständnisvoll.

Sein Gegenüber fuhr sich mit den gespreizten Fingern durch die dunklen Haare und fragte: »Willst du nach Anzio?«

»Rom.«

»Bist wohl ausgerissen, was?«

Wieder nickte Nico.

»Dann solltest du besser nach Hause gehen, zu deinen Eltern.«

»Die sind beide tot.«

Nachdenklich musterte der Fahrer den Jungen. Mit einem Mal rümpfte er die Nase. »Sag mal, riechst *du* hier so streng?«

Der Junge zuckte nur die Achseln.

»Was haben sie nur mit dir angestellt?« Der Stoppelbart schüttelte fassungslos den Kopf. »Brauchst keine Angst zu haben, dass ich dich wieder zu denen zurückschicke. Und was den Geruch betrifft – wir sind wohl beide im Moment nicht gerade eine Zierde unseres Geschlechts. Mein Name ist übrigens Mario. Und wie heißt du?«

»Nico.«

»Na prächtig, Nico! Dann steig mal ein.«

Der Junge war schneller auf dem Beifahrersitz, als Mario bis drei zählen konnte. Nachdem der rundliche Mann hinter dem Lenkrad Platz genommen und den Lastwagen wieder in Gang gesetzt hatte, bemerkte er: »Wir haben übrigens beide einen Riesenbammel gehabt, Nico.«

Der Junge drehte den Kopf und blickte seinen Nebenmann aus großen Augen fragend an. Die Scheinwerfer eines entgegenkommenden Fahrzeuges tauchten dessen Gesicht in ein gespenstisch fahles Licht.

Mario grinste säuerlich. »War kurz am Steuer eingenickt. Die Fehlzündung vorhin – sie hat mich aus dem Schlaf gerissen. Hätte die alte Karre sich nicht gemeldet, wäre ich glatt im Straßengraben gelandet …«

Im Morgengrauen war von der sprichwörtlichen Schönheit der ockergelben Stadt nichts zu bemerken. Alles wirkte fahl. Vielleicht entsprang dieser Eindruck aber auch Nicos trüber Stimmung. Während der Fahrt in die Hauptstadt hatte er nicht viel gesprochen, obwohl Mario sich alle Mühe gab, ihn aus der Reserve zu locken. Er fragte den Jungen nach seiner Meinung zu den Leistungen der italienischen Fußballnationalmannschaft, wollte von ihm wissen, ob in zwei Wochen Tazio Nuvolari oder Rudolf Caracciola den Großen Preis von Monaco gewinnen würde – der Sieg von Alfa Romeo stand für ihn ohnehin fest –, aber nichts schien den schweigsamen Knaben zu interessieren. Schließlich drohte die Müdigkeit den rundlichen Wagenlenker vollends zu übermannen. Er gab den Versuch, so etwas wie eine Unterhaltung in Gang zu bringen, mit einem tiefen Seufzer auf, fuhr an den Straßenrand und legte ein Nickerchen ein. Nico war die ganze Nacht wach geblieben.

Der Junge ließ sich vor der Synagoge absetzen. Sie lag direkt gegenüber jener legendenumwobenen Insel, die seit alters der Medizin verbunden war und die wie ein Schiff der Toten und Kranken in den trüben Fluten des Tiber trieb, ganz langsam, mit allen Beladenen, in einem Fluss, der sie nicht als Last empfand. Menschen waren da weit unduldsamer gegenüber ihresgleichen, dachte Nico. Sie brachten einander um. Wegen eines Dante-Zitats. Der Junge fühlte sich so elend, dass er am liebsten zur Tiberinsel hinüber ins Ospedale dei Fatebenefratelli marschiert wäre. Aber vermutlich würden sich die Ärzte im Krankenhaus für Seelenpein, wie er sie litt, nicht zuständig fühlen. Also lief er die Via del Progresso entlang in das Viertel Sant'Angelo hinein.

Die Werkstatt des Goldschmieds lag hier irgendwo an einem namenlosen Platz. Anfangs war Nico noch zuversichtlich, diesen rasch zu finden, doch bald bemächtigte sich seiner eine zunehmende Verzweiflung. Wenn er mit seinem Vater auf Besuch zu Meister Davide und dessen Frau Salomia nach Rom gefahren war, hatte er sich nie um Abzweige, Plätze und Straßennamen kümmern müssen. Jetzt sah alles gleich aus. Erstaunlich, dass man sich in einem so kleinen Viertel verlaufen konnte. Noch vor knapp fünfzig Jahren hatte es hier Reste des *rione* gegeben, jenes Ghettos, in dem etliche Tausend Menschen seit Mitte des sechzehnten Jahrhunderts auf weniger als einem Hektar Land von Mauern zusammengepfercht leben mussten. Während er im zunehmend freundlicher werdenden Licht des Morgens durch die Gassen des alten Judenviertels irrte, entsann Nico sich der Geschichten, die ihm sein Vater darüber erzählt hatte. Die meisten davon passten zu seiner düsteren Stimmung.

Die schmiedeeisernen Laternen an den Hauswänden waren bereits erloschen, als er auf seiner Odyssee ungefähr zum vierten Mal eine kleine Trattoria sichtete, die inzwischen geöffnet hatte, um ihren Gästen vor dem Besuch der Synagoge oder dem Kirchgang den morgendlichen Cappuccino anzudienen. Eine mollige Frau mittleren Alters stellte gerade eine Schale mit *Carciofi alla Giudecca* ins Schaufenster. Die Artischocken, die wie vergoldete Blüten aussahen, erinnerten Nico daran, dass er seit etwa zwölf Stunden nichts mehr gegessen hatte. Ohne sich dessen bewusst zu sein, blieb er vor der Gaststätte stehen. Die Schaufensterdekorateurin nickte ihm lächelnd zu. Er reagierte nicht, hatte nur Augen für die Antipasti. Mit einem Mal stand die Frau in der Ladentür und hielt ihm einen Streifen Schafskäse entgegen.

»Wir wär's mit einem Stück Pecorino, junger Mann?«

Nico zuckte zusammen.

»So schreckhaft?« Sie lachte. Ihre Stimme klang auf eine freundliche Art rau. »Man könnte ja denken, du hättest was ausgefressen. Bist wohl nicht von hier.«

Er nickte.

»Kannst du auch sprechen?«

»Ich suche Signor Ticiani, aber ich finde ihn nicht.«

»Du meinst Davide? Den Goldschmied?«

Die braunen Riesenaugen des Jungen begannen zu leuchten. Er nickte abermals.

Die Frau trat vor den Laden, wandte sich nach links und deutete zu einer Straßeneinmündung. »Siehst du die Gasse da drüben?«

»Hm, hm.«

»Da gehst du rein. An der nächsten Ecke biegst du links ab und spazierst immer geradeaus, bis du auf eine kleine Piazza stößt. Da findest du Davides Geschäft.«

»Danke.«

»Keine Ursache. Bestell ihm schöne Grüße von Ariana.«

Wieder nickte der Junge und wollte sich schon auf den Weg machen, als Arianas heisere Stimme ihn zurückhielt.

»Du hast deinen Käse vergessen.«

Er schnappte sich das Stück, warf ihr ein Danke zu und rannte davon.

Schon von weitem erkannte er die bis unters Dach mit Wein

bewachsene Fassade jenes Hauses, in dem sich eine andere Trattoria befand, die Erinnerungen an glücklichere Zeiten in ihm weckte. Dort hatte er zwei-, dreimal mit seinem Vater und Meister Davide zu Abend gegessen. Das Lokal lag direkt gegenüber von Davide Ticianis Werkstatt, an der namenlosen Piazza, deren Form ungefähr so ästhetisch und planvoll war wie die einer Tonscherbe. Als sich der Platz in sein Blickfeld schob, merkte Nico sofort, dass etwas nicht stimmte.

Laden und Werkstatt des Goldschmieds lagen an der Stirnseite eines fünfgeschossigen Hauses, das sich, eingezwängt zwischen zwei Gassen, wie ein Keil in die Piazza schob. Davor standen zwei kastenförmige Polizeifahrzeuge. Zahllose Menschen drängten sich vor dem seitlich gelegenen Eingang, nur mühsam von einer Kette Polizisten am Eindringen gehindert.

Nico schwante Schlimmes. Sollte er gleich kehrtmachen oder erst jemanden fragen, was das Polizeiaufgebot zu bedeuten hatte? Vielleicht fand da ja gerade eine Razzia statt, die *ihm* galt. Der Gedanke erschien ihm durchaus plausibel. Manzini kannte genügend Leute in hohen Stellungen. Er brauchte nur die richtige Nummer wählen und beiläufig einen Verdacht äußern: Könnte es nicht sein, dass Emanuele dei Rossis Sohn der Mörder ist …?

»Pass doch auf!« Ein knochiger Kerl hatte Nico fast umgerannt; er konnte sich wohl nicht schnell genug unter die Gaffer mischen.

»Entschuldigung. Was ist denn da los?«

»Soll jemand erschossen worden sein«, rief der Mann über die Schulter hinweg und hastete weiter.

Ein Schauer rann Nico über den Rücken. *Erschossen?* Manzini hatte doch nicht etwa …? »Meister Davide!« Seine Stimme war kaum zu hören. Ohne einen weiteren Gedanken an seine Sicherheit zu verschwenden, rannte er auf die Schaulustigen zu. Sie standen dicht, aber der Junge war feingliedrig und suchte sich seinen Weg wie ein Fisch in einem schlingernden Wald aus Tang. Endlich erreichte er die Polizisten. Sie hatten sich gegenseitig untergehakt, ein Sperrzaun aus Uniformen.

»Ich will da rein!«, rief Nico dem Erstbesten zu, einem Bullen in Uniform.

»Das geht jetzt nicht«, knurrte der Ordnungshüter, ohne ihn anzusehen.

»Ich *muss* aber!«

»Ist mir egal. Ich darf niemanden durchlassen.«

Der Junge versuchte eine Lücke zu finden, durch die er hindurchschlüpfen konnte, aber die menschlichen Zaunpfähle rückten nur noch enger zusammen. »Stimmt es, dass da drin jemand ermordet wurde?«, fragte er.

»Wir haben Befehl, über den Tathergang zu schweigen.«

Nico machte sich seinen eigenen Reim auf die Antwort. »Es ist doch nicht Signor Ticiani, den man erschossen hat?«

Die unbewegte Miene des Polizisten veränderte sich schlagartig. Seine buschigen Augenbrauen glitten aufeinander zu, er beugte sich zu dem Plagegeist hinab und raunte: »Bist du mit ihm verwandt?«

Der Junge zögerte. Weil er einerseits zur Wahrheitsliebe erzogen worden war, andererseits ein Nein als Antwort eher hinderlich einschätzte, bot er dem Polizisten ein »Sozusagen« an.

»Was soll das heißen?«, entgegnete der barsch.

»Davide Ticiani ist … mein *Patenonkel*. Gewissermaßen.«

Der Beamte grübelte einen Moment darüber nach, dann richtete er sich kerzengerade auf, wandte sich um und rief zu einem Kameraden, der im Hauseingang stand: »Fabrizio, da ist ein Zeuge. Führ ihn zum *commissario* nach oben.«

Eine schwere Hand legte sich auf Nicos Schulter. Er wurde ins Haus geschoben, die Treppe hinauf, und fühlte sich unterdessen wie der Tatverdächtige Nummer eins. Davide Ticiano lebte in einer geräumigen Wohnung direkt über dem Laden. Sofern er noch am Leben war. Nicos Knie wurden weich. Als er und sein Bewacher das schmale Podest im ersten Stock erreichten, konnte er sich kaum noch auf den Beinen halten.

»Du bleibst hier stehen und rührst dich nicht von der Stelle«, befahl der Polizist und verschwand in die Wohnung, in der es nur so wimmelte von Leuten mit und ohne Uniformen. Es waren ausnahmslos Männer.

Nico schnappte einige Wortfetzen auf, die wie Ascheflocken aus der Wohnung trieben. Sie klangen größtenteils hohl, fast so, als hätte jemand jedes Gefühl aus ihnen herausgequetscht.

»Was für eine Riesensauerei! … Hätte schlimmer kommen können … Nur zwei … *Nur?* Es ist ein Kind dabei … Möchte wissen, wer zu so etwas imstande …«

»Bist *du* das, Nico?«

Der Junge war wie vom Blitz getroffen. Seit wann konnte er Tote reden hören? Diese Stimme, die wie eine uralte Tür knarrte, gehörte zweifellos dem ganz und gar nicht so alten Goldschmied. Mit steifem Nacken drehte sich Nico um. Und tatsächlich: Auf der vorletzten Stufe der nach oben führenden Treppe stand Davide Ticiano, so zerbrechlich und zugleich lebendig wie eh und je. Die Enden seines buschigen Schnurrbarts schienen tiefer als sonst nach unten zu hängen.

»Ich weiß, was du jetzt denkst«, sagte betrübt der Mann, der mit edlen Metallen genauso geschickt umgehen konnte wie mit winzigen Zahnrädern, Zapfen, Ankern und Spiralen.

Nico deutete verständnislos auf die offene Tür. »Aber das ist doch *deine* Wohnung, Onkel Davide.«

Der dunkelhaarige Goldschmied nickte traurig. »War, mein Junge. Es *war* die Wohnung, in der ich mit meinen Eltern und Lea, meiner großen Schwester, aufgewachsen bin. Aber seit der Wirtschaftskrise halten die Leute ihr Geld zusammen, und das Geschäft läuft nicht mehr so gut wie früher. Salomia und ich sind vor ein paar Tagen unters Dach gezogen und haben die große Wohnung an die Familie Carlotti vermietet. Feliciano war in deinem Alter.«

Ein neuerlicher Schauer ließ Nico erbeben. »Feliciano?«, flüsterte er.

Davide nickte. Sein schmales Gesicht war aschfahl. »Ein aufgeweckter Junge. Sie haben ihn und seinen Vater regelrecht geschächtet, ihnen einfach die Kehlen durchgeschnitten. Kannst du dir so etwas vorstellen?«

Der Junge hatte das Gefühl, sich langsam, aber sicher in einen Eiszapfen zu verwandeln. »Auf der Straße … Da … da war ein Mann … Er hat gesagt, hier ist jemand *erschossen* worden.«

Davide kam das letzte Stück die Treppe herunter und legte seinen Arm um die Schulter des Jungen. »Vermutlich kursieren schon ein Dutzend verschiedene Fassungen von dem, was hier vor kaum zwei Stunden geschehen ist. Würden die Leute aufrichtigen Abscheu empfinden, dann könnte sich Maria vor Tröstern jetzt nicht retten – sie war gerade Milch kaufen gegangen und hat das Gemetzel nur deshalb als Einzige überlebt. Stattdessen treten sich die Leute vor der Tür gegenseitig auf die Füße. Sie schütteln die Köpfe und heucheln Betroffenheit, aber am liebsten würden sie alle ins Haus stürzen und sich am Anblick des Blutbades berauschen.«

Ein breitschultriger Mann mit grauem Anzug und einem Hut in der Hand trat aus der Tür. »Wenn ich meine Nachbarn in diesem … Zustand entdeckt hätte, wäre ich vermutlich genauso verbittert wie Sie.« Er wandte sich dem Jungen zu. »Mein Name ist Gianfranco Campostelli. Ich bin hier der Commissario. Und du musst dann wohl das Patenkind von Signor Ticiani sein.«

Nico warf dem Goldschmied einen nervösen Blick zu. Er glaubte, in seinen dunklen Augen ein irritiertes Funkeln zu bemerken. Ansonsten blieb Davides Gesicht ausdruckslos. Sich wieder dem Kommissar zuwendend, antwortete er leise: »Schon.«

»Wo wohnst du?«

Am liebsten hätte sich Nico in Luft aufgelöst. Der Kommissar musste Röntgenaugen haben, so wie er ihn anstarrte. Durfte er dem Beamten die Wahrheit sagen, oder war der auch nur von Manzini gekauft? »Ich bin bei Onkel Davide zu Besuch«, erwiderte Nico nur unwesentlich lauter.

»Und wie ist dein Name?«

»Nico …« Das Flüstern des Jungen wurde vom Stimmengewirr aus der Wohnung verschluckt.

»Hat dir jemand die Stimmbänder gestutzt?«, knurrte der Ermittlungsbeamte. »Oder gibt es da etwas, das du mir sagen möchtest?«

»Sie sehen doch, dass der Junge völlig verschüchtert ist, Commissario«, entrüstete sich Davide.

»Hat er etwa auch die Lei...« Der Kommissar schluckte den Rest des Wortes hinunter. »War er dabei, als sie Signor Carlotti und seinen Sohn fanden?«

»Nein, war er nicht. Der Junge hat nichts mitbekommen. Absolut gar nichts. Und jetzt lassen Sie uns bitte nach oben gehen, Commissario Campostelli, damit das Kind dies hier –« er wedelte missfällig mit der Hand in Richtung Wohnungstür – »nicht mit ansehen muss.«

Der Kommissar holte tief Luft, als wollte er zu einer Erwiderung ansetzen, sagte dann aber nur: »Na, meinetwegen, Signor Ticiani. Der Tag hat für uns alle nicht gut angefangen. Gehen Sie nur. Aber halten Sie sich bitte zur Verfügung. Wir werden unsere Unterhaltung zur gegebenen Zeit fortsetzen.«

Der Goldschmied nickte nur und schob dann den Jungen die Treppe hinauf.

»Ach, Signor Ticiani?«, rief der Beamte unvermittelt von unten.

Davide blieb stehen und drehte sich langsam um. »Commissario?«

»Ist Ihnen eigentlich schon aufgefallen, dass der Knabe und Sie den beiden To... – ich wollte sagen, den Opfern recht ähnlich sehen?«

Davide nickte bedächtig, drehte sich wieder um und setzte seinen Aufstieg mit dem Jungen fort. »Ja, Commissario, das ist mir aufgefallen.«

»Komm, trink erst mal einen Schluck Tee.« Salomia Ticiani war eine hagere Frau mit strengen Gesichtszügen, die überraschend sanft sein konnte. Ihre rehbraunen Augen ruhten voller Mitleid auf dem Gesicht des unverhofften Besuchers.

Nico nahm dankbar die Tasse entgegen und nippte daran.

Davide schüttelte den Kopf. Das tat er nun schon seit mindestens einer Minute. »Ich kann es immer noch nicht fassen. Wenn ich nicht wüsste, dass du ein lieber, gescheiter und noch dazu ein ganz besonderer Junge bist, würde ich dich für betrunken halten.«

»Du jedenfalls bist ein Holzkopf, wenn du nicht siehst, was hier vor sich geht«, schimpfte Salomia. »Meinst du, Aaron und Feliciano wurden zufällig am gleichen Tag ermordet wie Nicos Vater?«

Wieder wurde der Kopf des Goldschmiede- und Uhrmachermeisters zu einer Unruh, die von Fassungslosigkeit getrieben hin und her pendelte.

»Der Junge ist in Gefahr«, betonte Salomia.

Ihr Mann seufzte vernehmlich.

»Und wir sind es auch, Davide! Der tote Aaron – das hat *dir* gegolten. Sie werden bald dahinter kommen, dass sie die Falschen umgebracht haben, weil unser Namensschild zufällig noch an der alten Wohnung hängt.«

»Vielleicht sollte ich dem Commissario erzählen, was der Junge uns berichtet hat.«

»Nein!«, brach es aus Nico hervor.

Salomia legte den Arm um ihn. »Beruhige dich. Warum hast du solche Angst vor der Polizei? Sie ist unser Freund – meistens jedenfalls.«

Nico breitete die Hände aus. »Weil … Don Massimiliano ist ein Bandit, aber nie musste er ins Gefängnis.«

»Der Junge meint, Manzini kann bestechen, wen er will«, übersetzte Davide.

Seine Frau schüttelte energisch den Kopf. »Er mag ja in Nettuno eine große Nummer sein, aber er kann doch nicht die ganze Polizei von Rom kaufen.«

Der Goldschmied wiegte den Kopf hin und her. »Ich will ein Tor sein, wenn an den Befürchtungen des Jungen nicht etwas Wahres dran ist. Manzini muss nicht sämtliche Polizisten der Stadt bestechen, es genügt schon, wenn er jemanden weit genug oben auf der Gehaltsliste hat.«

Salomia stieß hörbar die Luft aus, fasste sich an die Stirn, schöpfte tief Atem, ließ ihn wieder fahren und hob erneut zu einer Erwiderung an. »Aber das hieße ja, wir könnten gar nichts tun, außer …«

»Uns davonstehlen?«

Sie nickte mit großen Augen.

Die Spitzen von Davides Schnauzbart begannen zu zucken, ein untrügliches Zeichen für einen seiner Geistesblitze. »Nico könnte der Staatsanwaltschaft einen Brief schreiben und eine ausführliche Zeugenaussage machen.«

»Einen Brief? An die *Procura del Re*?«, echote Salomia fassungslos. »Das ist eine Schnapsidee.«

»Ist es nicht.«

»Ist es doch. Wir werden schneller sterben, als du *hawdala* sagen kannst.« Mit diesem Wort, das »Unterscheidung« bedeutet, bezeichnen die Juden ihre Zeremonie zur Beendigung des Schabbats.

»Eben nicht, mein Täubchen«, widersprach Davide.

»Und wieso bist du dir da so sicher?«

»Weil Nico schreiben wird, dass er nach der Tat geflohen ist.«

Salomia warf die Hände in die Luft. »Aber das ist doch der Schlamassel!«

»Ganz im Gegenteil. Nico wird bei Verwandten in Sardinien unterschlüpfen.«

»Ich wusste gar nicht, dass er auch Angehörige dort hat.«

»Weil es die gar nicht gibt. *Wir* fahren zu deiner Familie auf die Insel, bis sich hier die Wogen geglättet haben. Nico flieht in eine ganz andere Himmelsrichtung.«

»Mach's nicht so spannend, Davide. Wohin willst du ihn schicken?«

Der Goldschmied lächelte geheimnisvoll. »Lass mich zuerst jemanden anrufen.«

Die Piazza Navona war für ein verschwiegenes Treffen ungefähr genauso gut geeignet wie eine voll besetzte Sportarena. Sie zählte zu den belebtesten Orten Roms. Ausgerechnet hier hatte sich der von Meister Davide angekündigte Helfer mit ihnen verabredet. Nico hielt das für keine gute Idee.

Sein Blick wanderte unruhig über den lang gestreckten Platz, der seine ursprüngliche Zweckbestimmung als Stadion nicht verhehlen konnte. In seinem Ohr rauschte das Wasser der Fontana dei Fiumi. Der Vierströmebrunnen war auch Gegenstand von Meister Davides unablässigem Gerede. Hatte er denn etwa keine Angst? Vermutlich verdrängte er nur seine Gefühle mit dem Geplapper über die künstlerische Schönheit des Brunnens, der in Gestalt stämmiger Herren jene vier Flüsse symbolisierte, die man im siebzehnten Jahrhundert für die weltweit größten gehalten hatte.

Das plätschernde Wasser vereinte sich mit Davides Erklärungen und den bangen Gedanken in Nicos Kopf zu einem tosenden Gerausche. Während der Goldschmied von Bernini, dem Schöpfer des Brunnens, berichtete, wanderte der Blick des Jungen einmal mehr über die Piazza. In jedem zweiten Gesicht vermutete er einen Schergen Manzinis. Meister Davides Stimme drang wie ein fernes Nebelhorn aus dem Rauschen des Wassers.

»… weshalb man sich erzählt, der kräftig gebaute Herr dort, der den Rio de la Plata darstellt, hebe nur deshalb wie abwehrend die Hand, weil er fürchtet, die von Borromini entworfene Kirchenfassade könne ihn erschlagen. Die zwei waren einander spinnefeind.«

Nico blinzelte benommen. »Wer?«

»Bernini und Borromini, die beiden großartigen Barockmeister. Du hast mir gar nicht richtig zugehört, oder?«

»Warum konnten wir uns nicht irgendwo an einem stillen Ort mit deinem Freund treffen? Wieso ausgerechnet hier, wo all die Leute sind? Wenn er nun ein Verräter ist …«

»Mach dir keine Sorgen.«

Der Junge hasste es, wenn Erwachsene »Mach dir keine Sorgen« sagten. Sie würden es kaum tun, wenn es nicht einen Anlass dazu gäbe.

»Ich glaube, da kommt er.« Der Goldschmied deutete mit dem Kinn zum westlichen Eingang der Piazza.

Aus Richtung des Torre Millina, eines mittelalterlichen Turmes der Guelfen, näherten sich ungefähr zwei Dutzend Personen. Nico wusste weder, wie der Unbekannte aussah, noch wie er hieß. Es musste sich wohl um einen Mann handeln, also sonderte er alle Frauen aus. Zwei Polizisten und einen Mönch in schwarzer Kutte ließ er ebenfalls außer Acht. Blieben immer noch sieben oder acht Herren, deren Äußeres er nach Hinweisen auf Verschlagenheit oder sonstige verräterische Merkmale absuchte.

Derweil war der Mönch an der Seite Davides stehen geblieben und bewunderte scheinbar die Schönheiten des Platzes. Mit einem Mal raunte der Goldschmied: »Ich danke Ihnen, dass Sie gekommen sind, Bruder Lorenzo.«

Dem Jungen verschlug es die Sprache. Ein katholischer Mönch? Und Meister Davide nannte ihn *Bruder*?

Argwöhnisch musterte Nico den Fremden. Er mochte Ende zwanzig sein. Zwar hatte der trotz Kutte erkennbar schlanke Mann das schmale Gesicht eines großen Jungen, aber aus seinen Bewegungen sprach alles andere als jugendlicher Übermut. Sie wirkten kontrolliert, und seine braunen Augen waren ständig in Bewegung, als prüften sie jedes Fenster, jede Person auf dem Platz. Ohne den Goldschmied anzusehen, begann der Mönch mit sanfter, melodischer Stimme zu sprechen.

»*Ciao*, Davide. Ihr junger Freund macht mir einen ziemlich verstörten Eindruck.« Der Mönch lächelte auf eine ungezwungene Weise, die Nico verwirrte. Es sah so ehrlich aus!

Hingebungsvoll betrachtete der Goldschmied den kleinen Wasserfall, der aus einem Schlitz unter der rechten Fußsohle von Signor Nil hervorsprudelte. »Wie ich Ihnen schon sagte: Der Junge hat Schreckliches erlebt und schwebt nach wie vor in großer Gefahr. Er muss dringend in Sicherheit gebracht werden.«

»Offen gestanden halte ich die von Ihnen am Telefon angedeutete Lösung für problematisch. Ich könnte Ihnen helfen, Ihren Schützling nach Argentinien zu bringen.«

»Nico ist doch noch ein Kind. In Südamerika hat er niemanden, der sich um ihn kümmern kann. Vielleicht muss er ja auch gar nicht für lange untertauchen. Wir haben heute seine Zeugenaussage aufgeschrieben und an die Staatsanwaltschaft geschickt. Dadurch könnte sich für ihn alles zum Guten wenden. Ich möchte nur, dass Sie den Jungen in der Zwischenzeit an einem sicheren Ort verstecken.«

Zum ersten Mal verharrte der Blick des Ordensmannes einen Herzschlag lang auf Davides Gesicht. »Warum habe ich das Gefühl, dass Sie mit dem Schlimmsten rechnen, mein Freund?«

Der Goldschmied zog eine Grimasse. »Weil Sie ein guter Menschenkenner sind, Pater. Und weil es stimmt. Ich habe für Sie hier einige Instruktionen aufgeschrieben ...«

»Nicht so auffällig!«, zischte der Mönch.

Davide hatte gerade einen Umschlag aus der Brusttasche seines Jacketts ziehen wollen, steckte ihn aber schnell wieder zurück. »Wie sollen wir 's machen?«

»Ich nehme an, Sie wollen sich von dem Jungen verabschieden.«

»Natürlich.«

»Dann legen Sie Ihren Arm um ihn. Wenden Sie sich gemeinsam dem Brunnen zu und gestikulieren Sie mit der Hand, als würden Sie ihm die Signori Donau, Ganges und die anderen Ströme erklären. Dabei stecken Sie ihm das Kuvert zu. Dann gehen Sie. So als würden Sie nur kurz etwas besorgen. Haben Sie alles verstanden?«

Davide legte seine Hand auf die Schulter des Jungen. »Ja.«

Der Mönch richtete nun das Wort an seinen neuen Schutzbefohlenen. »Jetzt zu dir, Nico. Das ist doch dein richtiger Name, nicht wahr? – *Schau geradeaus!*«

Der Gefragte hatte den Mann in der schwarzen Kutte ansehen wollen, aber dessen strenge Mahnung ließ seine Augen schnell wieder zur Statue mit dem verhüllten Kopf zurückspringen. Nico deutete ein Nicken an.

»Ich bin Lorenzo Di Marco. Vermutlich fällt es dir schwer, einen Benediktiner als Pater oder Bruder anzureden. Sag einfach Lorenzo zu mir. Ich bin dein Freund.«

Warum muss er das besonders erwähnen?, fragte sich der Junge und schwieg.

Auch der Mönch vertiefte sich nun in die Betrachtung von Gevatter Nil und raunte dabei, fast ohne die Lippen zu bewegen: »Also, hör mir gut zu, Nico. Ich werde einige Zeit, nachdem dein Freund gegangen ist, in dieselbe Richtung verschwinden, aus der ich gekommen bin. Du wartest, bis ich die Piazza verlassen habe, und folgst mir dann. Auf keinen Fall darfst du rennen. Behalte einfach den Abstand und folge mir. Auch wenn du Zweifel haben magst, bleib nicht stehen. Gehe einfach weiter. Alles klar?«

Nico zögerte. Die Anweisungen kamen ihm mehr als seltsam vor. Welche Zweifel meinte der Ordensmann? Hatte er auf das Misstrauen angespielt, das einen jüdischen Jungen unweigerlich überkommen musste, wenn er sein Leben in die Hand eines Andersgläubigen legen sollte? War es nicht besser, bei Meister Davide zu bleiben?

»Was ist?«, fragte Lorenzo Di Marco.

»Wer sagt mir, dass ich Ihnen trauen kann?«

Davide sog hörbar die Luft ein.

»Ich. Ein Mann Gottes«, erwiderte der Mönch ruhig.

»Sie sind Christ, und ich bin ein Jude. Wir haben doch euren Heiland ans Kreuz genagelt.«

Der Benediktiner tauchte seine Hand in den Brunnen, hob sie wieder heraus und betrachtete scheinbar gedankenversunken das davon abtropfende Wasser. Dann sagte er leise, ohne den Jungen anzusehen: »Du klingst verbittert. Offen gestanden, kann ich dich sogar verstehen. Bitte erlaube mir eine Frage, Nico. Hast du dir je darüber Gedanken gemacht, warum Jesus auf Bildern und an Kruzifixen immer ein Tuch um die Lenden trägt?«

»Weiß ich doch nicht«, brummte der Junge. Er vermutete eine Fangfrage. Verstohlen blickte er zu den Figuren, die auf künst lichen Felsen im Brunnen turnten. Sie waren ausnahmslos nackt, aber an den vor dreihundert Jahren wohl als peinlich empfundenen Stellen trotzdem immer irgendwie bedeckt.

»Der Grund ist nicht etwa Schamhaftigkeit und schon gar

nicht das Bemühen um historische Genauigkeit«, fuhr Lorenzo Di Marco fort. »Die Römer gingen mit Todgeweihten, die keine Bürger des Imperiums waren, nicht sonderlich zimperlich um. Wahrscheinlich war Jesus nackt, als man ihn ans Holz nagelte.«

Endlich hatte Lorenzo Di Marco das Interesse des Jungen geweckt. »Aber aus welchem Grund haben die Künstler eurem Heiland dann das Lendentuch umgeschlungen?«

»Weil er ein Jude war.«

»Ich verstehe nicht …«

»Lukas, Kapitel 2, Vers 21: ›Als acht Tage vorüber waren und das Kind beschnitten werden musste, gab man ihm den Namen Jesus.‹ Trüge der Herr nicht das Lendentuch, könnte man sein an der Vorhaut beschnittenes Geschlecht sehen, und die Christenheit müsste eingestehen, dass sie zu einem Juden betet. Für meinen Geschmack hat die Kirche dem Volk Christi genug Unrecht angetan. Es ist allmählich an der Zeit, um Vergebung zu bitten und einiges wieder gutzumachen. Sofern ich dazu beitragen kann, möchte ich das gerne tun.«

Diese Erklärung – ausgerechnet aus dem Mund eines katholischen Ordensmannes – löste bei Nico einen Dammbruch aus. Sein hinter einer Mauer aus Furcht und Vorurteilen aufgestautes Misstrauen zerfloss jäh ins weite Tal der Hilflosigkeit. Allein konnte er nicht gegen Manzini bestehen. Er musste sich jemandem anvertrauen. Warum eigentlich nicht diesem geduldigen, freundlichen jungen Mönch. Hatte sich der Benediktiner ihm nicht förmlich ausgeliefert? Er teilte seine geradezu revolutionären Gedanken mit einem Knaben. Welchen Vertrauensbeweis brauchte es denn noch?

Nico spürte Davides Hand auf seiner Schulter lasten und atmete tief durch. »Gehen Sie voraus, Signor Di Marco. Ich werde Ihnen folgen.«

Der Mönch trocknete seine nasse Hand am weiten Ärmel der Kutte und richtete sich auf.

»Sag Lorenzo zu mir«, klang seine leise Stimme herüber, als er sich abwandte. »Von nun an sind wir Brüder.«

Keine Umarmung. Nur die auf der Schulter liegende Hand hatte Davide Ticianis Gefühle ausgedrückt – im wahrsten Sinne des Wortes. Ein paar schnell gemurmelte Segensworte, dann war der schmächtige Goldschmied davongegangen, im Gerausche des Vierströmebrunnens genauso leise wie ein kleiner Fisch. Unauffälligkeit konnte lebenswichtig sein, denn wer vermochte schon zu sagen, ob sein Haus nicht beobachtet und sie nicht bis zur Piazza Navona verfolgt worden waren? Don Massimiliano musste über die Freundschaft von Emanuele und Nico dei Rossi zum Ehepaar Ticiani genau Bescheid gewusst haben. Wie sonst hatte der Mörder so schnell zuschlagen können?

Der Abschied von Meister Davide lag Nico schwer im Magen. Seit mindestens einer Viertelstunde folgte er nun schon im Abstand von ungefähr fünfzig Metern dem Mönch. Lorenzo Di Marco durchquerte ohne erkennbare Eile die Gassen und Sträßchen des Viertels Ponte Parione westlich der Piazza Navona, aber sein Schutzbefohlener musste sich trotzdem anstrengen, die im Takt raumgreifender Schritte schwingende dunkle Kutte nicht aus den Augen zu verlieren. Manchmal sah er nur den kohlrabenschwarzen Haarschopf des Benediktiners aus einem wogenden Meer anderer Köpfe auftauchen und wieder darin verschwinden: ein Sturmvogel unter vielen. *Quo vadis*?, grübelte Nico. Wohin führt dein Weg, Lorenzo?

Durch die Via Panico ging es zum Tiber hinauf, dann über die Ponte Sant'Angelo zur Engelsburg hinüber. Allmählich dräute dem Jungen, welches Ziel der Mönch ansteuerte, aber wahrhaben wollte er es noch lange nicht. Lorenzo Di Marco wählte keine der beiden Straßen, die in gerader Linie auf den Petersplatz zuführten, sondern einen sich windenden Weg, die Via Corridori Borgo. Nico fragte sich, ob sein neuer Beschützer diese Route wegen ihrer geringeren Übersichtlichkeit oder aus alter Gewohnheit benutzte. Hier hatte das Fliehen Tradition. Zur Rechten ragte nämlich der *Passetto* auf, auch *Corridoio* genannt, der, wie Nico wusste, einst zur Stadtmauer gehört hatte, später jedoch zu einem zinnenbewehrten Fluchtweg umgestaltet worden war, welcher bedrängten Päpsten das Entkommen in die Engelsburg sichern sollte. Aber wieso, fragte er sich, sind wir dann genau in *umgekehrter* Richtung unterwegs?

Er wollte schon erleichtert aufatmen, als Lorenzo nicht die links liegende Kolonnade zum Petersplatz durchstieß, sondern unvermittelt nach rechts abbog, den *Passetto* unterquerte und die Via di Porta Angelica betrat. Offenbar lag das Versteck doch woanders, nicht ausgerechnet hier, von wo aus seinem Volk die Diaspora zur Hölle gemacht worden war. Dann jedoch steuerte der Mönch zielstrebig auf eines der drei Tore zu, die zum kleinsten Staat der Welt führten: dem Vatikan.

Vor der Porta di Sant'Anna stand ein Mann, der aussah, als habe er sein Arm- und Beinkleid aus einer Fahne geschneidert. Schon früher hatte Nico die Schweizergardisten aus der Ferne bestaunt und sie für ihren Mut bewundert. Er jedenfalls würde sich niemals in einer längs gestreiften gelb-rot-blauen Uniform samt gefiedertem Helm und Hellebarde vor einer Synagoge aufbauen. Sein Argwohn fand neue Nahrung, als der Benediktiner ein paar Worte mit dem Wachmann wechselte und dann die Pforte durchschritt. Schnell war er dahinter verschwunden. Anscheinend kannte man hier den Ordensmann.

Nicos Herz begann heftig zu schlagen, zugleich verlangsamten sich seine Schritte. War das eine Falle? Oder hatte ihn der so freundlich anmutende Mönch nur foppen wollen? War ein netter Spaziergang, Jungchen, doch jetzt muss ich nach Hause, in die Vatikanstadt, und du marschierst am besten ins Judenviertel zurück.

Auch wenn du Zweifel haben magst, bleib nicht stehen. Die Worte des Ordensmannes hallten durch Nicos Geist, während er immer langsamer wurde. Der Schweizergardist würdigte ihn keines Blickes. *Gehe einfach weiter.* Lorenzo hatte offenbar den Gefühlssturm vorausgeahnt, der jetzt seinen Schützling durchtobte. Für die *Città del Vaticano* galt Visumzwang, so viel wusste Nico. Und Hellebarden konnten hässliche Verletzungen verursachen, auch das war ihm bekannt. Seine Beine versagten ihm unmittelbar vor dem Gardisten den Gehorsam.

Der Mann stand vor seinem grauen Häuschen, die Rechte um den Schaft der Paradewaffe geschlossen, den angewinkelten linken Arm auf den Rücken gelegt, und blickte stur geradeaus. Der Junge war Luft für ihn.

Bin ich das wirklich?, fragte sich Nico und wagte einen kleinen Schritt auf das Tor zu.

Der Posten bewegte sich nicht.

»Gehe einfach weiter«, flüsterte Nico die Worte des Benediktiners, als verfüge er damit über eine spezielle Formel zur Versteinerung von längs gestreiften Hellebardieren. Er blickte die Straße hinab. In Richtung Petersplatz liefen zwei Nonnen; ansonsten war sie leer. Beherzt trat er durch das Tor.

Der Spruch schien gewirkt zu haben. Jedenfalls war Nico unbehelligt geblieben. Hinter dem nächsten Gebäude wartete schon Lorenzo auf ihn.

»Du bist mutiger, als ich geglaubt habe.«

Immer noch raste das Herz des Jungen. »Ich habe nur getan, was Sie …«

»*Du*«, unterbrach ihn der Mönch. »Sag du zu mir. Schon vergessen?«

Nico holte tief Luft und nickte. »Brüder. Abgesehen von Bruno, dem Baron und seinem Kammerdiener hat mich noch kein Christ so behandelt wie … du, Lorenzo.«

»Umso dringender, dass wir daran etwas ändern. Darf ich jetzt die Notizen unseres gemeinsamen Freundes sehen?«

Der Junge krauste die Stirn.

»Davides Schreiben, das er dir an der Fontana dei Fiumi zugesteckt hat.«

»Ach so! Hätte ich beinahe vergessen.« Nico zog den Umschlag aus seiner Jacke und gab ihn dem Mönch.

»Komm!«, sagte Lorenzo und setzte sich wieder in Bewegung.

Er führte seinen Begleiter durch den Atrio dei Quattro Cancelli in den Südtrakt der Vatikanischen Museen und über einige

Räume, die für die Öffentlichkeit gesperrt waren, in einen weitläufigen Park hinaus. Immer wieder sank sein Blick auf das Papier in der Hand, nur um gleich wieder aufzusteigen und, wie es schien, das Gelesene an die Gedanken weiterzureichen. Als die beiden auf einem gepflasterten Weg die Nordflanke der Peterskirche abgeschritten hatten, fand Lorenzo zur Sprache zurück.

»Das klingt mehr als ernst. Davide hat hier nur einiges von dem angerissen, was dir in der vergangenen Nacht passiert ist. Ich würde gerne mehr darüber erfahren. Es könnte wichtig für uns beide sein. Kannst du darüber sprechen …?« Er ließ die Frage seltsam unvollendet ausklingen.

»Wird schon gehen«, murmelte Nico und schluckte. Obwohl er versuchte tapfer zu sein, klang seine Stimme doch ziemlich brüchig. »Alles begann, … als ich gestern Abend mit Bruno nach Hause kam. In der Werkstatt meines Vaters brannte noch Licht …«

Stockend und gelegentlich von den Zwischenfragen Lorenzos unterbrochen, erzählte er vom Mord an seinem Vater, von der Flucht in Marios schepperndem Fischlaster, dem Herumirren im Rione, dem schockierendem »Willkommensgruß« im Haus des Goldschmieds bis zu ihrem Treffen auf der Piazza Navona. Irgendwann spürte er, dass Lorenzos Arm auf seiner Schulter lag. Sie hatten inzwischen das nordwestliche Ende der Vatikanischen Gärten erreicht. Die Schutzmauer bildete hier eine Bastion; sie wölbte sich in Form eines halbierten Sechsecks nach außen und umschloss so von drei Seiten eine kleine Gruppe von Gebäuden.

»Dort wirst du die nächsten Tage wohnen«, sagte Lorenzo und zeigte auf das kleinste der fünf Häuser.

Der Junge nickte nur.

»Versuche Mut zu fassen, Nico. Ich kann dir deinen Vater nicht zurückgeben, aber ich werde alles in meiner Macht Stehende tun, um dich vor seinem Mörder zu schützen.«

»Was kann ein einfacher Benediktinermönch schon gegen einen wie Don Massimiliano ausrichten!«

»Immerhin habe ich dich hierher gebracht, ohne Visum.«

»Gehörst du zum … zur …« Nico fiel das Wort nicht ein.

»Du meinst, zur Kurie?« Lorenzo schmunzelte. »Im ursprünglichen Sinne des Wortes schon.«

»Kapier ich nicht.«

»Das lateinische Wort *curia* bedeutet eigentlich ›vereinigte Männerschaft‹. Was ich damit sagen will, ist, dass ich außer der Priesterweihe keinerlei geistliche Titel erworben habe. Ich bin nur ein Mann, der einem anderen mit Rat und Tat zur Seite steht.«

»Und wen berätst du?«

»Den Schulfreund meines Vaters.«

»Ist der auch Seelsorger im Vatikan?«

»So könnte man sagen. Er heißt Achille Ratti.«

Sie hatten sich gerade angeschickt, das kleine Haus zu betreten, doch nun verharrte Nico mitten im Schritt. Ungläubig starrte er seinen Begleiter an. »Aber das ist … der *Papst*!«

Lorenzos dunkle Augen funkelten vergnügt. »Das stimmt natürlich. Aber ich helfe ihm trotzdem.«

Nicos Knie wurden weich. Davide hatte ihn in die Obhut eines Vertrauten aus dem engsten Kreis von Pius XI. gegeben. Er spürte, wie Lorenzos überraschend kräftige Hand ihn am Oberarm packte.

»Du siehst aus, als würdest du jeden Moment aus den Latschen kippen. Komm schnell rein. Drinnen findest du alles, um dich auszuruhen.«

Der Junge ließ sich bereitwillig ins Haus führen, in dem ein muffiger Geruch hing. Vermutlich war hier schon lange nicht mehr gelüftet worden. Im Halbdunkel der Diele konnte man das Ende der nach oben führenden Treppe nur erahnen. Nico hörte am wiederholten Klicken, wie der Mönch mit dem Lichtschalter kämpfte. Trotzdem blieb es düster.

»Das passiert hier ständig«, beklagte sich Lorenzo.

»Was?«

»Die elektrische Beleuchtung. Irgendwie scheinen sich die alten Gemäuer mit den Segnungen der Neuzeit nicht anfreunden zu können.«

Der Junge legte unwillkürlich die Hand auf die Wand zu seiner Rechten. Der Verputz war kühl und ein wenig klamm. »Es könnte aber auch andersherum sein.«

Lorenzo runzelte die Stirn. »Wie meinst du das?«

»Darf ich?« Nico streckte die Hand nach dem Lichtschalter aus und berührte, nachdem der Mönch einen Schritt zur Seite getreten war, mit dem Daumen sacht den Schaltknopf. Für einen Moment verharrte er in dieser Stellung und legte ihn dann um.

In der Diele ging die Beleuchtung an.

Lorenzo schüttelte den Kopf. »Du hast doch nichts anderes getan als ich.«

»Ich glaube, doch.«

»Und was?«

»Ich habe dem Schalter meine Aufmerksamkeit geschenkt.«

Nico hatte schon etliche Situationen dieser Art erlebt und erwartete die übliche Reaktion: ein Lachen, vielleicht auch ein Kopfschütteln. Stattdessen sah er sich unvermittelt einem fast körperlich spürbaren Blick ausgesetzt, einer Tiefenbohrung in seine Seele. Schließlich sagte Lorenzo leise: »Du hast Recht, mein Lieber, wir gehen manchmal zu achtlos mit den Dingen um, die unser Leben angenehmer machen.« Er deutete die Treppe hinauf. »Dein Zimmer ist im Stockwerk über uns.«

Sie stiegen ausgetretene Steinstufen empor und betraten eine schlichte Kammer. Decke und Wände waren weiß getüncht, der Boden mit verzogenen Dielen bedeckt, ein kleines Fenster gewährte Ausblick in den Park. Die Einrichtung bestand aus einem Bett, einem Stuhl, einem Tisch, einem Haken an der Wand und einem Kruzifix. Der Mönch bemerkte den auf Letzterem liegenden Blick seines Schützlings und erriet dessen Gedanken.

»Wenn du möchtest, kannst du es abnehmen.«

Nico riss sich von dem Kreuz los und wandte sich wieder dem Mönch zu. »Stimmt das wirklich, was du draußen gesagt hast?«

»Dass ich dem Heiligen Vater diene?« Lorenzo nickte. »Ja, das stimmt. Aber nimm doch Platz. Du bist bestimmt müde. Ich werde gleich dafür sorgen, dass du ein Nachtmahl bekommst.«

Der Junge ließ sich auf der Bettkante nieder. »Warum hilfst du mir, Lorenzo?«

Wieder schmunzelte der Mönch. Jedes Mal, wenn er das tat, sah man tiefe sichelförmige Falten um seine Mundwinkel. »Das hört sich fast so an, als würdest du einen Henker fragen, wieso er dich vom Galgen geschnitten hat.«

Nico schluckte. Der Mann schien Gedanken lesen zu können.

»Es gibt viele Gründe, warum ich meine Ohren vor Davides Hilferuf nicht verschließen kann. Einige habe ich dir bereits auf der Piazza Navona genannt.«

»Woher kennst du Davide Ticiani?«

»Ich hatte ihm eine kostbare Uhr des Heiligen Vaters zur Restaurierung anvertraut.«

»Einem *Juden*?«

»Einem hervorragenden Goldschmied und Uhrmachermeister mit einem einwandfreien Ruf.«

»Kannst du nicht Schwierigkeiten bekommen, wenn man mich hier findet?«

»Mach dir keine Sorgen darum. Abgesehen davon sollten wir uns beide überlegen, ob wir dir nicht eine neue Identität verschaffen.«

»Eine …?«

Lorenzo nickte. »Einen anderen Namen. Falls die Staatsanwaltschaft deine Zeugenaussage in irgendeiner Schublade verschwinden lässt und diesen Manzini nicht hinter Schloss und Riegel bringt, dann muss Nico dei Rossi aufhören zu existieren, so als hätte es ihn nie gegeben.«

»Aber wie soll das gehen?«

»Ich beschaffe dir neue Papiere.«

»Gefälschte …?«

Lorenzo lachte. »Schau nicht so schockiert. Seit dem Mittelalter hat die heilige Mutter Kirche große Erfahrung im Fälschen gesammelt. Außerdem ist der Vatikan mit Unterzeichnung der Lateranverträge vor drei Jahren wieder ein souveräner Staat geworden und kann alle möglichen Dokumente und Urkunden anfertigen, die nicht nur offiziell aussehen, sondern es auch sind.

Wenn du dir einen neuen Namen aussuchen könntest, welchen würdest du wählen?«

Nico war viel zu konsterniert, um darauf zu antworten. Nicht nur die überraschende Freimütigkeit des Ordensmannes irritierte ihn, sondern noch viel mehr die zunehmende Rasanz, mit der sich sein Leben änderte.

»Dein Name erinnert mich an den Pharisäer Nikodemus aus dem Johannesevangelium, der sich nach Jesu Tod zu dessen Jüngerschaft bekannte. Das griechische Wort *níke* steht für ›Sieg‹ und *dêmos* bedeutet ›Volk‹. Wir könnten uns einer List bedienen. Was hältst du davon?«

Dem Jungen waren die Gedankengänge des offenbar ziemlich gebildeten Benediktiners zu hoch. Achselzuckend ergab er sich in sein Schicksal.

»Wie wäre es mit ›Nikolaus‹?«, schlug daher der Mönch geradezu ausgelassen vor. »Das griechische *laós* steht nämlich auch für ›Volk‹, besser gesagt für ›Kriegsvolk‹ – du behältst den gleichen Namen, obwohl es nicht derselbe ist. So wird aus einem Juden im Handumdrehn ein Christ.«

»Willst du dich über mich lustig machen?«

Schlagartig wurde Lorenzo wieder ernst. »Nein, Nico. Das liegt mir fern. Gott lässt jedem seinen freien Willen; andernfalls wäre der Sündenfall unmöglich gewesen. Wer seinem Nächsten vorschreibt, was er zu glauben hat, vergewaltigt nicht nur dessen Freiheit, sondern auch die eigene. Hier geht es, wie gesagt, um eine List, mein Lieber. In deinem Herzen sollst du der bleiben, der du sein möchtest, aber da, wo Davide dich hinschicken will, könnte dir ein Name, der die Menschen eher an katholische Heilige und Päpste denken lässt, von Nutzen sein. Trotzdem werden in ihm, solltest du dich für meinen Vorschlag entscheiden, immer noch deine Wurzeln bewahrt.«

Nico seufzte. Im Moment hätte er sich mit jedem Namen abgefunden. »Meinetwegen. Meister Davide hat gesagt, dass er mich bei Verwandten unterbringen will, aber auch nicht mehr. Ist Nikolaus nicht zu ...«

»Auffällig? Ganz im Gegenteil. Aber wir können ja, wenn es dir angenehmer ist, als Rufname die in deiner neuen Heimat üblichere Form *Niklas* wählen.« Der Mönch zeigte den Umschlag des Goldschmieds. »Hier steht alles drin. Davide hält es nämlich für das Klügste, dich bei seinem Schwager unterzubringen. Er heißt Johan Mezei, ist wie dein Vater Uhrmacher und lebt in Wien.«

»In *Österreich*? Warum nicht England? Da kommt meine Mutter her, und ich verstehe wenigstens die Sprache. Aber …«

»Jetzt tu nicht so entsetzt, Nico! Davides Wahl ist nicht die Schlechteste. Der Vatikan unterhält zur anglikanischen Kirche lange nicht so gute Beziehungen wie zu unseren Diözesen in Austria. Das liegt zwar nördlich der Alpen, aber nicht hinterm Polarkreis. Wenn du bei Mezei als der Geselle Niklas Michel in die Lehre gehst, wird man dich bald für einen alpenländischen Burschen halten.«

»Aber ich kann doch nicht mal Deutsch!«

»Das lässt sich lernen. Wir machen dich zu einem Tiroler mit italienischer Mutter und österreichischem Vater. Du bist, sagen wir, in Bozen aufgewachsen oder in Meran und erst nach dem Tod deiner Mutter auf die andere Seite der Alpen gezogen. Es ist das Natürlichste von der Welt, wenn es da anfangs mit der Sprache hapert.«

Nico war zum Heulen zumute. »Am liebsten würde ich ihn umbringen!«

»Wen? Manzini?«

»Ja! In der Thora steht, dass der nächste Angehörige eines Ermordeten das vergossene Blut von der Hand des Mörders zurückfordern soll.«

Lorenzo stand vom Stuhl auf, ging vor dem Jungen in die Hocke, umfasste dessen Hände und sagte mit zwar sanfter, aber beschwörender Stimme: »Darin heißt es aber auch: ›Mein ist Rache und Vergeltung.‹ Und diese Worte spricht Jahwe, dein Gott, Nico. Im selben Atemzug versichert er dir: ›Zur bestimmten Zeit wird ihr Fuß wanken.‹ Du bist doch der Sohn eines Uhrmachers und kennst die Macht der Zeit. Der Ewige ist sogar mächtiger als sie. Gib deinem Zorn Raum und überlass ihm die Rache.«

Nico ließ den Kopf hängen und nickte schwach. Wenn Manzini je für seine Verbrechen zur Rechenschaft gezogen würde, dann durch ihn, den Sohn des Uhrmachers. Daran glaubte er ganz fest. Aber im Moment fehlte ihm die Kraft, seinen Anspruch auf Vergeltung überzeugend zu verteidigen. Stattdessen verlieh er einer Hoffnung Ausdruck, die von Stunde zu Stunde schwächer wurde.

»Vielleicht ändert sich ja alles durch meine Aussage. Kann doch sein, oder? Dann kommt die Polizei, sperrt Don Massimiliano ins Gefängnis, und ich bin in ein paar Tagen wieder zu Hause.«

Der Mönch erwiderte ernst Nicos flehenden Blick. Diesmal war es Lorenzo, der sich um eine Antwort drückte.

4. KAPITEL

Der Walzenbändiger

Nettuno, 1938

Wie hieß der Benediktiner doch gleich?« Bruno Sacchi lehnte auf der Fensterbank seiner Stube und blickte aufs Tyrrhenische Meer hinaus. Neben ihm stand ein ernster junger Mann, der mit seinem Taschenmesser einen Apfel schälte und dabei keine Miene verzog.

»Ich habe seinen Namen nicht erwähnt.«

»Traust du mir etwa nicht?«

»Der Mönch hat mich gebeten, seinen Namen niemandem zu verraten. Ich denke, das bin ich ihm schuldig.«

»Warum hat er dich ausgerechnet Niklas *Michel* genannt?«

»Vermutlich wegen seines etwas sonderbaren Humors. Na ja, vielleicht kam er mir auch nur merkwürdig vor, weil er viele Dinge sagte und tat, die man von einem engen Vertrauten des Papstes kaum erwarten würde. Jedenfalls ist mein neuer Familienname auch so eine seiner ›Listigkeiten‹, wie er mir mit einem Schmunzeln erklärte. Wegen ihrer Schlafmützigkeit würden die Teutonen ja gelegentlich als ›Michel‹ bezeichnet, sagte er. Eigentlich ist das aber eine Kurzfassung des hebräischen *Michael*, was für ›Wer ist wie Gott?‹ steht. Ulkigerweise gibt es auch im Alt- und Mittelhochdeutschen das Wort *michel*.«

»Und was bedeutet es da?«

»Groß.«

»Das passt zu den Träumen ihres Führers.«

»Für Diktatoren hast du nicht viel übrig, stimmt's?«

Bruno schnaubte. »Du etwa? Meine geistige Heimat ist die *Giustizia e Libertà*. Hättest du nicht Lust mitzumachen?«

»›Gerechtigkeit und Freiheit‹?«, murmelte Nico. »Ist das eine oppositionelle Bewegung?«

»Man merkt, dass du lange von zu Hause weg warst, *amico mio*. Ja, es ist eine Bewegung, die Mussolinis Faschistenpack am liebsten mit Stumpf und Stiel ausrotten würde. Und deshalb sollten wir das auch besser nicht bei offenem Fenster besprechen.«

»Da gibt es nichts zu besprechen, Bruno. Ich lasse mich von nichts und niemandem vereinnahmen. Ich bin zwar den Papieren nach ein arisches Waisenkind, aber ich war weder im Deutschen Jungvolk noch in der Hitlerjugend. Ebenso wenig werde ich mich jetzt deiner Freiheitsbewegung anschließen.«

»Das ist ja wohl ein Unterschied.«

»Mag sein. Ich gehe lieber meinen eigenen Weg.«

»Wenn du mir den jetzt als Pfad der Tugendhaftigkeit verkaufen willst, dann schreie ich.«

Nico deutete mit der Hand aus dem Fenster. »Tu dir keinen Zwang an.«

»Du bist immer noch so ein sturer Knochen wie früher. Was spielst du für ein Spiel? Warum führst du dieses alberne Theater auf? Niklas Michel! Ich habe dich am Bahnhof sofort erkannt. Donna Laura magst du mit dem Namen täuschen, aber nicht mich. Nicht deinen besten Freund.«

»Aber ich *bin* Niklas Michel. Ich kann dir meine Papiere zeigen.«

»O ja! Das kannst du bestimmt.« Bruno nickte lächelnd. »Es ist wegen Manzini, stimmt's? Nachdem du untergetaucht warst, glaubten die Leute in der Stadt, der Mörder hätte dich ebenfalls umgebracht. Inzwischen rechnet wohl selbst Don Massimiliano nicht mehr damit, dass du wieder aufkreuzen könntest. Du bist doch gekommen, um an ihm Rache zu nehmen, oder?«

»Willst du ein Stück Apfel?«

»Herrje! Du bringst mich noch zur Weißglut.«

Nico steckte sich den verschmähten Schnitz in den Mund, kaute eine Weile darauf herum, blickte versonnen aufs glitzernde

Meer hinaus und sagte schließlich sehr ruhig: »Ich habe sechseinhalb Jahre auf meine Rückkehr nach Nettuno gewartet, Bruno, und werde jetzt nichts überstürzen. Mächtige Feinde besiegt man am besten durch Geduld. ›Zur bestimmten Zeit wird ihr Fuß wanken‹, versprach mir ein weiser Mann, dem ich wohl mein Leben verdanke. Darauf vertraue ich.«

»Hör mir zu, Nico. Ich weiß nicht, ob du dir im Klaren darüber bist, was sich seit deiner Flucht hier alles verändert hat. Und dabei meine ich nicht den Bahnhof, den sie vom Meer wegverlegt haben, oder die letztes Jahr leer geräumte Piazza Umberto I. oder die neu gebauten Straßen. Du erinnerst dich doch noch, wie wir beiden von den Zinnen des Forte Sangallo aus nach dem legendären *Neptunia* Ausschau gehalten haben. In ein paar Monaten wird es wieder auftauchen, dank unseres großen *Duce*, des weisen, herrlichen und grenzenlos machtgierigen Benito Mussolini: Anzio und Nettuno werden unter gemeinsamem Namen eine Zwillingsstadt bilden.« Brunos Stimme hatte plötzlich etwas Verbissenes. »Aber darum geht's nicht. Als ich von Veränderungen sprach, dachte ich an jemand anderen, der sich in Nettuno genauso zum Diktator aufspielt wie unser Volksschullehrer Benito im Land. Ich rede von Massimiliano Manzini.«

»Wie meinst du das?«

»Ein paar Wochen, nachdem dein Vater ermordet worden war, stieg Don Massimiliano zum *podestà* von Nettuno auf. In ziemlich genau einem Jahr soll er sogar der Vorsteher beider zusammengeschlossener Gemeinden werden.«

»Manzini wird Anzio *und* Nettuno regieren?«

»Nettunia. Am besten, du merkst dir diesen Namen, Nico. Die wiederauferstandene mythische Stadt wird vom 17. November 1939 an *Nettunia* heißen. Ich wette, die Symbolik gefällt unserem ehrenwerten Don Massimiliano. Zum Jahreswechsel will er unsere ›Wiedervereinigung‹ schon mal proben, indem er vor dem Kommunalpalast ein rauschendes Fest veranstaltet – sozusagen zum sanften Hineingleiten ins neue Großstadtbewusstsein. Verrückt, was?«

»Ob das funktionieren wird …?«

»Don Massimiliano spielt sich gerne als Kapitän auf, der den Kurs bestimmt. Was die Leute an den Ruderbänken sagen, interessiert ihn nicht. Er ist mächtiger denn je, Nico. Du wirst Unterstützung brauchen, wenn du gegen ihn vorgehen willst. Jemanden mit Beziehungen, einen, der erlebt hat, wie es ist, wenn man von den Faschisten Stück für Stück seiner Freiheiten beraubt wird.«

»Meinst du, den Menschen in Österreich oder Deutschland ist es besser ergangen als den Landsleuten hier? Was ich in Wien erlebt habe, ist nur ein anderes Gesicht des Faschismus und vielleicht ein noch viel schlimmeres.«

»Darüber zu streiten ist müßig, Nico. Du warst jedenfalls zu lange weg, um dich mit den Gegebenheiten hier auszukennen. Deshalb brauchst du auch meine Hilfe, wenn du eine Vendetta gegen Manzini planst.«

»Sehe ich aus wie ein Sizilianer?«

Bruno verlor allmählich die Geduld. »Hör endlich auf, mir etwas vorzumachen. Auge um Auge, Zahn um Zahn – steht das nicht in der Thora, eurer heiligen Schriftrolle? Die Blutrache war im Volk Israel ein göttliches Gebot. Du kannst nicht anders.«

»Woher willst du wissen, was in mir vorgeht, Bruno?«, fragte Nico müde.

Sein Freund klopfte ihm auf die Schulter und lächelte. »Ich habe dich schon immer durchschaut. Wir waren schließlich einmal wie Pech und Schwefel. Und wir werden es wieder sein.«

»Mach dir nicht zu viele Hoffnungen. Mein Aufenthalt hier wird nicht länger dauern als nötig. *A propos*, was ist übrigens aus dem Haus meiner Familie geworden?«

»Manzini hat es sich unter den Nagel gerissen.«

»Was?«

Bruno nickte. »Weil niemand da war, der Anspruch darauf erhob, ist es an die Stadt gefallen. Der Vorsteher soll's für eine Hand voll Lire gekauft haben. Das Merkwürdigste daran ist, dass es seit dem Mord an deinem Vater unbewohnt geblieben ist. Türen und Fenster sind verrammelt, als wollte Don Massimiliano darin etwas einschließen, das nie wieder das Tageslicht sehen darf.«

»Seine Blutschuld.«

»Möglicherweise. Du bist der rechtmäßige Erbe des Hauses, Nico. Zeig's dem Halunken und dem ganzen korrupten Apparat. Hol dir zurück, was dir gehört.«

»Wozu? Ich glaube nicht, dass ich dieses Haus je wieder betreten kann, ohne danach wochenlang Albträume zu haben. Davon abgesehen: Darf ich dir einen Rat geben, Bruno?«

»Nur zu.«

»An deiner Stelle würde ich nicht jedermann meine regimefeindliche Gesinnung auf die Nase binden.«

»Aber du bist nicht jedermann. Wir beide sind erwachsen geworden und mögen uns für andere verändert haben, aber als *ich* dich vorhin im Gespräch mit dem Chauffeur entdeckt habe, ist in meinem Kopf eine Leuchtrakete hochgegangen. Mir war, wie gesagt, sofort klar, wer da in seine alte Heimatstadt zurückkehrte. Und mir wurde auch sehr schnell bewusst, weshalb du nach Nettuno gekommen bist. Jemand mit deinen Absichten wird nicht zur Polizei laufen.«

»Und wenn ich ein Spitzel der OVRA bin?«

»Dass ich nicht lache! Du und die Geheimpolizei zur Abwehr des Antifaschismus, das wäre ungefähr dasselbe wie ein katholischer Priester bei den Kommunisten.«

»Ich finde es trotzdem etwas unvorsichtig, einen Reisenden von der Straße aufzulesen und mit nach Hause zu schleppen.« Nico ließ den Blick durch das Zimmer schweifen, das Brunos ganze Habe barg. »Schon irgendwie komisch. In meiner Erinnerung warst du bis eben noch der freche Rotzlümmel, der sich kaum eine Zuckerstange leisten konnte, und mit einem Mal bist du neunzehn und stolzer Besitzer einer eigenen Wohnung.«

»Es ist nicht viel mehr als ein Loch über der Stadtmauer. Aber wenigstens geht das Fenster nach Westen raus. Für ein Zimmer mit Meerblick blechen andere horrende Preise.«

»Nichts auf der Welt ist umsonst. Wie kannst du das hier bezahlen? Ich dachte früher immer, du würdest eines Tages in die Fußstapfen deines Vaters treten.«

»Und ein hungernder Maler werden? Nein danke.«

»Andrea Sacchi war ein gefeierter Künstler.«

»Ja, vor beinahe dreihundert Jahren. Ohne Baron Camossis Großzügigkeit hätte mein Vater die Familie nie durchgebracht. Auch auf die Gefahr, mich zu wiederholen, Nico: Die Zeiten haben sich geändert. Ich kann der Vorstellung nichts abgewinnen, eimerweise Farbe in faschistische Monumentalgemälde zu kippen.«

»Und womit verdienst du deinen Lebensunterhalt?«

»Ich fahre reiche Besucher in der Gegend herum.«

»Du bist ein *Fremdenführer*?«

»Aus deinem Mund klingt das wie ein anderes Wort für Zuhälter. *Papà* hat mir viel über die schönen Künste beigebracht. Das kommt mir bei meiner Arbeit sehr zugute. Ich führe eine Menge reiche – nicht selten auch einflussreiche – Leute durch die Gegend. Da fällt einiges ab, und ich muss nicht mal in der Partei sein.«

»Du brauchst nicht ständig zu betonen, wie wenig du von den Faschisten hältst.«

»Als wenn das bei dir anders wäre!«

»Na, was denkst denn du? Schon vergessen, dass ich am 23. März 1919 geboren wurde, dem Sonntag, an dem Mussolini und seine Veteranenfreunde die *Fasci di Combattimento* gegründet haben? Mir wurde das Rutenbündel der Faschisten sozusagen in die Wiege gelegt.«

»Witzbold«, schnaubte Bruno. »Vielleicht liest man, wo du herkommst, ja keine Zeitungen, sonst wüsstest du, dass Mussolini im letztem Jahr die Entfernung aller Juden aus öffentlichen Ämtern und dem Militär verfügt hat. Der *Duce* hat sich von Hitlers Antisemitismus anstecken lassen.«

»Ich weiß, Bruno. Mir ist diese Sache bestens bekannt. Vor gerade zehn Tagen habe ich mit eigenen Augen ansehen müssen, wie das Leben zahlloser Juden buchstäblich in einen Scherbenhaufen verwandelt wurde. Hitlers Handlanger nannten das Pogrom zynischerweise ›Reichskristallnacht‹ – weil die Überreste der zertrümmerten Fensterscheiben so schön glitzerten.«

Das überschäumende Gemüt des jungen Fremdenführers kühlte augenblicklich ab. Betreten sah er zu Boden. »Ich hätte dir sowieso nicht abgenommen, dass du etwas für braune oder schwarze Hemden übrig hast. Die stehen uns beide nicht.«

Nicos Blick wanderte wieder auf das Meer hinaus. Vor seinem geistigen Auge erschien ein von schwarzen Locken umrahmtes blasses Gesicht.

»Woran denkst du?«, fragte Bruno.

»Nichts weiter.«

Seine Stimme bekam einen spöttischen Klang. »Das kannst du einem anderen erzählen, aber nicht deinem besten Freund.«

»Ich habe keine Ahnung, wovon du …«

»Sie hat dir den Kopf verdreht, stimmt's?«

»Wer?«

»Na wer wohl? Donna Laura natürlich, das hübscheste Mädchen der Stadt. Und wohl auch das reichste. Schlag sie dir aus dem Kopf.«

»Du meinst, weil so jemand wie ich nie ein Mädchen haben wird, das einen eigenen Chauffeur herumkommandieren kann?«

»Nein. Ich meine, weil es für einen Mann, der einen Rachefeldzug gegen den Stadtvorsteher plant, tödlich enden könnte, sich in Don Massimilianos Tochter zu verlieben.«

Der Dezember schickte sich an, die nasskalten Novembertage noch an Scheußlichkeit zu übertrumpfen. Bruno Sacchis Einzimmerwohnung über der Stadtmauer besaß nur einen Herd, der mit Holz, manchmal mit Kohlen befeuert wurde und keine sehr gute Heizung abgab. Wenn der Westwind vom Meer her gegen das Fenster drückte – mithin so gut wie immer –, zog es in der Kammer wie in einem Kamin. Brunos Logiergast war strenge Winter gewohnt, weshalb er derlei Unbilden mit stoischer Gelassenheit hinnahm. Was ihn beschäftigte, hatte nichts mit dem Wetter zu tun.

Wie kam man an den Podestà heran? Das war die zentrale Frage. Erst mit Unterstützung seines Freundes, dann auf eigene Faust hatte Nico in den letzten Tagen einige Erkundigungen über den Stadtvorsteher von Nettuno eingezogen. Manzini sei ein glühenderer Faschist denn je, hieß es allenthalben. Zumindest gab Don Massimiliano vor, der treueste Parteigänger des *Duce* zu sein. In Wirklichkeit lag ihm nicht mehr oder weniger an Mussolini als an irgendjemandem sonst. Es ging ihm nur darum, die Menschen auszubeuten.

Abgesehen von der Tatsache, dass Manzini nun ein offizielles Amt bekleidete, war dies für den Sohn des ermordeten Uhrmachers nichts, was er nicht schon seit Jahren wusste. Mehr interessierte ihn das Umfeld, in dem sich der Vorsteher bewegte. Wenn man die Gewohnheiten eines Menschen kennt, dann wird er berechenbar. Und genau darum ging es Nico. Tagelang streifte er durch die Stadt und plauderte mit jedem, der dazu aufgelegt war. Schnell wurde er sehr geschickt darin, das Gespräch wie zufällig auf den Podestà zu lenken. So verschaffte er sich ein umfassendes Bild von den Ereignissen der zurückliegenden sechs Jahre und der Stimmung in der Bevölkerung im Allgemeinen sowie von Manzinis »Regierungsstil«, seinen Leistungen und seinen Machenschaften im Besonderen.

Im Nordosten von Nettunos Altstadt gab es ein kleines Areal, das Nico wie eine Todeszone mied. Sein Geburtshaus, das dem Vater zum Schlachthaus geworden war, lag im Zentrum dieses emotionalen Minenfelds. Weil es an sehr exponierter Stelle stand, streifte Nicos Blick es manchmal aus der Ferne. Dann begann sein Herz jedes Mal heftig zu schlagen, und er bekam feuchte Hände. In den darauf folgenden Nächten plagten ihn häufig Albträume, in denen er wieder und wieder hörte, wie der Kopf seines Vaters von Don Massimiliano auf den Boden geschmettert wurde, ein zum ohrenbetäubenden Hämmern anschwellendes Geräusch. Selbst wenn er schweißgebadet erwachte, glaubte er noch ein Echo davon zu vernehmen.

Manzini residierte im Palazzo Comunale, einem stattlichen

Gebäude vor den Toren des mittelalterlichen Ortskerns. Es mag in der Absicht der Erbauer dieses »Palastes der Gemeindeverwaltung« gelegen haben, den schon zur Jahrhundertwende beliebten Badeort Nettuno durch mondäne Architektur aus der Provinzialität zu erheben, aber irgendwie wirkte dieser Versuch auf eine anrührende Weise missglückt. Wie seine jahrhundertealten Vorbilder aus Florenz oder Rom besaß der Palazzo einen annähernd quadratischen Grundriss, verfügte jedoch im Unterschied zu den Wehr- und Prunkbauten der Renaissance über ein eher offenes Untergeschoss mit mehreren, von Säulen flankierten Eingängen und zahlreichen unvergitterten Fenstern. Der Architekt hatte, als habe er das Auge des Betrachters am allzu schnellen Abgleiten hindern wollen, die schlichte Grundform mit allerlei Blickbrechern überhäuft: unten Flachbögen und cremefarbene Steinquader, im Stockwerk darüber Balkone, Rundbogenfenster und rote Backsteine, sowie unter dem steinernen Gebälk des Flachdachs immer wieder das Stadtwappen aus Stuck und dazwischen grüne Füllungen. Das auffälligste Merkmal des Kommunalpalastes war ohne Frage der über seiner Südwestecke aufragende, viereckige, zinnenbewehrte Uhrenturm. Er war ungefähr so hoch wie ein weiteres Stockwerk. Die Zifferblätter an seinen Außenseiten verrieten den Nettuniern, was ihnen die Stunde geschlagen hatte. Der Palazzo bildete nicht wirklich einen Kontrapunkt zu den mannigfachen Aus- und Anbauten innerhalb und sogar auf der alten Stadtmauer; eher setzte er die dort über Jahrhunderte gewachsenen Vielfalt nur mit anderen Mitteln fort.

In dieser Residenz war der Gemeindevorsteher seltener anzutreffen, als man annehmen mochte. Einen Großteil seiner Geschäfte wickelte er von zu Hause ab. Sein Anwesen hatte sich in den vergangenen sechseinhalb Jahren kaum verändert. Äußerlich erschien es sehr schlicht. Die Fassade gliederte sich in mehrere Gebäudeteile, die untereinander verbunden waren. Mit der abblätternden grauen Fassade wirkte der Komplex fast schon verwahrlost, aber wer je in Don Massimilianos Privatpalast eingeladen worden war, der wusste von einer Innenausstattung zu berichten, die in Nettuno ihresgleichen suchte. Der mächtige Bau lag an der Westseite der weitläufigen Piazza Umberto I., dort wo die Reifen der Automobile auf dem Kopfsteinpflaster trommelten und die Straßenbahn manchmal sogar nach Fahrplan vorbeikreischte. Wie zahlreiche andere Häuser hier war das Anwesen mit den Resten der alten Stadtmauer unlösbar verwachsen. An seiner Nordfront klebte ein uralter Rundturm. Das Hauptgebäude war ein nur unerheblich jüngerer, fast kubischer Palazzo mit fünf Stockwerken, jedes durch ein Gesims von den darunter liegenden abgetrennt, aber insgesamt weit weniger überladen als der Kommunalpalast. An seiner Rückseite grenzte er an die Via del Limbo, gewährte aber durch eine Lücke in der gegenüberliegenden Häuserzeile Blick auf die Stiftskirche San Giovanni.

Auf der Via Durand de la Penne waren es von Manzinis Anwesen bis zum Gebäude der Stadtverwaltung nur ein paar hundert Meter. Trotzdem ließ sich Nettunos Oberhaupt jeden Tag in seiner launischen schwarzen Limousine hin- und auch zurückkutschieren. Dabei wurde er stets von seinem Chauffeur, dem hünenhaften Uberto Dell'Uomo, eskortiert. Mit Gewehr oder Bombe hätte ein fanatischer Attentäter den Stadtvorsteher wohl trotzdem töten können, aber Nico war alles andere als das. Sicher, manchmal machte ihn die Vorstellung rasend, wie problemlos Manzini Menschen ermorden und ungeschoren davonkommen konnte. Während der Durchwanderung solcher Seelenschluchten hätte Nico nicht unbedingt darauf wetten mögen, ob er einer Gelegenheit zur blutigen Abrechnung mit dem verhassten Mörder widerstehen könnte. In besonneneren Momenten hingegen sagte er sich, dass es bessere Wege geben müsse. *Zur bestimmten Zeit wird auch sein Fuß wanken.* Lorenzos Versprechen war nicht vergessen.

Leider konnte man sich dem ersten Mann der Stadt kaum auf mehr als fünfzig Meter nähern, ohne Verdacht zu erregen. Seine Sekretärin war sogar völlig unbeeindruckt geblieben, als Nico in der Rolle eines Wiener Italienreisenden, der über seine Erlebnisse ein Buch zu schreiben und Nettuno darin möglicherweise ein eigenes Kapitel zu widmen gedachte, im Kommunalpalast vorstellig geworden war und um eine Besprechung mit dem »Stadtvater« gebeten hatte. Freundlich lächelnd ließ man den deutschen Gast abblitzen. Für Normalsterbliche galt es als aussichtsreicher, eine Audienz beim Papst zu bekommen als einen Termin beim Podestà des Zehntausend-Einwohner-Städtchens.

An jenem kühlen Dezembermorgen, als Nico auf der Piazza Umberto I. eine Tüte Äpfel kaufte und noch nicht ahnte, dass sein Leben in wenigen Minuten einen Stoß in eine neue Richtung bekommen würde, hatte er das Kommen und Gehen des Vorstehers schon fast zwei Wochen lang studiert. Oft war er stundenlang die Via Durand de la Penne auf und ab gewandert, weil das Zielobjekt seiner Observation sich an keinen erkennbaren Zeitplan hielt. Die Arbeit in der Stadtverwaltung schien für Manzini nur eine Liebhaberei zu sein, der er offenbar nur dann frönte, wenn seine übrigen, vermutlich lukrativeren Geschäfte ihm dies erlaubten. Im Laufe der Beobachtungen hatte Nico auch mehrmals Laura Manzini zu Gesicht bekommen, was es ihm nicht unbedingt leichter machte, den Rat seines besten Freundes zu befolgen. Wie sollte er sich dieses Mädchen aus dem Kopf schlagen, wenn es in ebendiesen immer wieder Einzug hielt? Nachts pflegte sie in den Kammern seines Geistes sogar regelmäßig ausgedehnte Spaziergänge zu unternehmen. Sie war so himmlisch schön, so anmutig, so grazil, so geschmackvoll gekleidet, so klug, mit einem so wunderbaren Lächeln gesegnet, so …!

»… Wechselgeld, Signor Michel.«

Nico riss sich vom Geschehen vor dem verschachtelten Manzini-Anwesen los. Sein Blick zog sich zurück über den Neptun-Brunnen, wo Kinder in Pfützen spielten, streifte eine Straßenwalze, die gerade ein ausgebessertes Stück Pflaster planierte, und kam schließlich auf dem Mondgesicht von Signora Pallotta zum Stehen. »Wie bitte?«

Die Verkäuferin verdrehte theatralisch die Augen. Sie war eine kleine, rundum gut gepolsterte Frau in den Sechzigern mit rot geäderten Wangen und einer durchdringenden Stimme. »*Mamma mia*, wo haben die jungen Leute heutzutage nur ihren Kopf! Ihr restliches Geld. Oder soll ich es behalten, Signor Michel?« Wenn sie seinen Namen aussprach, hörte es sich immer wie *Mikele* an.

»Wohl besser nicht, Signora Pallotta. Im Moment muss ich jede Lira zweimal umdrehen.«

»Haben Sie immer noch keine Arbeit gefunden?«

»Leider nicht. Vielleicht sollte ich mich mal beim Stadtvorsteher bewerben …«

»Aber Sie sind doch Ausländer, Signor Michel. Don Massimiliano würde Sie niemals einstellen. Erstens verbieten es die Vorschriften, und zweitens hat er keine Zeit, sich um die Sorgen eines jungen Burschen wie Sie zu kümmern.«

»Ja, ja, das Wohl der Stadt scheint ihn arg zu beanspruchen.«

»Ha! Wenn Sie sich da nur nicht irren, *caro mio*. Don Massimiliano sorgt sich wohl eher um sein Vermögen und vielleicht noch um seine Dynastie, die ihm nicht so recht gelingen will.«

»Wie meinen Sie das?«

»Nach der Totgeburt seines erhofften Erben konnte Donna Genovefa – das ist seine zweite Frau –, na, jedenfalls ist sie nicht mehr schwanger geworden.« Signora Pallotta senkte die Stimme. »Man sagt, es laste ein Fluch auf ihm.«

»Ach! Und wer behauptet so was?«

Die Verkäuferin straffte den Rücken. »Dieser und jener. Man hört so einiges, wenn man tagaus, tagein mit den Leuten spricht.«

»Das glaube ich. Sagt *man* nicht auch, dass Don Massimiliano ein sehr abergläubischer Mann sein soll?«

Signora Pallotta warf die Hände hoch und ließ sie sogleich wieder fallen. »Abergläubisch ist gar kein Ausdruck! Würd mich nicht wundern, wenn er sich in seinem verwinkelten Haus einen eignen Astrologen hält, nur damit der ihm das tägliche Horoskop stellt und ihm sagt, ob eine Katze schwarz genug ist, um ihr aus dem Weg zu gehen, oder bei wie vielen verschütteten Salzkörnchen er sich ernstlich Sorgen machen muss oder …«

»Die Sache mit dem Fluch, die Sie erwähnten – war das nur so dahingesagt?«

Die mollige Signora gab sich erstaunt. »Nun behaupten Sie bloß nicht, Sie hätten noch nie von seiner Manie mit der Lebensuhr gehört?«

Nicos Puls beschleunigte sich. Äußerlich blieb er völlig ruhig. »Was, bitte schön, ist eine *Lebensuhr*?«

»Dann kennen Sie die Geschichte also tatsächlich nicht.« Die Gemüseverkäuferin schüttelte mit Nachdruck den Kopf. »Das müssen Sie unbedingt hören, Signor Michel. Vor nun bald sieben Jahren hatte Don Massimiliano von Meister Emanuele dei Rossi eine Uhr gekauft. Es soll ein Stück von einzigartiger Schönheit gewesen sein. Dann wurde Emanuele plötzlich mit zerschmettertem Schädel in seiner Werkstatt aufgefunden. Vermutlich Diebe, denn das Haus des Ärmsten war verwüstet, sämtliche Uhren und alles Geld verschwunden. Außerdem war Emanueles Sohn wie vom Erdboden verschluckt. Man hat das Kind bis auf den heutigen Tag nicht mehr gefunden und nimmt an, dass sie es verschleppt und ebenfalls massakriert haben. Auf jeden Fall ging nicht mal eine Woche später Donna Genovefas Leibesfrucht ab. Danach soll es Don Massimiliano mit der Angst zu tun bekommen haben. Es heißt, er habe zweimal vergessen, seine neue Uhr aufzuziehen, und jedes Mal, nachdem sie stehen geblieben war, starb ein Mensch. Seitdem hütet er das Stück wie ein rohes Ei. Er hat extra eine Glasvitrine bauen lassen, in der er sie aufbewahrt. Donna Laura, seine Tochter, zieht sie täglich auf und überwacht das Schwingen ihrer Unruhe, die man durch ein Fensterchen im Zifferblatt beobachten kann. Don Massimiliano glaubt allen Ernstes, dass der Sensenmann ihn als Nächsten holt, wenn seine Taschenuhr aus irgendeinem Grund noch einmal stehen bleibt.«

»Was Sie nicht sagen!«

»Unglaublich, wie ein so stattlicher Mann sich von einem so kleinen Ührlein einschüchtern lässt, nicht wahr, Signor Michel? Aber wenn er nur halb so viel auf dem Kerbholz hat, wie gemunkelt wird, dann darf er auch ruhig schon ein wenig schwitzen, sozusagen als Vorgeschmack auf die Höllenglut.«

Nico hätte die Gemüsefrau am liebsten geküsst. Wie sehr sie

ihm doch aus der Seele sprach! Es war durchaus echte Besorgnis, als er entgegnete: »Sie haben eine spitze Zunge, Signora Pallotta. Geben Sie Acht, dass keiner von Don Massimilianos Bütteln Ihre respektlosen Bemerkungen aufschnappt.«

»Da haben Sie nur keine Sorge, Signor Michel. Ich kann Verschwiegene und Klatschmäuler ganz gut unterscheiden.«

»In der Tat.«

Sie kniff ein Auge zusammen, musterte ihn argwöhnisch, doch ehe sie seine doppeldeutige Antwort hinterfragen konnte, beendete ein ohrenbetäubender Knall das Gespräch. Kunde und Verkäuferin wie auch einige Dutzend andere auf dem Platz warfen die Köpfe herum. Die Straßenwalze hatte sich selbstständig gemacht. Sie fuhr führerlos über den Platz, direkt auf einen Zeitungskiosk zu. Zum Glück hatte der Verkäufer die Gefahr bemerkt und flüchtete gerade aus seinem Verschlag.

»Wie ist das möglich?«, stieß Nico hervor.

Signora Pallotta deutete hinter die Planierwalze. »Sehen Sie doch, da liegt Aldo! Er blutet am Kopf. Bestimmt ist ihm wieder schwindelig geworden.«

»Ist er denn krank?«

»Er säuft wie ein Loch …« Mit einem Mal schrie die Verkäuferin: »O Gott! Marianna!«

Nico folgte ihrem Blick und sah erst jetzt das ungefähr dreijährige Mädchen im roten Mantel, das etwas abseits vom Brunnen unter einer Palme, völlig unbeeindruckt von dem sie umgebenden Tohuwabohu, mit Muscheln spielte. Das Baufahrzeug hatte den Kiosk nicht voll getroffen und war dadurch zur Seite abgelenkt worden. Jetzt rollte es geradewegs auf das Mädchen zu. »Warum läuft denn das Kind nicht weg?«

»Weil es taub ist.«

»Und wieso holt niemand es da …? Ach, ist ja auch egal.« Nico ließ die Tüte mit den Äpfeln fallen und rannte über die Straße auf die mit Olivenbäumen und Palmen bestandene Piazza. Mittlerweile stand auch Aldo wieder auf den Beinen und hielt sich den blutenden Schädel. So wacklig, wie er war, würde er seine

Straßenwalze niemals rechtzeitig einholen können. Andere Leute schrien zwar, wagten aber offensichtlich nicht, es mit dem rauchenden Ungetüm aus Eisen aufzunehmen. Die übrigen blickten wie gelähmt auf das Kind. Nur der Fremde – von einigen *il tedesco*, der Deutsche, genannt – musste unbedingt den Don Quichotte spielen. Wie ein geölter Blitz lief er an ihnen vorbei.

»Bleib stehen!«, keuchte er leise, wohl wissend, dass er nie einer Maschine auf diese Weise Befehle erteilt hatte; die Bedienung von Straßenwalzen war ihm allemal fremd. Das Monstrum rollte stur weiter. Nur wenige Meter trennten es noch von dem Kind.

Unvermittelt taumelte ein Blatt Zeitungspapier vom Himmel herab, das der launische Dezemberwind aus den Trümmern des Kiosks entführt hatte. Sacht legte es sich über die Muscheln des Mädchens.

Endlich hob es den Kopf. Erst jetzt sah es die Stahlwalze vor sich aufragen – und schrie.

Nico näherte sich dem Gefährt aus spitzem Winkel von der Seite. »Bleib gefälligst stehen!« Nun brüllte er. Wie zum Hohn stieß das Monstrum knallend eine Rußwolke aus, rollte aber weiter. Jeden Moment musste es das Mädchen erreichen. Nico schrie vor lauter Verzweiflung auf. Er war zu langsam. Die Kleine verschwand hinter dem vorderen Rad. Der Lärm auf dem Platz schwoll zu einer schrillen Kakophonie an. Mit einem Mal blieb die Walze stehen.

Obwohl seine Beine schwer wie Blei waren, rannte Nico immer noch. Die Straßenwalze war gegen die Palme gestoßen, die ihr nun heftigen Widerstand leistete. Aber der noch junge Baum wankte bereits. Gleich würde er fallen. Weil Nico sich mit den Hebeln und Knöpfen im Führerstand ohnehin nicht auskannte, lief er vor das Ungetüm. Innerlich wappnete er sich gegen einen grausigen Anblick. Als er unter das breite Rad spähte, sprang ihm fast das Herz aus der Brust.

»Marianna!«

Das Kind hörte seinen Ausruf der Erleichterung nicht, aber nur weil es taub war. Die Kleine lebte! Sie musste im letzten Moment vor dem heranrollenden Koloss nach hinten ausgewichen sein, nur um gleich darauf mit dem Rücken gegen den Baum zu stoßen. In ihrer Angst hatte sie sich einfach flach auf den Boden geworfen. Nun klemmte sie zwischen Rad und Baum, und es war nur noch eine Frage von Sekunden, bis das Monstrum die Palme niederzwingen würde.

Nico ergriff die Hände des weinenden Kindes und zog. Es schrie nur noch heftiger, rührte sich aber nicht von der Stelle. Anscheinend hatte sich ihr Mantel unter der Walze verklemmt. Die Palme ächzte, als könne sie sich nicht mehr lange gegen das Ungetüm anstemmen.

»Bitte komm!«, flehte Nico und zog abermals. Es half alles nichts. Marianna brüllte wie am Spieß, aber sie bewegte sich nicht das kleinste bisschen. Vermutlich zerquetschte die Planierwalze ihr schon langsam die Eingeweide.

Verzweifelt schielte er an der Maschine entlang zu Aldo. Der aus einer Platzwunde am Kopf blutende Fahrer war gerade wieder hingefallen. Von ihm war keine Hilfe zu erwarten. »Warum tust du das?«, brüllte Nico die Maschine an. Tränen verschleierten seinen Blick. Trotzig legte er die Handflächen auf den rostigen Stahl des Frontrades. »Der alte Schluckspecht mag dich ja verletzt haben, aber das ist kein Grund, ein unschuldiges Kind in den Boden zu walzen.«

Ein paar Leute in der Nähe sahen sich betroffen an.

»Lass sie leben!«, flehte Nico. Sein Kopf hing schwer herab. Die Augen waren geschlossen. Sanft verstärkte er den Druck seiner Hände.

Das Monstrum brüllte und ächzte, als leide es seinerseits furchtbarste Schmerzen, aber es drückte immer noch gegen den Baum.

Plötzlich begann der junge Mann leise zu summen. Niemand auf dem Platz hörte ihn, außer der Maschine. Abermals knallte es aus dem senkrecht stehenden Auspuffrohr, eine schwarze Rußwolke stieg empor, dann ruckte die Walze ein kleines Stück nach hinten. Es gab in de Menge wohl keinen Einzigen, dem es in diesem Moment nicht kalt den Rücken hinunterlief, denn aus dem Ungetüm drang plötzlich ein metallisches Stöhnen, das rasch lauter wurde.

»Komm schnell!«, schrie Nico und zog noch einmal an Mariannas Armen.

Und diesmal bewegte sie sich. Ihr Mantel hing jedoch immer noch fest.

»Zieh ihn aus!«, rief Nico.

Das Mädchen brüllte nur.

Hastig befreite er sie aus dem roten Kleidungsstück, was gar nicht so einfach war, denn das Kind strampelte wie verrückt. Das Stöhnen des Ungeheuers schwoll derweil immer bedrohlicher an. Dann krachte es. Irgendetwas war zerborsten.

Nico riss das Mädchen aus dem Mantel, drückte es fest an sich und rollte mit ihm zur Seite. Im nächsten Augenblick machte das Monstrum einen Satz nach vorne; wenigstens sah es so aus. Holz splitterte. Die Palme begann zu kippen. Wie toll setzte die Walze nach, rollte noch ein Stück weit auf den umgeworfenen Baum. Dann gab sie ein letztes lautes Knirschen von sich und verstummte.

Auf der Piazza brach Jubel aus. Menschen fielen sich um den Hals, selbst solche, die sich sonst nicht sonderlich mochten. Freudentränen flossen. Mit der allgemeinen Angst verflüchtigte sich rasch auch die lähmende Starre. Inzwischen waren von dem Spektakel wohl an die hundert Männer, Frauen und Kinder angezogen worden, die nun scheinbar in geschlossener Formation auf das Mädchen und ihren Retter zustürmten. Nicos Beschützerinstinkt schlug erneut Alarm. Er drückte die kleine Marianna noch fester an sich und kämpfte sich mit ihr auf die Beine. Dabei streifte sein Blick die zerklüftete Nordfront des Manzini-Anwesens. Im obersten Fenster des alten Rundturmes stand Laura und sah zu ihm herab.

Für einen Augenblick vergaß Nico alles um sich herum. Die Leute auf dem Platz verschwanden und mit ihnen der Lärm. Die Piazza war leer. Es gab nur noch sie beide. Er fragte sich, was der

Ausdruck auf ihrem Gesicht bedeutete? War es Erleichterung, Staunen oder … *Erkennen?* Ehe er das Rätsel lösen konnte, riss ihn die jubelnde Masse unbarmherzig in die Wirklichkeit zurück.

Zu den wenigen Dingen, die Massimiliano Manzini ganz außerordentlich schätzte, gehörte Bewunderung. Zur Mehrung derselben konnte er, obwohl es sonst nicht seine Art war, sogar sehr entgegenkommend sein. Ihm waren diejenigen genauso lieb, die ihn wegen seiner Amtsführung bejubelten, wie auch die anderen, die ihm als einem Gauner *par excellence* Respekt zollten. Der Nimbus eines Unbezwingbaren haftete ihm an. Unter der Bevölkerung von Nettuno kursierten auch weniger schmeichelhafte Spitznamen. *Il stallone*, »der Deckhengst«, war einer davon. Doch selbst das schien er eher als Kompliment zu werten.

Weil der Stadtvorsteher den Populismus für sich zu einer Wissenschaft erhoben hatte, interessierte er sich brennend für das Phänomen des »Walzenbändigers«. Diesen zweiten Beinamen hatten die in solchen Dingen sehr erfinderischen Nettunier dem Deutschen nach der Rettung von Marianna Grilli als Zeichen ihrer Anerkennung verliehen. Innerhalb weniger Stunden kursierten in der Stadt die verschiedensten Versionen des dramatischen Geschehens auf der Piazza Umberto I. Während die einen behaupteten, Il Tedesco hätte die Baumaschine mit bloßen Händen von dem Mädchen fortgeschoben, beharrten andere auf der Ansicht, er habe mit der Straßenwalze *gesprochen* und sie mit Argumenten, die in der allgemeinen Aufregung leider untergegangen seien, zur Kapitulation bewogen. Ein paar wenige schworen sogar, den Walzenbändiger beim Anheben des Fahrzeugs beobachtet zu haben.

Unmittelbar nachdem Nico unter dem Applaus seiner neuen Bewunderer das taube Mädchen einer zum Zerfließen dankbaren Mutter zurückgegeben hatte, war Signora Pallotta zu ihm durchgestoßen. Die Obstverkäuferin packte ihn links und rechts am Kopf, zog ihn zu sich herab und gab ihm einen dicken Kuss auf den Mund.

»Was für ein Held Sie sind, Signor Michel!«, brüllte sie, und es klang immer noch wie *Mikele*. Erneut brandete Beifall auf. Sie entriss einem der Schaulustigen eine Papiertüte, die sie wohl gerade erst seiner Obhut anvertraut hatte, und überreichte sie dem Walzenbändiger. »Ihre Äpfel, Don Niklas.«

Nico wunderte sich nicht allein über die respektvolle Ansprache, sondern auch über das Gewicht der Tüte. »Aber so viele habe ich gar nicht gekauft, Signora Pallotta!«

»Was spielt das für eine Rolle, mein Herzchen? Sie dürfen einen Monat lang jeden Tag zu mir kommen und sich noch so eine Tüte abholen. *Kostenlos!*«

Das Publikum war außer sich vor Begeisterung, und Nico fragte sich, wie er jemals so viele Äpfel essen sollte.

Nachdem der örtliche Einzelhandel den Walzenbändiger für sich also schon als Werbeträger entdeckt hatte, durfte der Stadtvorsteher nicht zurückstehen. Vielleicht färbte ja ein wenig vom Ruhm des beherzten Deutschen ab, wenn er ihn nur etwas näher an sich heranließ. Zumindest interpretierte Bruno Sacchi so den Besuch, der sich am Abend nach dem Ereignis durch lautes Klopfen ankündigte.

Bruno öffnete die Tür. Draußen tobte ein Wintergewitter, wie Nico es lange nicht erlebt hatte. Er lag völlig erschöpft, eingewickelt in seiner Schlafdecke, auf den zusammengeschobenen Matratzen, die ihm als Bett dienten, und spähte zum Eingang. Weil sein Freund den Blick versperrte, konnte er nicht viel erkennen. Der Fremde redete auf Bruno ein, der sich zunächst störrisch benahm, sich dann aber doch zu Nico umwandte.

»Ist für dich.«

»Etwa wegen der Sache mit der Straßenwalze? Sag ihm, ich muss mich ausruhen.«

»Hab ich schon.«

»Signor Michel?« Der hoch gewachsene Besucher hatte seinen Kopf eingezogen, um ihn durch die Tür stecken zu können. Es war Uberto Dell'Uomo, der Chauffeur des Stadtvorstehers.

Im Nu saß Nico kerzengrade im Bett. »Sie?«

Weil der Sturm unablässig Regenschauer durch die Tür wehte, ließ Bruno auch den Rest des Besuchers herein. Der Fahrer, der Nico so unfreundlich in Nettuno begrüßt hatte, wirkte wie ausgewechselt. In seinen großen Händen drehte er eine tropfende Mütze. Seltsam steif, eine nasse Spur hinter sich herziehend, durchquerte er das Zimmer. Überraschend geschickt wich er dabei einem fast zu spät bemerkten Tischchen aus, auf dem eine unterbrochene Schachpartie in Wartestellung lauerte. Mit einem leisen Seufzer kam er vor dem Bett des Walzenbändigers zum Stehen. Er wagte diesen kaum anzublicken.

»Signor Michel«, begann er noch einmal. »Wir kennen uns ja schon. Ich bin Uberto Dell'Uomo, Fahrer und Mädchen für alles bei Don Massimiliano. Der schickt mich auch zu Ihnen.«

»Der Vater von Donna Laura?« Nico wusste selbst nicht, warum er diese überflüssigste aller Fragen stellte.

Der Chauffeur nickte. »Der Stadtvorsteher würde sich freuen, wenn Sie ihm die Ehre Ihres Besuches erwiesen. Er möchte Ihnen für Ihre heutige Heldentat Dank sagen und ein wenig mit Ihnen plaudern.«

»Mit *mir*?«

»Nun ... ja!«

Anstatt zu triumphieren, glaubte Nico, sein Herz würde gefrieren. Der Mörder seines Vaters lud ihn zu einem Plauscherl ein. Sein Blick huschte zu Bruno hinüber, der mit grimmiger Miene hinter dem Hünen stand und sich mit dem gestreckten Zeigefinger über die Kehle fuhr. Nico holte tief Luft.

»Teilen Sie dem Stadtvorsteher bitte mit, dass ich mich unpässlich fühle.«

Uberto stand vornübergebeugt vor dem Helden und schien zu einer Wachsfigur zu erstarren. Zurückweisung gehörte augenscheinlich nicht zu den Erfahrungen, die ihm als Boten in Manzinis Diensten geläufig waren. »Nun«, druckste er schließlich, »da gibt es noch eine andere Nachricht, die ich Ihnen überbringen soll. Donna Laura ...«

Nico horchte auf. »Ja?«

»Sie bat mich, Ihnen auszurichten, dass Sie Ihre heutige Tat sehr couragiert und ... Verdammt! Jetzt habe ich das andere Wort vergessen.«

»Sonderbar?«, schlug Bruno aus dem Hintergrund vor. Nico verdrehte die Augen.

»*Edelmütig!*« Uberto spuckte das hängen gebliebene Adjektiv förmlich aus, nachdem er sich mit der flachen Hand auf die Stirn geschlagen hatte. »Das war das Wort. Sie meinte, wie Sie die kleine Marianna Grilli gerettet haben, das war ›edelmütig und ritterlich‹.«

»*Das* hat sie gesagt?«

»O ja! Und ...«

Nicos Kopf schob sich nach vorne, aber der Chauffeur schien abermals an einer Sprachverstopfung zu leiden. »Und?«

»Mir hat Ihr Mumm auch gefallen, Signor Michel. Ich hab Sie wohl falsch eingeschätzt, als ich Sie da neulich anschnauzte.«

Nico konnte sich ein Schmunzeln nicht verkneifen. Er reichte dem Chauffeur die Hand. »Schwamm drüber, Signor Dell'Uomo.«

Uberto schlug ein und nutzte die Gelegenheit, um dem Walzenbändiger gleich auf die Beine zu helfen. »Wollen Sie nicht doch mitkommen, Signor Michel? Nicht dass ich Sie mit meinen Sorgen belasten will, aber Don Massimiliano dürfte ziemlich ungemütlich werden, wenn ich ihm eine Absage überbringe.«

»Wann wollte der Stadtvorsteher mich denn sprechen?«

»Na, jetzt, sofort.«

Wieder wechselten die beiden Freunde einen raschen Blick. Tausend Erinnerungen schossen Nico durch den Kopf: das in vielen Albträumen eingebrannte Bild vom sterbenden Vater, die gefühlsentleerten Gespräche der Polizisten in Davides zum Schlachthaus verkommener Wohnung, aber auch der Jasminduft von Donna Lauras Parfüm und ihr nachdenkliches Gesicht, als sie am Morgen vom Turm auf ihn herabgeschaut hatte. Alles war irgendwie mit Manzini verknüpft.

»Signor Michel?« Ubertos Stimme tastete sich zaghaft in Nicos Bewusstsein vor.

»W-was?«

»Werden Sie mich begleiten?«

Nico schöpfte tief Atem und nickte. »Also gut, ich komme mit.«

Draußen empfing sie der Sturm mit Heulen und Regenschauern. Allein Ubertos monolithischer Körper schützte Nico davor, völlig durchnässt zu werden. Einen Schirm zu benutzen wäre sinnlos gewesen, so heftig tobte das Gewitter. Während die beiden Männer von Brunos Wohnung zum Gassenlabyrinth der Altstadt hinabstiegen, fragte sich Nico wiederholt, ob er diesen nächtlichen Ausflug überleben würde, und daran waren nicht allein die Blitze schuld.

Endlich erreichten sie den schwarzen Lancia. Uberto riss den hinteren Schlag auf, Nico sprang in den Wagen, und die Tür flog wieder zu.

»So schnell sehen wir uns wieder, mein Lieber«, murmelte er und tätschelte vertraulich die Lehne des Beifahrersitzes.

Der Chauffeur schlug sich derweil gegen heftige Windböen bis zu seinem Einstieg durch und erreichte ebenfalls unversehrt den schützenden Käfig der Fahrgastzelle. »Bei dem Wetter jagt man keinen Hund vor die Tür«, schimpfte er.

»Vielleicht sollte das jemand bei Gelegenheit auch Ihrem Chef erzählen«, brummte Nico.

»Urteilen Sie nicht vorschnell über Don Massimiliano. Er mag manchmal rücksichtslos erscheinen, aber …« Ein Blitz und ein gewaltiger Donnerschlag schnitten dem Chauffeur das Wort ab. »Puh! Der Knall kam fast ohne Verzögerung. Es muss hier ganz in der Nähe eingeschlagen haben.«

»Wenn es Ihnen nichts ausmacht, Signor Dell'Uomo, würde ich jetzt gerne zur Piazza Umberto I. fahren. Umso schneller haben wir wieder ein Dach über dem Kopf. Und einen Blitzableiter.«

»Natürlich. Hoffentlich springt der Wagen an.«

Nico tätschelte immer noch das weiche Leder des Beifahrersitzes. »Keine Sorge, er wird.«

Der Motor des Lancia ließ sich nicht lange bitten. Geradezu eilfertig brachte er seine acht Zylinder auf Trab. Der Wagen setzte sich Bewegung und rollte langsam durch die Gassen der Altstadt.

»Übrigens«, sagte Uberto, ohne den Blick von der Windschutzscheibe zu nehmen, auf der die Wischerblätter einen aussichtslosen Kampf gegen den sintflutartigen Regen fochten, »wir fahren nicht zu Don Massimilianos Privathaus.«

Nico stockte der Atem. »Sondern?«

»In den Palazzo Comunale.«

»Um diese Zeit? Es muss doch inzwischen …«

»Sieben Minuten nach neun. Die Arbeitszeiten des Stadtvorstehers sind – wie sagt er immer? – ein wenig unkonventionell.«

»Allerdings«, knurrte Nico.

»Nettunia hält ihn in Atem.«

»Wie bitte?«

»Sie müssen doch schon davon gehört haben. Im Jahr 1939 wird Geschichte geschrieben.«

»Ach, Sie meinen die Zusammenlegung von Nettuno mit Anzio zur Gemeinde Nettunia. Schon seltsam, dass mit Don Massimiliano das Oberhaupt der *kleineren* Stadt zum Bürgermeister eingesetzt werden soll.«

»Man merkt, dass Sie aus Deutschland kommen, Signor Michel. Mussolini hat die Bürgermeister abgeschafft. Don Massimiliano wird Podestà der Zwillingsstadt werden.«

»Mussolinis Vasallenkönig«, murmelte Nico.

»Wie bitte?«

»Nichts. Ich habe nur laut nachgedacht. Mir kommt …«

»Heilige Mutter Maria!«, stieß Uberto hervor.

Nico beugte sich über den Beifahrersitz und zog die Augen zu zwei schmalen Schlitzen zusammen. Hinter den Wasserschlieren auf der Windschutzscheibe flackerten Lichter. »Ist das ein Feuer, Uberto?«

»Hol mich der ... Ja, Signor Michel. Muss der mächtige Blitz von eben gewesen sein. Wie es aussieht, hat er in den Turm des Palazzo eingeschlagen.«

»Haben Sie denn hier keine Blitzableiter?«

»Natürlich, aber die sind in einem jämmerlichen Zustand – wie fast der ganze Kommunalpalast. Seit die Verlegung der Stadtverwaltung nach Anzio beschlossene Sache ist ...«

»... hat man hier nichts mehr repariert. Ich kann's mir denken. Vermutlich hat der Sturm den Schutz heruntergerissen, um dem Blitz freie Bahn zu schaffen.« *Denn zur bestimmten Zeit wird auch sein Fuß wanken.* Nico sprach nur in Gedanken aus, was ihm jahrelang eine Quelle dunkler Energie gewesen war – früher oder später würde sich Manzinis Schicksal erfüllen –, und er fragte sich, ob die Zeit in dieser Nacht ihr Maß vollendet hatte. Lag der Mörder seines Vaters etwa schon irgendwo tot im Rathaus? Die Vorstellung allein reichte aus, um Nicos Blut in Wallung zu bringen. Das wäre eine gerechte Strafe! Ein himmlisches Feuer, das den Meuchler niederstreckte ...

Rutschend kam der Wagen zum Stillstand. Noch vor dem Chauffeur stieß sein Fahrgast die Tür auf und sprang ins Freie. Auf dem Platz vor der Gemeindeverwaltung hatten sich bereits fünfzehn oder zwanzig Schaulustige eingefunden, vermutlich Anwohner aus der Nachbarschaft. Aus verschiedenen Richtungen kamen weitere Menschen herbeigelaufen. Andere, die vermutlich zu Manzinis Stab gehörten, flohen noch aus dem Palazzo. Vom Stadtvorsteher selbst war nichts zu sehen. Nico versuchte sich ein Bild vom Ausmaß der Zerstörungen zu machen. Die Flammen loderten nur aus einem der Zifferblätter im Uhrenturm. In die drei Stockwerke darunter war das Feuer offensichtlich noch nicht vorgedrungen.

»Ich muss nach Don Massimiliano suchen«, sagte Uberto und lief zum Westeingang des Palazzos.

Nico sah ihm noch einen Moment nach, dann lockte ein metallisches Knirschen seinen Blick zum Uhrenturm zurück. Die Zeiger auf dem noch intakten Zifferblatt bewegten sich. Als würde eine unsichtbare Hand sie drehen, stellten sie sich rasch vor, bis sie schließlich genau übereinander stehen blieben: eine Minute vor zwölf.

Allmählich ließ der Sturm nach. Schwere Schritte näherten sich patschend auf dem regennassen Pflaster, aber Nico konnte den Blick nicht von der Uhr nehmen. Unvermittelt hörte er eine tiefe raue Stimme, die ihm nur allzu vertraut war.

»Jesus Maria, wenn das kein böses Omen ist!«

Nico fühlte sich, als hätte ihn ein Pfeil getroffen, dessen Gift sich rasch in seinen Adern verteilte, um ihn zu lähmen. Benommen wischte er sich mit der Hand das Wasser und einige nasse Strähnen aus dem Gesicht, um die vor ihm aufragende massige Gestalt besser mustern zu können. Es war niemand Geringerer als Massimiliano Manzini, der Podestà von Nettuno. Und bis zur Stunde der ungestrafte Mörder des Uhrmachers Emanuele dei Rossi.

Uberto suchte seinen Chef vermutlich noch im Kommunalpalast, denn Manzini war allein herausgekommen. Der Gemeindevorsteher trug einen grauen Anzug, der sich rasch dunkel verfärbte. Sein im Verlauf von einem halben Dutzend Jahren fast kahl gewordenes Haupt glänzte im Regen. Er hatte Nico den Rücken zugewandt, um das Zifferblatt anzustarren, das wie ein Menetekel über ihnen hing. Eine Minute vor zwölf. Für einen abergläubischen Mann wie Manzini musste das mehr als ein Zufall sein.

»Der Fluch!«, stammelte er. »›Wenn ihr Zeiger verschwindet …‹ Jesus Maria! Es ist vorbei …«

Diese Worte waren Teil jenes Fluches, den der Uhrmachermeister im Sterben ausgesprochen hatte, wie Nico sich nur allzu gut entsann. Ausgerechnet von Manzini an sie erinnert zu werden war mehr, als er ertragen konnte. Seine Vernunft hatte über Jahre eine vermeintlich starke Kette geschmiedet, um blinden Zorn und das Verlangen nach blutiger Vergeltung für immer aus seinem Bewusstsein zu verbannen. Soeben war diese Fessel entzweigerissen.

Während er noch auf den Rücken Manzinis starrte und sich in der Gewalt zu haben glaubte, stahl sich seine Rechte davon. Sie folgte einem dunklen Trieb, dem brennenden Durst nach Rache. Langsam senkte sie sich in die Hosentasche, in der er sein Taschenmesser aufbewahrte. Eine Minute vor zwölf. Was für ein Zeichen brauchte er denn noch?

Während der Vorsteher fassungslos den Kopf schüttelte und nicht einmal zu registrieren schien, wie ein Feuerwehrauto vor dem Palazzo hielt und mehrere Brandbekämpfer in das Gebäude stürmten, zog Nico das Messer heraus. Sein Herz klopfte heftig in der Brust. Er machte einen Schritt auf den Mörder seines Vaters zu. Das Blut in seinem Kopf schien zu kochen, aber der heftige Regen, der sogar die Flammen im Uhrenturm schon fast erstickt hatte, machte es ihm leichter, zu vollenden, was vollendet werden musste. Er klappte das Messer auf. Ein Blitz zuckte knallend über den Himmel und spiegelte sich in der Klinge. Niemand bemerkte es. Jetzt befand sich Nico direkt hinter dem Stadtvorsteher. Für einen Moment schloss er die Augen, um Kraft zu sammeln für die Vollstreckung des Urteils, das er schon als Knabe gegen den Mörder seines Vaters ausgesprochen hatte. Er schöpfte tief Atem, bewegte den Arm ein wenig zurück, um seine ganze Kraft in den tödlichen Stoß zu legen, öffnete die Lider, entschied sich für eine Stelle zwischen den Schulterblättern und …

»*Papà!* Gelobt sei Jesus Christus, dir ist nichts geschehn.«

Nico erstarrte. Es war Donna Laura gewesen, die da ihrer Erleichterung Luft verschafft hatte. Ehe er noch irgendetwas tun konnte, schob sie sich zwischen ihn und Manzini. Sie trug nur ein dünnes blaues Kleid, das ihr nass am Körper klebte. Ihr Vater hatte sich beim ersten Klang ihrer Stimme vom Anblick des Zifferblattes losgerissen und empfing seine Tochter mit ausgestreckten Armen.

»Es ist alles gut, mein Mädchen«, sagte er sanft und tätschelte Lauras Kopf.

Nico stand daneben wie ein begossener Pudel. Das Feuer der Rachgier, das ihm eben noch fast den Verstand weggebrannt hatte, war durch Lauras Erscheinen in einem einzigen Augenblick gelöscht worden. Verstohlen drehte er die gezückte Klinge in der Hand um und ließ sie in der Jackentasche verschwinden. Keinen Moment zu früh, denn Manzini blickte ihm nun über die Schulter seiner Tochter direkt in die Augen. Die Nähe des jungen Mannes schien ihm nicht zu behagen.

»Was starren Sie mich so an?«

Laura wand sich aus der Umarmung ihres Vaters, um den Angesprochenen zu betrachten. »Herr Michel?«

Trotz ihrer Überraschung hatte sie deutsch gesprochen. Ehe Nico etwas erwidern konnte, fragte Manzini: »Du kennst den Mann?«

Laura lachte sich die Erleichterung von der Seele und erklärte schließlich, während sie auf Nico deutete: »Ob ich ihn kenne? Aber *Papà*, das ist der Held des Tages.«

»Du meinst … der Walzenbändiger?«

Sie nickte. »Derselbe, der neulich am Bahnhof deinen störrischen Lancia wieder auf Trab gebracht hat. Erinnerst du dich?« Lächelnd streckte sie Nico die Hand entgegen. »Sie sind hier, weil *Papà* Sie eingeladen hat, nicht wahr, Herr Michel?«

»Ich …« Ihm versagte die Stimme. Was sollte er darauf antworten? Nein, ich bin gekommen, um ihn zu töten? In Donna Lauras Gegenwart erschien ihm allein der Gedanke an eine solche Tat wie das schlimmste aller Verbrechen. Niemand sollte mit ansehen müssen, wie der eigene Vater umgebracht wurde. Schon gar nicht sie, dieses bezaubernde Mädchen, das selbst klatschnass noch so liebreizend, so schön, so anmutig, so …

»Herr Michel? Ist Ihnen nicht gut?«

Er schüttelte den Kopf, als müsse er einen bösen Traum loswerden. Nein, ihm war ganz und gar nicht wohl bei der Vorstellung, Laura zu verletzen. Entgegen allen guten Ratschlägen seines besten Freundes sehnte er sich danach, sie für sich gewinnen. Augenscheinlich liebte sie ihren Vater, wohl in Unkenntnis seiner dunklen Vergangenheit; ihn zu töten hieße, sie sich zur Feindin zu machen. Nico wollte alles andere, nur nicht das. Er räusperte sich.

»Entschuldigen Sie, Donna Laura. Ich muss das alles erst verarbeiten: die späte Einladung Ihres Herrn Vaters in den Palazzo Comunale, dann das Feuer und jetzt …« Er starrte sie mit offenem Mund an.

»Und jetzt?«, echote sie amüsiert.

Und jetzt das Mädchen, von dem ich seit zwei Wochen träume, dachte er, aber ehe ihm eine unverfänglichere Antwort einfiel, rettete sie ihn aus der Notlage.

»Das war sehr mutig heute, Herr Michel.«

Die Regentropfen schienen sich auf Nicos Haut in heißes Wachs zu verwandeln. Ihm wurde ganz schwindelig. Und wie sie ihn ansah! Er öffnete den Mund, wusste aber nicht, was er sagen sollte, ohne sich zu einem kompletten Idioten zu machen. Bevor er an dieser Situation etwas ändern konnte, riss abermals Manzini das Gespräch an sich.

»Setz dich doch bitte in den Wagen, Liebes, damit du dir nicht den Tod holst. Ich komme gleich nach.«

»Aber es nieselt ja nur noch und …«

»Ich werde Signor Michel zum Abendessen einladen. Dann kannst du mit deinen Deutschkenntnissen vor ihm glänzen. Aber jetzt ab in den Wagen!«

Nico erwiderte Donna Lauras Verabschiedung mit einem verlegenen Nicken. Alles war so verwirrend. Ihr zauberhaftes Lächeln – sie schien ihn zu mögen. Das hätte er sich nie zu erhoffen gewagt. Als wäre sie ein Engel, der sogar den Naturgewalten Einhalt gebot, schloss der Himmel seine Schleusen just in dem Moment, als sie die Tür des Lancia zuzog.

Die Fürsorge des Vaters war für Nico fast noch irritierender als das bestrickende Wesen der Tochter. In seinem Kopf existierte ein ganz anderes Bild von Don Massimiliano, nämlich das eines gewissenlosen Schlächters, die Vorstellung von einem Leviathan, einem sich windenden Ungeheuer, für das man mehr als nur eine einzige Lanze aufsparen sollte.

Manzini richtete wieder das Wort an den Walzenbändiger. »Sie sind ein bemerkenswerter junger Mann, Signor Michel. Ich hatte

Sie heute Abend in mein Büro eingeladen, um Donna Genovefas Nerven zu schonen.«

»Ich hatte auch nicht vor, Ihre Zeit mehr als nötig zu beanspruchen, Don Massimiliano«, erwiderte Nico. In seiner Stimme lag etwas Lauerndes, das Manzini auf seine ganz eigene Weise deutete. Er lachte und legte dem Held des Tages den Arm um die Schulter; Nico kostete es alle Beherrschung, die er aufbringen konnte, sich dem Vorsteher nicht zu entwinden.

»Es geht nicht darum, dass meine Gemahlin mit einer Abendgesellschaft überfordert wäre, mein junger Freund«, erklärte Manzini vertraulich, »sondern um ihre Reizbarkeit, wenn das Gespräch auf eines meiner *bambini* kommt.«

»Bitte entschuldigen Sie, Don Massimiliano, aber mir ist nicht ganz klar ...«

Wieder lachte der Podestà, aber diesmal war es eine unterdrückte Heiterkeit, die sich in den Fettschichten seines massigen Körpers als heftiges Schütteln bemerkbar machte. »Ich dachte, man hätte es Ihnen längst zugeflüstert, Signor Michel. Sie haben heute meine Tochter gerettet, und dafür möchte ich Ihnen Dank sagen.«

Nico stutzte. Sein Blick wanderte zu der schwarzen Limousine, hinter deren Fenstern er verschwommen Lauras Gestalt wahrnahm.

»Ich rede nicht von ihr«, fügte Manzini hinzu.

»Marianna? Das kleine taube Mädchen ist ... Ihre *Tochter*?« Nico hielt es nicht mehr aus und drehte sich aus der Umarmung Manzinis heraus.

Der rechnete es ihm als Ausdruck der Überraschung an und nickte. »Ich weiß nicht, was der Herr sich dabei gedacht hat, mir nur Mädchen zu schenken.«

»Aber ...« Jetzt war Nico völlig durcheinander.

»Sie fragen sich, warum ich Ihnen dieses Geständnis mache? Nun, es ist in der Stadt ein offenes Geheimnis. Sie werden es natürlich niemandem weitererzählen, Herr Michel.« Manzini lachte erneut, diesmal allerdings dröhnend.

»Ich bin sowieso nur vorübergehend hier«, sagte Nico, um dem Gespräch eine unverfänglichere Wendung zu geben.

»Geschäfte?«

»Sagen wir, ich musste Abstand gewinnen.«

»Lassen Sie sich Zeit damit, Signor Michel. Menschen wie Sie kann unsere zusammenwachsende Gemeinde gebrauchen. Suchen Sie Arbeit? Ich könnte Ihnen dabei behilflich sein.«

»Wie bitte?«

»Verzeihen Sie die offenen Worte, aber Sie sehen mir nicht wie jemand aus, der sein Schäfchen schon im Trockenen hat.«

Nico legte den Kopf in den Nacken und ließ sich für einen Moment den Regen ins Gesicht prasseln. Das alles konnte nicht wahr sein! Unverwandt blickte er Manzini in die dunklen kleinen Äuglein. »Nein, Sie haben Recht, Don Massimiliano. Meine Ersparnisse gehen schneller zur Neige, als mir lieb sein kann. Gegen eine Aufbesserung der Reisekasse hätte ich nichts einzuwenden. Leider habe ich nur deutsche Ausweispapiere. Soweit ich weiß, stellt die Stadtverwaltung keine Ausländer ein, zumal wenn sie noch minderjährig sind.«

»Wohl wahr! Sie werden es kaum für möglich halten, aber der italienische Amtsschimmel ist noch lahmer als der teutonische. Doch keine Regel ohne Ausnahme. Dafür bin ich Experte.«

»Tatsächlich?« *Wer sogar Zeugenaussagen in einer Mordanklage verschwinden lassen kann, der …*

»Sind Sie Mechaniker?«

»Wie bitte?«

»Ihnen ist es gelungen, mein sensibles Auto in Gang zu setzen und heute sogar eine wild gewordene Straßenwalze zur Räson zu bringen. Anscheinend haben Sie ein goldenes Händchen für Maschinen verschiedenster Art.«

»Wir verstehen uns ganz gut, die leblosen Dinge und ich«, murmelte Nico. Sein Blick wanderte für die Dauer zwischen zwei Wimpernschlägen zum Zifferblatt im Uhrenturm. Der für seinen Aberglauben stadtbekannte Vorsteher hatte das närrische Spiel der Zeiger ein ›böses Omen‹ genannt. Mit einem Mal wusste

Nico, was er tun konnte, um das spinnwebenzarte Band zu Laura weiterzuflechten, ohne den eigentlichen Zweck seiner Rückkehr nach Nettuno aus dem Auge zu verlieren. Er wandte seine Aufmerksamkeit wieder dem Vorsteher zu.

»Ich könnte Ihre Uhr reparieren, Don Massimiliano.«

Manzinis Kopf ruckte auf dem Stiernacken kurz herum. Wenn überhaupt, dann konnte er die Turmuhr dabei nur aus den Augenwinkeln gesehen haben. Er deutete mit dem Daumen über die Schulter. »Wissen Sie eigentlich, was Sie sich da aufhalsen? Mir scheint, der Blitz hat nicht viel von ihr übrig gelassen.«

»So wie sie jetzt steht, können Sie die Uhr jedenfalls nicht lassen.«

Manzinis Miene verhärtete sich. »Nein, das kann ich weiß Gott nicht.«

»In Kürze werden Nettuno und Anzio unter Ihrer Führung vereint werden. Wie ich hörte, wollen Sie dem Verwaltungsakt zum Jahreswechsel so eine Art Verbrüderungsfest vorausschicken. Bliebe die Uhr in dem jetzigen Zustand, dann …«

»… würden alle Menschen denken, meine Amtszeit stünde unter keinem guten Stern. Das brauchen Sie mir nicht zu erklären. Ich will, dass die Wiedervereinigung nächstes Jahr im November nicht erst beginnt, sondern vollständig abgeschlossen ist: im Verwaltungsapparat, auf dem Papier und in den Köpfen. Alles Hinderliche muss aus dem Weg geräumt werden.«

Rücksichtslos und nach altbewährtem Rezept. Nico schluckte seinen Groll hinunter. »Was die Uhr angeht, könnte ich Ihnen helfen.«

Der Podestà musterte ihn durchdringend. »Also gut, Signor Michel. Sie haben heute meinem Kind das Leben gerettet. Ich bin Ihnen etwas schuldig. Andererseits geht es hier um sehr viel für mich. Bis Silvester sind es nicht einmal vier Wochen. Sind Sie sicher, die Uhr bis dahin reparieren zu können?«

»Ja, Don Massimiliano.«

»Sie klingen sehr überzeugt von sich.«

»Man hat mir sogar die Generalüberholung der Ankeruhr anvertraut. Bis heute zählt sie brav ihre Stunden.«

»Ankeruhr? Nie gehört.«

»Eine wundervolle Jugendstiluhr am Hohen Markt in Wien. Eigentlich ist sie eine Brücke, die zwei Gebäude des Anker-Hofes verbindet. Zwölf Figuren, jede Stunde eine, paradieren über sie hinweg. Es war eine große Ehre, dieses berühmte Wahrzeichen der Stadt instand zu setzen.«

»Dann sind Sie gelernter Uhrmacher?«

Nico zögerte. Er fragte sich, wie viel Offenheit er wagen durfte. Im Lügen besaß er wenig Übung. Andererseits: Wenn er nichts riskierte, konnte er auch nichts gewinnen. »Ja«, antwortete er daher mit fester Stimme. »Ein sehr angesehener Meister hat mich ausgebildet. Ehrlich gesagt, war er es, der den Auftrag zur Reparatur der Ankeruhr bekam, aber die schwierigsten Arbeiten hat er mir übertragen.«

Manzini musterte den so selbstbewusst auftretenden jungen Mann nachdenklich. Dabei massierte er sein Doppelkinn – unangenehm lang. Hatte er im Verlauf von sechs Jahren etwa doch die Spur des einzigen Zeugen seiner Bluttat bis nach Wien verfolgt? Schwante ihm womöglich, wer da vor ihm stand?

Mit einem Mal nickte er. »Also gut. Nach allem, was man von Ihnen erzählt, scheinen Sie mir so eine Art *Doctor Mechanicae* zu sein, ein Heilkundiger für alles Technische. Wie sagten Sie, hieß Ihr Lehrmeister?«

Willst mir wohl nachspionieren, was? »Ich habe seinen Namen nicht genannt, weil Sie ihn sowieso schon wieder vergessen hätten, Don Massimiliano. Er ist ja keiner der berühmten Wiener Komponisten, sondern nur ein Handwerker. Aber zu Ihrer Beruhigung: Mein Meister stammt aus der Schule des genialen Joseph Thaddäus Winnerl.«

Der Stadtvorsteher sah Nico scharf an. »Der Name sagt mir nichts.«

»Meine Rede! Winnerl hat den ersten brauchbaren Chronographen konstruiert, eine Uhr mit stoppbarem Sekundenzeiger.«

»So, so. Na, wir brauchen das Thema nicht weiter zu vertiefen, Signor Michel. Ich habe das Gefühl, Sie verstehen etwas von

Ihrem Fach, und Sie sollen Ihre Chance bekommen. Wenn die Uhr da über uns bis zum Jahresende wieder die Stunden zählt, dann wird das nicht zu Ihrem Schaden sein. In der Zwischenzeit überlegen Sie sich schon einmal, wie ich meine Schuld bei Ihnen abtragen kann.«

Nicos Blick wanderte wieder zu den verstellten Zeigern empor. Seine Antwort war nur ein Murmeln. »Keine Sorge, Don Massimiliano, da wird mir bestimmt etwas einfallen.«

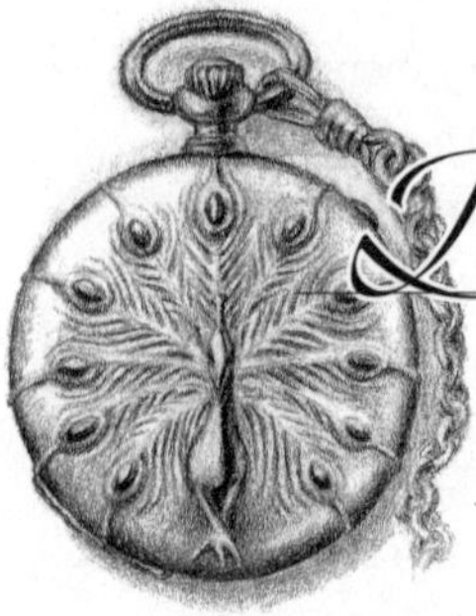

5. KAPITEL

Der Leblosen Liebling

Wien, 1932

Selbst wenn er innerlich aufgewühlt war, behandelte er seine kleinen Patienten stets liebevoll. Er konnte sich die Haare raufen, schimpfen und brubbeln, aber sobald er zum Operationsbesteck griff, wurden seine Hände ruhig. Johan Mezei war ziemlich auf den Tag genau ein halbes Jahrhundert alt und konnte auf mehr als dreißig Berufsjahre zurückblicken. Er hatte schon bei scheinbar hoffnungslosen Fällen eine Wiederbelebung geschafft. Im Moment war er sich jedoch nicht sicher, ob eine solche wirklich ratsam erschien. Er blickte durch eine Brille, in die zwei große Lupen eingelassen waren, was ihm irgendwie ein skurriles Aussehen verlieh. Sein Rücken war gebeugt, die Miene ernst.

»Eine Unruh ohne Unruhe – armes kleines Ding!«, brummte er vor sich hin.

»Was meintest du, Schatz?«, erkundigte sich Lea aus dem Hintergrund. Obwohl sie seit ihrer Vermählung mit ihm vor nun bald siebenundzwanzig Jahren in Wien lebte, war ihr immer noch der italienische Akzent anzuhören. Ihre rauchige Stimme vermischte sich auf eine liebenswerte Weise mit dem eher nasalen Wiener Dialekt.

»Jemand hat ihm das Herz gebrochen«, knurrte Johan, ohne von den Organen seines Patienten aufzublicken, die in roten und silbrigen Reflexionen den Schein der Arbeitslampe zurückwarfen.

»Warum bist du so gereizt, mein Lieber?« Leas Erfahrung hatte sie gelehrt, in den Phasen der Unzufriedenheit, die Johan bisweilen durchlief, besonders sanft zu sein. Sie saß – wohlweislich dem Blick ihres übellaunigen Mannes entzogen – in einer rückwärtigen Ecke des Wohnzimmers, im Lichtkegel einer Stehlampe. In der Hand hielt sie Nadel, Garn und einen Stopfpilz mit einem darüber gestülpten Strickstrumpf, in dem ein beachtliches Loch klaffte. Es war immer gut, sich zu beschäftigen, wenn ihr Göttergatte sich Arbeit mit nach Hause nahm.

Endlich hob er den Kopf und schob die Unterlage mit der kaputten Taschenuhr missmutig von sich. Ohne sich zu seiner Frau umzuwenden, antwortete er: »Ich will dir verraten, warum sich mir der Magen verknotet. Heute ist der 29. Mai 1932.«

»Du musst mir wirklich nicht sagen, welches Jahr wir haben, Schatz.«

»Anscheinend hast du das Telegramm längst vergessen.«

»Das von Davide meinst du?«

»Bekommen wir etwa täglich Depeschen, dass du mich danach fragst? Natürlich spreche ich von der Nachricht deines Bruders: ›NEUER GESELLE TRIFFT EIN SONNTAG NEUNUNDZWANZIGSTER MAI – STOP – EMPFANGT IHN LIEBEVOLL – STOP – ER HAT VIEL GELITTEN – STOP –‹« Johan schnaubte verächtlich. »Er hat viel gelitten! Als ob wir hier leben würden wie die Made im Speck! Tausende Metallarbeiter in der Stadt stehen auf der Straße. *Unsere* Kunden, Lea! Wie soll ich einen Bengel durchfüttern, wenn wir selbst nichts zu beißen haben?«

Lea erhob sich nun doch aus ihrem Ohrensessel, legte ihre Handarbeit ab und lief zu Johan. Sie war eine kleine Frau und hatte trotz ihrer erst sechsundvierzig Lebensjahre bereits grau meliertes Haar, das sie auf dem Kopf zu einem Knoten zusammenzubinden pflegte. Ihr unerschütterlicher Humor hatte rund um die dunklen Augen Laufspuren hinterlassen, die einzigen Falten in ihrem ausdrucksvollen Gesicht. Vorstehende Wangenknochen und ein spitzes Kinn verliehen ihr eine Schönheit, der selbst die vorübertickende Zeit nichts anhaben konnte. Sie umarmte ihren Mann von hinten, legte ihr Kinn auf seine Schulter und schmiegte ihre Wange an die seine. »Jetzt übertreibst du aber, du alter Brummbär. Bei den Aufträgen von der Gemeinde hat es kaum Rückgänge gegeben. Außerdem gibt sich die Prominenz der Stadt beim Uhrmachermeister Mezei die Klinke in die Hand. Manchmal frage ich mich, ob du nur ihre Uhren oder auch ihre Seelen kurierst.«

»Du brauchst gar nicht zu versuchen, mir Honig ums Maul zu schmieren«, murrte Johan.

Lea küsste ihn auf die Wange. »Ich weiß, dass du ein gutes Herz hast. Als uns Davide zum ersten Mal von dem Jungen schrieb, warst du genauso erschüttert wie ich. Er ist ein Waisenkind. Er hat erst vor drei Jahren seine schwindsüchtige Mutter begraben und dann mit ansehen müssen, wie sein Vater ermordet wurde. Er ist in Italien nicht sicher. Und …«

»Und sein Vater war ein Freund deines Bruders. Deine italienische Mischpoke bringt mich noch an den Bettelstab.«

»Schmonzes, Johan! Was du da sagst, ist nichts als Schmonzes. Ihr drei – Davide, Emanuele dei Rossi und du –, ihr gehört alle derselben Zunft an, ihr seid die Kronjuwelen des Uhrmacherhandwerks, und ihr habt dem Gott Israels unverbrüchliche Treue geschworen. Hast du nicht höchstselbst in der Synagoge neulich aus dem *Sefer Tora* das Gebot unseres Herrn gelesen? ›Am Ende von drei Jahren wirst du den ganzen Zehnten deines Ertrages herausbringen. Und der *vaterlose Knabe*, der innerhalb deiner Tore ist, soll kommen und essen und sich sättigen, damit der Ewige, dein Gott, dich segnet in jeder Tat deiner Hand, die du tun wirst.‹ War es nicht so, Schatz?«

»So steht es im Buch *Dewarim* aber nicht. Du hast dir den Text zurechtgestutzt.«

»Ich habe nur das Belanglose weggelassen. Du versündigst dich, Johan Mezei, wenn du diesen Knaben seinem Schicksal überlässt.«

Der Uhrmacher befreite sich unwirsch aus Leas Umarmung, indem er sich vom Arbeitstisch hochstemmte und sich zu ihr umdrehte. Er riss sich die Vergrößerungsbrille vom Gesicht. »Wer sagt denn, dass die Sünde nicht genau das Gegenteil ist? Im letzten Jahr haben die Nationalsozialisten fünfzehn Sitze bei den Gemeinderatswahlen gewonnen, und vor gerade neun Tagen hat sich dieser feine, christlich-soziale Herr Doktor Engelbert Dollfuß die Königskrone aufgesetzt.«

»Der neue Bundeskanzler wird die NSDAP schon in die Schranken weisen.«

»Mag sein. Vielleicht aber auch nicht. Du weißt, wie die Braunhemden uns Juden beschimpfen, und Dollfuß ist für mich weder christlich noch sozial. Ein Kunde, der es wissen muss, hat mir geflüstert, er wolle die Sozialdemokraten am liebsten verbieten lassen. Wir sind beides, Lea: Juden *und* Sozialdemokraten. Vielleicht haben die sprichwörtlichen sieben mageren Jahre für uns erst begonnen. Der arme Junge ist genug gestraft. Ziehen wir ihn nicht auch noch in diesen Schlamassel hier hinein.«

Allmählich verlor die sanfte Uhrmachersfrau ihre Engelsgeduld. Sie verschränkte die Arme über der Brust, verengte ihre Obsidianaugen zu zwei schmalen Schießscharten, aus denen Blitze gleißten, und fragte mühsam beherrscht: »Was sollen wir denn deiner Ansicht nach tun, wenn der Junge hier vor uns steht? Ihn wieder nach Italien zurückschicken? In die Arme des Mannes, der seinen Vater ermordet hat? Das kann nicht dein Ernst sein, Johan Mezei.«

»Auch wenn es dir hart erscheint, Lea, du wirst mir am Ende Recht geben. Du kennst ja meinen Wahlspruch: *Zeit ist Leben und Leben ist Zeit.* Vergeuden wir nicht …« Der Uhrmacher verstummte, denn gerade hatte es an der Wohnungstür geklingelt.

Der Junge blickte an der grauen Fassade des fünfgeschossigen Hauses empor und kam sich einsam, schutzlos und winzig klein vor. Wochenlang war er von einem katholischen Ordenshaus ins nächste geschoben worden, immer weiter nach Norden. In seinem vatikanischen Versteck hatte er noch die Hoffnung gehegt, dass der Staatsanwalt die zuständigen Ermittlungsbehörden einschalten würde. Doch Nicos Zeugenaussage verhallte wie ein Echo im Wald, so als hätte sie nie existiert.

Danach begann seine Odyssee durch die Einsiedeleien der

Alpenregion. In der einen wartete er auf weitere Papiere, in der anderen wurde an seiner Legende gefeilt, und die ganze Zeit über musste er die deutsche Sprache pauken. Sein Aufenthalt in einer Abtei in Meran diente überdies dem Zweck, sich verschiedenen Leuten zu zeigen, damit diese sich im Falle behördlicher Nachforschungen an ihn erinnern konnten. So wurde allmählich aus dem Juden Nico dei Rossi der arische Christ Niklas Michel. Seine aus Sizilien stammende Mutter hatte ihn in Südtirol aufgezogen; nach ihrem Tod musste er zum Vater nach Wien; und als dieser ebenfalls gestorben war, wurde er der Vormundschaft eines frommen Katholiken namens Siegfried Huber unterstellt, der dem Heiligen Stuhl noch etwas schuldete. Letzterer existierte tatsächlich. Am Ende war die Waise im Kloster zum heiligen Hieronymus in Wien gestrandet; jedenfalls empfand sie es so. Der Benediktiner Lorenzo Di Marco hatte sich wohl etwas dabei gedacht.

Nico behagte weder die Vorstellung, mit einem christlichen Namen ausstaffiert worden zu sein – versteckte Anspielungen auf seine hebräische Herkunft hin oder her –, noch hatte er sich recht für Walter Zamychevski begeistern können, den Guardian des Wiener Franziskanerklosters. Zugegeben, Zamychevski war freundlich, aber das lag wohl nur an dem Empfehlungsschreiben auf dem Briefpapier des Heiligen Stuhls. Er hatte den ihm aus Rom untergeschobenen Knaben mit Argwohn beäugt und ihn nur allzu gern an den Leiter des Rosenkranz-Sühnekreuzzuges durchgereicht, der Gottwin Bertagnolli hieß und des Italienischen mächtig war.

Bertagnolli vermittelte sehr konsequent das Bild Fleisch gewordener Zurückhaltung. Er war ein kleiner Mönch Anfang dreißig mit schütterem Haar, der seine braune Kutte nur andeutungsweise ausfüllte. Von Mitbrüdern, die sich in den Vordergrund spielten, bekäme er Ausschlag, versicherte er glaubhaft seinem Schützling. Gar die Stimme zu erheben hätte ihn vermutlich umgebracht. Da der Waisenjunge unter dem Patronat des Heiligen Stuhls stand, behandelte Bruder Gottwin diesen wie einst die levitischen Priester die Bundeslade, jenen heiligen Kasten im Herzen des Tempels: Respektiere ihn, doch berühre ihn ja nicht, sonst verzehrt dich das göttliche Feuer. Als der Mönch sich endlich vor dem Haus Nummer 30 in der Wiener Porzellangasse von dem ihm Anbefohlenen verabschieden konnte, wirkte er unendlich erleichtert.

Jetzt stand Nico allein im Schatten des großen Eckhauses, unter dem Arm einen Karton mit ein paar Kleiderspenden, und fühlte sich wie das bemitleidenswerteste Geschöpf auf Gottes weiter Erde. Links vom Eingang bewegte sich eine Gardine. Bestimmt wurde er beobachtet. Er glaubte die Blicke der hinter ihm vorbeigehenden Leute wie Nadelstiche im Nacken zu spüren. Hinzu kam das unablässige Gerumpel und Geknatter der Automobile. Wien war ein anderes Pflaster als Nettuno. An die zwei Millionen Menschen lebten hier. Jedenfalls hatte Bruder Gottwin das behauptet. Nico fasste sich ein Herz und stieß die Haustür auf.

Mit kleinen Schritten tappte er in das Gebäude hinein, das ihm als neues Zuhause zugeteilt worden war. Die Marmorpaneele an den Wänden und die Rundbögen unter der Decke waren beeindruckend. Rechter Hand hing eine Tafel mit den Namen der Hausbewohner. Schnell fand er den einen, dem er sich ausliefern sollte: Johan Mezei. Davide Ticianis Schwager wohnte in einem Palast.

Beim Erklimmen der Treppen bemerkte der Junge schnell, dass das Maß der Prächtigkeit im umgekehrten Verhältnis zur Zahl der Stockwerke abnahm. Hatte das Entree im Erdgeschoss noch sehr feudal ausgesehen, waren im dritten Stock von dem Gepränge bestenfalls die hohen Decken übrig geblieben. Auf dem Podest gab es vier Eingänge. Die Tür ganz links fiel Nico sofort ins Auge, weil an ihrem rechten Pfosten, nur wenig länger als sein Mittelfinger, eine goldene Mesusa befestigt war, das typische Merkmal jüdischer Wohnungen. Darin befand sich ein kleines Fenster, durch das man das hebräische Wort auf der Rückseite der Pergamentrolle lesen konnte: *Schaddáj*, »Allmächtiger«. An der Tür selbst hing ein hübsches Messingschild, auf dem der Name *Mezei* stand.

Der Junge blieb unschlüssig vor der Wohnung stehen. Aufgeregte Stimmen drangen dumpf heraus. Vielleicht hatte Davide ihn an einen jähzornigen Wüterich überstellt. Dagegen sprach allerdings, dass auch Johan Mezei ein Uhrmachermeister war, und der Junge entsann sich einiger Erklärungen seines Vaters über die berufsbedingte Sanftheit der Zunftmeister. Unter dem Schild befand sich ein Klopfer, der in Wirklichkeit eine Klingel war – Nico hatte dieses Täuschungsmanöver sofort durchschaut. Er zog an dem hufeisenförmigen Hebel. Es schellte.

Die Stimmen in der Wohnung verstummten. Schritte näherten sich.

Rasch berührte Nico mit den Fingerspitzen die Rollenkapsel und murmelte das traditionelle Gebet. »Möge Gott mein Hinausgehen und mein Hineingehen behüten von nun und für immer.«

Da öffnete sich schon die Tür. Aber nur einen Spaltbreit. Nico erblickte unter buschigen Brauen zwei dunkle Augen, die ihn misstrauisch musterten. Wellige, wie Stahlwolle anmutende Haare überdachten eine breite Stirn, die sich rasch in Falten legte. Sodann sträubte sich ihm unter einer großporigen Nase ein bürstenartiger Schnurrbart entgegen, und eine kaum weniger borstige Stimme fragte: »Ja?«

So viel Deutsch verstand der Junge bereits. Er piepste seinen auswendig gelernten Satz. »Mein Name ist Nic- … Niklas Michel, und …«

»Was ist mit dir? Hast du Kreide verschluckt?«, unterbrach ihn der Wohnungsinhaber barsch.

Nico hatte bestenfalls die ersten fünfzig Prozent des Anschnauzers verstanden. Er blickte aus großen Augen erst den Mann im Türspalt an, anschließend die Mesusa am Pfosten – *Möge Gott mein Hineingehen behüten!* – und zuletzt wieder den Grobian. Dann wurde die Tür aufgerissen, und eine kleine Frau tauchte unter dem Arm des Mannes hindurch, als wolle sie sich schützend zwischen den Rohling und das Kind werfen.

»Du jagst dem armen Jungen ja Angst ein!«, tadelte sie den Mann, ohne dass Nico ihre Worte verstand.

»Vielleicht ist er ja irgendein Schlemihl, der sich nur für den ausgibt, den wir erwarten«, verteidigte sich der so Gescholtene brummig.

»Schmonzes, Johan!«

»Sei vorsichtig, Lea!«

Sie wandte sich dem Besucher zu. *»Tu sei il figlio di Emanuele dei Rossi, vero?«*, fragte sie freundlich: Du bist der Sohn von Emanuele dei Rossi, habe ich Recht? Beim Klang ihrer Stimme musste Nico merkwürdigerweise an Wildleder denken: Sie war rau und weich zugleich.

Der Hausherr stöhnte ob der vermeintlichen Unvorsichtigkeit seiner Frau. »Auf mich hört ja sowieso keiner«, brummte er und zog sich in die Tiefen der Wohnung zurück.

Nico war von den verwirrenden Wortwechseln der beiden einigermaßen irritiert. Der Anteil der verstandenen Satzfetzen sank rapide. Brav, so wie er es auswendig gelernt hatte, wiederholte er auf Deutsch: »Mein Name ist Niklas Michel, und ich komme wegen der Lehrstelle.«

Die Frau des Uhrmachers belohnte ihn dafür mit einem Lächeln, blieb jedoch bei ihrer beider Muttersprache. »Ich weiß eine ganze Menge von dir, Nico. Onkel Davide hat uns deine traurige Geschichte ausführlich in einem Brief beschrieben.« Sie senkte ihre Stimme. »Keine Angst, er hat ihn nicht der Post anvertraut, sondern einem guten Freund, der uns die Nachricht persönlich überbrachte. Außerdem kam gestern ein Fernschreiben, in dem uns deine heutige Ankunft mitgeteilt wurde. Dieser Benediktiner aus dem Vatikan hat ja ein großes Geheimnis aus der Route und dem Zeitplan deiner Flucht gemacht. Wie hieß er doch gleich?«

»Wer? Der Mönch? Ich habe seinen Namen nicht gesagt. Und ich darf ihn auch nicht verraten.«

Es entstand eine peinliche Pause, die Lea Mezei aber schnell zu überspielen wusste. Sie streckte dem Jungen ihre Hand entgegen. »Wie auch immer. Obwohl der Mann kein Sohn Israels ist, scheint er doch das Herz am rechten Fleck zu haben. In unseren

Zeiten ist das selten geworden. Aber jetzt komm erst mal herein. Die Nachbarn müssen ja nicht deine ganze Lebensgeschichte erfahren.«

Nicos Blick wanderte unwillkürlich an ihr vorbei, dorthin, wo ihr unwirscher Mann entschwunden war.

Offenbar spürte sie die Beklemmung des Jungen, denn sie streichelte ihm sanft das strubbelige Haar und sagte: »Keine Sorge, Nico. Mein Johan ist gar nicht so griesgrämig, wie er sich gibt.«

Zaghaft ergriff Nico ihre Hand. Sie fühlte sich genauso an, wie ihre Stimme klang: außen rau, aber trotzdem weich. Gleich hinter der Wohnungstür ließ er seinen Karton auf den Dielenboden sinken und sich die Jacke abnehmen. Danach schob Lea Mezei ihn durch einen langen Flur, von dem fünf oder sechs Türen abgingen; die zweite von rechts führte ins Wohnzimmer.

Der Raum war wohl an die vier Meter hoch, ebenso breit und ungefähr fünf Meter lang. Eine weiß und hellgrau gemusterte Tapete betonte seine enormen Ausmaße noch zusätzlich, soweit sich das im herrschenden Zwielicht überhaupt beurteilen ließ. Neben der Tür tickte eine verzierte Standuhr aus Birnbaumholz. An den Wänden hingen in schweren goldplattierten Rahmen mehrere Ölbilder von Alpenlandschaften. Rechter Hand sah Nico hohe Bücherregale und einen dreiteiligen Nussbaumschrank mit Glastür in der Mitte. Dahinter konnte er diverse Porzellanfiguren sowie Geschirr mit Goldrand und Blümchenmotiven ausmachen. Das Zentrum des Raumes beherrschte ein großer Perserteppich, in dem die Farben Rot und Blau dominierten, sowie ein rechteckiger Tisch mit sechs Stühlen drum herum. Ihre Polster bestanden aus blauem Samt. Links entdeckte der Junge einen braunledernen Ohrensessel, in dem Handarbeitszeug lag, und eine mit Tierhaut bespannte Stehlampe; goldene Quasten daran bewegten sich leicht im Luftzug. Gegenüber dem Eingang reihten sich drei hohe Fenster. Vor dem linken, zwei Schritt weit hinter dem Lehnstuhl, stand ein Schreibtisch, und an dem erwartete ihn bereits mit finsterer Miene Johan Mezei.

»Du stehst da wie bestellt und nicht abgeholt. Nimm dir einen Stuhl und setz dich hin«, sagte der Meister zu Nicos Überraschung in flüssigem, wenn auch etwas derb klingendem Italienisch. Er deutete auf die Sitzgelegenheiten am Esstisch.

Der Junge sah unschlüssig die Frau des Uhrmachers an, die sich gerade im Ohrensessel niederließ. Sie lächelte ihm aufmunternd zu. Nico schlich durch den Raum, zog einen der Stühle links vom Tisch zu sich heran und drehte ihn um. Als er sich setzen wollte, bemerkte er eine auf dem Polster liegende Tageszeitung. Er schickte sich an, den Stuhl wieder unter den Tisch zu schieben, um sich einen unbelegten auszuwählen, als Johan Mezei der Geduldsfaden riss.

»Dauert alles so lang, was du tust? Jetzt platz dich endlich!«

Nico fuhr zusammen. Wozu sich setzen? Meister Johan würde ihn sowieso gleich wieder fortjagen. Trotzdem gehorchte er. Mit zitternden Händen nahm er die Zeitung vom Polster, setzte sich, legte die Gazette vorsichtig auf seinen Schoß und strich sie sorgsam glatt.

Johan seufzte. »Warum hat Davide ausgerechnet mir das antun müssen!«

Das fragte sich Nico auch. Leise erklärte er: »Onkel Davide meinte, es wäre bestimmt gut, wenn der Sohn eines Uhrmachers auch zu einem Meister desselben Handwerks in die Lehre geht.«

»Und wer fragt mich, ob ich dich überhaupt als Stift haben will? Ob ich mir überhaupt so einen wie dich leisten kann?« Weil die Worte regelrecht aus Johan Mezei hervorbrachen, war er wieder ins Deutsche zurückgefallen.

Hilflos blickte Nico zu Lea.

»Meister Johan meint, dass er zwar im Moment keinen Lehrling ausbilden wollte, aber es schon irgendwie gehen wird«, übersetzte sie.

Der Uhrmacher schnappte nach Luft. »Lea! Erst mauschelst du dir die Thora zurecht und jetzt auch noch die Worte deines eigenen Mannes.«

»Nebbich, Johan! Ich hab nur übersetzt, was dein Herz spricht.

Dein Gerede ist durch die harte Kruste drum herum oft schwer zu verstehen.«

»Aber sei doch vernünftig, Liebes! Sieh ihn dir mal an. Er läuft herum wie ein Hund mit eingekniffenem Schwanz. Er bewegt sich wie eine Schnecke. Und er ist so dünn!«

»Ausflüchte, Johan. Nichts als Ausflüchte.«

»Außerdem, wie soll er mit unseren Kunden reden? Er kann ja nicht mal Deutsch.«

»Ich möchte es lernen«, warf Nico auf Italienisch ein, weil er endlich wieder einen Satz verstanden hatte.

Johan funkelte ihn missmutig an und entgegnete: »Man muss dem Volk aufs Maul schauen, um seine Sprache zu lernen, wozu du bisher kaum Gelegenheit gehabt haben dürftest. Will man es freilich *richtig* verstehen, dann sollte man seine großen Dichter lesen.«

Wenn das keine Abfuhr war! Nico schlug die Augen nieder. Dabei fiel sein Blick auf die Gazette im Schoß. Es war eine schon mehr als zwei Wochen alte Ausgabe der *Arbeiter-Zeitung*. Allein den Titel zu lesen fiel ihm schon schwer.

DIE KREDITANSTALT MUSS VOM STAAT
GESTÜTZT WERDEN

Er hatte nicht die geringste Ahnung, was die Worte bedeuteten.

Als wolle Johan ihm den Todesstoß versetzen, nahm er jetzt auch noch ein Buch vom Schreibtisch und hielt es ihm entgegen. »Das ist der *Wilhelm Tell*, Friedrich Schillers letztes großes Werk. Wenn du dir zutraust, innerhalb von einem Jahr jede beliebige Stelle des Schauspiels aus dem Gedächtnis aufzusagen, dann will ich dir glauben, dass du Deutsch lernen möchtest.«

Der Junge war am Boden zerstört. Für einen langen Moment war nur das Ticken der Standuhr zu hören. Gnadenlos zählte ihr Pendel den K.-o.-Gegangenen aus. Vor seinen Augen begann das eher dünne Büchlein zu verschwimmen und zu einem dicken Folianten aufzuquellen. Die Zeitung rutschte ihm aus den Händen und segelte auf den Teppich. Schwerfällig erhob er sich. Höchste Zeit, den Karton zu schnappen und sich zu verkrümeln. Sein Kopf war zu einer dunklen Höhle geworden, in der das Hoffnungslicht nur noch wenige Worte aufblitzen ließ: Waisenhaus, Armenspeisung, Bettelstab …

Überraschend meldete sich in diesem Augenblick erneut Leas rauchig-sanfte Stimme zurück. Obwohl ihr ein gewisser Unmut anzuhören war, blieb sie beherrscht. »Was du da redest, Johan, ist von vorne bis hinten Schmonzes. Siehst du nicht, wie sehr du den Jungen quälst? Natürlich wird er bei uns bleiben, und Gott wird uns dafür segnen.«

»Das ist nicht sicher«, widersprach Johan.

»Hältst du dich für Abraham, dass du mit dem Ewigen zu schachern wagst?«

»Frau, zügle deine Zunge! Wir sind doch keine Rindviecher, dass wir immer alles ewig von neuem durchkauen müssen. Ich habe dir meine Gründe ausführlich erklärt. Aus dem Jungen wird nie ein gescheiter Uhrmacher. Meinetwegen kann er die Nacht bei uns bleiben, aber dann schicken wir ihn zu den Mönchen zurück.«

Lea blinzelte auffallend langsam, wie ein Schachspieler, der seinem Gegner gerade einen Turm abgenommen hat, und sich nun Gedanken über den nächsten Zug macht. »Anscheinend hast du schon vergessen, was in Davides Brief steht. Der Junge ist begabt. Sehr sogar. Mehr als jedes andere Kind, das mein Bruder je gesehen hat.«

»Das haben sich die beiden nur ausbaldowert, um mich weich zu klopfen. Pass auf, ich werd's dir beweisen. – *Ragazzo!*«

Nicos Kopf war im Laufe des ihm mehrheitlich unverständlichen Wortwechsels wie bei einem Pingpongspiel hin- und hergesprungen. Bei dem italienischen Wort für »Junge« rastete etwas in seinem Hals ein. »Ja, Signor Mezei?«

»Komm her!«

Nico gehorchte, wenn auch zögerlich. Inzwischen war draußen die Nacht heraufgezogen. Abgesehen von der Leuchte beim

Lehnstuhl bot nur die Lampe auf dem Schreibtisch der Dunkelheit die Stirn. Johan und Lea Mezei mochten das Zwielicht im Wohnzimmer ja gemütlich finden, aber dem Jungen kam es unheimlich vor. Als er neben dem Meister stehen blieb, bemerkte er zum ersten Mal, was sich dort auf einer schwarz samtenen Unterlage befand: eine silberne Taschenuhr, deren hinterer Deckel geöffnet war.

»Was siehst du?«, fragte der Meister.

»Eine silberne Taschenuhr, deren hinterer Deckel geöffnet ist.«

»Das habe ich befürchtet.«

»Johan, sei nicht so ungerecht!«, kam postwendend die Ermahnung aus dem Lehnstuhl.

»Fällt dir sonst nichts auf?«, fragte der Meister streng.

»Es ist ein Chronometer, eine Präzisionsuhr.«

»Noch etwas?«

»Sie stirbt.«

Zum ersten Mal an diesem Abend war es dem Jungen gelungen, Johan Mezei zu überraschen. Seine Stahlwollaugenbrauen ruckten zusammen. »Was sagst du?«

»Ihre Unruh steht schon lange still.«

»Ha!«, gickste der Meister und schüttelte ungläubig den Kopf. »Wenn die Unruh bricht, erlischt dein Lebenslicht«, dichtete er auf Deutsch, und es klang ein wenig, als wolle ihm der Verstand durchbrennen. Hilfe suchend sah er zu seiner Frau, die einfach nur wissend lächelte.

»Darf ich sie einmal in die Hand nehmen?«, fragte Nico scheu.

Meister Johan sah ihn verwundert an, deutete aber dann doch einladend auf die Uhr. »Meinetwegen. Aber lass sie nicht fallen.«

Nico nahm die Taschenuhr behutsam am Gelenk zwischen Deckel und Gehäuse. Er summte eine leise Melodie, während er sie sich auf den linken Handteller legte und sie vor das Gesicht hob. Ein Blick genügte ihm, um seine Vermutung zu bestätigen. »Die Spiralfeder ist gebrochen.«

»Was eigentlich leicht zu beheben ist«, gab ihm der Meister Recht.

Der Junge klappte den Deckel zu und umschloss die Uhr, indem er die rechte Handfläche auf die linke legte. Seine Augen wurden glasig. Ein Zittern durchlief den zarten Knabenkörper. »Aber ... Sie sind sich nicht sicher«, flüsterte er.

Johan Mezei schluckte. »Wie kommst du darauf?«

»Weil der vorherige Besitzer diese Uhr fallen gelassen hat –« Nico wandte dem Meister das Gesicht zu –, »nachdem sein Herz aufgehört hatte zu schlagen.«

»Das ist ja ...!« Der Uhrmacher riss den Mund auf, blickte wieder zur Frau, dann erneut zum Jungen. »Wie kannst du davon wissen?«

Nico deutete mit dem Kopf zu der in seinen Händen verborgenen Uhr. »Sie hat es mir erzählt.«

Johan Mezeis Mund wollte sich gar nicht mehr schließen. Ein Anflug von Panik funkelte in seinen braunen Augen. Vermutlich hatte er so etwas Haarsträubendes in seinem ganzen Leben noch nicht gehört. Mit einem Mal trat jedoch ein neuer Ausdruck auf sein Gesicht, einer wie man ihn gelegentlich bei Menschen sieht, die am Ende einer langen Pilgerfahrt schließlich ihr Ziel erreichen. Seine Miene hatte sich merklich entspannt, als er leise fragte: »Und was berichtet dir die Uhr noch so alles?«

»Sie haben sie lange in der Hand gehalten, Meister. So ähnlich wie ich es gerade tue. Bestimmt haben Sie überlegt, ob sie verflucht ist und ob Sie sich trauen sollen, sie wieder in Gang zu setzen. Dadurch könnte sie zu Ihrer Lebensuhr werden.«

»Meiner ... *Lebensuhr*?«, wiederholte Johan wispernd. Seine geweiteten Augen glitzerten ängstlich im Lampenschein.

Der Junge nickte. »Einer Uhr, an die Ihr Leben geknüpft wäre. Wenn sie stehen bleibt, dann ist es *aus* mit Ihnen.«

Bei dem Wort »aus« zuckte der Meister zusammen. »Wenn die Unruh bricht, erlischt dein Lebenslicht«, wiederholte er langsam auf Deutsch, was ihm schon zuvor herausgerutscht war.

»Aber davor brauchen Sie sich nicht zu fürchten, Meister Johan.«

»Und wieso bist du dir da so sicher?«

»Weil diese Uhr hier Ihnen nichts tut.«

»Besser man geht kein Risiko ein.«

»Aber sie ist völlig ungefährlich. Sehen Sie selbst!« Nico hob die ihm als Deckel dienende Hand an, drehte die Uhr in der anderen um, klappte den vorderen Deckel auf und streckte dem Meister das Zifferblatt entgegen.

Johan Mezei sprang vom Stuhl auf und starrte fassungslos die Uhr an, als sei sie ein magischer Gegenstand, der ihn in irgendetwas absolut Scheußliches verwandeln konnte. Seine Ohren waren noch gut. Er hatte das gleichmäßige Ticken sofort vernommen, und selbst aus der Distanz sah er noch den munter ausschreitenden Sekundenzeiger.

»Sie geht wieder«, sagte Nico, was ohnehin offensichtlich war.

»Aber die Feder ist gebrochen! Das kann gar nicht sein.«

Nico kicherte, als hätten ihn nie irgendwelche Sorgen geplagt. »Sie ist ja auch immer noch kaputt. Die Uhr hat mir nur den kleinen Gefallen getan, um Ihnen den Aberglauben auszutreiben, Meister Johan.«

»*Ich* soll abergläubisch sein?«

Aus dem Ohrensessel ertönte ein Lachen. »Lass uns das Thema besser nicht vertiefen, Schatz.«

Nico hielt dem immer noch Zweifelnden das silberne Sorgenkind entgegen. »Schauen Sie, Meister, jetzt steht sie wieder, und ich lebe immer noch. Sie und Ihre liebe Frau übrigens auch.«

Endlich wagte Johan Mezei die Uhr in die Hand zu nehmen. Ehrfürchtig drehte er sie in den Fingern hin und her, öffnete schließlich den hinteren Deckel, setzte sich seine Lupenbrille auf, ließ seinen Blick tief in das nun erneut stille Werk eindringen und hauchte schließlich: »Die Spiralfeder ist tatsächlich noch gebrochen!«

»Sag ich doch.«

Meister Johan schien es nicht zu wagen, sein Gegenüber offen anzusehen. Auch seine Stimme blieb leise wie an einem geweihten Ort, als er bemerkte: »Ich habe gehört, dass es solche Menschen geben soll. Wohl nicht nur wir Uhrmacher nennen sie ›der Leblosen Lieblinge‹, weil sie mit Maschinen und Apparaten sprechen können wie andere Leute mit ihresgleichen. Ehrlich gesagt, habe ich nie an solche Ammenmärchen geglaubt. Bis jetzt.«

Nico zuckte nur die Achseln.

Endlich hob der Uhrmachermeister den Blick und musterte den Jungen lange durch die Vergrößerungsgläser. Schließlich fragte er: »Willst du immer noch bei mir in die Lehre gehen?«

6. KAPITEL

Der Hüter der Lebensuhr

Nettuno, 1938

Das Uhrwerk im Turm des Kommunalpalastes war in einem beklagenswerten Zustand gewesen. Jeder gewöhnliche Uhrmacher hätte vermutlich auf einen Neubau bestanden, nicht jedoch der merkwürdige Fremde aus Wien, dem Massimiliano Manzini die Restaurierung anvertraut hatte. Die Entscheidung war in Nettuno Tagesgespräch. Tagelang.

Nico hatte nie Zweifel daran gehegt, dass er dem geschundenen Uhrwerk wieder Leben einhauchen konnte. Es war ihm auf Anhieb zugetan. Abgesehen vom Austausch der zerstörten Zifferblätter, die eine Firma aus Rom erst herstellen musste, hielt er den eng gesteckten Zeitrahmen ein. Unter seinen Händen ließen sich die vielen Metallteile, die das Feuer bisweilen auf bizarre Weise verbogen hatte, willig formen. Einige waren nur noch Klumpen und mussten erneuert werden, aber auch das bereitete ihm keine Schwierigkeiten. Meister Johan war ihm ein guter Lehrer gewesen.

Mit einer Ausnahme hatte Nico während der hoch über dem Dach des Verwaltungsbaus sowie in Werkstätten zugebrachten Wochen das Stadtoberhaupt nur aus der Ferne gesehen. Dieser besondere Anlass war ein opulentes Abendessen, das Manzini im handverlesenen Kreis einiger Lokalhonoratioren zu Ehren des Walzenbändigers in seinem Anwesen gab. Nico hatte gehofft, bei dieser Gelegenheit auch die Meisteruhr seines Vaters wiederzusehen, die in Nettuno für so viel Gesprächsstoff sorgte, aber dieser Wunsch blieb unerfüllt. Dafür lernte er Donna Genovefa kennen, die aus Mailand stammende Frau des Stadtvorstehers, die man in der Öffentlichkeit fast nie zu Gesicht bekam.

Allein der Anblick ihrer kühlen Schönheit konnte bei einem Mann in etwa dieselbe Wirkung erzielen wie ein Sturz in einen Gletschersee. Anlässlich des Banketts trug sie ein enges, langes, weit ausgeschnittenes, blutrotes Kleid, das ihre makellose weiße Haut und das pechschwarze Haar auf durchaus atemberaubende Weise betonte. Man hätte glauben können, sie sei Lauras ältere Schwester, so jung sah sie aus. Auf Nico wirkte sie dennoch künstlich wie eine Seidenblume ohne Duft oder ein gläserner Brillant, dem das Feuer fehlte. Nach allem, was man sich über Donna Genovefa erzählte, war sie für ihren Gemahl tatsächlich nur noch ein Schmuckstück. Es hieß, sie sei nach der Fehlgeburt vor sechs Jahren nicht mehr schwanger geworden. Don Massimilianos Leidenschaft habe sich daher wieder auf die Bestäubung anderer Blumen in Nettunos Garten verlegt. Genovefas Interesse gehörte, zumindest an jenem bewussten Abend, ganz allein dem deutschen Helden. Nico fühlte sich von ihr regelrecht belagert, was es ihm einigermaßen erschwerte, in Lauras ungefälschtem Liebreiz zu schwelgen.

Als dann sein Gastgeber auch noch einen Tobsuchtsanfall bekam, nachdem er versehentlich einen Streuer umgeworfen und Salz verschüttet hatte, wurde die Situation für Nico unerträglich. Sein Seelenkompass rotierte. Da speiste er nun im Haus dieses abergläubischen Cholerikers, der seinen Vater ermordet hatte, musste sich gegen eine sprachbegabte Venusfliegenfalle zur Wehr setzen und durfte nicht einmal das Mädchen, nach dem sein Herz verlangte, in eine Plauderei verwickeln. Er kam sich vor wie im Märchen vom Dornröschen: Der Part der bösen Stiefmutter war mit Donna Genovefa besetzt, die Laura mit Blicken zu vergiften suchte. Doch dann – er hatte sich nach dem Cognac vom Hausherrn mit dem Hinweis auf seine Kopfschmerzen früh verabschiedet – geschah etwas Unerwartetes.

»Ich bringe Signor Michel zur Tür«, rief Laura, bevor sich ihre Stiefmutter ins Spiel bringen konnte. Am Ausgang waren sie mit einem Mal ganz allein. Sie reichte ihm lächelnd die Hand. Nico ergriff sie und hätte sie am liebsten nie wieder losgelassen.

»Habe ich Ihnen schon gesagt, wie mutig ich das finde, was Sie am vergangenen Freitag für die kleine Marianna getan haben, Herr Michel?«, fragte sie auf Deutsch.

»Ja, das haben Sie, Donna Laura.«

Enttäuschung warf einen Schatten auf Ihr liebliches Gesicht. »Ach ja? Na, ich möchte Sie keinesfalls langweilen.«

Nico hätte sich am liebsten die Zunge abgebissen. *»Nein!* So habe ich das nicht gemeint, Donna Laura. Ihr Lob macht mich sehr stolz. Ich … fühle mich dadurch mehr belohnt, als …« Er schüttelte den Kopf und senkte verlegen den Blick.

Sie sah ihn schräg von unten an. Ihr rosenroter Mund zuckte amüsiert, doch das Taktgefühl schien ihre Belustigung zu zügeln. »Mehr als durch die klebrige Aufmerksamkeit meiner Stiefmutter? Ist es das, was Sie sagen wollten?«

»Äh, na ja, ich …«

Jetzt lachte sie doch, und es klang in Nicos Ohren schöner als alles, was er seit langem gehört hatte. Sie legte ihre Hände auf seine Schultern, stellte sich auf die Zehenspitzen und küsste ihn auf die Wange.

Eine heiße Welle schwappte durch ihn hindurch und riss ihn fast von den Füßen. Zum Glück hatte Laura das Licht im Flur ausgelassen, so konnte sie nicht sehen, wie er rot anlief. Es war nur eine flüchtige Berührung gewesen, und längst hatte sie zwischen ihnen wieder den gebotenen Abstand hergestellt, aber trotzdem schwindelte ihn immer noch.

»Ich glaube, *das* hatte ich noch nicht gesagt«, kommentierte sie ihre Aktion mit einem kecken Augenaufschlag. »Nicht dass Sie mich falsch verstehen, Herr Michel, es ist als Dankeschön für die Rettung meiner Schwester gedacht.«

Nico war zu perplex, um den ganzen Sinn ihrer Worte zu verstehen. Der Duft von Jasmin benebelte ihm die Sinne, und in seinem Kopf drehte sich ein Kettenkarussell, das einen mordsmäßigen Lärm machte. Wie durch einen dicken Vorhang drangen Lauras Worte in sein Bewusstsein vor.

»… Genovefa betrifft, brauchen Sie nichts zu sagen, Herr Michel. Sie kann manchmal unerträglich sein. Seit sie begriffen hat, dass sie im Herzen meines Vaters nie und nimmer die Stelle meiner Mutter einnehmen kann, ist sie offen gestanden eine einzige Plage.«

Laura tat so, als wäre eben nichts geschehen. Nico hingegen musste das Karussell in seinem Kopf erst mit aller Gewalt zum Stillstand bringen, bevor er wenigstens den Anschein einer durchdachten Antwort erwecken konnte. »Vielleicht sehnt sie sich nur nach einem Menschen, der sie liebt. Man erzählt sich von Ihrem Vater …« Diesmal biss er sich tatsächlich auf die Zunge. Er hätte doch noch etwas länger warten sollen.

Lauras Augen verengten sich. »*Was* sagen die Leute?«

»Nichts.«

»Dass mein Vater seinen Samen reichlich unter den Schönen der Stadt verteilt?«

»Ehrlich gesagt … ja.«

Sie lachte abermals. »Das braucht Ihnen nicht peinlich zu sein. Ganz Nettuno weiß davon. Meinen Sie, ich habe keine Ahnung, wem Sie am Freitag das Leben gerettet haben, Herr Michel? Wie gesagt, Marianna ist meine *Schwester*. Meine Halbschwester, um genau zu sein. Ich besuche sie sogar ab und zu, ebenso wie meine anderen Halbgeschwister. Heimlich natürlich. Mein Vater sähe es nicht gerne, wenn ich unser Haus mit den Früchten seiner großzügigen Saat füllen würde.«

»Ich verstehe ehrlich gesagt nicht, wie Sie so locker darüber reden können. Immerhin hat Ihr Herr Vater doch wohl eine ganze Reihe von Frauen mit ihren Kindern sitzen lassen.«

Donna Lauras Antwort kam postwendend, und sie klang kühl. »Sie haben Recht, Herr Michel: Sie verstehen gar nichts. Zugegeben, was mein Vater da tut, gefällt mir nicht. Aber er sorgt für jedes seiner Kinder, und er liebt sie.«

Nico spürte, wie Laura sich innerlich von ihm entfernte, und es tat ihm weh. Aber sein Gerechtigkeitssinn begehrte trotzdem auf. »Einen Vater zu haben bedeutet mehr als regelmäßige Almosen.«

»Don Massimilianos Zuwendungen sind keine mildtätigen Gaben. Er begleitet die Entwicklung jedes seiner Kinder mit Interesse.«

»Das klingt für mich wie auswendig gelernt und aufgesagt, Donna Laura. Sie reden sich Ihren Vater doch nur schön. Wenn Sie wüssten, was für ein Mensch er ist …« Nico schloss rasch den Mund.

Wieder wurden Lauras Augen schmal wie Schlitze. Mit einem Mal hatte sie ihre Deutschkenntnisse vergessen und fragte mit drohendem Unterton: »Was wollten Sie sagen, Signor Michel?«

»Nichts. Aber glauben Sie mir, *ich* weiß, was es bedeutet, ohne Vater aufzuwachsen.«

Ihre Stimme wurde nur geringfügig weicher. »Sie haben mein Mitleid, Signor Michel. Trotzdem gefällt es mir nicht, *wie* Sie das sagen, beinahe so, als treffe mich irgendeine Schuld an Ihrem Schicksal.«

Nico sah sie nur aus traurigen Augen an. Er wusste, dass der himmlische Augenblick, den ihr Kuss heraufbeschworen hatte, unrettbar verloren war.

Laura nahm einen energischen Atemzug. »Ich wünsche Ihnen eine gute Nacht, Herr Michel.« Dann schloss sie die Tür.

Eine Minute vor Mitternacht. Die Menge machte einen Lärm, als ginge es darum, die Turmuhr durch den Schalldruck wachzurütteln. Nico saß hoch über den Menschen und behielt den Zeiger seines Taschenchronometers im Auge. Unwillkürlich schweiften seine Gedanken wieder zu jenem Abend vor drei Wochen ab, an dem er in kurzer Folge Glückseligkeit und Seelenpein erlitten hatte.

In der schlaflosen Nacht danach war in ihm ein Entschluss gereift. Er würde um Laura kämpfen. Das bedeutete nicht die Aufgabe seines anderen Zieles. Der Gerechtigkeit *musste* Genüge getan, Manzini für seine Untaten zur Verantwortung gezogen werden. Aber dazu war kein kalter Stahl im Herzen des Unholds erforderlich. Es bedurfte lediglich eines feinen Gleichgewichtssinns, denn Nico ahnte durchaus, auf was für einen gefährlichen Drahtseilakt er sich da eingelassen hatte.

Laura würde ihn zum Teufel jagen, wenn er ihren Vater offen als Mörder anprangerte. Deshalb musste er es so aussehen lassen, als würde sich Don Massimiliano selbst verraten. Dazu mussten zunächst einmal hieb- und stichfeste Beweise für seine Untaten beschafft werden, etwas, das selbst die faschistische Gerichtsbarkeit nicht unter den Teppich kehren konnte. Wenn sein diabolischer Charakter vor aller Welt Augen bloßgestellt war, dann musste er fallen, und selbst Laura würde sich nicht länger von der Liebe zu ihm blenden lassen. Es war eine gefährliche Kabale, wie Nico auch ohne die temperamentvollen Warnungen Brunos sehr wohl wusste. Sollte er im Kampf um Lauras Liebe und dem Durst nach Vergeltung die Balance verlieren, würde er sich unweigerlich das Genick brechen.

»... feierlich den Beginn eines neuen Zeitalters«, dröhnte über die Lautsprecher Don Massimilianos Stimme. Sie klang fast wie ein Befehl an den unsichtbaren Adressaten im Uhrenturm. Nico schrak aus seiner Versunkenheit auf und kontrollierte erneut seinen Chronometer. Zwölf Sekunden nach Mitternacht. Was machte es schon? Dann begann das Jahr 1939 eben etwas später.

»Jetzt lass mich nicht im Stich«, flüsterte er liebevoll, während unter ihm der Podestà verzweifelt ein rotes Band mit seiner Schere in feine Schnipsel schnitt. Das andere Ende des Stoffstreifens war um einen Hebel geknotet, den Nico mit einiger Verspätung umlegte. Gehorsam setzte sich die Uhr in Gang. Die Zeiger sprangen auf zwölf. Das Geläut verkündete den Wechsel zu einer vermeintlich besseren Zeit.

Damit hatte Nico seinen Teil der mit dem Stadtvorsteher getroffenen Abmachung erfüllt. Die Wiederinbetriebnahme der prominentesten Uhr der Stadt besaß Symbolcharakter. Massimiliano Manzini liebte solche Inszenierungen. Hunderte von Menschen waren auf seine Einladung hin auf den Platz vor dem Palazzo Comunale geströmt; in Nettuno und Anzio hatte man seit jeher eine Schwäche für kostenlosen Wein.

Nach der erfolgreichen Reanimation des tot geglaubten Patienten verließ Nico seinen Posten im Uhrenturm und begab sich auf die Piazza hinab. Die Menschen lachten, sangen und sprachen dem behördlich verordneten Wein untertänig zu. Unzählige Hände klopften ihm anerkennend auf die Schulter. Manzinis Vollmondgesicht wirkte dagegen etwas zerknittert, als er, in den Fingern der Rechten eine qualmende Zigarre haltend, seinen Stadtuhrmacher empfing.

»Sie haben mich ganz schön ins Schwitzen gebracht, mein Lieber! Ich dachte schon, ich würde mich vor der ganzen Stadt blamieren.«

»Das Ingangsetzen eines großen Räderwerks ist immer eine heikle Angelegenheit, Don Massimiliano.«

Der Vorsteher war zu gut gelaunt, um auf die leisen Zwischentöne der Antwort zu achten. Er lachte schallend und legte seinem Doctor Mechanicae den Arm auf die Schulter. Inzwischen konnte Nico mit der plumpen Vertraulichkeit seines Gegenspielers schon besser umgehen. »Geschenkt!«, posaunte Manzini. »Ich sagte Ihnen vor gut drei Wochen, wenn die Uhr bis zum Jahresende wieder die Stunden zählt, dann soll das nicht zu Ihrem Schaden sein. Sie haben Ihre Aufgabe bravourös gemeistert – über die fehlenden Zifferblätter wollen wir mal hinwegsehen. Jetzt ist es an mir, mein Versprechen einzulösen.«

Stürz dich ins Meer, du Ungeheuer, dann sind wir quitt. »Da bin ich aber gespannt, Don Massimiliano.«

»Ich möchte Ihnen eine Stelle in der Stadtverwaltung anbieten.«

»Aber …«

»Sie sind Ausländer und minderjährig – das hatten wir schon mal. Ihre Mutter ist Italienerin gewesen, wie Sie mir am Abend unseres gemeinsamen Abendessens erzählten, und Sie sind in Meran geboren. Nach dem Großen Krieg ist Südtirol sowieso Italien zugeschlagen worden, da wollen wir nicht um ein paar Wochen streiten. Sie sind *de facto* Einheimischer, und wenn Sie wollen, sorge ich dafür, dass Sie ’s auch bald *de jure* sind. Als

Antragsteller für die Staatsbürgerschaft darf die Gemeinde Sie kommissarisch beschäftigen. Was halten Sie davon?«

»Ich …« Nicos Kinnladen sank herab. Die Antwort blieb ihm im Halse stecken.

»De jure bedeutet ›von Rechts wegen‹ und kommissarisch ›vorübergehend‹«, erläuterte der Vorsteher, weil er die Sprachlosigkeit seines Mitarbeiters *in spe* für eine Auswirkung mangelnden Verständnisses hielt.

»Was für eine Arbeit wollen Sie mir denn geben?«

»Das klingt aber nicht gerade nach einem Hurra. Ich dachte mir, da Sie so geschickt mit jeder Art von Apparaten umgehen können, wäre ein Posten als Gemeindemechaniker genau das Richtige für Sie. Ihnen würde die Wartung der Turmuhr und anderer Maschinen des neuen Nettunia obliegen. Was halten Sie davon, Signor Michel?«

Mindestens ein Dutzend Gedanken schossen zugleich durch Nicos Kopf. Mit dieser Arbeit wäre er im weitesten Sinne dem Podestà unterstellt. Zweifellos könnte er Manzini öfter sehen als bisher, mit ihm reden, ihn unauffällig aushorchen, vielleicht sogar in Unterlagen Einsicht nehmen, die ihm die erhofften Beweise lieferten. Mindestens ebenso verlockend war für ihn die Aussicht, im Dunstkreis des Podestà hin und wieder Laura zu begegnen. Er könnte mit ihr ganz unverfänglich das ein oder andere Wort wechseln und so das Porzellan wieder kitten, das er vor drei Wochen zerschlagen hatte. Nico atmete tief durch.

»Ihr Vorschlag ist sehr großzügig, Don Massimiliano, und ich muss zugeben, es gefällt mir in Nettuno fast schon so, als hätte ich immer hier gelebt.«

»Ist das ein Ja?«

Er nickte. »Ich nehme Ihr Angebot an.«

Mit dem Wort »Wiedervereinigung« vermochten die meisten Bewohner von Anzio und Nettuno ebenso wenig anzufangen wie die Österreicher knapp ein Jahr zuvor bei der »Heimholung« ins Deutsche Reich. Nun kann sich Geschichte zwar wiederholen, aber nicht wehren. Die dem Faschismus anhaftende Schwäche für pathetische Symbole verlangte förmlich nach einer Reinkarnation des mythischen *Neptunia*.

Historiker wollten herausgefunden haben, dass sich die Bevölkerung des römischen Antium im neunten Jahrhundert nach Christus von den Sarazenen arg genug bedrängt gefühlt hatte, um ihren Hafen aufzugeben und sich auf das Kap von Anzio zurückzuziehen. Dort stand einst der dem Meeresgott Neptun gewidmete Tempel, und hier wuchs nun stetig die mittelalterliche Siedlung Nettuno, in der Nico dei Rossi mehr als tausend Jahre später das Licht der Welt erblickte. Nachdem die Gefahr vom Meer gebannt war, bildeten die zwei Siedlungsflecken – weiterhin unter dem Namen Nettuno – bis zum Jahr 1827 wieder eine Einheit. Dreißig Jahre lang blieb Anzio nur »der Hafen«, bis es auf Anordnung von Papst Pius IX. in den Stand einer Gemeinde erhoben wurde. Das Regime unter dem *Duce* beabsichtigte am 17. November 1939 also gewissermaßen nur mit der künstlichen Trennung der beiden Gemeinden Schluss zu machen. Und Massimiliano Manzini zum Podestà zu ernennen.

Von oben verordnete Wiedervereinigungen wirken nach Abklingen der ersten Euphorie bisweilen ernüchternd auf das Volksgemüt, und was Massimiliano Manzini für einen gescheiten Einfall hielt – mit den Feierlichkeiten zum Jahreswechsel der verwaltungstechnischen Zusammenfassung der zwei Gemeinden vorzugreifen –, entpuppte sich bald als ein Schuss, der nach hinten losging. Anstatt sich an ihr nettunianisches Wesen zu gewöhnen, gruben sich die Leute in ihre alten Gewohnheiten ein, als müssten sie im Angesicht einer übermächtigen Bedrohung die Stellung halten. Sie wechselten weiterhin von Anzio nach Nettuno, wenn sie die Stadtteilgrenzen von Westen nach Osten überquerten, und umgekehrt. Die Menschen waren ja auch zu verschieden, im größeren Anzio eher weltoffen und modern, im beschaulichen Nettuno bodenständig und den bäuerlichen Traditionen verhaftet.

Sogar das Stadtoberhaupt schien sich schwer zu tun mit dem »gleitenden« Umzug in den *Nuovo Palazzo Comunale*, dem deutlich geräumigeren Kommunalpalast von Anzio. Offiziell hieß es, der Vorsteher verbringe aus Gründen der Bürgernähe weiterhin seine meiste Zeit im alten Büro unter der wieder munter tickenden Turmuhr. Wegen des gestiegenen Arbeitsaufkommens galt es aber inzwischen als aussichtsreicher, bei Benito Mussolini eine Einladung zu einer Schachpartie zu bekommen, als eine Audienz beim Podestà Nettunias.

Zu den wenigen Auserwählten, auf die das nicht zutraf, gehörte der neue Stadtmechaniker. Er genoss Manzinis Dankbarkeit, und sie schien sogar echt zu sein. Dieser Umstand beschwor bei Nico emotionale Unwetter von nicht geringer Stärke herauf, weil in ihm immer öfter Sympathie für einen Menschen aufblitzte, den er nach allen Regeln der Kunst hassen sollte.

Als Belohnung für die Rettung Mariannas hatte ihr Vater ihm nicht nur die Anstellung in der Gemeinde verschafft, sondern ihm dazu noch ein gebrauchtes weißes Motorrad geschenkt. So konnte er bei technischen Notfällen innerhalb weniger Minuten fast an jedem beliebigen Ort in seinem Zuständigkeitsbereich sein, der bereits das gesamte Stadtgebiet des zukünftigen Verwaltungsbezirks Nettunia umfasste. Das Benzin zahlte sogar die Gemeinde, was infolge der wirtschaftlichen Notlage, die Italiens Feldzug in Abessinien sowie das Engagement im Spanischen Bürgerkrieg heraufbeschworen hatte, auch vonnöten war. Aus leicht nachvollziehbaren Gründen nannte er sein Kraftrad *Albino*. Es sollte ihm ein zuverlässiger Gefährte werden, fast wie ein treues Pferd.

Im Verlauf des neuen Jahres hatte Nico sich nicht nur beim Stadtvorsteher den Ruf eines verlässlichen Mannes erworben, der jeden freundlich behandelte und bescheiden abwiegelte, wenn man von ihm viel Aufhebens machte. Seine erstaunliche Fähigkeit, kranke Apparate zu kurieren, ließ ihn von Tag zu Tag weiter im Ansehen der Menschen steigen.

Bruno machte da insofern eine Ausnahme, als er seinen Freund der Kungelei mit den Faschisten bezichtigte und ihn auf die Straße setzte. Eine knappe Woche verbrachte Nico in einem Hotel, dem Albergo Sangallo della Posta, was ihn einen nicht unerheblichen

Teil seiner Ersparnisse kostete. Auf Vermittlung des Podestà bezog er hierauf eine Mansardenwohnung an einer kleinen Piazza, die wie ein Wurmfortsatz am südlichen Ende des großen, nach König Umberto I. benannten Platzes hing. Der Vormieter hatte knapp zwei Jahre zuvor das Zeitliche gesegnet, als ihm ein republikanischer Heckenschütze beim spanischen Guadalajara im Eifer des Gefechts das linke Auge ausschoss. Abgesehen von den beengten Verhältnissen hatte die Dachgeschosswohnung einen großen Nachteil: Aus dem Fenster konnte Nico jenseits des Platzes und der Einmündung zur Via Vespucci sein Geburtshaus sehen. Weil er seine Kammer aber fast nur zum Schlafen aufsuchte, ließ sich dieser Makel für ihn verschmerzen.

Durch das neue Aufgabengebiet kam er viel herum, was sich für seine Nachforschungen als sehr nützlich erwies. Allerdings mied er die vertrautesten Personen und Orte seiner Kindheit. Dazu zählte vor allem der kleine Kreis von Mitgläubigen in Anzio und Nettuno. Noch kurz vor dem Tod seines Vaters hatte er mit ihnen seine Bar-Mizwa gefeiert, die ihn zu einem mündigen Mitglied der Gemeinde machte. Die Gefahr, erkannt zu werden, war einfach zu groß. Auch vom Forte Sangallo, der wuchtigen Festung am Rande der Altstadt, hielt er sich fern. Immer noch lebte darin Baron Alberto Fassini Camossi mit seinem Faktotum Donatello, die er und Bruno am Abend der schrecklichen Bluttat besucht hatten. Abgesehen von seinem besten Freund wären der Kunstmäzen und dessen Leibdiener wohl am besten dafür geeignet, *Il Tedesco*, den falschen Deutschen, zu entlarven.

Trotz dieser punktuellen Zurückhaltung lernte Nico so gut wie täglich neue Leute kennen, und nicht wenige von ihnen fühlten sich ihm bald verpflichtet. Wenn hier mal eine Uhr nicht richtig tickte oder sich da ein Türschloss allzu widerspenstig gab, dann fragte man einfach Niklas Michel, der dank seiner neuen Beweglichkeit scheinbar immer irgendwo in der Nähe war. Merkwürdigerweise tat er meist nicht viel – jedenfalls kaum etwas, das sich mit bloßem Auge als besonders hilfreich erkennen ließ –, um die störrischen Apparate wieder zum Gehorsam zu bewegen. Er redete ihnen freundlich zu, summte ihnen meist etwas vor und streichelte sie gelegentlich – das war auch schon alles. Bei den Bewohnern von Nettuno, Anzio und der näheren Umgebung hieß es voller Respekt, er sei »der Leblosen Liebling«.

Nico hätte sich viel mehr gewünscht, Lauras Liebster zu sein, aber ausgerechnet bei ihr biss er auf Granit. Sogar ihr Vater brachte seinem Doctor Mechanicae mehr Sympathie entgegen. Mit dem heißen Sommer des Jahres 1939 zog nämlich auch der junge Deutsche ins engere Umfeld der Manzinis ein. Fast wöchentlich forderte ihn Don Massimiliano nun für irgendwelche Reparaturen im heimischen Palazzo an. Der junge Mechaniker folgte diesen außerdienstlichen Hilferufen bereitwillig, hoffte er doch, auf diese Weise seinen beiden Zielen näher zu kommen. Er hörte bei seinen Einsätzen jedoch nie ein Wort, noch sah er ein Dokument, das Manzini im Geringsten kompromittiert hätte. Vermutlich gab es ein striktes Verbot, irgendwelche Schriftstücke aus dem Arbeitszimmer im ersten Stock zu entfernen. Einmal hatte Nico gesehen, wie Laura aus dem Raum gekommen war und ihn sofort hinter sich abgeschlossen hatte. Ihr oblag ja das tägliche Aufziehen der »Lebensuhr«, wie Nico von Signora Pallotta, der Gemüsefrau, wusste. Das seinem ermordeten Vater abgenommene Beutestück bekam er indes nie zu sehen.

Glücklicherweise ließ sich dasselbe auch von der Hausherrin sagen. Donna Genovefa weilte, wie ihr Mann verbreiten ließ, neuerdings in einem Sanatorium in der Schweiz. Den Rest überließ er der städtischen Gerüchteküche. Sollten die eidgenössischen Ärzte Genovefas Unfruchtbarkeit heilen? Oder ihr Gemüt? Oder war sie gar ihrem Mann davongelaufen? Niemand wusste es, aber alle sprachen darüber.

Nico trug schwer an der Ablehnung, die Laura ihn spüren ließ. So jedenfalls empfand er ihre Reserviertheit. Er kannte bald alle Hausangestellten des Podestà mit Vornamen, aber Laura bekam er nur selten zu Gesicht. Sie schien ihm aus dem Weg zu gehen. Manchmal ertappte er sie dabei, wie sie ihn aus dem Schatten eines Türsturzes oder von der Galerie des Lichthofes aus beobachtete. Doch sobald sie sich von ihm entdeckt wähnte, zog sie sich jedes Mal schnell zurück.

Gelegentlich kam es Nico so vor, als würde er nur unter Vorwänden in den Privatpalast des Stadtoberhauptes gelockt. Ein überhitzter Kühlschrank oder ein nicht mehr wachzurüttelnder Essensaufzug mochten ja als Grund noch durchgehen, aber ein quietschendes Türgelenk? Zugegeben, es war ein extrem schauderhaftes Geräusch, für dessen Beschreibung man schon ein neues Wort erfinden müsste – gänsehäutig trifft es vielleicht noch am ehesten –, und außerdem gehörte das Scharnier zu Manzinis launischem Lancia; Uberto Dell'Uomo hatte sich zuvor vergeblich um eine Beruhigung desselben bemüht. Einmal ließ der Podestà Nico mitten in der Nacht aus dem Bett holen, um eine stotternde Spieluhr zu therapieren. Wollte Don Massimiliano die Vertrauenswürdigkeit des jungen Stadtbediensteten auf die Probe stellen oder ihn aus irgendeinem Grund im Auge behalten? Was steckte hinter seinen manchmal schon provokanten »Noteinsätzen«?

Am 4. August verwandelte sich das Telefonnetz der Gemeinde in eine Art riesigen Spielautomaten. Die Mehrzahl der gewählten Verbindungen gingen in die Irre. Wer den gewünschten Teilnehmer tatsächlich an die Strippe bekam, hatte das große Los gezogen. Man vermutete die Ursache in der Vermittlungszentrale, die sich im alten Kommunalpalast von Nettuno befand. Ein ausgebildeter Fernmeldetechniker war nicht greifbar, und wie hätte man einen anfordern sollen? Brieftauben fielen als Notlösung aus. So kam man auf Niklas Michel, der gerade im Nachbarbezirk einer festgelaufenen Pumpe Luft verschaffte. Kurzerhand wurde er per Amtsboten von Anzio nach Nettuno beordert.

Die Vermittlungsstelle war der ganze Stolz der Gemeinde, ein vollautomatisches Monstrum aus elektromechanischen Relais, das einen großen Raum im Erdgeschoss des Palazzo Comunale ausfüllte und dabei rasselte wie Dutzende Reihen gleichzeitig umfallender Dominosteine. Der Leiter des gestörten Wunderwerks, ein Beamter mit pomadisiertem Haar, Knollennase und Nickelbrille, überwachte misstrauisch jeden von Nicos Handgriffen.

Mit gewohntem Respekt näherte sich der Doctor Mechanicae dem krankenden Organismus. Seine Hände strichen sanft über die schwarzen Schaltschränke und bald auch über deren lebhaft klickende Eingeweide. Dazu summte er ein leises Lied. Der Argwohn des Beamten stieg.

»Was soll das bringen?«, knurrte er.

»Ich horche meinen Patienten ab«, antwortete Nico gleichmütig, ohne von seiner Arbeit aufzuschauen.

»Die Relais klicken.«

»Das höre ich.«

»Ja, aber sie klicken alle gleich.«

»Das kommt Ihnen nur so vor, Signor Bulbo.«

»Ich kann da nichts Unnormales feststellen.«

»Deshalb hat man ja auch mich gerufen, Signor Bulbo, nicht wahr?«

Der Kontrolleur grunzte etwas, das sich Nicos Verständnis entzog.

Der Maschinenarzt setzte seine Untersuchung seelenruhig fort. Was er dabei fühlte, ist für jemanden, dem seine Begabung fehlt, schwer nachzuvollziehen. Nur wenige Menschen sind in der Lage, richtig zuzuhören. Manche Taubheit ist anerzogen. Oft überschreien innere Stimmen immerfort die leisen Zwischentöne. Wer daran krankt, der hat zu lange zugehört, ohne nachzusinnen, was jeden Geist spröde macht. Dann hausen in den Sprüngen und Rissen, grauen Maden gleich, Vorurteile, die unablässig lärmen, während sie langsam das Urteilsvermögen ihres Wirts zerfressen. Obwohl noch jung, hatte Nico in seinem Leben zu viel gesehen und gehört, um sein Denken auf Weniges zu beschränken. Aber das allein mag als Grund nicht ausreichen, um seine Wahrnehmungen in diesem Moment zu erklären.

Es glich einem Flüstern. Nichts, das man mit dem Ohr hören konnte. Selbst die Berührung der Maschine diente nur der Verstärkung dessen, was er ohnehin in ihrer Nähe spürte. Wie ein Blinder, der in sechs erhabenen Punkten einen Buchstaben erkennen und sich aus Hunderten solch winziger Hügel ein ganzes Universum erschließen kann, tauchte er in das Wesen der Maschine ein. Er las in ihren Erinnerungen, hörte von ihren Sorgen und witterte den Hauch ihrer Zukunft. Der Leblosen Liebling hatte sich schon mit allen möglichen Apparaten ausgetauscht, aber keiner war bisher so geschwätzig gewesen wie diese Telefonvermittlungsanlage. Irgendwie lag das wohl auch in ihrer Natur.

Allmählich kam er der Ursache des Problems auf die Spur. Anscheinend hatte der »Krankheitsherd« eine Art Kettenreaktion ausgelöst und dadurch fast die ganze Anlage in einen Zustand der Schizophrenie gestürzt. Sie stand gewissermaßen neben sich und sah sich dabei zu, wie sie wohlgewählte Telefonnummern in Zufallszahlen verwürfelte. Einzelne Schaltkreise funktionierten noch. Als Nico mit Ring- und Mittelfinger einem von ihnen nachspürte, wurde das Flüstern lauter. Seine Hand zuckte zurück. Noch nie hatte er die Stimmen eines Apparats derart intensiv gehört. Schnell kehrten seine Fingerkuppen zu den beiden Kontakten zurück.

Unglaublich! Das waren *richtige* Worte. Doch er konnte ihre Bedeutung bestenfalls erahnen, das Gewisper war zu leise, um es deutlich zu verstehen. Hatte sich da eben jemand von einem anderen verabschiedet? Plötzlich herrschte Stille in der Leitung. Vielleicht versuchte der Glückspilz es ja gleich noch mit einem zweiten Telefonat. Nico streckte dem Beamten die Hand entgegen, ohne den Blick von der bewussten Stelle zu nehmen.

»Kann ich mal einen Hörer haben?«

»Einen *Hörer*?«

»Ich habe mal in einem Magazin gelesen, dass es in solchen Vermittlungszentralen Kopfhörer mit angebauten Mikrofonen gibt, die von Technikern zur Kontrolle der Leitungen benutzt werden.«

»In einem *Magazin*? Sind Sie sicher, dass Sie das Problem in den Griff bekommen können, Signor Michel?«

Endlich sah Nico den Beamten offen an. »Sind *Sie* sicher, dass Sie kein Papagei sind, Signor Bulbo?«

»Nein … Ich meine: Ja! Da bin ich ziemlich sicher. Und ich

werde ganz bestimmt nicht erlauben, dass Sie in irgendwelche Gespräche hineinhören.«

»Als ob die Geheimpolizei das nicht alle naselang täte.«

»Was haben Sie da eben gemurmelt?«

Nico deutete kurz hintereinander auf fünf oder sechs verschiedene Relais. »An diesen Stellen war kürzlich ein Hörer angeschlossen. Es ist frühestens vor vier Tagen gewesen, spätestens gestern Morgen, zumindest aber *bevor* das Netz anfing, verrückt zu spielen. Ich frage mich also, *wozu* jemand da in die Leitungen gelauscht hat.«

Bulbo wurde blass. »Das ist unmöglich!«

»Ich versichere Ihnen, dass meine Diagnose stimmt.«

Der Beamte schüttelte nervös den Kopf. »Nein, ich meine, selbst wenn es stimmen würde, wäre es unmöglich, dass Sie so etwas wissen können. Ich hab ja schon eine Menge von Ihrer Begabung gehört, aber das schlägt dem Fass den Boden aus.«

Nico seufzte. »Da gibt es eine festgefressene Pumpe, die sehnsüchtig auf mich wartet, Signor Bulbo. Wie machen wir nun weiter? Soll ich den Podestà fragen, warum man in seiner Gemeinde ein funktionierendes Telefonnetz abhören, aber ein zusammengebrochenes nicht anrühren darf?«

Der Leiter der Vermittlungsstelle starrte sein Gegenüber mit versteinerter Miene an. Nico hätte, gemessen an dem, wie sich Bulbo bisher aufgeführt hatte, eine andere Reaktion erwartet, aber der Beamte wirkte eher unschlüssig als verängstigt. So wie jemand, der sich über die Folgen einer Drohung im Unklaren ist? Mit einem Mal wurde Nico klar, was da nicht stimmte, oder er glaubte es wenigstens: Massimiliano Manzini wusste von der Lauschaktion. Vielleicht waren die Telefonate irgendwelcher ahnungsloser Bürger sogar auf seine Anordnung hin abgehört worden.

Nico streckte noch einmal die Hand aus und sagte ruhig, aber bestimmt: »Geben Sie mir einen Hörer, oder ich lasse Sie mit Ihrem Problem allein.«

Bulbo kapitulierte. Er schlurfte mit hängenden Schultern zu

einem Stahlschrank, den er mit seinem Schlüsselbund öffnete, und kehrte bald mit der Hör-Sprech-Einheit zurück. »Da!«

»Danke.«

Um das Misstrauen des Beamten nicht weiter zu nähren, hielt Nico die zwei Steckerenden zunächst an verschiedene andere Kontakte, bevor er wieder die speziellen auswählte, die er sich gemerkt hatte. Nebenbei erhielt er mit dem Ablenkungsmanöver die Bestätigung für seine Vermutung im Hinblick auf die Lage des »Krankheitsherdes«. Durch das systematische Abhören weiterer Verbindungsstellen bestimmte er rasch dessen Größe. Dann kehrte er endlich zu der flüsternden Leitung zurück. Klar und deutlich hörte er eine weibliche Stimme.

»... Botschaft des Deutschen Reiches in Rom. Guten Tag.«

»Hier spricht Mama«, sagte eine heisere, ihm nur allzu bekannte Männerstimme in holperigem Deutsch. Sie gehörte niemand anderem als Massimiliano Manzini. »Bitte verbinden Sie mich mit Amore.«

»Einen Moment bitte.«

Es klickte in der Leitung. Dann vernahm Nico eine andere Männerstimme.

»Ja?«

»Karl?«

»Non usate questo nome!«, zischte der Fremde: Benutzen Sie nicht diesen Namen!

»Ich muss dringend mit Ihnen ein paar Dinge abstimmen, Amore«, sagte Manzini nun ebenfalls auf Italienisch.

»Dann benutzen Sie gefälligst unseren ›Kummerkasten‹.«

»Die Sache duldet keinen Aufschub. Es geht um ...«

»Kein Wort mehr!«, fiel der mit deutschem Akzent sprechende Unbekannte Manzini erneut ins Wort.

»Ist ja schon gut. Ich rufe auf einer besonderen Leitung an. Das übrige Telefonnetz von Nettuno spielt verrückt.« Nico hörte ein Kichern. Und gleich darauf neben sich die erboste Stimme von Bulbo, dem Leiter der Vermittlungsstelle.

»Jetzt ist aber Schluss, Signor Michel! Ich sehe keine Notwenigkeit, dass Sie so lange in ein und denselben Anschluss hineinlauschen.«

Es mochte mit Nicos Benommenheit zusammenhängen, vielleicht auch mit dem Gefühl, ertappt worden zu sein, dass er beim energischen Einschreiten des Beamten zusammenzuckte und dabei den Kontakt zur Leitung verlor. Was hatte das zu bedeuten? Der Podestà von Nettuno telefonierte mit der deutschen Botschaft in Rom, und er benutzte offenbar einen Decknamen: MAMA. Wenn man wusste, dass Massimiliano Manzini dahinter steckte, dann war dieser Code geradezu kindisch. Ob es sich wohl mit *amore*, dem italienischen Wort für »Liebe«, ähnlich verhielt? Vielleicht gab es in der Botschaft einen Attaché, der Karl Liebe hieß. Aber was hatte Manzini mit diesem Karl »dringend abstimmen« wollen? In den letzten Monaten wurde immer häufiger von der Gefahr eines baldigen Kriegs gesprochen. Plante Hitler etwa nach der Einverleibung Österreichs im letzten und der Errichtung des Reichsprotektorats Böhmen und Mähren in diesem Jahr schon den nächsten Coup? Vielleicht eine Annexion Tirols? Oder den Überfall …

»Ist das jetzt wieder einer Ihrer Beschwörungen, oder warum sagen Sie nichts?« Bulbo hatte sich vor Nico aufgebaut und sah ihn durchdringend an.

Der Gefragte fasste sich schnell. Er zog mit dem Zeigefinger einen Kreis im Relaisschrank. »Das da hat den Zusammenbruch ausgelöst. Tauschen Sie 's alles aus. Oder kratzen Sie den Lack von den Kontakten.«

»Lack?«, japste der Beamte.

»Sie haben mich schon verstanden, Signor Bulbo. Jemand hat Ihre Vermittlungszentrale sabotiert, indem er ausgewählte Relais mit einem transparenten Isoliermittel behandelte. Sie wissen ja jetzt, was Sie zu tun haben. Guten Tag, Signor Bulbo.« Ohne dessen Erwiderung abzuwarten, verließ Nico die Abhörzentrale.

Ein Musterbürger hätte das leise Klopfen überhört. Aber Regimegegner, die ständig in der Gefahr lebten, entlarvt zu werden, besaßen hoch sensible Sinne. So auch Bruno, dessen Gesicht und

Oberkörper schon nach kurzer Zeit im Türspalt erschienen. Seine schwarzen Haare waren zerzaust, und er trug zur grauen Hose nur ein verflecktes Unterhemd.

»Du?«

»Ich muss mit dir reden«, raunte Nico.

»Hat dich Manzini geschickt?«

»Unsinn.«

»Sollst mich wohl bespitzeln.«

»Dein Gedächtnis scheint ein Sieb zu sein. Sonst wüsstest du, dass ich niemals mit ihm zusammenarbeiten würde. Und jetzt lass mich endlich rein. Ich bin gekommen, um dich zu warnen.«

Brunos Miene war anzusehen, wie er mit sich kämpfte. Schließlich öffnete er aber doch die Tür, ließ den Besucher ins Zimmer und drehte hinter ihm den Schlüssel zweimal im Schloss herum.

»Was willst du, Nico?«

»Ich war heute im Kommunalpalast.«

»Lass mich raten: Heute ist Freitag. Du hast mit diesem Faschistenschwein zu Mittag Fisch gegessen. Bist du wenigstens satt geworden?«

»Bruno, können wir nicht endlich Frieden schließen? Du bist der Einzige in der Stadt, dem ich mich anvertraut habe. Ich will Manzini zur Strecke bringen.«

»Dann schließ dich der Giustizia e Libertà an. Wir werden Mussolini zum Teufel jagen.«

»Das erzählst du mir seit Monaten.«

»Meinst du etwa, die Faschisten lassen sich im Handstreich aus der Regierung werfen? So etwas braucht Zeit. Unsere Bewegung ist aktiver, als du dir vorstellen kannst, obwohl die OVRA sie lieber gestern als heute ausrotten würde. Wir haben prominente Unterstützer. Titta Ruffo …«

»Der Bariton?«

Bruno nickte. »Die Tage des *Duce* sind gezählt. Mach bei uns mit, ehe es hier in Italien eine zweite Kristallnacht gibt.«

»Das kann ich mir nicht vorstellen.«

»Und das Dekret gegen euch? Hast du wohl schon vergessen, was?« Bruno spielte auf einen Erlass vom 7. September 1938 an, der den Ausschluss jüdischer Schüler und Lehrer aus den staatlichen Schulen sowie die Ausweisung aller ausländischen Juden zum Inhalt hatte. Darüber hinaus sollte sich die jüdische Bevölkerung bei den Polizeipräsidien in Listen erfassen lassen. Zu welchem Zweck, darüber konnte man nur spekulieren.

Dennoch blieb Nico skeptisch. »Die Deutschen neigen dazu, sich beim Essen die Zunge zu verbrennen, weil sie alles kochend heiß in sich hineinschieben. Wir Italiener sind anders, wir lassen die Speisen für gewöhnlich erst abkühlen.«

»Ah, der belesene Herr Michel gibt Anschauungsunterricht in Völkerkunde. Wenn du dich da mal nicht irrst, mein Lieber. Kurz bevor du hier aufgekreuzt bist – muss so Mitte Juni gewesen sein –, ging eine Propagandaschrift mit dem hübschen Titel ›Der Faschismus und das Rassenproblem‹ durch die Presse. Ich nehme an, Mussolini hat sie selbst verfasst, um sich bei Hitler einzuschleimen. In dem Pamphlet hieß es, dass es eine ›reine italienische Rasse arischen Ursprungs‹ gebe und ›die Juden der italienischen Rasse *nicht*‹ angehörten. Die Betonung liegt auf *nicht*, Nico. Übrigens wurde darin auch jegliche ›Rassenvermischung‹ verurteilt. Nur als kleiner Hinweis, weil du immer noch der hübschen Katholikin Laura hinterherschielst.«

Nico spürte, wie sein Blut in Wallung geriet. »Bist wohl eifersüchtig auf mich?«

»Nicht die Bohne. Eher fließt das Wasser den Berg hinauf, als dass Laura dich heiraten würde. Ich will dich nur wachrütteln, *ragazzo*. Deinen Leuten könnte bald übel mitgespielt werden, von unserem glorreichen *Duce*. Mach bei uns mit! Mit deinen Fähigkeiten kommen wir schneller ans Ziel.«

»Das haben wir schon bis zum Erbrechen diskutiert, Bruno. Ich misstraue allen Eiferern, egal was sie auf ihre Fahnen schreiben. Lass mich meinen Weg gehen, und du gehst deinen.«

»Aber trotzdem willst du mich vor etwas warnen?«, hakte Bruno nach, während er sein rechtes Auge zukniff.

»Vielleicht kannst du mir auch einen Gefallen tun.«

»Aha!«

»Jetzt tu nicht so selbstgefällig. Ich wäre auch gekommen, wenn ich deine Hilfe nicht brauchte. Es geht um den Kollaps unseres Telefonnetzes heute Vormittag.«

Bruno grinste. »Wenn du von den Wehwehchen irgendwelcher Apparate sprichst, klingt das immer so … anatomisch.«

»Bei uns Uhrmachern ist es ganz normal, die Einzelteile eines Werks als *Organe* zu bezeichnen. Abgesehen davon hat unser Fernsprechnetz heute nicht zufällig verrückt gespielt. Es wurde manipuliert.«

Bruno runzelte die Stirn. »Sabotage?«

Nico nickte.

»Ich würde dir ja gerne sagen, das wir 's gewesen sind, aber das wäre gelogen.«

»Ich weiß bereits, wer dahinter steckt.«

»Ist nicht wahr?«

»Es war Manzini oder einer seiner Handlanger. Zumindest bin ich mir ziemlich sicher. Sein Anschluss war nicht außer Gefecht gesetzt.«

»Es sollen heute früh auch andere Sonntagskinder Telefonnummern gewählt und tatsächlich den gewünschten Teilnehmer erreicht haben.«

»Ja, aber du hättest den Leiter der Vermittlungszentrale sehen sollen, als ich ihm androhte, dem Podestà von meinem Verdacht zu erzählen. In seinem Gesicht stand ein riesiges Das-weiß-Don-Massimiliano-doch-längst. Du kannst mir glauben, Signor Bulbo ist leichter durchschaubar als eine Eieruhr.«

»Sehr witzig. Und was hast du herausgefunden?«

»Es werden systematisch Telefongespräche abgehört.«

»Das ist ein offenes Geheimnis.«

»Es ist ein Unterschied, ob ich der Geheimpolizei unterstelle, Telefonate ihrer Verdächtigen abzuhören, oder ob ich Beweise dafür finde, dass dergleichen *hier* in Nettuno geschieht.«

»Beweise?«

»Na ja, ich kann natürlich nicht sagen, ob es die OVRA war, die sich in die Verbindungen eingeklinkt hat.«

»Toller Hinweis!«

»Es könnte auch Manzini gewesen sein.«

»Oder die krankhafte Neugier von Signor Bulbo.«

»Ich bin überzeugt, er weiß von den Vorgängen, aber er ist nur ein Bauer in diesem Spiel, nicht der König.«

»Wieso sollte der Podestà eine Vermittlungsanlage mit Lack außer Funktion setzen, die er kurz vorher zum Abhören missbraucht hat? Das wäre ungefähr so, als würde sich ein Bankräuber rote Stempelkissen auf die Schuhsohlen nageln?"

»Stimmt allerdings.«

»Wer immer hinter der Spitzelei steckt, dürfte kaum mit einem wie dir rechnen, Nico. Er nimmt wohl an, seine Spuren immer gründlich zu verwischen.«

»Angenommen der Geheimdienst belauscht die Leute in der Stadt und Manzini weiß davon …«

»Würde mich nicht wundern, wenn er die Informationen aus den abgehörten Gesprächen sogar irgendwie für seine krummen Dinger einsetzt.«

»Wie auch immer. Jedenfalls dürfte Don Massimiliano kaum die gesamte OVRA kontrollieren. Er kann nicht ausschließen, selbst irgendwann belauscht zu werden; es sei denn, er lässt die komplette Vermittlungszentrale lahmlegen.«

»Damit die bösen Spitzel sich aus dem Staub machen, bevor die ehrlichen Fernmeldetechniker eintreffen? Eine ziemlich kühne Theorie, *amico mio.*«

»Nicht, wenn Manzini sehr verzweifelt ist.« Nico konnte sich noch sehr gut an den drängenden Ton des Podestà erinnern. *Die Sache duldet keinen Aufschub.* Was hatte er wohl mit Amore besprechen wollen?

»Mag sein«, erwiderte Bruno ohne rechte Überzeugung. »Immerhin scheinst du es ehrlich zu meinen. Danke für die Warnung.«

Nico hielt eine Weile dem forschenden Blick aus Brunos dunklen Augen stand, dann reichte er ihm die Hand. »Sind wir wieder Freunde?«

Bruno schlug ein. »Na klar. Waren wir doch immer. Hab mich nur aufgeregt, weil du dich von diesem Speichellecker hast einwickeln lassen.«

»Das gehört zu meinem Plan.«

»Ja, wie du dich am besten an Laura ranmachen kannst.«

Das Eis unter Nicos Füßen war plötzlich sehr dünn geworden. Rasch lenkte er das Gespräch auf sichereres Terrain. »Wenn deine Freunde bei der Giustizia e Libertà tatsächlich so weit gestreut sind und an so prominenten Positionen sitzen, wie du immer behauptest, dann könntest du vielleicht etwas für mich herausfinden.«

»Sofern es der Gerechtigkeit und Freiheit dient – kommt natürlich drauf an, was du wissen willst.«

Nico erzählte seinem Freund von dem belauschten Telefonat Manzinis mit der deutschen Botschaft in Rom.

Bruno pfiff leise durch die Zähne. »Klingt ziemlich verschwörerisch. Wenigstens scheint mir dein Verdacht jetzt gar nicht mehr so abwegig. Manzini könnte tatsächlich die Vermittlungszentrale lahm gelegt haben, um sich ein paar unbelauschte Minuten zu verschaffen.«

»Ob Don Massimiliano ein deutscher Spion ist?«

»Ich traue ihm alles zu, sofern es irgendwie seine Gier befriedigt. Allerdings könnte er auch auf Geheiß der Regierung handeln.«

»Wie meinst du das?«

»Ich rede von Geheimdiplomatie. Unser feiner *Duce* steuert einen schwer einzuschätzenden Schlingerkurs. Als er '34 für den Abessinienkrieg Rohstoffe brauchte, machte er sich bei Hitler lieb Kind, indem er ihn ins schöne Venedig einlud. Ein Jahr später bildete er plötzlich mit den Franzosen und Briten gegen Deutschland die Stresafront. Aber die Verletzungen des Versailler Vertrages, die sich aus der Wiederbewaffnung des Dritten Reiches ergaben, duldete er trotzdem. Ja, mehr als das:

Mit einem Mal fiel ihm die Wesensverwandtschaft zwischen dem nationalsozialistischen Deutschland und dem faschistischen Italien auf, und er bekannte sich '36 zur ›Achse Berlin-Rom‹. Im Spanischen Bürgerkrieg stellte er unsere Soldaten im Schulterschluss mit der deutschen Legion Condor dem Generalissimo Franco an die Seite.«

»Mit den Österreichern ist er genauso wankelmütig umgesprungen«, brummte Nico.

»Du sagst es. Gerade noch verhandelt er mit ihnen, weil sie fürchten, vom Deutschen Reich geschluckt zu werden, er lässt zu ihrem Schutz sogar fünfundsiebzigtausend Soldaten an ihrer Grenze aufmarschieren, aber als Hitler sein Geburtsland plötzlich heim ins Reich holt, tut Mussolini nichts. Ich meine, er hat ja selbst im April Albanien geschluckt. Vermutlich wollte er sich mit seiner Stillhaltetaktik schon mal im Voraus Hitlers moralische Unterstützung sichern. Dass die beiden inzwischen dicke Freunde sind, zeigt ja der ›Stahlpakt‹, den sie im Mai geschlossen haben. Damit hat uns Benito eine Momentaufnahme seiner schwarzen Seele gezeigt.«

»Inwiefern?«

»Das Abkommen schließt die gegenseitige Unterstützung bei Angriffen Dritter mit ein. Bemerkenswert, wenn man bedenkt, dass im Moment alle Welt an einen baldigen Kriegsausbruch glaubt, findest du nicht?«

»Willst du damit andeuten, Manzini sei so eine Art Verbindungsoffizier unserer Militärs bei der Planung eines gemeinsamen Waffengangs?«

Bruno zuckte die Achseln. »Keine Ahnung, was er da mit den Deutschen ausheckt, aber du solltest so eine Möglichkeit nicht ausschließen. Ich werde mich mal für dich umhören. Wie hieß der große Unbekannte doch gleich?«

»Ich vermute, sein Name lautet Karl Liebe, weil Don Massimiliano ihn *Amore* nannte.«

»Mama braucht Liebe – wie rührend!«, frotzelte Bruno, wurde aber sofort wieder ernst. »Vielleicht hast du da ja tatsächlich etwas aufgeschnappt, mit dem wir diesen tollwütigen Hund Manzini zur Strecke bringen.«

Etwa eine Woche später – es war ein strahlender Montagmorgen, der einen heißen Augusttag verkündete – verließ Nico wieder einmal durch den Hinterausgang das Manzini-Anwesen. Er hatte noch vor dem Frühstück einem Ventilator das Rasseln abgewöhnen müssen. Gedankenversunken strebte er Albino, seinem weißen Motorrad, entgegen, als plötzlich Laura vor ihm stand.

Sie trug ein weißes, weites, langes Kleid und einen ausladenden Hut zum Schutz gegen die Sonne. Gerade schickte sie sich an, ihr Fahrrad zu besteigen. Nico fasste sich ein Herz, ergriff die Gelegenheit beim Schopf und legte seine Hand auf ihren Lenker.

»Guten Morgen, Donna Laura. So früh schon unterwegs?«

»Nein, ich liege noch in meinem Bett«, gab sie spitz zurück. Ihre Antwort war wie eine Ohrfeige. Sie stellte ihren Fuß auf die Pedale, um davonzuradeln, aber unvermittelt sprang die Kette ab. Dabei verlor Laura das Gleichgewicht, und allein durch Nicos beherztes Zugreifen wurde ein Sturz auf das Pflaster verhindert.

Einmal mehr drohte ihm der Duft von Jasmin die Sinne zu benebeln. Hinzu kam dieses betörende Gefühl, sie im Arm zu halten. Sie war so weich, so leicht …

»Danke, aber Sie können mich jetzt wieder loslassen.« Ihre unmissverständliche Aufforderung bereitete seinem Schwelgen ein jähes Ende. Nur widerwillig fügte er sich ihrem Willen.

»Entschuldigen Sie, Donna Laura.«

»Was gibt's da zu entschuldigen? Sie haben mich ja aufgefangen. Könnten Sie bitte für mich die Kette wieder auflegen?«

»Sehr gerne!« Nico machte sich sofort an die Behebung des Missgeschicks. Während er noch mit der fettigen Fahrradkette hantierte, versuchte er einen neuen Anlauf. »Was ich mit meiner Entschuldigung eigentlich sagen wollte: Finden Sie nicht, dass ich genug gebüßt habe?«

Ihre schwarzen Augen funkelten auf eine schwer zu deutende Weise. »Ich habe keine Ahnung, wovon Sie sprechen, Herr Michel.«

Immerhin war sie ins Deutsche gewechselt, was Nico für ein gutes Zeichen hielt. »Ich denke schon, dass Sie es wissen, Donna Laura. Letztes Jahr im Oktober, da sind mir ein paar Dinge über Ihren Vater herausgerutscht, mit denen ich Sie sehr verletzt haben muss. Dafür möchte ich mich entschuldigen.«

Ihr blasses Gesicht blieb ausdruckslos. Nico hielt zwar ihrem strengen Blick stand, doch über kurz oder lang würde er darin versinken. Endlich befreite sie ihn aus dieser süßen Gefahr. »Ich bin mir nicht sicher, ob ich Ihre Entschuldigung annehmen kann, Herr Michel.«

»W-was … Wie meinen Sie das?«

»Die Art und Weise, wie Sie damals über meinen Vater gesprochen haben …«

»So, die Kette ist wieder drauf.«

»Danke.« Sie setzte ihren Fuß erneut auf die obere Pedale und spann ihren Gedankenfaden fort. »Ich hatte an diesem Abend den Eindruck, Sie seien aufrichtig zu mir gewesen.«

Nico wurde heiß. »Nur an *diesem* Abend?«

Sie schenkte ihm ein versöhnliches Lächeln. »Wir haben alle unsere kleinen Geheimnisse, Herr Michel. Ich will mich da in nichts einmischen. Jedenfalls hörten Sie sich in dem, was Sie über meinen Vater sagten, sehr überzeugt an.«

»Na ja … ich …«

»Denken Sie heute anders über ihn?«

»Auf alle Fälle! Ich verdanke ihm eine gute Arbeit und vermutlich bald auch meine Einbürgerung – das Schreiben vom Ministerium kann täglich eintreffen …«

»Bitte verzeihen Sie mir, wenn ich Sie unterbreche, Herr Michel, aber ich habe das Gefühl, Sie weichen mir aus.«

Nico schluckte. *Bin ich aus Glas?* »Wie kommen Sie darauf?«

»Hinter Ihrer Stirn ist etwas, das sich mir entzieht.«

Also doch nicht, zum Glück! »Das scheint mir bei uns allen so zu sein.«

»Aber dieses Etwas ist da. Ich kann es spüren. Es hat mit meinem Vater zu tun, nicht wahr?«

»Wie kommen Sie darauf?«

»Ich habe Sie beobachtet, Herr Michel. Ihr Blick, wenn Sie ihn anschauen – da ist so ein Glitzern in Ihren Augen, das mir nicht behagt.«

Nico hätte aus der Haut fahren können. Warum schaffte Laura es immer wieder, ihn in die Enge zu treiben? »Na ja, die Leute erzählen sich eben so einiges über Don Massimiliano. Ist doch nicht verwunderlich, wenn man sich da so seine Gedanken macht.«

»Geht es wieder um meine Geschwister?«

»Nein. Für einen, der vorgibt, ein guter Katholik zu sein, finde ich die Einstellung Ihres Vaters zur ehelichen Treue zwar fragwürdig, aber was mich umtreibt, sind ganz andere Dinge. Da ist von dunklen Geschäften die Rede …« Die Antwort war kaum heraus, als Nico sie auch schon bereute.

Lauras Augen hatten sich wieder in Schießscharten verwandelt. »Halten Sie es für möglich, dass die Leute nur neidisch sind, Signor Michel?«

»Äh …«

»Mein Vater ist ein erfolgreicher Geschäftsmann. Er mag gerissen sein, da gebe ich Ihnen Recht, aber er ist kein Verbrecher. Guten Tag, und danke für die Reparatur der Kette.«

Laura warf das Gewicht ihrer ganzen Entrüstung auf die Pedale – und scheiterte abermals. Die Kette war erneut abgesprungen, und das Mädchen fand sich einmal mehr in Nicos Armen wieder. Schneller als zuvor befreite es sich aus seinem Griff.

»Warum grinsen Sie so?«

»Entschuldigen Sie, Donna Laura. Wenn Sie erlauben, nehme ich mir ihr Fahrrad bei nächster Gelegenheit vor. Die Kette sollte mal nachgespannt werden.«

»Sind Sie sicher, dass es nur daran liegt?«

Nico spürte, wie ihm das Blut in den Kopf schoss. »Wie meinen Sie das?«

Sie lächelte auf eine Weise, die es ihm schwer machte, darin den Grad ihrer Freundlichkeit abzulesen. »Die Leute reden nicht nur über meinen Vater, sondern auch über Sie, Herr Michel.«

»Na ja, in Nettuno wird ständig getratscht. Die Stadt ist klein.«

»Nettun*ia*, Herr Michel. In drei Monaten sind wir eine *große* Stadt mit weit mehr Klatschmäulern als noch im letzten Jahr. Manche sagen, es gehe nicht mit rechten Dingen zu, was Sie mit Uhrwerken, Getrieben und anderen Apparaturen anstellen.«

Er atmete auf. »Ich bin nicht mit dem Teufel im Bunde, falls Sie das meinen. Gott hat mir nur ein glückliches Händchen im Umgang mit den leblosen Dingen gegeben.«

»Und warum sollte er so etwas tun?«

»Vielleicht weil es an Gärtnern und Löwenbändigern keinen Mangel gibt.«

Laura ließ sich von seiner forschen Antwort nicht aus der Fassung bringen. »Haben *Sie* die Fahrradkette zweimal abspringen lassen, Herr Michel?«

Nico öffnete den Mund, wurde abermals knallrot und klappte ihn wieder zu.

Sie nickte wissend. »Also, ja. Ich habe mir gleich so etwas gedacht.«

Er breitete die Hände aus. »Aber wie sollte ich das angestellt haben, Donna Laura?«

»Das kann ich Ihnen nicht sagen. Man hört eben so dies und das.«

»Alles Humbug!«

»Es soll zwischen den unbelebten Dingen und Ihnen eine seltsame Affinität geben.«

»Was ist daran seltsam?«

»Angeblich nennen Sie Ihr weißes Motorrad Albino. Es soll Ihnen aufs Wort gehorchen und manchmal schon anspringen, bevor Sie überhaupt die Zündung betätigt oder irgendein Pedal getreten haben.«

Nico reckte den Hals im Kragen. »Na ja, die Leute reden viel, wenn der Tag lang ist.«

Der Blick des Mädchens bohrte sich erst tief in seine Unschuldsmiene, dann wanderte er an ihm herab zu den schwarzen, fettbeschmierten Händen und sprang schließlich zum eigenen Körper über. Zehn Finger hatten sich auf Lauras weißem Kleid in gut sichtbaren Abdrücken verewigt. Dies war einer der Momente, in denen Nico am liebsten im Boden versunken wäre. Er wappnete sich gegen ein Donnerwetter, aber es sollte anders kommen.

Unvermittelt begannen Lauras Mundwinkel zu zucken. Zunächst konnte nur ein Schmunzeln ihre strenge Miene durchbrechen, aber wenig später gab ihre Nase schnorchelnde Laute von sich, ihre Schultern fingen an zu wippen, und dann öffnete sie den Mund und überschüttete Nico mit einer Woge von so herzerfrischender Heiterkeit, dass er unweigerlich mitgerissen wurde. Sich gegenseitig ihre Flecken zeigend, bogen sie sich vor Lachen. Im Portal der Stiftskirche erschien ein besorgter Messdiener, der das Paar argwöhnisch beobachtete. In mehreren Fenstern auf der Piazza Battisti tauchten neugierige Gesichter auf.

Endlich hatte Nico wieder genug Luft, um zu sprechen. »Das mit Ihrem Kleid, Donna Laura, tut mir furchtbar Leid.«

Sie legte sich eine Hand auf die Brust und atmete tief durch. »Was hätten Sie den tun sollen, Herr Michel? Mich fallen lassen?« Laura begann erneut zu prusten, und Nico wurde ein weiteres Mal davon angesteckt.

Als sich die zwei wieder beruhigt hatten, entstand eine merkwürdige Stille. Beide blickten verlegen zu Boden.

»Herr Michel?«, sagte endlich das Mädchen.

Nico hob den Kopf. »Ja, Donna Laura?«

»Sie sind älter als ich, fast volljährig, wenn es stimmt, was mein Vater erzählt …«

»Sie reden mit ihm über mich?«

Das Mädchen lächelte. »Ab und zu. Frauen sind neugierig, wussten Sie das nicht? Sagen Sie doch bitte einfach Laura zu mir. Donna Laura klingt so …«

»Altehrwürdig?«

Sie schmunzelte. »Ja! Richtig verstaubt. Fast wie Donna Genovefa.«

Wieder mussten beide kichern.

»Sie sind sehr freundlich, Don... *Laura*!«

»Das *Sie* lässt du am besten auch gleich weg, Niklas, wenigstens, wenn wir allein sind.«

Nico klappte den Mund zu, weil ihm sonst das Herz aus der Brust gesprungen wäre. Woher kam dieser unerwartete Stimmungswandel? Oder gab Laura nur endlich einer Sehnsucht nach, die auch er seit langem in sich fühlte?

»Warum sagst du nichts?«, fragte sie.

Er holte tief Luft. »Weil ich glücklich bin. Zum ersten Mal seit vielen Jahren.«

Zu seinem Erstaunen huschte nun über ihr blasses Gesicht ein Anflug von Röte. Sie schlug die Augen nieder. »Das hast du sehr nett gesagt, Niklas. Vielleicht sollten wir meinen Vater von der Liste unserer Gesprächsthemen streichen, jedenfalls, bis wir uns besser kennen gelernt haben.«

Ihm wurde schwindelig. »Ja«, war alles, was ihm dazu einfiel.

»Sehen wir uns morgen wieder?«

Er starrte sie ungläubig an. »Morgen?«

Sie ließ wie zufällig ihre Hand auf die seine sinken, die jetzt wieder auf dem Lenker lag. »Du wolltest dich doch meiner Kette annehmen, schon vergessen?«

Aus dem Klopfen wurde ein Trommeln und daraus bald ein erbarmungsloses Hämmern. Nico schreckte aus dem Schlaf hoch. Er blickte auf die phosphoreszierenden Ziffern des Weckers, der auf dem Nachttisch stand. Fünf Uhr fünfundvierzig. Wieder dieser Albtraum! Er ließ die Luft aus dem verkrampften Brustkorb strömen und seinen Kopf erschöpft ins Kissen zurückfallen. Der letzte Augusttag hatte ihn kreuz und quer durchs Gemeindegebiet geführt. Am Abend war er ohne Essen todmüde zu Bett gegangen. Und nun musste er, anstatt bis um sieben wie ein Stein zu schlafen ...

Die Tür der Mansardenwohnung zitterte unter heftigen Schlägen. Nico erschrak sich fast zu Tode. Das dröhnende Hämmern schien seinen Träumen entsprungen zu sein.

»Signor Michel!« Gedämpft drang eine Stimme ins Zimmer. Der Bass gehörte unverkennbar Uberto, dem Chauffeur des Stadtvorstehers.

»Warten Sie!«, antwortete Nico und wälzte sich aus dem Bett. Er schlüpfte in seine Pantoffeln, schlurfte zur Tür und öffnete sie.

Uberto knetete seine Dienstmütze in den Pranken. »Guten Morgen, Signor Michel. Sie müssen sofort mitkommen.«

»Wissen Sie, wie spät es ist, Uberto?«

»So ungefähr. Don Massimiliano hat gesagt, ich soll Sie notfalls samt Bett zu ihm schleifen.«

»Dann ist seine Klospülung kaputt.«

»Viel schlimmer, Signor Michel. Aber das will er ihnen selber sagen. Bitte beeilen Sie sich.«

»Geben Sie mir wenigstens einen Hinweis, Uberto. Muss ich meine Rohrzange mitnehmen?«

»Eher das Uhrmacherbesteck.«

Weniger als fünf Minuten später eilten die beiden schon zur Piazza hinunter. Obwohl es bis zu Manzinis Haus nur ein Steinwurf war, bestand Uberto darauf, den Doctor Mechanicae im Lancia zu chauffieren. Nachdem sie den Palast des Podestà durch einen Nebeneingang betreten hatten, hörte Nico schon Manzinis Stimme wie eine Gerölllawine durch das Haus hallen.

»... hättest du mir das nicht früher sagen können?«

Maschinenarzt und Fahrer stoben über den Wandelgang des Innenhofs zu einem Treppenaufgang. Über ihnen antwortete auf den Vorwurf eine leise Stimme. War das Laura? Endlich hatten sie den ersten Stock erreicht. Uberto lotste den Besucher in Richtung Arbeitszimmer. Eine Reihe von Türnischen, tief wie Tunneleingänge, glitten an ihnen vorüber. Das Privatbüro des Stadtvorstehers stand offen, und als Nico atemlos davor zum Stehen kam, sah er, was längst offensichtlich war: Vater und Tochter in einer Stimmung äußerster Verzweiflung. Manzini bemerkte den Nothelfer zuerst, weil Laura mit dem Rücken zur Tür stand. Er wedelte mit seiner fleischigen Hand.

»Kommen Sie herein, Signor Michel.«

Der Blick des Angesprochenen wanderte unschlüssig über den Türrahmen. Don Massimiliano rief ihn in sein Allerheiligstes? Das konnte nur ein Traum sein.

»Nun kommen Sie schon!«, drängte der Hausherr. Manzini sah ungewohnt derangiert aus. Seine schwarzen Haare, einschließlich des Schnurrbarts, waren zerzaust und bar jeder Pomade. Er trug einen Pyjama und darüber einen offen stehenden, dunkelblauen Hausmantel aus Seide mit breiten, schwarz glänzenden Revers und dem Familienwappen auf der Brust.

Nico schickte sich gerade an das Büro zu betreten, als darin unvermittelt ein Telefon klingelte.

»Warten Sie!«, sagte Manzini, hielt dem Besucher die Handfläche entgegen und wandte sich erneut seiner Tochter zu. »Würdest du bitte einen Moment hinausgehen, Liebes? Und mach die Tür hinter dir zu.« Mittlerweile klingelte es zum dritten Mal.

Laura stapfte wütend in die Galerie hinaus, ließ im Vorübergehen die Tür zuknallen und blieb mit vor der Brust verschränkten Armen an der Balustrade stehen, von wo aus sie in den Lichthof des Palazzo hinunterblickte.

Nico gesellte sich zu ihr. Wenn nur Uberto nicht da wäre! Eine Zeit lang standen die beiden schweigend nebeneinander und sahen auf das große Mosaik im Hof hinab. Es war von Brunos Vater, Evaristo Sacchi, gestaltet worden und zeigte die Erschaffung Adams. Das Motiv stammte ursprünglich von Michelangelo und schmückte die Decke der Sixtinischen Kapelle: Eben hatte der erste Mensch von Gott den Odem des Lebens erhalten. Seine Hand reckte sich noch dem himmlischen Vater entgegen, ihrer beider Zeigefinger waren einander ganz nahe. Adam lag nackt auf dem Erdboden, aus dem er gebildet worden war, und trug Massimiliano Manzinis Kopf auf den Schultern.

»Was ist geschehen?« Nico versuchte, seiner Stimme einen beiläufigen Klang zu geben.

Laura stieß die Luft durch die Nase aus. »Er ist so ungerecht. Ich habe nichts weiter getan als …« Sie verstummte, weil hinter ihnen die Tür aufgezogen wurde. Beide drehten sich um.

Der Stadtvorsteher sah ungewöhnlich blass aus, sein Blick gläsern. Es kostete ihn erkennbar Mühe, sich zu sammeln, um zu murmeln: »Ihr könnt jetzt hereinkommen.«

»Was ist mit dir, *Papà*?«, fragte Laura besorgt.

Er schüttelte den Kopf. »Nichts …«

»Schlechte Nachrichten?«

Manzinis Schultern hoben sich und fielen wieder herab. »Ich muss das alles erst einmal verkraften.«

»Kam der Anruf aus Rom?«

Er musterte zögernd den Besucher, dann nickte er seufzend. »Ihr habt vermutlich schon im Radio gehört, dass die Polen gestern den deutschen Radiosender Gleiwitz überfallen haben.«

Nicos Augenbrauen zogen sich zusammen. Es hatte im August ständig Berichte von angeblichen Gräueltaten gegen die deutsche Bevölkerung im »polnischen Korridor« gegeben. Erst vor zwei Tagen habe Hitler ultimativ die Entsendung eines bevollmächtigten polnischen Unterhändlers zum Zwecke direkter Verhandlungen »binnen vierundzwanzig Stunden« gefordert. Nico interessierte sich nicht sonderlich für Politik, aber es fiel ihm schwer, sich den »polnischen Terror«, über den die deutsche Propaganda lamentierte, zu erklären. Polen war ein kleines Land, eingekeilt zwischen der Sowjetunion und dem Deutschen Reich. Sollte Warschau tatsächlich so dumm sein, sich mit solch mächtigen Gegnern anzulegen? Laura wusste über die neuesten Entwicklungen offensichtlich Bescheid, aber Nico schüttelte den Kopf.

»Ich habe kein Radio. Deswegen schnappe ich nur ab und zu irgendwo eine aktuelle Nachricht auf.«

Manzini wirkte weniger schockiert als mehr wie jemand, dem allmählich zu Bewusstsein kam, dass er sich einer unbequemen Aufgabe stellen musste. Seine Kiefer mahlten, und er brachte kaum die Zähne auseinander, als er endlich sein neues Wissen preisgab. »In wenigen Stunden wird folgende Meldung wie ein Lauffeuer um den Globus rasen: Deutschland lässt sich die Provokation der Polen nicht länger gefallen. Seit fünf Uhr fünfundvierzig wird jetzt von der Wehrmacht zurückgeschossen!«

Es bedurfte keiner Ausbildung zum Historiker, um sich auszumalen, was diese Mitteilung bedeutete. England und Frankreich hatten sich gegenüber Polen für genau diesen Fall vertraglich zum Beistand verpflichtet. Sie würden sich von Hitler kein weiteres Mal – wie noch im Falle Österreichs, des Sudetenlandes und der Tschechoslowakei – um des lieben Friedens willen überrumpeln lassen. »Krieg!«, hauchte Nico und sah dabei aus, als hätte er einen Geist erblickt.

»Die Welt wird neu geordnet«, murmelte Manzini, während er gewichtig nickte. Hierauf konnte man auf seinem Gesicht regelrecht ablesen, wie er die beunruhigenden Neuigkeiten vom Tisch seiner Besorgnisse wischte, um ein für ihn offenbar vorrangiges Thema aufs Tapet zu bringen. Seine Bewegungen wirkten mit einem Mal fahrig und sein Blick unstet. Mit der Rechten fuchtelte er in der Luft herum und fügte ungeduldig hinzu: »Aber jetzt kommen Sie endlich herein, Signor Michel.«

Nico folgte Laura ins Büro. Mit Blicken maß er den tiefen Sturz über seinem Kopf. *Ich wüsste zu gern, was er alles hinter diesen dicken Mauern versteckt.* Uberto blieb zurück.

Das mehr als geräumige Zimmer roch nach Zigarrenrauch. Es war vollständig mit dunkel gebeiztem Eichenholz ausgekleidet. Auf dem Boden lagen schwere Teppiche. An der Decke reihten sich quadratische Kassetten. Links stand ein großer Globus, daneben ein ausladender runder Tisch, an dem sich wohl ein Dutzend Leute beraten konnten, und in einer dunklen Ecke bei den Fenstern ein rotlederner Lehnstuhl mit einem Beistelltischchen. Die rechte Hälfte des Zimmers beherrschte, in sicherer Distanz zu einem sandfarbenen Marmorkamin, ein gewaltiger Schreibtisch. Zog man in Gedanken zwei Linien vom Zentrum der Feuerstelle zu den Außenkanten des Arbeitsmöbels, stieß man auf ein Paar viereckiger Säulen, die ebenfalls mit Holz ummantelt waren. Die Wände pflasterten zudem Schränke, Bücherregale und Bilder. An den Fenstern bildeten schwere grüne Samtvorhänge undurchdringliche Barrieren sowohl für die Sonne als auch für neugierige Blicke. Nur eine Schreibtischlampe und ein Licht, dessen Ursprung irgendwo hinter dem breitem Rücken des Hausherrn lag, erhellten schwach den Raum.

»Ich brauche aufs Dringendste Ihre Hilfe!«, zeterte Manzini.

»Was ist denn geschehen?«

Der Hausherr deutete anklagend auf seine Tochter. »Das dumme Gör hat sie kaputtgemacht.«

»Ich habe überhaupt nichts ...«, begehrte Laura auf, wurde von ihm aber sofort in ihre Schranken gewiesen.

»Schweig! Signor Michel wird mir zweifellos zustimmen, wenn er erst sieht, was du angerichtet hast.«

Nico hatte den mächtigsten Mann der Stadt bisher nur einmal derart gereizt erlebt, und das war lange her. Laura brauchte Hilfe. In den letzten zweieinhalb Wochen hatten sich die beiden jungen Leute fast täglich gesehen und waren sich dabei näher gekommen. Fast beschwörend redete Nico auf ihren Vater ein. »Don Massimiliano, was immer Sie so aufgewühlt hat, ich bin sicher, Ihre Tochter trifft keine Schuld daran. Bitte beruhigen Sie sich erst einmal, und dann erzählen Sie mir, was passiert ist.«

Manzini steigerte sich immer tiefer in seinen desolaten Seelenzustand hinein. Er rang wiederholt ächzend nach Luft, stieß sie aber jedes Mal wieder rasselnd aus. Schließlich verkündete er aber doch: »Es geht um meine Lebensuhr.«

Natürlich hatte Nico so etwas längst vermutet. Dennoch traf ihn die Nachricht, als würde sein Körper plötzlich unter Strom gesetzt. Aber als er sprach, klang seine Stimme kühl wie die Luft über einem Schneefeld: »Sie reden von der Taschenuhr, die der jüdische Uhrmacher für Sie angefertigt hat. Wie hieß er doch gleich ...?«

»Das tut nichts zur Sache, Signor Michel. Sie müssen die Uhr reparieren.«

»Was fehlt ihr denn?«

Laura kam ihrem Vater zuvor. »Bestimmt nichts Ernstes. Sie geht …«

»Kind!«, zischte Manzini mühsam beherrscht. »Halt endlich deinen Mund. Davon verstehst du nichts. Du hast schon genug Schaden angerichtet. Setz dich da hin und sei einfach still.« Er deutete auf den runden Eichentisch.

Laura gehorchte, wenngleich man ihr ansah, wie es um ihre Gefühle stand. Ihre Augen glänzten von mühsam zurückgehaltenen Tränen. Nico verspürte den unbändigen Drang, sie in die Arme zu schließen und zu trösten. Er zweifelte keinen Moment daran, dass ihr Unrecht widerfuhr, und er war fest entschlossen, sie vor dem Jähzorn ihres Vaters zu beschützen.

Nachdem die Tochter sich gesetzt und der Vater ihr einen letzten strengen Blick zugeworfen hatte, richtete er das Wort wieder an seinen Doctor Mechanicae. »Ich denke, wir reden von ein und derselben Taschenuhr, Signor Michel. Sie befindet sich dort drüben.«

Nun, endlich, trat Manzini zur Seite und deutete mit ausgestrecktem Arm zur hinteren der beiden eckigen Holzsäulen, der Nico bisher wenig Beachtung geschenkt hatte. Auf Augenhöhe bestanden ihre Wände aus Glas und die vier Außenkanten aus silbrig glänzendem Stahl. Im Innern dieser indirekt beleuchteten Vitrine stand auf einem gläsernen Boden eine Kiste aus poliertem Holz. Ihr Deckel stand offen. Und darin lag, gebettet auf schwarzen Samt, die Meisteruhr.

Nico konnte sich später nicht erinnern, wie er zu dem Kasten gekommen war. Er stand vor der Säule und starrte durchs Glas. Die Unruh, durch die Öffnung im Zifferblatt deutlich zu erkennen, bewegte sich. Für Manzini mochte der Uhrmacher aussehen wie ein kleiner staunender Junge, aber diese Einschätzung verfehlte bei weitem Nicos wahre Gefühle. Sein Herz schlug wie wild, eigentlich, so glaubte er, müsste jeder seine Brust unter dem Jackett hüpfen sehen. Rasch vergrub er die Hände in die Hosentaschen, weil er fürchtete, der Schweiß würde sonst in Strömen von ihnen herabtropfen. Er wollte etwas sagen, merkte aber sofort, dass seine Stimme versagen würde. Zum Glück nahm ihm Manzini diese Bürde ab.

»Sie ist wunderschön, nicht wahr?«

Nico nickte nur.

»Ihr Schöpfer war ein großer Meister.«

»Das glaube ich«, krächzte er.

»Leider ist er kurz nach der Fertigstellung der Lebensuhr verstorben, sonst hätte ich ihn herbeirufen können.«

Heuchler! Nicos Rechte verkrampfte sich in der Hosentasche um das Messer, seinen ständigen Begleiter.

»Sie können die Uhr doch bestimmt wieder in Gleichschritt bringen, nicht wahr, Herr Michel?«, meldete sich aus dem Hintergrund Lauras Stimme auf Deutsch.

Die Hand, die das Taschenmesser umkrallte, entspannte sich wieder. Nico drehte sich zu dem Mädchen um. Hatte sie mit Absicht gerade diese Wendung benutzt? Die ›Uhr in Gleichschritt bringen‹? Sonst sprach nur er so von den leblosen Dingen.

»Was hat sie gesagt?«, fragte Manzini.

»Sie ist überzeugt, dass ich Ihr Sorgenkind wieder hochpäppeln werde. Könnten Sie das gute Stück für mich herausnehmen? Ich muss es untersuchen.«

»Selbstverständlich.«

Manzini setzte sich eine silberne Brille mit ovalen Gläsern auf. Danach zog er einen Schlüssel mit zwei Bärten aus der Tasche des Hausmantels, steckte ihn in ein Loch unter dem Glaskasten und drehte ihn dreimal herum. Ein leises Klicken war zu hören. Nun öffnete er die Vitrine, indem er ihre beiden Hälften auseinander klappte. Er nahm die Uhr aus der Holzschatulle und präsentierte sie Nico.

»Vorsichtig, Signor Michel! Lassen Sie sie ja nicht fallen!«

»Keine Sorge, ich werde sie behandeln, als wäre sie nicht Ihre, sondern *meine* Lebensuhr.«

Manzini bedachte ihn mit einem durchdringenden Blick. Das Antlitz des jungen Uhrmachers zeigte keine Regung. Ohne Zweifel war er beeindruckt von dem funkelnden Meisterwerk. Sehr behutsam ließ Don Massimiliano das Kleinod in die Hände des »Doktors« gleiten.

Nico begab sich gemessenen Schrittes zum Besprechungstisch. Diese Maßnahme war zur Diagnose des Leidens der Uhr nicht unbedingt erforderlich, aber sie verschaffte ihm eine Atempause, um sich zu sammeln. Seine Finger zitterten. Er glaubte, die Lebenskraft seines Vaters spüren zu können, die in das juwelenbesetzte Meisterstück geflossen war. Nach der Flucht ins Ausland hatte er sich oft gefragt, ob er es jemals wieder würde sehen, geschweige denn berühren dürfen.

Laura rückte ihm zu ihrer Linken einen Stuhl zurecht, auf dem er sich behutsam niederließ. Er griff in die Brusttasche seines Jacketts und förderte ein schwarzsamtenes Futteral zutage, das in der Mitte mit einer Schleife verschnürt war. Mit einer Hand öffnete und entrollte er es, schlug die obere Hälfte der Schutzhülle zurück und legte die Uhr auf das weiche Tuch.

Don Massimiliano atmete erleichtert auf, als habe sein Gemeindemechaniker gerade eine Wagenladung Nitroglyzerin umgeladen.

Nico klemmte sich eine Lupe ins rechte Auge und begann mit der äußeren Untersuchung des Patienten. Ohne Manzini anzusehen, fragte er: »Warum nennen Sie dieses wunderbare Stück ihre *Lebensuhr*?«

Eine kleine Pause entstand. »Müssen Sie das wissen, um sie zu reparieren?«

Nico verkniff sich ein Schmunzeln. »Es könnte hilfreich sein.«

»Ich bin manchmal ein bisschen abergläubisch.«

»Ach!«

»Ja, ich vertrete die Überzeugung, dass unser Leben mit vielem verzahnt ist: mit den Sternen, der Natur, eben der gesamten belebten und unbelebten Schöpfung. Das Maß an Glück, das einem Menschen widerfährt, ist nichts weiter als ein Gradmesser dafür, wie sehr er im Einklang mit diesen Dingen lebt.«

»Interessant. Und die Uhr?«

Manzini hob die massigen Schultern. »Sie bringt mir Glück.«

»Solange sie tickt?«

»Sie sagen es.«

»Und wenn sie eines Tages stehen bleibt?«

»Jetzt ist aber Schluss damit, Signor Michel! Sorgen Sie dafür, dass sie wieder richtig geht, und es wird nicht zu Ihrem Schaden sein.«

Nico lächelte das weiße Zifferblatt an. Im Glas darüber konnte er den bebenden Besitzer der Uhr sehen. »Ich werde mein Bestes tun, Don Massimiliano. Aber vielleicht sollten Sie solange den Raum verlassen, wie ich unseren kleinen Patienten hier verarzte. Ihre Nervosität ist ansteckend. Ich könnte womöglich bei meinem Eingriff *abrutschen.*«

Das letzte Wort hatte ein Zucken in Manzinis rechtem Auge ausgelöst, das gar nicht mehr aufhören wollte. »Na gut«, willigte der Hausherr ein und wandte sich seiner Tochter zu. »Du bleibst hier bei Signor Michel. Wenn er fertig ist, lässt du mich rufen. Uberto wird draußen warten.«

Laura nickte.

»Und«, druckste er. »Entschuldige, dass ich dich vorhin so angefahren habe. Du weißt ja …«

»Ja, Vater«, kam sie ihm rasch zu Hilfe. »Du brauchst nichts zu sagen.«

Er drehte sich um und stapfte hinaus. Nico hörte, wie er Uberto vor der Tür eine letzte Anweisung zuraunte. »Sorge dafür, dass Signor Michel sich ungestört um seine Aufgabe kümmert. Aber auch *nur* um sie.«

Manchmal hatte er in den zurückliegenden Jahren gedacht, seine Erinnerungen seien so sehr von Albträumen durchwachsen, dass er Wirklichkeit und Einbildung nicht mehr voneinander zu unterscheiden vermochte. Doch nun kehrte alles wieder zurück. Nicos Hände zitterten, als er den hinteren Deckel der Uhr aufklappte und die Inschrift las.

Die Zeit geht hin, und der Mensch gewahrt es nicht,
Es sei, Dei-Rossi-Uhren tun ihre Pflicht.

Die Worte bargen ein tödliches Geheimnis. Ein Mensch hatte ihrethalben sterben müssen. Nein, nicht irgendein Mensch. Der Uhrmachermeister. *Sein* Vater. Was nur hatte damals die dunkelsten Seiten in Massimiliano Manzinis schwarzer Seele geweckt …?

Nico fuhr zusammen, als eine Träne auf die Worte des Dichterfürsten fiel.

»Niklas, was ist mit dir?«, raunte Laura neben ihm.

Er blickte benommen auf ihre Hand, die sich auf seinen Arm gelegt hatte. Was sollte er ihr antworten? Dein Vater hat wegen dieser Uhr meinen umgebracht? Er wusste, wie Laura über ihren Erzeuger dachte. Vor wenigen Minuten erst hatte sie ihm seinen jüngsten Zornausbruch allzu leicht verziehen. Nein, machte sich Nico klar, mit einem solchen Geständnis konnte er sie nur von sich stoßen. Ein für alle Mal.

Er schüttelte den Kopf. »Mir ist nur gerade durch den Sinn gegangen, was die Leute über die Geschichte dieser Uhr erzählen.«

Sie lehnte sich zurück, um durch die Tür auf die Galerie hinauszuschielen. Uberto war nicht zu sehen. Vermutlich lehnte er draußen an der Brüstung und beobachtete irgendeine Hausangestellte im Hof. Lauras Aufmerksamkeit kehrte zu Nico zurück. »Warum müsst ihr Burschen nur immer so abgeklärt tun, als könne euch nichts und niemand erschüttern? Es wäre viel leichter, euch zu lieben, wenn ihr uns Mädchen ab und zu eure Gefühle zeigen würdet. So wie du gerade eben.«

»Ich …« Er schüttelte den Kopf und suchte nach Worten.

Laura legte ihren Zeigefinger auf seine Lippen. »Schsch! Du brauchst nichts zu sagen, Niklas. Ich habe deine Tränen gesehen, und mir geht das Schicksal dieses armen Uhrmachers auch zu Herzen. Nur gut, dass sein größtes Meisterwerk hier einen Ehrenplatz bekommen hat.«

Nico verstand die Welt nicht mehr. Alles hatte sich verdreht: Aus oben war unten, aus böse gut geworden.

»Alles in Ordnung?«, rief unvermittelt der Aufpasser von der Tür her. Er hatte das leise Gespräch der beiden vermutlich gehört, aber kaum verstanden. Hochgradig intelligent war Uberto ohnehin nicht, und der deutsche Wortschatz ihm gänzlich fremd.

»Ja, ja«, antwortete Laura.

»Und warum schnieft Signor Michel dann?«

»Weil er sich gerade an die traurige Geschichte von Emanuele dei Rossi erinnert hat, und weil er im Gegensatz zu dir ein sehr feinfühliger Mann ist, Uberto.«

Der Chauffeur schnaubte verächtlich. »Jeder muss eben seinen Preis zahlen. Ich bin stark, aber keine große Leuchte. Und er spricht mit den Maschinen, hat dafür aber nahe am Wasser gebaut.«

»Du sagst es. Und jetzt lass ihn weiterarbeiten.«

Uberto zog sich wieder zur Inspektion des weiblichen Hauspersonals zurück.

Die Unpässlichkeit der Lebensuhr war schnell behoben. Nico musste sie nicht einmal anhalten, um sie, wie Laura sich ausgedrückt hatte, wieder ›in Gleichschritt zu bringen‹. »Es lag an der Hemmung«, erklärte er ihr. Die Arbeit an dem Meisterstück war mehr für den Sohn ihres Schöpfers als für die Uhr eine Therapie gewesen. Nico konnte sogar schon wieder lächeln, als Laura die Stirn in Falten legte. Er fand, dass ihr die Verwunderung fast so gut stand, wie jeder andere Gesichtsausdruck.

»Unter einer Hemmung habe ich bisher immer etwas anderes verstanden.«

Er räusperte sich, um seiner zitternden Stimme einen förmlichen Klang zu verleihen. »Ohne Hemmung würden die Zeiger der Uhr nach dem Aufziehen wie wild im Kreis herumjagen und bald wieder stehen bleiben.«

Obwohl er mit dem Zeigefinger den Vorgang gestisch unterstrichen hatte, blieben Lauras Augen allein auf die seinen gerichtet. Leise sagte sie: »Die Hemmung ist also dazu da, dass die Uhr nicht durchdreht.«

Nico spürte in sich eine Hitze aufwallen, die ihm bisher nur von fiebrigen Erkältungen bekannt war. Er musste sich abermals räuspern. »D-die … die Hemmung besteht aus mehreren Teilen: dem Hemmrad, auch Steigrad genannt …«

»*Stei*grad? Was steigt denn da?«

»Die Kraft.«

»Ah! Das leuchtet mir ein.«

Sein Mund trocknete mit rasender Geschwindigkeit aus. »Aber sie muss gebändigt werden«, gab er rasch zu bedenken. »Deshalb gibt es da noch den Anker mit der … Ankergabel.«

Sie nickte zustimmend. »So wie der Anker, der etwas festhält: ein Schiff, das in die Ferne strebt. Oder die Liebe …« Ihre Stimme verhallte in Sphären, die sich Nico bisher nicht erschlossen hatten. Er stürzte, während er in ihre dunklen Augen blickte, mitten hinein, immer tiefer, bis ihn das unbändige Verlangen erfüllte, sich an etwas festzuhalten …

»… glaube, darin tut sich was«, brach sich unvermittelt Ubertos Stimme von draußen eine Schneise in Nicos Bewusstsein.

Erschrocken bemerkte er, dass er Lauras Hand hielt. Wie war es dazu gekommen? Rasch ließ er sie los. Keine Sekunde zu früh, denn schon betrat Massimiliano Manzini den Raum.

»Wie sieht es aus, junger Freund?«

Nico öffnete den Mund, aber es dauerte trotzdem noch eine ganze Weile, bis er antwortete: »Himmlisch!«

»Soll das heißen, Sie haben die Uhr repariert?«

»Äh … Na ja, eigentlich ist das ein zu großes Wort. Der Gangregler musste nur etwas nachjustiert werden, vermutlich weil die Uhr jahrelang unbeweglich in ihrer Schatulle gelegen hat. Das kann zu einseitigen Abnutzungen führen und die wiederum zu kleinen Unwuchten. Warum tragen Sie die Uhr nicht einfach ab und zu? Sie ist wie ein rassiges Pferd. Das lässt man auch nicht ständig im Stall herumstehen.«

»Sind Sie verrückt geworden? Da könnte ich sie ja fallen lassen.«

»Es gibt gegen solche Unwägbarkeiten Uhrenketten, Don …«

»Davon will ich nichts hören. Die Lebensuhr bleibt da, wo sie ist.«

»Dann dürfen Sie Ihrer Tochter aber auch nicht die Schuld geben, wenn die Uhr bald wieder aus dem Tritt kommt.«

»Sie haben Recht. Ich war schon immer der Meinung, dass Frauen und Technik nicht zueinander passen.«

Laura schnappte nach Luft. »Vater!«

»Nichts für ungut, Liebes.« Manzini achtete nicht weiter auf seine Tochter und richtete das Wort wieder an seinen Doctor Mechanicae. »Signor Michel, ich beobachte Sie nun schon eine ganze Weile. Ich habe sie zu allen möglichen Zeiten in mein Haus gerufen, und welches technische Problem es auch immer gab, Sie vermochten es zu lösen. Auch in der Gemeinde erfüllen Sie vorbildlich ihre Pflicht. Man kann Ihnen vertrauen, das haben Sie eindrucksvoll bewiesen, und ich finde, das Ministerium hat völlig zu Recht Ihrer Einbürgerung zugestimmt …«

»Sie haben die Bestätigung schon bekommen?«

Manzini lächelte jovial. »Eine kleine Überraschung, die ich mir für diesen Moment aufgespart habe. Eigentlich wollte ich es mir für kommenden Sonntag aufheben, aber nun, da sich die Ereignisse so überstürzt haben … Wie auch immer, ich möchte, dass Sie der Hüter meiner Lebensuhr werden.«

»Der *was?*«

»Mein persönlicher Doctor Mechanicae, der Herr der Unruhe, der Sachwalter der Zeit. Nennen Sie 's, wie Sie wollen, aber lehnen Sie bitte nicht ab. Sie sagten ja selbst, dass die Uhr Auslauf braucht oder wie immer ihr Uhrmacher euch da ausdrückt. Selbstverständlich darf sie das Arbeitszimmer nicht verlassen, aber innerhalb dieser vier Wände können Sie alles mit ihr anstellen, was ihre Lebensdauer verlängert und der Genauigkeit ihres Gangs nützt. Ich schlage vor, Sie besuchen mich täglich für, sagen wir, eine Stunde und pflegen meinen kleinen Schatz. Was halten Sie davon?«

»Ich bin sprachlos.«

Manzini lächelte zufrieden. »Nicht ganz, wie man hört. Selbstverständlich zahlt die Gemeinde Ihnen für Ihre Dienste einen Zuschlag.«

Nico konnte sich nur mit Mühe beherrschen. Wie verhält man sich, wenn man von inneren Turbulenzen zerfetzt zu werden droht und es sich nicht anmerken lassen darf? Sein Gesicht zuckte, aber dann traf sein umherirrender Blick auf Lauras strahlende Miene. Natürlich! Sie wusste, dass ihr Vater seinen ›Herrn der Unruhe‹ nicht allein im Arbeitszimmer lassen würde. Ergo brauchte der Hüter eine Hüterin. Sie würde sich für diese verantwortungsvolle Aufgabe als Freiwillige melden.

»Nun?«, hakte Manzini nach.

Nicos Blick kehrte zum Hausherrn zurück, und durch seinen Kopf schwebte eine ferne Erinnerung an ein Gespräch, das er einmal mit Meister Mezei geführt hatte: *Du kannst die Zeit in keinen Damm zwingen, sondern sie nur wie ein Schiff begleiten, während sie ihren Lauf nimmt. Dann mag sie dich eines Tages ans Ziel deiner Sehnsüchte tragen.* In diesem Moment erschien ihm der weise Rat des Wiener Uhrmachers wie eine Prophezeiung. Er konnte für Manzini in sehr viel umfassenderem Sinne der »Herr der Unruhe« sein, das war an diesem Morgen offenbar geworden. Anscheinend hatte abergläubische Furcht Don Massimiliano zur Unvorsichtigkeit verleitet, als er den Inhalt des Telefonats verriet. Der Mann, so schwer sein Körper auch war, ruhte keineswegs unverrückbar in seiner Selbstüberschätzung. Er besaß verwundbare Stellen, und das »Auge der Zeit« – seine Lebensuhr – mochte sich von allen als die sensibelste erweisen. Der von ihm erwählte Hüter würde ihn aus dem Verborgenen beobachten, geduldig abwarten, bis »ihr Zeiger verschwindet und die Unruh erstarrt«.

Nico nickte und streckte Manzini die Hand entgegen. »Also gut. Mir ist die Tragweite Ihres Angebots durchaus bewusst, Don Massimiliano, und ich bin froh, dass Sie mich dafür ausgewählt haben.«

7. KAPITEL

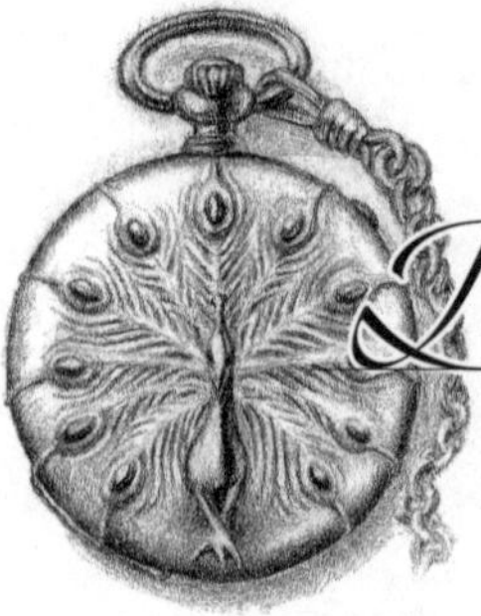

Der Lehrling

Wien, 1934

Was geht dir durch den Kopf, mein Junge?« Johan Mezei stand in dem Durchgang, der sein Uhrengeschäft in der Wiener Porzellangasse von der Werkstatt trennte, und musterte Nico mit besorgter Miene. Aus einem Lehrling, dem er nur widerwillig Unterkunft gewährt hatte, war ihm in weniger als zwei Jahren fast ein Sohn geworden.

Nico fuhr zusammen. Über der Arbeit an einem kränkelnden Uhrwerk waren seine Gedanken abgeschweift. »Ach, nichts.«

»Nun red schon, Niklas! Ich merk doch, dass dich seit Tagen irgendetwas bedrückt. Ist es wegen des großen Auftrags? Hast du Angst, die Ankeruhr könnte deine Fähigkeiten überfordern?«

Der Junge schüttelte den Kopf. »Nein. Das ist es nicht. Als wir die Brückenuhr am Hohen Markt zum ersten Mal besucht haben, war sie mir auf Anhieb zugetan. Sie wird mir verraten, wo es bei ihr klemmt und zwickt.«

Der Alte lächelte versonnen. »Du bist wirklich ein ganz besonderer Bursche, weißt du das? Ich sage dir, du sollst den *Tell* auswendig lernen, und du tust es glatt; du sprichst beinahe schon so gut Deutsch wie ich. Den Laden hier schmeißt du fast ganz allein – mit knapp *fünfzehn* Jahren! Aber wie du mit den Uhren umgehst, das gibt es kein zweites Mal – als wären es lebende Wesen.«

Nico zuckte die Achseln. »Ich respektiere sie nur, das ist alles.«

»Ja, ja, das ist alles.« Johan lachte leise. »Jetzt aber mal Tacheles, Niklas. Was liegt dir auf der Seele?«

»Ich habe an meinen Vater gedacht … Und an Massimiliano Manzini. Ich finde den Gedanken unerträglich, dass er weiterleben darf und *Papà* tot ist.«

»Allmächtiger! Du musst diese Nacht endlich hinter dir lassen, sonst wird die Erinnerung daran dich völlig verzehren.«

»Es ist gerade erst ein Jahr her, seit …«

»Nicht ein Jahr, Niklas. Dein Vater ist vor *einundzwanzig* Monaten gestorben. Und immer noch schreckst du nachts aus Albträumen hoch oder rennst, wenn andere schlafen, wie ein aufgescheuchtes Huhn durch die Wohnung. Lea sagt, wenn du nicht bald vernünftig isst und schläfst, dann wirst du irgendwann umkippen und nicht wieder aufstehen.«

»Das wäre nicht unbedingt das Schlechteste.«

»Was willst du damit sagen?«

Mit einem Mal brachen die über Monate aufgestauten Gefühle aus Nico heraus. Seine Unterlippe begann zu zittern. Tränen flossen über seine Wangen. »*Papà* ist wegen mir gestorben. Ich hätte ihn vor diesem Schlächter Manzini retten können. Aber ich war zu feige. Ich habe zugesehen, wie er meinen Vater absticht, und habe mir dabei vor Angst in die Hosen gemacht. Dabei hätte ein Pieps ausgereicht, um ihn auf mich aufmerksam zu machen.«

Johan stieß sich von der Mauer ab und lief zu dem Jungen. »Komm her«, befahl er und breitete die Arme aus.

Nico stand auf und ließ sich drücken.

»Dich trifft keine Schuld am Tod deines Vaters, Junge«, sagte Johan beschwörend.

»Du hast gut reden, Meister Johan, weil du nicht dabei warst. Aber *ich* habe es erlebt. Don Massimiliano regte sich über eine Kleinigkeit auf. Wäre ich überraschend aufgetaucht, dann hätte sich sein Zorn verflüchtigt.«

Johan schob den Jungen auf Armeslänge von sich und blickte ihm scharf in die Augen. »Das kannst du nicht wissen, Niklas. Allzu oft sehen wir nur, was wir zu sehen wünschen. Vielleicht hätte dich dieser Ganove auch umgebracht. So, wie du ihn mir beschrieben hast, ist er ein ziemlich starker Mann. Gegen sein

Messer und seine Kraft hättest du nichts ausrichten können. Du magst denken, du hättest ein Recht, dein Dasein zu verfluchen, aber das ist ein Asmodi in deinem Geist. Du kennst das Wort doch, nicht wahr?«

Nico nickte schwach. »Ein Dämon.«

»So ist es. Ein *ashmodai* ist ein ›Verderber‹, den du am besten sofort austreibst. Indem du dein Leben fortwirfst, verachtest und beleidigst du jene, denen du es verdankst: deine Eltern, vor allem aber den Ewigen. Willst du das?«

Nico erschrak. Von dieser Seite hatte er seine missliche Seelenlage noch nie betrachtet. Er schüttelte den Kopf.

Das Gesicht des Uhrmachermeisters entspannte sich. »Das habe ich auch nicht angenommen, mein lieber Junge. Kehr den Schamott heraus, der deine Gedanken belastet. Trauere um deine Eltern, aber klammere dich nicht an Vergangenes, das du nicht ungeschehen machen kannst. Und verschwende deine Kraft nicht an Rachegelüste. Vergiss nie: Zeit ist Leben, und Leben ist Zeit.«

»Ich weiß. Das sagst du alle naselang.«

»Weil es wahr ist, Niklas. Sagt man nicht von einem Menschen, der gestorben ist, seine Zeit sei abgelaufen?«

»Schon.«

»Na, siehst du, da haben wir 's! Und doch ist die Zeit mächtiger als all dein Tun und Wollen. Du kannst sie in keinen Damm zwingen, sondern sie nur wie ein Schiff begleiten, während sie ihren Lauf nimmt. Dann mag sie dich eines Tages ans Ziel deiner Sehnsüchte tragen. Während der Reise ist es am klügsten, zu beobachten, zu lernen, um im entscheidenden Augenblick für jede Herausforderung gewappnet zu sein. Verstehst du, was ich damit sagen will?«

»Ich glaube schon«, erwiderte Nico leise.

Johan, der normalerweise kein Freund von Gefühlsduselei war, ließ ihn wieder los. »Du hast mir mit deinem düsteren Gerede einen Schrecken eingejagt, Junge.«

Nico versuchte zu lächeln, mit wenig Erfolg. »Danke für deine – wie sagt ihr? – *ezzes*?«

»Ratschläge, meinst du?« Johan lachte. »Dein Jiddisch klingt zwar noch etwas holperig, aber das wird schon.«

Plötzlich erlosch das Licht der elektrischen Lampe auf dem Arbeitstisch.

Die Miene des Meisters verdüsterte sich. »Verflucht und zugenäht! Die Birne kann doch nicht schon wieder durchgebrannt sein. Ich habe erst gestern eine neue eingeschraubt.«

Nico hielt seine Hand dicht über dem heißen Lampenschirm. »Ihr fehlt nichts. Entweder ist die Sicherung durchgeschmolzen, oder wir haben einen Stromausfall.«

Johan klappte seine Taschenuhr auf, ein untrügliches Zeichen seiner Verwirrtheit. »Was für einen Tag haben wir heute?«

»Montag, der 12. Februar.«

»Und es ist elf Uhr sechsundvierzig. Der *Generalstreik!* Ich war so im Gespräch vertieft …«

»Ein Streik?«

»Ja, hast du heute noch kein Radio gehört? Die Exekutive hat das Linzer Arbeiterheim nach Waffen durchsucht. Darauf entschloss sich der Schutzbund zum gewaltsamen Widerstand. Die Kämpfe sollen bereits auf andere Landesteile übergegriffen haben. Jetzt wird der geplante Generalstreik zu einem Fanal.«

»Hoffentlich stecken sie dabei nicht ganz Österreich in Brand«, brummte Nico voll dunkler Ahnungen. Inzwischen erinnerte er sich, dass Meister Johan von der Arbeitsniederlegung gesprochen hatte. In den eigenen vier Wänden redete der überzeugte Sozialdemokrat unablässig von irgendwelchen politischen Aktionen und Entwicklungen, aber sein Lehrling konnte sich dafür wenig begeistern. Sicher, als die Nationalsozialisten im Dezember '32 Stinkbomben im Kaufhaus Gerngroß in der Mariahilferstraße geworfen hatten, fand er das noch ganz lustig. Aber dann hörte er, dass auch Tränengas im Spiel war und die Panik zahlreiche Verletzte gefordert hatte. Jede Nachricht vom Leiden anderer beschwor in Nico sofort die Erinnerungen an den schrecklichen Todeskampf seines Vaters herauf.

In den folgenden Monaten hatten sich die Nachrichten über

weitere Rücksichtslosigkeiten gehäuft. Am 1. Mai 1933 ließ Bundeskanzler Dollfuß die Wiener Innenstadt durch Militär abriegeln, damit Johan Mezei und sein Cousin Moritz – ein sozialdemokratischer Schriftsteller – nicht zum traditionellen Tag der Arbeit aufmarschieren konnten. Mit Bangen hatten Lea und Nico auf die Rückkehr der beiden gewartet und waren erst wieder froh gewesen, als sie abends unversehrt nach Hause kamen.

In den Wochen darauf folgten die Verbote der Kommunistischen Partei, der NSDAP und des steirischen Heimatschutzbundes. Im November kam es zur Wiedereinführung der Todesstrafe vor den Standgerichten. Und vor gerade drei Wochen, am 21. Januar 1934, hatte Dollfuß dem Uhrmachermeister Mezei auch noch die Morgenlektüre verboten, indem er die *Arbeiter-Zeitung* aus dem Verkehr zog. Damit verfügte ein zorniger Johan Mezei täglich über achtzehn Groschen mehr in der Börse – sonntags waren es sogar vierundzwanzig –, die er ohne Zögern dem Widerstand gegen das ihm verhasste Dollfuß-Regime spendete.

In Nicos Augen wurde Politik immer mehr zu etwas Schmutzigem, mit dem man Menschen ihrer Freiheit beraubte und sie unglücklich machte. Mit seinen knapp fünfzehn Jahren wälzte er die Entscheidungen der Mächtigen und ihrer Opponenten nicht wie einen Hering lange in der Panade hin und her, sondern beurteilte das Geschehen in Stadt und Land mehr aus dem Bauch heraus. Und für das, was ihm Österreichs Bundeskanzler, Herr Doktor Engelbert Dollfuß, schon kurz nach Ausbruch des Generalstreiks antun würde, hatte der Uhrmacherlehrling Niklas Michel überhaupt kein Verständnis.

Er warf sich von einer Seite auf die andere. Das Laken war verwühlt. Die Bettdecke lag irgendwo am Boden. Nico wusste nichts davon. Er spürte lediglich, wie sich in seinem Körper eine eisige, ihm nur allzu vertraute Kälte ausbreitete. Unvermittelt hörte er ein leises Knarren. Sämtliche Härchen an seinem Körper richteten sich auf. Sofort saß er kerzengerade im Bett.

Bis auf den schwachen Schimmer der Straßenbeleuchtung, der

sich am Vorhang vorbei ins Zimmer schummelte, war es völlig dunkel. Von der Porzellangasse drang das Geräusch eines vorbeifahrenden Autos herauf. Nicos Augen suchten den Raum ab. Und dann sah er ihn: seinen Vater.

Der Schemen stand unbeweglich in der Nähe des Fensters, sodass genügend Licht auf ihn fiel, um den Dolch in seiner Brust erkennbar zu machen. Sein weißes Hemd war vom herabrinnenden Blut schwarz gefärbt.

»Warum hast du mir nicht geholfen?«, fragte Emanuele dei Rossi. Seine Stimme klang weder vorwurfsvoll noch zornig. Sie war so tonlos wie die Komplet, das Nachtgebet der Mönche, die Nico seinerzeit bei sich aufgenommen hatten.

Der Junge verspürte das unbändige Verlangen zu fliehen. Als könne sein Blick den Vater an Ort und Stelle bannen, starrte er diesen an und schob sich zugleich aus dem Bett. Dann begann er zu laufen, immer weiter, immer schneller. Die Wände seines Zimmers hatten sich aufgelöst, und er rannte durch einen Nebel, der ihm jede Orientierung raubte. Als er sich umdrehte, war der Mann mit dem Stilett in der Brust immer noch da. Langsam schritt er hinter dem Fliehenden her und kam doch immer näher.

Nico beschleunigte noch einmal das Tempo, obwohl er längst wusste, wie aussichtslos sein Entkommen war. Mit einem Mal spürte er eine Hand auf der Schulter und blieb wie festgefroren stehen. Einen Wimpernschlag später sah er sich seinem Vater gegenüber, der ihn aus leeren Augenhöhlen ansah.

Die Hand des Uhrmachermeisters lastete immer noch wie ein schwerer Eisblock auf der Schulter seines Sohnes. Nico versuchte sie fortzustoßen, aber auch das gelang ihm nicht. Eine klare Kristallwand trennte den Toten vom Lebenden. Nur die Hand des Ermordeten hatte aus unerklärlichem Grund die Barriere durchstoßen können. Wollte sie den Verräter an der Flucht hindern?

Und dann schlug Emanuele dei Rossi seinen Kopf gegen die glasklare Wand. Nico sah, wie die Haut an der Stirn seines Vaters aufplatzte, und schrie. Immer wieder und von Mal zu Mal heftiger hämmerte der Uhrmacher seinen Schädel gegen den Kristall. Nico kreischte vor Entsetzen, aber das grauenhafte Hammerwerk kam nicht zur Ruhe. Die durchscheinende Trennwand verwandelte sich in einen blutroten Vorhang. Bis die Hand auf Nicos Schulter ihn nach vorne zog …

»Junge, wach auf!«

Der Gerufene öffnete die Augen und blickte in Meister Johans Gesicht. Neben dem Uhrmacher stand seine Frau.

»Du hast wieder geträumt«, sagte Lea sanft.

Nico war in Schweiß gebadet. Ach ja, der Albtraum! Wie ein Schatten hatte er ihn von Nettuno nach Rom, anschließend durch ganz Italien und zuletzt bis nach Wien begleitet. »Entschuldigt, dass ich euch geweckt habe.«

Lea setzte sich zu ihm auf die Bettkante und drückte ihn an ihre Brust. »Wenn ich dir nur irgendwie helfen könnte!«

»Ich habe am Montag schon mit ihm darüber gesprochen, aber es hat wohl nichts genützt«, maulte ihr Mann.

»Nebbich, Johan! Als wenn damit seine Seele geheilt wäre. Der Junge braucht Zeit.«

»Aber genau das habe ich ihm gesagt.«

»Und Liebe.«

»Willst du damit behaupten, ich …«

»Du bist eben manchmal ein Klotz, Johan.«

»Es geht schon wieder, Tante Lea«, wehrte sich Nico gegen ihre Umklammerung.

Sie gab ihn wieder frei. »Besser?«

Er nickte. »Ich muss mal ins Bad.«

»Geh nur, Junge. Du bist ganz nass geschwitzt. Und versuch, noch ein bisserl zu schlafen. Es ist nicht mal vier.«

Johan und Lea Mezei verfügten über den Luxus eines eigenen Badezimmers. Dorthin floh Nico vor den beiden. Ihm war es unangenehm, dass er die herzensguten Menschen immer wieder mit seinem Geschrei aus der Nachtruhe riss. Nachdem er etwas Wasser getrunken und sich erfrischt hatte, waren sie längst wieder im Bett. Nico beschloss, in die Werkstatt hinunterzugehen. Schlafen konnte er sowieso nicht mehr.

Johan Mezeis Uhrenladen befand sich im selben Haus wie ihre Wohnung. Den Eingang erreichte man jedoch nur über die Straße, weil die angrenzende Wohnung anderweitig vermietet war. Ein großes Schaufenster in der Porzellangasse lockte potenzielle Kunden an. Die eigentliche Werkstatt lag im einzigen Hinterzimmer des Geschäfts. Nachdem der Junge sich angezogen hatte, schlich er in den Hausflur hinaus.

Bereitwillig sprang das Licht an. Der Generalstreik war Schnee von gestern. Die ihn begleitenden Kämpfe hatten sich innerhalb von Stunden zu einem landesweiten Bürgerkrieg ausgeweitet. Damit gaben die Schutzbündler der Staatsgewalt eine Handhabe zur rigorosen Räumung der besetzten Arbeiterheime und Gemeindebauten. Aus dem Recht der Stände wurde über Nacht das Standrecht. Man sprach von Hunderten von Toten.

Nicos Abscheu gegen den Machtapparat wucherte wie Unkraut, das ihm zunehmend die Luft zum Atmen nahm. Noch keine vierundzwanzig Stunden waren vergangen, als die Regierung unter Einsatz schwerer Waffen den Bürgerkrieg beendet hatte. Doch auch an diesem 16. Februar 1934 konnten Rebellen, ob echte oder nur vermeintliche, standrechtlich hingerichtet werden.

Nico widmete sich einer kleinen goldenen Taschenuhr, die der Frau eines christlich-sozialen Abgeordneten gehörte. Der Lehrling wunderte sich schon längst nicht mehr über die seltsame Zwiespältigkeit seines Meisters. Im Herzen war Johan Mezei ein glühender Sozialdemokrat, aber hinter dem Ladentisch ein wohl kalkulierender Geschäftsmann.

Etwa eine halbe Stunde verging, während der Nachwuchs-Uhrmacher das kleine Kaliber in seine Einzelteile zerlegte. Plötzlich hörte er von der Porzellangasse her ein angestrengtes Motorengeräusch. Kurz darauf kamen vor dem Haus schlitternd Reifen zum Stehen. Nico schaltete die Arbeitslampe aus. Stiefel knallten auf dem Straßenpflaster. Man konnte hören, wie es in einer der Wohnungen nebenan klingelte.

Der Junge schlich sich in den Laden und spähte durch das Schaufenster, gerade noch rechtzeitig, um mehrere bewaffnete

Soldaten des Bundesheeres ins Haus stürmen zu sehen. Davor wartete ein Armeelastwagen. Wen suchten sie? Doch nicht etwa …? Meister Johan hatte sich an den Unruhen nicht beteiligt. Die wenigsten im Haus wussten überhaupt, welche politische Gesinnung er hatte. Nein, diese Razzia musste einem anderen gelten. Nico zog sich wieder in die Werkstatt zurück. Besser, er mischte sich in die Sache nicht ein. Zu den Nachbarn unterhielt er sowieso keine engeren Beziehungen. Wenn sich im Haus irgendein Aufständler verkrochen hatte, dann war das nicht seine Angelegenheit.

Bald drangen aufgeregte Stimmen dumpf aus dem Hausflur herüber. Eine Frau begann zu schreien. Nico rann es eiskalt den Rücken hinunter. Die Haustür quietschte. Sie kamen wieder heraus. Er huschte abermals zum Schaufenster und sah die Soldaten wie ein Rudel grauer Wölfe, das sich um seine Beute scharte. Plötzlich erhaschte er einen Blick auf den Rücken eines kleinen Mannes. Dessen Haarfarbe ließ sich im schwachen Licht zwar nicht ausmachen, aber sein dichter Schopf besaß die Beschaffenheit von Stahlwolle. Nicos Herz verkrampfte sich. »Meister Johan!« Seine Stimme war nur ein Hauch.

Es ging alles ganz schnell. Johan Mezei wurde auf die Ladefläche des Lastwagens gestoßen, einige Männer stiegen auf, andere rannten die Porzellangasse hinab. Der Transporter fuhr los.

Nach einer langen Schrecksekunde stürzte Nico aus dem Laden und spähte dem Fahrzeug hinterher. Nur noch die Rücklichter waren zu sehen. Mit einem Ruck fuhr er herum und rannte ins Haus. Schon nach wenigen Stufen, im Hochparterre, verlangsamten sich noch einmal seine Schritte, weil er dort eine sich leise schließende Tür bemerkte hatte. Es war die Wohnung »des Auges«, einer mürrischen Witwe namens Martha Hrdlicka, die sich zur Wächterin der Hausordnung berufen fühlte. Der Junge ließ ihren Ausguck links liegen und setzte rasch seinen Aufstieg in den dritten Stock fort.

Atemlos erreichte er sein Ziel. Ein leises Wimmern kam aus der Wohnung des Uhrmachers. Die Tür war nur angelehnt. Vorsichtig drückte Nico sie auf. Auf dem Boden vor ihm kauerte Lea, die Beine unter ihrem zusammengesunkenen Leib merkwürdig verdreht, als hätte das Entsetzen sie ihr weggeschlagen. Ihre Schultern bebten, und sie weinte haltlos.

Nico kniete sich zu ihr und nahm sie in den Arm, um ihr den Trost zu vergelten, den sie ihm vor weniger als eine Stunde geschenkt hatte. Er wiegte sie an seiner Brust und merkte zum ersten Mal, wie klein und zerbrechlich diese Frau war, die ihm so oft mit ihrer Stärke über trübe Stimmungen hinweggeholfen hatte.

Beruhigend sprach er auf sie ein. »Wir bringen die Sache wieder in Ordnung, Tante Lea. Das kann nur ein Missverständnis sein. Johan hat niemandem etwas getan.«

Sie hob den Kopf und sah ihn aus tränenverhangenen Augen an. »Missverständnis? Das war kein Missverständnis, Junge. Jemand hat meinen Johan angeschwärzt. Weil er Sozialdemokrat ist. Und weil wir Juden sind.«

»Glaubst du etwa, *sie* hat …?«

»Natürlich war's das Auge. Die Hrdlicka geifert doch ständig gegen uns.«

»Aber das wissen wir nicht«, widersprach er schwach. »Bestimmt liegt da ein Irrtum vor. Du wirst sehen, zum Frühstück ist Meiser Johan wieder zurück.«

Ein Zittern ging durch Leas Körper. »Ich habe solche Angst, Nico!«

»Ich auch. Aber …«

»Aber es herrscht immer noch das Standrecht. Wenn sie ihn nun abgeholt haben, um ihn zu erschießen …« Sie schüttelte schluchzend den Kopf. »Dann will ich auch nicht mehr weiterleben.«

8. KAPITEL

Der Beobachter

Anzio, 1939

In der Nacht zum 4. September ging Merkwürdiges im Reich von Massimiliano Manzini vor. Der Mond ließ die Ränder der vorüberziehenden Wolken glühen. Ein frischer Wind wehte vom Meer herüber. Nico war spät aus der *Villa Adele*, dem in einem herrlichen Park gelegenen Excelsior Palace Hotel von Anzio, zurückgekehrt, wo er im Salon eine antiquarische Uhr repariert hatte. Als er auf seinem weißen Motorrad die Stadt durchquerte, sah er am Straßenrand einen kleinen dreirädrigen Lastwagen stehen. Zwei Männer mit dicken Handschuhen entfernten sich gerade von dem Fahrzeug. Einer trug einen Sack, der andere einen langen Stock mit einer Schlinge am Ende. Sie bewegten sich langsam, wie zwei Jäger auf der Pirsch, was unweigerlich die Aufmerksamkeit des vorbeifahrenden Beobachters erregte.

Nico kreuzte die Straßenbahnschienen, um in eine Seitengasse einzubiegen. Hier ließ er Albino stehen und schlich sich zur Hauptstraße zurück. Laternen, die an Drähten über der Fahrbahn hingen oder mit schmiedeeisernen Haltern an den Hauswänden befestigt waren, tauchten die breite Straße in ein gelbes Licht. Vorsichtig streckte er den Kopf um die Ecke. Noch ehe er die Situation erfasst hatte, hörte er ein schauderhaftes Kreischen. Es klang alles andere als menschlich.

Die zwei Männer befanden sich vor einem Ladeneingang. Fänger Nummer eins stand vornübergebeugt, den ausgebreiteten Jutesack in beiden Händen haltend, während Jäger zwei mit der schreienden Kreatur kämpfte. Nico vermochte das Tier nicht zu sehen, aber so wie die »Angel« im Griff des Häschers ruckte, musste es in der Schlinge hängen und sich heftig wehren. Dem Geräusch nach konnte es nur eine Katze sein.

Der heimliche Beobachter schüttelte ungläubig den Kopf. »Dann macht er 's tatsächlich wahr«, flüsterte er. Im August hatte der Stadtvorsteher eine absurde »Aufklärungskampagne für die Volksgesundheit« ins Leben gerufen. Mit Aushängen und Flugblättern waren die Bürger von Anzio und Nettuno über die Gefährlichkeit schwarzer Katzen belehrt worden. Glaubte man der amtlichen Information, dann hatte die Wissenschaft Folgendes herausgefunden: Insbesondere *schwarze* Kater und Kätzinnen seien Überträger gefährlicher Krankheiten. Das dunkle Fell der Tiere bedinge eine stärkere Wärmeabsorption, und die wiederum ließe gefährliche Keime wie in einem Brutkasten sprießen. Deshalb hätten die Gemeinderäte dem Antrag des Podestà stattgegeben, demzufolge schwarze Katzen in der gesamten Gemarkung des zukünftigen Nettunia einzufangen, zu töten und zu verbrennen seien.

Der Mann mit dem Sack warf sich nach vorn. Das Kreischen schwoll noch einmal an. Ein lautes »Autsch!« mischte sich dazwischen. Dann raste ein schwarzer Blitz aus dem Ladeneingang heraus, über die Straße hinweg und verschwand in einem dunklen Durchgang.

»Das Biest ist mir ins Gesicht gesprungen«, jammerte einer der beiden Häscher.

»Selbst schuld, wenn du die Schlinge so locker lässt. Sei froh, dass der kleine Teufel dir nicht die Augen ausgekratzt hat.«

»Du hast gut lachen, Dino! Irgendwann erwische ich den stinkenden schwarzen Unglücksbringer, und dann zieh ich ihm das Fell über die Ohren.«

Nico beobachtete die beiden dabei, wie sie ihr Fahrzeug bestiegen und davonfuhren. Wie viele Säcke mit kleinen verängstigten Todeskandidaten lagen wohl schon auf ihrer Ladefläche? Man mochte ihn als Doktor der *leblosen* Dinge kennen, aber das machte ihn keineswegs gefühllos gegen das Leid unschuldiger Kreaturen. Manzinis Aberglaube wuchs sich allmählich zur Psychose aus.

Voll düsterer Gedanken kehrte Nico zum Motorrad zurück und setzte den Heimweg fort.

Am Samstagmorgen, fünf Tage nach dem Auftakt zur großen Katzenhatz, fand Nico unter der Tür seiner Kammer einen zusammengefalteten Zettel. Die Nachricht stammte von Bruno. Seit dem Einmarsch der Deutschen Wehrmacht in Polen vor acht Tagen war sein Freund wie vom Erdboden verschluckt. Die Gründe ließen sich leicht erraten. Am 3. September hatten, wie kaum anders zu erwarten, Großbritannien und Frankreich dem Deutschen Reich den Krieg erklärt. In der Wochenschau beschwor Mussolini mit geschwellter Brust seinen eisernen Willen, Italien aus den Kampfhandlungen herauszuhalten. Trotzdem verhielt sich die faschistische Geheimpolizei auffallend nervös. In der Stadt waren einige Razzien durchgeführt und mehrere Personen verhaftet worden. Angeblich gehörten sie der oppositionellen Bewegung Giustizia e Libertà an. Aller Wahrscheinlichkeit nach hatte sich Bruno rechtzeitig in den Untergrund geflüchtet, um dem Schicksal seiner Genossen zu entgehen.

Nicos Augen wanderten über die schwungvollen Buchstaben. In der schönen, fast wie Kalligrafie anmutenden Handschrift offenbarte sich Brunos ästhetische Seite, die er so mühevoll hinter der Fassade des ungestümen Kämpfers für »Gerechtigkeit und Freiheit« zu verbergen suchte. Die Mitteilung war kurz.

Nico!

Triff mich morgen um sechs Uhr früh am Torre Astura.

Der Späher vom Forte Sangallo

In glücklicheren Tagen hatte Nico mit dem »Späher vom Forte Sangallo« das Tyrrhenische Meer nach dem mythischen *Neptunia* abgesucht. Die Identität des anonymen Schreibers stand darum für ihn außer Frage.

So verschwendete er auch keinen Gedanken an eine mögliche Gefahr, als er am Sonntagmorgen im Sattel seines treuen Albino nach Süden ritt. Noch vor Sonnenaufgang hatte er sich auf den Weg gemacht. Die Strecke betrug ungefähr zwölf Kilometer. Ob Bruno in Schwierigkeiten steckte?

Torre Astura war eine kleine mittelalterliche Festung, die ihren Namen einem trutzigen Turm verdankte, der aus ihren achteckigen Mauern aufragte. Bereits in der Antike hatte an gleicher Stelle ein Gebäude gestanden. Vermutlich konnte der Fremdenführer Bruno Sacchi einen langen Vortrag darüber halten, aber Nico wusste nur, dass hier einst Konradin von Hohenstaufen festgenommen worden war, um wenig später in Neapel enthauptet zu werden.

Im Licht der aufgehenden Sonne bot das Kap einen unwirklichen Anblick. Es erhob sich aus der flachen Landschaft Latiums wie eine Vision, die jeden Moment in der leicht bewegten See zu entschwinden drohte. Die unverputzten Steine von Turm und Mauern schienen zu brennen. Ein gemauerter Steg führte vom Ufer zur Insel hinüber. Der Torre gehört der Apostolischen Kammer und war der Öffentlichkeit nicht zugänglich. Warum hatte Bruno sich ausgerechnet diesen Treffpunkt ausgesucht?

Nico versteckte sein Motorrad in einem Waldstück etwas oberhalb des Torre und kehrte dann zu dem Feldweg zurück, in den er von der Straße aus eingebogen war. Irgendein Bauer hatte hier Weizen angepflanzt. Seine Fingerkuppen strichen im Vorübergehen über einen beschädigten Traktorenanhänger hinweg, der einmal zum Pflügen bestimmt gewesen war. Nun rostete das alte Arbeitstier vor sich hin, ein stählernes Skelett, dem Zeit und Frondienst das Rückgrat gebrochen hatten.

Nachdem er eine weitere Baumgruppe durchquert hatte, erreichte er endlich den Strand. Einige hundert Meter weit folgte er dem Küstenstrich bis zur *Annunziate*, einem uralten Kirchlein, das mit einer Hand voll weiterer Hüten auf der Halbinsel vor der eigentlichen Festung stand. Früher hatte es an dieser Stelle einen künstlichen Hafen gegeben, von dem zwei Becken noch sichtbar waren. Abgesehen von diesen stummen Zeitzeugen ließ sich jedoch niemand blicken. Hoffentlich war Bruno nichts zugestoßen. Nico wanderte ein Stück in nördlicher Richtung und suchte die Gegend nach seinem Freund ab. Nichts.

Als sein Blick wieder zur Festung zurückkehrte, bemerkte er dicht über dem Wasserspiegel eine Öffnung, die wie das obere Ende eines Torbogens aussah. Bei Flut wäre sie vermutlich vom Wasser bedeckt und somit unsichtbar gewesen. Plötzlich erschien in dem Durchlass ein Ruderboot. Sein Rumpf war hellblau, nur einen schmalen Streifen unterhalb des Dollbords hatte sein Besitzer weiß gestrichen. Schnell glitt es aufs offene Meer hinaus. An den Riemen saß Bruno. Er arbeitete sich mit kraftvollen Schlägen durch die Dünung, bis er schließlich im Schatten des Steges das Ufer erreichte.

»Ich wusste, auf dich ist Verlass«, begrüßte er seinen Freund. Sie umarmten sich.

»An deiner Stelle wäre ich mir da nicht so sicher gewesen. Sonntags um sechs liege ich gewöhnlich noch in den Federn.«

»Was? Du musst nicht pünktlich um acht bei deinem Podestà die Uhr aufziehen?«

»Spotte nur! Heute erwartet er mich erst um neun. Wo bist du die letzte Woche gewesen, Bruno?«

»Bei Freunden.«

»Du meinst denen von der Giustizia e Libertà? Es tut mir Leid, was mit deinen Kameraden passiert ist.«

Bruno warf die Hände in die Luft, stapfte drei oder vier Schritte den Strand hinab, um aber sogleich wieder umzukehren. »Es tut ihm Leid! Er sagt, es tut ihm Leid. Du hast ja keine Ahnung, was die OVRA mit ihren Geiseln anstellt?«

»Vielleicht mehr, als du dir vorstellen kannst, Bruno«, knurrte Nico. »Wieso hast du mich hierher gelockt?«

»Um dich für unsere Bewegung anzuheuern.«

»Fängst du schon wieder damit an!«

Bruno grinste. »War nur ein Versuch. Wirst sehen, irgendwann bekehre ich dich. Ich wollte dich einfach mal wieder sehen, *amico mio*. Deine schiefe Visage hat mir gefehlt.«

Nico öffnete den Mund, brachte aber kein Wort heraus.

Stattdessen zog Bruno aus der Innentasche seiner braunen Jacke einen Zettel, hielt ihn dem Freund entgegen. »Hier, für dich.«

Argwöhnisch musterte Nico das zweifach gefaltete Blatt. »Was ist das? Eine Beitrittserklärung zur Giustizia e Libertà?«

»Unsinn. Schau's dir ruhig an. Die Lektüre bringt dich nicht um. Hoffe ich jedenfalls.«

Nico entfaltete das Blatt. »Eine Namenliste?«

»Aus der deutschen Botschaft in Rom.«

»Du hast es wirklich geschafft!« Rasch überflog Nico die Einträge und murmelte schließlich: »Nirgends ein Karl Liebe zu finden.« Sein Zeigefinger schritt ein zweites Mal alle Karls ab, von denen es nicht weniger als fünf gab, und blieb jäh stehen. »Hass!«

Bruno nickte und übersetzte das Wort in seine Muttersprache. »*Odio*. Unser Kontaktmann spricht fließend Deutsch. Als ich ihm die kleine Denksportaufgabe gestellt habe, ist er zu demselben Schluss gekommen: Karl Hass muss *Amore* sein.«

»Fragt sich nur, was Manzini von ihm gewollt hat. Dein Spitzel hat dir nicht zufällig verraten, womit sich dieser Hass so beschäftigt?«

Bruno grinste. »Doch, hat er. SS-Sturmbannführer Karl Hass ist Herbert Kappler unterstellt – du findest ihn auch da irgendwo aufgelistet.«

»Kappler? Sollte mir der Name irgendwas sagen?«

»Er ist ein SS-Obersturmbannführer, den Heinrich Himmler, der ›Reichsführer SS‹, mit einem besonderen Auftrag nach Rom geschickt hat …«

»Mach's nicht so spannend, Bruno. Wie lautet der Befehl?«

»Sich für die Internierung deutscher Juden einzusetzen, die nach Italien geflüchtet sind.«

»Hitlers Wunschdenken«, schnaubte Nico. »Mussolini hat zwar offiziell die Einreise ausländischer Juden verboten, aber er duldet stillschweigend, dass sie Italien als Durchgangsland benutzen.«

»Dieser Kappler soll sich bei unserem Faschistenpack aber noch für ein anderes Ziel stark machen.«

»Nämlich?«

»Den Bau deutscher KZs in Italien.«

Ein eisiger Hauch schien vom Meer herüberzuwehen. »KZs?«

»Konzentrationslager. Sammellager, in denen Juden wie Arbeitssklaven gehalten werden.«

Nico fröstelte. Warum nahm das kein Ende? Die österreichische Regierung hatte am 23. September 1934 eine Verordnung zur Einrichtung von so genannten »Anhaltelagern« erlassen. Sie dienten der Internierung politischer Häftlinge. Aber das war erst der Anfang. Am 1. April 1938, noch vor der Volksabstimmung zum Anschluss Österreichs an Deutschland, wurde ein erster »Prominententransport« zusammengestellt. Verschiedene Wiener Lokalgrößen wie der Kabarettist Fritz Grünbaum verschwanden in Richtung Deutschland. Sie seien nach Dachau gebracht worden, hatte Nico von einem Kunden erfahren. Was sich in dem Münchener Vorort befand, wusste er nicht, aber er vermutete, ebenfalls ein Anhaltelager.

»Ich sage es ja nur ungern«, meldete sich erneut Bruno zu Wort, »aber was da passiert, überrascht mich nicht. Ich habe es dir prophezeit. Verstehst du jetzt, warum unsere Bewegung jeden braucht, dem etwas an Freiheit und Gerechtigkeit liegt?«

»Bitte!«, stöhnte Nico. Er war nicht dazu aufgelegt, schon wieder mit Bruno über das Thema zu streiten. »Ich habe bisher von keinen Übergriffen auf Juden in Italien gehört.«

»Meinst du, die faschistische Propaganda würde das an die große Glocke hängen?«

»Im März letzten Jahres hat Herman Göring bei einer Kundgebung in Wien erklärt, dass die Stadt innerhalb von vier Jahren ›judenrein‹ sein muss. Von Mussolini hört man nichts dergleichen.«

»Entschuldige, aber du bist ein Trottel, Nico. Da ist gerade ein Krieg losgebrochen, und in solchen Zeiten verschwimmen alle feinen Nuancen. Bald wird es nur noch schwarz und weiß geben. Auf welcher Seite wirst du stehen, wenn dieser größenwahnsinnige Schnauzbart aus Berlin sagt: ›Wer nicht für uns ist, der kämpft gegen uns.‹?«

»Ich habe dir schon einmal erklärt, dass ich mich von niemandem vereinnahmen lasse, Bruno. Außerdem gehen mir deine Spekulationen zu weit.«

»Und was ist mit den Pfingstlern?«

»Was soll mit ihnen sein?«

»Die Leute von der Pfingstgemeinde sind zwar nicht nach meinem Geschmack, aber sie tun niemandem etwas. Trotzdem ist letzte Woche eine Familie aus Anzio verschleppt worden.«

»Jetzt erzählst du mir wahrscheinlich gleich, dass sie die Pfingstler in ein Konzentrationslager gesperrt haben?«

»Nein, aber sie werden ins innere Exil geschickt.«

»Und was bedeutet das?«

»Verbannung alla Mussolini. Die Leute werden in abgelegene Dörfer gebracht und stehen unter Polizeibewachung. Wenn sie das Dorf verlassen, riskieren sie Gefängnis.«

»Ist das dein Ernst?«

»Die Bewegung hat viele Augen und Ohren, mein Freund. Schließ dich uns an.«

Nico stöhnte. »Ein für alle Mal *nein*, Bruno. Aber ich danke dir trotzdem für deine Hilfe. Die Namenliste aus der Botschaft könnte der Schlüssel zu einem Kämmerchen sein, in das mich Manzini bisher nicht hat blicken lassen.«

»Und was soll sich darin befinden?«

Nico lächelte grimmig. »Don Massimilianos Strick.«

Bruno hatte viel geredet, und die Zeit war wie im Fluge vergangen. Er wolle sich bald ein anderes Versteck suchen, hatte er zum Abschied gesagt. Von den Kammern unter dem Torre Astura wussten zwar nur wenige, aber auf Dauer war der Schlupfwinkel zu unsicher. Er versprach seinem Freund, sich wieder bei ihm zu melden.

Die Schönheiten Latiums flogen wie ein braungrüner Farbenschleier an Nico vorüber, als er nach Nettuno zurückfuhr. Die Vergangenheit schien mit eisigen Klauen nach ihm zu greifen. Denunzianten gab es überall. Gehörte auch Manzini zu ihnen? Hatte er mit Karl Hass telefoniert, um ihm Namen aus dem Einwohnerverzeichnis der Stadt zu nennen. Namen von Juden oder anderen unbequemen Mitbürgern? Wartete er nur auf eine Gelegenheit, diese Menschen zu verraten? Er hatte schon einmal einen Juden kaltblütig getötet und sich nachher sein Haus angeeignet. War das die Antwort auf die Frage nach dem Warum? Irgendetwas störte Nico an dieser Erklärung. Manzini hätte das Haus des Uhrmachers verkaufen oder vermieten können, stattdessen ließ er es leer stehen, die Tür verschlossen, die Fensterläden zugenagelt.

Mit fast einstündiger Verspätung traf Nico am Hintereingang von Manzinis Palazzo ein. Während er noch Albino aufbockte, öffnete sich schon die schwere Tür im Haus. Sein Herz machte einen Sprung. So war es immer, wenn Laura ihn anlächelte.

»Niklas! Endlich! Ich dachte schon, dir wäre etwas passiert.«

Er trat auf sie zu, nahm ihre Hände und drückte sie. Mehr Nähe durften sie sich nicht gestatten. »Ich bin aufgehalten worden. Was macht dein Vater?«

»Er hat getobt. Aber jetzt spricht er mit einem Besucher. Vermutlich wird er seinen Ärger über deine Verspätung nachher schon wieder vergessen haben. Geh schon mal vor. Vater hat vorhin etwas in der Kirche liegen lassen. Ich muss nur kurz zu Monsignor De Franceschi und komme gleich zu dir.«

Schweren Herzens gab er ihre Hände frei und betrat den Palazzo. Obwohl es erst zehn Tage her war, seit Don Massimiliano ihn mit seiner neuen Pflicht beauftragt hatte, vermochte sich Nico doch keinen Tag mehr ohne diese Besuche vorzustellen. Damit er nicht im Arbeitszimmer seines Vorgesetzten herumschnüffeln konnte, hatte ihm Manzini wie erhofft seine Tochter als Aufseherin zugeteilt. Laura widmete sich ihrer Verantwortung mit großer Hingabe. Und weil die tägliche Pflege der Lebensuhr eine eher eintönige Beschäftigung war, boten sich den beiden umso mehr Gelegenheiten zum Austausch von Gedanken und kleinen Zärtlichkeiten: ein flüchtiges Streicheln seiner Wange, eine Berührung ihrer Knie unterm Tisch – alles war zart und neu. Gestern erst hatte Nico die Uhr in Lauras feingliedrige Hände gelegt, um diese dann mit den seinen zu umschließen. »Spürst du den gleichmäßigen Schlag?«, fragte er sie. Laura schob ihre Lippen an sein Ohr und hauchte: »Ja, Niklas. Ich fühle es und würde ihn am liebsten in mir einschließen, um ihn nie wieder loszulassen.«

Allein die Erinnerung an diesen verzauberten Moment ließ Nico erneut schwindeln, während er über die Treppen zur Galerie im ersten Stock hinaufstieg und sich geradewegs zu seiner Wirkungsstätte begab. Die Tür war geschlossen. Leise Stimmen drangen aus dem Raum, zu schwach, um sie zu verstehen. Der Besuch war also noch da. Nico verschränkte die Hände auf dem Rücken und spazierte ein paar Mal vor der Tür auf und ab. Gelangweilt warf er einen Blick in den Lichthof hinunter, wo Don Massimilianos Kopf Michelangelos Adam verunzierte. Ob Brunos Vater diesen Unsinn aus schierer Geldnot mitgemacht hatte? Vielleicht war das Mosaik für ihn ja eine willkommene Gelegenheit gewesen, Manzinis wahres Ich bloßzustellen, das des eitlen, dünkelhaften Menschen, der sich als Krone der Schöpfung sah?

Unschlüssig blickte sich Nico um. Von Laura immer noch keine Spur. Er wanderte einmal mehr die Galerie bis zum Ende hinauf. Als er vor der Stirnwand kehrtmachen wollte, öffnete sich hinter ihm die Tür von Manzinis Arbeitszimmer, und er vernahm eine Stimme, die ihn aufhorchen ließ. Sie gehörte nicht etwa Don Massimiliano, sondern *Amore*, dem SS-Sturmbannführer aus der Deutschen Botschaft in Rom.

»Der Führer zählt auf Sie, Signor Manzini.«

Ja, der schwere deutsche Akzent war unverkennbar. Don Massimiliano zog inzwischen also das persönlich Gespräch mit Karl Hass dem Telefonieren vor. Was heckten die beiden aus? Nico huschte in die Schatten eines Türsturzes.

Zwei Männer traten aus dem Arbeitszimmer, die unterschiedlicher kaum sein konnten. Manzini kontrastierte mit seinem schweren Körperbau und einer silbrig glänzenden Weste über den Hemdsärmeln mit einem aschblonden, schlanken, nicht sehr großen Mann in einem schlecht sitzenden grauen Anzug. Nico sah den Deutschen lediglich kurz von der Seite, danach nur noch von hinten. Manzini schloss das Büro ab, legte seinem Gast die Hand auf die Schulter und geleitete ihn zur Treppe. Er bemühte sich, seine raue Stimme nicht allzu laut tönen zu lassen.

»Seien Sie unbesorgt, mein Lieber. Es mag schwierig sein, aber ich werde mein Bestes tun, Sie nicht zu enttäuschen.«

»Das hört man gern. Nur zu Ihrer Beruhigung: Der Reichsführer SS bleibt niemandem etwas schuldig. Er hat mich bevollmächtigt, Ihnen schon jetzt jede notwendige Unterstützung zu gewähren, vorausgesetzt, die Geheimhaltung wird nicht verletzt.«

»Dessen können Sie versichert sein, Signor Hass. Bestellen Sie bitte Signor Himmler, er kann sich auf mich verlassen.«

»Und wegen dieser zweiten Angelegenheit …«

»Wenn die Zeit gekommen ist, wird das Oberkommando der Wehrmacht über alles Nötige verfügen.«

»Gut. Dann werde ich Ihre Botschaft so an den militärischen Stab des Führers übermitteln.«

»Tun Sie das. Wir halten weiter Kontakt, bis …«

Mehr konnte der Lauscher in den Schatten nicht verstehen. Die zwei Waffenbrüder waren über die Treppe nach unten entschwunden. Der Hall ihrer Stimmen wurde rasch leiser.

Nico musste erst ein paar Mal tief durchatmen, bis er das Gehörte einigermaßen verdaut hatte. Wenn Don Massimilianos Geheimnis eine Truhe mit sieben Schlössern war, dann hatte er soeben den zweiten Schlüssel dazu bekommen. Jedenfalls gab es nun keine Zweifel mehr daran, dass *Amore* mit dem SS-Offizier Hass identisch war. Der Sturmbannführer hatte Manzini die Unterstützung Heinrich Himmlers zugesagt. War Don Massimiliano ein Spion? *Zur bestimmten Zeit wird sein Fuß wanken.* Falls es gelänge, einen derartigen Verrat am eigenen Land zu beweisen, dann würde es für Don Massimiliano keine Protektion mehr geben. Das Ziel schien zum Greifen nah.

Aber was war mit »dieser zweiten Angelegenheit«? Manzini hatte das Oberkommando der Wehrmacht erwähnt. Was um alles in der Welt hatte der Vorsteher einer kleinen italienischen Stadt mit der deutschen Heeresleitung zu schaffen? »Geschäfte?«, flüsterte Nico, als könne er dadurch den Wahrheitsgehalt des Wortes schmecken. Manzini besaß bis nach Neapel hinab und im Norden bis weit über Rom hinaus etliche Firmen. Wer wie er keine Skrupel hatte, der konnte sich in Kriegszeiten eine goldene Nase verdienen. Nachschub hieß das Zauberwort, das schon über Sieg oder Niederlage mancher Armee entschieden hatte. Nur – und diese unbequeme Frage stimmte den Beobachter im Schatten unzufrieden –, warum half der angeblich so patriotische Podestà von Nettuno nicht seinem geliebten *Duce* bei der Rüstung, sondern verhandelte mit den Deutschen …?

»Herr Michel?« Lauras Rufen zerrte Nico aus der Versunkenheit. Schnell trat er unter dem Sturz hervor, um sie mit seiner Heimlichtuerei nicht unnötig zu beunruhigen. Sie kam in diesem Moment die Treppe hinauf und eilte ihm lächelnd entgegen. Nico erstarrte.

»Was ist?«, fragte sie.

»Wird Zeit nachzuschauen, ob die Lebensuhr noch tickt«, antwortete er tonlos. Seine Augen sahen nicht ihr wunderbares Lächeln. Sie blickten über ihre Schulter hinweg ans gegenüberliegende Ende der Galerie. Dort stand unter einem Türsturz, so wie bis eben er, Uberto Dell'Uomo. Er regte sich nicht, glich fast einer Wachsfigur. Sein Blick war starr geradeaus gerichtet. Seit wann, fragte sich Nico, lauerte der Chauffeur schon dort? Hatte er ihn etwa die ganze Zeit über beobachtet? Welche Schlüsse mochte er daraus ziehen? Und was würde er jetzt tun?

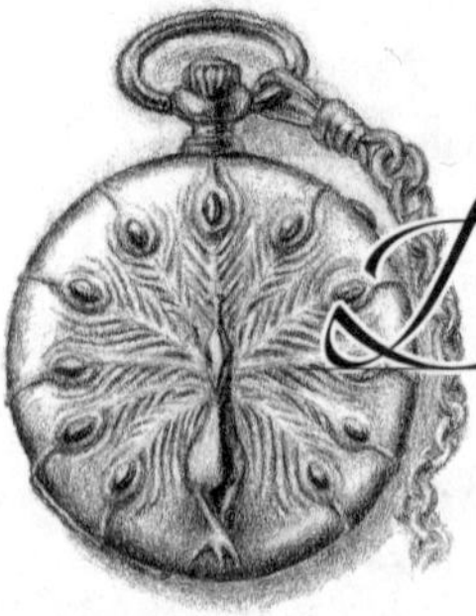

9. KAPITEL

Der Ahasverische

Wien, 1934 – 1938

Die Zufluchtsstätte war ihm zum Gefängnis geworden. Nico hätte der Porzellangasse lieber heute als morgen Lebewohl gesagt, aber er konnte, nein, er *durfte* nicht. Lea brauchte ihn.

Ihr Verdacht war schnell zur Gewissheit geworden: »Das Auge« Martha Hrdlicka hatte den sozialdemokratischen Uhrmacher bei der Polizei angeschwärzt. Nachdem die mürrische Witwe ihre Nachbarin schutzlos wähnte, überschüttete sie diese mit ihrem Geifer. Möglicherweise hoffte sie auf diese Weise, »das Judenpack« aus dem Haus zu graulen, aber zwischen dem Auge und Lea stand Nico.

Wohl eine Stunde lang hatte er mit ihr geweint. Er fühlte sich schuldig. Schon beim Mord an seinem Vater war er untätig geblieben, und nun sein neuerliches Versagen. Er hätte wenigstens *irgendetwas* unternehmen müssen; stattdessen hatte er sich in die Werkstatt verkrochen, bis es zu spät war, bis sie Meister Johan unter seinen Augen verschleppt hatten. Am diesem Morgen des 16. Februar 1934 schwor sich Nico, nie wieder einen Menschen seinem Zaudern oder gar der eigenen Feigheit zu opfern.

Endlich erhoben sich die beiden vom Dielenboden auf dem Flur. Der Verstand gewann das Regiment über die Gefühle zurück. Was konnte man tun, um Johans Schicksal zu ergründen? Nico suchte zusammen mit Lea das nächstgelegene Polizeirevier auf. Dort wollte man nichts von einer Razzia in der Porzellangasse wissen. Unschlüssig kehrten die zwei nach Hause zurück. Lea war am Boden zerstört.

Die Ungewissheit zog sich qualvoll hin. Noch im Laufe des

Tages wurde bekannt, dass von der Bundesregierung die Annullierung aller sozialdemokratischen Mandate verfügt worden war. Darüber hinaus sollten sämtliche Vermögenswerte der Sozialdemokratischen Partei und ihrer Organisationen beschlagnahmt werden. Dollfuß nutzte den Volksaufstand für einen Rundumschlag. Aber wo war Johan?

Die zwei sprachen beim Bundesheer vor. Auch dort gab man sich zunächst bedeckt. Zur gleichen Zeit machte die Nachricht von eintausendfünfhundert bis zweitausend Toten unter den Aufständischen die Runde. Neun Schutzbündler seien standrechtlich erschossen worden. Nur die neun?, fragten sich die Zurückgebliebenen bange. Lea hungerte, und sie schlief kaum noch. Ihr Unterbewusstsein schien ihr einzuflüstern, dass sie ihren Mann durch Entsagung zurückgewinnen könne.

Erst fünf Tage nach Johans Verhaftung – das unselige Standrecht wurde an diesem Mittwoch endlich wieder aufgehoben – erhielt sie den amtlichen Bescheid. Johan und sein Vetter Moritz waren gemeinsam mit zahlreichen weiteren politischen Häftlingen in einem der neu geschaffenen Anhaltelager interniert worden.

Bei Lea und Nico mischte sich Erleichterung mit Sorge. Johan war nicht mehr der Jüngste. Konnte er die körperlichen und nervlichen Strapazen einer solchen Haft durchstehen? Unermüdlich unterstützte Nico seine Ersatzmutter beim Abfassen von Eingaben, beim Schreiben von Bittbriefen, Einholen von ärztlichen Attesten und beim Aufsuchen alter Kunden, die auch im neuen Österreich über mancherlei Einfluss verfügten. Im Sommer 1934 zeichnete sich endlich eine Lösung ab.

Ein Mitarbeiter aus dem Büro von Richard Schmitz, dem neuen Bundeskommissär für Wien, besaß eine Offizierstaschenuhr, die buchstäblich abgesoffen war. Ihr Wert sei für ihn unschätzbar, jammerte der verzweifelte Beamte, sie habe schon gegen Napoleon gekämpft. Aber letzten Sonntag sei sie ihm bei einem bis dahin vergnüglichen Aufenthalt im Prater in eine Maß Bier gefallen. Die Unruh des mehr als einhundertfünfzig Jahre alten Erbstücks lag im Delirium.

Nico stellte Heilung in Aussicht und brachte wie beiläufig das traurige Schicksal seines Meisters zur Sprache – die Kunst des Aushorchens wohlgesinnter Kunden hatte ihm Johan beigebracht. Herr Mezei sei unschuldig interniert worden, klagte Nico; außer der Lektüre der *Arbeiter-Zeitung* und der Teilnahme am jährlichen Maimarsch habe er sich nichts zuschulden kommen lassen.

Wenige Tage später flatterte ein amtliches Schreiben ins Haus, dessen schönster Satz lautete: »Vorbehaltlich der abschließenden Prüfung wird dem Antrag auf vorzeitige Haftentlassung des oben Bezeichneten stattgegeben.«

Am Freitag, dem 27. Juli 1934, sollte Johan wieder zu Hause sein. Aber es kam anders. Zwei Tage vor seiner Freilassung versuchten Nationalsozialisten die Regierung Dollfuß zu stürzen. Bei dem Putschversuch töteten sie den Bundeskanzler.

Die Denunziantin vom Hochparterre jaulte im Hausflur vor Empörung und machte pauschal alle »Juden, Bolschewiken und das übrige rote Gesocks« verantwortlich. So mussten wohl auch einige andere gedacht haben, denn »die Prüfung auf vorzeitige Haftentlassung von Herrn Johan Mezei wurde abschlägig beschieden«. Lea drohte daran zu zerbrechen.

Mit viel Liebe richtete Nico sie wieder auf. Gemeinsam kämpften sie weiter um Johans Freilassung. Mit der Ermordung des Bundeskanzlers endete nicht dessen Vision von einem »sozialen, christlichen, deutschen Staat Österreich auf ständischer Grundlage und mit starker autoritärer Führung«. Was Dollfuß am 11. September 1933 auf einem Trabrennplatz ausgerufen hatte, schrieb sich kaum ein Jahr später sein Amtsnachfolger auf die Fahne. Der neue Regierungschef hieß Kurt Schuschnigg, und er pflegte mit Hingabe das Andenken an den alten.

Im Zuge dieser Erhaltungsmaßnahmen musste die Freilassung der in den Anhaltelagern Inhaftierten zunächst hinter wichtigeren Entscheidungen zurücktreten. Schon im Monat nach dem gescheiterten Putsch wurde ein Erlass verabschiedet, demzufolge in allen Orten Österreichs ein Platz oder eine Straße nach Doktor Dollfuß benannt zu werden habe. Während die Zahl der arbeitslosen Metaller auf fünfzig Prozent kletterte, sorgte sich der Wiener Behördenapparat um die Reduzierung eines vorgeblich größeren Übels. Die Sozialisten hatten in der ganzen Stadt Hauswände mit ihrem Symbol, den drei nach oben weisenden Pfeilen, verunziert. Man versäumte keine Anstrengung, um sich des Makels zu entledigen. Sogar einige Sozialdemokraten beteiligten sich – unter polizeilicher Aufsicht – an der Reinigungsaktion.

Der Wille zur Veränderung war unverkennbar, und er wurde zu einer Welle der Tatkraft. Von dieser getragen, schwappte die Bundesregierung ins neue Jahr. Am 26. Januar 1935 trat das Kabinett vollzählig an, um eine neue Tradition aus der Taufe zu heben: den Wiener Opernball.

Nicos Begeisterung für das muntere Treiben der Mächtigen hielt sich in Grenzen. In seinem Kopf führte er ein Konto, das im Haben vornehmlich Blendwerk und brutale Maßnahmen zum Zwecke des Machterhalts auswies, im Soll dagegen die unerfüllten Forderungen nach Freiheit, Frieden und Sicherheit für Menschen wie die Mezeis. Obwohl er ihnen sein zweites Leben und so etwas wie ein neues Zuhause verdankte, hatte er sie enttäuscht. Ihm war nie ein Vorwurf zu Ohren gekommen, aber Nico fühlte sich trotzdem schuldig.

Die Ausbildung konnte er sowieso nicht mehr fortführen, also konzentrierte er sich ganz auf das Uhrengeschäft und die Werkstatt. Dank seines außergewöhnlichen Gespürs für die Wehwehchen seiner kleinen Patienten gewann er sogar neue Kunden hinzu. Außerdem unterstützte er Lea weiterhin in ihrem Kampf um die Freilassung Johans. Bis endlich die erlösende Botschaft kam.

Die Bundesregierung hatte eine »Weihnachtsamnestie« beschlossen. Zum ersten Mal in ihrem Leben wurde für die Jüdin Lea Mezei das Fest der Christenheit zu einem Freudentag. Während andere sich an Heiligabend über die Bescherung freuten, konnte sie endlich wieder ihren Mann in die Arme schließen.

Nico fühlte sich von einer drückenden Last befreit. Er würde zwar nie wieder gutmachen können, was Johan während der Monate im Anhaltelager erlitten hatte, aber zumindest war er seiner Verantwortung nicht ausgewichen. Während andere in seinem Alter noch die Schulbank drückten, hatte er gegen die Windmühlen des Behördenapparats gekämpft und zwei liebe Menschen vor Hunger und Not bewahrt. Jetzt konnte er nach Italien zurückkehren und jenen anderen Teil seiner Schuld abtragen, der so viel schwerer wog.

Meister Johan war dünnhäutig geworden. Die Zeit im Lager hatte ihn gezeichnet. Seine Augen lagen tiefer, und das Haar, ehemals wie Stahlwolle, war nun weißgrau. Obwohl noch immer ungebeugt, bewegte er sich so bedächtig, als hätte er Knochen aus Glas. Jede Belastung, ob körperlich oder seelisch, strengte ihn an. Die Umtriebigkeit seines Schützlings setzte ihm besonders zu.

»Warum, Niklas?«, fragte er müde, nachdem Nico ihm am Abend des 1. Januar 1936 von seinem Vorhaben erzählt hatte.

»Nettuno ist meine Heimat.«

»Unsinn. Die Heimat eines Menschen ist dort, wo er geliebt wird. Deine Eltern sind beide tot, und abgesehen von einem alten Onkel deiner Mutter in London hast du keine Verwandten mehr. Für Lea und mich bist du wie ein Sohn. Bedeutet dir das gar nichts?«

»Doch«, druckste Nico, »aber …«

»Aber was?«

»Im Geschäftsbuch meines Vaters gibt es noch einen unerledigten Posten, um den ich mich kümmern muss.«

Johan und Lea wechselten über den Esstisch hinweg einen langen Blick. Die Standuhr im Wohnzimmer zählte derweil maßvoll die Zeit. Der Meister seufzte traurig.

»Habe ich dir schon von Ahasver erzählt, mein Junge?«

Nico schob die Unterlippe vor und hob die Schultern. »Ich glaube nicht.«

»Nach christlicher Legende ist Ahasver der Name des Ewigen

Juden. Der Überlieferung nach soll er ein Haus besessen haben, das sich auf dem Weg zum Kalvarienberg befand. Er verweigerte Jesus darin eine Ruhepause, als der Verurteilte an ihm vorüberkam. Weißt du, wie man in der Amtssprache ein solches Vergehen nennt?«

Nico schluckte. »Unterlassene Hilfeleistung?«

Der Meister nickte.

»Was ist aus Ahasver geworden?«

»Er wurde dazu verdammt, ruhelos umherzuwandern, bis Jesus wiederkehrt. Die Christenheit kramt diese Legende immer wieder gerne hervor, um die Leiden unseres Volkes zu begründen. Es ist für sie natürlich viel einfacher, denen die Schuld zu geben, die ihren Heiland dem Henker auslieferten, als sich selbst für die Pogrome und all die anderen Unmenschlichkeiten zu verantworten, die sie dem Volk Israel in der Diaspora angetan haben.«

Nicos Blick senkte sich auf den vor ihm stehenden Teller. Darin dampften Tafelspitz, Meerrettichsoße und Kartoffeln. »Ich trage auch an einer schweren Schuld.«

Lea saß neben ihm. Sie legte ihren Arm um ihn und drückte ihn an sich. »Du hast deinen Vater nicht getötet, Nico. Wie oft habe ich dir das schon erklärt!«

»Aber ich hätte es verhindern können.«

»Das ist ungewiss.«

»Und sein Mörder läuft mit Sicherheit noch frei herum.«

Johan nickte gewichtig. »Und deshalb bist du ahasverisch – deine Seele findet keine Ruhe. Du glaubst, die Schuld auslöschen zu können, indem du Manzini umbringst? Lass dir eins sagen, Junge: Wenn du diesen Gedanken nicht aus deinem Geist verbannst, wird er selbst sich in einen Geist verwandeln, der *dich* ewig über den Erdboden treibt. Mach diesem Umherirren ein Ende, bevor es beginnt.«

Tränen stiegen in Nicos Augen. Er schüttelte verzweifelt den Kopf. »Aber es hat doch längst begonnen. Ich bin von Nettuno immer weiter nach Norden geirrt, und hier finde ich auch keine Ruhe. Ich *muss* nach Italien zurück.«

»Zuerst musst du deine Lehre beenden. Bald wirst du siebzehn. Ohne eine solide Ausbildung kommst du nicht weit.«

»Ich kann jede Uhr reparieren, die du mir gibst.«

»Ja, Niklas, sogar besser als ich. Das steht außer Frage. Aber die Reife und die Weisheit eines Menschen misst sich weniger an der Menge des Wissen, mit dem er seinen Kopf gefüllt, oder der händischen Geschicklichkeit, die er erworben hat, als vielmehr daran, was er mit seinen Gaben *anfängt.* Weißt du noch, was ich dir einmal über die Zeit gesagt habe? Man kann sie in keinen Damm zwingen, sondern sie auf ihrem Lauf nur wie ein Schiff begleiten. Nutze diesen mächtigen Strom für dich, mein Junge, dann wirst du dich stetig deinem Ziel nähern, anstatt ruhelos hierhin und dorthin getrieben zu werden.«

Nico konnte sich der Vernunft dieses Rats nicht ganz entziehen, zumal ein überstürzter Weggang viele Unwägbarkeiten in sich bergen würde. Die Geborgenheit im Heim der Mezeis war ihm dagegen sicher.

Zumindest glaubte er das.

Dank seiner guten Leistungen in der Schule konnte Nico 1937 die Lehre zum Uhrmachergesellen mit Auszeichnung beenden. Damit war eines der von Johan gesteckten Etappenziele erreicht. Im Jungen regte sich erneut die Unruhe.

Nach seiner Freilassung aus dem Anhaltelager hatte Johan Mezei seine politische Gesinnung zu einem Buch mit sieben Siegeln gemacht. Nur ab und zu beobachtete ihn Nico dabei, wie er im Laden heimlich irgendwelche Zeitschriften las. Im Oktober fiel dem Gesellen eine Ausgabe des kommunistischen Blattes *Weg und Ziel* in die Hände. Nico erschrak. Wohin sollte das führen? Legte es Johan etwa darauf an, ein weiteres Mal interniert zu werden?

Voller Misstrauen überflog Nico den Inhalt eines Artikels mit dem Titel »Zur nationalen Frage in Österreich«. Darin beschwor ein gewisser Alfred Klahr anhand historischer Beispiele die kulturelle Eigenständigkeit und Unabhängigkeit Österreichs von Deutschland. Dem jungen Leser stellte sich die Frage, ob Schlagbäume oder Grenzzäune für das Glück der Menschen wirklich entscheidend waren. Trotzdem dräute ihm, dass die vor allem von nationalsozialistischer Seite zunehmend penetranter vorgetragenen Forderungen nach einer Vereinigung Deutschlands mit Österreich mehr als politisches Wunschdenken sein könnten.

Derlei Bestrebungen beunruhigten bei weitem nicht nur Nico. In der Synagoge hörte man allerlei Schauergeschichten über die rücksichtslose Behandlung von Juden im Deutschen Reich. Am Horizont zogen dunkle Wolken auf.

Schon wenig später, am 12. Februar 1938, musste sich Schuschnigg auf den Obersalzberg zum deutschen Führer und Reichskanzler zitieren lassen. Im verschneiten Berchtesgaden setzte Hitler dem österreichischen Bundeskanzler die Pistole auf die Brust. Schuschnigg sollte Österreichs Wirtschafts-, Militär- und Außenpolitik der deutschen anpassen und den Nationalsozialisten Arthur Seyß-Inquart zum Innenminister ernennen. Um einen Einmarsch deutscher Truppen in seinem Land zu verhindern, gab Schuschnigg zähneknirschend nach.

Es war nicht schwer zu erraten, worauf das Ultimatum Hitlers abzielte, denn schon im Deutschen Reich hatte die nationalsozialistische Führung ihre Macht durch die Gleichschaltung der Länder manifestiert. In diesen Tagen im Frühjahr '38 machte Meister Johan zum ersten Mal eine Äußerung, die Nico sofort mit Begeisterung aufgriff.

»Aus Wien fortgehen? Wir könnten doch gemeinsam zu Onkel Davide nach Rom ziehen.«

Johans Finger spielten mit einem Pendel, das zu einer lahmenden Wanduhr gehörte. Die beiden führten in der Werkstatt ein, wie sich der Meister ausgedrückt hatte, »Gespräch unter Männern«. Er begegnete unverwandt Nicos flammendem Blick. »Du brauchst gar nicht so zu gucken. Ich habe gesagt, wenn Hitler den ›Anschluss‹ durchsetzt, dann überlege ich mir, ob wir nach Italien umziehen. Noch ist nicht aller Tage Abend. Schuschnigg hat für den 13. März eine Volksabstimmung für ›ein freies, deutsches, unabhängiges und soziales, für ein christliches und einiges Österreich‹ angekündigt. Ist dir aufgefallen, dass er das Lieblingswort von Doktor Dollfuß weggelassen hat?«

»Du meinst ›autoritär‹?«

Der Meister lächelte grimmig. »Unser strenger Herr Bundeskanzler soll sogar eine Abordnung von Sozialdemokraten zu sich geladen haben, obwohl wir doch als illegal abgestempelt worden sind. Vielleicht bringt die Bedrohung durch Hitler eine Koalition aller politischen Kräfte im Land hervor.«

»Politik!«, schnaubte Nico. »Ich kann dieses Wort nicht mehr hören. Warum lassen sie uns nicht einfach in Frieden leben?«

»Weil jeder Friede seinen Preis hat, mein Junge.«

Man sagt den Österreichern nach, sie seien mehr als andere Völker dem Tod verhaftet. Nicht wenige Große dieser Nation machten ihrem Leben selbst ein Ende. Allzu viele Kleine folgten nur wenige Tage nach dem Gespräch der beiden Uhrmacher dieser Tradition.

Den Anlass für die Selbstmordwelle gab eine Entwicklung, die Johans Hoffnung wie eine Seifenblase zerplatzen ließ. Noch ehe der Monat zu Ende ging, verabschiedete sich Doktor Kurt Schuschnigg am 11. März in einer Rundfunkansprache von seinen Landsleuten mit den Worten: »Gott schütze Österreich!« Hitler und Göring hatten zuvor seinen Rücktritt sowie die Einsetzung von Seyß-Inquart als Bundeskanzler gefordert. Am Tag nach der Erfüllung ihres Begehrens überschritten Truppen der Deutschen Wehrmacht gegen fünf Uhr dreißig die österreichische Grenze.

Bereits in der Nacht wurden die Bewohner der Porzellangasse 30 von einem beunruhigenden Lärm geweckt. Nico hörte das Geräusch von berstendem Glas. Wenige Sekunden später hatten sich er, Lea und Johan am offenen Fenster im Wohnzimmer versammelt. Auf der Straße skandierte ein Männerchor ein unharmonisches »Juda verrecke!«.

»Es beginnt schneller, als ich gedacht habe«, knirschte Johan.

Lea ballte die Fäuste vor dem Mund. »Sie haben Herschels Schaufenster zerschlagen. Jetzt werden sie sich unseren Laden vornehmen.« Tatsächlich rückte die Meute von der koscheren Metzgerei Herschel Kornblums, die weiter unten in der Porzellangasse lag, auf das Haus Nummer 30 zu. Einige der Männer trugen Handlampen, andere hielten Fackeln. Die meisten waren mit Knüppeln oder sonstigen Gegenständen bewaffnet, die sich als Waffen zweckentfremden ließen.

»Wir können sowieso nichts dagegen tun«, entgegnete Johan schicksalsergeben. »Vielleicht ist ihre Zerstörungswut verraucht, bis sie hier ankommen.«

In Nico tobte ein Sturm. Sollte er ein weiteres Mal tatenlos zusehen, wie geliebten Menschen Schaden zugefügt wurde? Er schüttelte langsam den Kopf. »Nein. Wenn sie das Geschäft des Fleischhauers zerstört haben, werden sie auch unseres nicht schonen. Ich muss etwas unternehmen.«

»Hast du den Verstand …?« Weiter kam Johan nicht, denn Nico war schon losgelaufen.

Auf dem Flur riss der Geselle seine grüne Lodenjacke vom Bügel, schlüpfte in die Straßenschuhe, ohne sie zuzubinden, und rannte hinaus. Während er die Treppe hinabeilte, kamen ihm erste Zweifel. Wie sollte er den Mob aufhalten? Die Kerle hatten nicht so ausgesehen, als würden sie sich von einem schmächtigen Uhrmachergesellen den Spaß verderben lassen.

Zwei Stockwerke tiefer versperrte ihm auch noch »das Auge« Hrdlicka den Weg. »Jetzt geht's deinen Leuten an den Kragen«, geiferte sie.

Nico ballte die Fäuste, schob sein Gesicht ganz dicht vor das ihrige und zischte: »Geben Sie Acht, dass es nicht gleich *Ihnen* an den Kragen geht, Frau Hrdlicka.«

Die Witwe zeigte sich beeindruckt. Sie riss Augen und Mund auf. »Du wirst doch nicht …«

Nico drückte sich an ihr vorbei und lief die Treppe hinab. »Eins nach dem anderen, Frau Hrdlicka.« Je weiter er sich von ihr entfernte, desto mehr wuchs ihr Mut. »Schäm dich, Niklas«, rief sie ihm nach. »Trägst den Namen eines unserer Heiligen und hilfst diesem Judenpack.«

Nico wurde für einen Moment langsamer. Gerade hatte ihm »das Auge« verraten, wie er sich der wilden Meute erwehren konnte. »Danke, Sie haben mir sehr geholfen«, rief er über die Schulter und sorgte damit bei Frau Hrdlicka für ein gewisses Maß an Irritation.

Endlich erreichte er die Straße. Die Südfront des Eckhauses lag an der Grünentorgasse, deren Fahrbahn der Pöbel gerade als Aufmarschgebiet benutzte. Einige Randalierer trugen Dachlatten, andere Vorschlaghämmer und sogar Äxte. In wenigen Augenblicken würde die Horde den Uhrenladen erreichen. Nico baute sich vor dem Schaufenster auf, hinter dem einige größere und kleinere Auslagen munter tickten.

»Keine Angst, meine Lieben, es geschieht euch nichts«, murmelte er, wohl hauptsächlich zur eigenen Ermutigung.

Erste Unruhestifter trafen ein. Die Vorhut bildete ein kaum volljähriger Fleischberg mit dünnem Schnauzbart und ein Kerl, der Nico an eine wandelnde Reitpeitsche mit Pockennarben denken ließ. Während Ersterer auf ihn nicht den Eindruck eines großen Redners machte, ergriff Letzterer umgehend das Wort. »Weg da!«, fauchte er. Im Hintergrund skandierte der Männerchor immer noch sein »Juda verrecke!«.

»Ich …« Nicos Stimme zerbrach wie ein trockener Keks. Er musste sich räuspern, um ihr mehr Festigkeit zu verleihen. »Das hier ist *mein* Laden. Euch habe ich hier noch nie gesehen. Also besser, *ihr* verschwindet, bevor ich die Polizei rufe.«

Das Narbengesicht grinste. »Hört euch das an! Die Judensau wird auch noch frech. – Horst.«

Horst war offenbar der Fleischberg, denn allein die Nennung des Namens genügte, um ihn in Bewegung zu setzen.

»Halt!«, rief Nico und streckte dem menschlichen Rammbock die Handfläche entgegen. Der Massige war so viel Gegenwehr anscheinend nicht gewohnt und zögerte.

»Ihr seid hier an der falschen Adresse. Ich heiße Niklas Michel. Ist das etwa der Name eines Juden? In meinem Ausweis steht schwarz auf weiß, dass ich katholisch bin. Wenn ihr wollt, kann ich ihn euch zeigen – vorausgesetzt jemand von euch ist des Lesens kundig.«

Horst drehte sich Hilfe suchend nach dem Dünnen um. »Toni?«

»Das kann nicht sein«, beharrte der. Seine nörgelnde Stimme klang ein wenig wie die eines verschnupften Marktschreiers. »Das Uhrengeschäft gehört dem Mezei – einem Juden. Du kannst aus dem Weg gehen, dann tun wir dir nichts, aber wenn du dich von der Judensau freihalten lässt, dann wirst am Ende du die Zeche zahlen.« Die Reitpeitsche machte Anstalten, handfeste Fakten zu schaffen, doch abermals hielt sie Nicos Gegenrede zurück.

»Ich genieße die Protektion des Bischofs. Ihr seid doch wohl alle gute Katholiken. Wollt ihr Gottes Zorn auf euch laden?«

Der Dünne lachte. »In diesem Land ist *jeder* Katholik, sogar die Atheisten. Wir lassen Gott einen guten Mann sein, dann wird er uns auch nichts tun? Ich werd's dir beweisen. Kommt Leute.« Er winkte wie ein Kommandant die hinter ihm stehende Truppe zum Angriff

Nico streckte den Angreifern beide Hände entgegen und rief in beschwörendem Ton: »Nein, *ich* werde euch das Gegenteil beweisen. Wenn ihr noch *einen* Schritt tut, erlischt euer Lebenslicht, so wie eure Handlampen. Hm hm-hm hm …« Er begann ein bedrohlich klingendes Lied zu summen.

Einige in der Meute lachten, aber sofort verging ihnen die Fröhlichkeit wieder, denn nacheinander erloschen sämtliche Lichter. Sogar die Straßenlaterne ging aus. Nur die Fackeln brannten noch und tauchten den summenden Jungen in ein gespenstisches Licht.

»Das gefällt mir nicht, Toni«, jammerte der Fleischberg.

»Unsinn! Nichts als Zufall.«

»Vielleicht ist er ein Medium«, rief jemand aus dem Schutz der Menge, »wie dieser Hanussen.«

Der Dünne stemmte sich gegen den Unmut seiner Truppe an. »Ha! Dass ich nicht lache! Was ist denn aus dem großen Magier geworden? Der sieht sich schon lange die Radieschen von unten an.«

»Vielleicht weil er mit dem Teufel im Bunde war«, gab Nico zu bedenken. »Aber ihr vergeht euch hier gegen einen, der mächtiger ist. Dem Herrn der Lichter und dem Gebieter der Zeit.«

Obwohl der Verteidiger des Ladens kaum die Stimme erhob, trug sie ungemein weit. Sogar der Letzte im Mob konnte ihn verstehen. Nico ging rückwärts bis zum Schaufenster und legte die Rechte an das Glas. Ohne den Blick von dem Pöbel zu nehmen, fügte er hinzu: »Er kann euren Herzschlag auf ewig anhalten, so wie er diese Uhren stehen bleiben lässt.«

Der zuvor schon erlebte Ausfall der elektrischen Beleuchtung hatte die Meute sensibilisiert. Obwohl der Dünne ein halbherziges Lachen herauspresste, starrten alle auf die drei Wand- und zwei Standuhren im Schaufenster.

Alle blieben zur selben Sekunde stehen.

»Damit will ich nichts zu tun haben«, sagte Horst, der Dicke, mit bebender Stimme, machte auf dem Absatz kehrt und rannte davon. Im Nu löste sich der Mob auf.

Zuletzt stand nur noch die Reitpeitsche da und zischte: »Judenkollaborateure können wir hier nicht gebrauchen. Wir kommen wieder, und dann geht's dir an den Kragen.«

»Hier, ich hab's gefunden«, sagte Johan und schob Nico das Buch über den Tisch. Es stammte von einem österreichischen Schriftsteller namens Hermann Bahr. Die Textstelle war die Antwort des Meisters auf eine Frage seines Gesellen: Warum begehen all diese Leute Selbstmord?

> *Ich habe den Tod lieb. Nicht als Erlöser, denn ich leide nicht am Leben. Nein, aber als Erfüller. Er wird mir alles bringen, was noch fehlt. Dann geht die Saat meines Lebens erst auf. Er nimmt mir nichts und gibt mir noch viel …*

Nico blickte verwirrt von dem Buch auf. »Meint er das ernst?«

»Ich denke schon«, antwortete Johan schmunzelnd.

»Tod als Erlösung von Qual, das würde ich noch verstehen,

aber das da …« Der Junge schüttelte den Kopf. »Wie kann der Tod diesen Menschen etwas geben?« Seine Frage zielte auf die Suizidwelle ab, die nach Hitlers »Heimholung« durch ganz Österreich geschwappt war.

Johan hob Hände und Schultern. »Wer vermag das schon zu wissen? Vielleicht haben diese bemitleidenswerten Zeitgenossen das befürchtet, was in der Nacht zum Samstag Herschel Kornblum und fast auch uns passiert ist. Übrigens hat sogar der weise Salomon gesagt, dass der Tag des Todes besser sei als der, an dem man geboren wird.«

»Das mag ja noch angehen: Erst wenn einer gestorben ist, weiß man, was für ein Leben er geführt hat. Aber bedeutet ein Freitod nicht gerade das, wovor du mich immer warnst?«

»Was meinst du?«

»Den Strom der Zeit mit einer Staumauer aufhalten zu wollen. Er lässt sich nicht bändigen. Man kann sich nur von ihm tragen lassen und das Beste aus der Reise machen. Ist das nicht deine Lebensregel?«

Johan lächelte. »Richtig. Weil Zeit Leben ist und Leben Zeit. Allmählich beginnst du zu verstehen. Ich habe dir die Worte Hermann Bahrs nicht gezeigt, damit du sie dir zum Glaubensbekenntnis machst. Aber leider erkennt man den richtigen Weg manchmal erst, wenn man ein Stück auf dem falschen gewandelt ist.«

Nico kratzte sich an der Nase. »Bin ich das denn?«

»Vielleicht in deinem Wünschen und Hoffen, mein Junge.«

Er wich dem strengen Blick des Meisters aus. Manchmal schien Johan Mezei bis auf den Grund seiner Seele blicken zu können. Was war falsch daran, den Mörder seines Vaters einer gerechten Bestrafung zuzuführen?

Ein Moment der Stille trat ein. Johan schien mit sich zu ringen. Schließlich sagte er: »Erinnerst du dich, was ich neulich über einen Neuanfang in einem anderen Land gesagt habe?«

»Ob du und Tante Lea aus Wien fortgehen sollen, meinst du?«

Johan nickte. »Ich spüre es in meinen morschen Knochen, dass jetzt der Zeitpunkt dafür gekommen ist. Auf verlorenem Posten auszuharren ist wohl das Dümmste, was man tun kann. Das hat nichts mit Feigheit zu tun. Merke dir das gut, Junge: Wenn der Feind dir auf die Pelle rückt, dann zieh dich in eine sichere Stellung zurück.«

10. KAPITEL

Der Gespaltene

Nettuno, 1939

Nico fragte sich, wie lange er noch sicher sein würde. Möglicherweise sollte er den »Vorposten«, das Domizil seines ärgsten Feindes, räumen. Er könnte sich außerstande erklären, die Lebensuhr weiter zu pflegen. Don Massimiliano würde das nicht gefallen, aber zwingen konnte er den »Herrn der Unruhe« nicht. Wenn nur Uberto ein wenig durchschaubarer wäre! Manchmal benahm sich der tumbe Chauffeur wie ein netter Arbeitskollege, dann wieder schlich er gleich einem großen Raubtier durch den Palazzo Manzini oder beobachtete den Hüter der Lebensuhr aus dunklen Winkeln. Ob er am Sonntag sofort zu seinem Herrn gelaufen war, um ihm von dem Lauscher in den Schatten zu berichten?

Nachdem Nico den Stadtvorsteher in fast brüderlicher Eintracht mit dem Judenjäger Karl Hass beobachtet hatte, fühlte er sich mehr denn je innerlich zerrissen. Er glaubte zu spüren, wie sich sein Lebensschiff im Fluss der Zeit gefährlichen Stromschnellen näherte. Es würde unweigerlich kentern und untergehen, wenn er das Ruder nicht fester als bisher anpackte. Aber wie konnte er seinen Gegner zur Strecke bringen, bevor dieser ihn ausschaltete? War ein Sieg überhaupt möglich, ohne Laura zu verlieren?

Von diesen Überlegungen gelähmt, war zwischen ihnen am Sonntag, während er sich lustlos mit der Lebensuhr beschäftigte, kein vernünftiges Gespräch in Gang gekommen. Er hatte Laura nach dem deutschen Besucher gefragt.

Sie reagierte mit einem verhaltenen »Warum?«

»Der Mann ist bei der SS. Weißt du, was das bedeutet?«

»Wieso nur habe ich manchmal das Gefühl, du hältst mich für ein dummes Gör? Natürlich weiß ich, was das heißt: Schutzstaffel. Hitler hat sie zur Niederschlagung des kommunistischen Terrors ins Leben gerufen. Der *Duce* und der Papst sind genauso daran interessiert. Und mein Vater hasst alle Bolschewisten.«

»Das ist ...!«, japste Nico, schnitt sich aber sofort selbst das Wort ab. Draußen lauerte Uberto. Flüsternd fuhr er fort: »Laura, die SS wurde 1925 gegründet, als die NSDAP noch nicht das war, was sie heute ist. Hältst du es für möglich, dass sich an ihren Aufgaben inzwischen einiges ... geändert haben könnte?«

»Was zum Beispiel?«

»Sie könnten Jagd auf Juden machen.«

»Wie kommst du denn darauf?«

»Ich habe in Wien so einiges gesehen und gehört.«

Lauras Ton wurde hörbar kühl. »Du fängst doch nicht schon wieder damit an, meinem Vater irgendwelche Gemeinheiten zu unterstellen, oder etwa doch? Worauf willst du hinaus, Niklas?«

Sein Mund öffnete sich, er starrte in ihre dunklen Augen, schüttelte den Kopf und stammelte: »Vergiss es.«

Vier Tage später hatten sich die Wogen geglättet. Als Nico am Donnerstag Früh um acht das Privatbüro des Podestà betrat, hakte sich Laura bei ihm unter und flüsterte in sein Ohr: »Hast du Lust, heute mit mir ins Lichtspielhaus zu gehen?«

Immer wenn sie ihm so nahe war, spürte er einen wohligen Schauer. Trotzdem gab er zu bedenken: »Ich habe mal dem automatischen Klavier, das dem Besitzer des *Cinema Arena Italia* gehört, die Flötentöne beigebracht. Er wird mich bestimmt ...«

»Für wie einfältig hältst du mich eigentlich?«, fiel sie ihm, scheinbar empört, ins Wort. »Mir ist schon klar, dass wir nicht hier in Nettuno durch die Via Romana bummeln oder ins *Cinema Sangallo* gehen können, ohne dass uns mindestens die Hälfte der Zuschauer erkennt. Wir werden uns einen schönen Abend in Anzio machen.«

»Hm. Was für einen Film gibt's?« Eigentlich war ihm das völlig egal, denn bisher hatte er Laura noch nie ausführen dürfen.

»Einen deutschen. Ich dachte mir, das gefällt meinem Auswanderer vielleicht. Der Streifen ist von Willi Forst und heißt *Bel ami*. Olga Tschechowa und Ilse Werner spielen mit.«

»Klingt interessant.«

Sie stieß ihm in die Rippen. »Nein, tut es nicht. Ich durchschaue dich, du Lügner. Aber wenn du mit mir nach Anzio fährst, würde ich mich trotzdem freuen. Ich kenne den Filmvorführer.«

»Ach! Woher?«

»Er ist der Stiefvater meiner Halbschwester.«

Nico unterdrückte ein Lachen. »Die Frage hätte ich mir sparen können.« Für diese Bemerkung bekam er einen weiteren Stich in die Seite.

Das Paar traf sich in der Abenddämmerung an der Auffahrt zur Villa Borghese, weit genug entfernt vom Palazzo Manzini, um nicht von Uberto oder einem der anderen Hausangestellten gesehen zu werden. Laura kam mit dem Fahrrad. Ihr weit schwingendes rotes Kleid und ein Haarreif im selben Farbton bildeten einen atemberaubenden Kontrast zu ihren langen schwarzen Locken. So elegant sie sich oft zu kleiden wusste, erinnerte sie an diesem Abend mit ihren weißen Söckchen in den schwarzen Lackschuhen eher an ein Mädchen beim Sonntagsausflug. Sie ließ ihr Fahrrad an einem Baum stehen, hängte sich ihren schwarzen Cardigan sowie die Handtasche über den Unterarm und lief verschmitzt lächelnd zu dem sehr aufgeregten jungen Mann, der sie neben seinem weißen Motorrad erwartete.

Auch Nico hatte sich in Staat geworfen. Er trug eine graue Hose, ein kurzärmeliges weißes Hemd und darüber ein schwarzes Jackett, alles eigenhändig mit dem Bügeleisen geglättet. Nur seine Stirn lag in Falten. »Was hast du deinem Vater gesagt?«, begrüßte er Laura.

»Nichts. Er arbeitet noch.«

»Aber er wird doch nach dir fragen.«

»Da bin ich mir nicht so sicher. Seit meine Mutter in diesem Schweizer Sanatorium ist, hat er höchstens dreimal ihren Namen fallen lassen. Vielleicht bin ich ihm auch egal.«

»Den Eindruck habe ich aber nicht.«

»Uberto weiß, dass ich bei Freunden bin. Fahren wir?«

»Ist ja schon gut. Ich will nur nicht, dass du meinetwegen Schwierigkeiten bekommst. Setz dich hinter mich.«

Er bestieg seinen getreuen Albino. Laura nahm hinter ihm Platz. Als ihre Hände sich um seinen Leib schlangen, schien in seinem Herzen eine größere Anzahl Böller zu explodieren.

»Gut so?«, fragte sie. Ihre Wange lehnte an seinem Rücken.

»Ja«, antwortete er mit belegter Stimme. »Bestens.«

Ohne allzu viel Eile lenkte er das Motorrad in jenen Stadtteil des zukünftigen Nettunia, der sich nur noch wenige Tage lang Anzio nennen durfte. Das Kino lag unweit der Piazza Pia, dem von einer Kathedrale und prächtigen Palazzi geschmückten Herzen der Stadt.

Es war ein lauer Spätsommerabend. Von überall her drang das weiche Licht von Cafés und kleinen Bars ins Freie und täuschte über die wirtschaftlich schwierige Lage der Bevölkerung hinweg. Es gab immer noch Leute, die sich einen Espresso oder einen Amaretto leisten konnten.

Nachdem Nico das Motorrad abgestellt hatte, nahm Laura seine Hand. Er hätte schwören können, in seinem Körper ein paar weitere Explosionen wahrzunehmen.

»Das Programm beginnt erst um acht«, sagte sie. »Lass uns noch ein bisschen durch die Stadt schlendern.«

»Du bist die Tochter des Podestà. Wenn mich jemand mit dir Händchen halten sieht, bin ich geliefert.«

»Meinst du, mein Vater wird pfleglicher mit dir umgehen, wenn wir nur nebeneinander spazierend gesehen werden?«

Seine Finger schlossen sich fester um ihre Hand, und er lächelte, wenn auch noch ein wenig unsicher. »So groß wird der Unterschied nicht sein.«

Rechtzeitig vor Programmbeginn erreichten sie das Kino.

Laura war hier offenbar keine Fremde. Die Kassiererin begrüßte sie wie eine alte Bekannte. Ennio sei im Vorführraum. Sie winkte das Paar vorbei.

Ennio Cardelli sah nicht nur aus wie ein raubeiniger Seebär; er war tatsächlich Fischer gewesen, bevor ihn ein Unfall ans Festland verbannt hatte. Seitdem führte er Filme vor. Der gedrungene Mann hatte einen Stoppelbart, lichtes grau meliertes Haar, eine großporige Knollennase und ein sonniges Gemüt. Seine Begrüßung fiel erstaunlich herzlich aus.

»Laura! Komm her, lass dich drücken.«

Sie küsste ihn auf die linke und danach auf die rechte Wange. »Wie geht es Francesca?«

»Prächtig! Sie schlägt ganz nach ihrem Vater.«

Die zwei lachten, was bei Nico gewisse Irritationen auslöste. War es der »Deckhengst« oder der Fischer, dem die Heiterkeit der beiden galt?

»Wen hast du mir da mitgebracht?«, fragte Ennio schließlich.

Nico streckte ihm die Hand entgegen. »Mein Name ist Niklas Michel.«

»Etwa *der* Niklas Michel? *Il Tedesco?* Der Walzenbändiger? Der Hüter der Lebensuhr? Der Herr der Unruhe? Don Massimilianos *Doctor Mechani*…«

»Die Leute übertreiben manchmal ein bisschen«, unterbrach Nico die ihm peinliche Aufreihung seiner Titel.

»Dein Freund?« Die Frage war an Lauras Adresse gerichtet.

Sie zog die Nase kraus und nickte.

Anstatt die Hand nahm der Filmvorführer gleich den ganzen Mann. Nachdem er nun seinerseits Nico beide Wangen geküsst und ihn hinreichend gedrückt hatte, wandte er sich wieder Laura zu.

»Ich freue mich ja so für dich. Wenn ich mich nicht irre, ist es das erste Mal, dass du in mein Kabuff einen jungen Mann mitbringst. Leider kann ich euch hier nicht alleine lassen.« Er lachte.

Nico lief rot an. »Ich bin, wie Sie ja wohl wissen, technisch interessiert. Laura dachte …«

»Ich hoffe nicht nur technisch, sondern auch biologisch«, unterbrach ihn Ennio und zwinkerte übertrieben mit dem rechten Auge.

Laura bestrafte ihn für die ungehörige Bemerkung mit einem Klaps auf die Hand. »Ennio! Untersteh dich, mir irgendwelche unmoralischen Absichten zu unterstellen. Dürfen wir während der Wochenschau bei dir bleiben? Danach gehen wir dann auch brav in den Saal hinunter.«

»Wie könnte ich diesen Augen etwas abschlagen! Bleibt nur da, ihr beiden Turteltäubchen, aber steht mir nicht im Weg herum.«

»Danke, Ennio.« Sie fiel dem ausgemusterten Seebären erneut um den Hals, und Nico fragte sich insgeheim, warum er nicht Fischer geworden war.

Wenig später verfolgte er den Vorführer aufmerksam dabei, wie er die Filmrolle auflegte, das Zelluloid um mehrere Führungsrollen fädelte und schließlich ein Stück um die leere Aufnahmespule wickelte. Durch eine kleine Öffnung neben dem Projektionsfenster konnte er die Leinwand sehen.

Vielleicht steckte ja ein propagandistisches Kalkül dahinter, dass der von den Deutschen angestrengte Krieg nicht den ersten Platz unter den Nachrichten der Wochenschau einnahm. Sie widmete sich zunächst nationalen Themen. Voller Stolz wurde von dem grandiosen Erfolg eines italienischen Fahrers beim Belgrader Stadtrennen vom 3. September berichtet. Tazio Nuvolari (Auto-Union) hatte den aus Anlass des Geburtstages von König Peter II. organisierte Vergleich gewonnen. Platz zwei und drei belegten Manfred von Brauchitsch und Rudolf Caracciola (Mercedes). Nico schüttelte den Kopf.

»Es lebe die Allianz!«

Laura hatte sein Gemurmel nicht verstanden. »Was sagst du?«

»Die deutsch-italienische Zusammenarbeit scheint prächtig zu funktionieren.«

Sie hakte sich bei ihm unter. Sein zynischer Ton schien sie zu beunruhigen. *Reiß dich zusammen!*, schalt er sich in Gedanken.

Inzwischen flimmerte ein Bericht aus dem Vatikan über die Leinwand. Es ging um Papst Pius XII., der den am 10. Februar verstorbenen Pius XI. abgelöst hatte. Das Konklave hatte den vormaligen Staatssekretär am 2. März bereits im dritten Wahlgang nach nur zweiundzwanzig Stunden Beratung zum Pontifex Maximus gewählt. Die Wochenschau zeigte Pius XII. bei seiner Rundfunkansprache, die er anlässlich seines Amtsantritts gehalten und in der er den Frieden beschworen hatte. Der drohenden Ausweitung des Krieges trat der neue Oberhirte aller Katholiken nun mit weiteren Appellen dieser Art entgegen.

Was nur wenige Tage nach Beginn seines Pontifikats in Wien geschehen war, wurde nicht erwähnt, aber Nico konnte sich noch lebhaft daran erinnern. Der »Anschluss« Österreichs war mit einem großen Empfang für Adolf Hitler gefeiert worden. Kardinal Innitzer gehörte zu den Ersten, die dem Diktator den Deutschen Gruß entboten hatten. Seine Eminenz wies zudem alle österreichischen Kirchen an, die Hakenkreuzfahne zu hissen, die Kirchenglocken zu läuten und für den Führer zu beten.

Was wohl aus dem Benediktiner geworden war? Die Frage trieb wie eine rote Boje aus Nicos Unterbewusstsein empor, als er das Bild der Peterskirche auf der Leinwand flimmern sah. Ob das neue Kirchenoberhaupt sich ebenfalls des Rates von Lorenzo Di Marco bediente? Bestimmt wäre Eugenio Pacelli, wie der Papst mit bürgerlichem Namen hieß, gut damit bedient.

Der Projektor spuckte bereits neue Bilder aus. Das Publikum war es gewohnt, im Laufe der Berichterstattung mehrmals den *Duce* vorgesetzt zu bekommen. So auch jetzt, als Benito Mussolini seine Beteuerung bekräftigte, dass Italien »nicht Krieg führend«, weil nicht kriegsbereit sei. An einen Waffengang sei vor 1942 nicht zu denken. Vielleicht steckte ihm noch die wenig ruhmreiche Teilnahme am Spanischen Bürgerkrieg in den Knochen, dachte Nico.

Beim nächsten Schnitt glaubte er unter den Zuschauern Verwirrung auszumachen – zahlreiche Köpfe rückten zusammen und tauschten getuschelte Bemerkungen aus. Mit der soeben beteuerten militärischen Abstinenz passten die Bilder von den italienischen Besatzungstruppen fürwahr nicht gut zusammen. Um dem Publikum das ausdauernde Streiten des *Duce* für die italienischen Interessen auf der östlichen Seite der Adria nahe zu bringen, brachte der Kommentator eine Konvention zur Sprache, die Mussolini bereits am 20. Juli 1925 unterzeichnet hatte.

Mit einem Mal war das Forte Sangallo auf der Leinwand zu sehen. Nicos Kopf ruckte nach vorn. Seine linke Hand stützte sich gegen die Wand neben dem Guckloch, die rechte lag auf dem Gehäuse des Projektors. Die nächsten Szene zeigte, in brüderlicher Umarmung mit dem *Duce*, Massimiliano Manzini.

Und dann blieb der Projektor stehen.

Ein ganzer Schwarm von Gedanken schwirrte zugleich durch Nicos Kopf. Was suchte Manzini an der Seite Mussolinis? War es etwa doch mehr als ein Gerücht, was die Leute sich über ihren Podestà erzählten? Es hieß, er habe dem *Duce* in den Jahren seines politischen Aufstiegs ein paar »Gefallen« getan. Bisher hatte Nico dabei immer an großzügige Spenden gedacht.

»Verflixt! Die Kiste weigert sich, weiterzulaufen«, schimpfte Ennio.

Die beiden Kameraden auf der Leinwand verfärbten sich zuerst braun, dann schwarz, und zuletzt brannten sie durch. Die Filmspule drehte sich weiter.

»Besser, ihr verschwindet, bevor der *direttore* kommt und mir die Hölle heiß macht«, empfahl der Vorführer.

Nico nickte nur und wandte sich dem Ausgang zu.

»Entschuldige, Ennio«, sagte Laura. Sie klang merkwürdig bedrückt.

»Wieso? Ihr könnt ja nichts dafür. Außerdem passiert das alle naselang. Macht's euch im Saal bequem. Ich flicke schnell den Film, und dann geht's weiter.«

Nachdem Laura die Tür des Vorführraumes hinter sich geschlossen hatte, bedachte sie Nico mit einem ernsten Blick. »Bist du das gewesen?«

»Was?«

»Jetzt tu nicht so. Der Projektor! Hast du ihn angehalten?«

»Wie kommst du denn darauf?«

»Ich sage nur ein Wort: Fahrradkette.«

Er hob die Schultern und druckste: »Vielleicht war ich 's. Manchmal passiert mir so etwas, ohne dass ich mir dessen richtig bewusst bin. Ich kann es wirklich nicht sagen.« Voll Sorge bemerkte er, wie ihre Augen sich mit Tränen füllten.

»Warum hasst du meinen Vater, Niklas?«

Sein Kinnladen fiel herunter. Wie hatte sie das nun wieder bemerkt? Ein Wirbelsturm raste durch seine Gefühle und hinterließ eine Schneise der Verwüstung. Er fühlte sich gespalten zwischen diesem Mädchen, das er nicht verlieren wollte, und ihrem Vater, dem er den Tod wünschte. Seine Antwort klang lahm.

»Ich war überrascht, als plötzlich das Forte Sangallo und dann auch noch unser Podestà auftauchte. In der Wochenschau! Das muss man sich mal auf der Zunge zergehen ...«

»*Basta!* Hör endlich damit auf, Niklas.« Sie stach mehrmals mit dem Zeigefinger auf ihre Brust ein, als wolle sie damit Harakiri begehen. »Hier drin, in meinem Herzen, fühle ich, dass du mir etwas verschweigst. Ich habe gehofft, deine Zweifel, worin immer sie bestehen, würden sich durch unsere Freundschaft verflüchtigen, aber du warst nie aufrichtig zu mir, bis heute nicht.«

Er breitete hilflos die Hände aus. »Was erwartest du von mir, Laura? Eher fließt das Wasser den Berg hinauf, als dass aus uns ein Paar wird.«

»Wer sagt das?«

»Ich ... Eigentlich hat es Bruno gesagt.«

Sie stemmte die Arme in die Hüften. »Der Fremdenführer?«

»Du kennst ihn?«

»Und ob ich ihn kenne! Als sein Vater das Mosaik in unserem Lichthof gelegt hat, ist er immer hinter mir hergelaufen.«

»*Bruno* hat dir nachgestellt?«, japste Nico.

»Ich war damals vier.«

»Und daran kannst du dich noch erinnern?«

»Uberto hat es mir in der Nacht erzählt, als der Blitz in die

Turmuhr des Palazzo Comunale eingeschlagen ist. Ich fragte ihn, wo du wohnst, und dann erzählte er mir die ganze Geschichte von Bruno Sacchis Krähennest auf der Stadtmauer bis zurück zur Entstehung des Mosaiks. Abgesehen davon hörst du dich an wie ein eifersüchtiger Liebhaber.«

Nico schüttelte verzweifelt den Kopf. Warum hatte er nur dieses Gespräch begonnen, wenn es doch in Wirklichkeit um etwas ganz anderes ging? Jetzt war er in seinen eigenen Worten gefangen. Mutlos sagte er: »Überleg doch mal selbst, Laura: Ihr seid reich, ich bin nichts als ein Uhrmacher, der für deinen Vater Pumpen repariert. Wenn er spitzkriegt, dass wir beide heute Abend …«

»Das ist mir egal«, fauchte sie. Eine Träne rollte ihre Wange hinab.

Nico starrte dieses Gesicht an, das er am liebsten in seine Hände nehmen und unablässig küssen wollte. Er brachte kein Wort heraus.

»Niklas«, begann endlich wieder sie in einem flehenden Ton, der direkt ihrem Herzen zu entspringen schien. »Du bedeutest mir sehr viel! Mehr als ein Verbot meines Vaters. Aber das heißt nicht, dass ich ihn nicht liebe. Wenn du ihm unlautere Dinge unterstellst, die du nicht beweisen kannst, dann wird unsere Freundschaft daran zerbrechen. Ich möchte dir nicht drohen, Niklas, weil ich dich … mag. Du sollst mich nur verstehen.«

Sein Kopf wurde unsagbar schwer, viel zu bleiern, um ihr noch länger in die Augen zu schauen. Nico brachte gerade noch ein Nicken zustande und ein leises »Das war mehr als deutlich. Ich habe dich sehr gut verstanden.«.

Am Morgen nach dem Kinobesuch betrat Nico wie gewohnt um acht Uhr den Palazzo Manzini. Laura empfing ihn mit verschlossener Miene.

»Ist irgendwas?«, fragte er, während sie ihn nach oben führte. Ihre Antwort fiel knapp aus.

»Mein Vater weiß Bescheid.«

Sein Herz setzte einen Schlag aus. »Was meinst du damit?«

»Jemand hat uns gestern vor dem Lichtspielhaus gesehen und nichts Besseres zu tun gewusst, als ihn gleich heute früh anzurufen.«

Nico stöhnte. »Und wie hat er reagiert?«

»Seltsam. Ich hatte gedacht, er würde einen Wutanfall kriegen, aber er blieb ganz ruhig.«

»Ich weiß nicht, ob ich mich darüber freuen soll.«

»Ich kenne meinen Vater lange genug, Niklas. Er brütet irgendetwas aus, aber frag mich nicht, was das sein könnte.«

Er versuchte zu grinsen, mit bescheidenem Erfolg. »Schade. Ich hatte gehofft, du könntest meinen Hals retten.«

Sie drückte unauffällig seine Hand. »So schlimm wird's schon nicht werden.«

Inzwischen hatten sie die Galerie vor dem Arbeitszimmer erreicht. Uberto stand an der Brüstung und bewunderte im Lichthof den Adam. Laura ließ sich zurückfallen. »Er will dich allein sprechen.«

Nico blieb auf Höhe des Chauffeurs stehen. »Guten Morgen, Uberto.«

Der Fahrer nickte ihm wortlos zu und deutete auf die Tür.

Nach Nicos zweimaligem Klopfen erklang von drinnen ein vernehmliches »Herein!«. Er öffnete die Tür und trat in das Arbeitszimmer.

Manzini saß an seinem Schreibtisch, die Ellenbogen auf die Platte gestützt, die Hände gefaltet. »Treten Sie näher, und nehmen Sie sich einen Stuhl, Signor Michel.«

Der Hüter der Lebensuhr kam der Anweisung ohne allzu großen Enthusiasmus nach. Als er sich, mit einem Stuhl vom Besprechungstisch in den Händen, dem Podestà zuwandte, entdeckte er zu seiner Rechten etwas, das ihn überraschte. Die zweite der beiden viereckigen Säulen, die er bisher für massiv gehalten hatte, enthielt einen Tresor. Hinter der hölzernen Verblendung befand sich eine dicke, mit einem Zahlenschloss versehene Stahltür, die Nico zum ersten Mal offen stehen sah.

In dem Sicherheitsschrank stapelten sich etliche Aktenmappen aus braunem und schwarzem Karton. Und ganz unten lag noch etwas anderes, dessen bloßer Anblick Nico fast von den Beinen riss: ein in dunkelbraunes Leder gebundenes Buch. Er hatte es sofort wiedererkannt. Vor Jahren waren in dieser Kladde alle Aufträge seines Vaters vermerkt worden, auch der letzte, dessen Rechnung immer noch offen stand.

Erst der starrende Blick seines Mitarbeiters schien Manzini an den unverschlossenen Safe zu erinnern. Er sprang überraschend behände aus seinem Stuhl auf, eilte zum Schrank und warf die Tür ins Schloss. Sichtbar gemächlicher kehrte er anschließend zum Schreibtisch zurück und nahm wieder seine ursprüngliche Haltung ein. Ohne erkennbare Regung beobachteten seine dunkel funkelnden Äuglein den jungen Mann beim Herbeischaffen und Abstellen des Stuhls. Ab und zu zuckte sein schwarzer Schnurrbart.

»Ich muss mit Ihnen reden, Signor Michel«, eröffnete er endlich das Gespräch. Nico hatte sich inzwischen gesetzt. Noch immer ein bisschen benommen, nickte er.

»Ihre Tochter hat schon so etwas angedeutet. Es geht um gestern Abend, wenn ich mich nicht irre.«

»Sie beide sind vor dem Lichtspielhaus gesehen worden.«

»Das will ich nicht abstreiten.«

»Lieben Sie meine Tochter?«

Nico schluckte. Wenn das keine direkte Frage war! Es fiel ihm schwer, Manzinis Blick standzuhalten. »Sie ist ein liebenswertes Mädchen, Don Massimiliano.«

»Das ist nicht die Antwort, die ich erwartet habe.«

»Ich mag Laura sehr. In Nettuno und Anzio kenne ich Hunderte von Leuten, aber meine Freunde kann ich an einer Hand abzählen. Ich glaube, Ihre Tochter gehört dazu.«

»Sie *glauben* es?«

»Ich würde es mir wünschen, Don Massimiliano, aber wer kann schon in das Herz einer Frau sehen?« Nico wagte ein kleines Lächeln.

Manzini schien auf diesem Gebiet ja einige Erfahrungen zu haben. Ein Grinsen huschte über sein Gesicht. Dann sagte er sehr langsam und sehr betont: »Mein lieber Michel, ich schätze Ihre Arbeit und Ihre Zuverlässigkeit überaus – auf der Verspätung letzten Sonntag will ich jetzt nicht herumreiten.«

»Sie sind sehr großzügig, Don Massimiliano.«

»Gleichwohl weiß ich auch, dass Sie ein junger Mann sind und Laura eine bildhübsche und zudem vermögende junge Frau. Um es kurz zu machen: Konzentrieren Sie sich auf die Dinge, die ich Ihnen anbefohlen habe, Signor Michel. Meine Tochter gehört nicht dazu …«

»Das ist mir klar«, erklärte Nico rasch.

»Lassen Sie mich ausreden.«

»Bitte entschuldigen Sie.«

»Ich wollte noch eine zweite Sache hinzufügen. Mir wurde berichtet, dass Sie am Sonntag vor meinem Arbeitszimmer herumspaziert sind.«

»Na ja … das stimmt wohl. Ich war längst über der Zeit und hörte hier drinnen Stimmen. Da wollte ich Sie nicht stören.«

»Was haben Sie von dem Gespräch mitbekommen?«

»Praktisch gar nichts. Ich war ja …« Nico schluckte.

»In einer Türnische am Ende der Galerie. Das weiß ich bereits. Wieso haben Sie sich dort versteckt, als ich mit meinem Gast den Raum verließ?«

»Können Sie sich das nicht denken?«

Manzini beugte sich vor und ließ die Hände, immer noch gefaltet, auf die Tischplatte sinken. »Bitte erklären *Sie* es mir.«

»Ich … ich kenne Ihren Sinn für Pünktlichkeit. Wie Sie eben selbst sagten, schätzen Sie zuverlässige Mitarbeiter. Was ich mir am Sonntag geleistet habe, war ja wohl eher das Gegenteil davon. Ich hatte einfach Angst. Angst, meine Stelle zu verlieren.«

Der Stadtvorsteher lehnte sich langsam zurück. Sein Blick bohrte sich in den des jungen Mannes. Nico wünschte, er könnte hinter die Stirn seines Gegenspielers sehen.

Unvermittelt lächelte Manzini. »Ich schätze es, dass Sie den

Vorfall nicht abstreiten. Hätten Sie das versucht, müsste ich nämlich … disziplinarische Maßnahmen ergreifen. Aber Ihre entwaffnende Offenheit …« Manzini lachte. »Vergessen wir die Sache.«

Nico sehnte sich danach, den Knopf am Hemdkragen zu öffnet. »Das ist sehr freundlich von Ihnen, Don …«

»Nein, Sie haben mich schon wieder falsch verstanden, Michel.« Erneut beugte sich der Stadtvorsteher nach vorn und bekam wieder diesen stechenden Blick. »Was immer Sie glauben, gesehen oder gehört zu haben, ich möchte, dass Sie es *vergessen*. Das schließt auch den Stahlschrank in der Säule da hinter Ihnen ein. Habe ich mich klar ausgedrückt?«

»Natürlich, Don Massimiliano.«

Einige Atemzüge lang schien der Stadtvorsteher seinen Gemeindemechaniker noch hypnotisieren zu wollen, dann erhob er sich. Er lief zum Tresor, verstellte das Zahlenschloss und klappte die Holzverblendung vor die Stahltür. Während er hiernach zum Ausgang strebte, erklärte er: »Gut, dann werde ich jetzt in den Kommunalpalast fahren, damit Sie hier Ihre Pflicht tun können. Geben Sie Acht, dass es meiner Lebensuhr an nichts fehlt, Signor Michel. Ihre ›Freundin‹ Laura wird Ihnen Gesellschaft leisten.«

Nico wollte gerade im Rücken des strengen Vaters erleichtert aufatmen, als sich der noch einmal umdrehte.

»Besser, Sie gewöhnen sich nicht allzu sehr daran.«

Es war mehr als ein vorübergehender Witterungseinbruch. Die Abkühlung nahm Besorgnis erregende Ausmaße an, und das bezog sich nicht allein auf die kalten Monate von November 1939 bis Ende Februar des darauf folgenden Jahres. Offenbar traute Manzini seinem Hüter der Lebensuhr doch nicht mehr so recht über den Weg. Zumindest die ihm nur allzu geläufigen Triebe wollte der Vater gezügelt wissen, weshalb seine Tochter ihren ›Freund‹ nun nicht mehr so oft beim Aufziehen und Bewegen der Lebensuhr bewachen durfte. Bisweilen widmete sich der Podestà des vereinigten Nettunia dieser Aufgabe nun höchstselbst. Meistens musste der Herr der Unruhe jedoch mit dem tumben Chauffeur Uberto als Gesellschafter vorlieb nehmen.

Wie sich bald herausstellte, war das nicht einmal das Schlimmste. Nico hatte schon lange vermutet, dass Uberto mit seinem schroffen Gehabe nur die eigene Unsicherheit bemäntelte. Manchmal verhielt der Fahrer sich wie ein tollpatschiger Junge, den irgendeine böse Fee im Körper eines fast fünfzigjährigen Mannes eingesperrt hatte. Wenngleich sein Verstand – in der Sprache der Uhrmacher ausgedrückt – ein kleines Kaliber war und er zudem mit allem Technischen auf Kriegsfuß stand, besaß er doch seine Qualitäten.

Seit Mitte der zwanziger chauffiere er nun schon Manzini »ohne eine einzige Karambolage«, berichtete er einmal in redseliger Stimmung. »Der Podestà und ich sind durch eine unsichtbare Kette verbunden.« Nico sah es seinem Aufpasser nach, wenn er nicht immer die richtigen Worte fand. Auf seine ganz spezielle Art war Uberto eine treue Seele. Ein offener Verrat an seiner Herrschaft kam für ihn nicht in Frage. Weil die Rettung der kleinen Marianna Grilli ihm »schwer imponiert« hatte, war er nun auch dem Walzenbändiger wohlwollend zugetan. Bald entwickelte sich zwischen ihnen fast so etwas wie eine kollegiale Freundschaft.

Eines Morgens saß Uberto wieder einmal dem Herrn der Unruhe im Arbeitszimmer gegenüber. Seine klobigen Hände hatte er über dem Besprechungstisch gefaltet, und er beobachtete – weniger aus Misstrauen denn aus Bewunderung – jede von Nicos Bewegungen. Dieser wollte gerne ein Gespräch beginnen.

»›Gute Uhrwerke sind sie: Nun sorge man, sie richtig aufzuziehn! Dann zeigen sie ohne Falsch die Stunde an und machen einen bescheidenen Lärm dabei.‹«

Die breite Stirn des Chauffeurs wellte sich. »Was hast du gesagt?«

Nico lächelte, als müsse er sich für etwas entschuldigen. »Mein Meister in Wien war ein belesener Mann. Er hat mich Schillers *Tell* auswendig lernen lassen, um mir die deutsche Sprache näher zu bringen. Das Zitat eben ist allerdings aus dem *Zarathustra* von Friedrich Nietzsche.«

»Ich lese keine Bücher.«

»Was tust du dann, wenn du mal nicht auf mich aufpassen oder Don Massimiliano herumkutschieren musst?«

Der Hüne hob die Schultern. »Ich hab wenig Freizeit. Ab und zu gönne ich mir einen guten Fisch in der Trattoria um die Ecke und dazu ein Tröpfchen *Cacchione*.«

»Auch nicht schlecht. Sprichst du mit Don Massimiliano nie über private Dinge?«

»Selten. Er ist immer so beschäftigt.«

»Ich frage mich, warum er sich mir gegenüber in letzter Zeit so distanziert verhält. Vielleicht habe ich etwas falsch gemacht, das sich wieder geradebiegen lässt. Du hast nicht zufällig eine Ahnung, warum er dermaßen … *frostig* ist?

Uberto schwieg eine Weile. In ihm schienen zwei Parteien einen Kampf auszutragen. Der Sieger antwortete schließlich: »Du bist bei den Menschen sehr beliebt, Niklas.«

»Ist das neuerdings ein Verbrechen?«

»Für Don Massimiliano vielleicht schon.«

»Das musst du mir erklären.«

»Er will selbst beliebt sein.«

»Ist mir noch gar nicht aufgefallen. Dich behandelt er manchmal wie den letzten Dreck.«

»Ich sage nur, was ich denke«, erwiderte Uberto, ohne auf die provokante Bemerkung einzugehen.

»Glaubst du nur, dass unser Stadtoberhaupt die Gunst seines Volkes mit niemand anderem teilen will, oder hat er dir gegenüber etwas Konkretes erwähnt?«

Der Chauffeur antwortete nicht.

»Warum schweigst du? Hast du vielleicht irgendwas gehört, das ich erfahren sollte? Gibt es, abgesehen von Don Massimilianos Konkurrenzneid, noch was anderes, vor dem ich mich in Acht nehmen muss? Will er mir Schwierigkeiten machen?«

»Ich habe schon viel zu viel gesagt«, stieß Uberto unwillig

hervor. »Tu deine Arbeit, Niklas, so wie ich die meine. Das ist am gesündesten für uns beide.«

An diesem Morgen brachte Nico nicht mehr viel aus dem Fahrer heraus. Ihn beschlich das Gefühl, sich auf immer dünnerem Eis zu bewegen, und lauter denn je wurde in ihm die ernste Stimme, deren Klang ihn an Meister Johan erinnerte und die ihn eindringlich zum Rückzug mahnte.

Während der Winter in den Frühling des Jahres 1940 überging und die Deutschen an allen Fronten Erfolge meldeten, fühlte sich Nico zunehmend wie ein Verlierer. Seit dem Morgen, als er das Auftragsbuch seines Vaters in Manzinis Safe entdeckt hatte, war ihm kein zweiter Blick in den verborgenen Stahlschrank geglückt. In Ubertos Gegenwart wagte er ohnehin nicht, im Allerheiligsten des Podestà herumzuschnüffeln.

Wenn ihn hingegen Laura ab und an beaufsichtigte, suchten seine Augen nach belastenden Dokumenten. Gleichzeitig fühlte er sich wie ein Verräter. Zwei Seelen stritten in seiner Brust. Die eine wollte Laura gewinnen, aber die andere versuchte ihm dieses Ansinnen in gehässigem Ton auszureden: Du Narr! Ihr beide lebt in zwei verschiedenen Welten. Vergiss nicht, was Bruno über das Wasser gesagt hat, das nie den Berg hinauffließen wird. Du wirst Laura in tausend Jahren nicht heiraten können …

Im Laufe des Winters kreuzte der Kämpfer für Gerechtigkeit und Freiheit mehrmals bei Nico auf, jedes Mal mitten in der Nacht. Ihre Unterhaltungen dauerten gewöhnlich bis zum Morgengrauen. Bruno prahlte mit den zunehmend dreister werdenden Aktionen, die seine Leute als angemessenen Protest gegen das totalitäre Regime ansahen – Stinkbomben standen bei den Aufrührern immer noch hoch im Kurs. Natürlich verstrich keine seiner Stippvisiten ohne einen weiteren Anwerbungsversuch, und Nico lehnte mit derselben Beharrlichkeit ab. Dann wieder ließ der junge Rebell seine feinfühlige Seite durchscheinen. Geduldig hörte er sich Nicos Sorgen an, und nicht selten erkundigte er sich sogar nach Laura. Er war der

Einzige in diesen Tagen, dem Nico seine inneren Nöte anvertraute.

Verbotene Kirschen sind bekanntlich süß. Deswegen brachte Nico es nicht übers Herz, Laura mit der schmerzlichen Wahrheit zu konfrontieren. Wie konnte er auch? Wenn sie ihn vor dem Palazzo abpasste oder ihn in dem alten Gemäuer in irgendeine dunkle Ecke zog, um ihn für einen unbeobachteten Moment ganz für sich zu haben, dann schwand ihm der Mut, sie zu verletzen. Jede sanfte Berührung, wenn sie seine Hand oder die Wange streichelte, jeder noch so leichte Kuss, den sie ihm in Momenten der Freude aufs Gesicht hauchte, machte ihn glücklicher und stürzte ihn zugleich in immer tiefere Verzweiflung. Ein dunkler Abgrund klaffte in seiner Seele.

Manchmal, wenn er im Arbeitszimmer irgendein Schriftstück herumliegen sah, wurde jene Hälfte seines Wesens, die seinen Verstand kontrollierte, unerbittlich. Dann suchte er nach Möglichkeiten, Laura abzulenken. Er täuschte brennenden Durst vor oder erfand andere Vorwände, um sie für kurze Zeit aus dem Arbeitszimmer zu schicken. Mitunter gelang ihm dies tatsächlich. Aber danach fühlte er sich zum Erbrechen elend, umso mehr, da er noch nie etwas Verwertbares entdeckt hatte. Er sah Sitzungsprotokolle, Programmvorschläge des Pfarrers für das nächste Gemeindefest und eine Statistik über die erfolgreiche Ausmerzung herumstreunender schwarzer Katzen – sechsundsechzig seien gefangen sowie verbrannt worden, meldete der amtliche Kammerjäger zum Jahresende und verkündete stolz, die Stadt sei nun »katzenrein«.

Anfang April 1940 machte in Nettunia die Nachricht von einem mysteriösen Todesfall die Runde. Ein Fischer, dem man nachsagte, er habe mit seinem Boot gelegentlich für den Stadtvorsteher vertrauliche Transporte übernommen, war mit dem Kopf zwischen zwei Schiffe geraten. Wie bei solchen Unglücksfällen üblich, kursierten anschließend Gerüchte über einen möglichen Mord. Ebenfalls gewohnt war man an die ergebnislose Polizeiarbeit. Die Ermittlungen wurden schnell eingestellt.

Für Nico deutete sich zur gleichen Zeit eine leichte Entspannung der Lage an. Der Herr der Unruhe hatte sich keine weiteren Auffälligkeiten geleistet, weshalb ihn Manzini eines Morgens in der Galerie seines Palazzos abpasste und fragte: »Sind Sie zufrieden?«

Dafür hätte Nico ihn am liebsten über die Brüstung gestoßen, damit er im Lichthof unten Michelangelos Adam Gesellschaft leiste, aber sein Vater und Meister Mezei hatten ihn weder zum Mörder noch zum Dieb erzogen. Und auch nicht zum Lügner. Seine Erwiderung entsprach durchaus der Wahrheit. »Ich verstehe nicht …«

»Ob Ihnen Ihre Arbeit Spaß macht, will ich wissen. Fehlt Ihnen irgendetwas?«

»Nun, ja, was den Lohn betrifft …«

»Darüber ließe sich verhandeln.«

»Viel mehr Überstunden, als ich im Moment schiebe, kann ich kaum …«

»Sie arbeiten rund um die Uhr für mich, Signor Michel. Darum geht es mir nicht. Es ist nur so, dass manchmal der Eindruck entsteht, es wären *Sie*, der in Nettunia alles am Laufen hält.«

Nicos Antwort beschränkte sich auf ein verständnisloses Gesicht.

»Worauf ich hinauswill, ist Folgendes«, erläuterte daher Manzini, und seine Stimme senkte sich, bis sie wie das Dröhnen eines herannahenden Panzers klang. »*Ich* habe Sie angestellt, *ich* trage die Verantwortung nicht nur für Ihre Glanzleistungen, sondern auch für Ihre Fehler, und *ich* bin das Oberhaupt der Stadt, nicht Sie, Signor Michel.«

Nico brauchte einen Moment, bis sich das Sprudeln seiner siedenden Emotionen einigermaßen beruhigt hatte. Äußerlich gleichmütig, fragte er: »Wann habe ich einen Fehler begangen?«

»Das war rein hypothetisch gemeint.«

»Ach.«

»An Ihrer Arbeit ist nichts auszusetzen. Und im Hinblick auf Laura scheinen Sie Ihre Grenzen auch einzuhalten. Ich könnte es sogar tolerieren, wenn meine Tochter zukünftig wieder öfters die Aufsicht übernimmt, während Sie sich in meinem Arbeitszimmer aufhalten.«

Es kostete Nico große Mühe, äußerlich teilnahmslos zu bleiben. »Die Entscheidung liegt ganz bei Ihnen, Don Massimiliano. Ich hätte nichts dagegen.«

Manzini grinste. »Das denke ich mir. Pflichterfüllung und angemessene Belohnung – so funktioniert jedes gute Arbeitsverhältnis. Sie wissen also jetzt, welche Gegenleistung Sie erwarten dürfen, wenn Ihr technischer Sachverstand bei den Hilfeleistungen, die Sie den Bürgern neben Ihren behördlichen Pflichten zukommen lassen, hin und wieder auch die politischen Aspekte Ihres öffentlichen Dienstes würdigt. Haben wir uns verstanden?«

Ja, du erpresst mich mit deiner eigenen Tochter. »Ich denke schon.«

»Es freut mich, dass wir über alles so offen miteinander reden können.« Damit schien das Gespräch beendet zu sein. Der Stadtvorsteher nickte, als wolle er sich verabschieden, fügte dann aber doch wie beiläufig hinzu: »Da wäre noch eine Kleinigkeit, Signor Michel.«

»Ja, Don Massimiliano?«

»Ihr erstaunliches Geschick im Umgang mit jeder Art von Technik hat sich, wie Sie ja bestimmt wissen, längst bis über die Grenzen von Nettunia hinaus herumgesprochen. Kürzlich fragte mich der Podestà von Littoria, ob er sich Sie nicht einmal ausleihen könnte.«

»*Ausleihen*? Wozu?«

»Wie Ihnen inzwischen ja bekannt sein dürfte, existieren die Gemeinden in den Pontinischen Sümpfen alle noch nicht sehr lang. Littoria wurde erst 1932 gegründet. Sabaudia, Pontinia, Aprilia und Pomezia sind noch jünger. Da liegt noch manches im Argen. Kurzum, meine Kollegen dort würden sich sehr freuen, wenn Sie ihnen einige Wochen bei der Instandhaltung des Entwässerungssystems helfen würden.«

»Sie meinen Pumpen reparieren?«

»Zum Beispiel. Da sind Sie ja der Experte. Natürlich müssten Sie trotzdem jeden Morgen nach meiner Lebensuhr schauen; Ihr Motorrad wird sich einmal richtig bewähren können. Ich gehe davon aus, dass diese kleine Abwechslung auch in Ihrem Sinne ist.«

Nicos Kiefer mahlten. *Hast du dir fein ausgedacht: Schickst deinen Rivalen in die Sümpfe, damit er sich dort womöglich die Malaria holt. Solange er in dem mückenverseuchten Kanalnetz hängt, kann er dir zumindest nicht die Herzen deiner Untertanen stehlen.* »Mein Lohn kommt von der Stadt, und die wird von Ihnen regiert, Don Massimiliano. Wenn es also Ihr Wunsch ist, gehe ich in die Sümpfe.«

»Nun machen Sie nicht ein Gesicht wie sieben Tage Regenwetter. Die Luftveränderung wird Ihnen gut tun, und meinen Teil unseres kleinen Geschäfts werde ich natürlich erfüllen: Sie dürfen meine Lebensuhr in Zukunft wieder häufiger an Lauras Seite pflegen.«

Der Stadtvorsteher verabschiedete sich geradezu beschwingt vom Hüter seiner Lebensuhr.

Schon der römische Kaiser Augustus hatte sich die Treue seiner Soldaten erkauft, indem er ihnen Land gab, das er zuvor dem Adel abgenommen hatte. Benito Mussolini machte keinen Hehl daraus, dass er sich als Nachfolger des »Erhabenen« sah. Dem Gerücht nach wollte er sich, wenn einmal seine Stunde käme, sogar im Augustus-Mausoleum zur ewigen Ruhe betten lassen. Ob Wahrheit oder Legende, die Pontinischen Sümpfe hatte er in den Jahren nach 1928 tatsächlich trockengelegt – halbwegs. Wer hier lebte, der wusste, dass die Malaria noch nicht ausgerottet war, wie die faschistische Propaganda vortäuschte, aber zumindest hatte man die Infektionen um die Hälfte reduziert. Wenn die Krankheit also früher so gut wie jeden befiel, der sich in dem Gebiet längere Zeit aufhielt, so gab es jetzt wenigstens eine nahezu fünfzigprozentige Chance, von dem Erreger verschont zu werden.

»Gegen die Mücken kannst du dich schützen«, sagte eine etwa

sechzigjährige Witwe aus Nettuno zu Nico, nur wenige Stunden nachdem Don Massimiliano den »Bannspruch« über ihn verhängt hatte. Für alle in der Stadt hieß sie nur »Signora Tortora«. Neben dem Vornamen schien es ihr auch an manch anderem zu mangeln, das eine Dame gemeinhin ausmachte. Die Tortora war als ungesellige Vettel verschrien, unordentlich und mit ihren um die Knie geringelten Seidenstrümpfen als Verkörperung der Schlampigkeit stadtbekannt. Nico hielt die in der Altstadt, am Ende der Via Veneto wohnende Frau allerdings für ein Phänomen, nicht nur weil sie sechs verschiedene Sprachen beherrschte. Er gehörte zu den Wenigen, die ihre Zuneigung genossen, da er schon mehrmals das lahmende Pendel ihrer Standuhr in Schwung gebracht hatte. Seine Eroberung sollte sich noch als nützlich erweisen, nicht allein weil er dank ihres »alten Hausmittels« beruhigter gegen die blutrünstigen Schwärme ausziehen konnte.

Einen Nachteil hatte die schwarzbraune, ölige Substanz allerdings. Ihr übler Gestank hielt mehr als nur stechende Insekten fern. Selbst wenn er sich abends mit der Wurzelbürste abschrubbte, bekam er den Geruch nie ganz aus der Haut. Nico selbst fühlte sich zwar frisch und rein, aber sobald er am Morgen im Palazzo Manzini erschien, rümpfte jeder – selbst der sonst so dickhäutige Uberto – die Nase.

Laura schüttelte sich regelmäßig, wenn der »Gymnastiklehrer von *Papàs* Lebensuhr« sie begrüßte. Er wusste nie so recht, ob sie ihn mit ihrer heftigen Reaktion nur aufzog. Obwohl es im Arbeitszimmer ihres Vaters ohnehin ständig nach Zigarrenqualm roch, verteilte sie mit Wonne ganze Wolken ihres Jasminparfüms über seinen Körper. Nico trug diese Unbilden mit Fassung, wenn er nur wieder öfter in ihrer Nähe sein durfte. Und so blühte, während die Natur ihre volle Pracht entfaltete, auch die Liebe der zwei jungen Menschen immer weiter auf.

Es waren sonnige Wochen, die der Ruhe vor einem Sturm glichen. Mussolini hatte ja eine Beteiligung Italiens an dem Krieg nicht vor 1942 in Aussicht gestellt. Aber nun gingen Gerüchte um, dass die raschen Erfolge der Deutschen Wehrmacht

Begehrlichkeiten in ihm weckten. Polen war innerhalb eines Monats überrannt worden. Nun, im April 1940, wurde Dänemark besetzt, und Norwegens völlige Eroberung war nur noch eine Frage der Zeit. Konnte Benito Mussolini der Versuchung widerstehen, sich bei der Verteilung des Bratens einige Filetstücke zu sichern? Würde der Wankelmut des *Duce* erneut in einen Wortbruch umschlagen?

Sah man einmal von den wirtschaftlichen Sorgen der Leute ab, dann bot das kleine Reich von Nettunia im Mai 1940 noch ein friedliches Bild. Der Krieg schien in einer anderen Welt zu toben. Die Sonne stach bereits wie im Sommer, die Römer kamen, um sich am Strand zu vergnügen, und auch das Verhältnis zwischen dem Doctor Mechanicae und seinem Vorgesetzten war überwiegend heiter – man beschränkte sich auf ein gegenseitiges Belauern. Es kam Nico zwar nicht in den Sinn, für Don Massimiliano Propaganda zu machen, aber er verordnete sich etwas mehr Zurückhaltung, wenn die Menschen ihn um technische Hilfe baten und er sie als Entschädigung für seine Gefälligkeiten über den Podestà ausfragte. Bisher hatte ihm diese Art von Ermittlungen ohnehin wenig eingebracht. Wenn es Zeugen für irgendwelche ungesetzlichen Machenschaften Manzinis gab, dann standen diese vermutlich in dessen Sold. Oder sie waren tot.

»Fährst du mit mir am Sonntag nach Genzano?«, wisperte Laura kurz vor Ende der vierten Maiwoche. Ihr Atem steckte Nicos Ohr in Brand. So viel Vorsicht war eigentlich nicht nötig, denn wie immer, wenn die zwei am Besprechungstisch im Arbeitszimmer saßen, sprachen sie Deutsch miteinander; Uberto, der draußen auf der Galerie herumlungerte, konnte sie also ohnehin nicht verstehen.

»Willst du, dass dein Vater mir wieder die Hölle heiß macht?«, fragte Nico.

Auf ihrer Nase bildeten sich kleine Fältchen. »Wir können ja diesmal etwas vorsichtiger sein.«

Nico war hin und her gerissen. Vielleicht bot sich bei dem Ausflug ja die Gelegenheit zu einem offenen Gespräch. Irgendwann musste er ihr die Wahrheit sagen. »Warum ausgerechnet Genzano?«

»Das ist wieder mal typisch für dich«, gab sie sich entrüstet. »Ich habe dich noch nie in der Kirche gesehen. Bist du Kommunist?«

»Nein, bin ich nicht. Mein Meister in Wien war Sozialdemokrat, und er hat auch mit einigen Ideen der Kommunisten sympathisiert – aber was hat das mit der Spritztour in die Albaner Berge zu tun?«

»Sonntag ist der 26. Mai.«

»Na so was.«

Laura stieß ein glockenhelles Lachen aus. »Corpus Christi, du Dummerchen! Feiert man es ihn Wien nicht schon heute?«

»Am Donnerstag? Ach, du meinst *Fronleichnam*!«

Sie verdrehte die Augen. »Guten Morgen! Für Wunder hast du wohl nicht viel übrig.«

»Wieso?«

»Beim Abendmahl wird das Brot durch ein Wunder in den Leib des Herrn verwandelt und der Wein in sein Blut.«

Nico schluckte. Dieser Teil der christlichen Lehre hatte ihm immer Unbehagen bereitet; im Judentum gehörte Kannibalismus zu den Todsünden.

»Wir könnten gegen halb elf losfahren«, schlug Laura vor, »wenn dein Dienst hier beendet ist. Pilger aus dem ganzen Land strömen zu der Prozession nach Genzano di Roma.«

»Klingt nach einem beschaulichen Nachmittag.«

Sie machte einen Schmollmund. »Wäre das hier ein Wettbewerb in Begeisterung, würdest du glatt den letzten Platz belegen.«

Nico fühlte, wie sein Herz sich verkrampfte, während es gleichzeitig heftig zu schlagen versuchte. An dem Festzug lag ihm nichts. Aber möglicherweise wäre Lauras entspannte Stimmung und die Anonymität der Masse genau der richtige Rahmen, um ihr ein paar schmerzliche Dinge zu sagen. Er nickte.

»Also schön. Ich fahre mit dir dahin.«

Sie trafen sich an der Landstraße, die wie der Griff einer Hantel die beiden Teile der Zwillingsstadt verband. Diesmal hatte Laura ihr Fahrrad hinter einem Busch versteckt, um jede zufällige Entdeckung auszuschließen. Allein ihr Anblick nahm Nico fast jeden Mut. Sie trug ein leichtes cremefarbenes Kleid, das mit blauen Blümchen übersät war. Wenn die Sonne hindurchschien, konnte er ihre Beine sehen. Nachdem er vom Motorrad gestiegen war, legte sie ihre Hände um seinen Hals und küsste ihn.

»Ich freue mich so!«

»Ja.«

»Was ist mit dir?«

»Mir ist nicht ganz wohl bei der Sache.«

»Dann werde ich mir Mühe geben, das zu ändern.« Sie küsste ihn ein zweites Mal.

»Hast du eine Jacke dabei? Für die Rückfahrt, meine ich.«

»Alles da drin.« Sie deutete auf eine geflochtene Tasche, deren Henkel über ihrer Schulter hing.

»Na, dann nichts wie los.«

Laura setzte sich eine dunkle Sonnenbrille auf, band sich ein blaues Kopftuch um und stieg hinter Nico auf das Motorrad. Ihre Hände legten sich auf seine Brust. Schnell trat er das Anlasserpedal, und Albino sprang wie ein übermütiges Fohlen an.

Mit dezentem Röhren trug der eiserne Hengst die beiden durch Anzio hindurch, ungefähr dreißig Kilometer weit in die Albaner Berge hinauf.

In Genzano di Roma herrschte schon am Mittag ein reges Treiben, obwohl die Corpus-Christi-Prozession erst auf den frühen Abend angesetzt war. Eine Weile spazierte das Paar Hand in Hand durch die Stadt. Nico wiederholte in Gedanken noch einmal die Worte, die er sich in der ersten Hälfte der Woche zurechtgelegt hatte, und Laura schleckte Eiscreme. Mit einem Mal standen sie vor einem Wunder.

»Da staunst du, was?«, sagte Laura schmunzelnd.

Große Augen wandten sich ihr zu. Er nickte. Dann kehrte sein Blick zu der breiten Straße zurück, die schnurgerade einen Hügel hinaufführte und oben vor einer weißen Kirchenfassade endete. Das Pflaster war, abgesehen von einem schmalen Gehweg zu beiden Seiten, mit Blumen übersät. Aber nicht wahllos, als habe man hier Christus auf dem Weg zum Altar einen bunten Teppich unter die Füße legen wollen, bevor er seinen Leib in das heilige Sakrament des Abendmahls verwandelte, sondern in duftenden Bildern. Manche zeigten Szenen aus dem Leben von Heiligen, andere lediglich hübsche Ornamente.

»Es ist unglaublich!«, staunte Nico.

»Nicht wahr? Ich habe noch ein paar andere Überraschungen für dich geplant. Komm, ich zeige dir etwas, das mindestens ebenso unglaublich ist.« Sie nahm ihn wieder bei der Hand und zog ihn in die Menge, die sich den Berg hinaufdrängelte. Oben angekommen, führte Laura ihn durch kleine Gässchen, bis sie vor einer Mauer standen, die ihnen eine atemberaubende Aussicht eröffnete.

Weit unter ihnen lag ein blauer, in einem grünen Kessel liegender Kratersee. Der Gegensatz zwischen dem Trubel auf der Straße der Blumen und diesem friedlich stillen Anblick hätte kaum größer sein können.

»Der Spiegel der Diana«, sagte Laura leise.

»Du meinst den See? Heißt er nicht anders?«

»Lago di Nemi, das ist sein heutiger Name. Früher lag dort unten ein Tempel zu Ehren der Göttin der Jagd.« Sie deutete auf die Stelle am Nordufer des Sees. Danach wanderte ihr Arm nach links. »Und da hatte Julius Cäsar eine Villa. Angeblich soll er nur eine einzige Nacht darin geschlafen haben.«

Nico schnaubte. »Ziemliche Verschwendung!«

»Wie kannst du das sagen, wenn du noch nie eine Nacht am Spiegel der Diana verbracht hast?«

Er sah sie forschend an. Tief in ihren dunklen Augen funkelte ein Feuer, das ihn in Brand zu stecken drohte. Sacht löste er seine Hand aus der ihren und fragte: »Warum hast du mich hierher geführt, Laura?«

Sie lächelte, jetzt wieder ganz das unbekümmerte Mädchen. »Weil ich dir einen guten Freund vorstellen möchte.«

»Oh?«

»Ja, ich habe dir vorher nichts davon gesagt. Es sollte eine Überraschung sein. Komm!« Sie hakte sich bei ihm ein und zog ihn, weil er nicht gleich reagierte, wie einen störrischen Esel von der Mauer weg.

»Santa Maria della Cima ist die kleinste Kirche hier oben.«

»Hört sich verlockend an.«

»Du!« Sie piekte ihn in die Rippen. »Ich führe dich nicht zu einem Schäferstündchen.«

»Auf den Gedanken wäre ich nie gekommen.«

»Du bist frech heute, weißt du das? – Der Priester der Gemeinde ist Padre Giacomo Lo Bello.«

»Wird ja immer interessanter.«

»Er hat mich getauft.«

»Was du nicht sagst!« Diesmal war Nicos Überraschung echt. »Wieso ist er hier und nicht in Nettuno?«

»Er war schon alt, als ich geboren wurde. Jedenfalls habe ich ihn schon immer so in Erinnerung. Du wirst schon merken, dass er kein gewöhnlicher Priester ist. Äußerlich mag er dir zwar unscheinbar vorkommen, aber sein Herz ist riesig – und sein Mundwerk ebenso. Damit hat er sich in der Diözese einigen Ärger eingehandelt.«

»Wie meinst du das?«

»Er hat Dinge gesagt, die mit der offiziellen Lehrmeinung der Kirche nicht unbedingt konform gingen. Nichts wirklich Ketzerisches. Ich würde es eher unkonventionell nennen, aber er hat sich dadurch den Zorn der Dogmatiker in der Kurie zugezogen. Oder vielleicht trifft es die Bezeichnung ›biblisch-urchristlich‹ noch genauer, wenn du verstehst, was ich meine.«

»Die heilige Mutter Kirche fürchtete, an ihrer Brust einen kleinen Martin Luther zu säugen? Ist es das, was du sagen wolltest?«

»Der Bursche gefällt mir«, sagte unvermittelt eine heisere Stimme in etwas holperigem, jedoch klar verständlichem Deutsch, das eindeutig nicht aus Lauras Mund kam. Überrascht wandte sich Nico einem Mann in schwarzem Talar zu.

»Padre Giacomo!«, quietschte das Mädchen und stürzte auf den kleinen, rundlichen Priester zu, der an der Pforte seines Pfarrhauses stand. Als es ihn umarmte, überragte es ihn um mindestens einen Kopf. Sein Haupt war unbedeckt – in jeder Hinsicht. Wieder spürte Nico jenen Neid, der ihn jedes Mal überkam, wenn Laura andere so sehr viel ungestümer willkommen hieß als ihn.

»Und der junge Bursche mit dem respektlosen Mundwerk ist dann wohl dein Freund, den du mir am Telefon angekündigt hast?«, fragte der Priester. Er besaß lebhafte dunkelblaue Augen und erstaunlich lange Ohrläppchen, die bei jeder Bewegung des kahlen Kopfes wie extravagante Schmuckstücke schlenkerten.

»Ja. Er heißt Niklas Michel«, antwortete Laura stolz.

Nico näherte sich schüchtern der ihm entgegengestreckten Hand. Die Überraschung war Laura wirklich gelungen. »Woher kommt es, dass Sie so gut Deutsch sprechen?«, fragte er den Priester nach der Begrüßung.

»Gut? Ich habe es in einem Seminar in Prag gelernt, aber man hört wohl, dass es lange her ist.«

»Nein, Ihre Wortwahl ist immer noch makellos, nur die Aussprache …« Er biss sich auf die Unterlippe.

Padre Giacomo lachte abermals. »Sie gefallen mir, Herr Michel! Sagen Sie immer, was Ihnen im Kopf rumgeht?«

»Na ja …« Nico wusste im Augenblick nicht einmal, was er denken sollte.

»Zeigen Sie uns die Höhlen?«, bettelte Laura. Dabei wippte sie in den Knien ungeduldig auf und ab.

Der Priester grinste. »Das habe ich dir ja wohl versprochen.«

»Höhlen?«, fragte Nico verwundert.

»Haben Sie schon unsere Blumenbilder gesehen?«, erkundigte sich der Geistliche.

»Ja, sie sind wirklich schön.«

»Und?«

»Was und?«

»Sie haben sich nicht gefragt, wie all diese Millionen Blüten an einem heißen Tag Ende Mai noch frisch sein können?«

»Ehrlich gesagt …«

»… ist Ihnen das bei der Betrachtung einer einzelnen, ganz wunderhübschen Blume völlig entgangen, nicht wahr?« Der alte Seelenhirte zwinkerte Laura zu, und sie zauberte Fältchen auf ihre Nase.

Nico grinste schief.

Padre Giacomo Lo Bello mochte an die siebzig sein, war für sein Alter aber erstaunlich agil. Nico und Laura mussten sich anstrengen, um den durch die Gassen Genzanos flitzenden Alten im Gewühl der Festtagsbesucher nicht zu verlieren. Endlich erreichten sie das Rathaus, in dessen Keller sich der Eingang zu den Blumenhöhlen befand. Eine eiserne Pforte versperrte den Zutritt. Der Priester besaß den dazu passenden Schlüssel.

Wenig später befanden sie sich in der Unterwelt.

»Seit Anbeginn der Zeit graben die Menschen der Gegend schon im Tuffstein«, erklärte Padre Giacomo im Vorangehen. In der Rolle des Fremdenführers fühlte er sich erkennbar wohl. »Sozusagen jeder Keller in der Stadt hat seine eigene Höhle. Etliche sind sogar untereinander verbunden. Hier unten bleibt es das ganze Jahr über kühl. Einige Höhlen sind so kalt, dass die römischen Kaiser darin bis in den Sommer hinein ihr Eis lagerten, um sich allerlei kulinarische Extravaganzen zu erlauben. Sie fragen sich bestimmt, wozu die vielen Rahmen und Holzböcke da sind, mein Sohn.« Er zeigte mit dem Kinn auf einen Stapel armbreiter, an der Tunnelwand lehnender Schubladen.

Nico deutete zu einem Häuflein Blätter auf dem Boden. »Vermutlich damit die Blumen von allen Seiten Luft bekommen und nicht faulen. Da liegen ja noch ein paar.«

»Das sind die kläglichen Reste der Dekoration unseres diesjährigen Corpus Christi. Aber Sie haben Recht. Einige Beerenarten lagern viele Wochen hier. Sie hätten uns vor vierzehn Tagen zusehen sollen, als wir die frisch gepflückten Blüten auf die Kästen verteilt haben. Es duftete wie im Paradies.«

»Ich finde, das Aroma liegt immer noch in der Luft. Das alles ist … erstaunlich!« Nico spürte, wie sich Lauras Hand an seinem

Arm hinaufarbeitete und ihn schließlich unterhalb der Achsel fest umklammerte. Sie räusperte sich.

»Padre Giacomo?«

»Ja, mein Kind?«

»Ich wollte Sie etwas fragen.«

Seine dunkelblauen Äuglein funkelten. »Dann ist das jetzt ja wohl ein günstiger Augenblick, nicht wahr?«

»Wenn Niklas und ich eines Tages heiraten wollen, würden Sie uns trauen?«

Nico war wie vom Schlag gerührt. Alles Blut fiel aus seinem Kopf und schien geradewegs im Tuffstein zu versickern. Wenn Laura ihn nicht gehalten hätte, wäre er vermutlich zusammengebrochen.

»Hast du *ihn* denn schon gefragt?«, erkundigte sich der Seelsorger.

»Es sollte eine Überraschung sein.«

»Die ist dir offenbar gelungen. Er sieht ganz blass aus. – Möchtest du dieses Mädchen ehelichen, mein Sohn?« Die Frage war an Nico gerichtet.

Er öffnete zwar den Mund, brachte aber keine Antwort heraus.

»Vielleicht sollten wir ihm noch etwas Zeit geben«, schlug der Priester vor.

»Aber wenn Niklas ja sagt, würden Sie es tun?«, hakte Laura nach.

»Es muss doch einen bestimmten Grund geben, warum du mit der Frage ausgerechnet zu mir kommst.«

»Sie haben mich getauft, Padre Giacomo.«

»Neuntes Gebot: Du sollst nicht lügen.«

»Das neunte Gebot heißt aber …«

»Ich weiß, wie es heißt, meine Tochter. Manchmal muss man die Sache auf den Punkt bringen. Warum kommst du mit diesem Anliegen zu mir? Du weißt, dass dein Vater mich nicht sonderlich mag.«

»Ich glaube, er könnte sich auch nur schwer an den Gedanken gewöhnen, Niklas als Schwiegersohn zu bekommen.«

»Aha, jetzt kommen wir der Sache schon näher. Wie lange ist das her, dass ich dich nass gespritzt habe?«

»Meine Taufe? Ich bin am 2. April neunzehn geworden, falls es das ist, worauf Sie hinauswollen, Padre.«

»Warte, bis du volljährig bist. Dann kannst du frei entscheiden, wen du heiraten willst. Theoretisch.«

»Don Massimiliano würde sie enterben«, brummte Nico, der sich des Eindrucks nicht erwehren konnte, nur eine Statistenrolle in dieser Szene zu spielen.

»An Vaters Geld liegt mir nichts«, sagte Laura schnippisch.

»Und an seiner Gunst?«, konterte er. »Bisher hatte ich immer das Gefühl, du behandelst ihn wie einen Heiligen. Wenn ich mal etwas Kritisches über ihn gesagt habe …«

»Das eine hat doch mit dem anderen nichts zu tun«, unterbrach sie ihn empört.

»Hört, hört, der junge Bräutigam hat den Schwiegervater kritisiert. Das gefällt mir«, sagte der alte Giacomo vergnüglich, wurde aber sogleich väterlich streng, als er das Wort wieder an Laura richtete. »Meine Tochter, höre auf deinen Niklas. Eure Ehe würde auf einem sehr morschen Fundament stehen, wenn du deinen Vater brüskierst. Sprich mit ihm. Momentan brauchst du zur Heirat sowieso noch seine Zustimmung. Der junge Mann da an deiner Seite scheint Rückgrat, ein gutes Herz und auch Verstand zu besitzen, was heutzutage eher die Ausnahme als die Regel ist. Gesteh deinem Vater die Liebe zu Niklas. Sag ihm, nur er könne dich glücklich machen. Dann wird der sture Bock … Verzeihung, dann wird Don Massimiliano nicht nein sagen.«

»Und Sie, Padre?«

»Euch beide zu trauen wäre mir ein Feuerwerk am Ende meines oft so bewölkten Lebens.«

Die Prozession bewegte sich wie ein bunter Lindwurm durch die Gassen von Genzano di Roma. An dessen Kopfende trugen vier Männer einen Baldachin mit goldener Fransenborte, unter dem die wichtigsten geistlichen Würdenträger der Stadt dahinschritten. Padre Giacomo Lo Bello gehörte nicht dazu.

Nico kam sich vor wie eine Schuppe, die am Schwanzende des Drachen festhing, obwohl sie lieber irgendwo anders gewesen wäre. Lauras zweite Überraschung war mehr als nur gelungen. Sie lastete auf seiner Brust wie ein schwerer Stein.

Der Festzug strebte einer Plattform entgegen, von der die heilige Messe verlesen werden sollte. Es war praktisch unmöglich, das Motorrad zu erreichen; am Kopf der Riesenschlange kam niemand vorbei, dafür sorgten schon die Polizisten. Schließlich gelang es Nico aber doch, von dem Ungetüm abzuspringen. Er zog Laura in eine Seitengasse. Dann endlich entlud sich sein ganzer Unmut.

»Warum hast du mich nicht vorher gefragt?«

Sie hatte seine Stimmung längst gespürt und wirkte dementsprechend verstört. »Willst du mich denn nicht?«

»Darum geht es nicht, Laura.«

Ihre Augen füllten sich mit Tränen. »Doch, Niklas. Ganz allein darauf kommt es an.«

»Du hast ja keine Ahnung!«

»*Wovon*, Niklas? Natürlich fühle ich, dass es da etwas zwischen uns gibt. Aber wir können doch über alles sprechen … Oder etwa nicht?«

Nicos Herz drohte zu zerspringen. Sein Hals war wie zugeschnürt. Am liebsten hätte er ihr das Weinen abgenommen und sich von ihr trösten lassen. Es tat so weh, ihr wehzutun. Er musste ihr die Wahrheit sagen.

Aber er konnte es nicht.

Verzweifelt schüttelte er den Kopf. »Eher fließt das Wasser den Berg hinauf, als dass du mich heiraten würdest.«

Sie riss sich von seiner Hand los. »Fängt *das* jetzt wieder an? Bruno muss dich hypnotisiert haben, sonst würdest du seinen dämlichen Spruch nicht pausenlos herunterleiern. Was immer uns entzweien mag, wir können es aus der Welt schaffen.«

Nico ließ den Kopf hängen. Er wünschte es sich so sehr, aber er wusste auch, wie Laura reagieren würde, wenn er ihren Vater einen Mörder nannte. Erschöpft fragte er: »Weißt du, was Mauschelbete ist?«

»Was …? Nein, keine Ahnung.«

»Das Wort ist jiddisch. Diese jüdischen Begriffe aus dem Osten hörst du in Wien tagtäglich. Mauschelbete ist ein Kartenspiel.«

»Ja, und?«

»Es gibt dabei eine Hauptregel: Derjenige, der beim Schummeln erwischt wird, erhält die doppelte Strafe.«

Sie ließen sich von Albino durch die Dämmerung tragen, aneinander geschmiegt und doch unerreichbar fern. Nico setzte Laura bei ihrem Fahrrad ab und verfolgte sie in sicherem Abstand, bis sie wohlbehalten im Palazzo Manzini verschwunden war.

Obwohl er glaubte, die tödliche Dosis an Seelengift bereits empfangen zu haben, lebte er weiter. Und die nächsten Tage brachten neue Schmerzen. Uberto mochte sich wundern, weil das Paar bei den täglichen Sitzungen zum Wohle der Lebensuhr nur noch wenig tuschelte und auch sonst sehr ernst wirkte. Für Nico war es kaum noch erträglich, neben Laura zu sitzen und ihre Enttäuschung wie eine unsichtbare Wand zwischen ihnen zu spüren; jeden Tag schien sie undurchdringlicher zu werden.

Dieses an sich schon infernalische Ambiente betrat dann auch noch ein neuer Asmodi: Genovefa Manzini. Nico hatte sie schon aus dem Kanon seiner persönlichen Plagegeister ausgesondert, aber nun wandelte sie wieder durch die Gänge und Räume des Palastes an der Piazza Umberto I. Nicht er allein fragte sich, was sie so plötzlich in die Arme ihres Mannes zurückgetrieben hatte. War sie nur eine Schickse, wie Meister Johan gesagt hätte, eine leichtlebige Frau, oder hatte sie all die Monate tatsächlich in einem Schweizer Sanatorium zugebracht, weil ihr Geist an einer Krankheit litt?

Sie war nicht mehr dieselbe, das bemerkte Nico schon nach kurzer Zeit. Donna Genovefa wirkte durchaus wie ein Geist, wenn er ihr manchmal auf der Galerie im duftigen Negligee begegnete. Früher hätte sie vielleicht versucht, ihn zu verführen – sie war immer noch schön –, aber nun schritt sie mit wallendem Hauskleid lautlos an ihm vorüber und beachtete ihn kaum. Auch von anderen Bewohnern des Palazzo nahm sie wenig Notiz. Sie schien in ihrer eigenen Welt zu leben.

Dann kam der 10. Juni 1940. Mussolinis Selbstbeherrschung war am Ende. Auch Italien sollte ein paar Stücke vom großen Kuchen abbekommen, den Deutschland angeschnitten hatte. Also erklärte er Frankreich und Großbritannien den Krieg. Hatte Manzini schon vorher davon gewusst und deshalb seine Ehefrau aus der Schweiz zurückgeholt?

Fünf Tage später verfügte die faschistische Regierung die Verhaftung aller jüdischen Männer, die staatenlos beziehungsweise deutscher, polnischer oder tschechischer Nationalität waren. Am darauf folgenden Montag verschwand aus Nettunia die sechsköpfige Familie Katz, die aus dem litauischen Memel stammte. Nico sprach mit Nachbarn, die seine Befürchtungen bestätigten. Kurz vor Tagesanbruch habe ein Lastwagen vor dem Haus gehalten, in dem die Juden wohnten, und sei wenige Minuten später mit ihnen fortgefahren. Niemand wisse wohin. Es kostete Nico keine große Mühe herauszufinden, dass die Gemeinde das Eigentum der Emigrantenfamilie sofort beschlagnahmt hatte – auf persönliche Anordnung von Massimiliano Manzini.

Noch hielten sich derartige Vorkommnisse in Grenzen, nichts im Vergleich zu dem, was Nico in Wien erlebt hatte, aber würde es so bleiben? Er musste endlich Licht in die Machenschaften des Podestà bringen. Das war er nicht allein seinem ermordeten Vater schuldig, sondern auch jenen Menschen, die man womöglich als Nächstes wie schwarze Katzen in Säcke stecken und davonkarren würden. Aber wie sollte er das tun?

Der offizielle Weg schied aus, so viel hatten die Morde vor acht Jahren gezeigt. Niemand würde einer Anzeige nachgehen, die Massimiliano Manzini des Mordes und der Veruntreuung bezichtigte, schon gar nicht, wenn sie auf den vagen Vorwürfen eines kleinen Gemeindemechanikers beruhte. Und dann gab es da noch die zweite Möglichkeit.

Nico hatte das Auftragsbuch seines Vaters in Manzinis Tresor gesehen. Er konnte sich nicht erklären, warum dieses Beweisstück überhaupt noch existierte. Vielleicht hatte es mit der Lebensuhr und Don Massimilianos krankhaftem Aberglauben zu tun. Zumindest war die Kladde ein handfestes Indiz. Emanuele dei Rossi hatte die Angewohnheit, jeden Abholungstermin für eine Kundenuhr in seinem Buch zu notieren. Auch der Besuch des Mörders musste darin vorgemerkt sein. Mit diesen Aufzeichnungen konnte ein gesetzestreuer Staatsanwalt Ermittlungen gegen Manzini einleiten und bestimmt auch seine Verhaftung erwirken, wenn nicht sofort, so doch irgendwann. Zunächst musste sich Nico jedoch das Corpus delicti verschaffen.

Gewiss, da gab es das achte Gebot: *Du sollst nicht stehlen!* Das ließ wenig Spielraum offen. Für seinen Vater und auch für Meister Johan gehörte es auch zum Verhaltenskodex eines jeden Uhrmachers. Wer im Kundenauftrag mit Gold und anderen edlen Werkstoffen hantierte, dessen Ehrlichkeit musste über alle Zweifel erhaben sein. Aber was er beabsichtigte, sah ja nur aus wie ein Diebstahl. Er war der legitime Erbe des gesamten Dei-Rossi-Besitzes. Nur die Art und Weise, wie er sich sein Recht erkämpfen musste, war vielleicht nicht ganz koscher …

Der Telefonanruf am Mittwochmorgen versetzte Don Massimiliano einen Schock. Niklas Michels Stimme am anderen Ende der Leitung klang erschöpft. Der Podestà von Pontinia habe sich seiner entsonnen und ihn gestern dringend um Unterstützung ersucht. Er sei immer noch vor Ort. Merkwürdige Sache. Mehrere Pumpen hätten sich festgefressen. Einer der Hauptkanäle laufe bereits über. Für Pontinia drohe eine Überschwemmungskatastrophe. Erst habe er, Niklas, nein sagen wollen – wegen der morgendlichen Prozedur mit der Lebensuhr –, aber dann habe er sich des Gespräches vor einiger Zeit entsonnen, in dem Don Massimiliano seinem großen Interesse an einem guten Ruf Ausdruck verliehen hatte. Da habe er einfach spontan Hilfe versprechen müssen. Nun könne er leider nicht um acht Uhr im Palazzo

Manzini antreten, erklärte Nico hörbar zerknirscht. Er wolle das Versäumte aber irgendwann später am Tag nachholen. Uberto könne die Uhr ja vorsorglich aufziehen.

Manzini zischte wie ein Dampfkochtopf. Uberto stehe mit jeder Art von Technik auf dem Kriegsfuß. Was der nur ansehe, das gehe kaputt. Aber dann beruhigte sich der Podestà, überraschend schnell. Andererseits könne man einen Nachbarn nicht seiner Not überlassen. »Machen Sie Ihre Arbeit in den Sümpfen, und wenn Sie fertig sind, dann kommen Sie vorbei, Signor Michel. Laura wird sich in der Zwischenzeit um die Lebensuhr kümmern.«

Der Herr der Unruhe legte mit einem zufriedenen Grinsen auf. Die Aussicht, als barmherziger Samariter durch die Presse zu gehen, schien dem Stadtoberhaupt von Nettunia durchaus zu gefallen. Nico hatte für das Telefonat nicht einmal lügen müssen. Bei seinem misstrauischen Gegenspieler wäre das auch viel zu gefährlich. Die Pumpen waren tatsächlich kaputt gegangen. Nur hatten sie sich nicht ganz zufällig am Dreck verschluckt.

Der 19. Juni war eine traumhafte Vollmondnacht, für Heimlichkeiten eigentlich nicht besonders gut geeignet. Trotzdem kehrte Nico an diesem Mittwoch erst nach Einbruch der Dunkelheit in seine Geburtsstadt zurück. Er drang durch dieselbe Hintertür in den Palazzo Manzini ein, die er bei seinem ersten Besuch zusammen mit Uberto benutzt hatte. Es war kurz nach zweiundzwanzig Uhr. Gewöhnlich lief um diese Zeit, abgesehen vielleicht von Uberto und zwei, drei anderen Bediensteten, kein Personal mehr im Haus herum. Dennoch war es nicht zu spät, um im Falle einer zufälligen Entdeckung zwangsläufig als Bedrohung eingestuft zu werden.

»Du hast gesagt, dass du noch vorbeischauen wirst. Außerdem holst du dir nur, was dir gehört«, redete sich Nico zum wiederholten Mal ein, während er im unteren Wandelgang sein heftig klopfendes Herz zur Ordnung rief. Es dauerte lang, bis es endlich ruhiger schlug. Ein unangenehmes Jucken an den Schultern zwang ihn dazu, sich ständig zu kratzen. Endlich setzte er seinen Aufstieg in den ersten Stock fort.

Weil er kein zweites Mal von Uberto überrascht werden wollte, sah er sich überall gründlich um. Von irgendwo perlte klassische Musik ins Atrium. Das in den Bogengang fallende Mondlicht malte ein silbernes Wellenmuster auf den Steinfußboden. Die Harmonie wurde, soweit Nico das beurteilen konnte, von keinen stillen Spähern in den Schatten oder von einer herumspukenden Donna Genovefa gestört. Trotzdem – man wusste ja nie – lief er so unauffällig wie möglich zum Arbeitszimmer, nur etwas leiser als sonst. Als er die Tür erreichte, erlebte er die erste Überraschung.

Aus dem Schlüsselloch drang Licht.

Was nun? Er hatte nicht ernsthaft damit gerechnet, dass Manzini um diese Zeit noch arbeitete. Unvermittelt schwoll die leise dahinplätschernde Musik aus dem Irgendwo zu einem konzertanten Schallgewitter an. Nico schreckte unwillkürlich zusammen.

Die unwillkommene Geräuschkulisse kam von oben. Laura hatte dort ihr Zimmer. Mit einem Mal verstummten die Musikanten, und eine männliche Stimme verschaffte sich Gehör. Nico fühlte für einen Augenblick Eifersucht in sich aufwallen, aber dann fiel ihm der förmliche Ton des anderen auf, der die »Feigheit des Engländers« anprangerte, welcher am Vortag die deutschen Städte Hamburg und Bremen bombardiert und dabei unschuldige Frauen und Kinder getötet habe. Der Rivale in Lauras Zimmer war ein Radiosprecher.

Nico verharrte atemlos vor dem Arbeitszimmer des Podestà. Nach einigen Minuten setzte oben die Musik wieder ein und wurde wenig später zu einem kaum noch hörbaren Klangnebel. Er atmete erleichtert auf. Jetzt war wohl der richtige Zeitpunkt für den Alternativplan. Er kratzte sich noch einmal an der linken Schulter, um hiernach an die Tür zu klopfen. Bevor er jedoch dazu kam, klingelte drinnen das Telefon.

Rasch machte er zwei Schritte rückwärts, beugte sich in der Hüfte nach hinten und spähte im Gang nach beiden Seiten. Niemand war zu sehen. Drei Sekunden später klebte sein Ohr am

Schlüsselloch. Er spürte einen schwachen Luftzug, der Manzinis Stimme mit sich trug.

»... Sie etwas herausgefunden? ... Ja. ... Was genau bedeutet das?« Die Stimme im Büro blieb längere Zeit still. Nico biss sich auf die Unterlippe. Nur die eine Seite eines Telefonats zu belauschen war ziemlich unbefriedigend. Endlich ergriff Manzini wieder das Wort. Jetzt klang er nicht mehr so hoffnungsvoll wie zuvor, sondern ziemlich missmutig.

»Aber das steht doch alles in seinem Lebenslauf!« Es folgte eine kleine Stille und dann ein gespanntes »Ach, und was konnten Sie dort entdecken?« Erneut schien Don Massimiliano zuzuhören, bis er ein wenig spöttisch bemerkte: »Sie sind Protestant, nehme ich an? ... Wären Sie Katholik, dann wüssten Sie vermutlich, dass aus dem ersten Orden des heiligen Franz von Assisi drei Kongregationen hervorgegangen sind: die Franziskaner, die Kapuziner und die Konventualen. Sonst haben Sie nichts herausgefunden? ...«

Die nächste Antwort Manzinis ließ Nicos Blut in den Adern stocken.

»Damit haben Sie allerdings Recht. Andererseits kam der Junge ja schon 1932 nach Wien. Vielleicht war man seinerzeit dort noch duldsamer gegenüber den Juden als im Deutschen Reich.«

Die Kerle sprachen von ihm, Niklas Michel alias Nico dei Rossi! Obwohl sein Name nicht gefallen war, lief es ihm eiskalt den Rücken hinunter. Manzini musste also doch Verdacht geschöpft haben, nachdem er von der Lauschaktion seines Lebensuhrhüters im letzten September erfahren hatte. Durch das Schlüsselloch drang ein bedrohliches Knurren.

»Gleich zu gleich gesellt sich gern.« Und nach einer kurzen Pause sagte der Hausherr: »Ich danke Ihnen.« Und legte zwei oder drei Herzschläge später auf.

Nico war wie gelähmt. Hätte sich in diesem Moment die Tür geöffnet, wäre er mit dem Ohr am Schlüsselloch ertappt worden. Was sollte er jetzt tun? Eine Stimme in seinem Kopf sagte, er könne sich irren. Selbst wenn Don Massimiliano Erkundigungen über ihn einziehe, hieß das noch lange nicht, dass er ihn für den

Sohn von Emanuele dei Rossi hielt. *Du musst feststellen, was Hass gesagt hat.* Ein vages Gefühl verriet ihm, dass der Anrufer Karl Hass war, der SS-Spion mit dem Decknamen »Amore«, der in der deutschen Botschaft …

Plötzlich hörte Nico stampfende Schritte, die sich rasch näherten. Wie von einer Nadel gestochen, richtete er sich auf und klopfte kraftvoll an die Tür. Sie öffnete sich.

Manzinis sauber gezupfte Augenbrauen gingen in die Höhe. Der glimmende Zigarrenstummel in seinem Mundwinkel drohte abzustürzen. »Sie?«

Nico lächelte verlegen. »Hatte ich nicht gesagt, dass ich noch vorbeischauen werde? Ich weiß, es ist reichlich spät geworden …«

»Schon gut, Michel. Sie haben ja nicht auf der faulen Haut gelegen.«

»Allerdings nicht.«

»Der Podestà von Pontinia hat mich angerufen, um sich bei mir zu bedanken.«

War es nicht andersherum? Hast du mir nicht bei deinem Kollegen hinterherspioniert, weil du mir nicht traust? »Dann war er mit meiner Arbeit zufrieden?«

»Sehr. Und ich bin es auch, weil Sie sich nicht in den Vordergrund gespielt haben. Anscheinend halten Sie sich an unsere Abmachung.«

Anscheinend? »Ich tue, was ich kann. Soll ich dann gleich mal nach der Lebensuhr …?« Nico spürte die Hand des Stadtvorstehers auf seiner Brust.

»Sie warten schön hier draußen, bis ich Laura zu Ihnen geschickt habe. Ausnahmsweise können Sie heute ja nur das Nötigste für meinen kleinen Schatz tun?«

»Wie bitte?«

»Ziehen Sie die Uhr auf und schauen Sie, ob ihr nichts fehlt. Danach gehen Sie nach Hause und legen sich aufs Ohr. Ich würde ja selbst die Aufsicht übernehmen, aber Sie stinken mir zu sehr, Signor Michel.« Manzini grinste.

»Ein altes Hausrezept gegen die Mücken«, entschuldigte sich Nico.

Don Massimiliano sperrte sein Arbeitszimmer ab, wünschte dem Hüter der Lebensuhr eine gute Nacht und stampfte davon. Merkwürdigerweise nahm er nicht die Treppe zum zweiten Obergeschoss, sondern die nach unten führende. Vermutlich würde er seiner Tochter telefonisch den Befehl zur Nachtschicht übermitteln. Es blieb also wenig Zeit.

Von diesem Augenblick an war Nico jeden einzelnen Schritt mindestens ein Dutzend Mal in Gedanken durchgegangen. Er kratzte sich – außerplanmäßig – an der Schulter, zog einen Dietrich aus der Tasche und steckte ihn gefühlvoll ins Schloss. Seine Linke legte sich auf die Türklinke. Leise summte er vor sich hin, während sein Sinn sich auf den einfachen Mechanismus einstellte. Wie vermutet war die Sperrvorrichtung ziemlich alt und, genauso wie zuweilen menschliche Greise, von ausgesprochen widerborstiger Natur. Nico hatte sich zuvor gefragt, ob er überhaupt mit dem Eisenhaken im Schlüsselloch herumstochern sollte. Aber dies war nicht der richtige Zeitpunkt für unnötige Experimente. Wenn er erst einmal im Arbeitszimmer war, würde er seine Begabung ohnehin auf eine harte Probe stellen müssen.

Er drehte den Dietrich entgegen dem Uhrzeigersinn und drückte die Klinke nieder. Die schwere Tür schwang knarrend auf. Auch nachdem er ins Zimmer gehuscht war, ließ er sie angelehnt. Mit zitternder Hand schaltete er die Deckenbeleuchtung ein. »Du bist kein Dieb«, murmelte er. Auf dem Weg zum Tresor zog er hinten das Hemd aus der Hose.

Nico gestattete sich einen erleichterten Seufzer, als er endlich den rauen Jutesack vom Rücken ziehen konnte. Er hatte zu Hause nicht einmal ansatzweise geahnt, welche Qualen ihm das zu einem flachen Rechteck gefaltete Sacktuch bereiten würde. Das Holzpaneel in der Säule war ungesichert. Es wurde nur von einem Schnappverschluss gehalten und ließ sich leicht aufklappen. Jetzt kam das schwerste Stück Arbeit: das Zahlenschloss des Safes.

Egal ob aus redlichen oder unlauteren Absichten, je besser

man einen Menschen kennt, desto leichter wird es einem fallen, sein Vertrauen zu gewinnen. Bei Panzerschränken ist das nicht anders, sofern man die Gabe besitzt, mit ihnen ins Gespräch zu kommen. Nico hatte sich in der Gemeindebibliothek mit der Technik von Kombinationsschlössern vertraut gemacht. Das Exemplar in Manzinis Sicherheitsschrank besaß drei konzentrische Ringe, von denen jeder einhundert Raststellungen einnehmen konnte.

»Der Hauptgewinn ist unter neunhundertneunundneunzigtausend Nieten versteckt. Zu viel zum Herumprobieren, nicht wahr, mein Kleiner?« Seine Stimme klang, als wolle er Freundschaft mit einem scheuen Hündchen schließen. Die Linke wie zur Beruhigung auf den kalten, schwarzen Stahl der Tür gelegt, drehte er mit der Rechten langsam den Knopf zur Wahl der Zahlenkombination. Er merkte gar nicht, wie er wieder zu summen begann. Abrupt hielt er inne.

Nico lächelte. »Im bin im *zweiundzwanzigsten* Lebensjahr. Die Nummer gefällt mir, mein Süßer. Was hast du als Nächstes zu bieten?«

Jetzt drehte er den Wählknopf in die umgekehrte Richtung, also rechtsherum, bis die Null fast unter der Einstellmarkierung stand. »Eine Eins. Es ist das *erste* Mal, dass ich einen Tresor knacke. Jetzt verrat mir noch die dritte Zahl, mein kühler Freund.«

Wieder suchte er entgegen dem Uhrzeigersinn – und wurde spät fündig. *»Einundachtzig?«*, flüsterte er. Mit der Linken drückte er den Entriegelungshebel herum. Ein Stahlstift schob sich durch die drei in Reihe stehenden Schlitze der verborgenen Einstellringe. Mit einem Ruck öffnete er den Schrank. Nico grinste. »22. Januar 1881? Wenn das mal nicht Ihr Geburtsdatum ist, Don Massimiliano! In einem guten halben Jahr werden Sie sechzig. Vorausgesetzt, Sie enden nicht vorher am Galgen.«

Das Auftragsbuch seines Vaters lag noch immer ganz unten im Tresor. Ob sich am übrigen Inhalt etwas geändert hatte, konnte er nicht abschätzen. Die braunen und schwarzen Aktendeckel glichen sich wie ein Ei dem anderen. Schnell zog er die in Leder gebundene Kladde, als deren rechtmäßiger Eigentümer er sich betrachtete, unter dem Dokumentenstapel hervor.

Seine Hand zitterte. Als zwinge ihn eine fremde Kraft, spreizte er die Finger, und das Buch klappte bei der Metallklammer auf, die seinem Vater als Lesezeichen gedient hatte. Er spürte, wie eine wilde Entschlossenheit in ihm aufstieg, als er den letzten Eintrag las.

Kunde wünscht keinen Purgatorio im Deckel.
Muss entfernt werden.

Die krakelige Schrift des Uhrmachermeisters unterschied sich deutlich von den fast wie gedruckt anmutenden Buchstaben darüber. Emanuele dei Rossi war zu Recht erregt gewesen, als sein Kunde sich über ein Zitat aus Dantes *Göttlicher Komödie* ereifert hatte.

Und dann entdeckte Nico auf der rechten, noch unbeschriebenen Seite etwas, das seine Adern schwellen ließ: einen blutigen Fingerabdruck. Hatte der Mörder hier unfreiwillig seine Signatur hinterlassen?

Nico spürte einen Schwindel, der ihn schwanken ließ. Schnell stopfte er die Kladde in den braunen Sack. Aber er war nicht allein wegen seines »Erbes« hierher gekommen. Da gab es noch einen anderen Verdacht. Obwohl die Zeit drängte, nahm er den obersten der Aktendeckel zur Hand und öffnete ihn.

»O nein! Es sind tatsächlich Namen«, keuchte er. Dutzende davon waren mit Adressen und anderen Bemerkungen fein säuberlich über drei Blätter hinweg aufgereiht. Auf der ersten Seite stand ganz oben derjenige seines Vaters und rechts herausgerückt, wie auch hinter den meisten anderen, eine größere Zahl. *Die Vermögen seiner Opfer?*, rätselte Nico. Vor dem Namen sah er einen kleinen blauen Punkt, und weiter unten fand er eine ähnliche Kopierstiftmarkierung. Sie kennzeichnete Theodor Katz. So hieß der Jude aus dem litauischen Memel, der vor zwei Tagen mit seiner

Familie verschleppt worden war. Und dann fiel Nicos Blick auf den letzten Eintrag auf Seite drei.

Niklas (oder Nikolaus) Michel?

Er starrte seinen deutschen Namen an, als handele es sich um eine Zauberformel, die ihn gerade zu Stein verwandelt hatte. Über das Fragezeichen dahinter dachte er keine Sekunde nach. Auch dass der Podestà keine Schätzung über das Vermögen seines Gemeindemechanikers abgegeben hatte, war für ihn unerheblich. Nach den gerade erst belauschten Gesprächsfetzen von Manzinis Telefonat stand für ihn fest, dass über ihm ein Damoklesschwert schwebte, und das Haar, das es am Fallen hinderte, konnte jeden Tag reißen.

Er traf einen verzweifelten Entschluss. Trotzig stopfte er sämtliche Aktendeckel aus dem Safe in den Jutesack. Danach klappte er die Tresortür zu, verstellte das Zahlenschloss und schwenkte die hölzerne Verblendung wieder vor den Schrank. Manzini würde den Verlust frühestens am nächsten Morgen entdecken.

Nico lief auf die Tür zu, blieb aber nach wenigen Schritten stehen. Langsam sah er sich zum Telefon um.

Und wenn alles ein Irrtum war? Sollte er nur um eines – zugegeben nicht gerade fadenscheinigen – Verdachts willen die Liebe seines Herzens aufgeben? Manzini war für sein Misstrauen bekannt. Und das Fragezeichen hinter dem Namen mochte auf seine Zweifel hinweisen. Bedenken, die sich möglicherweise zerstreuen ließen. Wenn nur nicht die Zeit so knapp wäre! Jeden Moment konnte Laura hier aufkreuzen. Nicos Blick wanderte zu den schweren grünen Samtvorhängen. *Ja, so müsste es gehen …*

Mit langen Schritten durchmaß er das Büro, das eigentlich kein Arbeitszimmer, sondern fast schon ein Saal war. Er schlüpfte hinter einen der Vorhänge und öffnete das dahinter befindliche Fenster. Durch eine Lücke in der gegenüberliegenden Häuserzeile sah er die Stiftskirche San Giovanni. Am langen Arm ließ er den Jutesack so weit wie möglich aus dem

Fenster hinab und öffnete die Faust. Dumpf schlug seine Beute auf dem Pflaster der Via del Limbo auf. Er lauschte. Nirgendwo öffnete sich ein Fenster. Niemand kam herbeigelaufen. Keiner hatte den Vorgang bemerkt.

Schnell versetzte er alles wieder in seinen alten Zustand und lief zum Schreibtisch. Er rieb nervös die Handflächen aneinander. So etwas hatte er noch nie versucht. Aber es könnte gelingen. Mit flinken Fingern schraubte er den Deckel der Ohrmuschel vom Telefonhörer ab und entnahm ihm die kleine metallene Lautsprecherkapsel. Er legte sie in seine hohle Hand, hielt sie wie eine Muschel ans Ohr, schloss die Augen, konzentrierte sich – und fuhr wie von einem elektrischen Schlag durchzuckt zusammen.

Hass!, formte sein Mund, ohne dass ein Laut über seine Lippen kam. Doch plötzlich hörte er, wie jemand in unmittelbarer Nähe scharf Luft holte. Seine Hand fiel herab, der Kopf fuhr herum.

»Was tust du da mit dem Telefon meines Vaters?«, fragte Laura von der Tür her. Zwei Knöpfe am Ausschnitt ihres hellblauen Kleides standen offen. Ihr Haar floss wie ein schwarzer Wasserfall über ihre Schultern. Eine atemberaubend schöne Verkörperung des Argwohns.

»Ich, äh …« Nico rang nach Worten. Allein die Vorstellung, sie zu belügen, widerte ihn an. Nicht nach dem, was er gerade entdeckt hatte. Zu lange war er gespalten gewesen zwischen dieser Frau, die er mehr als jeden anderen Menschen liebte, und ihrem Vater, dessen Bosheit er abgrundtief hasste. Offenbar war dies die Nacht der unbequemen Entscheidungen.

»Komm bitte zu mir«, sagte er leise zu ihr.

Laura legte den Kopf schief. »Wieso, Niklas?«

»Weil ich dir mit dem Telefon etwas beweisen möchte.«

Sie schritt langsam durch den Raum. Er bemerkte, wie ihr Blick zu der Glasvitrine abschweifte. Verdächtigte sie ihn etwa des Diebstahls? *Du bist ein Dieb – schon vergessen?*, erinnerte ihn eine Stimme in seinem Kopf.

»Die Lebensuhr liegt sicher an ihrem Platz.«

»Wieso sollte sie nicht?« Das Mädchen blieb neben dem Schreibtisch stehen. Immer noch lag ein Ausdruck des Argwohns auf ihrem Gesicht.

»Hast du schon einmal an einer großen Muschel gelauscht, Laura?«

»Wer hat das nicht?«

»Was hast du gehört?«

»Es klang wie das Rauschen des Meeres.«

Nico nickte. Seine Stimme war jetzt leise und sanft. »Weshalb sagst du, es sei *wie* die See gewesen? Vielleicht hast du tatsächlich der Brandung gelauscht, oder vielmehr der Erinnerung, die deine Muschel noch daran hatte.«

»Unsinn. Muscheln sind aus Horn und Kalkspat und was weiß ich nicht alles. Solches Zeugs hat kein Gedächtnis.«

»So? Hast du noch nie die Spuren der Witterung auf einem Kalkfelsen gesehen? Die Archäologen können dir daraus ganze Geschichten vorlesen. Oder ein paar Fußstapfen im Sand? Einem Fährtensucher verraten sie viel über ihren Urheber. Vielleicht hast du schon einmal ein Bild von der Wand genommen und durch den zurückbleibenden Fleck noch nach Tagen oder Wochen den Rahmen vor dir gesehen. Glaube mir, Laura, selbst die Leblosen haben ein Gedächtnis. Wo nämlich Kräfte wirken, hinterlassen sie auch Spuren. Ich kann diese Fährte lesen.«

Laura massierte mit den Händen ihre Oberarme. »Worauf willst du hinaus, Niklas?«

Er hielt ihr die offene Rechte entgegen. Darin lag die Kapsel aus dem Hörer. »Das hier habe ich aus dem Telefon deines Vaters genommen. Bevor ich vorhin an seine Tür klopfen konnte, habe ich bruchstückhaft ein Gespräch mitbekommen, das er …«

»Du hast meinen Vater belauscht?«, unterbrach sie ihn entsetzt.

»Bitte lass mich erst ausreden, bevor du dir ein Urteil bildest. Also, der andere Gesprächsteilnehmer ist dir bekannt. Es handelt sich um denselben Deutschen, der deinen Vater im September des letzten Jahres besucht hatte, als …«

»Du ihn schon einmal belauscht hast.«

»Wenn du es so sehen willst.«

»Falls es anders war, kannst du es mir ja erklären«, gab sie spitz zurück.

»Laura, ich verstehe dich ja, aber bitte versuche für einen Moment, dein Misstrauen zu vergessen.«

»Wenn du mir endlich die Wahrheit sagst, Niklas.«

»Zuerst lass diese Kapsel aus der Ohrmuschel zu dir sprechen.«

»Bist du jetzt verrückt geworden? Wie soll ...?«

»*Bitte*, Laura!«

Sie verschränkte die Arme über der Brust und schwieg. Nico schraubte nun auch die andere Seite des Telefonhörers auf und entnahm ihr das Mikrofon, das sich kaum von dem Lautsprecher unterschied. Er legte die beiden Kapseln in jeweils eine Handfläche. »Ich werde jetzt den Part deines Vaters übernehmen, indem ich wiederhole, was er vor wenigen Minuten in diese Kapsel gesprochen hat. Wenn ich eine Pause mache, wiederholst du, was du in meiner hohlen Hand hörst. Alles klar?«

Sie schüttelte energisch den Kopf. »Nichts ist klar. Was soll dieser Hokuspokus?«

»Glaube mir, Laura, es hat nichts mit Zauberei zu tun.«

»Dann erkläre mir, was das soll.«

»Kannst *du* mir genau erklären, wie dein Gehör oder deine Augen funktionieren? Niemand vermag das. Trotzdem vertrauen wir unseren Sinnen. Ich tue nichts anderes, obwohl ich meine Gabe selbst nicht richtig verstehe. Sagen wir einfach, ich lasse die Energien frei, die sich in diesen beiden Kapseln eingelagert haben. Genügt dir das, um mir wenigstens für ein paar Minuten Vertrauen zu schenken?«

Mit seiner Frage hatte Nico bei ihr einen empfindlichen Nerv getroffen. Schmollend erklärte sie sich zu dem »absurden Experiment« bereit. Er hielt ihr die Hand mit der Lautsprecherkapsel ans Ohr und lauschte selbst ins Mikrofon.

»Den ersten Satz des Telefonats kann ich nicht mehr zurückholen, weil ich ihn bereits aus dem Gedächtnis der Kapsel abgerufen habe«, entschuldigte er sich. »Karl Hass – das ist der Deutsche, den ich eben erwähnte – sagte in etwa: ›Wir müssen jetzt noch vorsichtiger sein. Also nennen Sie nicht meinen Namen!‹ Die Antwort deines Vaters darauf lautete …« Er ließ seine Gabe auf die Kapsel einwirken. Mit einem Mal begann die Membran des Mikrofons zu schwingen, die Wellen pflanzten sich in der Luft fort und trafen auf sein Trommelfell. »Ist mir recht. Haben Sie etwas herausgefunden?«, wiederholte er Manzinis Antwort. Unbewusst ahmte er sogar den tiefen Klang seiner Stimme nach. Jetzt deutete er auf Laura. »Was hörst du?«

Ihre Augen wurden groß. Alle Farbe wich aus ihrem Gesicht. Sie zuckte zurück.

»Sprich!«, forderte Nico sie eindringlich auf und legte seine Hand wieder an ihr Ohr. Mit leiser Stimme wiederholte sie die Worte des SS-Sturmbannführers und fiel dabei unwillkürlich in dessen schweren Akzent.

»Ja. Hat zwar ein paar Monate gedauert, aber wie ich Ihnen bereits sagte, bleibt der Reichsführer SS niemandem etwas schuldig. Was ich Ihnen jetzt mitteile, werde ich nicht wiederholen. Haben Sie etwas zu schreiben da?«

»Ja«, wiederholte Nico an Manzinis statt.

»Gut. Die Identität des von Ihnen Gesuchten konnte bestätigt werden«, antwortete Laura für Karl Hass.

»Was genau bedeutet das?«

Laura begann zu zittern. Ihr Antwort kam zunächst nur stockend. »D-der … Der Vollwaise … Niklas Michel lebte seit dem 29. Mai 1932 bei einem jüdischen Uhrmachermeister namens Johan Mezei und seiner Frau Lea in der Wiener Porzellangasse 30. Sein Vormund war Siegfried Huber, ein katholischer Beamter im damaligen österreichischen Innenministerium. Nach dem Tod seiner Mutter hatte Michel einige Zeit im Kapuzinerkloster Meran zugebracht. Die Adresse lautet Rennweg 153. Danach brachte man ihn ins Franziskanerkloster ›zum heiligen Hieronymus‹ in Wien.«

Nicos Knie wurden weich. Trotzdem spielte er das Spiel weiter. »Aber das steht doch alles in seinem Lebenslauf!«

»Während meiner Ausbildung habe ich gelernt, zwischen den Zeilen zu lesen«, erwiderte Hass mit der Stimme von Laura.

»Ach, und was konnten Sie dort entdecken?«

»Ich kann Ihnen weder sagen, ob Niklas Michel der Junge ist, den Sie suchen, oder nicht. Aber ich finde es merkwürdig, dass die Kapuziner ein Waisenkind den Franziskanern – also einem konkurrierendem Orden – zuschieben. Normalerweise bleiben die Betbrüder jeder Kongregation unter sich.«

»Sie sind Protestant, nehme ich an?«

»Wie haben Sie das erraten?«

»Wären Sie Katholik, dann wüssten Sie vermutlich, dass aus dem ersten Orden des heiligen Franz von Assisi *drei* Kongregationen hervorgegangen sind: die Franziskaner, die Kapuziner und die Konventualen. Sonst haben Sie nichts herausgefunden?«

»Ehrlich gesagt, war mir das neu. Trotzdem, finden Sie es nicht merkwürdig, dass ein katholischer Beamter sein Mündel auf Jahre in die Obhut von Juden gibt?«

»Damit haben Sie allerdings Recht. Andererseits kam der Junge ja schon 1932 nach Wien. Vielleicht war man seinerzeit dort noch duldsamer gegenüber den Juden als im Deutschen Reich.«

»Kann sein, zumindest im Fall dieses Siegfried Huber. Er scheint sich um seinen Pflegebefohlenen ohnehin nicht sonderlich gekümmert zu haben. Für den vermeintlichen Widerspruch könnte es aber noch eine andere Erklärung geben: Stellen Sie sich vor, Niklas Michel wäre gar nicht der katholische Bursche, für den er sich ausgibt, sondern …« Lauras Stimme verstummte.

»Sondern?«, echote Nico.

Sie schloss die Augen, rang nach Luft und blickte ihn danach auf eine schwer zu beschreibende Weise anders an. Als sähe sie ihn zum ersten Mal klar und deutlich. Ihre Stimmte bebte, als sie die Worte aus der Ohrmuschel wiederholte.

»Sondern ein Jude mit gefälschten Papieren.«

Nico schluckte. Zwischen zusammengebissenen Zähnen repetierte er: »Gleich zu gleich gesellt sich gern.«

Lauras Stimme wurde immer schwächer. »Machen Sie daraus, was Sie wollen, mein Freund. Mein Gefühl sagt mir, dass mit diesem Burschen etwas nicht stimmt. An Ihrer Stelle würde ich weitere Nachforschungen in Meran anstellen. Sie haben ja schon bewiesen, über welch ausgezeichnete Kontakte Sie in Italien verfügen.«

»Ich danke Ihnen.«

»Eine Hand wäscht die andere. Ich wünsche Ihnen eine gute …« Laura schwankte, aber Nico legte rasch den Arm um ihre Taille, um sie festzuhalten. Dabei fielen beide Kapseln zu Boden.

»Komm, setz dich erst einmal.« Er half ihr in den Stuhl.

Sie blickte starr auf die vor ihr liegende Schreibunterlage. Ihre Brust hob und senkte sich wie ein Blasebalg. »Das ist doch nicht irgend ein geschmackloser Scherz, den du dir da …?«

»Nein, es …« Er streichelte etwas unbeholfen ihren Kopf und spürte, wie aus ihm die Wahrheit herausdrängte. Wenn es nur nicht so schwer wäre, die angemessenen Worte zu finden! Er atmete tief ein.

»Das Telefonat hat genauso stattgefunden. Dein Vater spioniert mir nach, Laura. Ich glaube, er ahnt, wer ich wirklich bin.«

Ihr Kopf fuhr abrupt herum. »Ich habe seit unserer ersten Begegnung geahnt, dass du kein Katholik bist.«

»Es ist ein wenig komplizierter, Laura.«

»Dann erkläre es *mir* endlich. Vielleicht kann ich *Papàs* Misstrauen zerstreuen.«

Die Hand hob sich vom Haupt des Mädchens. Nico sah, wie seine Finger zitterten, und er konnte nichts dagegen tun. An seinem ganzen Körper brach ihm der Schweiß aus. Er gab dem Bedürfnis nach, sich an der Tischkante festzuklammern. Vermutlich wurde ihm gleich schwarz vor Augen. »Laura …«, begann er, wusste aber nicht, wie er fortfahren sollte.

Sie legte ihre Hand auf die seine. »Du glühst ja!«

»Sagt dir der Name dei Rossi etwas?«

»Du meinst Emanuele dei Rossi? Den armen Uhrmacher, der die Lebensuhr meines Vaters geschaffen hat und kurz danach auf so schreckliche Weise umgebracht worden ist?«

»Genau der. Er … war mein Vater.«

Lauras Hand zuckte zurück. Ihre Augen wandten sich von ihm ab, um auf dem Schreibtisch unstet nach irgendeinem Halt zu suchen. Sie schüttelte den Kopf. »Nein, Niklas. Das kann nicht wahr sein. Der Meister hatte nur *einen* Sohn, und der wurde ebenfalls umgebracht.«

»Hat dein Vater dir das erzählt?«

»Da kannst du jeden in Nettuno fragen.«

»Manche erzählen auch, Nico dei Rossi sei lediglich verschwunden. Und das bin ich auch. Jahrelang habe ich als Niklas Michel in Wien gelebt, und als der bin dann auch zurückgekehrt.«

Ihr Blick wandte sich ihm wieder zu. »Wozu? Um die Uhr deines Vaters zurückzufordern?«

Er schüttelte den Kopf und erwiderte traurig: »Dazu bräuchte ich keine zwei Jahre, Laura. Kannst du dir nicht denken, was der Grund meiner Rückkehr ist?«

»Du … suchst den Mörder deines Vaters?«, flüsterte sie.

»Das ist gar nicht nötig. Ich habe den Mord mit angesehen. Der Mörder weiß es. Er hat mich verfolgen und zwei weitere Menschen umbringen lassen, weil er glaubte, sich dadurch des einzigen Zeugen seiner Tat entledigen zu können.«

»Und … wer ist …?« Ihre Stimme erstarb.

Nico war voll bitterem Schmerz. Zu der entscheidenden Antwort fehlte ihm die Kraft. Er konnte Laura nur qualvoll anblicken. Aber offenbar genügte ihr das.

Sie begann den Kopf zu schütteln. »Nein«, hauchte sie. Tränen ergossen sich über ihre Wangen. Die Bewegung ihres Hauptes wurde heftiger, geradezu trotzig. »Nein! Das kann nicht sein«, stieß sie hervor.

Ohne sich dagegen wehren zu können, fühlte Nico, wie sich sein Herz in einen kalten Stein verwandelte. »Doch«, sagte er ruhig. »Verstehst du jetzt, warum ich all die Monate lang geschwiegen habe, wenn du mich nach meinem Geheimnis gefragt hast? Dir verdankt dein Vater sein Leben, denn wenn du nicht da gewesen wärst, dann hätte ich ihn in der Nacht, als der Blitz die Uhr des Kommunalpalastes zerstörte, umgebracht. Aber seine Tat darf nicht ungesühnt bleiben. Ich habe gesehen, wie er meinem Vater ein Messer in die Brust rammte. Wegen eines unglücklichen Zitats im Deckel der von ihm in Auftrag gegebenen Taschenuhr. Du hast sie selbst lange genug aufgezogen und kennst die Worte.«

»›Die Zeit geht hin, und der Mensch gewahrt es nicht‹?«, flüsterte Laura mit glasigen Augen.

»Kannst du immer noch zu ihm stehen, wo du jetzt weißt, was er getan hat?«

Ihr Blick wanderte fahrig durch den Raum, bis er schließlich auf seinem Gesicht verharrte. Obwohl sie den Mund öffnete, brachte sie zunächst keinen Laut heraus. Nur ihre Unterlippe zitterte, und ihre Miene verriet die tiefe Verzweiflung, die sich in ihre Seele brannte. Schließlich antwortete sie mit kaum hörbarer Stimme.

»Nein.«

»Was hast du gesagt?«

Sie starrte erneut die Schreibunterlage an und schüttelte dabei entschieden den Kopf. »Mein Vater ist kein Mörder.«

»Aber …«

»Manchmal ist er jähzornig, das stimmt. Aber er bringt keine Menschen um. Vielleicht hast du einen Ringkampf gesehen. Oder es war ein anderer, der nur aussah wie er. Immerhin warst du noch ein Kind und …« Ihre Stimme erstickte in einem Schluchzen.

»Laura«, flehte er inständig. »Meine Kindheit starb in der Nacht des 2. April 1932, als ich deinen und meinen Vater miteinander streiten sah. Der Mord geschah nur wenige Schritte von mir entfernt in einem hell erleuchteten Zimmer. Ich war im dunklen Flur und konnte alles hören und sehen. Es gibt keine Zweifel. Der angeblich so ehrenwerte Don Massimiliano hat …«

»Schweig!«, zischte sie, und ihre Stimme klang plötzlich so kalt wie Eis.

»Bitte, Laura …!« Er verstummte, weil sie ihm abrupt das tränenfeuchte Gesicht zugewandt hatte.

Ihre Augen funkelten ihn zornig an. »Ich will dich nie mehr sehen, Nico dei Rossi. Und wenn du nicht im Gefängnis landen willst, dann verlass sofort das Haus! Oder ich rufe meinen Vater.«

11. KAPITEL

Der Standhafte

Wien, 1938

Es war ein Wettlauf, den sich niemand wünschte. Den Verlierern drohte der Verlust der eigenen Existenz. Als Hitler im März 1938 von den Massen umjubelt sein Geburtsland ins Deutsche Reich »heimholte«, bedeutete das für eine Minderheit das Todesurteil. Zores hatte Johan Mezei das mit Fackeln und Knüppeln bewaffnete Gesindel genannt, das sein Geselle mit viel Massel vertrieben hatte. In den Tagen und Wochen danach bangte Nico weniger um sein eigenes Leben als vielmehr um die zwei, denen er so viel Dank und Liebe schuldete. Wie ein Samenkorn im Boden sterben muss, um eine starke Pflanze hervorzubringen, hatte sich seine Kindlichkeit in den vergangenen Monaten unmerklich aufgelöst. Nun wuchs in dem noch knabenhaften Körper die Persönlichkeit eines unbeugsamen jungen Mannes.

Die Regierung hatte, vermutlich auf Druck der ausländischen Presse, die Plünderungen von jüdischen Geschäften und die pogromhaften Ausschreitungen in der Nacht vom 11. auf den 12. März ausdrücklich verurteilt. Hitler könne sich also doch nicht alles erlauben, beschwor Lea wie viele ihrer Glaubensgenossen die friedliche Vergangenheit. Offiziell wurden die »Arisierungen« jüdischer Betriebe als illegal bezeichnet, aber ständig hörte man in der Stadt und darüber hinaus von weiteren gewaltsamen Inbesitznahmen durch »wilde Kommissare«. Es mussten Zehntausende sein, die immer noch gierend nach jüdischen Vermögen durch das Land streiften.

»Jetzt ist Chuzpe gefragt«, verkündete Johan am 10. April 1938. Es war der Tag, an dem die Österreicher den bereits vollzogenen

Anschluss per Plebiszit absegnen sollten. Die Bischofskonferenz in Wien hatte auf Veranlassung von Kardinal Theodor Innitzer in einem Hirtenbrief die Empfehlung ausgesprochen, bei dem Volksentscheid mit Ja zu stimmen.

»Chuzpe?«, fragte Nico. »Inwiefern brauchen wir Dreistigkeit?«

»Um aus diesem Schlamassel herauszukommen, ohne dabei pleite zu gehen. Wir – Moritz und ich – benötigen noch einige Wochen, bis wir unser Vermögen aufgelöst und nach Italien transferiert haben. Am schwierigsten wird es wohl sein, das Geschäft ohne allzu viel Verlust zu verkaufen. Deshalb werde ich es dir überschreiben.«

»Was willst du tun?«

»Jetzt schau mich nicht so ungläubig an. Du bist Christ …«

»Bin ich *nicht*!«

»Aber der Vatikan hat dir ein paar hübsche Papiere hingemauschelt, die jeden Beamten überzeugen werden. Wenn der Laden dem Uhrmacher Niklas Michel gehört, dann werden die Kommissare ihn nicht konfiszieren.«

»Aber ich bin nicht mal volljährig. Außerdem darf nur ein Meister einen Handwerksbetrieb leiten.«

»Alles richtig. Aber niemand verbietet, dass ein Kind der *Eigentümer* eines Geschäfts ist. Du darfst einen Meister einstellen, damit der Laden läuft. Wie wär's mit mir?« Johan grinste.

»Ganz schön unverfroren.«

»Ich sagte ja, jetzt ist Chuzpe gefragt.«

»Wie lange wird das funktionieren? Ich meine, sie haben mich bei der letzten Plünderungsaktion schon als Kollaborateur beschimpft.«

Der Meister klopfte seinem Gesellen auf die Schulter. »Nur für kurze Zeit, mein Junge, aber das wird uns genügen. Mach dir nicht so viele Sorgen.«

Bis August 1938 hatten die Mezeis ihre Verhältnisse geregelt. Es war geplant, im Laufe des folgenden Monats nach Italien überzusiedeln. Johan wollte zu Leas Verwandten nach Rom gehen. Sein jüngerer Cousin Moritz – der Schriftsteller – hatte sich für ein etwas weiter nördlich gelegenes Exil in Pitigliano entschieden. Die Italiener nannten den toskanischen Ort wegen seiner lebendigen und vergleichsweise großen jüdischen Gemeinde *La Piccola Gerusalemme*, »das kleine Jerusalem«.

Am 8. September fuhren Johan und Nico mit der Tram zur italienischen Gesandtschaft in den III. Bezirk. Das Botschaftsviertel lag in nobler Umgebung auf dem Areal der ehemaligen Grünanlagen des Palais Metternich. Im Gebäude herrschte ein großer Andrang. Augenscheinlich hatten sich viele Emigranten das südliche Nachbarland als Zufluchtsort oder als Sprungbrett in ein weiter entferntes Exil gewählt.

Nach knapp drei Stunden wurden die Antragsteller zu dem Botschaftsmitarbeiter vorgelassen, der die Einreisevisa aushändigte. Es handelte sich um einen bebrillten pomadisierten Mann mit schmalen Schultern, weißem Hemd und dunkler Weste. Er hatte sich, aus welchen Gründen auch immer, hinter einem Gitter verschanzt. Nur ein Rundbogenfenster erlaubte den Austausch von sperrigen Dokumenten. Das Namensschild hinter den Stäben wies ihn als Luigi Biondi aus.

»Ich wünsche Ihnen einen schönen Aufenthalt in unserem Land«, sagte der Beamte zu Nico, noch ehe er sich an Johan wandte.

Der Junge war es nicht gewohnt, einem Erwachsenen vorgezogen zu werden. Unsicher nahm er das Visum entgegen. »Danke.«

»Nun zu Ihnen, Herr Mezei«, sagte Signor Biondi in amtlichem Ton.

»Stimmt etwas nicht?«, fragte Johan ahnungsvoll. Er wirkte noch verletzlicher als sonst.

»Laut Ihren Personaldokumenten sind Sie Hebräer … verzeihen Sie, ich meinte Jude. Das ist doch richtig, nicht wahr?«

»Wenn Ihre Frage darauf abzielt, ob ich inzwischen zum Katholizismus konvertiert bin, dann lautet die Antwort: Ja.«

Signor Biondi rückte mit dem Mittelfinger die Brille auf seiner

Nase zurecht. »Sie bekennen sich jetzt zum Christentum?« Er klang überrascht.

»Ich habe nur Ihre Frage beantwortet. Ja, ich bin Jude.«

Im Kopf von Signor Biondi nahm alles wieder seinen angestammten Platz an, dem entspannten Gesichtsausdruck war es anzusehen. »Na, dann darf ich Ihnen mitteilen, dass der italienische Staat Ihren Antrag auf ein Einreisevisum negativ beschieden hat.«

»Er hat ihn *abgelehnt*?« Johan sah aus wie jemand, der die Welt nicht mehr verstand.

»Aber Sie haben doch mir ein Visum ausgestellt«, mischte sich Nico in die Amtshandlung. »Wieso verweigern Sie den Mezeis …«

»Junger Mann«, unterbrach ihn streng der Beamte. »Ich wiederhole es gerne noch einmal ganz langsam zum Mitschreiben: Sie sind Christ, Ihr Begleiter dagegen Jude. Bis Ende August durften die Botschaften noch Touristenvisa für ausländische Juden ausstellen. Jetzt nicht mehr. Mit Wirkung vom 7. September 1938 hat der *Duce* sogar ein Dekret erlassen, demzufolge sämtliche ausländische Juden aus Italien auszuweisen sind. Tut mir Leid.«

»Wer's glaubt!«

»Zügeln Sie sich, junger Mann! Ich tue hier nur meine Pflicht. Und nun machen Sie bitte beide den Schalter frei.«

»Aber meine Frau ist Italienerin.«

Signor Biondi seufzte. »Herr Mezei. Meinen Unterlagen zufolge ist Frau Lea Mezei, Ihre Gemahlin, österreichische Staatsbürgerin … Nein.« Er lachte affektiert. »Jetzt haben Sie mich doch tatsächlich aus dem Konzept gebracht. Österreich ist ja jetzt die Ostmark. Also, hätten Sie und Ihre Frau gültige Personaldokumente eingereicht, dann wären Sie jetzt Bürger des Deutschen Reiches.«

»Dann haben Sie nicht genau hingeschaut. Lea ist eine geborene Ticiani, und sie hat in Italien nie ihre Ausbürgerung beantragt. Sie können ihr und damit auch mir als ihrem Mann nicht die Einreise in ihr Heimatland verweigern.«

Offenbar wich dieser Fall vom üblichen Schema ab. Signor Biondi wirkte mit einem Mal verstört. Nervös blätterte er in seinen Unterlagen und murmelte: »Tatsächlich.«

»Sie dürfen ihnen das Visum nicht verweigern«, beschied Nico.

Der Beamte hob den Blick. »Werter Herr Michel. Darüber entscheidet immer noch das italienische Recht. Ich muss den Fall prüfen lassen.«

»Sollen wir noch einmal wochenlang warten?«, klagte Johan. »Sie müssen doch auch mitbekommen haben, was hier los ist.«

»In die inneren Angelegenheiten unseres Gastlandes mischen wir uns nicht ein, Herr Mezei …« Signor Biondis Gesicht blieb ausdruckslos, aber seine Augen musterten den Antragsteller ungewöhnlich lang. Plötzlich schien in ihm etwas aufzubrechen. Er beugte sich vor und flüsterte: »Ich könnte Ihnen einen Vorschlag machen. Beantragen Sie einfach ein Transitvisum.«

»Wie bitte?«

»Wenn Sie erklären, nur nach Italien einreisen zu wollen, um von dort mit dem Schiff in einen anderen Staat zu emigrieren, dann bekommen Sie ein zeitlich begrenztes Visum. Sobald Sie bei Ihren Verwandten sind, schildern Sie den Behörden dort schriftlich ihren Fall und beantragen eine unbefristete Aufenthaltsgenehmigung.«

Johan war sprachlos. Hatte Mitleid die Kruste der Schreiberseele gesprengt oder lediglich das Bedürfnis, die lästigen Bittsteller loszuwerden?

Nico streckte die Hand vor. »Kann ich bitte die Formulare haben?«

»Wann soll's denn losgehen?«, fragte der letzte Kunde. Die amtliche Ladenschlusszeit war bereits überschritten, als er endlich auftauchte, um seine Repetieruhr abzuholen.

»Ich habe in den letzten Tagen so viele Dinge gleichzeitig erledigen müssen. Heute ist Mittwoch, oder?«

Der letzte Kunde nickte. »Ja, der 9. November.«

»Dann also übermorgen.«

»Das ist gut.«

»Wie meinen Sie das?«

»Die Zeiten sind düster geworden für Menschen wie Ihren Meister und seine Frau.« Der Kunde senkte die Stimme. »Ich bin ja, wie Sie wissen, im Bauamt tätig, und da bekommt man so einiges mit. Sie errichten seit letzten Monat in einem Steinbruch im Bezirk Perg ein Lager. Mauthausen ist als Außenstelle für Dachau gedacht.«

Nico entsann sich des Prominententransports vom April und murmelte: »Das Unheil rückt näher.«

Der letzte Kunde nickte traurig. »Eine Schande, was da passiert. Ich wünsche Ihnen und den Mezeis eine gute Reise. Sagen Sie dem alten Johan und seiner Frau, dass ich sie vermissen werde.«

»Das mache ich. Ihnen auch alles Gute, und was Ihre Uhr anbelangt: Es geht ihr jetzt wieder prächtig. Sie wird Ihnen sicher noch lange die Stunde schlagen.«

Nachdem der letzte Kunde gegangen war, löschte Nico das Licht und ließ noch einmal den Blick durch die leer geräumten Räume schweifen. Im von draußen durchs Schaufenster fallenden Schimmer der Straßenlaterne erschienen sie noch trostloser als bei Tage. Sosehr er sich die Rückkehr nach Nettuno gewünscht hatte, jetzt überkam ihn doch die Wehmut. Ein Weinhändler mit makellosem Ariernachweis hatte das Geschäft gekauft. Nico seufzte. Es war so kahl, und das muntere Ticken der Uhren fehlte ihm schon jetzt. Nie mehr würde es hier so sein wie früher. Traurig schloss er den Laden ab.

Die Stufen zur Wohnung hinauf nahm er bedächtig, so als wolle er jede ein letztes Mal zählen. Die Mezeis packten gerade noch ein paar Habseligkeiten zusammen. Einiges hatten sie schon vor Tagen mit der Bahn vorausgeschickt. Die meisten Möbel übernahm der Weinhändler. Lea befand sich in keiner guten Verfassung. Wer dreiunddreißig Jahre an einem Ort gelebt hatte, der ließ sich nicht gerne vertreiben.

Johan köpfte eine Flasche Marillenlikör, um die trübe Stimmung zu verscheuchen. Schleppend kam ein Gespräch in Gang. Bald beschwor das süße Gesöff allerlei Erinnerungen herauf, viele schöne, aber auch traurige.

Zu vorgerückter Stunde drang plötzlich Lärm von der Straße hinauf.

Lea reagierte zuerst. Ihr Kopf ruckte hoch »Hört ihr das?«

Der Meister und sein Geselle lauschten. »Hoffentlich ist es nicht das, was ich befürchte«, flüsterte Nico.

Johan sah ihn erschrocken an. »Du glaubst doch nicht ...?«

Der Junge nickte. »Der wilde Kommissar, der aussah wie eine Reitpeitsche, hatte versprochen wiederzukommen. Besser, wir machen das Licht aus.«

Im Nu waren die drei auf den Beinen. Nico sprang zur Tür und schaltete die Wohnzimmerlampe aus. Dann gesellte er sich zu den anderen beiden, die schon bei den Fenstern waren. Die Flügel wurden aufgerissen, und man beugte sich hinaus. Augenblicklich schwoll der Lärm zu vielfacher Lautstärke an. Wieder das Gejohle, einige sangen »Die Fahne hoch ...«. Aber auch andere Geräusche, die sie zuvor nicht vernommen hatten, drangen nun an ihr Ohr. Der Wind führte das Klirren zerspringender Scheiben mit sich. Offenbar wütete der Pöbel auch im übrigen Bezirk, womöglich in der ganzen Stadt. Oder sogar bis zum äußersten Zipfel des Reiches ...?

»Beim Ewigen!«, jammerte Lea. »Sie haben wieder Knüppel und Fackeln. Und dabei sind sie noch so jung! Wer stiftet Kinder nur zu solchen Untaten an?«

»Eher Halbwüchsige. Einige Braunhemden von der SA sind auch dabei«, knurrte Johan. Er legte seinem Gesellen die Hand auf die Schulter. »Heute keine Dummheiten, Niklas! Da unten gibt es für sie sowieso nichts mehr zu holen.«

Der Mob kam näher. Jetzt skandierte er wieder sein »Juda verrecke!«. Lea deutete über die Dächer hinweg zum Himmel. »Seht ihr das Flackern da drüben? Da brennt irgendetwas.«

Ihr Mann riss die Augen auf. »Das kann doch nicht ...«

»Woran denkst du?«

»In der Richtung liegt unsere Synagoge.«

»Du meinst, sie haben sie in Brand gesteckt?«

Ein lautes Klirren schreckte die drei auf. Der Mob hatte einen Pflasterstein ins Schaufenster des Uhrenladens geworfen. Und dann sah Nico ihn: die Reitpeitsche. Auch der Fleischberg namens Horst war wieder mit von der Partie. Der Blick des Dünnen wanderte nach oben. Hatte er die drei Gesichter an den Fenstern schon entdeckt?

»Köpfe zurück!«, rief Nico.

Reflexartig reagierten Johan und Lea.

»Steckt endlich den Laden in Brand«, nörgelte unten der Dünne.

Unvermittelt keifte eine andere Stimme dazwischen. »Untersteht euch! Ihr werdet das ganze Haus abfackeln.«

»Das Auge?«, raunte Lea.

Nico nickte. »Hört sich ganz so an.«

»Ist doch nicht meine Schuld, wenn ihr mit Judenschweinen unter einem Dach haust«, konterte derweil die Reitpeitsche.

»Es sind nur zwei. Und ihr Pflegesohn. Die Wohnung ist im dritten Stock. Ihr könnt sie nicht verfehlen«, hielt die Denunziantin dagegen. Offenbar hatte sie mit ihrer letzten Information auf die Mesusa angespielt, die kleine Pergamentrolle am rechten Türpfosten.

Das nervtötende Organ des Dünnen intonierte ein näselndes Danke. Dann befahl er seine Truppe ins Haus.

»O Ewiger, beschütze uns!«, hauchte Lea.

»Wir müssen die Wohnungstür verrammeln«, stieß Johan hervor.

»Nein«, wiedersprach Nico. »Der Dicke könnte sie ganz allein einrammen. Nehmt, was ihr packen könnt, und kommt.« Er lief in Richtung Flur.

Johan schnappte sich einen Pappkoffer, in dem er wichtige Habseligkeiten verstaut hatte, und lief hinterher. »Wo willst du hin?«

»Auf den Dachboden.«

»Aber da sitzen wir in der Falle.«

»Hier etwa nicht?« Nico öffnete leise die Tür zum Treppenhaus. Von unten drang lautes Gepolter herauf. Die Meute näherte sich schnell. Er winkte das Ehepaar nach oben und flüsterte: »Keinen Laut!«

Lea klammerte sich an eine Aktentasche mit Dokumenten und konnte vor Angst kaum laufen. Johan ergriff ihren Arm, um sie zu stützen. Nico schloss behutsam die Tür und huschte ihnen hinterher. Kaum hatte er das nächst höhere Treppenpodest erreicht, trafen auch schon der Dünne und sein massiger Begleiter im Stockwert darunter ein.

Die näselnde Stimme rief: »Da links, Horst. Siehst du das Golddding? Das muss der Koben von den Juden sein.«

Der Dachboden lag nur zwei Aufgänge höher. Als Nico das vierte Geschoss erreichte, öffnete sich eine Tür. Ein untersetzter Mann Mitte dreißig in gestreiftem Schlafanzug erschien. Es war Herr Grimschitz, der die schönen Künste liebte. Aus großen Augen sah er den Jungen an, der den Zeigefinger an die Lippen legte und an ihm vorüberschlich.

Während zwei Stockwerke tiefer der Mob die Wohnungstür aufbrach, erreichte Nico endlich den Dachboden, wo Johan und Lea ihn erwarteten.

»Warum seid ihr nicht auf der Bühne?«, wisperte er.

»Die Tür ist abgeschlossen, und ich habe den Schlüssel vergessen«, antwortete Johan sichtlich verzweifelt.

Obwohl er am Wort seines Meisters nicht zweifelte, drückte Nico trotzdem die Klinke. Kein Zweifel, die Tür war zu. Von unten drang das Geräusch berstender Möbel herauf.

»Sie werden uns alle umbringen«, wimmerte Lea. Schon waren im Hausflur wieder Schritte zu hören.

»Die Bluthunde haben die Witterung aufgenommen«, flüsterte Johan.

Nico summte. Seine Rechte lag dabei auf der Türklinke, die andere Hand über dem Schloss.

»Was tust du da?«, raunte Johan. Die Schritte hatten den vierten Stock erreicht.

»Lass ihn! Das weißt du doch ganz genau«, zischte Lea.

Nico setzte sein »Gespräch« mit dem Schloss fort. Es war, wie er feststellen musste, ein sehr störrischer alter Mechanismus.

»Machen Sie, dass Sie fortkommen. Wir wollen unseren Frieden haben?«, tönte von unten Grimschitz' Stimme herauf.

»Horst«, antwortete der Dünne. Einen Herzschlag später klappte eine Tür. »Komm«, fügte die Reitpeitsche hinzu.

Die Stufen knarzten unter dem Fleischberg. Sie kamen langsam, aber stetig näher.

Mit einem Mal drang ein leises Knacken aus dem Schloss. Nico drückte die Klinke herab und öffnete die Tür. »Schnell, hinein!«

Johan und Lea reagierten sofort. Hinter ihnen huschte Nico auf den Dachboden, schloss leise die Tür und begann erneut zu summen. Diesmal reagierte der betagte Mechanismus schneller. Nico ließ erleichtert die Hand sinken und beugte sich zum Schlüsselloch hinab, durch das ein dünner Lichtstrahl fiel.

»Wenn ich dich nicht kennen und es mit eigenen Augen sehen würde, ich täte es nicht glauben«, sagte Johan.

»Pscht!«, machte Nico. »Sie kommen.«

Die Reitpeitsche Toni, der massige Horst und mindestens ein Dutzend anderer Randalierer wogten gegen die Tür.

»Wir müssen uns verbarrikadieren!«, raunte Nico und deutete auf einen alten Schubladenschrank mit Marmorplatte zu seiner Linken. »Schaffen wir die Kommode her.«

Mit vereinter Anstrengung schoben sie das schwere Möbel über die Bodenbretter. Das dabei entstehende Geräusch war eigentlich unüberhörbar, aber die Aufmerksamkeit im Treppenhaus konzentrierte sich offenbar gerade auf anderes. Die Tür erzitterte unter einem gewaltigen Schlag. Der menschliche Rammbock Horst hatte sich ans Werk gemacht.

»Noch zwei oder drei solche Hiebe, und sie brechen durch«, spornte Nico den Meister und seine Frau an. Obwohl die Novemberkälte auch auf dem Dachboden Einzug gehalten hatte, schwitzte er aus allen Poren.

Ein zweiter Stoß ließ die Tür erbeben. Endlich kam der Schrank davor zum Stehen. »Stemmt euch dagegen!«, flüsterte Nico.

Schlag Nummer drei donnerte gegen das massive Holz.

»Ein Glück, dass sie früher so stabil gebaut haben«, hauchte Johan.

»Glück allein wird uns nicht retten«, gab Lea zu bedenken.

Als es zum vierten Mal polterte, wurden sie alle ein Stück weit zurückgestoßen. Schnell verstärkten sie den Druck auf die Barrikade. Undeutlich drang eine Stimme durch die Tür.

»Ich rufe die Polizei, wenn Sie nicht sofort von da oben verschwinden. Der Revierleiter ist ein Freund von mir.«

»Das ist Bruno«, sagte Lea hoffnungsvoll. Sie meinte den kunstliebenden Nachbarn Grimschitz.

»Halt's Maul!«, antwortete ein Unbekannter.

»Sie landen alle im Knast. Ich geh jetzt und ruf das Revier an.« Im vierten Stock krachte eine Tür ins Schloss und die in der Etage darüber zum fünften Mal.

»Das ist schon ein Angriff mehr, als du prophezeit hast«, machte Johan seinem Gesellen Mut.

Nico verzog das Gesicht, was in der Dunkelheit niemandem auffiel. »Der Pharao hat auch erst nach zehn Plagen klein beigegeben.«

Die Tür erzitterte abermals.

Sich weiter gegen die Marmorplatte stemmend, streckte Nico die Hand aus.

»Was hast du vor?«, raunte Johan.

»Wart's ab.« Die Linke des Jungen erreichte den Lichtschalter.

»Nicht!«, zischte der Meister in Verkennung von Nicos Absichten.

Denn plötzlich verschwand der gelbe Schimmer aus dem Schlüsselloch.

»Schaltet mal jemand das Licht ein?«, nörgelte die Reitpeitsche.

»Schon versucht, aber es ist kaputt«, antwortete eine leisere Stimme von unten.

»Dann holt eine Handlampe.«

»Du hast gesagt, heute Nacht brauchen wir nur Fackeln.«

»Auch Recht. Her damit.«

»Die sind alle unten. Wegen der Brandgefahr.«

Nun meldete sich Horst zu Wort. »Bestimmt ist das wieder dieser Hexer.«

»Trottel!«, zischte der Dünne. »Jetzt mach endlich die verdammte Tür auf.«

»Sie könnten bewaffnet sein. Im Dunkeln ist schlecht kämpfen«, gab ein anderer zu bedenken.

»Wir sind in der Überzahl.«

»Aber blind«, sagte Horst.

»Sie etwa nicht?«

»Zauberer können auch im Dunkeln sehen.«

»Herrjemine! Du bringst mich noch zur Verzweiflung.«

»Lasst uns verschwinden«, schlug eine Fistelstimme vor. »Vielleicht hat der Bursche da unten ja tatsächlich die Polizei gerufen. Wozu hier die Zeit verschwenden und Scherereien riskieren, wenn unsere Liste noch so lang ist?«

Ein zustimmendes Gemurmel erklang.

Zum siebten und letzten Mal krachte die Tür, allerdings hörbar schwächer als zuvor. Es musste wohl die Reitpeitsche gewesen sein, die mit dem Hieb ihrer Enttäuschung Ausdruck verliehen hatte. Ungezählte Füße polterten die Treppe hinab.

Nico sank erschöpft auf die Kommode herab. Seine erhitzte Wange lag auf der kühlen Steinplatte, als er stöhnte: »Das war nun wirklich knapp!«

Als der Eisenbahnzug endlich anruckte, fühlte sich Nico auf eine zwiespältige Weise befreit. Er und die Mezeis blickten mit gemischten Gefühlen auf die Stadt, die mehr oder weniger lang ihr Zuhause gewesen war. Jetzt rollte eine Verhaftungswelle durch das Land, der sie genauso knapp entgangen waren wie dem Mob vor zwei Tagen. Die gleichgeschaltete Presse hatte bisher wenig über die so genannte »Reichskristallnacht« verlauten lassen.

Dem Vernehmen nach habe sich der Volkszorn am Attentat eines Juden entzündet, das dem Sekretär der deutschen Botschaft in Paris ein vorzeitiges Ableben beschert hatte. Der jüdische Schüler Grynspan sei am 7. November als Täter festgenommen worden. Nico traute den Nationalsozialisten durchaus zu, das alles nur inszeniert oder zumindest, wenn es denn stimmte, als Vorwand für eine reichsweite Aktion missbraucht zu haben. Ein ehemaliger Kunde, den er am Donnerstagmorgen getroffen hatte, ließ jedenfalls eine dementsprechende Bemerkung fallen. Sein Nachbar, flüsterte er, der sei Führer des örtlichen SS-Sturms und der habe angeblich schon *vor* Ausbruch des Pogroms davon gewusst. Allein die Eindrücke aus Nicos unmittelbarer Umgebung hatten ihn den Zynismus in der bagatellisierenden Umschreibung »Kristallnacht« wie bittere Galle schmecken lassen. Das Glitzern zerbrochener Schaufenster war noch harmlos im Vergleich zu den brennenden Synagogen, den entweihten Thorarollen, den geplünderten und zerstörten Geschäften, den misshandelten und vergewaltigten Menschen. Und den Toten. Ja, der »spontane« Volkszorn hatte auch Menschenleben gekostet. Wie viele, das wagte sich Nico nicht auszumalen.

Als der Zug am Mittag des 13. November 1938 die Grenze nach Italien passierte, wähnten sich die Flüchtlinge endlich in Sicherheit. Johan Mezei öffnete seine braune Aktentasche und zog eine kleine, in hellblaues Papier eingeschlagene Schachtel hervor. Ein goldenes Band entlarvte sie eindeutig als Geschenk.

»Hier, das ist für dich«, sagte der Meister.

Nicos Kopf schaukelte auf seinen Schultern, während der Zug über seinem sprachlosen Staunen wohl an die tausend Meter zurücklegte.

»Nun nimm es schon. Es gehört dir«, ermutigte ihn Lea.

Der Junge griff still nach dem Kästchen und öffnete die Verpackung. In der hellgrauen Pappschachtel lag, gebettet auf einem dunkelblauen Filztuch, eine silberne Taschenuhr. »Aber das ist ja …«

»Meine Lebensuhr«, sagte Johan. Das Erstaunen des Jungen bereitete ihm sichtlich Freude.

»So ein wertvolles Geschenk kann ich nicht annehmen. Außerdem habe ich dir doch damals gesagt, dass du sie nicht zu fürchten brauchst. Sie ist …«

»Niklas«, unterbrach der Meister ihn mit milder Strenge. »Lass uns nicht darüber streiten. Mir ist wohler, wenn du die Uhr nimmst. Du hast ihr Herz wieder zum Schlagen gebracht, und solange sie dir gehört, wird sie nicht stehen bleiben, dessen bin ich gewiss. Ich finde, das ist Grund genug, sie zu *deiner* Lebensuhr zu machen.«

Nico klappte die Taschenuhr auf, bewunderte das schlichte, weiße Metallzifferblatt mit den scharf gezeichneten arabischen Ziffern, die grünlichen Leuchtmarkierungen zur Orientierung in der Nacht, den munter kreisenden Sekundenzeiger, und dann entdeckte er die frische Gravur auf der Innenseite des Deckels.

»Zeit ist Leben und Leben ist Zeit.«
Für Nico, den Liebling nicht allein der leblosen Dinge,
von Johan und Lea,
denen du zum Sohn geworden bist.

12. KAPITEL

Der Zeuge

Rom, 1943

Unwirsch blickte Nico auf das Zifferblatt seiner Taschenuhr. Es war bereits kurz vor elf. Er griff in die Innentasche seines Jacketts, fischte einen zerknitterten Zettel hervor und prüfte noch einmal die mit dem Kunden für diesen Morgen getroffenen Vereinbarungen:

Palmiro Madesani
Via Tiburtina 113 (San Lorenzo)
Breguet-Taschenuhr: gold, autom. Aufzug
mit Gangreserveanzeiger
Tourbillon-Lagerung überprüfen
Auslieferung: Freitag, 19. Juli 1943, 10.30 Uhr

Alles stimmte. Der Witwer musste ihn versetzt haben. Nico stopfte den Zettel in die Brusttasche zurück. Er würde noch bis elf warten und dann nach Hause zurückmarschieren. Die Strecke vom Viertel Trastevere zu der geschichtsträchtigen Via Tiburtina im Stadtteil San Lorenzo war nicht gerade eine Weltreise, aber wenn man sie zu Fuß zurücklegen musste, auch kein Pappenstiel.

Nico hielt seinem Kunden das Alter zugute; er schätzte Signor Madesani auf mindestens siebzig. Der pensionierte Staatsdiener hatte selbst eingeräumt, dass er seit dem Tod seiner Ehefrau vor sieben Jahren – sie war eine berühmte Schriftstellerin gewesen – »immer ein wenig durch den Wind« sei.

Er verließ die Wohnungstür, um sich durch das schmale Fenster im Zwischenstock das bunte Treiben auf der Straße anzusehen.

Das Wohnhaus stand gegenüber dem Campo Verano, einem großen Friedhof.

Nach einigen Minuten des Wartens zog er den Karton mit der Uhr des Kunden aus der Tasche. Es war ein einzigartiges Stück wie wohl alle Schöpfungen des großen Abraham Louis Breguet. Eine seiner Uhren zu tragen vermittelte einem das Gefühl, das Gehirn eines Genies in der Tasche zu haben. Ohne das Andenken an seinen Vater und Meister Mezei schmälern zu wollen, war Breguet Nicos großes Vorbild. Vielfach kopiert, nie erreicht – diese oft strapazierte Floskel traf auf den im schweizerischen Neuenburg geborenen Uhrmachermeister ohne Einschränkung zu. Nicht ohne Grund hatte er seine Zifferblätter, gewöhnlich zwischen der Befestigungsschraube und der Zwölf, mit einem Diamantstift signiert. Diese Geheimmarkierungen waren nur unter einem bestimmten Blick- und Lichteinfallswinkel zu lesen. Das Exemplar in Nicos Händen besaß darüber hinaus ein Zertifikat von George Brown in Paris, der die Aufzeichnungen über sämtliche etwa sechstausend von Breguet hergestellte Uhren verwahrte.

Nico verstand es als großen Vertrauensbeweis, das überaus wertvolle Stück reparieren zu dürfen. Meister Davide hatte den Kunden an ihn verwiesen. Seit seiner Flucht aus Nettunia vor drei Jahren hielt Nico sich mit solchen Aufträgen über Wasser. Viel Geld brauchte er ohnehin nicht. Zum einen waren die Lebensmittel rationiert, und auf der anderen Seite reizten ihn weder Vergnügungen noch andere Extravaganzen. Als er – von Laura abgewiesen – aus seiner Geburtsstadt nach Rom geflohen war, hatte er versäumt, sein Lachen mitzunehmen.

Er bewunderte immer noch die Breguet-Uhr, als er plötzlich das Heulen von Sirenen hörte. Besorgt spähte er durch das Fenster zum Himmel hinauf. Er musste an das Radioprogramm der BBC denken, das er vor drei Tagen in seiner Wohnung verfolgt hatte. Franklin D. Roosevelt und Winston Churchill forderten das italienische Volk in der Sendung zur Kapitulation auf, »um eine größere Vernichtung zu verhindern«. Vorgestern hatte sich dann Sirenengeheul über die Dächer der Stadt erhoben und endgültig die Illusion vertrieben, der zweite große Krieg des Jahrhunderts werde die Ewige Stadt verschonen. Die Menschen waren verstört in die Luftschutzkeller gerannt, aber keine Bomben fielen vom Himmel, sondern nur Papier. Auf den Flugblättern wurde die Bevölkerung über einen möglichen Angriff auf militärische Einrichtungen in der Nähe Roms informiert. Die Verfasser beteuerten jedoch, sie würden mit größtmöglicher Mühe die Vernichtung von Privatgebäuden und Kulturdenkmälern zu vermeiden suchen. Und jetzt näherten sich ganze Schwärme von Bombern.

Einen Moment lang war Nico wie versteinert. Ihn lähmte weniger der Anblick der kleinen Punkte, die ab und zu in den Wolken auftauchten, sondern vielmehr das tiefe Gedröhn der Motoren. Als von der Straße Schreie an sein Ohr drangen, fiel die Starre langsam von ihm ab, und als ihm der Kurs der todbringenden Himmelsarmada bewusst wurde, begann er zu laufen. Die Kampfflugzeuge hielten direkt auf das römische Viertel San Lorenzo zu.

Im Erdgeschoss wurde er von einem Strom von Menschen mitgerissen, nicht hinaus auf die Straße, sondern hinunter in den Keller. Wenig später saß er, eingekeilt zwischen einer zahnlosen Alten und einem stoppelbärtigen, nach Fisch riechendem Mittvierziger, auf einer grob gezimmerten Holzbank und betete. Vor dem einzigen Fenster des muffigen Gewölbes lagen nicht einmal Sandsäcke. Er wollte sich lieber gar nicht erst vorstellen, was geschähe, wenn eine Bombe auch nur in der Nähe des Hauses explodierte.

Die Frauen, Kinder und Männer saßen und standen dicht aneinander gedrängt. Aus verschiedenen Ecken des großen Raumes ertönte Wimmern und Schluchzen, vereinzelt auch ein gemurmeltes Gebet. Ein kleines Mädchen schrie wie am Spieß. Der Mann mit dem Fischgeruch beschwerte sich, bis ihm ein kräftig gebauter Straßenarbeiter übers Maul fuhr. Alle hofften, der brummende Schwarm möge vorüberziehen.

Wer Nico in diesem Moment beobachtete, mochte sich über die scheinbare Teilnahmslosigkeit des stillen Mannes wundern, der durch seinen Vollbart und die Nickelbrille älter aussah, als er tatsächlich war. Sein Gesicht zeigte keine Regung, sein glasiger Blick war auf den Boden gerichtet, seine Gedanken trieben träge dahin. Vor auf den Tag genau siebenunddreißig Monaten war er der Spinne Phlegma ins Netz gegangen. Anfangs hatte er sich noch gewehrt, wie jedes Insekt es tut, dem dergleichen widerfährt. Die im Palazzo Manzini gefundene Namenliste hatte ihn an seinen Vorsatz erinnert, nie wieder durch Passivität zum Leid anderer beizutragen. Also rief er zuerst Meister Davide in Rom an und legte ihm nahe, mit seiner Frau wieder einmal die Verwandten in Sardinien zu besuchen – man konnte ja nicht wissen, ob Don Massimiliano beim Anblick seines ausgeräumten Tresors nicht sofort wieder Mordpläne schmiedete. Anschließend strampelte sich Nico für Menschen ab, von denen er die meisten nicht einmal kannte. Tagsüber versteckte er sich im weitläufigen Park der Villa Borghese, und nachts zog er durch die Straßen von Nettunia, um Zettel unter Wohnungstüren hindurchzuschieben. Der Inhalt war, abgesehen von wenigen Variationen, vierundfünfzig Mal der gleiche.

> *Ihr Leben ist in Gefahr! Massimiliano Manzini hat Sie und Ihre Angehörigen auf einer schwarzen Liste erfasst, die bis zu dem ermordeten Uhrmachermeister Emanuele dei Rossi zurückreicht. Auch die kürzlich verschleppte Familie Katz ist in dem Register verzeichnet. Ihr Stadtvorsteher wird Sie verraten. Fliehen Sie, solange Sie es noch können.*
>
> *Ein Freund, der zu ohnmächtig ist, um mehr für Sie zu tun*

Niemand nahm Kenntnis davon, als Nico der Stadt schließlich den Rücken kehrte und auf Albinos Rücken nach Rom ritt. Wie viele Menschen auf seine Warnung reagiert hatten, wusste er nicht, und bald interessierte es ihn auch nicht mehr. Denn nun verstrickte er sich immer weiter in das Netz der Lethargie. Er verlor die Freude an allem, was Menschen für ihr Glück wichtig finden. Ohne seine Freunde wäre er womöglich eingegangen wie ein gefangenes Tier an einem Ort ohne Licht.

Davide und seine Frau Salomia wie auch Johan und Lea Mezei hatten ihm abgeraten, die erbeuteten Dokumente den Ermittlungsbehörden zu geben, was Nicos Seelenschmerz anfangs nur vergrößerte. Wozu der monatelange Kampf gegen das Ungetüm Manzini?, hatte er sich gefragt. Warum musste er Laura aufgeben, wenn ihm die Beweisstücke nun doch nichts nützten? Auf dem Tiefpunkt seiner Verzweiflung, hatte Davide wieder einmal Lorenzo Di Marco angerufen.

Der Benediktinermönch war froh gewesen, Nico äußerlich wohlbehalten wiederzusehen, aber dessen seelischer Zustand bereitete ihm Sorge. Sie trafen sich danach noch mehrere Male, manchmal sogar im Vatikan. Lorenzo hatte sein altes Credo wiederholt:

»›Zur bestimmten Zeit wird ihr Fuß wanken.‹« Danach fügte er in beschwörendem Ton hinzu: »Verwahre das Auftragsbuch deines Vaters, Nico. Und auch die anderen Schriftstücke. Im Moment führt Fürst Tringali Casanova in der Aula IV des Justizpalastes noch seine Schauprozesse auf. Der Gerichtspräsident schnitzt seine Urteile mit dem Beil, und Mussolini führt ihm dabei die Hand. Solange das Recht in diesem Land mit Füßen getreten wird, bringen dir deine Beweise überhaupt nichts. Übe dich in Geduld. Die Willkür wird enden, und dann bricht deine große Stunde an.«

»Bis dahin bin ich innerlich verdorrt«, hatte Nico daraufhin geantwortet, und genauso fühlte er sich jetzt, während er zwischen all den schwitzenden Leibern in der sich schnell verbrauchenden Luft hockte und sich fragte, ob er nicht besser hätte draußen bleiben sollen. Wie eine zornige Antwort aus dem Himmel erklang plötzlich die erste Detonation.

Die Explosion erfolgte ganz in der Nähe. Das Haus über dem Schutzraum zitterte. Staub rieselte von der gemauerten Decke. Schreie hallten durch den Keller. Eine Frau wollte gar nicht mehr aufhören. Mehrere Kinder brüllten. Aber das war erst der Anfang.

Jetzt hagelten die Bomben förmlich auf das Viertel nieder. Von nah und fern waren die Einschläge zu hören. Die Erde bebte. Nico glaubte, keine Luft mehr zu bekommen. Er fühlte, wie sein Herz raste. Plötzlich rief eine Frau in seiner Nähe.

»Wo ist Nina?« Es war eine Mutter, die auf einen Sitzplatz verzichtet hatte. Keines ihrer fünf Kinder war älter als zehn. Wie die Orgelpfeifen hingen sie an ihr und intonierten ein Konzert der Angst. Die schrille Stimme der Frau erhob sich sirenenhaft aus dem Gejammer und Gegreine. »Ich kann meine Tochter nicht sehen. Nina! Wo bist du?«

Langsam erhob sich Nico. Wie in Zeitlupe arbeitete er sich durch die Menschen zu der Mutter. Mechanisch nahm er die Brille ab und steckte sie sich in die äußere Brusttasche seines Jacketts – obwohl die Gläser keinen optischen Schliff hatten, störten sie ihn immer, wenn etwas seine Aufmerksamkeit auf sich zog. Er beobachtete einen Moment lang, wie sie ihre weinenden Kinder tröstete, obwohl sie selbst längst am Rande der Verzweiflung war. Dann begann er ruhig zu sprechen.

»Mein Name ist Nico. Wie sieht denn Ihre Tochter aus?«

»Sie ist meine zweitjüngste. Erst vier. So groß.« Die Frau zeigte mit der flachen Hand nach unten.

»Was hat sie an?«

»Ein kurzärmeliges, dünnes Kleidchen. Rosa-weiß kariert.«

»Vermutlich dunkelhaarig wie Sie, Signora ...«

»Grazia. Ja, Ninas Lockenschopf ist kohlrabenschwarz.«

»Sie hat kurz-lange Haare«, sagte ein höchstens dreijähriger Junge.

Nico sah Grazia fragend an.

»Benito meint, halblang. Ungefähr so.« Sie legte die Außenkante ihrer Hand an den eigenen Nacken.

»Wo haben Sie die Kleine zuletzt gesehen?«

»Draußen auf der Straße, als wir mit den anderen in das Haus drängten.«

Nico nickte. »Ich gehe sie suchen.«

»Hören Sie nicht, was da draußen los ist? Sie werden zerfetzt werden«, grunzte ein bebrillter Mann um die fünfzig.

Dann bin ich entweder erlöst, oder ich fühle endlich wieder was. Nico hob beschwichtigend die Hand. »Wäre es Ihnen lieber, wenn das Kind zerrissen wird?«

Einige murmelten zustimmend.

»Sie werden uns alle in Gefahr bringen, wenn Sie jetzt da rausgehen«, knurrte ein anderer.

»Machen Sie einfach die Tür hinter mir wieder zu«, antwortete Nico.

»Danke, Signore«, sagte die Mutter.

Nico brachte kein aufmunterndes Lächeln zustande. »Wenn sie da draußen ist, finde ich sie«, war alles, was er zu ihrem Trost sagen konnte.

Drei Minuten später wandelte er im Chaos. Etliche Häuser in der Via Tiburtina brannten. Das Pflaster war mit Trümmern unterschiedlichster Größe übersät. Rauch verdunkelte den Himmel über den Dächern. Und der tödliche Hagel von dort oben hielt immer noch an. Menschen, die keinen Luftschutzraum gefunden hatten, liefen kreuz und quer über die Straße, manche durchaus zielstrebig, wenn sie in einem Hauseingang oder anderswo Deckung suchten, andere völlig kopflos dahintorkelnd. Ganz in der Nähe sah Nico einen reglosen Körper in einer großen Blutlache liegen. Von dem Mädchen fehlte jede Spur.

Er lief, während er unablässig ihren Namen rief, in Richtung der Basilika San Lorenzo fuori le Mura, aus der ebenfalls Flammen schlugen. Sein Blick war von Tränen verschleiert, er hätte nicht sagen können, ob vom beißenden Qualm oder der Verzweiflung über den unbegreiflichen Anblick, der sich ihm bot. Ein Angst erregendes Pfeifen ertönte. Sofort ließ er sich auf den Boden fallen. Dann krachte es so laut, dass er fürchtete, seine Trommelfelle würden platzen. Putz und Steine rieselten auf ihn herab.

»Nina!«, brüllte er. Die eigene Stimme dröhnte dumpf in seinem Kopf. Vielleicht hätte er der Mutter doch kein so leichtfertiges Versprechen geben sollen.

Plötzlich blieb sein Blick an einem umgestürzten, oben offenen Lieferwagen hängen. War da nicht eben eine Bewegung gewesen, ein helles Aufleuchten aus pastellfarbenem Licht? Nico schätzte die Entfernung bis zum Fahrzeug auf mindestens sechzig Meter. Die Ladung hatte aus Wassermelonen bestanden, die nun – bizarrerweise bis auf einige wenige völlig unversehrt – das Bild der Verwüstung mit grün-gelben Tupfern dekorierten. Er begann zu laufen.

Bei einem lichterloh brennenden Haus musste er auf die andere Straßenseite ausweichen, weil die Hitze jeden, der ihr zu nahe kam, hätte in Flammen aufgehen lassen. Fast wäre er dabei zu Fall gekommen. Sein Fuß stieß gegen den Schädel der immer noch schwelenden Leiche eines Menschen – er wusste nicht, ob es ein Mann oder eine Frau gewesen war. Halb blind taumelte er weiter.

Die Kakophonie aus Bombeneinschlägen, dem Bersten einstürzender Mauern, dem Prasseln der Flammen und dem Schreien verzweifelter und verletzter Menschen war ohrenbetäubend. Trotzdem glaubte Nico ein leises Greinen zu vernehmen, als der umgestürzte Kleinlastwagen nur noch wenige Meter entfernt war. Mit jedem Schritt wurde die jammernde Stimme lauter. Und dann sah er es.

Das kleine Mädchen saß hinter der Ladefläche, mit dem Po auf dem Pflaster, die Beine lang ausgestreckt, rieb sich mit den Händchen unentwegt die Augen und heulte sich die Seele aus dem Leib. Sein linkes Bein war unter der Heckflosse einer großen Bombe eingeklemmt.

»Allmächtiger!«, stieß Nico hervor. Im Nu war er bei der Kleinen und nahm ihr Gesicht in seine Hände. »Du bist Nina, nicht wahr?«

Ihr Weinen ging in ein Schluchzen über, und sie nickte. Nico konnte erkennen, dass der Stabilisator des Sprengkörpers zwar die Haut an ihrem Oberschenkel geritzt hatte, aber nicht ins Fleisch eingedrungen war. Das war die gute Nachricht.

»Tut es sehr weh, Nina?«

Sie schob die Unterlippe vor und schüttelte den Kopf.

»Hör mir zu, meine Kleine. Bleib ganz ruhig so sitzen. Deine Mama hat mich geschickt. Ich werde dich zu ihr bringen. Nachdem ich das schwere Ding da zur Seite geräumt habe. Lass mich nur einen Moment nachdenken.«

Ein kalter Schauer rann ihm über den Rücken. *Na, dann lass dir mal was einfallen und zwar schnell!* Es gab schon genug Erschütterungen im Umkreis, aber er befürchtete das Schlimmste, wenn er jetzt auch noch die Lage der Bombe veränderte. Zunächst versuchte Nico zu begreifen, was überhaupt geschehen war. Er streichelte Ninas Wange und sah sich um. Unweit entdeckte er einen abgerissenen Balkon und darunter ein auffälliges Loch in der Hauswand, beide Schäden schienen nicht von einer Explosion herzurühren. Möglicherweise war der Blindgänger dort eingeschlagen, mit gebremster Wucht zu Boden gefallen, anschließend über die Straße gerollt und erst vor dem Lastwagen zum Stehen gekommen. Wie auch immer, er musste zwei Dinge tun: dem Mädchen helfen und der Bombe Respekt zollen.

Sie war Ehrfurcht gebietend dick. Das Abwasserrohr eines ganzen Häuserblocks dürfte ungefähr den gleichen Durchmesser haben, schätzte Nico. Nach hinten verjüngte sie sich und besaß die schon erwähnten Leitwerke. Vorne war sie kugelrund. Er hatte keine Ahnung, wo der Zünder von so einem Ding steckte, wusste nicht einmal sicher, ob er noch scharf war. Nico legte die Hand auf den eisernen Leib und schloss die Augen. *Doch, er ist noch scharf.*

Als Nächstes begann er eine kleine Melodie zu summen. Ninas Schluchzen verstummte. Staunend starrte sie den fremden Mann an, der sich bei all dem Durcheinander die Zeit nahm, ihr ein Liedchen vorzutragen. Ebenso überraschend, wie die Darbietung begonnen hatte, endete sie auch wieder.

Plötzlich legte Nico die zweite Hand an die Bombe und rollte sie den Bruchteil einer Umdrehung herum. Dadurch hob sich der Heckflügel von Ninas Bein.

»Zieh es heraus, schnell!«, forderte er sie auf.

Sie gehorchte.

»Lauf zu der Hauswand da rüber und dann die Straße entlang. Ich komme sofort nach«, befahl er hierauf, während er in die bezeichnete Richtung deutete. Den Sprengkörper ließ er nicht los.

Nina tippelte davon.

Nun stemmte Nico die Bombe um etwas weniger als fünfundvierzig Grad herum und gab ihr einen Stoß. Danach rannte er in die entgegengesetzte Richtung. Er wollte lieber nicht ausprobieren, ob der Zündmechanismus nach seiner »Spezialbehandlung« eventuell doch wieder erwachen würde.

Unterwegs schnappte er sich das Mädchen – es war noch nicht weit gekommen. Rasch hielt er ihr die Hand vors Gesicht, um ihr den Anblick der verkohlten und zerfetzten Leichen zu ersparen. Das Bombardement hatte inzwischen nachgelassen, aber als er endlich in den Hauseingang stürmte, hinter dem Nina ihrer Mutter wiedersehen sollte, hörte er hinter sich eine gewaltige Detonation. Die wenigen Fensterscheiben, die noch nicht zu Bruch gegangen waren, zerbarsten wie das dünne Eis des ersten Frosts.

Kurz darauf konnte Nico das Mädchen den Armen seiner Mutter übergeben. Sie war außer sich vor Glück, und die Menschen im Keller jubelten und fielen sich um den Hals. Manchen hatte er nach dem Schrecken der letzten Minuten wieder ein wenig Hoffnung gespendet. Nur der Held selbst, der im Viertel bald als »Bombenzähmer von San Lorenzo« bekannt werden sollte, blieb sehr still. Trotzdem empfand er nach den vergeudeten Monaten der Trostlosigkeit zum ersten Mal wieder einen Tag als Gewinn. Er hatte ein junges Leben gerettet. Er *fühlte* wieder etwas.

Und er konnte wieder lächeln.

Der Überlieferung zufolge hatte Nero am 19. Juli des Jahres 64 Rom in Brand gesetzt. Durch den Bombenabwurf der Alliierten wurde dieser Tag endgültig stigmatisiert. Zumindest Nico brannte er sich als Anniversarium der Menschenverachtung ein. Nach allem, was er seit dem Mord an seinem Vater durchgemacht hatte, erschienen ihm die Ideale des Humanismus wie ein verblichener Schriftzug an der Wand eines zerbombten Hauses. Während man den Wert von Gold an Börsen notierte, schien man den des menschlichen Lebens auch nach fast eintausendneunhundert Jahren nur an seinem Brennwert zu messen.

Er schüttelte trotzig den Kopf. Nein, er durfte jetzt nicht in Zynismus verfallen. Immerhin hatte er eines dieser Leben gerettet, und das war ein unendlich gutes Gefühl.

Eine Weile lief er ziellos zwischen Opfern und Helfern am Bahnhof herum, der von den Bomben gründlich zerstört worden war. Endlich fand er ein Durchkommen und ging die Via Cavour entlang weiter in Richtung Trastevere.

Das Viertel links vom Tiber war vom Bombenhagel verschont geblieben. Von der Höhe des Gianicolo musste San Lorenzo wie ein riesiges Lagerfeuer aussehen. Nico fehlte jedoch der Mut, sich davon zu überzeugen. Er war froh, als er endlich das dreistöckige Haus an der Piazza Santa Maria in Trastevere erreichte. Von seiner kleinen Wohnung aus konnte er direkt auf die gleichnamige Basilika sehen. Johan Mezei und seine Frau hatten in der Via San Franceso a Ripa, also in unmittelbarer Nachbarschaft, einen Unterschlupf gefunden und lebten dort seit ihrer Flucht aus Wien, allen amtlichen Verfügungen zum Trotz, weitgehend unbehelligt.

Trastevere war ein Viertel mit noblen Palästen, verträumten Plätzen und verwinkelten Gassen, das eine Welt für sich darstellte – ideal für jemanden, der für eine Weile untertauchen wollte. Die Leute hier sprachen einen eigenen Dialekt und bezeichneten sich selbst als Nachfahren der alten Römer. Schon mancher Aufstand war von hier ausgegangen. Auch nach Italiens Kriegseintritt hatte man im Quartier früher als anderswo das Aufflackern der inzwischen allseits zu spürenden antifaschistischen Stimmung bemerkt. Nachdem die Alliierten den Warenverkehr von und nach Italien blockiert hatten, begannen die Arbeiter und einfachen Leute zuerst unter dem wirtschaftlichen Druck und den daraus resultierenden Rationierungsmaßnahmen zu leiden. Die Umgehung dieser Restriktionen durch Vertreter der Regierung und der gesellschaftlichen Oberschicht heizte die regimefeindliche Stimmung noch zusätzlich an.

Im März war der Unmut in einen Streik der Werktätigen umgeschlagen. Inzwischen hatte die italienische Armee an allen wichtigen Frontabschnitten im Ausland kapituliert. Die Divisionen in Russland waren förmlich ausradiert worden. Mussolinis Stern begann zu sinken, und nirgendwo spürte man das stärker als hier in Trastevere.

Nico legte nach alter Gewohnheit seine Hand über das Schloss in der Wohnungstür im dritten Stock. Es war zwar alt, aber vergleichsweise mitteilsam. Nein, niemand hatte sich während seiner Abwesenheit an ihm zu schaffen gemacht. Er öffnete die Tür und trat ein.

In der Küche legte er die Schachtel mit der Breguet-Uhr von Signor Madesani auf den Tisch. Er verdrängte den Gedanken, schon bald in das Haus an der Via Tiburtina zurückkehren zu müssen. Dummerweise hatte er über all der Hektik vergessen, dem Kunden eine Nachricht zu hinterlassen.

Nico stillte seinen Durst am Wasserhahn. Anschließend machte er sich an der gekachelten Wand zwischen Fenster und Herd zu schaffen. Die Fliesen verdeckten eine Geheimtür. Früher musste sich in der Nische dahinter eine Speisekammer befunden haben, aber er hatte dieses Versteck schon so vom Vormieter, einem bekennenden Kommunisten, übernommen. In dem fensterlosen Raum lag ein Jutesack, sonst nichts.

Nico hob ihn auf, verschloss sorgfältig wieder die Öffnung und begab sich zum Esstisch, über dem er den Sack ausleerte. Achtlos ließ er den Beutel zu Boden fallen und sank auf den Küchenstuhl. Die Ellenbogen auf die Tischplatte gestützt, den Kopf mit den Händen haltend, starrte er lange auf das braune Auftragsbuch und den wirr durcheinander gerutschten Stapel von Aktendeckeln. Der Hohlraum hinter der Geheimtür war nicht mehr sicher, keinesfalls *bomben*sicher, machte er sich klar. Wenn die Alliierten den *Duce* erst wie einen räudigen Hund davongejagt hätten – für Nico lag dieser Zeitpunkt nicht mehr in weiter Ferne –, dann würde er diese Papiere brauchen.

Er war ja ein zwar heimlicher, aber begeisterter Hörer des Auslandsprogramms der BBC. Seiner aus London stammenden Mutter hatte er es zu verdanken, dass er nicht nur die italienischsprachigen Sendungen mitverfolgen konnte, sondern auch die englischen. Am 10. Juli waren die Amerikaner und ihre Verbündeten auf Sizilien gelandet und eroberten inzwischen immer weitere Teile der Halbinsel. Jetzt, neun Tage später, fielen Bomben auf Rom. Bald würde sich das Blatt wenden und Massimiliano Manzini den Schutz der Obrigkeit verlieren.

Langsam erwachte Nico aus seiner Versunkenheit und begab sich an die Untersuchung seiner Beute. Als Erstes öffnete er die Kladde bei dem metallenen Lesezeichen. Der Anblick des rotbraunen Daumenabdrucks ließ ihn unweigerlich frösteln.

Natürlich hatte er die aus dem Palazzo Manzini entführten Dokumente schon vor drei Jahren gesichtet und an die Namen auf der mehrseitigen Liste seine Warnung ergehen lassen. Er hatte auch mit den wenigen Vertrauten, die er besaß, über den blutigen Abdruck gesprochen.

Die Linien an den Fingerkuppen jedes Menschen auf der Erde seien einzigartig, hatte Meister Davide gesagt. Emanuele dei Rossi war wie sein Sohn ein sehr feingliedriger Mann gewesen. Der Größe des Abdrucks nach zu urteilen, stammte er von Manzinis Daumen. Lorenzo Di Marco war trotzdem dagegen gewesen, das Beweisstück zum Staatsanwalt zu tragen und damit aus den Händen zu geben. »Selbst wenn ein Wissenschaftler herausfinden könnte, wessen Blut an Don Massimilianos Händen geklebt hat, solltest du dir diesen Schritt gründlich überlegen«, warnte er den Sohn des Ermordeten eindringlich. Ein unterschlagenes Beweisstück sei ein verlorenes Beweisstück.

Gedankenversunken löste Nico die Metallklammer von den Seiten, was er bisher versäumt hatte. Von hinten nach vorne las er die Namen und Adressen von Kunden, die Bewertung und Beschreibung von Uhren mit ihren Wehwehchen, die Daten von Ab- und Rückgabe, von Rechnungslegung und Bezahlung, von Reklamationen und …

Nico stutzte. Sein linker Daumen strich über einen kleinen blauen Punkt vor dem Namen eines gewissen Primo Machlin. Er hatte im Februar 1929 den Bau einer aufwändigen Taschenuhr in Auftrag gegeben. Nico konnte sich aus zweierlei Gründen an den drahtigen kleinen Tuchhändler aus Anzio erinnern: Erstens gehörte er der jüdischen Gemeinde an und zweitens …

Hektisch begann Nico in den Aktendeckeln zu wühlen. Er öffnete einen nach dem anderen, warf einen Blick hinein und legte ihn zur Seite. Endlich fand er die schwarze Mappe mit der ominösen Namenliste. Sein Finger hatte schnell den Eintrag gefunden, denn er befand sich weit oben auf der Liste.

»Primo Machlin«, flüsterte er. »Ein vermögender Mann!«

Jetzt ging Nico systematisch das Auftragsbuch seines Vaters durch. Seite für Seite verglich er die darin vermerkten Namen mit jenen auf der Liste und entdeckte dabei noch viele kleine blaue Punkte. Das Ergebnis war niederschmetternd.

Die schwarze Liste des Massimiliano Manzini basierte auf dem Auftragsbuch seines Opfers Emanuele dei Rossi.

Erst weiter hinten fanden sich andere Namen wie derjenige von Bruno Sacchi und Nico dei Rossi. Aus den Kommentaren in der Bemerkungsspalte ließ sich entnehmen, welchem »Makel« die inzwischen Gewarnten ihren Platz im Todesverzeichnis verdankten. Nach den Juden kamen Kommunisten und Sozialisten, Angehörige der Giustizia e Libertà oder anderer oppositioneller Bewegungen, aber auch Mitglieder religiöser Gruppen wie der Pfingstgemeinde oder Jehovas Zeugen waren aufgelistet, sogar Homosexuelle – alle, die das faschistische Regime per Gesetz und Verordnung gebrandmarkt hatte.

»Alle?«, murmelte Nico. Was seine Glaubensgenossen anbetraf, kannte er sich noch ganz gut aus. In Gesprächen mit anderen Juden, die das Gros seiner Kunden ausmachten, hatten sich zwei von drei als erwerbslos entpuppt. Durch die Erlasse der faschistischen Regierung war ihnen die Lebensgrundlage entzogen worden. Aber er konnte nicht sagen, ob Mussolini inzwischen tatsächlich *alle* in der schwarzen Liste aufgeführten Gruppen unter Bann gestellt hatte. Eines wusste er allerdings gewiss. Bei den Nationalsozialisten im so genannten Großdeutschen Reich waren sie geächtet …

Ein ungeheuerlicher Gedanke drängte sich ihm auf. Unwillig

schüttelte er den Kopf. Der Verdacht war absurd. Zugegeben, Manzini hatte wohl den einen oder anderen ausländischen Juden an Karl Hass, den SS-Spitzel aus der deutschen Botschaft, gemeldet, aber warum und vor allem *wie* sollte er die übrigen Nicht-Arier, Nicht-Faschisten oder Nicht-Heterosexuellen an Deutschland ausliefern? Selbst die am 15. Juni letzten Jahres verfügte Inhaftierung ausländischer und staatenloser Juden war keineswegs lückenlos umgesetzt worden. Es hätte schon einer Privatarmee bedurft …

Erneut ließ ein Gedanke Nico innehalten. Er versuchte sich an den Inhalt der anderen Dokumentenmappen zu erinnern, die er im Juni 1940 ratlos gelesen und bald wieder beiseite gelegt hatte. Wahllos griff er sich einen braunen Pappdeckel vom Stapel und schlug ihn auf.

»Fleischkonserven!«, schnaubte er. Manzini hatte Tausende Dosen davon eingekauft, außerdem auch Fisch, Erbseneintopf, Brühwürfel, Salz, Mehl – das Schriftstück las sich wie die Einkaufsliste einer mehrere hundert Köpfe starken Großfamilie. Damit ließ sich kein Krieg führen.

»Zement?«, murmelte Nico beim nächsten Dokument. Fast kam es ihm so vor, als habe der Podestà von Nettunia einen Staudamm bauen wollen, bei all den Baumaterialien, die er eingekauft hatte. Sogar zwei Bulldozer befanden sich auf der Wunschliste …

Wessen Wunschliste?, lautete die nächste Frage, die in Nicos Kopf auftauchte. Als Gemeindemechaniker hatte er einen recht guten Überblick gehabt, was die Bauvorhaben in Nettunia anbetraf. Da gab es Reparaturen an der Hafenmole, beim Krankenhaus, nicht zu vergessen der Uhrenturm des Palazzo Comunale, aber nichts, was einen derartigen Materialaufwand rechtfertigte.

Ratlos schob Nico die Papiere umeinander. Was sollte das? Handelte Manzini mit dem Zeug? Denkbar wäre es. Er besaß ja viele Firmen, wenngleich er bei kaum einer als Inhaber in Erscheinung trat. Wenn Waffen auf seinen Listen ständen, dann hätte Nico ihn als Kriegsgewinnler abgestempelt, aber selbst das war wohl nicht verboten. Enttäuscht ließ er sich in die Lehne zurücksinken. Nein, er hatte nichts in der Hand, um sofort gegen seinen Kontrahenten loszuschlagen. Wohl oder übel würde er warten müssen, bis sich die politische Großwetterlage im Land änderte. Hoffentlich passierte es bald. Und hoffentlich mussten nicht so viele Unschuldige darunter leiden.

Die Ewige Stadt lebte nun in ständiger Angst. So ganz konnten die Beteuerungen der Kriegführenden, dass sie den Schutz der römischen Kulturschätze vor ihre strategischen Erwägungen stellten, nicht stimmen. Am 13. August 1943 wurde ein weiterer schwerer Angriff auf Rom geflogen, und es sollte nicht der letzte bleiben. Trotzdem hatte sich für Nico bis dahin einiges verändert, das ihm neuen Mut einflößte.

Das verheerende Bombardement von San Lorenzo, in dem an die dreitausend Menschen ums Leben gekommen waren und nicht weniger als zehntausend verletzt wurden, hatte Benito Mussolinis bereits im Sinken begriffenen Stern zum Absturz gebracht. Er selbst weilte in Verona, während seine Untertanen starben, um sich mit Hitler über Abwehrmaßnahmen gegen die nächsten Angriffe der Alliierten zu beraten. Bei seiner Rückkehr in die Hauptstadt musste er sich vor dem Großrat des Faschismus für die militärische Krise verantworten. Nach einer stürmischen Debatte sprachen die Gefolgsleute ihrem Führer das Misstrauen aus. König Vittorio Emanuele III. ließ den *Duce* am 25. Juli unter militärischen Gewahrsam stellen und rief Marschall Pietro Badoglio auf, eine neue Regierung zu bilden.

Schon kurz nach Amtsantritt des neuen Ministerpräsidenten zeichnete sich ab, dass der alte Machtapparat demontiert werden sollte. Unter dem *Duce* selbst noch Generalstabschef, machte Badoglio sich jetzt mit militärischer Zähigkeit daran, sämtliche faschistischen Organisationen zu liquidieren. Nur im Kampf gegen die Invasoren schien er nicht klein beigeben zu wollen. Was zunächst wie die bockbeinige Zähigkeit eines alten Frontkämpfers aussah, entpuppte sich jedoch bald als Kriegslist. Während in ganz Italien noch die Friedensdemonstrationen im Gange waren, hatte er seine Vertreter nach Lissabon geschickt, um mit den Alliierten einen geheimen Handel abzuschließen, deren Klauseln erst nach und nach an die Öffentlichkeit drangen. Nach dem 3. September verbreitete sich bald das Gerücht, ein Waffenstillstand sei geschlossen worden.

»Soll ich immer noch warten?«, fragte Nico den Mönch, der ihm in den letzten Monaten mehr als andere ein Ratgeber in kniffligen Fragen geworden war. Sie hatten sich zu einem Sonntagabendspaziergang durch die Vatikanischen Gärten verabredet. Jetzt saß Lorenzo Di Marco neben ihm auf einer Steinbank und wirkte sehr nachdenklich.

Das Gesicht des Benediktiners war immer noch so jugendlich wie vor elf Jahren, aber seine Augen sahen müde aus. Er wiegte den Kopf hin und her. »Ich bin kein Prophet, mein Freund. Der Moment scheint günstig. Günstiger denn je, das will ich nicht abstreiten …« Seine Stimme entschwebte gleichsam mit dem Abendwind.

»Aber?«, hakte Nico nach.

»Der Krieg ist noch nicht zu Ende.«

»Die Leute behaupten, es hätte seit vorgestern auf unserem Territorium keine Gefechte mehr gegeben.«

Lorenzo lächelte matt. »Das ist eine viel zu kurze Zeit.«

»Aber ich *muss* endlich etwas tun. So wie der Marschall mit eisernem Besen unter den Faschisten kehrt, ist Manzini vielleicht längst entmachtet. Ich werde dafür sorgen, dass er sich vor Gericht für seine Taten verantworten muss.«

»Viel Glück, mein junger Freund. Darf ich dir einen Rat geben?«

Nico schürzte die Lippen. Dann zuckte er die Achseln.

»Ich bin nur ein Mönch, allerdings einer, der den Vorzug genießt, Einsicht in Dinge zu haben, die den meisten Augen verborgen bleiben. Das ist nicht immer angenehm, aber jetzt diene ich schon dem zweiten Papst und habe dabei so allerlei Erfahrung gesammelt.«

Nico nickte. »Deshalb komme ich ja zu dir.«

Das Großejungenlächeln schimmerte für einen Moment unter den erschöpften Gesichtszügen hindurch. »Nur deshalb?«

»Und weil wir Freunde sind.«

»Es ist schön, das zu hören, Nico. Ich will meinen Rat kurz fassen: Verschieße nicht dein ganzes Pulver gleich am ersten Tag.«

»W-was …?«

»Du hast einige sehr wertvolle Beweisstücke im Haus des Podestà von Nettunia in deinen Besitz gebracht. Um Manzini verhaften zu lassen, brauchst du nur einige davon. Du kannst immer noch andere nachschieben, wenn er erst hinter Schloss und Riegel sitzt. Wähle deine Waffen also mit Bedacht.«

»Und womit soll ich gegen ihn zu Felde ziehen? Empfiehlst du mir das Schwert, oder soll ich doch besser die Armbrust nehmen?«

Lorenzo erwiderte den trotzigen Blick des jungen Mannes gleichmütig. »Letzteres. Es ermöglicht dir, aus größerer Distanz auf ihn zu zielen.«

Bereits am nächsten Tag betrat Nico, unter dem Arm das Auftragsbuch seines Vaters, den monumentalen Palazzo di Giustizia am linken Tiberufer. Ein Pförtner, ein schnurrbärtiger Zwerg mit Brille in fortgeschrittenem Alter, hinderte ihn am Eindringen.

»Was wünschen Sie, Signore?«

»Bitte melden Sie mich der *Procura del Re.*«

»Wozu? Haben Sie etwas verbrochen?«

»Ich möchte jemanden anzeigen.«

»Das wollen alle.«

»Es ist dringend.«

»Dann gehen Sie zur Polizei.«

»Es handelt sich um einen Mörder.«

»Was Sie nicht sagen! Umso wichtiger, dass die Polizei davon erfährt.«

»Der Täter ist außerdem Podestà einer nicht unbedeutenden Stadt in Latium.«

Der Pförtner lächelte müde. »Sind nicht alle Politiker in diesem Land Gauner?«

»Er hat meinen Vater umgebracht. Ich bin Augenzeuge. Würden Sie so leichtfertig darüber hinweggehen, wenn Ihr Vater von einem Stadtoberhaupt erstochen worden wäre?«

»Mein Vater ist lange tot.«

Nico ließ die Kladde vor dem Pförtner flach auf den Tresen knallen. »Verdammt noch mal! Wenn Sie keine Lust zum Arbeiten haben, dann soll mir das egal sein, aber in diesem Fall machen Sie sich mitschuldig, wenn Sie mich nicht zur Staatsanwaltschaft durchlassen.«

Normalerweise genügte ein geringerer Ausbruch, um bei einem Staatsdiener auf Lebenszeit in Ungnade zu fallen. Aus irgendeinem Grund hatte Nico mit seinem forschen Auftreten jedoch den Pförtner aufgescheucht. Der Mann griff zum Telefon und wählte eine Nummer. Ein paar hastige Sätze wurden in den Hörer gestoßen, und wenig später gab der garstige Zwerg die Zimmernummer preis, die den Bürger zu einem hörenden Ohr leiten würde.

Da man ohnehin gerade dabei war, den faschistischen Schlamm aus den Amtsstuben zu spülen, wurde Nicos Anzeige mit großem Interesse aufgenommen. So erklärte sich jedenfalls ein jüngerer, trotz allem etwas steif wirkender Beamter in tadellosem schwarzen Anzug, der nicht nur seine Haare ständig nach hinten strich, sondern in gleicher Weise am liebsten sofort die ganze schwarze Vergangenheit der letzten einundzwanzig Jahre aus dem Blickfeld geräumt hätte. Zumindest gab er sich den Anschein, Marschall Badoglios neuen Kurs entscheidend mitgestalten zu wollen.

»Der Name Massimiliano Manzini ist im Justizpalast nicht unbekannt«, gestand Signor Vittorio Abbado, der sich als »rechte Hand des in solchen Fällen ermittelnden Staatsanwalts« zu erkennen gab.

Klar, ihr habt ja schon einmal meine Zeugenaussage in euren Schubladen verschwinden lassen. Nico legte ein in braunes Leder gebundenes Buch vor dem Beamten auf den Tisch und lächelte. »Das wundert mich nicht. Ich habe Ihnen hier etwas mitgebracht, zu dem ich Ihnen gerne eine Geschichte erzählen möchte. Ihnen mag sie aufregend erscheinen, aber für mich ist sie die traurigste, die ich je erlebt habe.«

Die Carabinieri drangen am Mittwoch, den 8. September 1943, gegen acht Uhr früh in den Palazzo Manzini ein. Alle Ausgänge waren von den Polizisten besetzt, ein Entkommen somit ausgeschlossen. Unter der zum italienischen Heer gehörenden Einheit befand sich auch ein bärtiger Zivilist, der einen Hut mit Krempe, einen langen grüngrauen Regenmantel und eine dunkle Sonnenbrille trug. Das Personal hielt ihn für den *commissario*, obwohl er sich für einen Ermittlungsbeamten eher untypisch verhielt. Während der ganze Razzia behielt er seine Hände in den Manteltaschen vergraben und sprach zudem kein einziges Wort.

Nico glaubte die Besinnung verlieren zu müssen, als plötzlich Laura vor ihm stand. In den verflossenen drei Jahren war sie noch schöner geworden, aber er hatte ihr Gesicht auch noch nie so ernst gesehen. Ihre Augen waren zwei dunkle Brunnenschächte, aus denen nur noch Schwermut und Verzweiflung geschöpft werden konnte. Trotzdem stellte sie sich, wie eine Löwenmutter, die ihre Jungen verteidigt, der Truppe entgegen. Sie starrte Nico scharf an.

»Was soll dieses Theater?«

An Stelle des Gefragten antwortete der Kommandant. »Wir kommen, um Signor Manzini vorläufig festzunehmen.«

Lauras Augen gaben den Bärtigen mit der dunklen Brille nicht frei, während sie kühl erwiderte: »Erst werfen Sie ihn aus dem Amt und jetzt ins Gefängnis? Aus welchem Grund?«

»Ich bin nicht befugt, Ihnen irgendwelche Auskünfte zu erteilen. Sollten Sie uns allerdings aufhalten wollen, bin ich gezwungen, Gewalt anzuwenden.«

Nur widerstrebend fügte sich Laura in das scheinbar Unabwendbare und gab den Weg für die bewaffnete Einheit frei. Nico ließ sich einfach in Richtung Arbeitszimmer mittreiben. Er hatte gehofft, es würde nicht zu dieser Begegnung kommen.

Auf der Treppe kam ihnen Donna Genovefa entgegen. Sie schwebte gleichsam die Stufen hinab, bedachte die Carabinieri nur mit einem flüchtigen Blick, aber als sie an Nico vorüberglitt, glaubte er auf ihren Lippen den Anflug eines Lächelns zu sehen.

Als die Operation sich auf das erste Obergeschoss des Palastes ausdehnte, war Don Massimiliano, wie vom Küchenmädchen vermutet, noch in seinem Arbeitszimmer. Er beschäftigte sich gerade mit dem Befeuern seines Kamins.

»Signor Manzini«, eröffnete der *commandante*, »Sie sind verhaftet.

Ohne Zögern führten mehrere Polizisten die Order der Staatsanwaltschaft aus. Die *Procura del Re* hatte Nicos Aussage für »sehr überzeugend« gehalten. Das Ausschreiben des Haftbefehls war, nachdem man sich einen Vergleichsfingerabdruck des Stadtvorstehers von Nettunia besorgt und die Übereinstimmung mit jenem im Auftragsbuch festgestellt hatte, nur noch eine Formalität gewesen.

Der massige Gefangene setzte sich nicht zur Wehr.

»Ah!«, machte der Kommandant, nachdem er einen Blick auf die Manzini entrissenen Papiere geworfen hatte. »Sind die Herren auf dieser Liste von Ihnen mit ›Spenden‹ bedacht worden?«

»Ich habe keine Ahnung, wovon Sie reden«, knurrte Manzini.

Der Kommandant hielt ihm die zerknitterten Blätter entgegen. »Hier hat jemand hohe Summen verzeichnet, die Ihnen als Stadtoberhaupt von Nettuno zugeflossen sind. Warum verbrennen Sie so etwas?«

»Hätte ich das getan, könnten Sie es nicht in Händen halten«, erwiderte Manzini mit ausdrucksloser Miene. Dann fügte er mit Blick auf Nico hinzu. »Sagen Sie Ihrem schweigsamen Begleiter, dass man Massimiliano Manzini nicht so einfach verhaften kann. Ich habe mächtige Freunde.«

Der Kommandant lachte. »Sitzen die nicht längst alle im Gefängnis?«

»Warten Sie 's ab. Nehmen Sie mich mit, wenn Sie es unbedingt für nötig halten, aber wagen Sie es nicht, mein Eigentum anzurühren! Und seien Sie achtsam, wenn Sie in Zukunft ohne Ihre Armee das Haus verlassen.«

»Wollen Sie mir drohen?«

Manzini schnaubte nur. Erst als man ihn abführen wollte, verlangte er nach der Lebensuhr.

»Die wird zu den Beweisstücken gegeben«, entgegnete der Kommandant.

Manzinis Gesichtsfarbe veränderte sich. Auf seiner Nase und den Wangen trat ein blutrotes Netz von Äderchen hervor. Wut und Entsetzen waren der Zündstoff, der seine Worte hinausschleuderte. »Was? Wollen Sie, dass meine Uhr in einem Karton zum Stillstand kommt? Das lasse ich nicht zu!«

»Sie werden wohl nichts dagegen tun können«, erwiderte der Kommandant gleichmütig. Nico hatte ihn vorgewarnt, dass es möglicherweise zu einer solchen Reaktion kommen würde.

Manzini stemmte sich gegen die Hände an, die sich um seine Oberarme gelegt hatten. Er besaß die Kraft eines Stieres und die Körpermasse eines Bullen. Einer der Carabinieri konnte ihn nicht länger halten. Manzini riss sich los. Mit einem Mal blickte er in den Lauf einer Pistole.

»Noch einen Schritt, und ich schieße«, sagte der Kommandant.

Tief in Nicos Bewusstsein schrie eine Stimme: *Drück doch ab!* Seine alte Rachsucht flackerte auf. Doch er rang sie nieder und legte rasch seine Hand auf den Waffenarm des Kommandanten. Er wollte lieber für Gerechtigkeit einstehen, anstatt mit seinem Zögern dem Standrecht Vorschub zu leisten – allzu frisch waren noch die Erinnerungen an die Toten beim österreichischen Volksaufstand im Februar 1934. Davon abgesehen wollte er Don Massimiliano in den Augen seiner Tochter nicht zu einem Märtyrer machen. Durch ein ordentliches Gerichtsverfahren konnte er Laura vielleicht die Augen öffnen.

Die Bedrohung mit der Waffe hatte Manzinis Widerstand vorerst erlahmen lassen. Aber sein hochrotes Gesicht mahnte weiterhin zur Vorsicht. Der Kommandant musste sich durch die Berührung am Arm glücklicherweise des Hilfsangebotes entsonnen haben, das ihm Nico im Voraus gegeben hatte. Denn nun sagte er: »Wenn Sie ohne Widerstand mit uns kommen, Signor Manzini, dann gebe ich Ihnen mein Ehrenwort, dass Ihre Uhr täglich aufgezogen und bewegt wird.«

Es sah so aus, als hätte jemand aus dem schweren Körper des ehemaligen Stadtvorstehers Luft abgelassen. Auch das Rot im Gesicht hellte sich merklich auf. Er nickte und ließ sich ohne weitere Gegenwehr abführen.

Nachdem er aus dem Raum war, trat Nico zu der Säule mit der Glasvitrine. In ihm tobte immer noch der Sturm, den das Wiedersehen mit Laura ausgelöst und den der gerade überstandene Zusammenprall mit dem Mörder seines Vaters weiter angefacht hatte. Beim Anblick der Lebensuhr wurde daraus ein Tornado, der ihn fast von den Füßen fegte. Mit beiden Händen musste er sich an der Säule abstützen, um nicht das Gleichgewicht zu verlieren.

»Ist Ihnen nicht gut?«, fragte der Kommandant plötzlich hinter ihm.

Nico erschrak und schüttelte den Kopf.

Der Carabiniere deutete auf die Lebensuhr in der Vitrine?

»Ist sie das?«

Die Antwort war ein Nicken.

Der Polizist prüfte die Tür. »Abgeschlossen«, sagte er und nahm seine Pistole am Lauf. Offensichtlich wollte er das Glas mit dem Griff einschlagen. Nico hielt ihn mit einer beschwichtigenden Geste zurück und schüttelte den Kopf.

»Haben Sie denn einen Schlüssel, Signor dei Rossi? Sie wissen ja, wir müssen die Uhr sicherstellen.«

Wieder nickte Nico und legte erneut beide Hände auf die Säule. Seine Rechte berührte das Loch, das sonst nur den zweibärtigen Schlüssel an sich heranließ. Sie zitterte. Plötzlich war ein metallisches Klicken zu hören. Der Hüter der Lebensuhr deutete einladend auf die Vitrine.

Der Kommandant staunte nicht schlecht, als sich der rechtwinklig geknickte Türflügel öffnen ließ. »Wie haben Sie das gemacht?«

Nico zuckte die Schultern und wandte sich zum Gehen.

Als er den breiten Türsturz durchquerte, stand unvermittelt Laura vor ihm.

Einige Sekunden lang sahen sich beide wortlos an.

Sein Herz verkrampfte sich zu einem knotigen Klumpen, als er abermals durch Lauras Augen in die Zisterne ihrer Kümmernis blickte. Nur ein bitterer Verlust konnte ein Gesicht so sehr zeichnen. Aber wen betrauerte sie da? Ihren verhafteten Vater oder die verlorene Liebe? Ehe er sich über diese Fragen schlüssig werden konnte, begann sie zu sprechen. Mit erschreckend ruhiger Stimme.

»Ist dein Rachedurst nun gestillt? Du hast alles zerstört. Glaubst du, du wirst jetzt endlich Frieden finden?«

Er hatte sich an ihr vorbeigedrückt und war aus dem Haus geflüchtet. Sein ganzer Körper tat ihm weh, weil er immer noch das heftige Zittern unterdrückte – die Leute würden ihn womöglich für einen Epileptiker halten. Ohne seine Umgebung wirklich wahrzunehmen, stolperte er durch die Altstadt. Und plötzlich stand er vor seinem Geburtshaus.

Das mit der Stadtmauer verwachsene Gebäude erinnerte ihn an einen alten Baum, der vor langer Zeit aufgehört hatte zu blühen. Vom Fenster seiner Mansardenwohnung aus war es ihm oft wie ein versteinerter Riese vorgekommen, der unerwartet zu neuem Leben erwachen konnte. Jetzt hatte er das Gefühl, genau das sei geschehen. Er spürte, wie sich seine Anspannung löste, obwohl das Herz immer noch heftig klopfte.

Sämtliche Fensterläden waren zugenagelt. Natürlich hatte Manzini auch den Anstrich der Fassade nicht erneuert. Die hellgelbe Farbe war mehr denn je abgeblättert. Was Nico bis zu dieser Minute nicht mehr für möglich gehalten hätte, gelang ihm nun, nachdem er den Dämon seiner Vergangenheit besiegt hatte. Er stieg die zwei Stufen zur Tür empor, legte seine Hand auf die Mesusa und glaubte, obwohl das kaum möglich schien, in der Messingkapsel noch die Erinnerung an seinen Vaters wahrzunehmen.

Obwohl ihm irgendwann auf der Strecke der letzten elf Jahre der Glaube an die Wirksamkeit des traditionellen Gebets abhanden gekommen war, murmelte er die vertrauten Worte.

»Möge Gott mein Hinausgehen und mein Hineingehen behüten von nun und für immer.«

Nach einem tiefen Atemzug drückte er die Klinke nieder.

Jeder hatte ihm gesagt, dass sie verschlossen war.

Er richtete seinen Sinn auf das grobschlächtige Schloss und flüsterte: »Komm mein Alter, dein kleiner Freund ist wieder da.« Ein kratzendes Geräusch kam aus der Tür. Beim zweiten Versuch, sie zu öffnen, leistete sie keinen Wiederstand mehr.

Mit wachsweichen Knien betrat Nico den Flur. Er glaubte noch die Stelle zu erkennen, wo er sich als Zeuge einer Eruption von Gewalt in die Hosen gemacht hatte. Die Tür der Werkstatt war – wie damals – nur angelehnt. Mit ausgestrecktem Arm drückte er sie auf. Er musste sich am Türrahmen festklammern, weil er fürchtete andernfalls zusammenzubrechen.

Der Blutfleck auf den Dielen *war* noch deutlich auszumachen, verblasst zwar, aber Nicos Gedächtnis frischte die rote Farbe auf. In der Werkstatt herrschte ein heilloses Durcheinander. Bis auf zwei Wanduhren, die von einer dicken Staubschicht bedeckt zerbrochen am Boden lagen, fehlten alle anderen. Offenbar hatten Manzini und seine Helfershelfer einen gewöhnlichen Raubmord vortäuschen wollen. Regale waren von den Wänden gerissen, der Arbeitstisch und die Stühle umgeworfen. Alles weniger Wertvolle lag wie achtlos fallen gelassen ebenfalls auf den Dielen herum.

Ganz hinten an der Wand sah Nico ein rotes Buch liegen. Er erkannte es sofort wieder. Rasch hob er es auf und pustete die Staubschicht fort. Der papierene Teil des Halbledereinbands sah aus wie Marmor. Er klappte es auf. Das Titelblatt war in schwarzer und roter Farbe gehalten.

DANTE ALIGHIERI

LA DIVINA COMMEDIA

»*Die Göttliche Komödie.*« Sein Atem vermochte die Worte kaum über die Lippen zu heben. Eine kleine Zeile aus diesem Buch hatte seinen Vater das Leben gekostet. *Die Zeit geht hin, und der Mensch gewahrt es nicht.* Welches Geheimnis bargen diese Worte? Was hatte Manzinis Jähzorn heraufbeschworen?

Nico schlug das Buch wieder zu. Er würde es mitnehmen, nicht allein um das darin verborgene Rätsel zu lösen, sondern noch aus einem anderen Grund.

Ein letztes Mal ließ er den Blick durch die Werkstatt schweifen, dann kehrte er auf den Flur zurück. Obwohl seine Kraft fast schon erschöpft war, stieg er trotzdem die Treppe empor, um die anderen Räume des Hauses zu untersuchen. Überall bot sich ihm dasselbe trostlose Bild der Verwüstung. Manzinis Leute hatten ganze Arbeit getan. Nico wusste nicht, was er sich von diesem Besuch erwartet hatte. Ein weiteres Indiz vielleicht, das auf den Mörder hindeutete, oder eine innere Befreiung, die ihn endlich frei atmen ließ – er fühlte sich enttäuscht, deprimiert, unglücklicher denn je.

Mit dem Buch unterm Arm verließ er das Haus, in dem er sein halbes Leben zugebracht hatte, und er wusste, es würde ihm nie wieder ein Zuhause sein können. Nachdem er das plumpe Schloss überredet hatte, die Tür wieder zu verriegeln, lief er durch die schmale Via del Baluardo und über die Piazza Vittorio Emanuele III. zu dem Wandelgang, der an der Seeseite die alte Stadtmauer säumte. Er ließ die Altstadt hinter sich, lief am Forte Sangallo vorbei und suchte sich eine kleine Bar, von der aus man die Leute am Strand beobachten konnte. Es war erst Anfang September, der Sommer hier hatte gewöhnlich einen langen Atem. Trotzdem räkelten sich nur wenige Leute in der Sonne. Vielleicht war es noch zu früh.

Auf der Straße vor der Bar standen sieben oder acht runde Tische. Nico ließ sich müde in einen Stuhl fallen, zog sich einen zweiten heran, auf den er das rote Buch legte, nahm die Sonnenbrille ab und massierte sich die Nase. Ein hemdsärmeliger Ober fragte ihn nach seinen Wünschen. Was er tatsächlich wollte, würde der schnurbärtige Mann ihm wohl nicht erfüllen können, also bestellte er sich einen doppelten Grappa.

Sobald er sich wieder allein überlassen war, begannen seine Gedanken erneut zu kreisen. *Glaubst du, du wirst jetzt endlich Frieden finden?* Nein, schon jetzt, weniger als eine Stunde nach Manzinis Verhaftung wusste er, dass diese Hoffnung sich nicht erfüllen würde. Möglicherweise endete das Leben seines Widersachers im Angesicht des Henkers, aber sein eigenes würde bis zuletzt am Verlust des einzigen Mädchens leiden, das er je geliebt hatte.

In seinem desolaten Zustand bemerkte Nico nicht einmal die gedrückte Stimmung, die auch unter den drei oder vier übrigen Gästen an den benachbarten Tischen herrschte. Plötzlich fiel eine schwere Hand auf seine Schulter, und er schrie vor Schreck auf.

»Ruhig Blut, *amico mio*«, sagte eine ihm nur allzu bekannte Stimme. Nico drehte den Kopf und riss die Augen auf. Hinter ihm stand ein junger Mann mit breiter Nase und dunklem Vollbart, den er trotzdem sofort wiedererkannte.

»Bruno, musst du dich so anschleichen!«

»Pscht!«, machte der und grinste. Während er sich einen Stuhl heranzog und sich darauf setzte, flüsterte er: »In den letzten Monaten habe ich das Pirschen gelernt. Du hast dich verändert, aber der Bart steht dir.«

»Dito. Heute kam ich mir allerdings so vor, als existiere er überhaupt nicht. Alle haben mich wiedererkannt.«

»Vielleicht bildest du dir das nur ein. Mir ging's genauso, wenn mich mal einer länger als zwei Sekunden angeglotzt hat. Aber ich hatte allen Grund, mein Äußeres zu verändern. Bis zu Mussolinis Abgang kam ich mir vor wie ein Phantom.«

»Selber schuld, wenn du bei der Giustizia e Libertà mitmischst.«

»Soll ich etwa mitmachen, wenn die Schwarzhemden ihre Lieder grölen, so wie …?«

»Nimm dich in Acht, was du sagst. Du weißt, dass ich weder

bei der Hitlerjugend war noch mit den Faschisten marschiert bin. Haust du eigentlich immer noch unter dem Torre Astura?«

Bruno gab dem Ober einen Wink und bestellte sich einen Cappuccino. Anschließend sagte er: »Im Torre herrscht gerade mal wieder Betrieb. Hab ein paar Nächte in den Höhlen unter der Nero-Villa zugebracht. Zuletzt war ich bei der Gruppe südlich von Nettunia?«

»Etwa in den Sümpfen?«

»Das ist geheim.«

»Verstehe. Du traust mir nicht mehr.«

»Ich kann schlecht von meinen Leuten verlangen, die Klappe zu halten, und mich selbst darüber hinwegsetzen. Wie steht's mit dir? Ist der Bart Mode oder Maske?«

»Ich hatte Letzteres gehofft.« Nico verzog das Gesicht.

»Ha! Du darfst nicht von deinem ältesten Freund auf die Allgemeinheit schließen. Die Leute sind so was von oberflächlich! Ich kam mir anfangs auch so vor, als würde ich ein Schild mit meinem Namen um den Hals tragen, aber tatsächlich hat kaum einer von mir Notiz genommen. Du sagtest, alle hätten dich erkannt. Wen meinst du damit?«

»Donna Genovefa, unseren geschassten Podestà und … Laura.« Nicos Magen verkrampfte sich sofort wieder.

»Sag bloß, du warst im Palazzo Manzini?«

Er nickte. »Mit einem Heer von Carabinieri. Das ehemalige Stadtoberhaupt von Nettunia sitzt jetzt hinter Gittern.«

»Und das hast *du* angeleiert?«

»Allerdings. Mit einem Fingerabdruck von Don Massimilianos Daumen. Er hat ihn mit dem Blut meines Vaters in unser Auftragsbuch gestempelt.«

Bruno pfiff durch die Zähne. »Was ist mit Laura? Wie hat sie darauf reagiert?«

»Sie hasst mich dafür.«

Der Sohn des Kunstmalers starrte vor sich hin. Nach einer Weile begann sein Kopf sacht zu wippen. »Auf ihre Art kann ich sie sogar verstehen.«

»Dann besitzt du mehr Einfühlungsvermögen in ihre Seele als ich.«

»Kann sein.«

Nico sah seinen Freund scharf an.

Bruno breitete die Hände aus. »Immer noch eifersüchtig? Ich bin ein Künstler. Da hat man mehr Gespür für die Gefühle der Frauen, als wenn man Mechaniker ist.«

»Uhrmacher.«

»Ja, ich weiß: Der Leblosen Liebling. Durch den Körper eines Mädchens fließt aber Blut, mein Freund, richtiges, rotes, warmes Blut. Solltest du dir mal hinter die Ohren schreiben, fürs nächste Mal.«

»Es wird kein nächstes Mal geben.«

»Bist du dir sicher?«

Nico antwortete nicht.

»Was wirst du jetzt tun?«

»Vor Gericht als Zeuge auftreten.«

»Glaubst du allen Ernstes, dass es dazu kommt?«

»Diesmal ja. Mussolinis Regime ist Vergangenheit. Die Faschisten werden überall aus den Ämtern gejagt. Manzini steht allein auf weiter Flur.«

»Hängt davon ab, wer schneller ist, würde ich sagen.«

Nico blinzelte verwirrt. »Wer soll schneller sein als wer?«

»Die Amerikaner als die Deutschen.« Bruno stutzte. »Hat es dir etwa noch niemand gesagt?«

Erst jetzt fielen Nico die düsteren Mienen an den Nachbartischen auf. »Ich bin heute noch vor dem Aufstehen von Rom hier herübergefahren. Möglicherweise ist mir da irgendetwas entgangen.«

»Kann man wohl sagen. Das Radio meldet, dass der König nach Brindisi ausgebüchst ist, und unser Regierungschef hat sich ihm gleich angeschlossen.«

»Marschall Badoglio? Aber vor wem?«

»Na, vor der Wehrmacht. Die Deutschen sind heute in Tirol einmarschiert und dringen schnell nach Süden vor. Wenn sie in dem Tempo weitermachen, heißt es übermorgen in Rom: ›*Hitler ante portas.*‹«

Nicht Adolf Hitler persönlich gab sich am 10. September 1943 »vor den Toren« Roms die Ehre, er ließ sich von seinem Heer vertreten. Nico weilte an diesem vielleicht dunkelsten Tag in der Geschichte Italiens ebenfalls in der Ewigen Stadt. So schnell hatte er eigentlich nicht dorthin zurückkehren wollen, weil bis zu Manzinis Überstellung in die Hauptstadt noch einige Tage vergehen sollten. Der Mörder saß in einer Zelle der *Questura*, eben jenes Polizeipräsidiums, in dem sein Wort bis vor kurzem noch Gesetz gewesen war. Üblicherweise logierten darin nur Gäste, die zu viel *Trebbiano di Nettuno* getrunken oder sich gegen Anstand und Sitte versündigt hatten. Richtige Ganoven nächtigten dagegen in dem staatlich geführten Etablissement so selten wie ein Staatsoberhaupt in einer Jugendherberge.

Um sein Versprechen zu halten, hatte Nico dem Beamten, der das Magazin beschlagnahmter Gegenstände verwaltete, einen Einführungskurs in Lebensuhrpflege gegeben. Der Beamte, eine blonde Bohnenstange mit Glasauge, musste unablässig grinsen.

»Sie tun ja so, als sei das keine Uhr, sondern ein Goldhamster, Signor Mi… Verzeihung, ich wollte sagen, Signor dei Rossi.«

»Don Massimiliano ist ein zutiefst abergläubischer Mann. Wenn Sie vermeiden wollen, dass er einen Tobsuchtsanfall bekommt und dabei sich oder andere ernstlich verletzt, dann ziehen Sie seine Taschenuhr regelmäßig auf. Es kostet Sie wenig Mühe, bringt Ihnen aber eine Menge Frieden.«

»Einige hier hätten gegen einen kleinen Ausraster ihres alten Podestà wohl nichts einzuwenden. Wäre eine schöne Gelegenheit, ihn endlich mal so richtig durchzuwalken.«

»Das verstehe ich, aber er hat mehrere Menschenleben auf dem Gewissen. Ich selbst musste einen Mord mit ansehen. Geben Sie dem Schurken die Gelegenheit, sich dem Henker vorzustellen.«

Der Beamte hatte gegrinst und den Zeugen gehen lassen. Etwa zwei Stunden später war Nico in Rom eingetroffen und sofort in die Via San Franceso a Ripa gefahren, um Johan und Lea zu warnen.

»Wir haben es schon aus dem Radio gehört«, sagte der Uhrmachermeister, nachdem sein Geselle in die Wohnung geplatzt war.

»Ihr müsst sofort untertauchen.«

»Die Ältesten sagen, wenn die Deutschen hier einfallen und sehen, dass wir uns alle versteckt haben, dann werden wir sie erst recht reizen«, gab Lea zu bedenken. »Sie meinen, die Nationalsozialisten seien zwar eine Plage, aber die jüdische Gemeinde von Rom hat in den zweitausend Jahren ihres Bestehens schon ganz andere Gefahren gemeistert.«

Nico sah sie voller Schmerz an. »Hast du etwa schon vergessen, wie sie in Österreich gewütet haben? Ihr wisst doch, dass dieser Herbert Kappler bereits seit Jahren hier von der deutschen Botschaft aus zur Treibjagd auf die ausländischen Juden bläst. Wenn Italien erst unter Hitlers Kontrolle steht, dann spielt der Pass sowieso keine Rolle mehr.«

»Er hat Recht. Das sagt übrigens auch Rabbi Zolli«, brummte Johan. Israel Zolli war der Oberrabbiner der jüdischen Gemeinde in Rom. Mit Bezug auf die Andersgläubigen fügte der Uhrmachermeister hinzu: »Die Gojim werden nicht ruhen, bis sie alle Juden erschlagen oder vertrieben haben.«

Bisher war Nico nur um seine Zieheltern besorgt gewesen, aber der Meister hatte keinen Unterschied zwischen italienischen und anderen Juden gemacht. Wohl nicht ohne Grund, machte er sich widerstrebend klar. »Dann müssen wir eben alle von der Bildfläche verschwinden. Davide weiß bestimmt einen Rat. Notfalls bitte ich noch einmal Lorenzo um Hilfe.«

Auf Johans Stirn bildete sich eine steile Falte. »Ist das wirklich nötig? Der Papst war bisher erschreckend still, wenn es um die Verfolgung unserer Brüder und Schwestern ging.«

»Lorenzo gehört zwar dem Beraterstab von Pius XII. an, aber deshalb heißt er trotzdem nicht alles gut, was sein Oberhaupt so tut, oder besser, was es *nicht* tut.«

»Na, meinetwegen.« Johan legte seiner Frau den Arm um die

Schulter. Er sah müder aus denn je. »Zwar sag ich es nicht gerne, Lea, aber ich hab mal wieder das Gefühl, dass wir auf verlorenem Posten stehen.«

Sie küsste ihn auf die Wange. »Ich weiß schon, mein Schatz. Wenn du meinst, dass wir uns in eine sichere Stellung zurückziehen sollten, dann tun wir es.«

Zwei Tage später marschierte die Wehrmacht in Rom ein, das sich zur »offenen Stadt« erklärt hatte. Die Schrecken des Bombardements vom 19. Juli waren noch zu frisch, um weitere Tote und Verletzte zu riskieren. Auch die unschätzbaren Kulturgüter – ein Erbe der ganzen Menschheit – wollte man schützen.

Dank Lorenzos Fürsprache hatten Johan und Lea Unterschlupf im Souterrain eines heruntergekommenen Wohnhauses in der Via Dandolo gefunden; sie konnten also weiterhin in Trastevere wohnen bleiben. Das Gebäude gehörte dem Heiligen Stuhl, und auch der Mittvierziger im Erdgeschoss, ein gewisser Ugo Buitoni, der im Kurienamt für außerterritoriale Liegenschaften des Vatikans arbeitete, war ein Bürger ebenjenes Staates. So wie er sich für edle Tröpfchen begeistern konnte, erregte er sich über die Demütigung der Juden. Nicos Zieheltern freundeten sich schnell mit dem Beamten und seiner Ehefrau an.

Viele italienische Juden hofften noch, es werde so schlimm nicht kommen, und blieben vorerst in ihren Quartieren. Auch Meister Davide und seine Frau gehörten zu ihnen. Nico blieb zwar amtlich in seiner Wohnung an der Piazza Santa Maria in Trastevere gemeldet, aber auch er tauchte einige Tage nach dem Einmarsch der Deutschen unter – wenn auch aus anderem Grund.

Wie konnte die deutsche Wehrmacht Italien derart schnell überrennen? »Nachschub heißt das Zauberwort, das schon über Sieg oder Niederlage mancher Armee entschieden hat«, murmelte Nico, während er einmal mehr am Küchentisch über den Dokumenten brütete, die er im Palazzo Manzini erbeutet hatte. Die verschiedenen Firmen und Geschäfte seines Gegenspielers waren ihm schon bei früherer Gelegenheit als durchaus »kriegsnützlich« aufgefallen. Aber damals hätte er nicht einmal zu denken gewagt, dass Manzini die deutsche Invasion durch das Anlegen geheimer Nachschublager vorbereiten könnte. Zugegeben, das war nur eine Theorie, aber eine, die sich mit den vorliegenden Schriftstücken deckte.

Selbst wenn Manzini den Feind mit seinen Depots nur regional unterstützte, erfüllte dies den Tatbestand des Hochverrats. Was hatte er ihnen noch geliefert? Landkarten, Informationen über Kasernen oder strategisch wichtige Punkte? Nico entsann sich der drei Gespräche, die sein Widersacher mit Karl Hass, diesem SS-Spion aus der deutschen Botschaft, geführt hatte – insgesamt gab es zwischen den beiden bestimmt weitaus mehr konspirative Kontakte. Mittlerweile traute Nico dem Mörder seines Vaters alles zu. Leider konnte er nichts hieb- und stichfest beweisen. Wozu auch? Vor einem Vierteljahr noch hätte Manzini die Anklage des Landesverrats gewiss nicht so einfach in einer Schublade verschwinden lassen können, egal welche Verdienste er sich in früherer Zeit um die faschistische Sache erworben hatte, aber nun war der Zug leider abgefahren.

»Ich muss nach Nettunia zurück«, sprach Nico seine Gedanken aus und begann die Unterlagen zusammenzuräumen. *Ich sollte sie irgendwo verstecken, wo sie vor Bomben sicher sind …*

Am darauf folgenden Montagmorgen – es war der 13. September 1943 – wurde er bei der *Procura del Re*, der Staatsanwaltschaft, vorstellig. An den Eingängen und in der Vorhalle des Gebäudes standen Posten der Wehrmacht. Innerlich wappnete er sich gegen das Schlimmste. So wurde er wenigstens nicht enttäuscht, als man ihm mitteilte, die Anklageerhebung gegen Manzini sei auf höchste Anordnung hin fallen gelassen worden. Signor Abbado, der vor wenigen Tagen noch so begeisterungsfähige junge *Assistente del Procuratore*, war das schlechte Gewissen in Person.

»Dann möchte ich das Auftragsbuch meines Vaters zurückhaben«, verlangte Nico.

»Leider geht das im Moment nicht«, wand sich Abbado.

»Das müssen Sie mir bitte erklären.«

»Ich habe das Buch nicht mehr?«

»Wie bitte?« Nicos Stimme überschlug sich.

»Es wurde von einem deutschen SS-Offizier abgeholt.«

Nico schloss die Augen und holte tief Luft. Dann stützte er beide Hände auf den Schreibtisch und sah den Beamten scharf an. »Der Mann war nicht zufällig Sturmbannführer der SS und hieß Karl Hass?«

»Woher wissen Sie das?«

Nico ließ sich, ohne zu fragen, auf den Stuhl vor Signor Abbados Schreibtisch sinken. »Manzini kollaboriert schon lange mit den Deutschen.«

»Was soll das heißen?«

»Ich glaube, dass er ein Verräter ist.«

»Nicht so laut!«, zischte Abbado und spähte zu einer Tür, die in ein Nachbarbüro führte. Als von dort kein Sturmtrupp auftauchte, um ihn festzunehmen, beugte er sich vor und flüsterte: »Der Staatsanwalt hat gerade Besuch. Die Deutschen übernehmen zurzeit die Kontrolle des gesamten öffentlichen Lebens. Wissen Sie, was gestern passiert ist?«

Nico zuckte die Achseln. Abbado wurde noch leiser.

»Ich habe vorhin auf der Toilette zufällig ein Gespräch zwischen dem italienischen Standartenführer, der gerade nebenan ist, und einem deutschen SS-Offizier belauscht. Sie beglückwünschten sich zu dem ›Husarenstückchen‹ eines gewissen SS-Sturmbannführers Otto Skorzeny. Sie sprachen zwar Italienisch, benutzten aber dieses Wort, mit dem ich nichts anfangen kann.«

»Ein Husarenstück ist ein tollkühner Handstreich.«

»Das würde passen. Mussolini war ja nach seiner Verhaftung in einem Grand Hotel auf dem Gran Sasso festgehalten worden. Jetzt sind deutsche Fallschirmjäger in den Abruzzen gelandet und haben ihn befreit. Man munkelt, sie hätten ihn zur ›Wolfsschanze‹ gebracht, Hitlers Hauptquartier. Ich will ja nicht den Teufel an die Wand malen, aber ich würde mich nicht wundern, wenn der neue *Duce* bald wieder der alte ist.«

»Sofern die Alliierten das zulassen«, entgegnete Nico ohne

rechte Überzeugung. Die Erfolgsmeldungen der BBC waren vielleicht auch nur Kriegspropaganda.

Abbado beugte sich noch weiter vor. »Hören Sie, Signor dei Rossi. Ich würde Ihnen ja gerne helfen, aber mir sind die Hände gebunden. Tauchen Sie unter, bis dieser Spuk vorüber ist. Sollte es mich danach in diesem Haus noch geben, dann steht meine Tür Ihnen jederzeit offen. Kommen Sie wieder, und wir helfen Justitia auf die Sprünge.«

Nico war sichtlich geknickt. Mit finsterer Miene erhob er sich.

»Und noch etwas«, sagte Abbado.

»Ja?«

»Massimiliano Manzini.«

»Was ist mit ihm?«

»Er ist wieder auf freiem Fuß. Das Oberkommando der Wehrmacht hat ihn zum Statthalter in Nettunia eingesetzt.«

Es war nicht leicht gewesen, die schwarze Farbe aufzutreiben, aber Nicos Bereitschaft, anderen Menschen in der Not beizustehen, begann sich nun zu verzinsen. Mit einem weißen Motorrad hätte er sich nirgendwo blicken lassen können, ohne sofort aufzufallen. Auch so würde er Acht geben müssen, damit die Deutschen ihm den treuen Albino nicht unterm Hintern wegrequirierten. Und woher er sich mit Treibstoff versorgen sollte, wusste er auch noch nicht.

Die schlechte Nachricht war, dass die Operation »Alarich« mit alemannischer Gründlichkeit verlief. Die Wehrmacht war bis zur Frontlinie Salerno–Benevento–Eboli vorgestoßen; sie kontrollierte also fast den gesamten italienischen »Stiefelschaft« bis südlich von Neapel. Auch in den Castelli Romani hatte sie sich mittlerweile häuslich eingerichtet. Aus den Albaner Bergen konnte sie mit ihrer weit reichenden Artillerie die ganze Gegend bis hinunter zum Meer kontrollieren. Als positiv erwies sich indes der Umstand, dass sie im küstennahen Bereich über keine größeren Truppenkontingente verfügte. In dem alten Garnisonsgebäude an der Piazza Umberto I. gab es jetzt zwar einen Befehlsstand der Deutschen, ansonsten ließen sich jedoch, abgesehen von einzelnen Patrouillen oder kleineren Außenposten, nur wenige deutsche Stahlhelme in Nettunia und Umgebung blicken.

Vor ein paar Tagen war das noch anders gewesen. Am Morgen des 9. September hatten sich kurz nach sieben Uhr die Deutschen durch Kanonendonner in Nettuno angekündigt. Mit einem panzerbrechenden Geschütz rückten sie vor besagtem Garnisonshaus an, um der darin untergebrachten italienischen Artillerieschule Anschauungsunterricht zu erteilen. Jeder, der sich in dem Haus befand, solle mit erhobenen Händen herauskommen, verlangte der deutsche Kommandant. Von drinnen bat Oberst Bruno Toscano um eine Galgenfrist, damit wenigstens die Frauen und Kinder abziehen könnten. Kurz darauf schlugen drei Granaten im ersten Stock des Militärgebäudes ein. Die Schüsse waren der Funke, der ein dreitägiges Aufbäumen gegen die Besatzer auslöste.

Von der Piazza Umberto I. ausgehend, getragen von ein paar Halbwüchsigen, die noch nie eine Waffe in der Hand gehabt hatten, breitet sich die Revolte zu den Kasernen des italienischen Militärs und dann über die ganze Stadt aus. Die Deutschen, zunächst nur mit einer kleinen Einheit angerückt, weil man ja Italien von Norden nach Süden in wenigen Tagen aufrollen wollte, zogen sich eingeschüchtert zurück. Aber bald schon kehrten sie wieder, stärker als zuvor. Stukas bombardierten aus der Luft die Viale Mencacci. Am 12. September versprachen die Deutschen den Widerständlern, sich im Falle ihrer kampflosen Aufgabe sanft wie Schafe zu benehmen, doch nach deren Kapitulation erwiesen sie sich wie reißende Wölfe. Es begannen die Tage der Menschenjagden, der Deportationen und Genickschüsse.

Nico fühlte sich wie ein Phantom, wenn er durch die Straßen Nettunias schlich. Für ihn gab es ein halbes Dutzend Gründe, sich unsichtbar zu machen. Erst kürzlich war ein Junge aus Armellino in der Stadt von den Deutschen aufgegriffen worden, weil er zwei Kneifzangen bei sich trug, mit denen er sein Viehgehege reparieren wollte. Die Soldaten hielten ihn für einen Saboteur, da kurz zuvor jemand das Telefonkabel ihres Postens gekappt hatte. Ein Feldwebel stellte den Jungen an eine Wand und exekutierte ihn mit drei Schüssen. Nico erfuhr von dem Vorfall, als er sich in der Via Cavour ein Brot aus Alfonso Bernardinis Bäckerei holte. Dante Castaldi, der Bäcker, war zornrot, weil nur wenige Minuten zuvor – wie jeden Tag – der Feldwebel seine Brötchen abgeholt und erklärt hatte: »Warum sollte ich Gewissensbisse haben? Ich hab's auf eine Weise gemacht, dass er nicht leiden musste.«

Obwohl ihm klar war, dass die meisten seiner Freunde ihn für unpatriotisch halten mussten, wollte sich Nico nicht in den Konflikt hineinziehen lassen. Dies war nicht sein Krieg. Er hasste die Deutschen nicht. Lange genug hatte er in Wien gelebt, um das teutonische Kind nicht mit dem nationalsozialistischen Bade auszuschütten. Sein Gegner hieß Massimiliano Manzini.

Indes hatte er bereits am Tag seiner Ankunft in Nettunia bemerkt, dass ihm noch von einer dritten Seite Gefahr drohte.

Nico und sein eingeschwärzter Albino waren in der Scheune eines alten Bauern außerhalb der Stadt untergekommen. Er hatte Domenico Amicis Traktor einmal von einem »Husten« geheilt, der sich in häufigen Fehlzündungen äußerte. Jetzt endlich konnte der Landwirt seine Schuld abtragen; gerne bot er Nico ein Quartier für die Nacht an. Noch auf dem Hof erzählte Domenico seinem Gast von Manzinis neuer Leibwache.

»Er hat jetzt immer so einen Kerl dabei: Mitte zwanzig, verschlagenes Gesicht, unheimlich drahtig. Manchmal begleiten ihn auch mehrere dieser Gestalten von der *Banda Koch.*«

»Der Name sagt mir nichts«, erwiderte Nico.

»Das sind finstere Gesellen. Wie der Name schon sagt, eine ›Bande‹ aus ehemaligen Polizisten und Geheimdienstleuten. Sie stehen auf der Seite von Mussolini und seinen deutschen Freunden. Nimm dich vor ihnen in Acht, Niklas!« Für Domenico war Nico immer noch Il Tedesco, der deutsche Walzenbändiger.

»Ich werd's mir merken. Danke.«

»Ach was! Mein Weib und ich haben *dir* zu danken, Junge. Seit unser Sohn in Abessinien gefallen ist, sind Gisella und ich ganz allein auf dem Hof. Du hast uns beiden in einer schwierigen Lage geholfen, jetzt können wir unsere Schulden bei dir begleichen.« Er stieß Nico mit dem Ellbogen an. »Und übrigens: In Nettunia gibt es noch viele, die genauso denken. Ich hab's oft gehört. Du bist beliebt. Sollte dir unser Gouverneur oder Statthalter oder Podestà oder wie immer Don Massimiliano sich jetzt nennt – also, wenn der dir Schwierigkeiten macht, dann wende dich an die Leute, denen du früher irgendwelche Sachen repariert hast.«

»Ich möchte niemanden in Schwierigkeiten bringen.«

»Auf eine Kameradschaft, die nur in rosigen Zeiten funktioniert, kannst du pfeifen.«

»Noch was, Domenico. Hast du eine Ahnung, wo ich die Leute von der Giustizia e Libertà finden kann?«

»Die *partigiani*, meinst du?«

»Partisanen? Nennen Sie sich jetzt so?«

»Nach allem, was man hört, sticheln sie die Deutschen mit häufigen Sabotageakten. Ein Freund sagte mir, dass sie irgendwo in den Pontinischen Sümpfen ihr Lager haben sollen, aber nichts Genaues weiß man nicht. Willst du dich Ihnen anschließen?«

»Nein. Ein Freund von mir ist bei ihnen. Ich würde gerne wissen, wie es ihm geht.«

»Tut mir Leid, Junge. Da kann ich dir nicht weiterhelfen.«

Nico bedankte sich und machte sich auf den Weg in die Stadt.

Den langen Mantel hatte er inzwischen wieder gegen eine Jacke eingetauscht. Sie war aus brauner Wolle. Dazu trug er eine farblich passende Schiebermütze. Er sah aus wie ein Hafenarbeiter. Wegen der Seeblockade hatten die nicht mehr viel zu tun. Es würde also nicht auffallen, wenn so einer durch die Stadt stromerte.

Weil er während seiner Zeit als Gemeindemechaniker in Nettunia so viele Herzen gewonnen hatte, musste er in dem Kampf gegen seinen Feind wenigstens nicht ganz von vorn anfangen. Da gab es die rundliche Signora Pallotta mit ihrem Obst- und Gemüseladen gegenüber dem Palazzo Manzini, die Eltern der kleinen Marianna Grilli und noch zahlreiche andere, die sich ihm verbunden fühlten und einen Groll gegen ihren neuen alten Stadtvorsteher hegten.

Einige Tage lang beobachtete er wie schon früher einmal das Anwesen seines Gegenspielers. Manzini verließ seinen Palazzo nun stets in Begleitung von zwei Begleitern: Ein dunkelhaariger Mann mit tiefen Geheimratsecken leistete Uberto Dell'Uomo auf dem Beifahrersitz Gesellschaft. Der Fremde war in Nicos Alter. Er gehörte nicht unbedingt zu den Menschen, die einem auf Anhieb sympathisch waren. Wenn er das Stadtoberhaupt vom Auto zum Palazzo Comunale begleitete, dann behielt er stets die rechte Hand in seinem Jackett und beobachtete mit wachsamen Augen die Umgebung. Offenkundig ahnte Massimiliano Manzini, dass es da draußen jemand gab, der ihn im Visier hatte.

Während Nico von wechselnden Quartieren aus seinen heimlichen Beobachtungen nachging, wurde immer offensichtlicher, wie zielstrebig Hitlers Unterstützer um die Rückkehr zur Macht kämpften. Am 23. September wurde die *Repubblica Sociale Italiana* ausgerufen, von keinem Geringeren als von Benito Mussolini. Von Salò am Gardasee aus versuchte er, die Herrschaft in Nord- und Mittelitalien wiederzuerlangen. Aber nur eingefleischte Faschisten glaubten noch an die Souveränität ihres *Duce*, der Rest wusste, dass er ein Instrument der deutschen Besatzungstruppen geworden war.

Dem Stadtoberhaupt Nettunias schien deren Gedeihen besonders am Herzen zu liegen, wie Nico in zahlreichen Gesprächen herausfand. Ein Lagerarbeiter hatte dies gesehen, ein Lastwagenfahrer das, ein Bäcker berichtete hier- und eine Fischverkäuferin darüber. Hinter vorgehaltener Hand beklagte man sich in der *Cantina Sociale*, wo die Bauern Obst, Gemüse und Wein zum Verkauf abgaben, bitterlich über die Rücksichtslosigkeit des »Gouverneurs« – so wurde Manzini von vielen jetzt genannt. Auf seine Anordnung mussten größere Posten Lebensmittel einbehalten und an die Deutschen ausgeliefert werden, obwohl die Blockade der Alliierten unter der Bevölkerung zu immer größerer Knappheit führte. Allmählich bestätigte sich, was die in seinem Palazzo von Nico erbeuteten Listen schon angedeutet hatten: Der ehrenwerte Don Massimiliano versorgte die Besatzungstruppen mit Proviant, seine Fahrzeuge transportierten sogar Beutegut, und seine Leute halfen der SS beim Kampf gegen die Partisanen.

Zwei Tage nach der Proklamation der »Sozialen Republik Italien» entdeckte Nico im Schaufenster einer Trattoria Uberto Dell'Uomo. Es war kurz vor zehn Uhr nachts. Er saß allein an einem viereckigen Tisch und kämpfte mit dem Skelett eines größeren Fischs.

Eine Weile lang beobachtete Nico den Chauffeur. Er sah irgendwie unzufrieden aus. Lag das an den Gräten oder an den Leibwächtern von der Banda Koch, die ihm offenbar einen Teil seines bisherigen Aufgabengebiets abgenommen hatten? War es zu gewagt, einfach in die Gaststätte zu spazieren und ein wenig mit dem grobschlächtigen Schreck aller Apparate zu plaudern? In der Zeit, als Manzini den Kontakt zwischen seiner Tochter und dem Hüter der Lebensuhr eingeschränkt hatte, glaubte Nico in Uberto so etwas wie kameradschaftliche Gefühle geweckt zu haben. Wenn er sich Uberto offenbarte, würde der ihn seinem Herrn beschreiben und ihn jederzeit identifizieren können. Ach was, er musste das Risiko eingehen.

Entschlossen betrat Nico das Lokal. Ohne auf den fragenden Blick des Wirtes zu achten, ging er geradewegs auf den Chauffeur zu.

»Guten Abend, Uberto.«

Der Angesprochene ließ das Rückgrat des Fisches fallen und sah ihn verdutzt an. »Kennen wir uns?«

Nico musste unweigerlich schmunzeln. *Also hat Bruno doch Recht gehabt.* Er setzte sich dem Chauffeur gegenüber an den Tisch, faltete die Hände über der Platte und sagte ruhig: »Ich bin's, Niklas Michel.«

Ubertos Augen wurden groß. »Jesus Maria! Ich habe dich überhaupt nicht erkannt. Heißt du jetzt nicht anders?«

»Nicht so laut!«, mahnte Nico flüsternd. »Was deine Frage angeht, so lautet die Antwort: Nein. Ich war schon immer Nico dei Rossi, der Sohn des ermordeten Uhrmachermeisters Emanuele.«

Uberto erschrak. »Wenn Don Massimiliano spitzkriegt, dass du dich hier herumtreibst, wird er seine Kettenhunde auf dich hetzen.«

»Es liegt in deiner Hand, ihm davon zu erzählen, Uberto. Wirst du es tun?«

Der Chauffeur wich dem durchdringenden Blick seines Gegenübers aus. »Don Massimiliano ernährt mich, seit ich vor fast zwanzig Jahren aus dem Gefängnis gekommen bin.«

»Du hast gesessen?« Jetzt war es an Nico, überrascht zu sein.

Der Hüne nickte unwirsch. »Hab einem frechen Großmaul die Visage verbeult. Dass der Bursche ein hohes Tier bei den Sozialisten war, hab ich zu spät erfahren.«

»Du hast einen Politiker vermöbelt?« Nico musste ein lautes Auflachen unterdrücken. »So etwas kriegst auch nur du fertig. Hat sich Don Massimiliano in deiner Gegenwart über mich geäußert?«

»Er sagte nach seiner Freilassung, dass du ein Verräter bist. Er will dich unter seiner Schuhsohle zertreten wie eine Kakerlake.«

»Wenigstens macht er aus seinem Herzen keine Mördergrube. Bist du seiner Meinung, Uberto?«

Immer noch wollte es dem Chauffeur nicht recht gelingen, Nico in die Augen zu sehen. »Nein«, druckste er. »Du bist in Ordnung. Irgendwie mag ich dich, Niklas.«

»Scheint dir ja unheimlich schwer zu fallen, das zuzugeben.«

Der Ober kam an den Tisch und fragte den neuen Gast nach seinen Wünschen. Als der sich unschlüssig zeigte, verlangte Uberto einfach ein zweites Glas und schenkte Nico von seinem Weißwein ein.

»Mein Lieblingstropfen: *Cacchione.*«

Der so Eingeladene bedankte sich, erwiderte das *Salute* seines Gastgebers und trank einen Schluck.

»Muss ich jetzt eigentlich Nico zu dir sagen?«, fragte Uberto.

»Mir wäre lieber, meine wahre Identität würde noch eine Weile geheim bleiben.«

»Warum?«

»Weil ich glaube, dass in Wirklichkeit unser ehrenwertes Stadtoberhaupt der Verräter ist. Hast du ihn je zu irgendwelchen Lagerhäusern oder Schuppen gefahren, in denen Lebensmittel oder Baumaterialien gehortet werden?«

Uberto antwortete nicht, aber sein Gesicht war ein einziges Ja.

Nico nickte. »Hab ich mir schon gedacht. Mit dem Zeug hat er den Deutschen geholfen, die Gegend schneller unter ihre Kontrolle zu bringen, weil sie nur ihre Waffen mitzubringen brauchten. Mich würde interessieren, ob er dem Feind noch andere Dinge geliefert hat.«

»Verlange bitte nicht von mir, dass ich Don Massimiliano verpfeife.«

»Nein, hab schon verstanden: Wer schweigt, der bleibt. Vermutlich verrät dein Herr und Meister sowieso niemandem etwas von seinen Machenschaften, sondern sperrt alles in seinen neuen Tresor ein.«

»Welchen neuen Tresor?«

Der Schuss ins Blaue war ein Treffer. Nico musste sich beherrschen, um äußerlich ungerührt zu bleiben. »Ich meine natürlich nicht buchstäblich neu, sondern nur wegen der anderen Kombination. Wie ich ihn kenne, war er stinksauer, weil er sich nach dem Verschwinden seiner Dokumente neue Nummern merken musste.«

Der Fahrer strich sich mit der Oberseite des Zeigefingers erst über die linke, dann über die rechte Seite seines Schnurrbartes und nickte bestätigend. »Don Massimiliano hat ganz schön getobt, nachdem jemand seine Zahlen ausgeplaudert hat. Ich war's aber nicht.«

»Sag bloß, du kanntest sie?«

»Ach was! Mir sagt er doch so was nicht.«

»Schon klar. Kümmerst du dich jetzt um seine Lebensuhr?«

»Machst du Witze, Niklas? Nach seiner Freilassung ist er noch misstrauischer als früher. Die Taschenuhr liegt jetzt im Stahlschrank, wenn er sie nicht am Körper trägt.«

»Er nimmt sie mit sich?«, frage Nico erstaunt.

»Nein, nicht wirklich; das Arbeitszimmer verlässt sie nie. Immerhin kümmert er sich jetzt selbst um ihr Wohlergehen.«

»Vielleicht hat er ja inzwischen Nietzsches *Zarathustra* gelesen: ›Gute Uhrwerke sind sie: Nun sorge man, sie richtig aufzuziehn!‹ Weißt du noch?« Nico lächelte. »Anscheinend hat er 's endlich kapiert. Wie kommst du übrigens mit deinem neuen Kollegen zurecht, Uberto?«

»Was?«

»Dem Kerl von der Banda Koch.«

»Guido Valletta?« Uberto schnaubte. »Ein gewissenloser Bursche, der gut schießen kann, aber das ist auch schon alles. Von meinem Platz am Lenkrad wird er mich nie vertreiben.«

Nico hielt die Luft an. Ehe sein Gegenüber einen klaren Gedanken fassen konnte, fragte er: »Und die anderen?«

»Taugen alle nicht viel.«

»Ich dachte immer, Polizisten und Geheimdienstler würden eine gute Ausbildung genießen.«

»Mag sein. Aber entscheidend ist doch, was einer hier hat.« Uberto deutete auf sein Herz.

Nico nickte ausgiebig. »Da hast du Recht. Du bist Don Massimiliano immer treu geblieben, und nun dankt er es dir so. Dieser Guido, kann man sich wenigstens auf den verlassen?«

Uberto verzog das Gesicht. »Weiß nicht. Ein ganz merkwürdiger Typ. Hat 'ne Visage, mit der er sogar Donna Genovefa vertreibt, die sonst niemanden mehr wahrzunehmen scheint.«

»Dann ist ihr Zustand schlimmer geworden?«

Uberto nickte. »Sie hätte im Sanatorium bleiben sollen.«

»Und ... was ist mit Laura?«

»Du bist in sie verknallt, stimmt's?«

Nico senkte den Blick, nickte dann aber doch.

»Ich habe sie schon seit Wochen nicht mehr lachen sehen. Sie nimmt neuerdings Fahrunterricht bei mir – ich vermute, um sich abzulenken.«

»Sie will nicht mehr an mich denken, stimmt's?«

»Wohl eher nicht an die jungen Burschen, die Don Massimiliano ständig anschleppt. Seitdem du verschwunden bist, versucht er seine Tochter mit aller Macht unter die Haube zu bringen – er hat sich den Gedanken, eine Dynastie zu gründen, immer noch nicht aus dem Kopf geschlagen. Na, ist auch egal. Laura hat bisher jedem Kerl einen Korb gegeben. Ich glaube, sie kann dich nicht vergessen.«

Nico schob verlegen die Handflächen über die hölzerne Tischplatte. Sie hinterließen darauf feuchte Spuren. »Davon habe ich bei unserer letzten Begegnung nicht viel bemerkt.«

»Hat sie klipp und klar gesagt, dass Sie dich nicht mehr liebt?«

Du hast alles zerstört. Glaubst du, du wirst jetzt endlich Frieden finden? »Irgendwie schon.«

»Irgendwie!«, grunzte Uberto und schüttelte den Kopf.

Nico brütete eine Weile vor sich hin. Er war nicht in die Trattoria gekommen, um mit diesem Mann über seine verlorene Liebe zu reden. Fast unbeholfen brachte er das Gespräch auf das Thema, das ihn am meisten bewegte.

»Uberto?«

»Trink noch einen Schluck, Niklas.«

Er gehorchte, und der Fahrer schenkte nach. Der kühle Weißwein schien seine Zunge zu lockern. »Wieso hat dich Don Massimiliano ausgerechnet als Chauffeur angestellt?«

»Du meinst, wegen meiner zwei linken Hände?« Uberto lachte. »Ich habe schon davon geträumt, ein Automobil zu fahren, als ich noch ein Rotzbengel war.«

»Bist du denn je erwachsen geworden?«

»Ha! Du hast mich durchschaut, Niklas. Don Massimiliano hat dafür wesentlich länger gebraucht. Außerdem waren die Automobile Mitte der zwanziger sowieso noch unzuverlässiger als heute. Als ihm endlich aufging, dass ich und Maschinen ungefähr dasselbe sind wie Hund und Katze, hatte er sich schon an mich gewöhnt. Er ist sehr konservativ. Sieh dir nur seine Anzüge an, die bunten Westen und das Monokel. Woran er sich einmal gewöhnt hat, das gibt er so schnell nicht wieder auf.«

Nico nickte verstehend. »In jener Nacht … als Emanuele dei Rossi ermordet wurde … hast du ihn da auch gefahren?«

Auf dem Gesicht des Chauffeurs erschien Betroffenheit, so schnell, als hätte sie ihn angesprungen. Er nahm hastig einen tiefen Schluck aus dem Glas. »Wieso willst du das wissen?«

»Uberto! Ich hab's dir doch gerade erklärt: Ich bin der Sohn des Ermordeten.«

»Die Hand, die einen füttert, soll man nicht beißen.«

»Warum vergleichst du dich eigentlich pausenlos mit einem Hund? Ich habe fast den Eindruck, du fühlst dich tatsächlich so, weil deine Herrschaft dich ständig so behandelt. Ich weiß, dass du nicht im Haus warst, als mein Vater ermordet wurde. Dich trifft an seinem Tod also keine Schuld. Ich möchte lediglich von dir wissen, ob du Don Massimiliano am 2. April 1932 gegen zwanzig Uhr zum Haus des Uhrmachers gefahren hast.«

Uberto wirkte wie versteinert. Doch in seinen Augen flackerte Panik.

Weil sich eine Änderung dieses Zustandes auch nach einer Minute noch nicht abzeichnete, fügte Nico hinzu: »Also gut. Ich sehe ein, dass du nicht gegen deinen Ehrenkodex verstoßen kannst. Aber vielleicht ist es dir möglich, mir anders zu helfen. Du brauchst nichts zu sagen. Aber wenn ich mit meiner Vermutung Recht habe, wenn du wirklich in jener bewussten Nacht deinen Herrn zum Haus meines Vaters gefahren hast, dann könntest du vielleicht *vor* mir den nächsten Schluck aus deinem Weinglas nehmen.«

Wieder zeigte der Chauffeur keine Reaktion.

Nach einem langen Moment des gegenseitigen Belauerns streckte Nico langsam die Hand zum Glas aus.

Endlich erwachte Uberto. Rasch nahm er sein Trinkgefäß und kippte den Inhalt mit einer trotzigen Bewegung hinunter.

13. KAPITEL

Der Goldsucher

Pontinische Sümpfe und Rom, 1943

Er musste noch einmal an den Tresor heran. Aber wie? Nico sorgte sich nicht um die Schlösser im Palazzo Manzini, die waren seine Verbündeten. Aber von Guido Valletta, dem neuen Leibwächter des Stadtvorstehers, konnte man selbiges wohl nicht annehmen.

Wenigstens hatte Uberto Dell'Uomo einige viel versprechende Signale ausgesandt. Er könnte ein zweiter Zeuge werden, wenn es je zu einem Prozess gegen den Mörder von Emanuele dei Rossi kommen sollte. Die bisher aus dem Palazzo erbeuteten Schriftstücke ließen eine Seite Manzinis erkennen, die ihm Nico früher nicht zugetraut hätte. Der Ganove hatte seine Listen mit buchhalterischer Gründlichkeit geführt. Er hatte es nicht einmal übers Herz gebracht, das Auftragsbuch seines Mörders zu vernichten. Möglicherweise bewahrte er auch noch weitere Beweise in seinem Anwesen auf. Deshalb – und wegen der Uhr seines Vaters – wollte Nico den Safe noch ein zweites Mal plündern.

Gerne hätte er sich in der Angelegenheit mit Bruno beraten. Am Morgen nach der Unterhaltung in der Trattoria schwang sich Nico in Albinos Sattel und fuhr, ständig auf der Hut vor Militärpatrouillen, durch die Pontinischen Sümpfe. Dabei machte er eine überraschende Entdeckung. Die Deutschen hatten die Pumpen gestohlen. Das von den Kriegsveteranen mit so viel Schweiß trockengelegte Land verwandelte sich stündlich in seinen morastigen Urzustand zurück. Obwohl er mit vielen Leuten sprach, die er noch von seiner Hilfsaktion im Frühjahr 1940 kannte, konnte oder wollte ihm niemand sagen, wo sich die Partisanen versteckt hielten. Einige Männer und Frauen, darunter auch die Witwe eines im Spanischen Bürgerkrieg gefallenen Soldaten in Pontinia, zeigten sich zumindest insofern entgegenkommend, als sie den Kämpfern eine Botschaft übermitteln wollten.

»Sagen Sie Bruno Sacchi, dass der Späher vom Forte Sangallo ihn sprechen möchte«, bat Nico sie.

»Und wie kann er Sie finden?«, lautete gewöhnlich die Antwort.

»Da wo der Späher sonntags um sechs gewöhnlich nie hingeht.«

Am späten Nachmittag brach Nico nach Rom auf, weil er Davide und Johan um Rat fragen wollte. Ein Bauer aus Aprilia, dessen Felder jetzt überschwemmt waren, hatte ihm mit Benzin ausgeholfen. Auf Schleichwegen umfuhr er die deutschen Posten und erreichte nach Sonnenuntergang unbehelligt die Ewige Stadt. In der Wohnung des Goldschmieds im Viertel Sant'Angelo erlebte er eine Überraschung.

»Johan, Lea, ihr seid hier?« Die ernsten Gesichter der beiden ließen ihn Schlimmes ahnen.

»Setz dich erst einmal und trink einen Schluck«, sagte Davide und gab Salomia einen Wink. Sie verschwand in die Küche und kehrte wenig später mit einem Glas Kräutertee zurück.

Nico nahm derweil am Esstisch Platz und fragte nach dem Grund der gedrückten Stimmung. Die Antwort kam von Johan.

»Der neue Polizeichef von Rom hat den Juden pünktlich zum Jahresabschluss ein Ultimatum gestellt.«

»Polizei? Ich denke, die Wehrmacht kümmert sich jetzt um die öffentliche Ordnung.«

»Der Mann ist von der SS. Du kennst seinen Namen. Es ist Obersturmbannführer Herbert Kappler.«

Nico war froh, sich hingesetzt zu haben. »Dann ist es tatsächlich ernst. Worum geht es in dem Ultimatum?«

Davide fühlte sich berufen, darauf zu antworten. »Um Gold. Kappler verlangt innerhalb von sechsunddreißig Stunden fünfzig

Kilogramm davon. Wenn wir das Schutzgeld bis zum 29. September nicht zusammenbekommen, sollen wir ihm die Namen von dreihundert Geiseln nennen.«

»Fünfzig Kilo? Das klingt viel.«

»Das hat Rabbi Zolli auch im ersten Moment gesagt. Er bat mich darum, ihm bei der Sammlung zu helfen. Ich habe versucht, ihm Mut zu machen. Eigentlich ist die Forderung der Deutschen recht moderat. Nach den letzten mir bekannten Zahlen der internationalen Goldbörse entspricht das Lösegeld ungefähr einem Betrag von sechsundfünfzigtausend Dollar, also gut viereinhalb Dollar pro Nase.«

»Dann werdet ihr das Gold auftreiben?«

Davide spreizte die Finger. »Du kannst dir vorstellen, was für eine Aufregung im Viertel herrscht. Inzwischen bin ich nicht mehr ganz so zuversichtlich. Rabbi Zolli hat sich den Deutschen als Geisel angeboten, aber Kappler will keine Seelen, sondern Edelmetall.«

»Ehrlich gesagt fürchte ich, dass die Deutschen sich damit nicht zufrieden geben werden. Ich weiß von Karl Hass – er gehört zu Kapplers Stab –, dass sie schon seit Jahren alles daran setzen, unser habhaft zu werden. Wir sollten auf alle Fälle einen Notplan parat haben.«

»Woran denkst du?«, fragte Lea.

»Zunächst daran, dass ihr beide so schnell wie möglich in euer Versteck zurückkehren müsst. Auch Davide und Salomia sollten untertauchen. Ich werde morgen früh zu Lorenzo gehen und ihn um Hilfe bitten.«

»Daran hatte ich auch schon gedacht«, sagte Davide. »Vielleicht kann unser Freund seinen Oberhirten endlich dazu überreden, sein Schweigen zu brechen.«

»Oder uns im Notfall mit ein paar Kilo Gold auszuhelfen.«

Johan stieß ein bitteres Lachen aus. »Pacelli? Ich bitte dich, Junge! Er hält uns für Gottesmörder.«

»Mag sein, aber als im Juli die Bomben fielen, fuhr er ohne Umschweife zu den Ruinen hinaus und beschwor die Menschlichkeit. Vielleicht können wir doch an sein christliches Gewissen appellieren.«

»Vergiss es, Junge. Er wird uns das Gold nie geben.«

»Lass es mich wenigstens versuchen, Meister Johan. Lorenzo Di Marco erzählte mir mal, dass Pius XII. kein Verhältnis zum Geld hat, obwohl er ein reicher Mann ist. Ob er uns hilft oder uns weiter die kalte Schulter zeigt, hängt wohl nicht von der Höhe des Schutzgeldes, sondern von den richtigen Argumenten ab.«

»Und die willst du ihm liefern?«

»Ich bin nur ein Uhrmachergeselle. Aber Lorenzo hat eine Stimme beim Papst.«

»Da gibt es nur ein Problem«, mischte sich Salomia ein.

Nico runzelte die Stirn. »Haben wir nicht schon genug davon? Was meinst du?«

»Lorenzo di Marco sitzt im Vatikan, und den hat gerade ein SS-Kommando umstellt, angeblich zum Schutz des Heiligen Vaters.«

Die Ostgrenze des kleinsten Staates der Welt war auf den ersten Blick unsichtbar. Sie folgte in einem weiten Bogen dem äußeren Rand des Petersplatzes. Nur wenn man den Blick senkte, konnte man auf dem Pflaster eine breite Steinlinie erkennen, die den allgemein zugänglichen Teil der *Città del Vaticano* markierte. Da wo die steinernen Mauern begannen, endete die Öffentlichkeit. Mit Sondergenehmigungen konnte man zwar ins verborgene Reich des katholischen Oberhauptes vorstoßen, aber die Angehörigen von Gestapo, SS und Wehrmacht gehörten einer Kategorie von Personen an, deren Gegenwart man hier weniger schätzte. Man war geneigt, es als Geste der stillen Anerkennung dieser wohl gegenseitigen Animosität aufzufassen, dass Hitlers Postenkette mit ihren Maschinenpistolen genau an der Grenze zum Amtssitz des Papstes stand, aber Meister Johan hatte die Maßnahme weitaus nüchterner kommentiert.

»Sie beschützen Pacelli nicht, sondern drohen ihm, damit er weiter das Maul hält.«

Was auch immer der wahre Beweggrund für die Umstellung der Vatikanstadt war, sie erschwerte Nico den Besuch bei seinem katholischen Freund. Glücklicherweise war ein jüdischer Junge im Frühjahr 1932 in einige Geheimnisse des Stadtstaates eingeweiht worden, die eine *Persona non grata* wie Herbert Kappler niemals zu Gesicht bekommen hätte. Dazu gehörte auch die geheime Pforte, durch die Nico sich am Morgen des 27. September Zugang verschaffte.

Hinter der verborgenen Tür wurde er von Schweizergardisten in Empfang genommen. Er zeigte ihnen ein Dokument mit dem päpstlichen Siegel. Wenig später saß er in einem Sessel des Vatikanpalastes und blickte in Lorenzos sorgenvolles Großejungengesicht.

»Ich vermisse deine sprühende Zuversicht«, gestand Nico, nachdem er seinen Freund begrüßt hatte.

Der Mönch lächelte gequält. *»Tempora mutantur, et nos mutamur in illis!«*

»Leider kann ich immer noch kein Latein.«

»Kaiser Lothar I. hat das einmal gesagt: ›Die Zeiten ändern sich, und wir ändern uns mit ihnen!‹«

Nico glaubte zu verstehen, worauf der Benediktiner anspielte. Nach einem kleinen Schweigen holte er tief Luft und sagte: »Ich brauche deinen Rat. Habe ich dich bei etwas Wichtigem gestört?«

»Ach, na ja, ich recherchiere gerade in der Bibliotheca Palatina für einen Freund in einer dringenden … Aber das hat Zeit. Was führt dich zu mir, Nico?«

Der Gefragte fasste die jüngsten Ereignisse zusammen und schilderte dann seine Überlegungen zu einem Rettungsplan im Fünfzig-Kilo-Gold-Debakel. »Hast du eine Idee, wie man meinen Leuten helfen könnte?«, schloss er seinen Monolog.

Lorenzo wiegte den Kopf hin und her. »Glaube mir, ich habe schon so oft mit dem Papst über die Gräuel gesprochen, die man deinem Volk antut.«

»Tatsächlich?«

»Ja. Bisher wollte ich dich mit diesen Dingen nicht belasten, weil die Juden hier besser als anderswo in die Bevölkerung integriert sind. Ich hoffte, es würde nicht zum Schlimmsten kommen, so wie …« Das Haupt des Benediktiners sank herab, als sei er unfähig, es länger auf den Schultern zu halten.

»Wie …?«, fasste Nico nach.

Der Mönch hob langsam den Blick. In seinen Augen spiegelte sich ein Schmerz, der seinem Gegenüber kalte Schauer über den Rücken trieb. Er machte eine raumgreifende Geste, die wohl die ganze Vatikanstadt einbeziehen sollte. »Wir haben hier schon vor vielen Monaten von Dingen erfahren, die schlimmer sind als jeder Albtraum, und ich rede da nicht von Vorfällen wie dem vom vorletzten Sonntag.«

»Was ist da passiert?«

»Einheiten der SS haben zweiunddreißig Einwohner von Bove, in der Provinz Cueno, kaltblütig erschossen. Leider ist das kein Einzelfall. Sie gehen mit unvorstellbarer Grausamkeit vor. Nicht einmal Frauen und Kinder sind vor ihnen sicher. Aber, so zynisch das klingt, diese Massaker sind nichts im Vergleich zu dem, was sie deinem Volk antun, Nico. Von unseren französischen Diözesen bekamen wir letztes Jahr Nachricht, dass die BBC am 1. Juli über ein Massaker an siebenhunderttausend Juden berichtet hatte. Aus Drancy erreichte uns der Bericht eines Kinderarztes von über fünfeinhalbtausend Jungen und Mädchen, die man durch die Stadt transportierte; ihre Eltern waren bereits liquidiert worden. Und der Papst schwieg zu alldem. Ich war nahe daran, am Glauben Schiffbruch zu erleiden, Nico. Wenn das alles vorüber ist, werde ich mein Leben von Grund auf ändern, das steht fest, aber bis dahin will ich hier ausharren und alles in meiner Macht Stehende tun, um das Leid der Menschen zu lindern.«

»Wenn doch nur dein Oberhirte so reden würde! Wieso verrfasst er nicht eine scharfe Enzyklika, die Hitler und den Rassismus vor aller Welt brandmarkt?«

»So ein päpstliches Rundschreiben hat es gegeben, mein Freund. Es stammte von Pius XI., meinem Mentor und Eugenio

Pacellis Amtsvorgänger. Leider starb er, bevor es veröffentlicht werden konnte, und der neue Papst hielt es für zu gefährlich, Hitler offen anzugreifen.«

»Aber die Hälfte der Deutschen sind Katholiken! Selbst ein Adolf Hitler hätte nicht den Aufschrei von vierzig Millionen Bürgern ignorieren können.«

Lorenzo seufzte. »Der jetzige Papst ist ein Diplomat, der sich nicht gerne in die Angelegenheiten souveräner Staaten einmischt und überaus vorsichtig ist in allem, was er tut. Die Interessen seiner deutschen Schäfchen waren ihm wohl wichtiger als …« Der Mönch verstummte.

»Du wolltest wohl sagen, wichtiger als ein paar Tausend Juden, die den Heiland ermordet haben«, brach es aus Nico hervor. »Das verstehe, wer wolle. Wo bleibt denn seine Vorsicht, wenn es um die Ausmerzung der kommunistischen Zellen geht? Da mischt er sich alle naselang ein. Wieso kann er gegen den Bolschewismus Partei ergreifen und zugleich Neutralität heucheln, wenn Gottes auserwähltes Volk abgeschlachtet wird? *Ich* habe euren Heiland doch nicht ans Holz genagelt, Lorenzo, und auch nicht meine Brüder und Schwestern, die unter der Lüge vom ›reinen Blut der Arier‹ zu leiden haben. Wie kann der Papst so etwas gutheißen? Sind Joseph und Maria etwa keine Juden gewesen? Und Petrus und die Apostel? Pius XII. hat in der Welt noch eine Stimme. Uns wurde sie genommen. Ich finde, das Neue Testament darf das Alte nicht im Stich lassen.«

Lorenzo horchte auf. »Was hast du gesagt?«

»Dass uns Juden in Europa niemand mehr anhören …«

»Nein, das andere. Das ist es, Nico! Ich muss die Einheit des Wortes Gottes beschwören!«

»Wie bitte?«

»Vielleicht hast du mir eben den Schlüssel gegeben, mit dem ich das Herz des Papstes öffnen kann. Nein, besser, es tut jemand von euch.«

»Wenn unser Oberrabbiner bei Pius XII. eine Audienz bekäme …«

»Das ist eine gute Idee, Nico! So machen wir 's. Ich kenne Professor Zolli persönlich. Er ist ein vernünftiger Mann und könnte den Papst vielleicht umstimmen.«

»Wird Pacelli ihn denn so ohne weiteres empfangen?«

Lorenzo schürzte die Lippen. »Das weiß ich nicht. Normalerweise schickt Seine Heiligkeit andere vor, um nötigenfalls unangenehme Ablehnungen auszusprechen. Ich könnte mir denken, dass er Luigi Maglione, seinen Kardinalstaatssekretär, die Verhandlungen führen lässt. Aber das braucht kein Nachteil zu sein. Zunächst müssen wir sehen, wie wir den Oberrabbiner ohne Aufsehen in die *Città del Vaticano* bekommen.«

»Könnte er nicht die versteckte Pforte benutzen?«

»Sicher. Das würde gehen. Soweit ich weiß, ist er mit Doktor Fiorentino befreundet, einem Arier, wie Kappler sagen würde. Ich werde den Doktor bitten, euren Oberrabbiner mit seinem Wagen abzuholen und hierher zu bringen. Um ganz sicherzugehen, sollte er auch innerhalb der Vatikanstadt nicht als der auftreten, der er wirklich ist, aber da habe ich schon eine Idee.«

»Ich hoffe nur, der Rabbi spielt mit.«

»Es *muss* klappen, Nico. Sprich du mit Professor Zolli, ich werde den Heiligen Vater ein wenig … präparieren, damit er ihn empfängt.«

Israel Zolli war Anfang sechzig. Er stammte aus Brody in Galizien und hatte einen Lehrstuhl an der Universität von Padua innegehabt. Er sprach nicht allein Polnisch, Hebräisch, Italienisch, sondern auch genug Deutsch, um *Mein Kampf* im Original zu lesen. Ob aus Hitlers ideologischem Offenbarungseid oder anderen Schriften der Nationalsozialisten, er hatte sich ein Bild von der Gefährlichkeit des braunen Gedankenguts gemacht und war in der jüdischen Gemeinde von Rom seit langem ein Rufer in der Wüste – die anderen Ältesten hielten seine Warnungen für überzogen, ja, sogar gefährlich.

Nach dem so hoffnungsvoll verlaufenen Gespräch mit Lorenzo kostete es Nico keine große Mühe, bis zur Türschwelle des Oberrabbiners zu gelangen – Meister Davide begleitete ihn dorthin.

Zolli stand unter enormem Zeitdruck. Die Sammelaktion verlief eher schleppend. Er hatte sich ganz oben auf die Liste der dreihundert Namen gesetzt, die der SS im Falle eines Scheiterns als Geiseln ausgeliefert werden sollten. Erst wollte er den Uhrmachergesellen nicht einmal empfangen, aber dann sagte Nico etwas, das ihn hellhörig werden ließ.

»Ich habe in Wien zweimal dem braunen Pöbel getrotzt. Glauben Sie mir, Professor Zolli, in der so genannten ›Reichskristallnacht‹ konnte ich an eigener Haut erfahren, was die Nationalsozialisten …«

»Sie kommen aus Wien?«, unterbrach der Oberrabbiner den jungen Mann. »Das ist ein seltsamer Zufall. Ich habe in Wien studiert. Was halten Sie von Kapplers Erpressungsversuch, Signor dei Rossi?«

»Ich weiß aus zuverlässiger Quelle, dass er uns in Sammellager internieren lassen will. Wenn Sie mich fragen, wird er das auf jeden Fall tun. Aber vielleicht können wir eine Galgenfrist herausschinden, wenn wir das Gold zusammenbringen. Ich habe eine Idee, wie wir das schaffen könnten. Wir brauchen die Zeit, um Verstecke zu finden.«

Zolli öffnete weit seine Wohnungstür. »Leider ist die meine knapp bemessen, lieber junger Freund, aber kommen Sie bitte trotzdem herein. Wie hatten Sie sich das mit dem Gold vorgestellt?«

Über die hervorragenden Kontakte eines einfachen jüdischen Uhrmachergesellen zum Vatikan war der Oberrabbiner zunächst erstaunt. Bald verwandelte sich seine Überraschung jedoch in Zuversicht, und als am 29. September – dem letzten Tag des Ultimatums – feststand, dass die Juden aus eigener Kraft nur fünfunddreißig Kilogramm Gold zusammenbringen konnten, hinderte ihn nichts mehr daran, Pius XII. um Hilfe zu bitten. Früh am Morgen ließ er sich von Doktor Fiorentino an den SS-Posten vorbei zur geheimen Pforte fahren, und kurze Zeit später berichtete er

Davide, Nico und führenden Vertretern der jüdischen Gemeinde über den Besuch im Vatikan.

»Alles lief sehr konspirativ ab. Nicht einmal die Schweizergardisten waren informiert. Der Doktor sagte ihnen, ich sei ein Ingenieur, der einige Wände prüfen sollte, die gerade im Vatikan hochgezogen werden. Ihr werdet es nicht glauben, aber ich musste mir tatsächlich Pläne ansehen und so tun, als verstünde ich sie. Zum Glück erschien bald Kardinal Maglione. Ich sagte ihm: ›Das Neue Testament darf das Alte nicht im Stich lassen. Bitte helfen Sie mir. Um den Betrag zurückzuzahlen, biete ich mich selbst als Garantie an, und weil ich arm bin, werden die Juden der ganzen Welt helfen, die Schuld zurückzuzahlen.‹ Seine Exzellenz war sichtlich berührt und ging sofort zu Pacelli, dem Papst. Wenig später kehrte er zurück und teilte mir mit, dass ich um ein Uhr mittags wiederkommen solle. ›Sie werden die Büros leer antreffen‹, meinte er, ›aber zwei oder drei Angehörige meines Stabes werden Sie erwarten und Ihnen ein Paket aushändigen. Es wird keine Probleme geben.‹«

Als Zolli am selben Tag zum zweiten Mal im Vatikanpalast vorstellig wurde, ließ ihm das Oberhaupt der katholischen Kirche Unglaubliches mitteilen.

»Wir haben uns ermutigt gefühlt von der tapferen Haltung vieler Italiener, die Ihren Glaubensbrüdern in diesen Notzeiten Beistand leisten, und ließen einen Rundruf an unsere Pfarreien ergehen. Mit überwältigendem Erfolg, darf ich wohl sagen. Das Alte Testament wird vom Neuen nicht im Stich gelassen, Professor Zolli. Sie können dem Polizeichef Kappler mitteilen, dass Sie ihre fünfzig Kilo Gold beisammen haben.«

Nico überbrachte die gute Nachricht sofort Johan und Lea in der Via Dandolo.

»Der Papst glaubt wohl, mit fünfzehn Kilogramm Gold die Schuld begleichen zu können, die er mit seinem jahrlangen Schweigen auf sich geladen hat«, grunzte Johan.

»Schmonzes!«, konterte Lea. »Anstatt froh zu sein, beklagst du dich.«

»Aber warum hat er das Moos nicht aus seiner Privatschatulle vorgestreckt? Ich denke, er ist stinkreich. Er hätte uns verrecken lassen, wenn seine Schäfchen in den Pfarreien pleite gewesen wären?«

»Ich kehre jetzt nach Nettunia zurück«, warf Nico ein. Manchmal ging ihm das Gezeter seines in die Jahre gekommenen Meisters gehörig auf die Nerven.

»Was? Sofort?«, wunderte sich Johan.

»Bleib wenigstens noch die nächsten drei Tage bei uns, Nico! Morgen beginnt doch Rosch Haschana«, erinnerte Lea ihn an das jüdische Neujahrsfest.

»Darum schert sich Manzini wenig. Ich muss so schnell wie möglich seine Pläne aufdecken. Möglicherweise finde ich etwas in seinem Tresor, das ihn sogar bei den Deutschen in Ungnade fallen lässt.«

»Pah! Und ich dachte, du willst ihn vor ein ordentliches Gericht bringen. Glaubst du allen Ernstes, die Nationalsozialisten wissen überhaupt, wie man das Wort ›Recht‹ buchstabiert?«

»Vorerst würde es mir genügen, wenn sie ihn einsperren. Außerdem kann ich den Gedanken nicht ertragen, dass er mit seinen blutbefleckten Wurstfingern immer noch die Uhr meines Vaters angrabscht. Er hat sie nie bezahlt, also gehört sie rechtmäßig mir.«

Johan schüttelte den Kopf. »Manchmal kommt es mir so vor, als hätte ich dir gar nichts beigebracht. Dann geh halt hin und räum seinen Panzerschrank aus.«

»Wenn das so einfach wäre! Deshalb bin ich eigentlich zu euch nach Rom gekommen. Ich wollte euch um Rat fragen. Manzinis Arbeitszimmer wird von einem schießwütigen Fiesling bewacht.«

»Du bist doch der Leblosen Liebling. Lass dir etwas einfallen, um diesen Burschen für eine Weile kaltzustellen.«

»Gerne, wenn du mir sagst wie. Dieser Guido Valletta gehört zur Banda Koch …«

»Eine paramilitärische Einheit aus ehemaligen Polypen und Spitzeln – ich habe davon gehört.«

»Na jedenfalls, wenn er sich mal aufs Ohr haut, dann springt ein anderer Kumpan für ihn ein. Ich glaube, in das Zimmer komme ich nur mit der Infanterie, und ihr wisst, dass mir so etwas nicht liegt.«

»Na, dann hat meine Erziehung wenigstens ein Gutes gehabt. Gewalt erzeugt immer Gegengewalt, mein Junge, das darfst du nie vergessen.«

Nico nickte betrübt. »Was soll ich jetzt tun? Durch Wände gehen kann ich nicht, aber ich *muss* noch einmal in Manzinis Büro.«

Johan zupfte sich gedankenverloren an einem Haar, das ihm aus der Nase ragte. Plötzlich hellte sich seine Miene auf. »Stell dir vor, der Bursche würde überraschend dienstunfähig, und mit überraschend meine ich von jetzt auf gleich, sozusagen.«

»Aber das habe ich doch gerade erklärt. Die haben so etwas wie einen Dienstplan. Ein anderer wird ihn vertreten und …«

»Dann musst du es eben so aussehen lassen, als sei für diesen Ersatz gesorgt. Der Bursche darf keine Gelegenheit zum Nachdenken haben. Er muss fluchtartig das Haus verlassen. Dann könntest du die Gelegenheit nutzen und dich in Manzinis Tresor umsehen.«

Nico stöhnte. »Das sagt sich so leicht. Wie soll ich das anstellen?«

Johan grinste schelmisch. »Ich hätte da eine Idee …«

Nach etwa sechzig Minuten war Nico bereits wieder auf der Straße. Es wurde bereits dunkel, und er wollte so schnell wie möglich nach Nettunia zurück. Er hatte sein Motorrad im oberen, am Fuße des Gianicolo gelegenen Teil der wie ein U geformten Via Dandolo abgestellt, in dem die betuchteren Bürger der Stadt residierten. Das Versteck von Johan und Lea lag weiter unten, wo sich das einfache Volk in teilweise schon jahrhundertealten Wohnhäusern drängte.

Schon wenige Schritte, nachdem er das Gebäude verlassen hatte, bemerkte er in vielleicht vierzig Metern Entfernung einen

Mann mit Hut, der eilig in einer Seitenstraße verschwand. Der Ledermantel des Unbekannten harmonierte auffallend mit einem schwarzen Fahrzeug, das etwas näher am Straßenrand stand. Drinnen saß, reglos wie eine Puppe, ein zweiter Mann mit ähnlicher Kopfbedeckung.

Nico bückte sich rasch und nestelte an seinem Schnürsenkel herum. Die Sache gefiel ihm nicht. War er zu unvorsichtig gewesen, als er vom Ghetto aus nach Trastevere fuhr? Hatte man ihn verfolgt? Oder fing er nach der Aufregung der letzten Tage schon an, Gespenster zu sehen? Er stand wieder auf, schob seine Fensterglasbrille auf der Nase zurecht, zog sich seine Schiebermütze tiefer ins Gesicht und wechselte auf den gegenüber liegenden Gehweg, um sich den Wagen genauer anzusehen.

Es war ein Alfa Romeo 6C 2300 turismo, eine geschlossene, schwere, viertürige Limousine mit Trittbrettern, hoher schmaler Motorhaube, verchromten Scheinwerfern und kleinen Fenstern. Nico summte ein fröhliches Liedchen vor sich hin und schlenderte nun direkt auf das Fahrzeug zu. Dabei vermied er es, das bleiche Antlitz hinter der Windschutzscheibe direkt anzuschauen. Gleichwohl bemerkte er die Hasenscharte im auffallend schmalen Gesicht des ungefähr dreißigjährigen Mannes. Spielerisch ließ Nico seine Fingerspitzen über die lang gestreckte Motorhaube gleiten, als bewundere er die wie aus Stein gemeißelte Form des Alfa. Der Spitzel drinnen konnte ja nicht ahnen, dass der neugierige Bursche draußen mit seinem Wagen »sprach«.

Das Fahrzeug stand seit ungefähr einer Stunde an diesem Fleck. Es hatte zwei Männer in die Via Dandolo befördert. Und es war die ewige Treiberei durch seine beiden Schinder satt. Nico machte dem schwarzen Geschöpf Mut. Dann lösten sich seine Fingerkuppen von dem warmen Blech, rissen förmlich davon ab, und er setzte seinen Weg fort.

An der nächsten Straßenbiegung begann er zu laufen. Johan und Lea waren in großer Gefahr. Er umrundete den Block und kehrte durch ein anderes Gebäude auf die Rückseite des verwahrlosten Hauses zurück. Schon beim Einzug seiner Zieheltern hatte er die Fluchtmöglichkeiten ausgekundschaftet. Jetzt machte sich diese Vorsichtsmaßnahme bezahlt.

Auf sein lautes Klopfen reagierte hinter der Kellertür eine ängstliche Stimme.

»Wer ist da?« Es war Lea.

»Ich bin's, Nico. Macht schnell auf.«

Die Kette des Vorhängeschlosses rasselte, dann schwang die Tür quietschend auf. Lea sah ihrem Ziehsohn sofort an, dass etwas nicht stimmte.

»Was ist passiert?«

»Draußen lungern zwei Spitzel herum. Sie beobachten das Haus. Ihr müsst fort! Jetzt gleich! Es geht um Leben und Tod!«

Er fühlte sich elend, als er am nächsten Morgen nach Nettunia zurückfuhr. Nico hatte in der letzten Nacht, wenn es hoch kam, eine Stunde geschlafen. Mit Johan und Lea war er nach Sant'Angelo gelaufen, um sich mit Davide zu beraten. Um nicht aufzufallen, hatten sie nur die allerwichtigsten Habseligkeiten mitgenommen. Das meiste davon schleppte allerdings Nico, weil Johan nach seinem Lageraufenthalt nie mehr richtig zu Kräften gekommen war. Die beiden Spitzel ließen sich an diesem Abend nicht mehr blicken. Vermutlich hatten sie sich bei der Wachablösung über ihren Alfa Romeo gewundert, weil er sich trotzig jedem Startversuch verweigert haben dürfte.

Nico brachte seine beiden Zieheltern in die Trattoria, deren Schaufensterauslagen er vor vielen Jahren einmal mit den Augen verschlungen hatte. Die Wirtin war immer noch dieselbe. Allein begab er sich zu jenem namenlosen Platz, an dem Davide und Salomia Ticiani wohnten. Keine Menschenseele war zu sehen. Aber wer konnte schon sagen, ob nicht auch hier irgendwo Spitzel hinter den Fenstern lauerten. Schnell huschte er in das Haus, hinauf zu seinen beiden Freunden.

Wenig später saßen die fünf Leidensgenossen um einen Tisch, aßen *Carciofi alla Giudecca* und tranken Rotwein. Davide hatte einen Nachbarsjungen zu Israel Zolli geschickt, der sich wenig später zu ihnen gesellte. Der Professor war inzwischen mit seiner Familie bei Doktor Fiorentino untergeschlüpft und riet den Gefährten dringend, seinem Beispiel zu folgen. Um Johan und Lea für die ersten Tage unterzubringen, vermittelte er ihnen ein Quartier bei einem anderen Freund namens Pierantoni – zum Glück verfügte der weltoffene Zolli über einen großen nichtjüdischen Bekanntenkreis.

Die Ältesten der Gemeinde glaubten sich mit dem Gold die Freiheit erkauft zu haben, aber unter Nico und seinen Gefährten herrschte, als um Mitternacht das Jahr 5704 nach jüdischer Zeitrechnung anbrach, eine gedrückte Stimmung. Natürlich hofften alle, die Übergabe der Schutzgeldzahlung würde den Juden eine Atempause verschaffen.

Fragezeichen. In Nicos Kopf waren nichts als Fragezeichen, als er auf Nebenstrecken ohne Scheinwerferlicht in der Dämmerung nach Süden brauste – er wollte die deutschen Posten nicht unnötig stören. Etwa eine Stunde nach Sonnenaufgang traf er bei dem Landwirt ein, der ihm schon einmal geholfen hatte.

»Kann ich ein oder zwei Nächte bei dir schlafen, Domenico?«

Der Bauer grinste. »Kein Problem. Willst du im Kuhstall übernachten, oder soll Gisella deinen Strohsack wieder auf den Heuboden schaffen?«

Er wählte Option Nummer zwei und ließ sich von Domenicos Frau gerne etwas Brot, Käse und Wasser aufdrängen. Danach schwang er sich wieder in Albinos Sattel und fuhr weiter nach Süden.

Die Pontinischen Sümpfe hatten schon fast wieder ihr altes Aussehen angenommen. Nico wünschte, er hätte sich mit dem stinkenden Hausmittel von Signora Tortora eingerieben – die Moskitos feierten Hochzeit und waren, wie bei solchen Anlässen üblich, ziemlich durstig. Am späten Vormittag fand er die Soldatenwitwe, die er kürzlich schon einmal um Hilfe gebeten hatte.

»Konnten Sie Kontakt zur Resistenza aufnehmen, Signora Fiori?«

Die Frau kniete in einem kleinen Gemüsebeet vor ihrem Haus, das noch nicht überschwemmt worden war. Ohne aufzublicken, antwortete sie: »Ihre Nachricht hat den Empfänger erreicht. Er sagte, Sie sollen sich an den gebrochenen Pflug wenden.«

Nico lächelte. »Danke. Sie haben mir sehr geholfen.«

Nachdem er den wohlwollenden Bauern in Aprilia noch einmal erfolgreich um eine Benzinspende gebeten hatte, machte er sich auf den Weg zur Küste. Um die Mittagszeit erreichte er unbehelligt das Feld beim Torre Astura. Der gebrochene Pflug. Er musste Bruno bei ihrem letzten Treffen hier aufgefallen sein. Nico legte beide Hände auf das rostige Metall. Er konnte immer noch die Spannungen spüren, die von der Plackerei unter einem unbarmherzigen Besitzer stammten und die dem Arbeitsgerät irgendwann das Rückgrat gebrochen hatten. Ob der Bauer inzwischen verstorben war?

Endlich fühlte Nico, wonach er gesucht hatte: eine Spur seines Freundes. Er bückte sich, wühlte unter einer der Pflugscharen im Boden und förderte schließlich eine Flasche zu Tage. Darin befand sich ein Zettel. Schnell zog er den Korken heraus und ließ die Nachricht in seine Hand gleiten. Brunos Schrift war so ebenmäßig wie eh und je.

Späher vom Forte Sangallo!

Ich habe deine Mitteilung erhalten. Hinterlasse an gleicher Stelle eine Antwort, wann wir uns am Torre treffen können.
Aber sei vorsichtig! Die Banda Koch und die Deutschen haben zur Treibjagd auf uns geblasen.

Dein Freund

Wie oft würden Bruno oder seine Mitkämpfer diesen toten Briefkasten kontrollieren? Nico gab ihnen drei Tage und schlug für das Treffen Sonntag, den 3. Oktober, vor. Nachdem er die Antwort auf die Rückseite des Zettels geschrieben und diesen wieder unauffällig im Erdreich vergraben hatte, machte er sich auf den Rückweg nach Nettunia.

Am Abend saß er im Schneidersitz auf dem Heuboden von Domenico Amicis Hof, über sich eine nackte Glühlampe und im Schoß ein rotes halbledernes Buch.

DANTE ALIGHIERI

LA DIVINA COMMEDIA

Seine Gedanken wanderten die Jahre zurück bis zu jenem unseligen Abend, als ein Zitat aus Dantes *Göttlicher Komödie* den Auftakt zu einem unsäglichen Drama gegeben hatte.

»›Die Zeit geht hin, und der Mensch gewahrt es nicht‹«, murmelte Nico die Worte aus dem Deckel der Lebensuhr. Warum war Manzini darüber so in Rage geraten? Weshalb hatte er sich nicht mit der Beseitigung des »Makels« begnügt, sondern die Zerstörung der Uhr verlangt? Wieso wollte er, dass der Uhrmacher und sein Sohn Nettuno verließen? Und worum sorgte sich das sonst mit allen Wassern gewaschene Schlitzohr, als Emanuele ihm ein Gerichtsverfahren angedroht hatte? Zweifellos wäre dabei der Streit über das Dante-Zitat in allen Einzelheiten erörtert worden. Welche Gaunereien, so fragte sich Nico, hätten dabei ans Licht gezerrt werden können? »Niemand verrät mich …«

Manzinis Worte hallten noch in Nicos Geist, als er das Buch aufschlug. Der Uhrmachermeister hatte dieses Exemplar der *Göttlichen Komödie* stets in seiner Werkstatt aufgehoben, um interessierten Kunden den Ursprung des »Markenzeichens« der Handwerkerfamilie dei Rossi zu erklären. Natürlich erzählte er auch seinem Sohn so manches über das von ihm so geschätzte Werk. Wen oder was konnte das Zitat aus dem *Purgatorio* verraten? Nachdenklich schlug Nico das Inhaltsverzeichnis auf. Es handelte sich um eine mehr als tausend Seiten starke kommentierte Ausgabe. Die rasch überflogene Einleitung des Autors – er hieß Giuseppe Vandelli – frischte nicht nur verblasste Erinnerungen auf, sie ließ auch sein Herz von neuem bluten. All die Ablenkungen der letzten Tage waren für die Wunde dort nur ein schmutziges Pflaster gewesen. Jetzt erst begriff er richtig, warum er sich dem großen, vielleicht größten Dichter des Mittelalters so nahe fühlte.

Dante hatte sein Hauptwerk einer unerfüllten Liebe gewidmet.

Mit neun sah er ein Mädchen in blutrotem Kleid, dem er auf ewig verfiel. Sie hieß Beatrice, und als sie im viel zu jungen Alter von etwa fünfundzwanzig Jahren verstarb, beschloss er, »von ihr in einer Weise zu sprechen, wie noch von keiner jemals gesprochen worden ist«. Aus diesem Vorsatz entstand eines der Kronjuwelen der Weltliteratur.

Die Göttliche Komödie – seinen endgültigen Namen erhielt das Werk erst durch Lodovico Dolce Mitte des sechzehnten Jahrhunderts – bestand aus einhundert Gesängen, die in drei Teile gegliedert waren: *Inferno*, *Purgatorio* und *Paradiso* – Hölle, Fegefeuer und Paradies. Dante selbst machte sich darin zum Reisenden durch die drei Reiche der Toten. Er will, so beschreibt es sein Epos, im Jahre 1300 durch einen dunklen Wald geirrt sein, einen Wald voller Sünden. Auf der Suche nach einem Weg aus dem Dickicht trifft er den griechischen Dichter Vergil, die Verkörperung von Vernunft, Wissenschaft und Philosophie. Diese drei läutern den Wanderer schließlich auch, nachdem er an Vergils Seite die Hölle und das Fegefeuer durchquert hat, auf einem Drachen geritten ist und zwei Bootsfahrten unternommen, die Bekanntschaft von fünfunddreißig Monstern gemacht und nicht weniger als einhundertachtundzwanzig namentlich genannte Sünder getroffen hat. Von Reue gereinigt, darf er das Paradies betreten. Dorthin geleitet ihn Beatrice, seine unerfüllte Liebe, das Sinnbild von Glauben und Gnade. Und indem er durch sie und mit ihr zur Erkenntnis gelangt, erfährt er die göttliche Liebe und findet die ewige Glückseligkeit.

»Ich wünschte, ich könnte von Laura in einer Weise sprechen, wie es noch nie ein anderer getan hat«, murmelte Nico. Er musste sich die Nase putzen, weil ihm mit einem Mal ganz mulmig geworden war. Nachdem er sich gefasst hatte, machte er sich an die Lektüre der Gesänge. Die unter den dreizeiligen Strophen gedruckten Kommentare ignorierte er.

Der Anfang war die Hölle. Buchstäblich. Auf ihrem Tor liest Dante die Worte: »Lasst alle Hoffnung fahren, die ihr eintretet.« Nico fühlte sich einmal mehr schmerzhaft an seine eigene Situation erinnert. Aber er las weiter. Der Dichter beschrieb das Inferno als einen riesigen, aus neun kreisförmigen Bezirken bestehenden Trichter unter der nördlichen Erdhalbkugel. Ganz unten, im Mittelpunkt der Welt, hatte Luzifer seinen Sitz.

Nachdem Vergil und Dante aus den Tiefen des neunten Bezirks unter den südlichen Sternenhimmel getreten waren, begann für sie die Reise durch das zweite Jenseitsreich, *il purgatorio*, den Läuterungsberg. Fast schon erleichtert begleitete Nico die zwei Wanderer durch das Fegefeuer, wobei ihm erst jetzt klar wurde, dass diese Bezeichnung eigentlich irreführend war. Bei dem Läuterungsberg handelte es sich eigentlich um ein Spiegelbild der Hölle, also um einen auf dem Kopf stehenden Trichter. Während es aus dem Inferno kein Entrinnen gab, waren hier die Seelen »in Bewegung«, sie konnten sich durch Reue läutern und dadurch die höchste Ebene, das Paradies, erreichen. Mithin war der Läuterungsberg weniger ein abgemilderter Zwangsvollzug für Sünder, sondern ein »Ort der Hoffnung«.

Das Schweben von Dante und Beatrice durch die raum- und zeitlosen Sphären des Paradieses brachte Nico leichter hinter sich. Nach der Rückkehr in die Wirklichkeit fühlte er sich innerlich aufgeräumt. Gab es auch für ihn und Laura Hoffnung? Falls ja, dann musste der Weg in ihr gemeinsames Paradies wohl ebenfalls zunächst durch ein dunkles Dickicht führen, in dem er sich allzu leicht verfangen konnte. Noch einmal kehrte er zur dritten Strophe im vierten Gesang des *Purgatorio* zurück.

Indem wir hören oder etwas tritt in unsere Sicht,
Was stark uns anzieht,
Die Zeit geht hin, und der Mensch gewahrt es nicht.

O wie Recht Dante damit hatte! In Lauras Gegenwart war die Zeit immer wie im Fluge vergangen. Wie hatte diese schlichte Weisheit nur einen solchen Streit heraufbeschwören können ...?

Mit einem Mal stutzte Nico. Vielleicht lag darin ja der Schlüssel zu des Rätsels Lösung. Es ging gar nicht um den *Inhalt* des Zitates. Mit einem Mal fiel es ihm wie Schuppen von den Augen. Ja, so musste es sein. Seine Augen wanderten an den Kopf der Seite, wo das Wort »Purgatorio« stand. Läuterungsberg. Oder Fegefeuer? Ohne sein bewusstes Zutun kamen Worte über seine Lippen, die aus einer anderen Zeit stammten.

»Manchmal offenbaren die einzelnen Teile erst ihren tieferen Sinn, wenn man sie durcheinander würfelt und neu ordnet«, wiederholte Nico die Weisheit, die ihn einst Meister Johan gelehrt hatte.

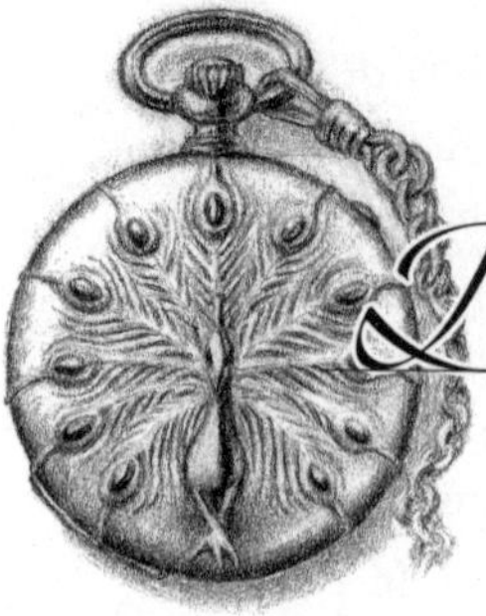

14. KAPITEL

Der Zerstreute

Wien, 1932

Meister Johan lächelte nachsichtig, als er seinen Schüler, über eine filigrane Medaillonuhr gebeugt, am Rande der Verzweiflung fand. Es war Nicos erster Winter in Wien. Den Jungen irritierten weniger die winzigen Organe im geöffneten Uhrenleib, er konnte sich nur nicht richtig konzentrieren. In der Nacht hatte ihn wieder dieser Albtraum heimgesucht, und die *Arbeiter-Zeitung* vom 19. Dezember 1932 brachte Stinkbomben und Tränengas auf den Frühstückstisch.

Nachdem Nico den Artikel vom Anschlag der Nationalsozialisten im Großkaufhaus Gerngroß gelesen hatte, war ihm der Appetit vergangen. In der Werkstatt hatte er seitdem noch nichts Vernünftiges zustande gebracht.

»Du kommst mir heute irgendwie zerstreut vor. Was ist mit dir, Niklas?«, fragte der Meister.

Nico legte die Pinzette und den winzigen Schraubenzieher aus der Hand, ließ sich in die Stuhllehne zurücksinken und seufzte. »Ich kriege das alles nicht zusammen.«

Ob Johan die trübe Stimmung seines Lehrjungen nur auf die komplizierte Uhr bezog oder sehr genau wusste, was Nico bewegte, jedenfalls antwortete er vielsinnig: »Manchmal offenbaren die einzelnen Teile erst ihren tieferen Sinn, wenn man sie durcheinander würfelt und neu ordnet.«

Nico blickte irritiert auf die Organe des Uhrenanhängers, dann wieder in das Gesicht seines Lehrmeisters. »Ich weiß nicht genau, ob ich dich richtig verstehe.«

Johan konnte sich ein Schmunzeln nicht verkneifen. »Lass

mich dir erklären, was ich damit meine. Sagt dir der Begriff ›kosmische Kombinatorik‹ etwas?«

Nico stülpte die Unterlippe vor und hob die Schultern.

»Aber von den Kabbalisten hast du doch schon gehört.«

»Ja, das waren irgendwelche jüdischen Zauberer.«

Johan grinste. »Keine Angst, ich will dich jetzt nicht in einen Frosch verwandeln. Ich würde sie eher Mystiker nennen. Ehrlich gesagt halte ich auch nicht viel von den Geheimlehren der *qabbalah*; falls dein Hebräisch hier streikt, das bedeutet nichts anderes als ›Überlieferung‹. Aber was mich wirklich zum Nachdenken gebracht hat, ist das liebste Steckenpferd der Kabbalisten. Kannst du dir denken, worum es sich dabei handelt?«

»Um kosmische Kombinatorik?«

Die Augen des Meister wurden groß und rund. »Genau! Einer ihrer eifrigsten Fürsprecher war Abraham Abulafia, ein spanischer Jude des dreizehnten Jahrhunderts. Eine Zeit lang soll er sich übrigens auch in Rom aufgehalten haben. Man nimmt an, dass er mit seinen Vorstellungen einige der namhaftesten Denker seiner Zeit beeindruckt hat.«

»Ich hab noch nie von ihm gehört. Wen soll er denn beeinflusst haben?«

»Dante Alighieri, zum Beispiel.«

»Den Autor der *Göttlichen Komödie*?«

»Richtig.«

»Und was hat Abulafia über das Auseinandernehmen und Zusammensetzen gesagt?«

»Du kennst die Anfangsworte des ersten Buches der Thora?«

Nico warf die Hände hoch. »Meister Mezei, ich darf seit fast einem Jahr in der Synagoge vorlesen. Natürlich kenne sie: *Bereschit bara Elohim et haschamajim.*«

Johan nickte zustimmend. »›Im Anfang erschuf Gott die Himmel und die Erde‹ und so weiter und so fort. Wie tat er das?«

»Ich verstehe nicht …?«

»Wie hat er das gemacht, Himmel und Erde erschaffen?«

Wieder zuckte Nico die Achseln. »Keine Ahnung.«

»Dann hast du die Thora noch nicht gründlich genug gelesen. Darin heißt es nämlich: ›Und der Ewige sprach: »Es werde Licht!« Da wurde es Licht.‹«

»Ja, und?«

Johan verdrehte die Augen. »Du bist ein harter Brocken, mein Junge. Also, Abraham Abulafia behauptet, im gesprochenen Wort des Ewigen äußere sich seine Macht. Er *sprach*, und so wurde es. Oder um es kabbalistisch auszudrücken: Er las aus der ›ewigen Thora‹, und es geschah.«

»Ewige Thora? Was soll denn *das* sein?«

»Eine Buchrolle, geschrieben mit schwarzen Flammen auf weißem Feuer im Angesicht des Ewigen. Sie setzt sich aus einer riesigen Menge jener zweiundzwanzig elementaren Lettern zusammen, aus denen unser Alphabet besteht. Anfangs waren in diesem Block noch keine Worte zu erkennen, gewissermaßen bildete er den Urstoff der Schöpfung. Hätte Adam nicht von der verbotenen Frucht gegessen, wäre aus den Schriftzeichen eine andere Geschichte zusammengefügt worden als die heute allgemein bekannte, die in jeder Thora nachzulesen ist.«

»Also das ist wirklich kosmisch! Aber das andere Wort …«

»Kombinatorik?«

Nico nickte.

»Eigentlich ist das ein Teilgebiet der Mathematik, das sich mit Permutationen, das heißt, den Anordnungsmöglichkeiten gegebener Dinge, befasst. Im Falle der Thora bedeutet es, dass man die verfügbaren Buchstaben durcheinander würfelt und neu ordnet. Du glaubst nicht, welche Vielfalt an Kombinationen allein in zweiundzwanzig Buchstaben steckt. Aber wenn man jedes Aleph der ewigen Thora vertauscht und ebenso jedes Beth, Gimel und so weiter, dann beginnt man zu ahnen, warum Jesaja schrieb, der Ewige rufe jeden einzelnen im Heer der Sterne mit Namen.«

»Und wozu soll das gut sein?«

»Um die wahre Ordnung der Dinge zu erkennen, die vollkommene Sprache, das Geheimnis des Werdens und Vergehens.«

»Ist mir zu hoch.«

»Lass mich dir ein Beispiel nennen, Niklas. Nimm die Buchstaben des heiligen Namens: JHWH. Abulafia hat ihm verschiedene Selbstlaute hinzugefügt und daraus vier Tafeln mit je fünfzig Kombinationen erstellt. Gewaltig, nicht? Aber lassen wir die Vokale mal weg und vollziehen mit dem Tetragramm die einfachste kombinatorische Übung, die übrigens schon der Prophet Jeremia anwendete, als er aus dem Wort ›Babel‹ den Namen ›Scheschach‹ machte. Wir verschieben unseren Konsonantenrahmen einfach im Alphabet um eine Position. Heraus kommen die Buchstaben KWSW, richtig?«

Wieder schob Nico die Unterlippe vor und nickte.

»Im Hebräischen spricht man diesen Namen *kusu* aus. Wie du weißt, dienen die Buchstaben unseres Alphabets zugleich auch der Bezeichnung von Zahlenwerten. Aus KWSW erhält man die Summe neununddreißig, hebräisch mit den Buchstaben Teth und Lamedh für ›9 und 30‹ geschrieben. Die Lettern TL ergeben das Wort *tal* – im Deutschen ›Tau‹ –, und davon leitet sich *tallit* ab, der Name unseres Gebetsschals, der *was* bedeutet?«

»Tauträger?«

»Sehr gut! Wenn du im Sinn behältst, wie wir das Wort durch die Neuanordnung der Buchstaben des Tetragramms hergeleitet haben, dann wäre die Übersetzung ›Tauträger des bewegten Gottesnamens‹ eigentlich zutreffender. Ehrlich gesagt traue ich diesem Humbug mit der kosmischen Kombinatorik nicht so recht, aber man kann ihm etwas Gutes abgewinnen.«

»Du meinst, dass manches erst aus dem Zusammenhang genommen und neu geordnet werden muss, um seinen tieferen Sinn preiszugeben?«

Johan strahlte. »Kluger Junge! Jetzt hast du es kapiert!«

15. KAPITEL

Der Wiederauferstandene

Nettunia, 1943

Selten hatte Nico den Mond in einer solchen Farbe gesehen. Gleich einer riesigen Kupfermünze hing er über dem Meer, ein altrömischer Sesterz, dessen rötliches Licht einen glitzernden Pfad auf der leicht bewegten See zeichnete. Allzu gerne wäre der Beobachter am Strand von Nettuno diesem Weg gefolgt, auf der Suche nach dem versunkenen *Neptunia*. Eher ernüchternd fand er den Gedanken, dass da draußen irgendwo die Schiffe der Alliierten lagen und niemanden hindurchließen. Er schob den Wachtraum beiseite, drehte sich wieder zum Forte Sangallo um und massierte sich mit der Rechten den Nacken. Seit dem Morgen plagten ihn Kopf- und Rückenschmerzen.

»›Denn Zeit verlieren schmerzt den, der sie schätzt.‹ Niemand sollte das besser wissen als du.« Seitdem er sich versteckt halten musste, sprach er immer häufiger mit sich selbst. Manchmal, so wie gerade eben, rezitierte er dabei aus dem *Purgatorio* oder einem anderen Werk, das er unter Johan Mezeis Ägide gelesen hatte. Die Idee des Meisters hatte Nico auch bewogen, Bruno um Unterstützung zu bitten. Der Widerstandskämpfer meinte, dass der Plan funktionieren könnte. Er versprach zu helfen, fügte jedoch mit unergründlichem Lächeln hinzu: »Wenn ich das tue, dann stehst du in meiner Schuld.« Er hatte angekündigt, in Kürze bei Signora Fiori eine Nachricht zu hinterlassen. Die Soldatenwitwe aus Pontinia sei auf den *Duce*, dem sie den Tod ihres Mannes anlaste, nicht gut zu sprechen, dafür habe sie den Partisanen schon oft geholfen. Nico solle jeden Donnerstag bei ihr nach Mitteilungen fragen. Gestern erst war er zum zweiten Mal zu ihr in die Pontinischen Sümpfe gefahren und unverrichteter Dinge wieder zurückgekehrt.

In den vergangenen zwei Wochen hatte sich Nico in wechselnden Verstecken aufgehalten und die Gewohnheiten von Manzinis Wachen studiert. Manchen Hinweis erhielt er dabei von alten Bekannten. Von Vincenzo Monti, dem Gemeindearzt, der regelmäßig BBC hörte, hatte er erfahren, dass am 1. Oktober US-Truppen in Neapel eingetroffen waren. Vielleicht fiel es ihm deshalb immer schwerer, den deutschen Patrouillen aus dem Weg zu gehen.

Um seine Freunde in der Stadt nicht unnötiger Gefahr auszusetzen, war er die letzten vier Tage in die Cava di Santa Barbara ausgewichen, eine Höhle, die ungefähr einen Kilometer vom Stadtkern entfernt lag. In den langen einsamen Nächten hatte er viel Zeit zum Nachdenken gehabt. Im Kopf verschob er die Mosaiksteine seines Wissens wie einst Meister Johan die Buchstaben des Tetragramms. Am Morgen erst hatte sich in seinem Geist eine jener verschlungenen Gedankenketten gebildet, denen er bisweilen ganz überraschende Erkenntnisse verdankte. Es war der 15. Oktober, der erste Tag des *Sukkot*.

Die jüdischen Familien verbrachten das siebentägige Fest zum Ende des landwirtschaftlichen Jahres nach altem Brauch in Hütten, die aus der »Frucht prächtiger Bäume« errichtet wurden, also aus Palmwedeln oder den Zweigen von Pappeln, Ölbäumen, aus Myrten- oder Olivenlaub. Nicos »Hütte« bestand aus Tuffstein, was nicht ganz den Vorschriften der Thora für das Laubhüttenfest entsprach. Seine verschiedenen Erzieher waren in diesen Dingen auch nicht besonders akkurat gewesen. Bei Sonnenuntergang begann zudem der Schabbat. Für Brot und Wein würde sich ebenfalls ein Ersatz finden müssen.

»Du musst die richtige Anordnung der Dinge herausfinden«, murmelte Nico, während er bei Kerzenlicht mit wenig Appetit sein Frühstück hinunterwürgte. Es bestand aus trockenem Brot, einem Rest steinharter Salami und Wasser, das er aus einem Emaillebecher trank – der für den Sabbatwein war gewöhnlich aus Silber. Der Schüler des Uhrmachermeisters Johan Mezei erinnerte sich, dass die Kabbalisten auf den gleichen Zahlenwert – sechsundachtzig – in den hebräischen Worten *kos* und *elohim* verwiesen; Ersteres bedeutete »Becher« oder »Trinkglas« für Wein, Letzteres »Gott«. Nicos Gedanken kreisten, permutierten Erinnerungen: Schriftzeichen sind Symbole, Symbole sind Bilder, Bilder formen sich zu …

»Wochenschauen?«

Er fühlte sich von der Assoziation zunächst überrumpelt. Aber mit einem Mal förderte sein Gedächtnis wieder alles hervor: den lauen Abend, die Wärme von Lauras Hand in der seinen, die erdrückende Herzlichkeit des Filmvorführers Ennio und die Wochenschau. War auch sie in Wirklichkeit eine »ewige Thora«, eine Abfolge von Symbolen mit einer geheimnisvollen Bedeutung? Er hatte auf der Leinwand die Festung von Nettuno gesehen und kurz drauf Massimiliano Manzini in friedlichem Körperkontakt mit Benito Mussolini.

Seit seiner Rückkehr aus Wien hatte Nico das Forte Sangallo gemieden, weil es ihn an die schreckliche Mordnacht erinnerte und er im Zweifel war, ob er in der Festung willkommen sein würde. Inzwischen hatte er den »Dämon seiner Vergangenheit« bezwungen und das Haus seines Vaters betreten. Damit fiel ein Hinderungsgrund weg. Und der andere? Er würde herausfinden müssen, ob der Baron ein Zuträger Manzinis war.

Die Umsetzung seines Entschlusses hatte etwas mehr als zwölf Stunden in Anspruch genommen; der Schabbat war inzwischen angebrochen. Nico umrundete die Festung. Seine schweren Glieder bereiteten ihm allmählich Sorgen. Hoffentlich hatte er sich nicht eine Grippe zugezogen. Der Eingang des Forte Sangallo lag auf der dem Meer abgewandten Seite. Um ihn zu erreichen, musste der Besucher einen Graben überqueren. Zu diesem Zweck gab es einen gemauerten, erhöhten Pfad, der wie ein Aquädukt aussah – von drinnen wie draußen ideal zu überwachen. Nico hoffte unbemerkt geblieben zu sein, als er endlich die Klingel betätigen konnte. Lange geschah nichts. Er fühlte sich vor der

Tür wie auf einem Präsentierteller. Aber dann näherten sich schlurfend Schritte. Er räusperte sich. Eine viereckige Klappe im schweren Portal wurde aufgerissen, und zwei eng beieinander stehende Augen erschienen. Aus der Deckung grauer buschiger Brauen musterten sie den Besucher.

»Gehen Sie, gehen Sie! Sie können hier nicht herein.« Es klang nicht wirklich unfreundlich, eher entschuldigend.

Nico wusste nicht, wie er diese Begrüßung auffassen sollte. Er nannte seinen Namen und bat darum, den Baron sprechen zu dürfen.

»Den Baron?«, tönte es aus dem Guckloch.

»Ja.«

»Sie reden von Baron Alberto Fassini Camossi?«

»Ja, gewiss! So groß wird die Auswahl an erlauchten Herrschaften in diesem Gemäuer doch wohl nicht sein.« Nico glaubte die Blicke sämtlicher Spitzel der Stadt im Nacken zu spüren, und seine Reaktion war dementsprechend ungeduldig.

Die Augen im Geviert verengten sich. »Sollte ich Sie kennen?«

»Es ist eine lange Zeit her, Signor …«

»Mein Name ist Donatello. Ich bin kein ›Signor‹, nur der Leibdiener des Barons. Ich fürchte, ich kann Sie nicht einlassen.«

Nico schob sein Gesicht dicht an die Klappe heran und raunte: »Hören Sie, Donatello. Ich habe Sie nicht gleich erkannt, weil Ihre Augenbrauen so grau geworden sind. Früher jedenfalls waren Sie nicht so abweisend. Sie haben meinen Freund und mich oft hereingelassen, wenn der Baron uns erlaubte, von den Zinnen der Burg aus nach *Neptunia* Ausschau zu halten.«

Unvermittelt wurden die Augen hinter der Klappe größer. »Natürlich! Der Junge von Emanuele dei Rossi, dem armen Uhrmachermeister, Gott hab ihn selig. Das ist wahrlich lange her … Aber warten Sie, ich lasse Sie erst mal herein.«

Nico atmete erleichtert auf. Er wartete, bis Donatello sämtliche Schlösser und Riegel geöffnet hatte, und trat durch das Tor in den Innenhof der Festung. Hinter ihm wurde das Portal rasch wieder geschlossen. Als sich der Diener ihm wieder zuwandte, wirkte er verlegen.

»Ich hatte Sie zunächst für den Walzenbändiger gehalten.«

»Sie meinen Niklas Michel?«

Donatello nickte. Er stand ein wenig gebeugt unter dem Türsturz und musterte den Besucher mit schwer zu deutender Miene. Nico wunderte sich, wie klein der inzwischen wohl über Sechzigjährige war. Der alte Frack saß über dem Bäuchlein auch nicht mehr so locker wie einst. Die Zeit besitzt eben große Macht, sie verwandelt, was dem Bewohner des Augenblicks unveränderlich scheint.

Sich der weisen Worte seines Meister erinnernd, lächelte der ehemalige Junge dem Mann freundlich zu, der für ihn einmal das Musterbeispiel eines Kammerdieners gewesen war. »Wie kommen Sie gerade auf den Gemeindemechaniker, Donatello?«

»Heute früh«, antwortete der Diener zögernd, »waren finstere Gesellen hier, die mir einen Steckbrief von dem Deutschen zeigten. Darauf war ein Foto zu sehen und eine Zeichnung von einem Bärtigen, die Ihnen erstaunlich ähnlich sah, Signor dei Rossi.«

Nico fröstelte. Mit belegter Stimme fragte er: »Ist das der Grund, weshalb Sie mich nicht hereinlassen wollten?«

»Verstehen Sie mich nicht falsch. Ich habe hier gewisse … Verpflichtungen. Aber ich missbillige durchaus, wie Don Massimiliano von heut auf morgen seinen Doctor Mechanicae fallen gelassen hat. Der junge Mann besitzt in der Stadt viele Bewunderer und Freunde. Auch ich selbst schätze sein selbstloses Wirken für die einfachen Bürger überaus.«

Das war beruhigend. Nico wagte aufzuatmen. »Könnten Sie mich jetzt bitte dem Baron melden? Falls er nach dem Grund meines überraschenden Besuches fragt, dann sagen Sie ihm, Signor dei Rossi möchte mit ihm über eine Konferenz sprechen, die im Jahr 1925 hier stattgefunden hat.«

»Sie meinen, als Mussolini hier war?«

»Und Massimiliano Manzini. Ich hätte gerne etwas mehr über die Beziehung der beiden zueinander erfahren, sofern es denn zwischen ihnen überhaupt so etwas gab, das diesen Namen verdient.«

Der Diener nickte. »Verstehe. Bitte folgen Sie mir, Signor dei Rossi.«

Mit gezügeltem Elan folgte Nico dem alten Mann, der ohne allzu große Eile schlurfend den Hof durchquerte und über eine Freitreppe zum Eingang des großen Palazzo hinaufstieg. Als Donatello die Türklinke des Portals herunterzudrücken versuchte, geriet seine Contenance jedoch ins Wanken.

»*Santa Maria!* Das Ding bringt mich noch um den Verstand!« Der gezischten Unmutsäußerung folgte ein um Vergebung heischendes Lächeln. »Das Schloss ist neuerdings störrisch wie ein Esel.«

»Darf ich?«, fragte der Gast. Donatello machte ihm Platz. Sanft legte Nico die Hand auf die eiserne Klinke, drückte sie nieder, und nach einem geknirschten Widerspruch gab die Tür nach. Mit der Rechten in das nun offene Gebäude weisend, sagte er: »Nach Ihnen, Donatello.«

»Vielen Dank, Don Niklas.«

Nico stutzte. »Jetzt haben Sie mich schon wieder verwechselt.«

Auf dem Gesicht des Kammerdieners lag die Andeutung eines wissenden Lächelns. »Ich glaube nicht.«

Ohne ein weiteres Wort folgte Nico dem Alten ins Haus. Während er Donatello über eine weitere, erheblich längere Treppe hinauf in den zweiten Stock der luxuriösen Privatresidenz folgte, wunderte er sich über den respektvollen Titel, mit dem ihn der Diener angeredet hatte: *Don*. Wie ein ehrenwerter Herr fühlte er sich nun wirklich nicht. Aber es war nicht das erste Mal, dass ihn jemand so nannte. Auch die Soldatenwitwe in den Pontinischen Sümpfen hatte sich dieser Anrede bedient.

»Donatello?«

»Don Niklas?«

»Bitte nennen Sie mich nicht so. Ich bin nur ein Uhrmacher.«

»Und der Herr der Unruhe.«

»Das war einmal – ich kann es wohl nicht länger leugnen. Was haben die Leute eigentlich gesagt, als ich vor drei Jahren so Hals über Kopf verschwand?«

»Einige glaubten, Don Massimiliano hätte Ihnen gekündigt, weil Sie in Nettunia längst beliebter geworden waren als er. Man meinte, Sie seien nach Deutschland zurückgekehrt.«

»Österreich.«

»Ich dachte, das gibt es nicht mehr.«

»Stimmt auch wieder. Nun ja, diese Version habe ich in letzter Zeit schon öfters gehört. Und was haben die Übrigen gedacht?«

»Dass der Podestà Sie ermorden ließ.«

Nico wäre fast gestolpert und musste sich am Geländer festhalten. Diese Fassung seiner Geschichte kannte er noch nicht.

Donatello eilte zu einer Tür voraus, drehte sich um und sagte: »Bitte warten Sie, Don Niklas, bis Sie gerufen werden.«

Nico nickte. Ein wenig ungeduldig bezog er Stellung vor der hohen Tür. Der Gang, in dem er stand, war mit vermutlich handgeknüpften Teppichen ausgelegt. An den Wänden hingen Gobelins mit Jagdmotiven. Ob nun der Vatikan, der Palazzo Manzini oder das Forte Sangallo – in noblen Gebäuden fühlte sich der junge Uhrmacher stets unbehaglich. Endlich erklang dumpf von drinnen der angekündigte Ruf.

»Kommen Sie bitte herein, Signor dei Rossi.«

Trotz der Aufforderung klopfte Nico zaghaft an die Tür.

»Treten Sie nur ein!«, ermunterte ihn die Stimme erneut.

Nico ließ die Tür aufschwingen. Vor sich sah er einen edlen Holzfußboden, dicke Teppiche, barocke Möbel und einen Kamin, in dem ein Feuer brannte. Der Baron war nirgendwo zu sehen. Aber dann lud ihn eine Hand zum Näherkommen ein, die ihm aus einem mit rot-goldenem Damast bespannten Sessel winkte, welcher, vom Besucher abgewandt, vor dem Kamin stand. Links neben dem schweren Sitzmöbel stand ein rundes Tischchen, auf dem ein aufgeschlagenes Buch und eine Brille lagen.

Nico umrundete den »Thron«, um dem Baron seine Reverenz zu erweisen – und erlitt einen Schock.

»Donatello?«

Der Diener lächelte traurig. »Da steht ein Stuhl. Sie sehen blass aus. Setzen Sie sich, Don Niklas.« Er deutete auf eine Sitzgelegenheit, die so wenig ein Stuhl war wie das Möbel, in dem er selbst thronte. Nico nahm auf der vordersten Kante des rötlichgolden schimmernden Polsters Platz und beäugte sein Gegenüber misstrauisch.

Donatello hatte sein Frackoberteil gegen einen Zweireiher mit goldenen Knöpfen getauscht, wie ihn die Eigner nobler Jachten zu tragen pflegten. Nico glaubte sich zu entsinnen, dass Don Alberto, der Präsident des Königlich Italienischen Seglerverbands war, früher immer genau so ein Jackett getragen hatte. In seiner Erinnerung war der Baron etwas größer und schlanker als Donatello gewesen, aber irgendwie schaffte es der beleibte Diener, die Ehrfurcht gebietende Erscheinung seines Herrn würdig zu vertreten: Die auf Hochglanz polierten schwarzen Schuhe, der gezwirbelte und gewachste Schnurrbart, selbst die strahlende Aura seiner jetzt streng und zugleich gutmütig dreinblickenden grauen Augen passten zu dem Bild eines Palastherrn.

»Sie fragen sich bestimmt, was diese Maskerade soll?«, sprach Donatello aus, was seinem Gast im Kopf herumging.

Nico ersparte sich die Antwort. Er wollte nicht unhöflich sein.

Der Unterkiefer des Dieners zitterte. Er musste sichtlich um seine Fassung kämpfen. »Ich bedaure, Ihnen mitteilen zu müssen, Don Niklas, dass Baron Alberto Fassini Camossi im letzten Oktober im Alter von nur siebenundsechzig Jahren verstorben ist.«

Nico schloss die Augen. Er wusste nicht, was er sagen sollte. An diesem Abend hatte er dem Mosaik der Wahrheit klare Konturen geben wollen. Wie sollte er jetzt noch die Erkenntnissplitter in die richtige Anordnung bringen, ihren tieferen Sinn erfassen, wenn die wichtigsten Steine des Bildes verloren gegangen waren?

»Sie haben Don Alberto gemocht, nicht wahr?«, drang endlich wieder die Stimme des Alten an sein Ohr.

Mühsam hob Nico die Lider. Sein Kopf dröhnte. »Ja. Er war immer freundlich zu uns – zu Bruno Sacchi und mir, meine ich. Unseren Vätern hat er oft finanziell aus Patsche geholfen.«

Der alte Kammerdiener nickte mit einem wehmütigen Ausdruck im Gesicht. »Ja, er war ein Mäzen der schönen Künste und des feinen Handwerks. Ich glaube, er hat sich in Mussolinis Schmierentheater immer falsch besetzt gefühlt.«

Nico blickte auf. »Wie kommt es, dass Sie ...?«

»Dass ich hier in diesem Sessel sitze und den Blazer des Barons trage? Das ist leicht erklärt. Die Erben haben mich als Sachwalter für das Forte Sangallo eingesetzt. Und so sehe ich hier seit einem Jahr nach dem Rechten, wimmle Besucher ab und rufe auf der *Questura* an, wenn sich etwas Verdächtiges regt.«

Nico erschrak.

»Keine Sorge«, beruhigte ihn der Alte. »Ich werde doch *Il Tedesco* nicht verpfeifen.«

»Sie sind sehr freundlich, Signor ...?«

»Bleiben Sie einfach bei Donatello. Wir sind beide nur Diener – auf die ein oder andere Weise.«

»Dann sagen Sie bitte auch wieder Nico zu mir, so wie früher.«

»Gerne, mein Junge. Aber dann sollten wir beide zum Du übergehen. Was ist mit deiner Frage?«

»Die erübrigt sich ja nun wohl, jetzt wo Don Alberto nicht mehr unter uns weilt.«

»Wie kannst du das sagen, bevor du dein Anliegen überhaupt vorgetragen hast? Du erwähntest die Konferenz, die hier im Jahre 1925 abgehalten wurde. Ich erinnere mich noch gut daran.«

»Du standest schon damals in Don Albertos Diensten?«

»Ja, gewiss. Schau mich alten Knochen doch an! Ich bin im gleichen Alter wie der Verblichene, Gott hab ihn selig. Im nächsten Jahr werde ich siebzig. Aber jetzt genug geplaudert. Was treibt dich, einen jungen Mann, den Manzini am liebsten wie eine schwarze Katze in einen Sack stecken und auf einem Scheiterhaufen verbrennen würde, mitten in der Nacht hierher?«

»Ebender. Ich will Manzini vor den Richter bringen.«

»Das haben schon ganz andere versucht und sind im Hafenbecken ersoffen … Entschuldige bitte den vulgären Ausdruck.«

Donatello war eben ein Diener vom alten Schlag, durch und durch distinguiert. Nico musste unweigerlich schmunzeln.

Dann sagte er: »Lass mich dir zuerst die Geschichte eines Wiederauferstandenen erzählen. Hinterher wirst du mich besser verstehen.«

Während das Feuer im Kamin allmählich herunterbrannte, berichtete Nico von dem Mord an seinem Vater, von seiner Flucht, den Jahren in der Fremde und zuletzt von seinem wechselhaften, bislang aber doch erfolglosen Kampf gegen Massimiliano Manzini. Zwischendurch öffnete Donatello eine Flasche Portwein und holte zwei geschliffene Gläser hervor, die er mit Bedacht einschenkte. Insgeheim musste Nico an seine Überlegungen vom Morgen denken. Der schwere portugiesische Rotwein entsprach zwar nicht ganz den Sabbatgesetzen, aber besser als Wasser war er allemal.

»Und so kehrt der Totgeglaubte heute Abend in diese Festung zurück«, brachte der Wiederauferstandene seine Erinnerungen zum Abschluss. »Leider zu spät. Hätte ich schon vor drei Jahren den Mut gehabt, mich meinem früheren Leben zu stellen, dann wäre vielleicht alles anders gekommen.«

»Zumindest hättest du Don Alberto noch eine Freude machen können. Er hatte sich immer so lebendige Söhne wie euch beide gewünscht. Wie ich hörte, kämpft Bruno Sacchi jetzt in der Resistenza?«

Nico wusste nicht, ob er darauf antworten sollte.

Der Diener nickte verstehend. »Ist schon gut, du brauchst nichts zu sagen. Also, was genau willst du wissen, mein Junge?«

»Der Streit zwischen Manzini und meinem Vater ist wie gesagt über ein Zitat aus Dantes *Purgatorio* entbrannt.«

»›Die Zeit geht hin, und der Mensch gewahrt es nicht.‹«

»Richtig. Ich dachte jahrelang, in diesen Worten könnte eine Art Chiffre versteckt sein. Inzwischen frage ich mich, ob der

Schlüssel zum Mordmotiv nicht ganz woanders liegt. Möglicherweise im Namen *Purgatorio*. Hast du je von einer Person gehört, die so heißt?«

Donatello dachte nicht lange nach. »Nein. Wenn überhaupt, dann dürfte das ein sehr seltener Name sein – oder möchtest du ›Fegefeuer‹ heißen?«

»Leider kann man sich das ja nicht aussuchen ... Meistens jedenfalls nicht. Vielleicht bin ich ja auch auf dem Holzweg, und der Code ist in etwas anderem verborgen. Das Zitat stammt aus der dritten Strophe des vierten Gesangs. Drei und vier oder vier und drei – ich habe schon nächtelang darüber gebrütet, bin aber ...«

»Nicht so schnell, Nico. Bleiben wir ruhig noch eine Weile beim Fegefeuer. Mir ist da etwas eingefallen ...« Der Diener zupfte nachdenklich an der Spitze seines Schnurrbartes.

Nico beugte sich im Sessel vor. »Und das wäre?«

»Du hattest die Konferenz erwähnt.«

»Am 20. Juli 1925.«

»Genau. Es ging da um die Lebensbedingungen unserer Landsleute in Dalmatien. Sie sollten durch eine Konvention in angemessener Weise geregelt werden. Sogar Mussolini hat sich damals wieder einmal hier blicken lassen.«

»Wieder einmal?«, entfuhr es Nico überrascht. »War er denn oft auf der Festung zu Gast?«

»Ich weiß nicht, ob ›oft‹ das richtige Wort ist. ›Immer mal wieder‹ wäre vielleicht die treffende Umschreibung. Er hatte hier eine Wohnung.«

»*Hier?* Der *Duce* hatte auf Forte Sangallo *gewohnt*?«

»Ich dachte, das sei allgemein bekannt.«

»Ich war zu der Zeit erst sechs und habe mit Holzschwertern gespielt.«

»Richtig! Ich erinnere mich. Und außerdem hattet ihr, du und dein Freund, erstaunliche Mägen, in die unsägliche Mengen Limonade und Eclairs passten. Wie auch immer, jedenfalls war Don Massimiliano schon damals ein einflussreicher Mann. Er hat

Mussolini hin und wieder Gesellschaft geleistet. Der *Duce* ging gerne auf die Jagd oder tuckerte mit dem Motorboot übers Tyrrhenische Meer.«

»Nicht zu fassen! Aber was hat das mit dem *Purgatorio* zu tun?«

Donatello nippte am Port, leckte sich mit der Zungenspitze die Lippen ab und fuhr fort: »Der Baron mochte Mussolini nicht besonders. In seinem Herzen war er ein glühender Anhänger der Monarchie. Aber er respektierte die Entscheidung des Königs, als dieser Mussolini am 31. Oktober 1922 zum Ministerpräsidenten ernannte.«

»Nach dem Marsch auf Rom.«

Donatello lächelte. »Ein wenig kennst du dich ja doch in der Geschichte deiner Kindertage aus. Richtig. Mit dem ›Marsch auf Rom‹ hat Mussolini seiner Leidenschaft für alt-römische Vorbilder gefrönt. Lucius Cornelius Sulla war ja im Jahr 88 vor Christus ebenfalls in die Hauptstadt des Imperiums marschiert und hatte sie gewaltsam besetzt. Der *Duce* verfuhr ähnlich. Vom 27. auf den 28. Oktober 1922 rückten Zehntausende bewaffneter Schwarzhemden in einem Sternmarsch auf Rom vor und sammelten sich ungefähr fünfzig Kilometer vor der Stadtgrenze. König Vittorio Emanuele III. war gegen die Verhängung des Ausnahmezustandes, aber einen Bürgerkrieg wollte er noch weniger riskieren. Also machte er den Volksschullehrer aus Predappio zum Regierungschef.«

»Und drei Jahre später bezieht der *Duce* eine Wohnung im Forte Sangallo. Wann kam eigentlich Manzini in die Stadt? Ich habe gehört, sein Vater sei ein römischer Steinmetz gewesen.«

»So sagt man. Ich kam mit dem Baron 1920 hierher, nachdem er sich ins Forte Sangallo verliebt und es gekauft hatte. Don Massimiliano muss in etwa zur gleichen Zeit nach Nettuno gezogen sein. Ich kann mich noch an Donna Esmeralda erinnern, seine erste Gemahlin, eine schöne und sehr beeindruckende Frau. Er selbst und sein ungeschlachter Schatten waren damals nur selten in der Stadt zu sehen, weil …«

»Ein *Schatten*?«

»Signor Dell'Uomo, sein Chauffeur.«

»Ich dachte, Uberto sei erst vier oder fünf Jahre später in Manzinis Dienste getreten.«

»Vielleicht als Fahrer, aber gekannt haben müssen die beiden sich schon länger.«

Nico stülpte die Unterlippe vor und nickte bedächtig. »Ich habe dich unterbrochen, Donatello. Du wolltest mir etwas über den *Purgatorio* erzählen.«

»Ja, wo war ich stehen geblieben? Ach richtig! Manchmal musste ich einspringen, wenn Mussolinis Lakaien gerade nicht zur Stelle waren. Hin und wieder ließ sich der Baron auch dazu erweichen, seine Jacht dem *Duce* zur Verfügung zu stellen, allerdings nicht, ohne selbst das Kommando an Bord zu führen. Auch dabei war ich gewöhnlich mit von der Partie. Bei einer dieser Gelegenheiten habe ich unfreiwillig eine Unterhaltung zwischen Don Massimiliano und Mussolini mitbekommen.«

Nico drohte allmählich vom Sessel zu fallen, weil er auf dem Polster immer weiter vorrutschte. »Und worum ging es da?«

»Um eine geheime Operation namens ›Purgatorio‹.«

Jetzt glitt Nicos rechter Fuß unter den Sessel, und er fiel auf das Knie. Rasch rappelte er sich wieder auf. »Verzeihung. Hat … Hatte Manzini etwas damit zu tun? War er daran beteiligt? Was sollte mit dieser Operation überhaupt …«

»Immer eins nach dem anderen, junger Mann«, bremste Donatello die Neugier seines Gastes. »Soweit ich es mitbekommen konnte, wollten Mussolinis Gefolgsleute mit dem Unternehmen ›Purgatorio‹ eine ›Läuterung‹ in ihren Reihen durchführen …«

»Der Läuterungsberg«, wisperte Nico. »Ich nehme nicht an, dass Mussolini an der Reinigung von Sünden interessiert war, oder?«

»Wohl eher nicht. Möglicherweise kennst du die Vorgeschichte des *Duce* nicht so gut. Früher war er Sozialist gewesen. Aber dann begann er – das muss so um 1914 gewesen sein – vom internationalen zum nationalen Sozialismus mit faschistischen Zügen umzuschwenken. Dabei mussten zwangsläufig – so funktioniert Geschichte nun mal – Gefolgsleute auf der Strecke bleiben.«

»Alle, die seinen Kurswechsel nicht nachvollziehen wollten.«

»Du begreifst schnell. Außerdem mag es in der politischen Landschaft jener turbulenten Zeit einige gegeben haben, die Mussolinis Abkehr von der ›Zweiten Internationalen‹ für verwerflich hielten. Die Operation ›Purgatorio‹ war also eine Art Frühjahrsputz im neuen Haus des Faschismus. Wie ich aus dem Gespräch des *Duce* mit Don Massimiliano entnehmen konnte, hatte sich die ›Reinigungsaktion‹ länger als erwartet hingezogen, und so wurde aus der Operation eine Institution: das Geheimkommando ›Purgatorio‹. Und dessen Kommandant war kein Geringerer als Massimiliano Manzini.«

»Jetzt verstehe ich das Bild in der Wochenschau.«

»Das muss ein peinlicher Ausrutscher gewesen sein, der auch in dem von mir belauschten Gespräch der beiden zur Sprache kam; eigentlich war es schon ein handfester Streit. Mussolini mahnte seinen Henkersknecht, die vereinbarte Berichtskette einzuhalten und beim nächsten Mal wieder D'Annunzio als Mittelsmann zu benutzen.«

»Irgendwo habe ich den Namen schon einmal gehört.«

»Würde mich wundern, wenn nicht. Gabriele D'Annunzio war ein gefeierter Dichter. Neuromantiker. Für meinen Geschmack ein wenig zu schwülstig, aber den Faschisten hat so etwas gefallen.«

»›War‹?«

»Er ist 1938 in seiner Villa am Gardasee gestorben.«

»Hmm.« Nico ließ versonnen die ölige, tiefrote Flüssigkeit in seinem Glas kreisen.

»Lass mich an deinen Gedanken teilhaben, mein Junge.«

»Wenn ich eins und eins zusammenzähle, dann ist Manzini ausgerastet, als mein Vater ihn – völlig ahnungslos – mit dem Namen *Purgatorio* in Verbindung brachte. Don Massimiliano hatte schon so manche Anklage überstanden, aber hier geriet er regelrecht in Panik. So reagiert kein Mann, der anderen freundlich den Parteiaustritt nahe legt. Ich nehme an, die geheime Abteilung ›Purgatorio‹ hat beim ›Läutern‹ auch gröbere Methoden angewandt, oder?«

»Im Streit zwischen Mussolini und Don Massimiliano ging es Schlag auf Schlag. Zuerst haben sie sich gegenseitig Vorwürfe gemacht und dann einander bedroht. Dabei sind viele Andeutungen gefallen, aus denen ich mir meinen Reim gemacht habe, aber ich weiß nicht, ob das vor Gericht Bestand haben könnte.«

»Worum ging es denn in diesen ... Andeutungen?«

»Offenbar konnte Purgatorio über Jahre im Geheimen sein Unwesen treiben. Die Gruppe arbeitete mit Einschüchterung, Diffamierung, Erpressung, bis die Situation plötzlich außer Kontrolle geraten sein muss.«

»Was war passiert?«

»Sagt dir der Name Matteotti etwas?«

Nicos Unterlippe wanderte nach vorn. Er schüttelte den Kopf.

»Na, du bist ja damals auch noch ein kleiner Junge gewesen. Giacomo Matteotti war ein sozialistischer Oppositionspolitiker, der Mussolini gehörig einheizte. Vor allem die faschistischen Einschüchterungskampagnen während des Wahlkampfes im Jahr 1924 hatte er scharf kritisiert. Dann, am 10. Juni – wegen des Aufschreis, der danach durchs ganze Land ging, kann ich mich noch genau an das Datum erinnern –, fiel er einem Mord zum Opfer.«

»Was?«

»Du hast richtig gehört. In dem Streit, von dem ich Zeuge wurde, sagte Mussolini sinngemäß: ›Ich habe dir gesagt, du sollst dem sozialistischen Wadenbeißer das Maul stopfen, aber du hättest ihn nicht gleich kaltmachen müssen.‹ Woraufhin Manzini erwiderte: ›Für mich hörte sich der Befehl anders an. Außerdem hat »Purgatorio« immer selbst über die Wahl seiner Methoden entschieden, und du bist nicht schlecht dabei gefahren, Benito. Diesmal wird es genauso sein. Ich hoffe, du wirst dich daran erinnern, wenn du deinen Platz im Pantheon einnimmst.‹«

»Das hört sich für mich aber sehr nach einer Drohung an.«

»Man könnte es so auffassen.«

»Was ist dann passiert?«

»Mussolini verurteilte scharf die verschiedenen Gesetzesverstöße seitens der Faschisten und hat dann schön weiter an seiner Einparteiendiktatur gezimmert. Zwei Jahre später ließ er die Oppositionsparteien verbieten, und 1928 traten dann nur noch Kandidaten seiner PNF zur Wahl an. Giacomo Matteottis Mörder wurde nie gefasst.«

»Und spielt sich in Nettunia als kleiner *Duce* auf.«

»Das mag wohl sein, Junge. Leider ist in dem besagten Streit der Name Matteotti niemals gefallen.«

»Aber Mussolini sagte doch …«

»… dass Don Massimiliano einen ›sozialistischen Wadenbeißer‹ kaltgemacht hat. Das ist kein Beweis.«

»Aber ein Indiz, das kein Staatsanwalt ignorieren kann.«

Donatello schüttelte lächelnd den Kopf. »Ach, Nico! Du bist noch so jung und begeisterungsfähig. Ich habe seit dem Tag, als ich das Gespräch belauschte, von keinem Gericht und keinem Staatsanwalt in diesem Land gehört, die sich für den Fall interessiert hätten.«

»Ich habe einen kennen gelernt. Oder zumindest dessen rechte Hand.«

»Und wo ist er jetzt?«

Nico ersparte sich die Antwort.

Donatello zeigte mit dem Finger auf ihn. »Siehst du. In diesem Land gibt es nur noch das Recht des Stärkeren.«

»Aber irgendwann wird die Willkür enden. Würdest du mir dann helfen, Manzini vor Gericht zu bringen?«

»Um gegen ihn als Zeuge auszusagen?« Wieder zupfte sich der Diener am Schnurrbart, diesmal besonders gründlich, aber schließlich nickte er und antwortete: »Ich glaube ja, Nico. Ja, das sollte ich dem Baron wohl schuldig sein.«

Das Angebot, wieder einmal eine Nacht in einem richtigen Bett zu schlafen, war unwiderstehlich. Schon allein weil er sich so matt und krank fühlte, nahm Nico gerne an. Außerdem war es spät gewesen, nachdem Donatello und er ihre Erinnerungen hinreichend aufgefrischt und den Port bis zum letzten Tropfen geleert hatten. Trotz seiner Erschöpfung konnte er nicht einschlafen. Zu aufwühlend war der Gedanke, unschätzbare Fakten und einen möglichen Helfer im Kampf gegen Manzini hinzugewonnen zu haben. Überdies wollten die Kopf- und Rückenschmerzen nicht nachlassen, und obwohl er unter einer dicken Daunendecke lag, schüttelte es ihn vor Kälte. Erst nachdem er das von Donatello angebotene Aspirin geschluckt hatte, sank er schließlich doch in einen traumlosen Schlummer.

Das Erwachen am Samstagmorgen beendete auf brutale Weise das Gefühl der Geborgenheit. Er wurde von einem anhaltenden Klingeln aus dem Schlaf gerissen. Ungefähr so musste es sich angehört haben, als der Diener letzte Nacht bei der Lektüre seines Buches am Kamin aufgescheucht worden war. In den letzten drei Jahren hatte sich Nico das Verhalten eines Gejagten angeeignet: Er schlief nie besonders tief, beobachtete seine Umgebung immer besonders misstrauisch und hielt von Überraschungen meistens besonders wenig – zu oft hatten sie sich zu Katastrophen entwickelt.

Beim Aufstehen ging ein schmerzhaftes Ziehen durch seinen Rücken. Auch die Kopfschmerzen waren wieder da. Unter Stöhnen fädelte er seine Füße in die Hosenbeine ein und lief, während er sich noch das Hemd überstreifte, aus dem Zimmer, durch den Flur im Kern des Palazzo und hinüber in einen anderen, auf der Ostseite gelegenen Raum, von dem aus man in die Stadt hinuntersehen konnte. Er erreichte gerade rechtzeitig das Fenster, um Donatello in einem Hausmantel über den Hof eilen zu sehen. Es war ein trüber Herbstmorgen. Bleigraue Wolken verschleierten den Himmel.

Als Nico den Blick zur Via Roma jenseits der Festungsmauer schweifen ließ, lief ihm ein Schauer über den Rücken. Auf der einzigen asphaltierten Straße der Stadt standen mehrere Truppentransporter und Kübelwagen der Wehrmacht. Daraus ergossen sich, angetrieben von ihren Hauptleuten, deutsche Soldaten. Das Ganze sah aus wie ein zweiter Aufguss der Umstellung des Vatikans. Schnell bildete sich um das Forte Sangallo ein undurchdringlicher Ring.

Donatello öffnete, wie es seine Gewohnheit war, zunächst die Klappe in der Tür. Wer immer dahinter stand, er hatte offenbar überzeugende Argumente, denn wenig später machte sich der Sachwalter der Festung an den alten Schlössern zu schaffen. Das Portal öffnete sich. Zwei Männer traten ein. Die Uniform und die Schulterklappen des einen machten ihn als Brigadeführer der deutschen Waffen-SS kenntlich. Und der andere mit dem Hut und dem schwarzen Ledermantel … Nico glaubte, sein Blut müsste ihm in den Adern gerinnen. Selbst auf eine Entfernung von knapp zwanzig Metern war die schlampig zusammengenähte Oberlippe in dem schmalen blassen Gesicht des Mannes unverkennbar.

Der Zivilist an der Seite des deutschen Wehrmachtsoffiziers war derselbe Mann, der vor siebzehn Tagen in der römischen Via Dandolo in einem schwarzen Alfa Romeo gesessen hatte.

In Nicos Kopf begann ein Schöpfrad zu rotieren und unerbittlich schlammige Gedanken in sein Bewusstsein zu spülen. Das konnte unmöglich ein Zufall sein. Wenn der Spitzel, der das Versteck von Johan und Lea Mezei beobachtet hatte, mit einem Mal hier auftauchte, dann – Nicos Herz begann zu rasen – konnte das nur eines bedeuten.

Massimiliano Manzini war ihm auf den Fersen.

Schlimmer noch: Er kannte die Verstecke seiner Freunde in Trastevere und vermutlich auch in Sant'Angelo.

Und: Der ehemalige Leiter von Mussolinis »Läuterungskommando« Purgatorio ging offenbar nach bewährtem Muster vor. Seine Jäger studierten das Umfeld des Opfers, beobachteten eine Weile seine Gewohnheiten, kreisten es ein und töteten es mitsamt allen anderen, die sich ihnen in den Weg stellten. Im Jahr 1932 waren es Aaron und Feliciano gewesen, Vater und Sohn, beide unschuldig und vermutlich völlig ahnungslos, warum sie der Tod so plötzlich ereilte. Und jetzt …?

Nico begann zu zittern. Früher hätte er sich in einer solchen Situation hauptsächlich um seine eigene Person Sorgen gemacht, aber diese Phase seines Lebens gehörte der Vergangenheit an.

Obwohl er von Feinden umzingelt und seine Lage alles andere als rosig war, musste er an Lea, Johan, Salomia, Davide, Professor Zolli und all die anderen denken, mit denen man ihn während seines letzten Aufenthalts in Rom gesehen haben könnte. Sie schwebten in Gefahr. In Lebensgefahr!

»Ich muss hier raus, muss zu ihnen«, murmelte er, und schon suchten seine Augen das Zimmer ab, als könnte er in den Schubladen der Kommoden und Schränke einen geheimen Fluchtweg entdecken. Vor dem Gebäude entbrannte zwischen Donatello und den ungebetenen Gästen derweil ein heftiger Wortstreit, dessen Geräusche sogar bis durch das Fenster drangen. Nico gab das sinnlose Umherblicken auf. Seine Augen kehrten zu der Auseinandersetzung am Portal zurück.

Der Verwalter der Festung wischte gerade mit einer unwilligen Handbewegung ein Papier aus der Hand des SS-Offiziers. Der Zivilist blieb auf eine kalte Weise ungerührt. Ohne erkennbare Regung sprach er ein paar Sätze zu Donatello, packte seinen uniformierten Begleiter am Arm und zog ihn durch das Portal hinaus auf die Brücke, die den Wassergraben überspannte. Der Diener warf die Tür ins Schloss, verriegelte sie und lief eilig zum Haus zurück.

Nico eilte ihm entgegen. Sie trafen sich in der Vorhalle im Erdgeschoss.

»Was wollten die Kerle?«

»Guten Morgen!«, erwiderte Donatello gereizt. Augenscheinlich rang er noch um seine Fassung.

»Entschuldige. Sie sind wegen mir gekommen, stimmt's?«

»Ja.«

»Und was wirst du tun? Lieferst du mich ihnen aus?«

»Du beliebst zu scherzen, junger Mann. Eher lasse ich Pech und Schwefel auf sie niederregnen.«

»Die Zeiten sind längst vorbei, Donatello.«

»Anfang des sechzehnten Jahrhunderts war das hier die modernste Festung der Welt.«

»Ich möchte nicht, dass dir irgendetwas zustößt.«

»Das lass getrost meine Sorge sein.« Er schüttelte den Kopf und murmelte: »So weit ist es schon gekommen.«

»Was meinst du?«

»Da war ein Offizier der Waffen-SS.«

»Ich habe ihn vom Fenster aus gesehen.«

»Er hat sich als Pietro Mannelli vorgestellt. Ein *Italiener!* Das will nicht in meinen Kopf. Wie kann ein Italiener zur Waffen-SS gehören?«

»Ich habe auch schon davon gehört. Vermutlich ist er treuer Bürger der Republik von Salò.«

»Natürlich ist er Faschist. Mussolini hat noch viele Anhänger.«

»Was haben die beiden von dir verlangt? Außer meinen Kopf, meine ich.«

»Die Wehrmacht versucht schon seit September die Leute aus Nettunia zu vertreiben, aber viele haben sich bisher geweigert. ›Hier sind wir geboren, hier sterben wir‹, sagen sie. Aber jetzt machen die Deutschen ernst. Sie drohen, alle zu erschießen, wenn die Stadt nicht umgehend geräumt wird. Die ganze Bevölkerung muss sich mindestens fünf Kilometer von der Küste zurückziehen. Der Judas von der SS hat irgendetwas von ›strategischen Zwängen‹ gefaselt, wahrscheinlich weil Badoglio Deutschland gerade den Krieg erklärt hat.«

»*Was?* Davon habe ich ja noch gar nichts gehört.«

»Mich überrascht das nicht, wenn einer mit seinem Motorrad in den Pontinischen Sümpfen herumkurvt und nachts in Höhlen schläft.«

»Und sich dabei die Grippe holt«, fügte Nico lahm hinzu und fasste sich an die Stirn. Hatte er Fieber?

Donatello reagierte nicht darauf. Stattdessen erklärte er: »Dein Name ist übrigens nicht gefallen. Wenn ich mich nicht irre – und ich irre mich selten –, dann fürchten sie wohl weniger, dass du hier *heraus*spazieren könntest, als eher das Gegenteil.«

»Wie bitte?«

»Sie glauben, du könntest *zu* mir gelangen.«

»Aber ich denke, Manzini hat keine Ahnung, dass du ein Mitwisser bist, weil du damals seinen Streit mit dem *Duce* belauscht hast.«

»Ich weiß wohl mehr über seine wechselhafte Vergangenheit – insbesondere seine enge Beziehung zum *Duce* – als jeder andere in Nettuno. Wenn er deinen Vater wegen einer Prägung im Deckel einer Uhr umgebracht hat, dann könnte er Gründe genug finden, auch mich zum Schweigen zu bringen.«

»Und daran bin ich alleine schuld. Manzini hat sich jahrelang nicht um dich geschert, aber mit meiner Schnüffelei muss ich ihn alarmiert haben. Jetzt versucht er alle Zeugen und Beweise seiner dunklen Vergangenheit aufzuspüren und zu liquidieren.«

»Bilde dir nur nicht zu viel auf dich ein, Nico dei Rossi. Ich glaube eher, dass Don Massimiliano mir nichts getan hat, weil er sich bis vor einem Jahr nicht mit dem Baron anlegen wollte. In den letzten zwölf Monaten hatte er dann genug andere Dinge um die Ohren. Jetzt, wo ihn die Deutschen wieder aufs Pferd gehoben haben, verfällt er in alte Gewohnheiten: Er räumt auf.«

»Unterm Strich kommt dasselbe heraus. Du musst untertauchen.«

Der Kammerdiener lächelte. »Das amüsiert mich. Der mächtigste Mann der Stadt lässt *dich* steckbrieflich suchen, und du rätst mir, von der Bildfläche zu verschwinden?«

»Das ist nicht lustig, Donatello.«

»Nein, führwahr, das ist es nicht. Wir werden gemeinsam fliehen. Wie geht es dir? Du siehst fürchterlich aus.«

»Danke. Ich fühle mich, als hätte man mich auf eine Streckbank gespannt und würde mir abwechselnd Eiswasser und siedendes Öl überschütten.«

»Das klingt aber gar nicht gut. Ich werde einen Blick in meine Hausapotheke werfen. Vielleicht finde ich da etwas für dich.«

Nico nickte geistesabwesend. »Wie stellst du dir das vor, von hier zu fliehen? Soweit ich es vom Fenster aus beurteilen konnte, ist die ganze Festung von Militär umstellt.«

»Hast du schon einmal von der *Piazza dei Pozzi di Grano* gehört?«

»Dem ›Platz der Getreidebrunnen‹? Nicht dass ich wüsste. Wo ist der denn?«

»Nicht ›ist‹, junger Freund. Die Piazza *war* einmal. Im Mittelalter. Unter ihr lagen ausgedehnte Höhlen, in denen Korn gelagert wurde. Was hältst du von einer kleinen Besichtigungstour?«

Auf Anraten des Kammerdieners widmete sich der Herr der Unruhe eingehend seinem Äußeren, während Donatello einige Habseligkeiten zusammenpackte. Zuvor hatte er Nico Wasserstoffperoxid sowie eine Rasierklinge ausgehändigt und ihm versichert, dass man damit wahre Wunder vollbringen könne.

Etwa eine Stunde später besaß Nico semmelblondes Haar, einen Schnurrbart und mehrere Schnitte im Gesicht.

»Ich sehe aus wie ein Seeräuber nach einem Entergang.«

»Dazu müsstest du eines deiner Brillengläser schwarz färben.«

»Ich lass die Brille lieber ganz weg. Hat mir sowieso kein Glück gebracht.«

»Kannst du denn ohne Brille genug sehen?«

»Die Gläser sind nur aus Fensterglas.«

»Oh! Bist du so weit?«

»Es geht. Besser wird es nicht werden. Ich will ja nicht drängen …«

Donatello lächelte. »Hab schon verstanden. Bist du so freundlich und tust mir einen kleinen Gefallen?«

»Ja?«

»Nimm meinen Koffer.«

Nico war nicht unbedingt das, was man landläufig unter einem Athleten verstand. Schon auf dem Weg in den Weinkeller begann er zu schwitzen. Seine Kräfte waren mehr geistiger Natur, zumal die eingenommenen Medikamente keine Wunder zu vollbringen vermochten. Er hatte jedoch nicht jammern wollen. Jetzt bekam er die Quittung dafür.

Donatello trug nur einen Gehstock, der wohl eher dekorativen Charakter hatte, und eine Handlampe in Form einer kleinen Blechkiste mit einem Strahler darin. Mit dieser eher armseligen Beleuchtung drangen sie bis in den hintersten Teil des dunklen Gewölbes vor. Die Flucht geriet vor einem Haufen Unrat ins Stocken. Nico sah verstaubte Holzkisten mit leeren Weinflaschen und eine nicht sehr sorgfältig zusammengeworfene Pelerine aus Ölzeug.

»Ich würde es zu schätzen wissen, wenn du das da zur Seite räumst«, sagte Donatello.

Nico seufzte. Vorsichtig ließ er den Koffer zu Boden sinken und schleppte das staubige Gerümpel aus dem Weg. Darunter kam eine eiserne Klappe mit einem riesigen Vorhängeschloss zum Vorschein.

»Das ist dann wohl unser Notausgang«, murmelte er.

»*Santa Maria!*«, zischte Donatello.

»Was ist?«

»Ich habe keinen Schlüssel.«

»Dann hole ich ihn. Wo ist er denn?«

»Woher soll ich das wissen?«

»Aber …«

»Don Alberto hat ihn immer verwahrt. Du hast nicht zufällig eine größere Kneifzange zur Hand?«

»Nein. Aber warte mal.«

Nico kniete sich vor der Klappe nieder, nahm das Vorhängeschloss in beide Hände und brummte schon nach kurzer Konversation: »Stammt noch aus der Zeit der Kreuzzüge, wie mir scheint.«

»Da gab es das Forte Sangallo überhaupt noch nicht. Der letzte Kreuzzug …« Er verstummte, weil sein Begleiter unvermittelt zu summen begonnen hatte, schnappte nach Luft und protestierte: »Das ist nun wirklich der unpassendste Augenblick, mein junger Freund, um sich der Heiterkeit hinzugeben. Da oben stehen ungefähr …«

Klick!

Das metallische Geräusch des sich öffnenden Schlosses hatte den Alten ein zweites Mal der Worte beraubt.

Nico lächelte in den Lichtkegel der Handlampe. »Sie hat sich nicht besonders gesträubt?«

»*Sie?*«, japste Donatello.

»Ist nur so eine Angewohnheit von mir, die leblosen Dinge nach ihrem Wesen einzuordnen. Es gibt natürlich auch Männer, die empfindsam sind.«

»Empfindsam?«

Nico riss die Luke hoch, ließ sie auf der anderen Seite zu Boden scheppern und packte wieder den Koffer. Auf das Loch vor seinen Füßen deutend, sagte er: »Ich nehme an, dort geht es weiter.«

Donatello ging voran. »›Sie‹ ist empfindsam!«, murmelte er noch mehrere Male und schüttelte dabei fassungslos den Kopf.

Ihr Weg führte zunächst durch einen künstlichen Tunnel, in dem knöcheltiefes Wasser stand. Die gemauerten Wände glänzten nass im Licht der Handlampe.

»Hast du Steine in dem Koffer?«, ächzte Nico und ließ entkräftet seine Last auf den Boden sinken.

»Nur das Tafelsilber«, kam die Antwort von vorn.

»Du …?«

Donatello blieb stehen, drehte sich um und lachte. »War nur ein Scherz. Ich würde dich doch nicht zum Komplizen eines Diebstahls machen.«

»Danke.«

»Zumindest nicht, ohne vorher zu fragen.«

»Das ist beruhigend. Wo gehen wir eigentlich hin? Ich meine, sofern die SS uns nicht schnappt.«

»Keine Sorge, das wird sie nicht. Ich habe eine Freundin in der Stadt. Die wird mir weiterhelfen.«

»*Du* hast eine …?« Ein bittersüßes Gefühl schwemmte für einen Moment Nicos Unwohlsein fort und ließ ihn nur noch spüren, wie sehr er Laura vermisste.

»Ich an deiner Stelle würde mir genau überlegen, was ich jetzt sage, junger Mann«, warnte der Alte.

»Ist sie hübsch?«

Wie ein Operntenor kehrte Donatello mit ausgebreiteten Armen zu Nico zurück und sang folgendes Loblied: »Sie ist eine Lilie auf zwei Stängeln, wenn ich so sagen darf: blutjung, feurig, großzügig, ja, fast verschwenderisch, weltoffen und …«

»Dann stammt sie aus Anzio?«, konstatierte Nico.

»Was, wieso?«

»In Nettuno leben die meisten von der Landwirtschaft, oder ihre Vorfahren waren Bauern. Die Leute hier sind bodenständig, gediegen, unauffällig, haben Haus und Hof im Kopf. Die Menschen in Anzio sind eher so, wie du deine Flamme beschrieben hast: Sie leben von der Hand in den Mund, denken nur ans Heute, die Frauen sind modischer, sie schminken sich. Nicht ohne Grund suchen sich viele Männer von hier ihre Ehefrau in Anzio. Seid ihr verlobt?«

Donatello plusterte sich vor Nico auf. »Man merkt, dass du als Gemeindemechaniker viel herumgekommen bist. Die ehrenwerte Dame, die mein Herz besitzt, stammt tatsächlich aus Anzio, aber sie lebt schon lange hier.«

»Dann kenne ich sie vielleicht?«

»Ja. Sie hat mir selbst erzählt, wie sie sich nach der Rettung der kleinen Marianna Grilli um dein leibliches Wohl gekümmert hat.«

»Emma Pallotta? Die Obst- und Gemüsefrau?«

Donatello strahlte. »Ja!«

»Sie ist tatsächlich blutjung. Im Vergleich zu dir.«

»Ich denke, wir sollten jetzt weitergehen.«

Nico schulterte grinsend den Koffer und wankte hinter dem vorausstakenden Alten her.

Nach einer Weile veränderte sich die Umgebung. Die gebrannten Ziegelsteine wichen porösen Wänden aus schwarzgrauem Gestein, das vor undenklichen Zeiten Vulkanasche gewesen war. Der geheime Fluchtweg weckte in Nico die Vorstellung an einen riesigen Bunker aus Gängen und Kammern, die sich scheinbar endlos aneinander reihten. Einige dieser von Menschenhand geschaffenen Höhlen mussten schon sehr alt sein, ihre Wände waren rau und durchaus nicht immer rechtwinklig aneinander gefügt. In einem größeren Raum sah er vermoderte Holzteile, die wohl einmal als Sperrwände benutzt worden waren, um das Getreide in den angrenzenden Speicherkammern zu halten.

Donatello bemerkte seinen staunenden Blick und sagte vergnügt: »Ich kann deine Gedanken lesen, junger Mann. Ja, jetzt sind wir unter der Piazza dei Pozzi di Grano.«

»Das war wohl nicht so schwer«, brummte Nico. »Kennst du auch den Ausgang?«

»Nein.«

»Was?«

»Ich wollte sagen, es gibt nicht nur einen Ausgang, sondern mehrere. Irgendeinen werden wir schon finden. Der bestimmte, den ich suche, ist allerdings ziemlich versteckt. Warte …« Donatello umfasste mit Zeigefinger und Daumen der Stockhand seinen Schnurrbart und zwirbelte daran herum. Zugleich drehte er sich langsam im Kreis. Plötzlich blieb er stehen und deutete in einen der Stollen. »Ja! Da müssen wir lang.«

Etwa eine viertel Stunde später standen sie wieder in dem großen Raum. Nico hatte das Gefühl, seine Arme seien aufgrund des schweren Koffers inzwischen zehn Zentimeter länger geworden. Der Schweiß rann ihm in Strömen aus den Poren. Auch der Kammerdiener wirke nicht mehr ganz so munter.

»Wenn wir noch lange hier unten herumirren, ist die Batterie in der Lampe alle«, murrte Nico.

»Diese Bemerkung ist nicht besonders hilfreich«, erwiderte Donatello spitz.

»Noch können wir in die Festung zurückkehren.«

»Kennst du denn den Weg?«

Nico verdrehte die Augen und ließ sich auf den Koffer sinken. Er ersparte sich und seinem Führer einen weiteren unproduktiven Kommentar.

»Jetzt weiß ich es wieder!«, stieß Donatello unvermittelt hervor und eilte in eine andere Richtung davon. Mühsam hievte Nico das Gepäckstück hoch und hechelte hinterher.

Diesmal hatten sie Erfolg. Nachdem sie sich und den Koffer durch einen schmalen Spalt gezwängt hatten, der nur eine Nische zu sein schien, stießen sie einmal mehr auf eine Treppe.

»Wo führt die hin?«, fragte Nico.

Donatellos Antwort klang geheimnisvoll. »Geradewegs in den Himmel.«

Der Ausgang lag, wie sich rasch zeigte, in durchaus irdischen Regionen, im Boden einer Krypta. Um ihnen Zutritt zu dem Grabgewölbe zu verschaffen, musste Nico eine schwere Marmortafel hochstemmen, was ihn fast die letzte Kraft kostete. Ächzend zerrte er den Koffer in den dämmrigen, aus Steinplatten und Säulen bestehenden Raum und sank sichtlich erschöpft zu Boden.

»Wo sind wir hier?«

»Du weißt es wirklich nicht?«

»Ich habe keine Ahnung.«

»Du warst nie hier drin?«

»Nein.«

»Nicht mal bei der *Festa della Nostra Signora delle Grazie*?«

»Das ist ein christliches Fest. Ich feiere *Sukkot* und den *Schabbat* … Normalerweise.«

»Oh! Ich war gedanklich bei Don Niklas, dem Christen, und nicht bei Nico dei Rossi, dem Juden.«

»Beide sind Menschen.«

»Amen. Um deine Frage zu beantworten: Wir befinden uns hier unter dem Hauptaltar von San Giovanni. Außer dem Erzpriester, Monsignor Nicola De Franceschi, kennt kaum jemand diesen geheimen Ausgang – als seinen Vertrauten hatte mich der Baron ebenfalls eingeweiht.«

Nico hörte kaum noch zu. Der Name der Kirche war wie eine berauschende Droge, die ihn kurzzeitig taumeln ließ. Schräg über ihm befand sich der Palazzo Manzini. Laura war vielleicht nur wenige Meter von ihm entfernt – und doch unerreichbar.

»Ist dir nicht gut, Junge? Soll ich ein Stück den Koffer tragen?«, fragte der Diener zerstreut.

»Ehrlich gesagt, wäre mir das lieber.«

»Natürlich. Mir macht die Schlepperei nichts aus. Ich dachte, dir wäre nur ein wenig unwohl, aber anscheinend hat es dich schlimmer erwischt. Am besten, du legst dich sofort ins Bett. Emma wird dir …«

»Vielleicht komme ich später auf das Angebot zurück, Donatello. Du hast mich vor Manzinis Helfershelfern beschützt, und dafür danke ich dir, aber jetzt muss *ich* jemanden retten.«

16. KAPITEL

Der Todgeweihte

Rom, 1943

Immer wieder verschwamm der schlammige Weg vor Nicos Augen. Lag es am Schüttelfrost, der ihn in zunehmend heftigen Schüben heimsuchte, oder am unebenen Untergrund, dass er kaum die Spur halten konnte? Er stand kurz davor, sein Glück herauszufordern und einfach nach Norden auf die Via Appia auszuweichen. Die bedrohlichen Bilder von der Umstellung des Forte Sangallo hielten ihn jedoch zurück. Er blieb auf der Marterstrecke, die nicht nur ihm, sondern auch Albino das Letzte abverlangte.

Wie ein treues Ross trug ihn das Motorrad in Richtung Rom. Gegen elf Uhr klarte der Himmel auf. Die Sonne im Rücken tat Nico gut. Mittags erreichte er nach mehreren Verschnaufpausen endlich sein Ziel. Zuvor war er zum Haus der Familie Pierantoni gefahren, wo Johan und Lea Mezei auf Vermittlung des Oberrabbiners vorübergehend Unterschlupf gefunden hatten. Dort überreichte man ihm eine für ihn hinterlegte Nachricht, die ihn einmal mehr nach Trastevere beorderte. Als er dem linken Tiber-Ufer nach Süden folgte, bemerkte er auf der anderen Seite des Flusses zahlreiche Armeefahrzeuge.

Endlich erreichte er das beschriebene Versteck in der Via della Lungaretta. Es war ein mehrstöckiges Gebäude mit weißer und ockerfarbener Fassade. Vom Eingangsportal blickten pausbäckige Engel auf ihn herab. Über einen Innenhof gelangte er zu dem Hinterhaus, wo er sich nach einer Signora Lurgi erkundigen sollte. Ihre Wohnung befand sich im Erdgeschoss. Er klingelte, und eine hagere Frau Anfang sechzig öffnete. Sofort sah er ihrem Gesicht an, dass etwas nicht stimmte.

»Signora Lurgi?«

»Ja?«

»Mein Name ist …« Welchen sollte er nennen? »Ich suche Johan und Lea Mezei.«

»Da sind Sie offenbar nicht der Einzige.« In ihrer Hand erschien ein Taschentuch, mit dem sie sich die Augen abtupfte.

»Wohnen die beiden bei Ihnen?«

»Ich weiß von nichts.«

»Hören Sie, ich bin ein Freund. Wo sind die beiden?«

»Nicht mehr hier.« Signora Lurgi stillte erneut den Tränenfluss.

Nico entsann sich auf die Mitteilung des Meisters. Er hielt der Frau das handbeschriebene Blatt vor die Nase.

»Das hier hat mir Johan Mezei bei Freunden hinterlassen. Ich sollte mich hier mit ihm treffen.«

Nun brach vollends der Damm, der Signora Lurgis Verzweiflung bisher zurückgehalten hatte. »Sie hatten sich drei Häuser weiter hinter einer hohlen Wand auf dem Dachboden versteckt. Aber irgendwer muss sie verraten haben. Sie haben sie mit dem schwarzen Auto direkt … Ist Ihnen nicht gut, junger Mann?«

Nico hatte sich am Türrahmen festgehalten, weil ihm schwindlig geworden war. Er fasste sich entsetzt an die Stirn. Sie war glühend heiß. In seinem Innern breitete sich dagegen eine eisige Kälte aus. »Offen gestanden, nein«, stammelte er.

»Wollen Sie hereinkommen und sich einen Moment ausruhen?«

»Nein!«, stieß Nico hervor, weil er wusste, dass er nach einer weiteren Ruhepause nicht mehr auf die Beine kommen würde. »Wo hat man die beiden hingebracht?«

»Das weiß ich nicht.«

»Sie sagten, ein schwarzer Wagen hat sie abgeholt. War es ein Alfa Romeo …?«

»Das weiß ich doch nicht«, unterbrach ihn die alte Dame und drohte nun selbst die Fassung zu verlieren. »Es war so eine Limousine. Schwarz eben. Mehr kann ich Ihnen nicht sagen.«

»Aber kein Armeefahrzeug?«

»Nein. Weder ein deutsches noch ein italienisches.«

»Wann …« Er schluckte einen dicken Kloß hinunter. »Wann war das?«

»So zwischen sechs und halb sieben.«

»Also im Morgengrauen«, murmelte Nico. Vor sechs Stunden! Sie konnten schon sonst wo sein. Jetzt erst ließ er den Arm sinken und blickte verstört in seine Handfläche. Sie war schweißnass.

»Es tut mir so Leid«, beteuerte Signora Lurgi. »Wollen Sie nicht doch hereinkommen und …?«

»Vielen Dank«, sagte Nico tonlos, drehte sich um und stolperte aus dem Haus.

Vielleicht wusste Davide, was geschehen war. Der Goldschmied und seine Frau hatten sich bei Freunden in der Via Gallo, unweit der Piazza Campo dei Fiori, versteckt. Nico bestieg erneut sein Motorrad und ließ den Motor aufheulen.

Zur Überquerung des Tiber wählte er die Ponte Cestio. Als er die Insel in der Flussmitte überquerte, auf der sich das Ospedale dei Fatebenefratelli befand, überkam ihn ein unheimliches Gefühl. *Dreh um! Wenn du zum anderen Ufer hinüberfährst, dann schließt du einen Lebenskreis.* Dort drüben war er vor elfeinhalb Jahren aus einem Fischlaster gestiegen. Wie damals wünschte er sich, von den Ärzten auf der Tiber-Insel, die wie ein Lazarettschiff in den trüben Fluten trieb, von allen Sorgen und Nöten geheilt zu werden. Abermals entschied er sich für den Weg nach Sant'Angelo.

Das Versteck von Davide und Salomia Ticiani befand sich zwar einige hundert Meter westlich des Ghettos, aber trotzdem zog ihn das alte Judenviertel wie magisch an. Ihn beschlich da so eine Ahnung, die wohl mit den zuvor gesehenen Armeefahrzeugen zusammenhing. Er ließ das Teatro di Marcello links liegen, und dann sah er sie auch schon.

Dutzende Armeelastwagen standen an den Eingängen des Ghettos. Deutsche Soldaten trieben Kinder, Frauen und Männer zu den Fahrzeugen, schlugen die Langsamen mit ihren Gewehrkolben, bellten Befehle. »Erst holen sie unser Gold und dann uns«, hatte Davide Ticiani an jenem Abend gesagt, als die Hilfe des Papstes viele noch hoffen ließ. Am zweiten Tag des Laubhüttenfestes, an einem heiligen Sabbat, viel schneller als erwartet, traf seine Voraussage nun ein.

Wider alle Vernunft ließ Nico sein Motorrad am Palazzo Venezia stehen und schwankte zu Fuß in Richtung Sant'Angelo. Von hier war es nicht weit zu jenem namenlosen Platz, an dem sich die Wohnung der Ticianis befand. Ein starkes Rauschen in seinen Ohren erschwerte ihm die Orientierung. Die Laute der Armeelastwagen klangen dumpf. Er hatte das Gefühl, durch eine Röhre zu blicken, die mit jedem Schritt enger wurde.

Unbehelligt betrat er das Ghetto. Ein noch wacher Teil seines Bewusstseins schlug Alarm. Es war so still hier. Nur mit Mühe bewältigte sein Verstand die letzte Höhe der Unfassbarkeit, die seine Gefühle noch immer nicht ermessen konnten: Sant'Angelo war ausgeräumt, menschenleer, eine nicht länger bewohnte Steinwüste.

Nico lehnte sich gegen eine Hauswand, um Kraft zu schöpfen. *Nicht hinsetzen!*, ermahnte er sich und konnte trotzdem nichts gegen die immer weicher werdenden Knie tun. Von den Tränen, die ihm über die Wangen liefen, merkte er nichts.

»Was flennen Sie wie ein Weib?«, fuhr ihn unvermittelt eine Stimme an. Sie sprach Deutsch. Ein Italiener wiederholte die Frage. Prasselndes Stiefelgetrappel deutete auf die Anwesenheit weiterer Soldaten hin.

Der Schreck wirkte auf Nico wie eine eiskalte Dusche. Trotz furchtbarer Schmerzen reckte er den Rücken. »W-wo … wo sind sie alle hin?«, stammelte er auf Italienisch.

»Wohnen Sie hier?«, fragte erst der Deutsche, dann der Übersetzer.

Verschwommen nahm Nico vor sich zwei Uniformen und dahinter eine wogende graue Wolke aus weiteren Soldaten wahr. Er kniff die Augen zusammen, sammelte Kraft. Als er sie wieder öffnete, sah er ein bleiches keilförmiges Gesicht und darüber, auf einer Offiziersmütze, einen Totenkopf.

»Ich … nein«, erwiderte Nico und ließ den Kopf hängen.

»Sind Sie Jude?«, hakten die Sprecher zweisprachig nach.

»Ich … ich komme aus Nettunia und habe mir die große Schreibmaschine angesehen. Gerade wollte ich auf dem kürzesten Weg nach Regula.«

»Ist der Kerl betrunken?«, fragte der Deutsche, nach der Übersetzung. Dem Dialekt nach war er ein Schwabe. Der Dolmetscher antwortete direkt.

»Wenn Sie seine Bemerkung über die ›große Schreibmaschine‹ meinen, Herr Obergruppenführer – damit meint er den Vittoriano.«

»Jetzt bin ich genauso klug wie vorher.«

»Das Denkmal zu Ehren von König Vittorio Emanuele II. Steht gleich hier um die Ecke, Herr Obergruppenführer. Ist so ein monumentales Ding aus weißem Marmor, das aussieht wie …«

»Wie eine große Schreibmaschine. Jetzt habe ich es auch verstanden. Der Kerl hat aber immer noch nicht meine Frage beantwortet.«

»Sind Sie Jude?«, hakte der Dolmetscher nach.

Nico fühlte Übelkeit in sich aufsteigen und fürchtete, sich übergeben zu müssen, wenn er nur den Mund öffnete. Mit zitternden Fingern nestelte er in der Brusttasche seiner Jacke herum. Schließlich förderte er eine braunlederne Brieftasche hervor und streckte sie in die Richtung, aus der die Stimmen gekommen waren.

Es dauerte eine Weile, bis der italienische Dolmetscher die richtigen Dokumente gefunden hatte. Leise und schnell erklärte er seinem Vorgesetzten: »Sein Name lautet Niklas Michel. Geboren in Tirol. Italienischer Staatsbürger.«

»Also kein Jude«, schnarrte der Deutsche, und es hörte sich irgendwie gereizt an.

»Nein, Herr Obergruppenführer. Er ist Katholik.«

»Wir hatten achttausend jüdische Ratten auf der Liste und haben gut eintausend erwischt. Sacken sie den Kerl mit ein.«

»Aber, Herr Obergruppenführer, schauen sie hier.«

Nico sah undeutlich, wie der Dolmetscher seinem Vorgesetzten einen aufgefalteten Papierbogen hinhielt.

»Ich kann kein Italienisch. Was ist das?«

»Ein Empfehlungsschreiben des Heiligen Stuhls.«

»Noch so einer!«, schnaubte der Offizier. »Mir wurde berichtet, dass die Stärke der päpstlichen Leibwache in den letzten zwölf Monaten sprunghaft angestiegen sein soll. Prüfen Sie trotzdem, ob sein Name auf der Liste steht.«

Verschwommen nahm Nico wahr, wie sich ein weiterer Soldat in sein Blickfeld schob. In seinen Händen hielt er etwas Helles, in dem er herumzusuchen begann. Woher hatten die Deutschen all die Namen?

»Kein Michel Niklas dabei, Herr Obergruppenführer«, erklärte Stimme Nummer drei.

»Niklas ist die alpenländische Form von Nikolaus. Wie steht's damit?«

»Habe ich schon nachgeschaut, Herr Obergruppenführer. Wir haben auch keinen Michel Nikolaus oder Klaus auf der Liste.«

Der Dolmetscher verschaffte sich respektvoll Gehör. »Wenn ich mir den Rat erlauben dürfte, Herr Obergruppenführer, sollte dieser Mann tatsächlich zum Stab des Heiligen Vaters gehören, dann wäre es vielleicht besser …«

»Nun machen Sie sich mal nicht gleich in die Hosen, Ascari. Finden Sie es nicht auch merkwürdig, dass er im Juden-Ghetto herumschleicht, obwohl es hier von unseren Männern nur so wimmelt?«

»Der Mann scheint krank zu sein.«

»Oder ein Saboteur. Besser, wir nehmen ihn mit.«

»Das hier wird schon Aufsehen genug erregen. Wir sollten Pius XII. nicht unnötig reizen, Herr …«

»Halten Sie endlich die Klappe, Ascari! *Herrje!* Hat Ihr Spieß Ihnen nicht beigebracht, was Disziplin bedeutet?«

»Ich wollte Ihnen nur Ärger ersparen, Herr Obergruppenführer.«

Der Offizier zischte etwas für Nico Unverständliches und rief dann nach einem Funker. Wieder klapperten Stiefelsohlen auf dem Kopfsteinpflaster, und ein Befehl wurde gebellt.

»Geben Sie den Namen dieses Mannes ans Hauptquartier durch. Vielleicht ist er ein Partisan.«

Nico musste an die schwarze Limousine denken, die Johan und Lea entführt hatte. Kein Armeelastwagen wie hier! Im trägen Schleim seiner Gedanken schwamm die Erkenntnis auf, dass Manzini ihm nachgespürt haben musste. Wie damals, als nur einen Steinwurf weit entfernt zwei Unschuldige hatten sterben müssen. Jetzt hatte sich sein Feind mit einer ganzen Armee verbündet, die Tausende Menschen wie Vieh verladen und davonschaffen konnte. Wenn der Funker seine Meldung absetzte, dann würde man seinen Namen bestimmt …

»Es funktioniert nicht, Herr Obergruppenführer.«

»Was soll das heißen?«

»Ich kriege nur statisches Rauschen.«

»Versuchen Sie es weiter.«

Nico stieß ein unwilliges Brummen aus.

»Lassen Sie den Mann doch gehen, Herr Obergruppenführer«, legte für ihn erneut der Dolmetscher Fürsprache ein.

Der Offizier stieß unwillig die Luft durch die Nase aus. »Na, meinetwegen. Der Bursche sieht sowieso aus, als wenn er es nicht mehr lange macht. Sollte er es bis zum Vatikan schaffen, kann er Papst Pius ja schöne Grüße von SS-Obergruppenführer Theodor Dannecker ausrichten: Wir hätten die Ewige Stadt von ihrer schlimmsten Ungezieferplage befreit. Der Führer würde sich über ein Dankestelegramm von Seiner Heiligkeit bestimmt sehr freuen.«

Später wusste Nico nicht genau, wie er es hatte schaffen können. Seine Erinnerungen waren wie einzelne blaue Lücken in einem schwarzgrauen Wolkenbrei. Zum Fieber, den Schmerzen und der Übelkeit kam die Verzweiflung hinzu. Seine Freunde, nein, seine Familie war verschleppt worden. Irgendwie hatte er es vom Ghetto aus zum Motorrad geschafft und war schlingernd, wie durch einen Nebel, in die Via Gallo gefahren. Dort fand er weder Davide und Salomia noch die Leute, die ihnen Unterschlupf gewährten. Danach hatte er keinen anderen Ausweg gewusst, als zum Vatikan zu fahren. Als er den Petersplatz erreichte, beobachtete er eine Szene, deren Unmenschlichkeit die Reichspogromnacht nur wie eine Ouvertüre des Grauens erscheinen ließ.

Offenbar war die Einheit des SS-Obergruppenführers Dannecker nicht in Rom stationiert, denn die Männer führten sich auf wie Touristen. Ständig rollten die Armeelastwagen auf die Piazza San Pietro, hielten einige Minuten an, damit man den Petersdom, die Kolonnaden Berninis und den Obelisken bestaunen konnte, und fuhren dann weiter. Und die ganze Zeit über schrien die auf den Ladeflächen zusammengepferchten Kinder, Frauen und Männer.

Die Vorstellung, dass irgendwo unter diesen Lauten der Angst und Verzweiflung auch das Weinen seiner Gefährten sein könnte, raubte Nico fast die Besinnung. Die Tränen nahmen seiner ohnehin schon getrübten Sicht auch noch das letzte bisschen Klarheit. Wie durch ein Wunder fand er trotzdem den Weg zu dem versteckten Nebeneingang.

Als die schwere Tür hinter ihm ins Schloss fiel, wurde er von einem Schweizergardisten empfangen, der ihn bereits kannte. Nico fiel mehr von Albinos Rücken, als dass er hinunterstieg. Starke Arme fingen ihn auf. Das Motorrad stürzte um.

»Was ist mit Ihnen?«

»Ich … ich habe sie verloren«, schluchzte Nico.

»Sie sind ja ganz heiß!«

»Lorenzo … Er muss …«

»Sie wollen zu Bruder Di Marco? Warten Sie, ich rufe Hilfe.«

Wieder verschwammen Zeit und Raum für Nico zu einer nebelhaften Unbestimmbarkeit. Schwebte er durch die hohen Flure, oder wurde er getragen? Plötzlich tauchte aus den Schlieren eine schwarze Gestalt auf. *Der Todesengel!*, schoss es durch den gepeinigten Geist, aber dann legte sich eine kühle Hand auf seine Stirn, und gedämpft erklang Lorenzo Di Marcos Stimme.

»Um Himmels willen! Du glühst ja, Nico. Was ist mit dir?«

»Muss mich erkältet haben … muss Johan finden und Lea und Davide und … muss … Hilfe!« Er fühlte sich sanft in einen hochlehnigen Stuhl gepresst, hörte das Gluckern von Wasser. Ein Glas wurde ihm an die Lippen gesetzt.

»Hier, trink erst mal was.«

Mit großen Schlucken stürzte er das kühle Nass hinunter, verschluckte sich, hustete und stammelte erneut los. »Ein … schwarzer Wagen … Manzini … Seine Männer haben mich verfolgt und … sie abgeholt …«

Lorenzo schickte jemanden, den Nico nicht sehen konnte, nach einem Arzt. Dann strich er wieder über Nicos Stirn und begann in beruhigendem Ton auf ihn einzureden: »Ich habe gehört, was heute passiert ist, mein Freund. Es ist furchtbar … Mir … fehlen die Worte. Dabei haben wir getan, was wir konnten, nachdem Ernst von Weizsäcker – das ist der deutsche Botschafter hier am Heiligen Stuhl – uns im Voraus gewarnt hatte. Der Papst hat die Geistlichen in den Gemeinden und Klöstern angewiesen, die Gotteshäuser zu öffnen, damit die Juden dort Schutz finden können. Allein in der Vatikanstadt sind um die zweihundertvierzig untergekommen. Professor Zolli sagt, dass weit über viertausend in Sicherheit sind und …«

»Zu spät!«, fiel Nico dem Mönch in einem letzten Aufbäumen ins Wort. »Dieser Obergruppenführer von der SS hat selbst gesagt, dass sie über tausend der Unsrigen eingesammelt haben.«

»Du … hast den Kommandeur der Aktion getroffen?«, fragte Lorenzo überrascht.

»Fast hätte er mich auch mitgenommen.«

»Kennst du seinen Namen?«

Das Nachdenken fiel Nico unendlich schwer. »Er hieß … warte … *Dannecker*, glaube ich.«

»Theodor Dannecker?«

»Ja.«

»O mein Gott!«

»W-was ist …?«

»Dieser Dannecker war 1942 Leiter des Judenreferats der Gestapo in Frankreich. Er hat Abertausende deiner Leute in den Tod geschickt. Ich dachte, er treibt jetzt in Verona sein Unwesen. Himmler muss ihn eigens für die Razzia im Ghetto hierher beordert haben, vermutlich um die Sache so lange wie möglich geheim zu halten.«

»Zu spät …« Nicos Stimme war wie altes Papier, das bei der kleinsten Berührung zerbricht.

»Was sagst du?«

»Dein Oberhirte … Er hat sein Schweigen zu spät gebrochen.«

»Du darfst deine Hoffnung nicht aufgeben, Nico. Vielleicht sind deine Freunde unter den vielen, die sich rechtzeitig in Sicherheit bringen konnten. Ich werde nach ihnen suchen lassen.«

»Hast du mir nicht zugehört?«, schrie Nico. Sein Körper wurde von Tränen und Fieber geschüttelt. »Sie … sie haben Johan und Lea nicht in Armeelastwagen weggeschafft. Manzini hat sich für sie etwas … Besonderes ausgedacht.«

»Selbst dann ist noch nicht alle Hoffnung verloren. Aus sicherer Quelle weiß ich, dass die Gefangenen noch auf dem Bahnhof Tiburtina sind. Bis Montag sollen sie in achtzehn Eisenbahnwaggons auf ihren Abtransport warten. Der Papst hat in mehreren Demarchen und offiziellen Noten gegen das Vorgehen der Deutschen protestiert, und jetzt wird er es noch eindringlicher tun.«

Nicos tränenüberströmtes Gesicht sprach auf den Trost nicht mehr an. Schmerz und Verzweiflung verzerrten es zu einer fast unmenschlichen Grimasse. Er schüttelte ein letztes Mal den Kopf. Dann wurde es dunkel um ihn herum. Er fühlte sich wie ein Fallender, doch anstatt eines Aufpralls spürte er nur das Schwinden seines Geistes.

Er schwebte durch einen dunklen Tunnel. Das Gleiten im Nirgendwo schien sich unendlich hinzuziehen. Ab und zu leuchteten klare Momente wie Lichtschächte in der Finsternis auf. Ein freundlich lächelndes Gesicht, ganz von Stoff eingerahmt. Jemand, der ihm die Stirn abtupfte. Stimmen, die vorübertrieben.

»Ist er das?«

»Ja, Eure Heiligkeit.«

»Was fehlt ihm?«

»Er leidet an Wechselfieber.«

»Malaria?«

»Die schlimmste Form, die man kriegen kann.«

»Dabei hat er, wie mir Monsignor Maglione berichtete, so viel für seine Leute getan. Wir werden für ihn beten.«

»Das tue ich, seit er zum ersten Mal zu mir kam, Eure Heiligkeit.«

»Wird er es schaffen?«

»Es steht schlimm um ihn. Dottor Bartoletti sagt, er weist die typischen Symptome von *Malaria tertiana* auf: Fieberschübe alle achtundvierzig Stunden, Schüttelfrost ...«

»Und was bedeutet das?«

»Nico dei Rossi ist ein Todgeweihter.«

»Mutter Maria! Hat unser Held denn überhaupt keine Chance?«

»Das hängt davon ab, wie lange sein Körper schon mit der Krankheit kämpft – der Doktor will noch eine genauere Blutuntersuchung durchführen. Wenn wir die Medikamente rechtzeitig verabreichen konnten, dann besteht Hoffnung, dass er in zwei Jahren wieder ganz gesund sein wird ... O nein!«

»Was ist?«

»Seine Lider bewegen sich. Er scheint aufzuwachen. Hoffentlich hat er uns nicht gehört.«

Nico öffnete die Augen. Zwei Schemen standen an seinem Bett wie Engel, die um eine Seele stritten; die Farbe des einen war schwarz wie die Nacht, die des anderen strahlte wie frisch gefallener Schnee. Der Weiße beugte sich über den Erwachten und berührte dessen Schulter. Er trug – für Himmelsboten eher untypisch – eine runde Brille und hatte eine Adlernase.

»Wie geht es dir, mein Sohn?«

Die schweren Lider des Sterbenskranken fielen wieder zu, und er versank erneut in Bewusstlosigkeit.

Es folgten weitere Schlaglichter geistiger Klarheit im dunklen Stollen des fiebrigen Deliriums. Wenn die Krankenschwester in solchen Momenten nicht zufällig bei ihm war, sah Nico nur die weiß getünchte Decke des Krankenzimmers über sich. Er war zu schwach, um auf sich aufmerksam zu machen. Sosehr er sich auch bemühte, wach zu bleiben, entglitt er meistens schnell wieder ins Niemandsland zwischen Traum und Tod. Manchmal schüttelten ihn Krämpfe, und er fror, als läge er nackt im Schnee, dann wieder glaubte er, das Fieber müsse ihn verbrennen.

Eines Morgens erwachte er, und die Hitze war aus seinem Körper gewichen. Eine Nonne fühlte ihm gerade den Puls. Sie wiederholte, was zuvor schon der Weiße mit der Hakennase gefragt hatte.

»Mein Rücken tut weh. Und mein Kopf«, antwortete der Patient mit schwacher Stimme.

Das runde Gesicht unter dem Schleier schmunzelte, als sei das die beste Nachricht, die sie seit langem gehört hatte. »Ihr Körper gewöhnt sich gerade an die Vorstellung weiterzuleben. Geben Sie ihm Zeit.«

»Welcher Tag ist heute?«

»Samstag, der 30. Oktober.«

Nicos Kopf fuhr hoch. »Ich habe *zwei* Wochen geschlafen?«

»Nein, Sie waren zwischendurch immer wieder wach und haben im Delirium geredet. Alle zwei Tage wurden Sie von Fieberanfällen geschüttelt. Das Thermometer blieb ein paar Mal nur knapp unter der Zweiundvierzig-Grad-Marke stehen. Es ist noch lange nicht ausgestanden, Signor dei Rossi, aber wenn ich Sie mir so ansehe, dann glaube ich, Sie sind über dem Berg. Und das sage ich Ihnen: Schwester Magdalenas Glaube hat schon manchen Berg versetzt.«

»Danke, Schwester.«

Sie tätschelte Nicos Hand. »Nicht der Rede wert. So, und jetzt lasse ich Sie mit Ihrem Besucher allein. Er hat schon seit Stunden an Ihrem Bett gewacht.«

Die Schwester entschwand in Richtung Fußende und gab den Blick auf einen kleinen dunkelhaarigen Mann frei, der wie ein Häuflein Elend in seinem Stuhl saß. Trotzdem versuchte er zu lächeln.

»Davide!« Nico hätte vor Glück am liebsten geschrien, aber sein Atem reichte nur für ein Stöhnen.

Der Goldschmied erhob sich ächzend aus dem Stuhl, setzte sich auf die Bettkante und nahm Nicos Hand. »Du hast mir einen ordentlichen Schrecken eingejagt, mein Junge.«

»Wie hast du mich gefunden?«

»Ich bin in die *Città del Vaticano* geflohen. Lorenzo hat mir einen Pass mit dem Stempel des Heiligen Stuhls besorgt. Offiziell gehöre ich zur Palatingarde des Papstes.«

Nico erinnerte sich an die wütende Bemerkung eines SS-Offiziers. Wie lange war das her? »Du sprichst immer nur von dir … Was ist mit Salomia?«

Davide senkte den Blick. Seine Lippen begannen zu beben. Er schüttelte den Kopf, brachte aber kein Wort hervor.

Nico ahnte, was das Zittern in den Händen seines Freundes zu bedeuten hatte. Er schloss die Augen und flehte: »Bitte nicht!«

Ein langes Schweigen folgte. Endlich drang wieder Davides brüchige Stimme an sein Ohr.

»Ich war in der Nacht auf den 16. Oktober zu einem neuen Quartier aufgebrochen, weil es in dem alten zu gefährlich geworden war. Israel Zolli hatte mich gewarnt. Er ist den Häschern Kapplers ein paar Mal nur mit Mühe entkommen. Als ich am frühen Morgen wieder zurückkam …« Davides Stimme versagte. Er schüttelte verzweifelt den Kopf und kämpfte gegen die Tränen an. »Da war Salomia weg. Auch unsere Freunde. Die Deutschen haben jedem schwere Strafen angedroht, der Juden Unterschlupf gewährt oder ihnen sonstwie hilft.«

»Aber vielleicht konnten sie fliehen …«

»Nein«, stieß Davide hervor. »Die SS hat zwölfhundert von uns eingefangen. Papst Pius hat daraufhin den deutschen Botschafter einbestellt und gegen die Verhaftungen protestiert. Weizsäcker soll selbst nicht glücklich mit den menschenverachtenden Auswüchsen des Hitler-Regimes sein und fand wohl den richtigen Ton, um die Judenjäger zu verunsichern. Sie ließen zweihundert Geiseln frei. Salomia nahmen sie mit.«

»Johan und Lea …«

»Auch sie wurden in den Waggons abtransportiert. Lorenzo hat alle Hebel in Bewegung gesetzt, aber er konnte nicht mehr erreichen als eine Bestätigung ihrer Namen. Ich habe ihm so lange zugesetzt, bis er mir verraten hat, was die ›übliche Verfahrensweise‹ in solchen Fällen ist.« Nico wagte nicht, danach zu fragen, aber Davide schien offenbar das Bedürfnis zu verspüren, sich den Kummer von der Seele zu reden. Sein Atem flatterte, als er tief Luft holte und hinzufügte: »Sie sammeln ihre Beute in Anhaltelagern – San Sabba, Fossoli di Carpi, Borgo San Dalmazzo, Bozen – ich konnte mir die ganzen Namen nicht merken. Von dort werden sie nach Osten deportiert, vor allem nach Auschwitz.«

Nico schmatzte, weil sich seine Zunge wie ein trockener Lederlappen anfühlte. »Was … bedeutet das?«

»Das ist ein Todeslager. Eigentlich sind es sogar mehrere. Lorenzo sagte, sie bringen die Menschen dort …« Wieder musste Davide erst schlucken, bevor er weiterreden konnte. »Sie töten unser Volk mit Gas, Nico. Die Schornsteine des Krematoriums sollen Tag und Nacht rauchen.«

»Das glaube ich nicht!«

»Dem Vatikan liegen zahlreiche Berichte von den Gräueltaten vor.«

»Und wieso hat der Papst dann nicht viel früher dagegen protestiert?«

»Aus Sorge um seine Schäfchen, aus diplomatischen Erwägungen – ich weiß es nicht. Die Tage stand übrigens ein Artikel im *L'Osservatore Romano*, in dem Papst Pius sich mit starken Worten gegen die Massenarretierung der Juden ausgesprochen hat.«

»Zu spät, Davide! *Tausend* der Unsrigen wurden wie Schlachtvieh zusammengetrieben. Ich hab es selbst gesehen. Wo haben die Schweine nur unsere Namen her?«

»Der Oberrabbiner hatte die Ältesten gewarnt, aber sie wollten nicht auf ihn hören.«

»Was meinst du damit?«

»Fünf Tage vor der Verschleppung hat Kappler unsere wertvollsten Bücher, Handschriften, Pergamente und Papyri aus dem Archiv und der Bibliothek ausräumen lassen. Bei der Aktion sind ihm auch die Mitgliederlisten der Gemeinde in die Hände gefallen.«

»Hätten sie doch nur auf Professor Zolli gehört!«

»Ich zweifle, ob wir in dem Fall unbehelligt geblieben wären. Du selbst weißt ja am besten, wie lange Kappler und seine Helfershelfer schon unsere Vernichtung planen.«

»Aber Johan und Lea hätten vielleicht gerettet werden können. Ich habe an dem Morgen der Razzia in Nettuno das Gesicht des Mannes wiedererkannt, der sie Ende September in der Via Dandolo bespitzelt hatte. Mir fällt nur ein Grund ein, wieso der Kerl ausgerechnet vor der Festung aufgetaucht ist, in der ich zuvor die Nacht verbracht habe: Massimiliano Manzini. Ich muss so schnell wie möglich nach Nettunia zurückkehren und diesem Ungeheuer endlich das Handwerk legen.«

»Mach keine Dummheiten, Junge. Schon Euripides schrieb: ›Die Zeit entlarvt den Bösen.‹«

»Wer, um alles in der Welt, ist Euripides?«

»Du kennst den griechischen Dichter nicht? Sein *Hippolyt* enthält Weisheiten, die in Zeiten wie diesen Hoffnung geben.«

»Kann er dir Salomia zurückgeben?«, entgegnete Nico trotzig.

Davide rang sichtlich um seine Fassung. Seine Antwort klang kühl: »Nein. Ihr Schicksal liegt jetzt in der Hand des Ewigen.«

Nico senkte den Blick. »Entschuldige. Ich wollte nicht …« Er spürte, wie die Hände des Goldschmieds sanft den Druck um seine Rechte verstärkten.

»Lass es gut sein, Junge. Auch mein Herz schmerzt, als hätten mir diese Teufel die Hälfte davon ausgerissen. Ich kann gut nachvollziehen, was du fühlst. Aber glaube mir, Rache ist nicht der richtige Weg. Wenn du den Ewigen drängst, wird er dir ausweichen. Manchmal gibt er dem, der am wenigsten erwartet, das kostbarste Geschenk. Zunächst musst du gesund werden. Es gibt wenig, das so wertvoll ist wie die Zeit, denn über sie zu verfügen bedeutet zu leben.«

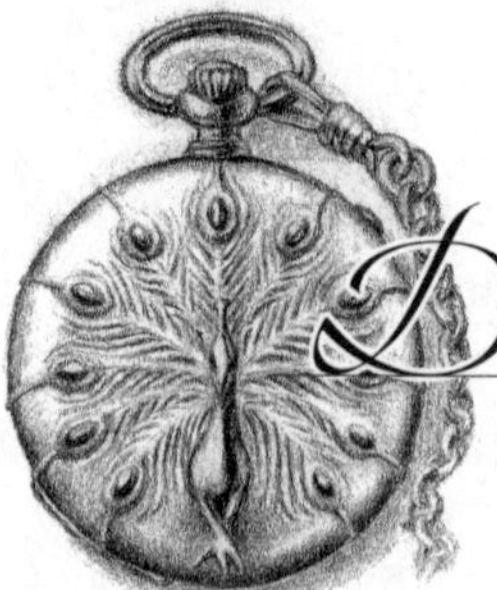

17. KAPITEL

Der Thora-Schüler

Wien, 1938

Johan Mezei schloss den oberen Knopf des Mantels. Sein Atem trieb in weißen Wölkchen auf den Fluss hinaus. Der Frühling hatte den Kampf gegen den Winter noch nicht aufgenommen.

»Vielleicht wird das Jahr 1938 ein Wendepunkt in der Technikgeschichte, Niklas. Jedenfalls hat Konrad Fleischhauer eine Cousine in England, und die hat ihm letztens einen komischen Brief geschrieben.«

Nico schleuderte einen weiteren Stein in die träge dahinfließende Donau und zählte die Anzahl der Hüpfer. *Vier!* »Was?«

»Du hörst mir gar nicht zu. T. Ross – keine Ahnung, wofür das ›T‹ steht –, also der ist ein Ingenieur aus den Vereinigten Staaten und hat eine Maschine entwickelt, die angeblich aus Erfahrungen lernen kann. Unglaublich, was!«

»Der hat ja eine Ahnung.«

Johan lachte. »Ich erinnere mich noch genau, wie du damals vor mir standest – ein dürrer Naseweis mit strubbeligem Haar – und mir erzähltest, aus welchem Grund die Spiralfeder meiner Lebensuhr gebrochenen ist. Aber nicht alle Menschen sind so wie du, Junge.«

Nico bückte sich nach einem neuen Stein. »Das stimmt. Nicht jeder muss mit ansehen, wie sein Vater ermordet wird.«

Der alte Uhrmacher verdrehte die Augen zum grauen Himmel und fiel dabei fast hintenüber. »Geht *das* jetzt wieder los!«

»Was soll ich denn machen?«, jammerte Nico. »Ich habe Albträume. Ständig sehe ich Manzinis Bild vor mir. Warum lässt mich der Herr keine Ruhe finden? Ich glaube, das ist ein Zeichen. Er will, dass ich den Mord an meinem Vater räche.«

Johan Mezei schürzte die Lippen, und sein Schnurrbart sträubte sich wie bei einem Walross. Man konnte zusehen, wie das Räderwerk in seinem Kopf arbeitete. »Weißt du, was eine der größten Schwächen von uns Menschen ist, Niklas?«

Der Gefragte zuckte die Achseln.

»Wenn es uns gut geht, dann nehmen wir das für selbstverständlich, aber wenn wir leiden müssen, dann machen wir den Ewigen dafür verantwortlich. Wer hat denn deinen Vater umgebracht? War es Gott?«

»Natürlich nicht. Aber er hätte es verhindern können.«

»Sicher hätte er das. Wir lassen ihn die Drecksarbeit erledigen und fühlen uns danach ganz groß, weil wir glauben, alles im Griff zu haben. Kannst du dich noch erinnern, was die Schlange im Garten Eden zu Eva sagte?«

»Sie solle von der Frucht essen.«

»Unter anderem. Sie säuselte: ›Schnapp dir das süße Ding, denn du wirst nicht sterben, wie der Ewige behauptet hat. Er hat nur Angst, dass ihr Menschen wie er werdet, dass euch die Augen geöffnet werden und ihr plötzlich zwischen Gut und Böse unterscheiden könnt.‹ Alle Engel im Himmel hielten sich vor Schreck die Hand vor den Mund und dachten: ›Kann das wahr sein?‹«

»So habe ich das noch nie im *Bereschit* gelesen.«

»Mag sein. Muss wohl an Leas Einfluss liegen, wenn ich es etwas ausgeschmückt habe. Aber wenn du drüber nachdenkst, kann es nicht viel anders gewesen sein. Der Widersacher, der hinter der Schlange stand, wollte den Menschen weismachen, sie könnten ihre Geschicke ohne Gott lenken. Um ihnen das Gegenteil zu beweisen, muss der Ewige sie Fehler machen lassen.«

»Und deshalb nimmt er Kindern die Eltern weg?«

»Selbst wenn es so wäre – Hiob sagte einmal: ›Sollen wir nur das Gute vom Ewigen nehmen und nicht auch das, was von Übel ist?‹ Er wusste nicht, dass der Widersacher ihn prüfte. Nicht der Herr hat deinen Vater ermordet, Niklas, nicht einmal ein Asmodi oder ein anderer Dämon, sondern nur ein böser Mensch.«

»Der seine Strafe verdient. Deshalb sendet mir der Ewige die Traumzeichen.«

Johan seufzte leise. »Welche Vorstellung verbindest du mit dem Wort *mannah*?«

Die Gedankensprünge des Meisters waren bisweilen sehr überraschend. Nico blickte von dem flachen Stein auf, den er eben noch in der Hand gewogen hatte. »Als das Volk Israel das Brot vom Himmel zum ersten Mal sah, rief es: ›Was ist das?‹, oder auf Hebräisch: ›*Man hu'?*‹ So bekam die Speise, für die der Ewige während ihrer vierzigjährigen Wüstenwanderung sorgte, den Namen Manna.«

Johan nickte lächelnd. »Du hast in den letzten sechs Jahren viel dazugelernt. Man kann – um deine Worte zu benutzen – die ›Zeichen‹ in dieser Weise lesen, manchmal verbirgt sich in den *Schrift*zeichen aber noch eine ganz andere, eine tiefere Bedeutung.«

»Du meinst, wenn man sie umschaufelt wie die Kabbalisten?«

»Nein, das ist in diesem Fall nicht nötig. Du musst nur das scheinbar Offensichtliche transparent machen, um das Hintergründige zu erkennen. Worauf ich hinauswill, ist Folgendes: Das hebräische Wort für Manna lautet *se man*, was übersetzt ›die Zeit‹ bedeutet.«

»Oh! Das muss mir entfallen sein. Ich kann mir schon denken, was du sagen willst: Ich bin zu ungeduldig.«

»Einsicht ist der erste Schritt zur Besserung. Eine andere Frage: Was ist mit dem Manna geschehen, wenn einer versucht hat, mehr zu sammeln, als er für einen Tag zur Speise brauchte?«

»Es ist verfault.«

»Genau. Es war völlig ungenießbar, eine stinkende Masse.«

»Außer vor einem Schabbat. Da durfte die doppelte Tagesration aufgelesen werden.«

»Was ein weiteres Wunder war. Sehr richtig, Niklas. Warum hat der Ewige das Manna nicht ein bisschen haltbarer gemacht?«

»Hm. Vielleicht um sich seinem Volk jeden Tag aufs Neue als Lebengeber und -erhalter ins Gedächtnis zu rufen?«

»Gute Antwort, Thora-Schüler Niklas! Man könnte auch sagen, damit nicht der Mensch wie an den sechs übrigen Tagen der Woche die Zeit besitze, sondern sie ihn. Am Schabbat findet er Muße zur Einkehr, zur Begegnung mit seinen Lieben, zum Studium. Abraham Joshua Heschel sagte einmal, dass es für den Menschen darauf ankommt, die Dimensionen des Raumes und der Technik zu verlassen und in die innerliche Dimension der Zeit einzutreten. Für uns Uhrmacher eine höchst bemerkenswerte Erkenntnis, findest du nicht?«

Nico war sich nie ganz sicher, ob er die Gedankengänge seines Meisters ganz erfasste. »Willst du mir damit sagen, dass wir vom Ewigen, so wie einst das Manna, ein tägliches Maß *se man* – also Zeit – zugewiesen bekommen?«

Johan lächelte verschmitzt. »Ich möchte dich zu eigenen Schlussfolgerungen anstiften, was mir anscheinend gelungen ist. Wer ein Zuviel an Manna sammelte, gewann dadurch nicht das Geringste. Das Auflesen des himmlischen Brotes ist eine Tätigkeit gewesen, die wie jede andere nicht von der Zeit zu lösen ist. Wie wird es wohl dem Narren ergehen, der ihr in seinem Streben vorgreift, als ließe sich *se man* in Körben horten?«

»Er könnte verderblich handeln«, brummte Nico.

»Könnte?«

»Ich habe schon verstanden, was du sagen willst, Meister Johan.«

Der Uhrmacher tätschelte seinem Gesellen den Rücken. »Jetzt ziehe nicht so ein finsteres Gesicht, Niklas. Du bist für mich wie der Sohn, den Lea und ich nie gehabt haben. Ich möchte dir doch nur helfen.«

»Mit Rätseln über die Zeit?«

»Nein, mit Wegweisern in deine Zukunft. Ich stelle sie nur

auf, aber welche Richtung du einschlägst, bleibt natürlich deine Entscheidung.«

»Wenn es nur nicht so schwer wäre, die Zeichen richtig zu deuten!«

»Der erste Schritt zu einer guten Entscheidung ist die Erkenntnis, dass es überhaupt mehr als eine Deutung gibt. Wenn du mal wieder an einer Gabelung stehst, dann denke einfach an *se man.*«

18. KAPITEL

Der Störenfried

Rom, 1943 – 1944

Das tatenlose Herumliegen ging ihm allmählich auf die Nerven. Schwester Magdalena meinte, seine Unrast sei ein gutes Zeichen. Nico litt zwar immer noch an regelmäßig wiederkehrenden Fieberschüben, aber die Anfälle waren nicht mehr so heftig. Seine Zähigkeit sei außergewöhnlich, hatte Doktor Bartoletti vor einigen Tagen gesagt und sich dann zu der vorsichtigen Prognose hinreißen lassen, dass die Malaria völlig ausheilen könnte. Freilich müsse der erstaunliche Patient noch einige Monate mit Rückfällen rechnen. Nico dachte gar nicht daran, sich zwei Jahre lang von Schüttelfrost und Fieber an die Vatikanstadt binden zu lassen.

Magdalena wirkte sogar erleichtert, als er darum bat, Fra Lorenzo in seiner Amtsstube besuchen zu dürfen. Nicos Genörgel in letzter Zeit stellte ihre Geduld auf eine harte Probe. Der Rekonvaleszent wurde von einem Schweizergardisten abgeholt, weil die neue Offenheit des Heiligen Stuhls gegenüber den Verfolgten sich nicht auf alle Räumlichkeiten erstreckte. Nicos Ein-Mann-Eskorte war Adrian Isenring, jener junge, hoch aufgeschossene, braunhaarige Wachtmeister, der ihn am 16. Oktober hinter der verborgenen Pforte in Empfang genommen hatte. Irgendwie fühlte sich Adrian seit diesem Tag für den Geretteten verantwortlich und schaute in seiner dienstfreien Zeit immer mal wieder im Krankenzimmer vorbei. Inzwischen waren neuneinhalb Wochen vergangen, und die zwei waren Freunde geworden.

»Manchmal kommt es mir vor wie ein Wink des Schicksals«, sagte der aus dem Kanton Zug stammende Gardist.

»Was?« Kalter Schweiß stand auf Nicos Stirn. Sein Begleiter

lief viel zu schnell durch die hallenden Flure und Säle. In den Räumen herrschte eine überraschende Betriebsamkeit.

»Dass du den deutschen Häschern als Niklas Michel entkommen bist. Einer der Schutzheiligen der Schweizergarde ist Niklaus von Flüe.«

»Ich habe eher den Eindruck, das genaue Gegenteil von einem Schutzheiligen zu sein. Mir fehlt schon fast der Mut, irgendjemanden gern zu haben, weil mich das Gefühl bedrängt, er müsste dann sterben.«

»Du hast Furchtbares durchgemacht, aber das war nicht deine Schuld, Nico. Mein Vater sagte immer: ›Ein Leben ohne Freunde ist wie ein Nachthimmel ohne Sterne.‹«

»Düster und leer«, murmelte Nico, fügte jedoch sofort lauter hinzu: »Was liegt dir an mir, Adrian?«

Der junge Wachtmeister hob die Schultern. »Weiß nicht. Ich kann Deutsch mit dir reden.«

»Haha! Wenn ich mich nicht irre, dann hast du noch einhundertundneun Kameraden, von denen die meisten ebenfalls Deutsch sprechen.«

»Du hast die sechs Offiziere vergessen.« Adrian grinste breit. »Ohne Scherz, Nico. Ich rede gerne mit dir. Du bist ganz anders als meine fünf Brüder.«

»Ja, ich bin ein Jude.«

»Soll ich dich dafür etwa verachten? Der heilige Petrus sagt: ›Ehret Menschen von allen Arten.‹ Ich glaube nicht, dass er dabei Juden aussparen wollte.«

»Kaum denkbar. Er war ja selbst einer.«

Beide lachten. Nico empfand große Erleichterung, als sie endlich vor einer großen Tür stehen blieben; seine Beine fühlten sich wie weiches Wachs an. Offenbar hatte er seine Kräfte überschätzt. Von Lorenzo wusste er nur, dass er zwei Päpsten als Berater gedient hatte, aber was so ein weiser Mönch tat, wenn er nicht gerade neben seinem Oberhirten stand und ihm weltbewegende Dinge ins Ohr flüsterte, entzog sich seiner Vorstellungskraft.

Nachdem Adrian den Besucher gemeldet hatte, durfte Nico

eintreten. Der Gardist bezog auf dem Flur Posten. Lorenzo empfing seinen jungen Freund mit ausgebreiteten Armen, führte ihn zu einem bequemen Stuhl mit Armlehnen und goss ihm aus einer bereitstehenden Kanne eine Tasse Kaffee ein.

»Du bist noch etwas blass um die Nase, aber für einen *moriturus* siehst du schon wieder ganz gut aus.«

»Bedeutet das nicht ›Todgeweihter‹?«

»Inzwischen kann ich darüber lachen, aber als ich mit dem Papst an deinem Krankenbett stand und mir bewusst wurde, dass meine unbedachte Äußerung dir buchstäblich einen Mordsschrecken eingejagt haben muss, da ist mir richtig übel geworden. Entschuldige noch mal.«

»Schon vergessen. Auf dem Weg hierher habe ich mich übrigens über die Hektik auf den Gängen und Fluren gewundert. Gibt es dafür einen bestimmten Grund?«

»Heute ist der 21. Dezember, mein Freund. In drei Tagen fängt das Weihnachtsbrimborium an.«

»Du bist ein komischer Mönch, weißt du? Wir Juden feiern kein Weihnachten. Würde *ich* so reden wie du, dann wäre das ja noch verständlich.«

»Das ist es ja! Irgendjemand in der Kurie scheint die Ansicht zu vertreten, dass man sich die Herzen der neuen ›Einwanderer‹ mit Tannenbäumen erschließen kann, anstatt ihnen ein friedliches *Chanukka* zu ermöglichen.«

»Wahrscheinlich hält man den Aufwand für übertrieben bei den paar Jarmulketrägern, die hier herumlaufen.«

»Immerhin haben wir in der *Città* ein paar hundert Verfolgte untergebracht. Aber du solltest mal nach Castel Gandolfo kommen, da verstecken sich so um die achttausend, die meisten davon sind Juden.«

»Ich hörte, den Oberrabbiner hat die SS bis heute nicht bekommen?«

»Nein. Himmler kann sich mit den einhunderttausend Lire, die er auf den Kopf von Professor Zolli ausgesetzt hat, ein Erste-Klasse-Billet in die Hölle kaufen.«

»Ich möchte dir für alles danken, Lorenzo.«

»Oh, bitte nicht, Nico! Ich habe vielleicht – mit deiner Hilfe, wohlgemerkt – einen kleinen Kiesel ins Rollen gebracht, aber die Lawine der Hilfsbereitschaft besteht aus vielen Steinen. Ich bedaure zutiefst, dass der Heilige Stuhl sich erst so spät zu handfesten Maßnahmen durchringen konnte.«

»*A propos* Hilfe.« Nicos Blick schweifte zu der Regalwand, die sich rechts von Lorenzos Eichenschreibtisch bis zur Decke zog. »Hast du ein Exemplar der *Göttlichen Komödie* hier? Meins muss noch in Albinos Satteltasche stecken.«

»Natürlich«, antwortete Lorenzo so selbstverständlich, als habe sein Besucher ihn nach der Bibel gefragt. Behände sprang er von seinem Sitz hoch, eilte zu dem Regal, griff zielsicher hinein und kehrte mit einem dünnen Büchlein – offensichtlich eine unkommentierte Ausgabe – zurück.

Nico nahm den braunen Ledereinband mit einem Nicken entgegen und begann sofort darin herumzublättern.

»Was suchst du?«, fragte der Mönch.

»Letzte Nacht hatte ich einen Traum. Eigentlich war es eine Erinnerung an ein Gespräch, das ich vor fast sechs Jahren mit meinem Meister in Wien geführt hatte. Er sagte da etwas, das mir den ganzen Morgen schon durch den Sinn geht. Gleich hab ich 's.«

»Sprichst du von dem Dante-Zitat, das dein Vater in Manzinis Lebensuhr geprägt hat?«

»Ja. *Purgatorio*, vierter Gesang, dritte Strophe.«

»Kennst du es nicht längst auswendig?«

»Selbstverständlich. Aber ich wollte es mit eigenen Augen sehen. Und transparent werden lassen.«

»Bitte keinen Kaffee in das Buch schütten. Es ist fast hundertfünfzig Jahre alt.«

Nico sah verdutzt von den vergilbten Seiten auf. Inzwischen hatte er die gesuchte Stelle gefunden.

Lorenzo grinste wie ein großer Junge, dem gerade ein famoser Streich gelungen war. »Nur ein Scherz. Was siehst du?«

Nico erstarrte, als er die letzte Zeile des besagten Verses las.

vassene il tempo e l'uom non se n'avvede

In seinem Kopf wurde ein Schleier fortgeweht, unter dem er bereits Konturen erahnt hatte, die jetzt unvermittelt enthüllt wurden. Ihm stockte der Atem. Sein Finger legte sich auf ein einzelnes Wort. »Das gibt es nicht!«

»Hast du etwas gefunden?«

»›Die Zeit geht hin, und *der Mensch* gewahrt es nicht‹«, murmelte Nico, als könne nur sein Ohr die Echtheit der Entdeckung prüfen.

Lorenzo erhob sich, um neben seinen Freund zu treten und die betreffenden Worte selbst zu lesen. Er schüttelte den Kopf. »Ja, und?«

Nico wandte ihm das Gesicht zu. Er sah aus, als hätte er gerade eine unfassliche Vision erblickt. »Es ... es war die ganze Zeit da«, stammelte er, »und ich habe es nicht gesehen.«

Am 1. Januar 1944 war allenfalls den Deutschen und ihren Parteigängern zum Feiern zumute. Als Vittorio Abbado seinen Gast empfing, wirkte er fahrig, so als könnten ihm durch das Scherengitter des Fahrstuhls jeden Augenblick braune Ungeheuer an die Kehle springen. Aber es war nur Nico, der vor der Wohnungstür im vierten Stock des ehrwürdigen Hauses am Lungotevere Michelangelo stand.

»Kommen Sie schnell herein«, sagte die rechte Hand jenes Staatsanwaltes, der den berüchtigten Fürsten Tringali Casanova abgelöst hatte und inzwischen selbst seines Amt enthoben war.

Nico trat in die Wohnung. Eine hohe Tür glitt leise hinter ihm ins Schloss. »Es tut mir Leid, dass man Sie in die Registratur verbannt hat, Signor Abbado.«

»Besser in den Keller des Justizpalastes als in den der deutschen Sektion von *Regina Coeli.*« Der Beamte bemerkte den verständnislosen Ausdruck auf Nicos Gesicht und fügte erklärend hinzu. »Wenn die Besatzer der Stadt den Drang verspüren, jemanden zu foltern, dann bringen sie ihn in dieses Gefängnis. Mich hat man zum Glück nur für einen unbedeutenden Aktenentstauber gehalten, deshalb durfte ich bleiben.«

»Womit wir beim Thema wären. Haben Sie die Gerichtsprotokolle ausfindig machen können?«

»Ja. Und Sie hatten Recht. Beide Male taucht derselbe Name auf.«

»Das heißt, Giacomo Matteotti wurde, wie ich vermutet hatte, vor dem Mord schon einmal tätlich angegriffen?«

»Sie sagen es. Leider konnte ich die Protokolle nicht mitbringen, aber ich habe aus dem Gedächtnis ein paar Notizen für Sie angefertigt.«

»Angeblich wurde der Täter nie gefunden.«

»Das ist richtig. Der Generalsekretär der Sozialistischen Partei wurde am 10. Juni 1924 in ein Auto gezerrt und anschließend erschossen aufgefunden. Noch am selben Tag nahm die Polizei einen Verdächtigen fest, ließ ihn aber später wieder laufen. Als das Gerücht laut wurde, der *Duce* habe persönlich die Liquidation seines unbequemen Rivalen befohlen, befleißigte er sich zu einer vehementen Verurteilung des Verbrechens. Damit war die Sache im Wesentlichen vom Tisch. Zwar sind die Abgeordneten der Opposition mit Ausnahme einiger Liberaler und Kommunisten aus der Kammer auf dem Aventin ausgezogen, aber letztendlich brachte die Krise nur einen Sieger hervor: Benito Mussolini.«

Nico blickte mit glasigen Augen auf den Briefumschlag, den Abbado ihm hinhielt, und murmelte: »›Du bist nicht schlecht dabei gefahren, Benito. Diesmal wird es genauso sein.‹«

»Wie bitte?«

»Nichts. Ich habe mich nur gerade an etwas erinnert, das mir ein Freund erzählte.«

»Ach so. Hören Sie, Signor dei Rossi. Wenn es ihnen nichts ausmacht …«

»Ja, ja, Signor Abbado. Ich verschwinde wieder – so leise und unauffällig, wie ich gekommen bin. Noch einmal vielen Dank. Sie haben mir sehr geholfen.«

»Gerne. Vielleicht kann ich auf diese Weise ein wenig wettmachen, dass ich in all den Jahren zu feige war, um mich offen gegen die Diktatoren zu stellen, die unser Land in einen Scherbenhaufen verwandelt haben.«

Nico winkte mit dem Kuvert. »Ich finde, in den letzten Tagen haben Sie viel Mut bewiesen.«

Abbado lächelte verlegen. »Danke. Es könnte sich lohnen. Wenn sich Ihr Verdacht bestätigt, dann wäre das eine Sensation.«

Nettunia war zu einer Geisterstadt geworden. Die Wehrmacht hatte die Menschen erst einen und wenig später sogar fünf Kilometer von der Küste weg ins Landesinnere getrieben. Tausende von Menschen hausten unter erbärmlichen Verhältnissen zusammengepfercht in Bauernhäusern, Scheunen, Ställen oder in übergroßen »Kisten« aus Sperrholz, die den Faschisten ursprünglich als Unterstände zur Bewachung der Küste hatten dienen sollen, die sich nun aber im *Campana*-Pinienwald reihten. Ein paar Bäcker, der Barbier und wenige andere Einwohner der Stadt hatten bleiben dürfen, um das leibliche Wohl der deutschen Posten sicherzustellen. Und dann gab es noch die Unterirdischen.

Nico traf einen Tag nach dem Gespräch mit Vittorio Abbado in der Stadt ein. Es war der Abend des 2. Januar, ein Sonntag. Sein Motorrad hatte er im Park der Villa Borghese versteckt. Obwohl die Straßen, Plätze und Gassen wie leer gefegt waren, zweifelte er nicht daran, dass hinter den Fenstern irgendwo deutsche Späher lauerten. Vielleicht sogar Scharfschützen? Vom Kriegshandwerk verstand er nichts, aber er konnte hören, wie die Front näher rückte. Vom Osten, wo die Lepini-Berge lagen, hallten die lang gezogenen Echos der Bombardierungen herüber.

Wäre es nach Doktor Bartoletti, dem vatikanischen Arzt, gegangen, dann läge er immer noch in einem vatikanischen Bett, gefesselt an ein vatikanisches Rohrgestell. »Sie sind noch längst nicht wieder bei Kräften. Es wird Rückschläge geben, das kann ich ihnen voraussagen.« Der erste Teil seiner Prophezeiung traf bereits ein. Nico fühlte sich ausgepumpt wie schon lange nicht mehr.

Er überlegte, ob er nicht doch lieber erst zum Torre Astura hätte fahren sollen. In seiner Tasche steckte ein Dokument des vatikanischen Kurienamtes für außerterritoriale Liegenschaften, unterzeichnet von Ugo Buitoni, der schon Johan und Lea Mezei Unterschlupf gewährt hatte und wegen ihres Schicksals untröstlich gewesen war. »Ich kann Ihnen allerdings den Schlüssel nicht geben«, hatte der Beamte gesagt und sich über Nicos Antwort ein wenig gewundert: »Das macht nichts. Ich freunde mich gerne mit fremden Schlössern an.«

Jetzt schlich er also durch die ausgestorbenen Gassen und wünschte sich, es wäre schon ein wenig dunkler. Er wollte sein Versteck südlich von Nettuno nicht beziehen, bevor er etwas herausgefunden hatte, das für seine weiteren Pläne sehr wichtig war. Dazu musste er ungesehen ins Herz der mittelalterlichen Stadt gelangen.

Etwa eine Stunde nach Sonnenuntergang erreichte er die Piazza Battisti. Im Schutze der nun endlich eingekehrten Dunkelheit überredete er das Schloss im Hauptportal der Stiftskirche zur Kooperation. Gerne hätte er einen der drei Nebeneingänge gewählt, aber man hatte – wohl zum Schutz des Gotteshauses vor Einschlägen – alle Türen und Fenster mit Brettern zugenagelt. Dem gelben Lichtkegel einer Handlampe folgend, drang er über die Krypta in die Höhlen ein. Ein Stück Kreide sollte ihn davor bewahren, die Orientierung zu verlieren, wie es seinerzeit Donatello, dem Kammerdiener des verstorbenen Barons, ergangen war.

Nun schlich Nico allein durch die stille, kühle Finsternis. Die schmale Nische, die den Durchlass zur Grabkammer verbarg, lag noch nicht lange hinter ihm, als ihn aus der Dunkelheit plötzlich kräftige Hände am Kragen packten.

»Wer bist du?«

»Niklas Michel?« Die Antwort war als erstes Verhandlungsangebot gedacht. Andere Namen konnte er immer noch nachschieben. Aber das war nicht nötig. Die Hände ließen ihn augenblicklich los.

»Der Walzenbändiger?«

Nico drehte sich um und leuchtete in das kantige Gesicht eines nicht sehr schmächtigen Mannes, das ihm gut bekannt war. »Der Böttcher?«

In Friedenszeiten baute Flavio Salvini Fässer, ein in Nettuno traditionelles Handwerk. Im Augenblick bewachte er den Platz der Getreidebrunnen, vielmehr das, was davon im Gestein unter den Häusern noch übrig war. Sein vorspringendes Kinn und die wulstigen Augenbrauen, verliehen ihm ein hinreichend abschreckendes Aussehen.

Salvini führte den Besucher in den großen, von Kerzen erleuchteten Hauptraum, wo Nico von mehreren Dutzend Männern und Frauen empfangen wurde.

»Die Deutschen wollten uns vertreiben, aber Nettuno ist unser Zuhause«, begründete der Böttcher die unterirdische Kolonie.

»Sind der ehemalige Leibdiener von Don Alberto und Signora Pallotta auch hier?«

»Schon lange nicht mehr«, sagte eine Frau, die Nico nicht kannte. Sie schob sich zwischen zwei Männern hindurch nach vorn. »Donatello und Emma haben sich im November zu Verwandten in die Castelli aufgemacht. Wir sind die Letzten, die hier ausharren, bis die Alliierten kommen, Don Niklas.«

»Bitte nennen Sie mich nicht so«, erwiderte er. »Erstens bin ich kein feiner Herr, und zweitens ist mein Name dei Rossi. Nico dei Rossi.«

»Aber so hieß doch der Uhrmacher, der damals – ich weiß nicht mehr wann – ermordet wurde?«, fiel ein weiterer Höhlenbewohner ein.

Nico nickte. »Am 2. April 1932. Ich habe die Bluttat mit ansehen müssen. Emanuele dei Rossi war mein Vater.«

Gemurmel sprang wie ein Lauffeuer von einem zum anderen und wurde von den Wänden dumpf zurückgeworfen. Die Unbekannte trat zu ihm heran und nahm seine Hand. Es war eine Frau Ende vierzig mit dunkelbraunem, grau meliertem Haar und großen, wässrig schimmernden Augen. »Wer tut so etwas, raubt einem Kind seinen Vater?«

»Sie alle kennen den Mörder. Er heißt Massimiliano Manzini.«

Aus dem Murmeln wurde ein erregtes Geraune.

»Hab ich mir gleich gedacht«, brummte jemand.

»Den Fischer, dessen Schädel im April '40 zwischen zwei Schiffen zerquetscht wurde, hat er bestimmt auch umbringen lassen«, rief ein anderer von hinten.

»Ich sage euch, der Podestà hat 'ne Menge Dreck am Stecken«, stimmte ein weiterer zu.

»Bitte helfen Sie uns, Don Nico«, flehte die Frau, die noch immer seine Hand hielt.

»Ich wüsste nicht, was ich für Sie tun kann.«

»Don Massimiliano lässt uns hungern, damit es den Deutschen gut geht. Er verkauft unser Blut, um sich zu bereichern. Gehen Sie in den Palast da über uns, und schaffen Sie uns dieses Ungeheuer vom Hals.«

»Manzini ist der Schlächter, gute Frau, nicht ich.«

Flavio Salvini sagte: »Heute habe ich amerikanische Jagdbomber am Himmel gesehen. Die Deutschen müssen früher oder später vor den Alliierten zurückweichen. Dann machen wir Sie zum Bürgermeister.«

»Mich?« Nico musste lachen. »Ich bin nur ein Uhrmacher, der in den letzten Monaten viel zu selten sein Handwerk ausführen durfte.«

»Nein, Sie sind ein Mann, der immer für uns da war, wenn wir Hilfe brauchten.«

»Und ein Mensch mit außergewöhnlichen Fähigkeiten. Genau der Richtige, um unsere Stadt wieder erblühen zu lassen«, fügte die anhängliche Frau hinzu.

Ringsum brach Jubel aus, der Nicos Unbehagen mit einer Gänsehaut überzog.

»Seid still, oder wollt ihr, dass die Deutschen uns hören?«, übertönte die volle Stimme des Böttchers den Lärm. Rasch kehrte wieder Ruhe ein.

Nico legte ihm die Hand auf die Schulter. »Ihr braucht einen

Besseren als mich, um in der Stadt wieder Ordnung zu schaffen, aber vielleicht kann ich trotzdem etwas für euch tun. Wisst ihr, wie ich die Widerstandskämpfer finde?«

»Welche? Seit den Erschießungen im September verstecken sich eine Menge Halbwüchsige in den umliegenden Wäldern. Die Deutschen setzen da keinen Fuß hinein.«

»Ich suche Bruno Sacchi.«

»Den Fremdenführer?«, fragte Salvini schmunzelnd.

»Im Moment führt er die ausländischen Besucher höchstens an der Nase herum.«

»Was sie ziemlich nervös macht. Seine Partisanengruppe versteckt sich in den Albaner Bergen, manchmal auch in den Sümpfen. Das wissen wir, weil ab und zu hier einer aufkreuzt, um die Deutschen auszuspähen. Aber ein paar Tage werden Sie sich da schon gedulden müssen.«

Die Vorstellung, den nächsten Fieberschub in einer Höhle durchzustehen, behagte Nico nicht besonders, aber trotzdem fragte er: »Kann ich eine Weile bei euch bleiben?«

Von allen Seiten wurde Zustimmung signalisiert.

»Danke, Freunde. Ach, da wäre noch etwas, Signor Salvini.«

»Nur heraus damit, Don Nico.«

»Wie ich hörte, sollen mehrere Häuser der Altstadt über geheime Zugänge mit den Höhlen hier verbunden sein. Ihr wolltet mich doch in den Palazzo Manzini schicken. Gibt es unter euch zufällig einen, der mich da unbemerkt hineinbringen kann?«

»Ja!«, meldete sich aus dem Hintergrund eine knarzende Stimme auf Deutsch. Die Leute machten murrend einer etwa sechzigjährigen Frau Platz, die sich mit ihren Ellenbogen ungeduldig zu Nico durcharbeitete. Ihre Seidenstrümpfe bildeten von den Knien an abwärts Ringe, und auch sonst war sie die Verkörperung der Schlampigkeit.

»Signora Tortora!«, rief Nico erfreut aus, als er die sprachbegabte Witwe wiedererkannte, die ihn vor Jahren mit ihrem bestialisch stinkendem Mückenschutzmittel versorgt hatte.

»Schön, dich wiederzusehen, Jungchen. Du siehst müde aus.

Soll ich dich sofort in den Palast des Gouverneurs führen, oder willst du erst eine Mütze Schlaf nehmen?«

Kaiser Nero hatte eine Schwäche für das liebliche Klima am Tyrrhenischen Meer. In seiner Geburtsstadt Antium besaß er eine prächtige Villa, von der neunzehnhundert Jahre später nur noch ein paar Trümmer übrig geblieben waren. Und die Grotten.

Le Grotte di Nerone hatten dem im Ruf eines pyromanischen Irren stehenden Kaiser als natürliche Abstellkammer für seine Bediensteten gedient. Außerdem wurde sein luxuriöses Domizil von dort unten aus beheizt. Als Nico die Höhlen besuchte, waren sie leer und kalt. Sie öffneten sich in ausgemauerten Rundbögen zum Meer. Über den Trümmern ragte ein Häuschen mit einem Leuchtturm auf.

Seit seiner Rückkehr nach Nettunia waren sieben Tage vergangen. In dieser Zeit hatte er das eine oder andere in die Wege geleitet, um die Kreise seines Gegenspielers zu stören, und schließlich war es ihm auch gelungen, eine Verbindung zu Bruno Sacchi herzustellen. Als er durch die Dunkelheit der unterirdischen Gewölbe stolperte, fragte er sich, warum Bruno ausgerechnet diesen Ort für ihr geheimes Treffen vorgeschlagen hatte. Vielleicht fühlte sich der Partisanenführer in den Katakomben unter Neros Villa zu Hause, schließlich hatte er sich schon einmal hier versteckt.

Gerade wollte Nico zur Orientierung für einen weiteren kurzen Augenblick seine Lampe einschalten, als er plötzlich vor sich ein gedämpftes Licht entdeckte. Es schwang hin und her, als hinge es an einem Pendel.

»Späher vom Forte Sangallo?«, raunte er – wenn da vor ihm ein deutscher Posten saß, dann war er ohnehin verloren.

»Komm näher. Hier hinten können wir Licht machen, ohne entdeckt zu werden«, kam die geflüsterte Antwort zurück. Es war unmöglich zu beurteilen, ob es sich dabei um seinen Freund handelte oder nicht.

Nico näherte sich mit tastenden Schritten dem gedämpften

Lampenschein. Unvermittelt umfasste eine Hand seinen Oberarm. Er schrak zusammen.

»Ruhig Blut, *amico mio.*«

»Bruno!« Die Erleichterung ließ ihm die Knie weich werden.

»Hast du Kaiser Neros Geist erwartet? Der ist gerade ausgegangen.«

»Witzbold.«

»Gib mir deine Hand. Ich bringe uns noch ein Stückchen tiefer in die Höhle.«

Wie ein Blinder ließ sich Nico in einen geschützten Winkel der Grotte führen. Dann erst durfte er seine Handlampe einschalten; auch Bruno nahm den Stofffetzen von der seinen. Sie leuchteten sich gegenseitig an.

»Du bist schmal geworden«, sagte Nico.

»Dann hast du lange nicht mehr in den Spiegel gesehen. Siehst aus wie der Tod auf Latschen.«

»Ich war krank.«

»War?«

»Na ja, es könnte noch ein paar Tage dauern, bis ich wieder richtig in Form bin.«

»Wo hast du dich rumgetrieben? Unser Plan war fix und fertig ausgearbeitet, aber dann bist du nicht mehr bei Sophia Fiori aufgetaucht.«

»Mich muss bei einem der Besuche in den Sümpfen eine Mücke gestochen haben.«

»Du hast *Malaria*?«

»Jetzt tu nicht so, als könnte dich mein bloßer Anblick umbringen. Das Gröbste liegt hinter mir. Wenn du kein Vampir bist und mein Blut trinkst, dann passiert dir nichts.«

»Anscheinend bist du unverwüstlich. So jemanden wie dich brauchen wir noch, Nico.«

»Fängst du schon wieder damit an? Ich bin mein eigener Kommandant, Bruno.«

»Richtig. Hatte ich fast vergessen. Wie man hört, betreibst du jetzt so eine Art Ein-Mann-Resistenza.«

»Alles Übertreibung. Manzini verdient sich eine goldene Nase, indem er den Deutschen Material, Proviant und Informationen liefert. Ich sorge dafür, dass die Ware … sagen wir, nicht immer in einwandfreiem Zustand den Empfänger erreicht.«

»Unser Informant sagt, dass Nettunias Gouverneur auf der Favoritenliste von Generalmajor Raapke täglich weiter nach unten rutscht. Im Grunde tust du nichts anderes als wir, Nico. Wir wollen das Schwein Manzini vor ein Standgericht stellen. Mach bei uns mit, dann kannst du deine Schlagkraft vervielfachen.«

»Du willst doch nur die deine aufmöbeln. Wie ich höre, haben die Deutschen eine ganze Reihe von euch erwischt.«

»Ja«, knirschte Bruno. »Und an Ort und Stelle erschossen. Wenn ich ganz ehrlich bin, dann bluten wir allmählich aus. Wird Zeit, dass die Amerikaner mehr als nur ein paar Bomber schicken und Hitlers Mördertruppe endlich zum Teufel jagen.«

»Nun mal Tacheles, Bruno. Siehst du eine Chance, unseren Plan doch noch zu verwirklichen?«

»Der Arzt aus Anzio ist mit unbekanntem Ziel verreist.«

»War mir klar. Dann muss ich mir wohl etwas Neues überlegen, um noch einmal an Manzinis Tresor heran…«

»Immer langsam, Kamerad. Die Resistenza ist ständig dabei, nach lohnenden Zielen Ausschau zu halten, um den Besatzern das Leben zu vermiesen. Wir haben da etwas Neues ausbaldowert, das dir nützlich sein könnte. Du erinnerst dich noch, was ich dir beim letzten Mal gesagt habe?«

»Dass ich dir für deine Hilfe etwas schulde. Ich stehe zu meinem Wort.«

Bruno hielt seinem Freund die Hand hin. »Versprochen?«

Nico schlug ein. »Versprochen.«

»Also gut. Dann sind wir ab jetzt Partner. Ich werde dir den Plan haarklein erklären. Du bekommst von mir eine Reiseerlaubnis mit echtem Wehrmachtsstempel und alles Übrige. Die Sache hat nur einen Haken.«

»Und der wäre?«

»Wir sind da an den Dienstplan eines Militärarztes gebunden, der unsere Schlüsselperson ist. Der Mann wird übermorgen an einen anderen Frontabschnitt versetzt.«

Nico riss die Augen auf. »Aber das heißt ja …«

»Ganz richtig«, sagte Bruno mit ausdrucksloser Miene. »Morgen Abend muss die Operation steigen.«

Dicke Perlenschnüre aus Regentropfen gingen auf Nettunia nieder. Nico fröstelte. Hoffentlich brach seine Malaria nicht ausgerechnet jetzt wieder durch! Seine Augen suchten den Himmel ab. Die Angriffe der alliierten Jagdbomber waren in den letzten Tagen immer häufiger geworden. Er hatte sich in einen viel zu großen Mantel aus Ölzeug gewickelt, ein Geschenk von Ennio Cardelli, dem Filmvorführer und ehemaligen Fischer aus Anzio. Die wasserfeste Kleidung war auch nötig, denn der heimliche Späher lag im zugigen Keller einer Ruine am Rande der Stadt; das altersschwache Gebäude war ganz von allein eingestürzt. Es bot zwar wenig Schutz gegen Kälte und Feuchtigkeit, aber einen hervorragenden Ausblick auf das Kühlhaus.

Endlich rollten die Lastwagen heran, die den im Meer vor Anzio gefangenen Fisch abholen und in die Castelli hinaufschaffen sollten. Generalmajor Wilhelm Raapke und seinen Stab gelüstete es nach frischen Meeresfrüchten. Aus dem Kübelwagen, der die Fahrzeugkolonne angeführt hatte, sprang ein Feldwebel der Wehrmacht. Er sprach Italienisch.

»Haben Sie die Ware?«

Der kahlköpfige Verwalter des Kühlhauses überreichte ihm wortlos eine Liste.

Der Deutsche überflog kurz den Inhalt. »Wunderbar. Ich hoffe, der Fisch ist in besserem Zustand als das welke Gemüse, das uns Ihr Kollege letztens andrehen wollte.«

Nico grinste diebisch. Da hatte er so seine Zweifel.

Der Verwalter klang brüskiert. »Ich habe mich persönlich um das Kühlaggregat gekümmert. Es ist Tag und Nacht gelaufen.«

»Ja, mit unserem Treibstoff.«

»Von dem wir uns ein paar Tröpfchen ausgeliehen haben«, flüsterte Nico erwartungsfroh. Jetzt kam das Beste.

Der Glatzkopf nestelte eine Weile mit seinem kleinen Schlüssel an dem Vorhängeschloss herum, das die Kühlhalle vor hungrigen Mitbürgern schützen sollte. Endlich sprang es auf. Er packte den Griff des riesigen Tores und zerrte es in den Laufschienen zur Seite.

Der Oberkörper des Feldwebels ruckte nach hinten. Schützend riss er den Arm vor das Gesicht. »Ähhhh! Was für ein widerlicher Gestank! Soll das der frische Fisch sein, den Ihr Chef uns versprochen hat?«

Der Verwalter warf die Arme in die Höhe. »Ich kann mir das nicht erklären …«

»Ich schon«, unterbrach ihn der Offizier. Seine Stimme wurde mit jedem Wort lauter. »Oder wollen Sie mir weismachen, dass Sie nicht die Wärme spüren, die aus dem Kühlhaus kommt? Wir zeigen euren Fischern, wie sie die Seeminen umschiffen können, und zum Dank heizt ihr den Fang, bis die Maden herausquellen!«

»Aber wie ist das möglich?«, jammerte der Kahlköpfige.

Nicos Lippen formten die Antwort. »Indem man der Kühlmaschine ein paar warme Gedanken einflüstert.«

»Vielleicht sollte Ihr Stadtoberhaupt etwas mehr Härte gegenüber den Partisanen zeigen. Rufen Sie ihn sofort her.«

»Feldwebel …«

»Keine Widerrede. Ich möchte auf der Stelle Massimiliano Manzini sprechen. Oder wollen Sie, dass wir ihn für ein Mitglied der Resistenza halten? In jüngster Zeit geht alles in die Hose, was er für uns tut. Er soll sich für die Schweinerei hier verantworten.«

»Könnten Sie ihn nicht selbst aufsuchen, Herr Feldwebel? Don Massimiliano ist so ziemlich der Einzige, der noch in seinem Haus wohnt, und …«

»… außerdem wollen Sie sich die Unannehmlichkeit ersparen, ihm Rede und Antwort zu stehen. Ein Offizier der Deutschen

Wehrmacht wird nicht zu Ihrem ›Gouverneur‹ kriechen wie einer seiner Lakaien. Sagen Sie ihm, Feldwebel Hurz erwartet ihn. *Sofort*!«

Das letzte Wort hatte der Feldwebel so laut geschrien, dass selbst Nico sich fragte, ob er den Zorn der Deutschen zu sehr herausgefordert hatte. Er wollte Manzini das Wasser abgraben, ihn für seine Verbündeten zu einem nutzlosen stinkenden Fisch machen, den sie angewidert wegwarfen, aber auf keinen Fall durfte er in Nettunia ein Massaker riskieren. Von Lorenzo und Bruno wusste er, dass die Deutschen bei der Besetzung des Landes mit unvorstellbarer Grausamkeit vorgegangen waren. Wenn die Partisanen sie sabotierten, dann antwortete das Militär mit Erschießungen ganzer Weiler und Dörfer. Ihre Opfer waren Alte, Frauen und Männer, Kinder, Neu- und sogar Ungeborene – die Mordlust der Besatzer machte vor keinem menschlichen Wesen halt. Er durfte den Bogen nicht überspannen.

Zwar hätte Nico sich gerne noch die Standpauke für Manzini angehört, aber sein Körper lechzte nach Ruhe. Die wenigen Geräusche, die er auf seinem Rückzug machte, gingen im Geprassel des Regens unter. Hoffentlich besserte sich das Wetter im Laufe des Nachmittags noch. Albino würde auch so schon sein Letztes geben müssen.

Mürrisch beobachtete Guido Valletta die Bindfäden aus Regenwasser, die sich vom Himmel in den Lichthof des Palazzo Manzini spannten. Sein Ledermantel bot gegen die feuchte Januarkälte nur unzureichend Schutz. Er sog gierig an der Zigarette, als könne sie ihn wärmen, was natürlich nur eine Illusion war. Im letzten Winter hätte er bei so einem Sauwetter keinen Fuß aus dem geheizten Büro gesetzt. Die *Organizzazione per la Vigilanza e la Repressione dell'Antifascismo* war vielleicht kein beliebter, aber wenigstens ein organisierter Haufen gewesen. Als Geheimpolizist in der OVRA hatte er Anspruch auf eine Pension gehabt, den Mitgliedern der Banda Koch würden im Alter wohl nur die Albträume von den Heckenschützen der Partisanen bleiben. »Was soll's«, schnaubte

Valletta. Außer Bespitzeln und Töten hatte er nichts Vernünftiges gelernt.

Er trat an die Balustrade und sah auf Michelangelos Adam herab. Manzinis Konterfei schwamm, von Dutzenden dünner Fugen fragmentiert, in einer großen Lache. Don Massimiliano war ein Narr, wenn er glaubte, sich mit solchen Kinkerlitzchen den Respekt von Menschen erschwindeln zu können. Und schon gar nicht Gottes Beistand! Der einzige Schutzengel, auf den der Hausherr sich verlassen konnte, war er, Guido der Skorpion, wie einige ihn wegen seiner bisweilen tückischen Methoden nannten. Er schnippte den Zigarettenstummel in den Hof hinunter und beobachtete grinsend, wie die Glut auf dem runden Gesicht des Adam verzischte.

Von der Treppe näherten sich Schritte. Sie hallten leicht, zu laut für Donna Genovefa, dieses schweigsame Gespenst, das selbst ihn manchmal zu überraschen vermochte, aber bei weitem zu leise für Don Massimiliano, dessen Stampfen stets das ganze Gebäude erzittern ließ. Abgesehen von dem hässlichen Küchenmädchen, das ähnlich schmächtig gebaut war, konnte die Urheberin dieser zarten Laute nur ein Wesen sein. Valletta blickte zum Treppenabsatz und hielt die Luft an.

»Donna Laura«, sagte er, als sich seine Vermutung bestätigte. Ein selten hübsches Ding, diese Tochter des Statthalters! Er hätte ihr allzu gerne seine Erfahrungen im Nahkampf gezeigt, aber als Manzinis Tochter war sie natürlich für ihn tabu. Und auf Komplimente reagierte sie giftig wie eine Schlange.

»Telefon, Signor Valletta«, rief sie, bevor sie ihn ganz erreicht hatte.

»Für mich?«

»Meinen Sie, ich mache den weiten Weg zu Ihnen herauf, wenn der Anruf für Uberto wäre?«

»Warum haben Sie nicht ihn geschickt?«

»Sie wissen genau, dass er mit meinem Vater bei Generalmajor Raapke ist, um diesen Vorfall beim Kühlhaus heute Mittag zu klären. Und viel mehr Personal haben uns Ihre deutschen Verbündeten auch nicht ge– … Warum erkläre ich Ihnen das eigentlich? Benutzen Sie bitte das Telefon unten im Salon. Ins Arbeitszimmer darf ich Sie nicht lassen. Und beeilen Sie sich. Der Mann am anderen Ende der Strippe hat ziemlich ungeduldig geklungen.«

Valletta eilte, so schnell er konnte, ins Erdgeschoss hinab. Der schwarze Hörer lag neben dem Telefon.

»Pronto!«

»Korporal Valletta? Sind Sie das?«

Der Gefragte analysierte: Mann, befehlsgewohnte Stimme, schätzungsweise zwischen vierzig und fünfzig, unbekannt. »Wer spricht da?«

»Capitano Semperboni. Marco Semperboni. Es gibt da etwas, das mir Sorgen bereitet.«

»Ich kenne keinen Truppführer mit diesem Namen.«

»Das ist bei Inspekteuren die Regel, Korporal. Leider ist mir bei der Überprüfung Ihrer Einheit ein Problem zu Ohren gekommen.«

»Ohne die Parole können Sie sich Ihre Probleme – entschuldigen Sie die Ausdrucksweise – in den Allerwertesten stecken.«

»Nicht am Telefon.«

»Was? Ach so! Rufen sie etwa nicht über Don Massimilianos geheime Leitung an?«

»Was denken *Sie* denn!«

»Dass Sie mir endlich die Parole sagen sollten, sonst lege ich auf und benachrichtige die Kommandantur.«

»›Blut wird Geschichte machen, wir werden dir den Sieg geben, *Duce*, oder unseren letzten Atemzug.‹ Und jetzt will ich keine Widerrede mehr hören, Korporal.«

»Jawohl, Capitano!«

»Auf den Kontrollanruf bestehe ich sogar. Wir dürfen uns keine Blöße geben. Die Saboteure der Resistenza lauern überall. Aber jetzt zum Grund meines Anrufes. Mir wurde mitgeteilt, dass Sie unter einem merkwürdigen Husten leiden.«

»*Ich?* Was soll ich sagen, Capitano? In letzter Zeit rauche ich ein bisschen viel.«

»Sie haben wahrscheinlich von der grassierenden Schwindsucht gehört, Korporal.«

»Äh …«

»Etwa nicht?«

»Doch, doch, nur …«

»Wir dürfen das nicht auf die leichte Schulter nehmen. Die Rationierung der Lebensmittel schwächt die Leute. Wenn einer mit einer offenen TBC herumläuft, dann kann er schnell ein ganzes Dorf anstecken. In unseren Kampfverbänden können wir uns dergleichen nicht leisten.«

»Aber Capitano! Das sind nur die Zigaretten. Ich versichere Ihnen …« Jetzt musste Valletta auch noch husten. *Verdammt!*

»Sehen Sie, Korporal! Sie werden jetzt machen, was ich Ihnen sage. Kennen Sie das Castello auf der Straße von Cisterna nach Valletta?«

»Selbstverständlich, Capitano.«

»Gut. Da fahren Sie hin.«

»Warum das denn? Wir haben Ciro und Pietro Donati hier, außerdem Dottor Monti, den Gemeindearzt …«

»Zivilisten! Denen traue ich schon aus Prinzip nicht.«

»Dann gehe ich eben ins Militärlazarett nach Anzio.«

»Nein. Im Castello ist eine deutsche Sanitätseinheit mit einer mobilen Röntgenstation. Melden Sie sich bei Stabsarzt Doktor Wilhelm Sägemüller. Er wird Sie untersuchen. Wenn sich Ihr Husten als harmlos herausstellt, dann können Sie heute Abend schon wieder Ihren Dienst antreten.«

»Ich soll meinen Posten hier verlassen, ohne …?«

»*Basta!* Für wie blöd halten Sie mich eigentlich? Natürlich bekommen Sie eine Ablösung. Ich habe bereits den Schützen Luciano Padetti losgeschickt, einen Ihrer Männer. Er wird in spätestens einer halben Stunde im Palazzo sein.«

»Habe verstanden, Capitano. Ich werde so lange warten.«

»Das lassen Sie schön bleiben! Haben Sie eine Ahnung, was uns blüht, wenn sich der Verdacht bestätigt und Sie Don Massimiliano oder jemanden aus seiner Familie mit TBC anstecken? Sie fahren *sofort!* Vermeiden Sie jeden unnötigen Kontakt. Melden Sie sich unverzüglich bei Stabsarzt Doktor Sägemüller. Und jetzt los!«

»Zu Befehl, Capitano.«

Es klickte in der Leitung.

Valletta starrte zornig den Hörer an. Die Order schmeckte ihm nicht. Wenn er diesen Capitano Semperboni wenigstens gekannt hätte, aber so ... Andererseits hatte er die Parole gewusst. Der Korporal drückte die Gabel, ließ sie wieder los und wählte die Nummer der Kommandantur. Er lauschte dem Tuten im Hörer.

»*Pronto!*«

»Capitano Semperboni?«

»Wer denn sonst? Sind Sie immer noch nicht auf dem Weg, Valletta?«

»Aber Sie haben doch selbst gesagt, ich soll mich vergewissern ...«

»Ja, ja, schon gut, Korporal. Jetzt haben Sie Ihre Bestätigung. Und nun schnappen Sie sich Ihr Motorrad und fahren Sie endlich zum Arzt.«

»Zu Befehl, Capitano.« Valletta legte rasch auf.

Einige Sekunden lang verharrte er bewegungslos vor dem runden Tischchen, auf dem das Telefon stand. Dann hob er den Hörer erneut ab. Nur einen Anruf noch. Vielleicht war Don Massimiliano schon in den Kommunalpalast zurückgekehrt. Er sollte wissen, was hier vor sich ging. Erneut wählte Valletta eine Nummer und lauschte dem Klingelton. Plötzlich riss das Tuten ab, und die Leitung war tot.

»Verdammt!«, stieß er hervor. »Verdammt, verdammt, verdammt!« Hinter ihm rührte sich etwas. Er hatte die Reflexe eines erfahrenen Kämpfers und fuhr blitzschnell herum. In der Tür stand Donna Laura und sah ihn fragend an.

Er lächelte verlegen. »Sollten Sie meinen Ausbruch gehört haben, so entschuldige ich mich dafür. Das Telefon. Immer wenn man es braucht, gibt es eine Störung.«

Ihr hübsches Gesicht blieb unbewegt. »Das erleben wir doch

fast täglich. Ist das ein Grund, sich selbst wie ein Gestörter zu benehmen?«

»Nein, selbstverständlich nicht. Verzeihen Sie bitte, Donna Laura. Ich muss jetzt dringend weg.«

Sie lächelte amüsiert. »Ohne Wachablösung?«

Valletta verzog das Gesicht. »Die ist schon unterwegs. Sie sind nur für kurze Zeit ohne Schutz.«

»Ich muss zugeben, dass ich mich eher sicherer fühle, wenn Sie nicht im Haus sind, Signor Valletta.«

Die Antwort war für ihn wie ein Hieb in die Magengrube. *Warte bis ich zurückkomme!*, dachte er. Seine Erwiderung klang wie immer freundlich. »Das werde ich jetzt tun, Donna Laura. Würden Sie mir bitte die Tür frei machen? Ich will Ihnen nicht zu nahe treten.«

Die Schutzbleche hielten den Schlamm nur unzureichend zurück. Nico fühlte sich wie eine rasende Moorpackung. Bis Cisterna hatte er nur einmal anhalten müssen. Eine deutsche Patrouille war begierig darauf gewesen, seine Reiseerlaubnis zu sehen.

»Warum du fahren nach Castello?«, erkundigte sich der Hauptmann in gebrochenem Italienisch.

»Das Röntgengerät von Stabsarzt Doktor Sägemüller hat Halluzinationen.«

»Was?«

»Doktor Sägemüller … Maschine … kaputt … ich reparieren«, präzisierte Nico in ebenso bruchstückhaftem Deutsch.

»Na, meinetwegen. Fahren Sie weiter.«

Ohne weitere Zwischenfälle erreichte er die Festung. Die Castelli Romani waren zu einem Synonym für die Albaner Berge geworden. Ihre strategische Bedeutung hatte sich sogar bis ins Deutsche Reich herumgesprochen.

Die Posten am Tor waren offenbar bereits informiert. Nach einem kurzen Blick in Nicos Papiere brachte ein Gefreiter den Techniker zum Stabsarzt.

Dr. Wilhelm Sägemüller war ein Mann in den Dreißigern mit

tiefen Geheimratsecken und einem nicht sehr sauberen Kittel. Er zog den Besucher in einen Raum, der im Mittelalter als Waffenkammer gedient haben mochte, und schloss hinter sich die Tür.

»Der Späher von Forte Sangallo schickt mich. Sie wissen, wer ich bin?«, fragte Nico auf Deutsch.

Die hellblonden Augenbrauen des Stabsarztes rutschten nach oben. »Äh, ja … Sie sprechen *Deutsch*?«

»Ich habe sechs Jahre meiner Jugend in Wien verbracht.«

»Davon wusste ich allerdings nichts. Das erspart mir die peinliche Radebrecherei mit meinem stümperhaften Italienisch. Geht es Ihnen nicht gut?«

»Sieht man mir das an?«

»Ich müsste lügen, wenn ich Nein sagen sollte.«

»Haben Sie die Unterlagen, Doktor?«

Der Arzt nickte. »Truppenstärke, Bewaffnung, Positionen der Vorposten et cetera, et cetera.«

»Dann geben Sie sie mir. Ich werde sie an die richtigen Leute weiterleiten.«

»Wenn Sie damit erwischt werden, wird man uns beide erschießen.«

»Warum helfen Sie der Resistenza dann?«

»Ich war im letzten September in der Provinz Cueno stationiert und habe erlebt, wie SS-Einheiten zweiunddreißig Frauen und Männer aus Bove kaltblütig erschossen und anschließend das Dorf niedergebrannt haben. Ich bin Arzt. Ich habe den hippokratischen Eid geschworen, wissen Sie? Meine Pflicht ist es, Leben zu retten und nicht, dabei zu helfen, es zu zerstören.«

»Verstehe. Geben Sie mir die Papiere, Doktor. Wenn ich zurückfahre, wird es bereits dämmern. Ich benutze Nebenstrecken. Ihre Patrouillen werden mich nicht schnappen.«

Der Arzt reichte Nico einen schwarzen Aktendeckel, der mit einem breiten roten Gummi zusammengehalten wurde. »Warten Sie ein paar Tage, bevor Sie das Material einsetzen. Ich bin dann aus der Schusslinie. Nein, eigentlich eher das Gegenteil.«

»Wieso?«

»Ich wurde nach Süden versetzt, an die Front.«

Nico steckte sich die Akte unters Hemd in den Hosenbund. Während er sein Äußeres wieder in Ordnung brachte, fragte er: »Woran kann man eigentlich einen akuten Fall von TBC erkennen, Doktor?«

»Leiden Sie unter Husten?«

»Nein. Wieso?«

»In ungefähr neunzig Prozent der Infektionen ist die Lunge die Hauptpforte, durch die der Erreger in den menschlichen Körper eindringt. Wenn er erst einmal sein zerstörerisches Werk aufgenommen hat, werden aber fast alle Organe von ihm befallen. Die Bakterien erzeugen dort einen so genannten ›Tuberkel‹. Das ist ein rundlicher Herd, der im Innern aus abgestorbenem Gewebe besteht. Für eine gründliche Diagnose ist natürlich die Analyse von Körperflüssigkeiten, in denen wir nach dem Tuberkelbakterium suchen, am besten geeignet. Aber das ist vergleichsweise aufwändig, weshalb wir uns meistens mit Röntgenaufnahmen von der Lunge begnügen.«

»Und was sieht man auf so einem Bild?«

»Warten Sie. Ich habe eine Fotografie.« Er ging zu einem Regal, zog ein dickes Buch hervor, blätterte einen Moment darin herum und zeigte Nico zwei Schwarzweißaufnahmen. »So sieht eine gesunde Lunge aus. Die da ist von einem Morbus-Koch-Patienten. Diese weißen Flecken hier oben an den Lungenspitzen sind typisch für akute Tb-Herde. Und das da weiter unten stammt von dem eingelagerten pathologischen Zellgewebe; wir nennen so etwas ›Infiltrate‹.«

»Sieht aus wie dichte Spinnweben.«

»Ziemlich gefährliche Spinne. Wieso wollen Sie das alles wissen, wenn Sie selbst keine Beschwerden haben?«

»Hat Ihnen der Kontaktmann nichts gesagt?«

»Nur, dass Sie eventuell in einem medizinischen Fall meine Unterstützung brauchen.«

Nico lächelte. »So kann man es auch ausdrücken. Ich möchte Sie da um einen Gefallen bitten, Doktor Sägemüller.«

Als Guido Valletta das Kastell nördlich von Cisterna erreichte, dämmerte es bereits. Den Posten zeigte er seinen Passierschein, der ihn als Mitglied der Banda Koch identifizierte.

Einer der Wachleute war Italiener. Er ging auf Distanz und sagte: »Gehen sie durch das Tor. Am Ende des Hofes finden Sie links eine Treppe. Dort hinunter. Der Stabsarzt erwartet Sie bereits.«

Valletta fühlte sich wie ein Aussätziger. Missmutig stapfte er durch die Pfützen im Innenhof des Kastells, nahm die besagte Treppe und klopfte an die Tür.

»Avanti!«, ertönte es von drinnen.

Der ehemalige Geheimpolizist trat in einen Raum, der ihn an eine Folterkammer denken ließ. Er sah verschiedene, beunruhigend aussehende medizinische Instrumente, außerdem einen primitiven Tisch, eine Schreibtischlampe, ein Bücherregal, eine Untersuchungsliege, zwei weitere Türen und einen hellblonden Mann in weißem Kittel.

»Mein Name ist Sägemüller. Ich bin hier der Stabsarzt«, begrüßte dieser den Ankömmling kühl. Kein Händedruck. Er sprach mit hartem Akzent und sehr langsam, als müsse er jedes Wort erst gründlich abwägen. »Signor Valletta, nehme ich an.«

Guido der Skorpion bejahte die Frage, die eigentlich eher nach einer Feststellung klang. Zumindest stimmte, was der Inspekteur angekündigt hatte.

»Capitano Semperboni hat Sie mir bereits avisiert.«

»Da muss ein Irrtum vorliegen, Dottore …« Valletta hatte auf den Arzt zugehen wollen, aber der wich zurück und reckte ihm beide Handflächen entgegen.

»Bleiben Sie, wo Sie sind. Ich muss mich erst schützen.«

Der Stabsarzt ging zu einer Ablage, entnahm einer blitzblanken Stahlschatulle einen Mundschutz und legte diesen an. Danach dirigierte er den potenziellen Seuchenträger zur Untersuchungsliege und nötigte ihn dazu, den Oberkörper freizumachen. Er lauschte mit dem Stethoskop auf Herz- und Atemgeräusche, fühlte den Puls, stellte Fragen.

»Husten?«

»Ich rauche ziemlich stark.«

»Also ja. Wie oft?«

Die Antwort ging in einem Husten unter.

»Danke, das genügt.«

»Leichte Ermüdbarkeit? Erschöpfungszustände?«

»Mein Dienst ist ziemlich hart, Dottore …«

»Verstehe. Appetitlosigkeit?«

»Eigentlich nicht … Na ja, manchmal vielleicht.«

»So, so. Verdauungsprobleme?«

»Hin und wieder kann ich ein paar Tage lang nicht … Sie wissen schon.«

»Was!?«

Valletta schrumpelte auf der Liege vor Schreck regelrecht zusammen. »Ist das schlimm?«

»Ich muss es auf jeden Fall in meine Diagnose mit einbeziehen. Wir werden jetzt ein hübsches Foto machen.«

»Wozu?«

»Von Ihrer Lunge. Ein Röntgenbild.«

»Muss das sein?«

»Nein, ich kann Sie auch gleich unter Quarantäne stellen.«

Valletta seufzte. »Also meinetwegen. Aber machen Sie schnell, Dottore, ich muss zurück auf meinen Posten.«

»Junger Mann, ich bin Arzt, kein Jagdflieger. Kommen Sie.«

Valletta musste seine Brust gegen eine eiskalte Scheibe drücken und sein Kinn auf eine Metallschiene legen. Je mehr er sich bemühte, nicht zu husten, desto stärker wurde der Reiz. Aus einem Nebenraum erklang leises Gesumme. Wenn der Stabsarzt glaubte, ihn mit einem Kinderlied beruhigen zu können, dann hatte er sich verrechnet. Die Melodie aus dem benachbarten Gewölbe verstummte. Nun kamen unmissverständliche Anweisungen.

»Einatmen. … Luft anhalten. … Jetzt nicht bewegen.«

Die Maschine erzeugte ein beängstigendes Geräusch. Gleich darauf wurde das Ganze noch einmal wiederholt. Valletta hörte nebenan eine Tür ins Schloss fallen. Er dachte schon, der Arzt wollte ihn am Röntgenapparat erfrieren lassen, aber plötzlich stand Sägemüller in der Tür des Strahlenraumes und lächelte.

»Warten Sie draußen ein paar Minuten, oder wenn Sie Lust haben, sehen Sie mir beim Entwickeln der Bilder zu – vorausgesetzt, Sie halten Abstand.«

Es war weniger das Interesse an der Medizintechnik, das den Banda-Koch-Korporal die zweite Option wählen ließ, als vielmehr ein latentes Misstrauen, das ihn bereits seit dem Anruf dieses Capitano Semperboni beschlichen hatte. Gespannt beobachtete er den Arzt beim routinierten Umgang mit den Chemikalien. Zuletzt badete der Film in einer klaren Flüssigkeit. Schon im roten Licht der Dunkelkammer konnte Valletta das vergitterte Innere seines Brustkorbes sehen.

Endlich klemmten die beiden Aufnahmen in einer Schiene vor einer Milchglasschreibe, die von hinten angeleuchtet wurde. Doktor Sägemüller betrachtete abwechselnd mal das eine, dann das andere Bild und war dabei unangenehm still.

Schließlich hielt es Valletta nicht länger aus. »Können Sie irgendetwas Besonderes darauf erkennen, Dottore?«

Der Arzt deutete mit einem Bleistift in den oberen Bildrand. »Sehen Sie diese hellen Flecken hier?«

Vallettas Herz begann wie wild zu pochen. Er nickte und hüstelte verhalten in die Hand.

Der provisorische Zeigestock wanderte etwas tiefer. »Und was sehen Sie da?«

Guido der Skorpion fühlte sich wie eine gewöhnliche Stubenfliege. »Sieht aus wie ein Netz. Wie ein verfilztes weißes Spinnennetz.«

Der Arzt nahm den Blick von dem Röntgenbild und sah ihn mit versteinerter Miene an. »Ich muss Sie bitten, nebenan zu warten, Signor Valletta, bis ein Sanitäter Sie in die Quarantänestation begleitet.«

Der Geruch von Signora Tortora war stechend, auch ohne Mückenschutzmittel. Sosehr Nico die ruppige Witwe mochte, war er doch froh, als er endlich auf ihre Dienste als Katakombenführerin verzichten konnte. Der unterirdische Zugang mündete in den Keller des Palazzo Manzini. Nico hatte einige Mühe, die Tür zu öffnen. Das Schloss traf keine Schuld; es war wie die meisten greisen Schließmechanismen: ein wenig störrisch, aber am Ende doch gutmütig. Die schwere Truhe dagegen, die er zur Seite drücken musste, forderte von seiner ohnehin nicht reichlich bemessenen Kraft einen unverschämt hohen Tribut.

Atemlos ruhte er sich zwei, drei Minuten in der Dunkelheit aus. Er fühlte sich erschöpft, und ihm war kalt. Unwirsch kratzte er sich am Bauch. Wenn alles glatt ging, dann konnte er sich in zwei, höchstens drei Stunden ins Bett legen, um die nächste Welle von Schüttelfrost und Fieber durch seinen Körper hindurchrollen zu lassen. Aber bis dahin musste die Malaria noch warten.

Die fünfundzwanzig Kilometer vom Castello nach Nettunia waren halsbrecherisch gewesen. Er hatte auf die Dienste von Albinos leuchtendem Auge verzichtet, um nicht die Aufmerksamkeit der deutschen Späher auf sich zu lenken. Westlich von Campomorto, am Rand des Padiglione-Waldes, unterbrach er seinen Höllenritt, um Bruno die von Dr. Sägemüller erhaltenen Unterlagen zu übergeben.

»Jetzt bist du einer von uns«, sagte der Partisan.

»Rede keinen Unsinn. Du hast mir geholfen und ich dir. Nun sind wir quitt.«

»Du hast das Zettelchen vergessen.«

»Keine Sorge. Die ›Post‹ wird vor Mitternacht ausgeliefert. Aber danach ist Schluss.«

»Mit diesem Wort wäre ich lieber vorsichtig, Nico. Wir befinden uns in einem Kampf, in dem es keine neutrale Ecke gibt. Du musst dich endlich entscheiden, auf welcher Seite du stehst.«

»Auf die Gefahr hin, mich zu wiederholen, Bruno: auf meiner. Massimiliano Manzini muss für seine Schuld büßen.«

»Da sind wir einer Meinung. Aber es ist dir in mehr als fünf Jahren nicht gelungen, ihn unschädlich zu machen. Hilf mir, ihn zu bekommen, und wir machen kurzen Prozess mit ihm.«

»Vom Standrecht halte ich gar nichts. Ich sorge auf *meine* Weise dafür, dass er sich in aller Öffentlichkeit für seine Übeltaten verantworten muss.«

»So leicht lasse ich dich diesmal nicht aus der Pflicht, *amico mio*. Nur mal angenommen, du scheiterst heute Abend – dann ist er der Gewinner. Willst du das wirklich zulassen?«

»Könnte dir doch nur recht sein. Sollte das geschehen, dann hast du freie Bahn. Ich verspreche dir, deine ›Post‹ wie ausgemacht abzuliefern. Mit ziemlicher Sicherheit wird Don Massimiliano, nach der Blamage, die er heute Mittag erlebt hat, genau so reagieren, wie du dir das erhoffst.«

»Und mit deiner Hilfe werden wir den Plan zum Erfolg führen.«

Nico stöhnte. »Also meinetwegen: Wenn ich heute leer ausgehe, dann helfe ich euch. Aber das ist das letzte Mal, hörst du?«

»Kann dich irgendetwas umstimmen?«

»Gar nichts.«

Bruno hatte den Waldboden angestarrt, als wollte er das feuchte Unterholz mit Blicken in Brand stecken. Schließlich nickte er. »Dann soll es so sein.«

Auf der weiteren Fahrt nach Nettunia hatte sich Nico erbärmlich gefühlt. Er wurde das Gefühl nicht los, seinen Freund mehr als nur enttäuscht zu haben. Vielleicht stimmte ja, was Meister Johan einmal gesagt hatte. Jede Beziehung sei in ständiger Bewegung: Entweder sie wird stärker, oder man treibt voneinander fort, bis man sich aus den Augen verliert.

Vom südlichen Stadtrand aus war Nico die letzten zwei Kilometer gelaufen. Im Schutz der Tamarisken, die auf der Uferpromenade standen, näherte er sich der alten Stadt. Sie lag schwarz wie eine urtümliche, schlafende Riesenechse vor ihm. Mit Italiens Eintritt in den Krieg hatten auch die nächtlichen Verdunkelungen begonnen, und spätestens seit Nettunos Verwandlung in eine Geisterstadt war leises Auftreten die wichtigste Tugend, wollte man der Entdeckung durch die Besatzer entgehen. Inzwischen hatte Nico gelernt, sich fast lautlos zu bewegen.

Im Keller des Palazzo Manzini war es dunkel wie in einem Ofenrohr. Abermals musste er das Jucken am Bauch bekämpfen, bevor er seine neue Handlampe einschalten konnte. Das Scheinwerferglas ließ sich mit Metalllamellen stufenlos abdecken. So konnte er die Lichtmenge im Bedarfsfall bis auf null reduzieren. Ein letztes Mal kontrollierte er sein Äußeres. Von den Schuhen über die Hosen und die Schlupfjacke bis zu der durchlöcherten Strickmütze, die er sich über den Kopf gestülpt hatte, war er ganz in schwarz gekleidet – ein dreidimensionaler Schatten. Vorsichtig bahnte er sich den Weg durch das herumstehende Gerümpel.

Wenig später erreichte er über eine Nebentreppe das Erdgeschoss des Palastes. Er lauschte. Leise Stimmen trieben wie Nebelschleier an ihm vorbei. Es hörte sich nach Ubertos Lachen und Violas Kichern an – Viola war das Küchenmädchen. Auf Zehenspitzen huschte Nico zum Aufgang, der in den ersten Stock führte, eilte die Treppen empor und verharrte erst wieder, als er die obere Galerie erreichte.

Wieder lauschte er. Das letzte Mal, als er in den Palazzo Manzini eingedrungen war, hatte Laura Musik gehört. Für einen Moment glaubte er tatsächlich, den Widerhall eines Rundfunkempfängers zu vernehmen, aber dann wurde ihm klar, dass seine Einbildung ihn narrte. Er wünschte sich so sehr, ihre Stimme zu hören oder nur ein Atmen, den Laut ihrer leichten Schritte, das Rascheln ihrer Kleider …

Nichts. Die Galerie lag leer und still da. Nur das leise Plätschern des Nieselregens auf dem Mosaik im Lichthof war zu hören.

Dicht an der Wand entlang schlich er zu Manzinis Arbeitszimmer. Er legte das Ohr an die Tür. Wieder nichts. Von drinnen kam nicht der kleinste Laut, und auch das Schlüsselloch war dunkel wie ein Maulwurfsbau. Nico legte die Hand über das Schloss und bewegte sie leicht hin und her. Er widerstand dem Drang, die kleine Melodie zu summen. Sie war vielleicht hilfreich, aber nicht nötig. Ein leises Scharren erklang. Er drückte die Klinge nieder und öffnete die Tür.

Lautlos betrat er den Raum. Geruch von kaltem Zigarrenrauch

lag in der Luft. Um von draußen nicht gesehen zu werden, wollte er einen Stofffetzen ins Schlüsselloch der nun wieder geschlossenen Tür stopfen, stellte aber überrascht fest, dass es bereits abgedichtet war. Was hatte das zu bedeuten? Er vergrößerte ein wenig die Öffnung über dem Strahler und schaltete die Handlampe ein. Der gelbe Lichtfinger zuckte nervös durch den großen Raum. Auf den ersten Blick hatte sich nichts verändert, abgesehen von der jetzt unbeleuchteten Glasvitrine. Die Lebensuhr wurde ja im Tresor aufbewahrt, wie Nico von Manzinis Chauffeur erfahren hatte.

»Nicht mehr lange«, flüsterte er und lief zu der vorderen Säule, in der sich das Geheimversteck befand. Er öffnete die Holzverkleidung und begann sein stilles Zwiegespräch mit dem Kombinationsschloss. Wie vermutet, hatte der Podestà die Zahlen geändert. Nico öffnete den Safe.

Sein Atem ging flach, als er mit der Lampe in die drei Fächer des Stahlschranks leuchtete. Da lagen Akten, mehrere Bündel Banknoten und die Schatulle aus Ahorn. *Vaters Uhr!* Das Blut rauschte durch Nicos Ohren, so aufgeregt war er. Er hob am Bauch die Jacke an, um endlich den mitgebrachten Sack hervorzuziehen, als plötzlich hinter ihm ein Licht anging.

»Wer bist du?«, fragt aus Richtung des schwachen Schimmers eine tiefe Stimme, in der kleine Kieselsteine zu tanzen schienen. Nico fuhr herum.

Massimiliano Manzini saß, nur von einer Leselampe erhellt, in dem rotledernen Lehnstuhl, den Nico beim Eintreten nicht beachtet hatte. Oder war der »Gouverneur« erst eben …?

»Rühr dich nicht von der Stelle«, befahl Manzini. In seiner Hand funkelte eine silberne Pistole.

Nicos Augen richteten sich auf die Waffe. Er bemühte sich, seiner Stimme einen kehligen Klang zu geben, als er antwortete: »Jemand, der am Inhalt Ihres Geldschrankes interessiert ist.«

»Runter mit der Maske. Ich will dein Gesicht sehen.«

Blitzschnell überdachte Nico seine Chancen. Konnte er es schaffen, wenigstens die Uhr mitzunehmen? Er musste Zeit gewinnen.

»Wie kommt es, dass Sie hier in der Dunkelheit sitzen?«

»Oh, bis eben habe ich mich noch mit Dantes *Rime* vergnügt, aber jetzt bist du ja da. Als ich das Geräusch auf dem Gang bemerkte, machte ich das Licht aus. Es sollte eine Überraschung sein.« Manzini grinste.

Nico maß die Entfernung zum Ausgang. »Die ist Ihnen gelungen, Don Massimiliano. Schön, dass Sie in diesen unruhigen Zeiten die Muße finden, Dantes Gedichte zu lesen.«

Nun geschah etwas, das Nicos Pläne mit einem Schlag zunichte machte. Manzini erhob sich und kam langsam auf ihn zu. Äußerlich blieb der Hausherr die Ruhe in Person.

»Mir hat gerade ein Vögelchen gezwitschert, dass ich für die nächsten vierzig Tage wohl auf meinen Schutzengel Guido verzichten muss, aber dafür heute Abend möglicherweise noch anderen Besuch bekommen werde.«

Daher das verstopfte Schlüsselloch! Langsam wurde Nico alles klar.

Manzinis säuselnde Freundlichkeit verwandelte sich unversehens in einen kalten Befehlston. »Und jetzt wollen wir allmählich mit diesem Spielchen aufhören. Zieh endlich diese alberne Mütze vom Kopf und zeig mir dein Gesicht!«

Manzini umrundete den Schreibtisch, langte mit der freien Hand für einen Augenblick unter die Tischplatte und bewegte seinen massigen Leib dann bis auf anderthalb Schritte an den schwarzen Besucher heran.

Nico wusste nur einen Grund, warum sein Gegenspieler unter den Schreibtisch gegriffen hatte: Er musste einen Alarm ausgelöst haben. Ohne den Blick von der Waffe zu nehmen, hob er die Rechte, krallte die Finger in den Strickstoff und demaskierte sich mit einer trotzigen Bewegung.

»Sieh an, der Sohn des Uhrmachers!«, sagte Manzini amüsiert und fügte scharf hinzu: »Bist du bewaffnet?«

Nico stülpte demonstrativ seine Hosentaschen nach außen. Alles, was dabei zutage trat, war ein Zettelchen, das unbeachtet zu Boden fiel. Ruhig erwiderte er: »Ich will keine Blutrache, falls

Sie das fürchten. Aber Sie haben noch etwas, das mir gehört. Ich bin gekommen, es mir zu holen.«

»Du sprichst doch nicht etwa von *meiner* Lebensuhr?«

Laute Stimmen hallten durch den Lichthof des Palastes, als würde sich unten eine ganze Hundertschaft formieren. »*Ich* bin der rechtmäßige Erbe. Sie haben die Rechnung nie bezahlt.«

»Das stimmt nicht ganz. Dein Vater hat eine stattliche Anzahlung erhalten. Den Rest kannst du auf der Stelle kriegen.« Manzini hob die Hand, zielte auf Nicos Gesicht und drückte ab.

Die Waffe schwieg.

Klick, klick, klick!

»Geht das schon wieder los!«, grunzte Manzini. Ehe er die Pistole richtig fallen gelassen hatte, lag schon ein Springmesser in seiner Linken.

Nico stieß einen unwilligen Summlaut aus. Wie viel Zeit blieb ihm noch?

Manzini drückte auf den Knopf der Waffe, aber die Klinge blieb im Griff. Dafür wurde das Summen seines Kontrahenten immer lauter.

Und dann ging das Licht aus.

Leise wie ein Schatten huschte Nico über den Teppich. Erst als er vor der Tür den blanken Boden betrat, bemerkte Manzini, wohin sein Gegenspieler entschwunden war.

»Stehen bleiben! Du steckst in der Falle.«

Nico riss die Tür auf und verschwand nach draußen.

Vom Treppenaufgang hörte er Stiefelgetrappel. Er warf einen raschen Blick über die Brüstung in den Innenhof. Unten brannte jetzt Licht. Fünf oder sechs Männer richteten ihre Maschinenpistolen auf ihn. Schnell zog er den Kopf zurück. Nun gab es nur noch eine Möglichkeit.

Die Tür des Arbeitszimmers flog auf, und Massimiliano Manzini stürzte auf die Galerie. Von den Treppen kam ihm eine Hand voll Männer der Banda Koch entgegen.

»Haben Sie ihn?«, blaffte der Hausherr.

Hauptmann Zolfo krauste die Stirn »Ich dachte, Sie …«

»Unsinn!«, fiel ihm Manzini harsch ins Wort. »Wenn er nicht über oder unter uns ist, dann muss er noch auf diesem Stockwerk sein. Rufen Sie Verstärkung und durchsuchen Sie alle Zimmer.«

Zolfo bellte einige Befehle in den Lichthof hinab, danach schickte er vier seiner Männer paarweise zum Nord- und Ostflügel der Galerie.

Manzini wollte nicht warten, bis die anderen eingetroffen waren, sondern stampfte zur nächstgelegenen Tür, die zwischen seinem Büro und der Treppe lag. Sie führte in einen kleinen Bankettsaal.

Die Flurbeleuchtung warf einen gelben Lichtkeil mit der Silhouette eines massigen Körpers in den Raum. Manzini betätigte den Schalter neben der Tür, aber es blieb dunkel. Der Hausherr lauschte. Von irgendwo hörte er ein leises Brummen. Sein Blick wanderte über die im Zwielicht liegenden Wände und Möbel. Plötzlich verharrte er bei einem roten Schimmer.

Schnell kehrte er in den Wandelgang zurück und schrie: »Hierher! Er ist im Essensaufzug.«

Eine Sardine, die in der Büchse steckt, ist wenigstens schon tot. Wirklich tröstlich war dieser Gedanke für Nico nicht. Wie ein Zirkusartist zusammengefaltet, die Knie fast an den Ohren, glitt er langsam in die Tiefe. Zum ersten Mal schätzte er seine Schmächtigkeit.

»Beeil dich!«, drängte er den Lift, der sonst nur Wachteln oder Wildschweinbraten transportierte. Tatsächlich legte der Hebemechanismus noch etwas zu. Von oben vernahm Nico dumpfe Rufe. Hatte man ihn schon entdeckt? Er entsann sich der Stimmen von Uberto und Viola, die er zuvor im Erdgeschoss gehört hatte. Hoffentlich waren die beiden nicht in der Küche. Dort würde seine Talfahrt nämlich enden.

Plötzlich blieb der Fahrstuhl stehen.

Nico stockte der Atem. Was jetzt? Um ihn herum schienen

sich die Wände des Kastens zusammenzuziehen. Unvermittelt ruckte der Speiselift wieder an.

Nach oben!

»Nein!«, jammerte Nico. »Tu mir das nicht an.«

Er drehte die Handflächen nach außen, legte sie an die Aluminiumverkleidung und schloss die Augen. *Ich habe dich einmal aus dem kalten Schlaf des Harrens wachgerüttelt*, sprach er in Gedanken die Worte, die keine Schrift der Welt festzuhalten vermag. *Jetzt zahle die Schuld zurück!*

Wieder stockte der Aufzug.

Bitte!

Der Lift sank erneut in die Tiefe.

Über sich hörte Nico einmal mehr das aufgeregte Rufen. Hatte man die Verweigerung des Hebewerkes bereits bemerkt, oder wunderte man sich nur, warum die Kabine immer noch nicht oben angelangt war?

Endlich erreichte der Fahrstuhl das unterste Geschoss.

Nico klappte die zwei Türflügel auf und schälte sich aus dem Aufzug. Als er sich zur Küche hin umdrehte, stand Viola vor ihm, das braunhaarige, dünne Küchenmädchen, von dem Uberto einmal behauptet hatte, es sei so hässlich, dass sein Anblick frisch gemolkene Milch stocken ließe. Viola trug ein schwarzes Kleid, eine weiße Haube und Schürze sowie einen überraschten Ausdruck auf dem Gesicht. Ihre Augen und ihr Mund waren weit aufgerissen.

Nico lächelte sie an. »Don Massimiliano möchte aus dem Keller noch eine Flasche *Trebbiano di Nettuno*. Könntest du … Ach, ich hole sie am besten gleich selbst.«

Er lief zur Tür und streckte den Kopf hinaus. Zwischen ihm und der Kellertreppe gab es nichts als Leere. Dank Manzinis Befehl waren alle Einheiten nach oben verlegt worden. Nico drehte sich noch einmal zu Viola um, die ihn immer noch wie ein Gespenst anstarrte, legte sich den Zeigefinger auf die Lippen und entschwand nach draußen.

Die Hand klatschte in den Stiernacken. Ein leiser Fluch. Gleich darauf schickte Massimiliano Manzini ein stilles Stoßgebet zum Himmel. *O Herr, lass den erschlagenen Moskito nicht mit Malaria verseucht sein!* Sein schwerer, von einem hellen Strohhut beschirmter Kopf schaukelte auf dem Rücksitz des offenen Kübelwagens hin und her. Ihm war schlecht, seine Laune tendierte gegen null, aber als Initiator dieser Aktion wollte er sich keine Blöße geben. Er nötigte sich ein Lächeln ab und knurrte, ganz den harten Tropenkämpfer mimend, zu dem vor ihm sitzenden Kommandanten: »So etwas haben Sie bei Ihrem letzten Kommando in Lettland wohl nicht erlebt, Herr Generalmajor?«

Der Konvoi bewegte sich jetzt schon seit einer Stunde durch das Sumpfgebiet. Er wurde von je einem Panzerspähwagen angeführt und abgeschlossen, bestand weiterhin aus fünf voll besetzten Mannschaftstransportern mit schmutzig grünen Schutzplanen und einem weiteren Kübelwagen, auf dem ein schweres Maschinengewehr montiert war. Kein wilder Partisanenhaufen konnte der geballten Feuerkraft dieser SS-Einheit etwas entgegensetzen.

Die Männer auf den Ladeflächen stammten aus der *Milizia-Armata*-Polizei und kamen direkt aus einem Ausbildungslager in Vercelli. Unter der Führung von SS-Brigadeführer Peter Hansen wurden sie derzeit zur »Italienischen Nr. 1« geschmiedet, der »29. Waffen-Grenadier-Division der SS«. In wenigen Tagen sollte die neue Sturmbrigade offiziell aus der Taufe gehoben werden.

Der Kommandant drehte den Kopf nach hinten. Er war Ende vierzig und hatte ein durchaus freundliches Gesicht, das ihn eher wie einen Bankangestellten erscheinen ließ denn als den fronterfahrenen Veteranen des letzten großen Krieges, der er tatsächlich war. Hansen konnte Manzini nicht ausstehen, aber als er vom Reichsführer SS Heinrich Himmler um diesen Gefallen gebeten worden war, hatte er nicht Nein sagen können. Zur eigenen Besänftigung betrachtete er die Operation als willkommene »Generalprobe« für seine italienische Freiwilligenbrigade. »Ich bin in Chile geboren«, erklärte er. »Da gibt es auch unwirtliche Gegenden. Für uns beide hoffe ich, Signor Manzini, dass sich dieser Ausflug lohnt und die Partisanen sich noch im Circeo aufhalten.« Der Circeo-Nationalpark lag am südlichen Ende der Pontinischen Sümpfe, in jenem Teil also, der nie den Segen von Mussolinis Austrocknungskampagne in den Jahren 1928 bis 1935 genossen hatte.

»Sie kennen die Nachricht, die ich vor vier Tagen dem Einbrecher abgenommen habe.«

»Für mich sieht das nach wie vor wie eine Falle aus.«

»Der Bursche hat auf mich nicht den Eindruck gemacht, als hätte er sich gerne von mir erwischen lassen. Aber selbst wenn – wir sind gewappnet.«

»Vergessen Sie nicht den bösen Streich, den die Partisanen sich mit Ihrem Korporal erlaubt haben, Signore. Ohne die Wiederholung der Röntgenuntersuchung würde dieser Vendetta vermutlich immer noch unter Quarantäne stehen.«

»Valletta.«

»Wie bitte?«

»Der Name meines persönlichen Leibwächters lautete Guido Valletta.«

»Was spielt das für eine Rolle?«

»Eigentlich keine. Ich habe ihn inzwischen austauschen lassen. Ich kann keine Versager unter meinen Leuten dulden. Etwas erstaunt hat mich allerdings, dass die Resistenza offensichtlich sogar *Ihre* regulären Truppen unterwandert hat, Herr Generalmajor.«

»Die Wehrmacht und die Waffen-SS sind zwei paar Schuhe, Signor Manzini. Ich kann Ihnen versichern, dass *meine* Leute absolut vertrauenswürdig sind. Deswegen hat Himmler uns ja eigens für diesen Spezialeinsatz hierher beordert.«

»Sie werden es nicht bereuen. Heute versetzen wir der Resistenza in dieser Gegend einen Schlag, von dem sie sich nie mehr …«

Hansen hob die Hand. »Still!«

Manzini blickte sich um. Die Wagenkolonne rollte auf eine Engstelle zwischen dichtem Bewuchs aus Büschen und Bäumen zu. Aus der Luft musste das Terrain wie ein räudiges Fell aussehen, in dem die grünen Vegetationsflecken mit lichten Stellen aus Sumpfgras und großen Wasserlachen übersät waren. Er konnte keine verdächtigen Geräusche wahrnehmen.

»Das gefällt mir nicht«, murmelte der Brigadeführer.

Mit einem Mal blieb der gepanzerte Spähwagen an der Spitze der Kolonne stehen. Nur knapp dahinter brachte der Fahrer in dem darauf folgenden Lkw sein tonnenschweres Vehikel zum Stehen. Grobstollige Reifen gruben sich tief in den morastigen Grund. Die Männer auf der Ladefläche protestierten ob des ruckhaften Bremsmanövers. Nacheinander hielten auch die übrigen Fahrzeuge.

»Jeder hält sich an den Einsatzplan!«, befahl Hansen und sah sich nach allen Seiten um.

Manzini tötete eine weitere Mücke, die seine Wange angezapft hatte.

Als hätte er damit ein geheimes Kommando gegeben, gingen in der Kolonne auf einen Schlag sämtliche Motoren aus.

»Was soll das?«, raunte der Kommandant seinem Chauffeur zu.

Der breitete nur die Arme aus. »Ich habe nichts gemacht, Herr Generalmajor.«

Auch in den anderen Windschutzscheiben waren ratlose Mienen zu sehen. Unter den Männern auf den Ladeflächen entstand Unruhe. Plötzlich bewegten sich die Büsche. Gewehre schoben sich heraus, dann die Männer und Frauen, die sie hielten. Im Nu hatten die Partisanen den Fahrzeugkonvoi umstellt.

Die meisten Widerstandskämpfer waren nicht älter als dreißig, viele sogar noch Halbwüchsige. Sie trugen zerlumpte, schmutzige Kleidung, aber in ihren Augen funkelte eine wilde Entschlossenheit. Der Kommandant konnte sich wohl zu einem Feuerbefehl nicht recht durchringen, weil ein Karabiner direkt auf seinen Kopf zielte. Neben dem Schützen raschelten die Zweige. Ein vielleicht Fünfundzwanzigjähriger mit gedrungener Statur erschien. Er trug eine Schiebermütze, die er zum Gruß kurz lüpfte.

»Herzlich willkommen im idyllischen Circeo, General. Wenn

Sie möchten, dass Sie, das fette Schwein auf Ihrem Rücksitz und Ihre Männer sich noch eine Weile der Lieblichkeiten dieses fünfundachtzig Hektar großen Nationalparks mit seiner reichen Flora und Fauna erfreuen können, dann befehlen Sie allen, die Waffen niederzulegen. Danach nehmen Sie bitte schön die Hände hoch«, deklamierte der Mützenträger mit einer fast überbordenden Freundlichkeit, in der allerdings eine Kühle mitschwang, die nicht unbedingt zu Widerspruch animierte.

»Der Mann ist Fremdenführer. Er heißt Bruno Sacchi«, flüsterte Manzini vom Rücksitz des Kübelwagens und reckte seine goldberingten Finger in die Höhe.

»Man hört es«, brummte Hansen.

Wieder raschelte das Gebüsch, und ein weiterer junger Mann erschien. Seine Kleidung war von Kopf bis Fuß schwarz.

Manzini deutete mit einem seiner Wurstfinger hektisch auf den Neuankömmling. »Und das ist der Störenfried, der mir keine Ruhe mehr lässt, der Einbrecher von vorgestern, Nico dei Rossi, der Sohn des Uhrmachers.«

»Womit meine Vermutung bestätigt wäre«, brummte Hansen.

»Genug der Vorstellungen«, sagte der Partisanenführer – jetzt schon hörbar ernster – und präzisierte seinen vorangegangenen Befehl. »Ich sage es nur noch einmal, General: Befehlen Sie Ihren Männern, die Waffen niederzulegen und die Hände zu heben. Das gilt vor allem für die Infanterie in den Mannschaftswagen. Sie sollen alle mit erhobenen Armen herauskommen. In der Deckung ringsum verbergen sich noch viel mehr von unseren Leuten. Also seien Sie vernünftig, dann können wir uns ein unnötiges Blutvergießen ersparen.«

»Nein, *Sie* ergeben sich. Sie haben keine Chance«, knurrte Hansen.

»Netter Versuch«, erwiderte der Partisan und streckte den Arm in die Höhe. Ringsum klapperten Gewehre.

»Ruhig Blut, junger Mann.« Der Brigadeführer hob die Hände. Sein Fahrer folgte dem Beispiel.

»Don Massimiliano?«

Manzinis Augenbrauen rutschten zusammen. »Was willst du, Sacchi?«

»Dich, Manzini. Steig sofort vom Wagen.«

Hansen nahm den Hut vom Kopf und wischte sich mit dem Ärmel der Uniformjacke über die Stirn. Die Bewegung wirkte wie ein Reflex. Aber sie löste ein Chaos aus.

Unvermittelt hallten Gewehrsalven über die Sumpflandschaft. Die Schüsse kamen weder von den Partisanen noch aus den Mannschaftswagen.

Instinktiv warf sich Nico auf den Boden, als die ersten Schüsse fielen. Im Stillen verfluchte er den Tag, an dem er sich von Bruno zu dieser Aktion hatte überreden lassen.

Die Verwirrung war komplett. Überall gingen die Freiheitskämpfer in Deckung. Wohl wissend, dass sie den gut ausgebildeten Soldaten wenig entgegensetzen konnten – ihre Spezialität war die Sabotage, nicht das offene Gefecht –, hatten sie auf die Überraschung und die Wirkung der Drohgebärde gesetzt. Es dauerte eine ziemlich lange Schrecksekunde, bis sich Nico und vor allem auch Bruno ihr Scheitern eingestanden.

»Rückzug! Das ist ein Hinterhalt«, rief der Widerstandskämpfer.

»Bleibt in Deckung!«, schrie Nico. »Sie schießen nur in die Luft, um ihre eigenen Leute nicht zu treffen.«

Niemand beachtete ihn. Die Partisanen brachen verstört aus dem schützenden Dickicht hervor. Fast gleichzeitig fielen drei Schüsse. Der erste Freiheitskämpfer fiel getroffen in eine Wasserlache. Wieder knallte es. Zwei Kugeln durchlöcherten Hals und Kopf eines nicht einmal zwanzig Jahre alten Mädchens. Es war auf der Stelle tot. Die Scharfschützen der Waffen-SS gingen wie kaltblütige Jäger vor. Mit den ersten Gewehrsalven hatten Sie ihr »Wild« nur aufgescheucht. Aber jetzt nahmen sie jedes Opfer ruhig ins Visier, warteten, bis sie freie Schusslinie hatten, und eröffneten das Kreuzfeuer. Die im offenen Gefecht unerfahrenen Partisanen hatten keine Chance. Sie starben wie die Fliegen.

Zur gleichen Zeit spitzte sich die Lage bei der Wagenkolonne dramatisch zu. Mehrere Salven durchlöcherten von innen her die Planen der Transporter. Dann sprangen die Soldaten heraus und schossen ziellos ins Dickicht. Die Gegenwehr der Partisanen war gering.

Während Hansen einem in der Nähe stehenden Major noch Befehle zurief, zog er seine Pistole aus dem Gürtelholster und zielte auf Bruno.

»Nein!«, schrie Nico.

Der Schlagbolzen klemmte.

»Das kenne ich!«, schnaubte Manzini. Er saß, die Hände im Schoß, geduckt im offenen Wagen.

Nico rollte sich in Richtung der Büsche, und auch Bruno zog sich rasch zurück, aber bevor sie sich im Blattwerk unsichtbar machen konnten, flog unerwartet eine Handgranate auf sie zu. Der Werfer war Massimiliano Manzini. Als Nico das diabolische Grinsen seines Gegners sah, wurde ihm bewusst, wer diesen Hinterhalt zum Hinterhalt ausgeheckt hatte. Manzini war der ausgefuchsteste Gauner von Nettunia. Ihn zu unterschätzen konnte leicht tödlich enden.

Die Handgranate landete genau vor Brunos Füßen.

Der Partisan erstarrte.

Nico drückte sich mit Armen und Beinen vom Boden hoch, machte einen Satz nach vorn und landete genau auf dem scharfen Sprengkörper. Er hörte Bruno seinen Namen rufen. Zahlreiche Augenpaare richteten sich auf den im feuchten Sumpfgras liegenden Körper, der jeden Moment zerrissen werden musste.

Aber nichts dergleichen geschah.

Plötzlich herrschte Stille auf dem Schlachtfeld. Sogar die Scharfschützen in ihren Verstecken ließen die Waffen schweigen, vielleicht weil ihre Kameraden in der Fahrzeugkolonne so jäh zur Ruhe gekommen waren oder einfach weil sich ihnen keine neuen Ziele boten. Aus der Ferne erklang das Hämmern eines Graukopfspechtes.

Nico erhob sich. Sein Rücken war den Männern im Kübelwagen zugewandt. Langsam drehte er sich um. Die Granate lag auf seiner offenen Handfläche. Er sah auf sie nieder, dann zu Manzini, holte aus und warf die Bombe.

Sekunden später explodierte sie in einem verheerenden Feuerball.

Der Partisanenführer warf die Hände hoch. »Warum hast du den Fettwanst und seinen General nicht in die Luft gejagt? Wirfst die Granate in einen Tümpel! Ich verstehe dich nicht.«

»Bitte schön. Ich habe dir gerne das Leben gerettet«, erwiderte Nico spitz. Im dämmrigen Licht einer natürlichen Höhle saß er auf einem Felsen. Sein Kopf dröhnte. Er fühlte sich ausgelaugt. Ihm war übel; er hatte sich schon zweimal übergeben. Die Verfolger irrten vermutlich noch irgendwo in den Sümpfen herum. Ab und zu hallten Schüsse den bewaldeten Berghang empor, wohin sich die Überlebenden gerettet hatten.

»Danke«, sagte Bruno in etwas gemäßigterem Ton. »Aber ich bin nicht mehr wert als jeder meiner Kameraden. Zwölf Frauen und siebzehn Männer von uns sind gefallen, Nico.«

»Gibst du dafür etwa mir die Schuld? Wenn du mich fragst, dann war diese Aktion von Anfang ein Witz. Wer zum Schwert greift, kommt dadurch um.«

»Jetzt fang nicht an, die Bibel zu zitieren! Das kann ich im Augenblick wirklich nicht gebrauchen.«

»Ich wiederhole nur, was ein Freund gesagt hat, der klüger als wir beide ist. Er hätte sich vermutlich nicht von dir breitschlagen lassen, dir bei diesem irren Plan zu helfen.«

»Du redest von dem geheimnisvollen Mönch?«

»Was spielt das jetzt noch für eine Rolle. Ich will nur nach Hause und mich ausschlafen.«

»Um dich von den Patrouillen in Nettunia schnappen zu lassen?«

»Ich werde eine Weile im Torre Astura unterkriechen.«

Brunos Stirn krauste sich. »He, das ist mein Versteck!«

»Stört's dich?«

»Lass dich nur nicht erwischen. Die Apostolische Kammer schickt da ab und zu jemanden vorbei.«

»Keine Sorge. Ich pass auf. Wo werdet ihr hingehen?«

»Wir ziehen uns wieder mal in die Lepini-Berge zurück. Hör zu, Nico, wenn wir das nächste Mal …«

»Es gibt kein nächstes Mal, Bruno. Jedenfalls nicht für mich.«

»Sei doch nicht so stur, *amico mio*! Du hast ihre sämtlichen Motoren – wie nanntest du das? – zum Streik überredet: Sie sind einfach alle stehen geblieben …«

»Womit ich an den Rand meiner Kräfte gegangen bin, Bruno. Ich bin halb tot. Bist du erst zufrieden, wenn ich das nächste Mal ganz zusammenbreche?«

»Meinetwegen ruh dich ein paar Tage aus. Bis dahin habe ich einen neuen Plan. Deine Gaben sind zu kostbar, Nico, um sie im Kampf gegen einen einzelnen Mann zu vergeuden. Wir könnten sämtliche Kanonen der Deutschen in den Castelli lahm legen, ihren Funkverkehr stören, ihre Panzergeschütze nach hinten losgehen lassen …«

»Lass es«, unterbrach Nico müde den Freund. »Wir sind jetzt quitt. Ich hatte gehofft, dass wir Manzini kriegen, damit er für seine Untaten büßt, aber es hat nicht sollen sein. Vielleicht ist er ein zu starker Gegner für mich. Oder ich muss ihn mit seinen eigenen Waffen schlagen.«

»Etwa mit einem Stilett?«

»Nein, mit List.«

Bruno breitete die Arme aus. »Also gut. Dann machen wir 's eben mit Tücke. Ist mir auch recht. Ich bin für jeden deiner Vorschläge dankbar. Wir …«

»Nicht *wir*«, fiel Nico ihm abermals ins Wort. »Ich werde die Sache allein zu Ende bringen.«

Der Partisan schüttelte langsam den Kopf. »Tu mir das nicht an, *amico mio*.«

Nico hielt dem waidwunden Blick seines Gegenübers mit versteinerter Miene stand. »Nicht *ich* habe dir und deinen Kameraden heute Schmerzen zugefügt, mein Freund. Es waren die Scharfschützen der SS. Euer fanatischer Idealismus. Deine Selbstüberschätzung. Unerfahrenheit. Aber gib bitte nicht mir die Schuld, wenn du deine Freunde opferst und morgen ganz alleine vor einem Erschießungskommando stehst.«

Erneut fuchtelte Bruno mit den Armen in der Luft herum und brüllte: »Ja, sollen wir uns alle zu Hitlers Sklaven machen lassen? Wir *müssen* gegen die Eindringlinge kämpfen. Wenn wir 's nicht machen, dann tut's keiner. Willst du wirklich unseren Untergang? Wirst du noch in den Spiegel sehen können, wenn …«

»Versuche nicht, mir ein schlechtes Gewissen einzureden, Bruno.« Nico erhob sich ächzend von dem Stein. »Hitler ist für mich eine Verkörperung des Bösen. Wirf einen Blick zurück in die Geschichte. Solche Menschen sind zum Scheitern verurteilt. Wie lange hat Kaiser Nero, der ›große‹ Bürger unserer Stadt, regiert? *Du* bist der Fremdenführer.«

»Immerhin vierzehn Jahre!«

»Sollte dem deutschen Führer das gleiche Kunststück gelingen – was ich angesichts der Meldungen aus London bezweifle –, dann ist er in drei Jahren Geschichte.«

»Aber nur, wenn jemand gegen ihn aufsteht und ihn zum Teufel jagt.«

»Der Ewige hat uns mit Willensfreiheit ausgestattet, Bruno. Wenn du den Krieg als Lösung der Probleme wählst, dann kann ich dich nicht davon abhalten. Aber hindere bitte nicht mich, meinen eigenen Weg zu gehen. Oder gelten eure Ziele – Gerechtigkeit und Freiheit für alle – in Wahrheit nur, solange jemand euch zu Munde redet? Der wahre Prüfstein edler Ideale ist der Querkopf, der Andersgläubige, der Freigeist. Wenn ihr den Verfechter einer anderen, möglicherweise unbequemen oder euch sogar unverständlichen Meinung verfolgt, dann seid ihr im Grunde selbst Diktatoren. Ich wünsche dir einen klaren Kopf, mein Freund.« Nico wandte sich zum Gehen.

»Soll das etwa dein letztes Wort sein?«, stieß Bruno hervor. Speichel spritzte ihm aus dem Mund.

Nico strebte unbeirrt dem Ausgang der Höhle entgegen. »In

dieser Angelegenheit ja. Falls du zu einer Partie Schach bei mir vorbeischauen willst – jederzeit gerne.«

»Das kannst du vergessen!«, blaffte Bruno.

»Mir auch recht. Ich bin sowieso kein guter Spieler«, entgegnete Nico, ohne sich noch einmal umzudrehen. Die wütende Stimme seines Gefährten hallte zunehmend leiser hinter ihm her.

»Das stimmt, du verdammter Sturkopf. Ohne mich bist du aufgeschmissen. Wart's nur ab! Bald bist du schachmatt.«

19. KAPITEL

Der Delinquent

Nettunia, 1944

Die Piazza Umberto I. war ein finsteres Loch zwischen den Dächern der Stadt. Der heimliche Beobachter glaubte im alten Garnisonsbau, gegenüber dem kleinen »Palazzo« Porfiri, wo man früher zum Markt abgebogen war, einen schwachen Lichtschimmer auszumachen. Typisch! Die Kommandostelle der Wehrmacht ging mit der Verdunkelungsvorschrift am nachlässigsten um. Nico wandte sich wieder dem Palazzo Manzini zu, der wie ein schwarzer Klotz unter dem mondlosen Himmel lag.

Der schattenhafte Späher befand sich in einem verlassenen Haus auf der Südseite des Platzes. Die Fensterscheiben waren beim letzten Angriff der deutschen Sturzkampfbomber zu Bruch gegangen. Wie die Augenhöhlen eines Totenkopfes blickten ihre glaslosen Lichtöffnungen auf die umliegenden Gebäude.

Nicos mit Ruß geschwärztes Gesicht im zweiten Stock war so gut wie unsichtbar. Sein Puls galoppierte vor gespannter Erwartung. Er fühlte sich so energiegeladen wie lange nicht mehr. Inzwischen ging das Wechselfieber gnädiger mit ihm um. Der letzte Anfall lag sechs Tage zurück.

Nach der gescheiterten Gefangennahme Manzinis und dem anschließenden Streit mit Bruno war er unverrichteter Dinge nach Nettunia zurückgekehrt, genauer gesagt zum Torre Astura. Das alte Türschloss der Festung hatte ihm nur widerwillig Einlass gewährt. Vielleicht spürte es seine jüdische Herkunft – es war ja immerhin römisch-katholisch. In der darauf folgenden Nacht hatte ihm das »Echo« der Malaria übel mitgespielt. Es war ein qualvolles Pendeln zwischen Schüttelfrost und Fieber. Am nächsten Morgen hatte sich sein Zustand gebessert, aber er gönnte sich noch einen Tag Ruhe. Danach machte er sich wieder an die Arbeit.

Seitdem hatte er Manzini einige schmerzhafte Nadelstiche beigebracht – hier ein paar kollabierte Lieferwagen, dort ein taubstummes Telefon –, aber so klein und, für sich allein betrachtet, unbedeutend diese Störungen erscheinen mochten, setzten sie dem Ruf des »Gouverneurs« in der Summe gesehen gehörig zu.

Die Tötung von neunundzwanzig Partisanen in den Pontinischen Sümpfen bei »nur einer Hand voll eigener Verluste« war den Vorgesetzten von Generalmajor Hansen zwar offiziell als Erfolg verkauft worden, aber hinter vorgehaltener Hand schmiedete man bereits Pläne, um Manzini ohne allzu großes Aufsehen aus dem Weg zu räumen. Er sei nicht allein schuld am Tod von fünf italienischen SS-Kameraden, sondern habe das lokale Kommando mit seinen Kungeleien wie einen Haufen pickeliger Pennäler aussehen lassen. Als ob die Wehrmacht unfähig sei, ihren eigenen Dreck wegzukehren!

Ungefähr diesen Wortlaut entnahm Nico der Unterhaltung zweier deutscher Offiziere, die er vor zwei Tagen in Nettuno während eines Experiments belauscht hatte. Die Idee zu dem Versuch war ihm nach der Lahmlegung des deutschen Konvois in den Sümpfen gekommen. Wenn er sich mental nur genügend vorbereitete und seine Kräfte sammelte, dann konnte er sogar auf mittlere Entfernung mit Maschinen in Kontakt treten. Er musste sie nicht einmal berühren oder ihnen etwas vorsummen. Das waren nur Angewohnheiten, allenfalls Krücken, von denen er sich jetzt befreit hatte. Um seine Gabe auszuloten, lieh er sich Doktor Montis Radioempfänger aus.

Der Gemeindearzt hatte sich kurz und heftig gesträubt. Immerhin war das Gerät sein »Draht nach London«. Nico weihte ihn in seine Pläne ein. Wenn es gegen Don Massimiliano gehe, dann sei ihm kein Opfer zu groß, verkündete der Mediziner, der wie auch die Bäcker und der Barbier eine Sonderaufenthaltsgenehmigung für Nettunia besaß. Außerdem, so gab er zu, interessiere ihn der wissenschaftliche Aspekt des »Fernwirkungsexperiments«.

Der Fokus von Nicos außergewöhnlichem Sinn war auf die Funkstation des deutschen Hauptquartiers in Nettunia gerichtet. Die Anlage befand sich im alten Garnisonsgebäude an der Piazza Umberto I. Der Lauscher bezog seinen Posten unweit davon in einem leer stehenden Haus, das über einen Zugang zu den unterirdischen Tunneln verfügte. Der Tipp stammte von Signora Tortora, die sich spontan bereit erklärt hatte, ihn beim Abhören des »Rundfunks« zu unterstützen. Wie sich bald herausstellte, funktionierte das aber nur für begrenzte Zeit, weil sich der Mitteilungsdrang der Geräte in Nicos Abwesenheit wie eine Sanduhr schnell erschöpfte.

Der erste Versuch war sehr spannend verlaufen. Nico nahm das Radio ins Gebet, streichelte es, eröffnete ihm neue Horizonte und brachte es schließlich tatsächlich so weit, über eine Distanz von ungefähr fünfhundert Metern mit dem Funkgerät der Deutschen in Dialog zu treten. Seitdem konnte er hören, was das Mikrofon der militärischen Kommunikationsstelle auffing, unabhängig davon, ob die Gespräche der Deutschen durch den Äther gingen oder nicht.

Gerade im letzten Fall war Doktor Montis Radio, wie die Unterhaltung über Manzinis Niedergang eindrucksvoll bewies, ein lebhaft sprudelnder Quell aufschlussreicher Nachrichten. Die offiziellen Mitteilungen wurden verschlüsselt, waren für Nico also unverständlich, aber gerade das Geplauder nebenbei oder die von Offizieren dem Funker im Klartext diktierten Meldungen hatten es in sich. Der Lauscher erfuhr von Truppen- und Materialtransporten, Änderungen des Dienstplanes, Krankmeldungen und vielem mehr.

Einige der schmerzhaftesten »Nadelstiche«, die Nico seinem Gegenspieler in den vergangenen sechs Tagen verpasst hatte, verdankte er der »Plaudertasche«, wie Signora Tortora den Empfänger des Gemeindearztes nannte. Mit der Aktion an diesem Abend wollte er ein wichtiges Etappenziel erreichen: Der Dynast von Nettunia sollte in den Augen seiner deutschen Bundesgenossen zu einem Sicherheitsrisiko werden. Wenn es gelang, die Demontage ihres »Gouverneurs« bis zu diesem Punkt zu treiben, dann war er so gut wie schutzlos. Die Deutschen hatten Benito Mussolini noch mit einem Fallschirmjägerkommando befreit, aber Massimiliano Manzini würden sie den Amerikanern mit Kusshand überlassen.

Dann, da war sich Nico sicher, würde Justitia ihre Waage auspacken. In die eine Schale käme der nur noch äußerlich schwergewichtige »Stadtfürst«, und in die andere würde sie die drückende Beweislast häufen, das verräterische Dante-Zitat aus der Lebensuhr und den Kronzeugen. Letzterer war Nicos Ass im Ärmel, das er Vittorio Abbado verdankte. Die Nachforschungen des zum Archivar degradierten *Assistente del Procuratore* hatten seine kühnsten Vermutungen bestätigt. Vorläufig sollte Don Massimiliano ruhig in dem Glauben bleiben, niemand kenne die Identität jenes großen Unbekannten, der ihm den Strick um den Hals legen konnte, aber zur gegebenen Zeit würde er eine böse Überraschung erleben.

Mit diesen Gedanken im Kopf hatte Nico dem Palazzo Manzini vor wenigen Minuten einen weiteren Besuch abgestattet; eigentlich war es nur eine Stippvisite. Diesmal ließ er mehr Vorsicht walten als bei seinem letzten Gastspiel.

Der unterirdische Zugang befand sich noch im selben Zustand, wie Nico ihn vor zehn Tagen verlassen hatte – das Schloss hätte sich erinnert, wenn es anders wäre. Offenbar wusste niemand, wie er zuletzt in den Palast eingedrungen war. Oder lauerte hinter der Tür ein Dutzend Bewaffneter? In Ruhe befragte Nico mehrmals das Schloss. Nein. In dem Raum nebenan war niemand. Erneut schob er die Truhe mit der Tür zur Seite. Er hatte beide beim letzten Mal mit einem kurzen Tau verbunden, wodurch die Kiste beim Schließen der Tür fast wieder in ihre alte Position gerückt worden war.

Das phosphoreszierende Zifferblatt seines Taschenchronometers gab ihm Auskunft über die Zeit. Es war sieben Minuten nach acht. Das im Palazzo Manzini anberaumte Versöhnungsgespräch zwischen Don Massimiliano und einem ranghohen Vertreter des örtlichen Oberkommandos der Wehrmacht hatte also bereits begonnen. Nico wollte das gesellige Zusammensein der beiden mit einem Feuerwerk krönen. Als passenden Ort dafür hatte er den Keller des Hauses auserkoren.

Leise durchsuchte er die verschiedenen Gewölberäume nach den bewussten Kisten. Der von Doktor Montis Radio ausgeplauderte Hinweis stammte von keinem anderen als von Guido Valletta. Manzini hatte den Korporal austauschen lassen, ihn gedemütigt und für seine Degradierung gesorgt, aber die Macht des »Gouverneurs« reichte offenbar schon nicht mehr aus, um Valletta vor ein Exekutionskommando zu bringen. Die Führung der paramilitärischen Banda Koch setzte den binnen Stunden von dem Verdacht der Tuberkulose Befreiten jetzt in der lokalen Partisanenjagd ein. In dieser Eigenschaft besuchte er auch den deutschen Funker und klagte ihm sein Leid über die Undankbarkeit des »Gouverneurs« sowie die Inkompetenz des deutschen Stabsarztes – Doktor Sägemüller habe seine Fehldiagnose mit der Röntgenaufnahme gerechtfertigt und sich danach an die Südfront abgesetzt. Valletta ahnte nicht, dass ein sich unverstanden fühlendes Mikrofon jedes Wort an einen geduldig zuhörenden Freund in unmittelbarer Nachbarschaft verschickte.

Irgendwann war das Gespräch der Militärs auf die im Palazzo Manzini herumliegenden Raketen, Knallkörper und das bengalische Feuer gekommen. Die pyrotechnischen Leckerbissen waren eigentlich als Geschenk des *Podestà* zu Ehren der *Festa della Nostra Signora delle Grazie* angeschafft worden. Die jährlich am ersten Samstag im Mai stattfindende Prozession gehörte zu den absoluten Höhepunkten im Stadtkalender. Mit dem Lichtspektakel hätte Manzini bei der Bevölkerung von Nettunia etliche Pluspunkte eingeheimst. Aber dann kam der Krieg und kurz darauf die behördlich angeordnete Verdunkelung. Der Umzug wurde auf die Tagesstunden vorgezogen. Schon der Gedanke an eine nächtliche Illumination grenzte an Sabotage und Landesverrat.

Nachdem Nico den Lagerraum gefunden hatte, war der Rest ein Kinderspiel. Er ordnete einige Raketen in Sternformation an, verdrillte und verlängerte ihre Zündschnüre, verband das Ende mit einem primitiven »Zeitzünder« aus einem Kerzenstummel und zog sich lautlos zurück.

Jetzt – nur wenige Minuten waren seitdem vergangen – wartete er in seinem Versteck an der Piazza Umberto I. darauf, die Früchte seiner Arbeit ernten zu können.

Gegen zwanzig Uhr dreißig kam Licht und Leben auf die dunkle Bühne. Mit mehreren Fahrzeugen rückte eine Mannschaft deutscher Pioniere an, um sich des Brandes anzunehmen, der noch gar nicht ausgebrochen war. Signora Tortora hatte die Freundlichkeit besessen, Nico diesen Anruf abzunehmen. Er wollte nicht, dass Laura oder den anderen Einwohnern des Hauses etwas passierte.

Der Reihe nach erschienen an der Hauptpforte des Palastes das Dienstmädchen Viola, dann Uberto Dell'Uomo, danach Massimiliano Manzini und zuletzt der Oberst, der als Einziger über die Befehlsgewalt verfügte, die hartnäckig auf ihre Löschaktion bestehenden Pioniere heimzuschicken. Als sie gerade wieder abrücken wollten, begann das Feuerwerk.

Zu sehen war für den heimlichen Beobachter am dunklen Fenster natürlich nichts, aber die unüberhörbaren Explosionen dauerten ungefähr fünf Minuten. Erst danach traute sich das Lösch- und Räumkommando in die Nähe des Feuers. Die Gewölbe unter dem Palazzo waren dick. Das Haus überstand den Vorfall unbeschadet, aber der Ruf seines Herrn bekam neue Risse. Wütend ob der Gefahr, in die ihn Manzini gebracht hatte, verließ der Oberst den Palast.

»Durch Ihre Unvorsichtigkeit hätten Sie mich fast umgebracht«, hörte Nico den Offizier auf der Straße brüllen.

»Ich kann nichts dafür, Oberst Kaltenreutter«, beteuerte der Hausherr. »Das waren die Partisanen.«

»Das glaube ich Ihnen sogar, Signor Manzini. Die Resistenza spaziert in Ihrem Haus ein und aus. Sie bereitet Anschläge auf Offiziere der Wehrmacht vor. Und Sie haben angeblich nichts davon gewusst! Die Sache wird ein Nachspiel haben.«

Der Oberst kletterte in einen Kübelwagen und fuhr ohne deutschen Gruß davon.

Nico lächelte. Es war Zeit zu gehen. In wenigen Minuten würden Einheiten der Wehrmacht die leeren Häuser des Viertels durchkämmen. Lautlos wie ein Schatten zog er sich zurück.

Es war schon nach Mitternacht, als Nico beim Torre Astura eintraf. Albino schlummerte wie gewohnt unter Zweigen im benachbarten Wäldchen. Das regnerische Wetter der letzten Tage hatte sich beruhigt. Der Mond ließ sich in den größer werdenden Wolkenlücken zwar immer noch nicht sehen, aber die Sterne funkelten, als wollten sie durch ihre Pracht die Menschen tief unter ihnen zu ehrfürchtigem Innehalten bewegen. Doch der Krieg ging weiter. Sein ferner Donner hallte selbst jetzt aus den Albaner Bergen herab.

Mit gewohnter Vorsicht näherte sich Nico dem gemauerten Steg, der die Festung mit der sich ins Meer reckenden Landzunge verband. Nirgendwo regte sich etwas. Nach dem Spektakel heute Nacht würde es wohl das Beste sein, sich ein neues Quartier zu suchen. Er wollte nur noch die zwei, drei Habseligkeiten zusammenpacken, die er im Torre versteckt hatte. Vor allem die *Göttliche Komödie* durfte er nicht hier lassen.

»›Die Zeit geht hin, und der Mensch gewahrt es nicht‹«, flüsterte er, während er sich leise auf den Steg zubewegte. Er war blind gewesen, hatte die tiefere Bedeutung dieser Worte nicht gesehen, obwohl sie lange genug vor ihm lag.

Als er das Kirchlein auf der Halbinsel passierte, ließ ihn eine Bewegung zu seiner Rechten zusammenschrecken. Sofort huschte er hinter einen Strauch, der sich an das alte Gemäuer der Annunziata schmiegte.

»Nico?«

Die leise Stimme rief ihm einen Schauer über den Rücken. *Das … das glaube ich nicht.*

»Wer ist da?«, wiederholte die Stimme. Obwohl sie sich den Anschein von Festigkeit gab, war ihr die Unsicherheit anzuhören.

Mit weichen Knien schritt Nico um die Ecke des kleinen Gotteshauses und konnte immer noch nicht fassen, dass mit einem Mal Laura Manzini vor ihm stand.

»Was um alles in der Welt …?« Ihm fehlten die Worte.

Laura trug ein dunkles Kleid. Nur ihr schlanker Hals und ihr Antlitz schimmerten fahl im Sternenlicht. »Was hast du mit deinem Gesicht gemacht?«

»Meinst du den Schnurrbart oder die Rußschicht? Das alles ist eine längere Geschichte.«

Zögernd näherte sie sich ihm. »Ich muss dich um Verzeihung bitten, Nico.«

»Du …?«

»Ich habe die Augen vor der Wahrheit verschlossen. Du hattest Recht, mein Vater ist ein … skrupelloser Verbrecher und …«

»Pscht!« Nico griff rasch nach ihren Händen. Sie waren kalt und zitterten.

Laura begann zu schluchzen und riss sich von ihm los, aber nicht um vor ihm zurückzuweichen, sondern um sich an ihn zu drücken. »Halt mich fest, Nico.«

Ungeschickt legte er seine Arme um sie. War das noch dieselbe Person, die ihn aus dem Haus gejagt hatte? Er glaubte ihren hämmernden Herzschlag zu spüren. »Was ist passiert?«

»Mein Vater hat ganze Familien an die Deutschen verraten, um ihr Vermögen einzustreichen, und seine Lebensuhr …« Sie schluchzte.

»Was ist mit ihr?«

»Er hat sie nie bezahlt.«

»Woher weißt du das?«

»Uberto hat es mir erzählt.«

»Ah! Wie kommt er dazu, seinen Herrn zu verraten?«

»Ich habe ihn zur Rede gestellt. Damals, als du … als ich dich … Nachdem du fortgegangen warst, da wurde mir erst bewusst, wie sehr ich dich liebe, Nico. Ich hatte nur nicht wahrhaben wollen, was du mit dem Telefon angestellt hast, und noch weniger, was ich dabei gehört habe. Gequält habe ich mich – ich weiß nicht mehr wie lange. Aber dann überraschte ich eines Abends Uberto in der Küche und hörte, wie er sich bei Viola über die Leute beschwerte, die rationierte Lebensmittel für ein Vielfaches des festgesetzten Preises auf dem Schwarzmarkt verhökern. ›Und der größte Kriegsgewinnler ist Don Massimiliano‹, schimpfte er. Da habe ich ihn zur Seite genommen und ihm ein paar sehr direkte Fragen gestellt.«

»Seine Antworten waren für dich bestimmt sehr schmerzlich«, riet Nico.

Sie nickte und schmiegte sich wieder an ihn. »Es ist so schön, dich zu spüren! Bei dir fühle ich mich geborgen, Nico. Können wir nicht hier so stehen bleiben, bis dieser unsinnige Krieg vorüber ist?«

Lauras Schutzbedürftigkeit weckte in ihm Gefühle, für die er sich schämte. Er wollte sie die Erregung nicht spüren lassen, die ihn wie flüssige Lava durchströmte. Obwohl die Reaktionen seines Körpers sich seiner Kontrolle entzogen, fühlte er sich wie ein egoistischer Verräter. Unbeholfen tätschelte er ihren Rücken und antwortete, bemüht um einen aufmunternden Ton: »Vielleicht dauert das ja noch zwei, drei Tage. Hier stehen wir wie auf dem Präsentierteller, und ungemütlich ist es auch.«

Sie lehnte den Kopf zurück und suchte in der Dunkelheit seine Augen. »Findest du?«

Er räusperte sich. »Lass uns lieber in die Festung gehen.«

Laura leckte an ihrem Finger und zog damit eine helle Schneise über seine Wange. »Vielleicht hast du Recht. Komm! Zeig mir dein Zuhause.«

Sie ergriff seine Hand und zog ihn über den Steg, Nico nötigte das Schloss ein weiteres Mal zum Nachgeben, und sie betraten die Festungsanlage. Er hauste im obersten Stock des viereckigen

Hauptturmes, weil die Umgebung von dort am besten zu überwachen war. Außerdem konnte er die winzigen Fenster des Gemachs leicht verdunkeln.

Staunend ließ sich Laura von ihm durch die Anlage führen. Auf den letzten Stufen des Turmes fragte sie endlich: »Eins musst du mir erklären: Gehört der Torre nicht dem Heiligen Stuhl? Wieso kannst du hier ein und aus gehen wie …« Sie zuckte die Achseln.

»… der Heilige Vater höchstpersönlich?« Nico lachte. Er öffnete die Tür zur Turmkammer und winkte Laura hinein. »Na ja, der Papst hat einen sehr netten Liegenschaftsbeamten. Der gab mir die Erlaubnis, für eine gewisse Zeit hier unterzuschlüpfen … Moment mal! Woher hast du überhaupt gewusst, wo du mich finden kannst?«

Laura schlug die Augen nieder. »Ein Freund hat es mir verraten.«

Nico runzelte die Stirn. Plötzlich schrillten in seinem Kopf die Alarmglocken. »Doch nicht Bruno!«

Sie nickte. »Du brauchst nicht eifersüchtig zu sein. Ich …«

»Darum geht es gar nicht, Laura«, unterbrach er sie aufgeregt. »Bruno wird von deinem Vater, der Banda Koch, der SS und der Wehrmacht gejagt. Wie kommst du dazu, mit ihm zu sprechen?«

»Er hat mich besucht.«

»Wann?«

Sie zögerte.

»Wann, Laura?«

»Oft. Ich habe dir doch erzählt, wie er mir früher immer nachgestellt hat.«

»Als sein Vater das Mosaik in eurem Haus gemacht hat.«

»Ja. Aber auch danach. Wenn ich in den Ferien nach Hause kam, kreuzte nicht selten Bruno auf. Wahrscheinlich war er verknallt in mich, aber ich hab mir nichts dabei gedacht.«

In Nicos Kopf wirbelten Erinnerungsfetzen wie Ascheflocken umeinander. »Hast du ihn ermutigt?«

»Nein. Manchmal – lange bevor du nach Nettuno zurückgekehrt bist – haben wir miteinander geredet. Zwei oder dreimal hat er mir Sehenswürdigkeiten in der Gegend gezeigt. Aber das war auch schon alles.«

»Du unterschätzt deine Wirkung auf das männliche Geschlecht, Laura. Mein Herz hast du bei unserer ersten Begegnung in Brand gesteckt.«

Sie wollte sich wieder an ihn schmiegen, aber Nico nahm sie bei den Unterarmen und hielt sie auf Distanz. Ihr tief in die Augen blickend, sagte er in beschwörendem Ton: »Laura. Das ist jetzt sehr wichtig. Ich muss die ganze Wahrheit erfahren. Wann hast du Bruno das letzte Mal gesehen?«

Sie blinzelte nervös. »Warte … Er hat mich lange in Ruhe gelassen. Es fing wieder an, nachdem mein Vater von den Carabinieri verhaftet worden war.«

Nico legte den Kopf in den Nacken und stöhnte bei geschlossenen Augen. »Kurz vorher hatte Bruno mich in einer Bar gefunden. Ich erzählte ihm von der Razzia. Du hattest mir zuvor gesagt, dass ich alles zerstört hätte. Ich habe das auf unsere Liebe bezogen. Bruno gab mir noch Ratschläge, ich solle beim nächsten Mal etwas mehr Gefühl zeigen, und ich sagte ihm, es würde kein nächstes Mal geben. Da hat er mich ganz merkwürdig angesehen. Jetzt ist mir klar warum. Er wusste, dass er ab sofort freie Bahn hatte.«

»Ich war verzweifelt, Nico. Hätte ich gewusst, wie sehr ich dich mit meinen Worten verletze, dann …«

»Dich trifft keine Schuld. Es war unfair von mir, dir die Entscheidung zwischen deinem Vater und mir aufzuzwingen. Aber du hast meine Frage immer noch nicht eindeutig beantwortet, Laura. Es ist wichtig! Wann hat sich Bruno das letzte Mal bei dir gemeldet?«

»Telefonisch oder persönlich?«

»Wie meinst du das?«

»Er hat – lass mich nachdenken – ja, letzte Woche Montag angerufen. Aber nicht wegen mir. Er wollte meinen Vater sprechen.

Das war an dem Abend, bevor der Einbrecher kam. Das warst du, oder?«

Nico glaubte zu Eis erstarren zu müssen. *Bruno!* Er musste Manzini gewarnt haben, nachdem sie bei der Übergabe des Spionagematerials von Doktor Sägemüller aneinander geraten waren. Nico hatte das Gefühl, sein Herz würde von einer kalten Faust zusammengepresst. Mit glasigem Blick nickte er. »Und dann ist er persönlich bei euch aufgekreuzt?«

»Ja. Am Nachmittag, kurz vor Sonnenuntergang. Mit einem Mal stand er am Hintereingang bei der Via del Limbo. Diesmal wollte er *mich* sprechen. Ich habe ihn nicht mal reingelassen, sondern ihn wütend fortgeschickt.«

»Und das war *heute*?«

»Vor ungefähr acht Stunden.«

Ein gehetzter Ausdruck trat auf Nicos Gesicht. Seine Augen sprangen nervös im Turmgemach herum. »Wir müssen sofort fliehen, Laura.«

»Was? … Wieso?«

»Bruno und ich sind im Streit auseinander gegangen. Jetzt hat er gleich zwei Gründe, mich zu verraten: Der eine bist du, und der andere ist meine Weigerung, ihn bei seinen Sabotageakten zu unterstützen. Wir sind hier nicht mehr sicher.«

Schnell klaubte Nico die *Divina Commedia* und seine übrigen Habseligkeiten zusammen, stopfte alles in die lederne Motorradtasche, nahm Laura bei der Hand und stieg mit ihr die Treppe zum Fuß des Turms hinab. Sie rannten über den kleinen Innenhof zum Ausgang, hinaus auf den Steg, auf das rettende Wäldchen zu. Kurz bevor sie die Annunziate erreichten, flammten plötzlich Scheinwerfer auf.

»Stehen bleiben! Und Hände hoch!«, rief jemand auf Italienisch.

Schliddernd kam das Paar zum Halten.

»Nicht bewegen!«, raunte Nico. Er ließ die Satteltasche aus der Hand gleiten. Während er die Arme hob, schweifte sein Blick zu den umstehenden Gebäuden. Überall erschienen dunkle Schemen mit Maschinenpistolen im Anschlag. Zu spät bemerkte er die drei Mannschaftswagen unter den Tarnnetzen, deren Scheinwerfer die Insel in ein fahles Licht tauchten.

Ein Offizier der Wehrmacht näherte sich den Umzingelten ohne allzu große Eile. In fünf oder sechs Schritt Entfernung blieb er vor ihnen stehen. Nico hatte dieses grinsende Gesicht schon einmal gesehen. Es gehörte Feldwebel Hurz, demselben Offizier, der vor zehn Tagen die Abnahme einer stinkenden Ladung Fisch verweigert hatte.

»Die pickeligen Pennäler revanchieren sich«, murmelte Nico.

»Was haben Sie gesagt?«

»Nichts. Sie sind doch wegen mir gekommen, nicht wahr? Bitte lassen Sie die Frau laufen.«

»Den Gefallen kann ich Ihnen leider nicht tun. Aber Sie beide wollten doch sowieso zusammenbleiben, bis der Krieg zu Ende ist. Den Wunsch werde ich Ihnen gerne erfüllen.«

Nico erschauderte. Seine Augen suchten die Dunkelheit hinter den Scheinwerfern ab. Es waren zu viele Gewehre, um sie zum Schweigen zu bewegen. Wenn er die Waffen wenigstens sehen könnte! »Bitte, Herr Feldwebel«, bettelte er jetzt auf Deutsch. »Das Mädchen hier bei mir ist Laura Manzini. Sie dürfen ihr nichts tun. Don Massimiliano ist doch Ihr Verbündeter. Er würde …«

»Don Massimiliano«, unterbrach ihn die kalte Stimme des Feldwebels, »ist ein *Dreck!* Er hat uns in letzter Zeit immer wieder hereingelegt und heute Abend fast einen Oberst umgebracht. Wir vermuten schon länger, dass er mit den Partisanen unter einer Decke steckt.« Hurz grinste. »Sie selbst bieten uns ja gerade den Beweis dafür.«

Die Vorstellung, Laura mit seinem Ränkespiel in diese Situation gebracht zu haben, ließ Nicos Knie weich werden. Er konnte kaum einen klaren Gedanken fassen. »Sie … Sie dürfen ihr nichts tun, Herr Feldwebel. Signora Manzini wusste nichts von den Machenschaften ihres Vaters. Bitte lassen Sie sie gehen!«

Hurz trat noch drei Schritte näher heran. Ihm war anzusehen, wie er sich an Nicos Verzweiflung weidete. Sehr leise erwiderte er. »Sorgen Sie sich nicht, Signor dei Rossi. In ein paar Stunden werde ich Sie gehen lassen. Sie alle beide. Ich schicke Sie auf eine Reise, von der Sie niemals wiederkehren.«

Das kleine Licht unter der Plane des Lastwagens war ein Zugeständnis, das vor allem den Bewachern nützte. Sie wollten ihren Schutzbefohlenen die Lust an Heimlichkeiten nehmen. Der Feldwebel hatte den Gefangenen das Reden verboten, bevor sie auf die Ladefläche gestoßen worden waren. Nico überlegte, ob er die auf ihn und Laura gerichteten Maschinenpistolen ins Gebet nehmen sollte. Es waren nur vier Waffen, gehalten von jungen Soldaten, die auf der Bank gegenübersaßen. Ihre Feuerbereitschaft zu lähmen wäre wohl nicht das Problem gewesen, aber was dann? Ihr Transporter befand sich in der Mitte der Kolonne, die jetzt schon recht lange die Küste hinaufschaukelte. Selbst wenn sie den vier Wachen entkamen, würden sie draußen eine ganze Hundertschaft von Gegnern im Nacken haben. Allein hätte Nico vielleicht dieses Risiko gewagt, aber mit Laura? Er musste auf eine günstigere Gelegenheit warten.

Nico spürte an seinem Oberschenkel die Wärme von Lauras Bein. Sie presste es regelrecht gegen das seine. Wollte sie ihm mit dem Gefühl ihrer Nähe Mut machen? Oder sehnte sie sich nach Geborgenheit so wie vorhin, als sie ihren bebenden Körper an ihn geschmiegt hatte? Die Erinnerung daran nährte Nicos Verzweiflung. Sein Vater, Feliciano Carlotti und dessen Vater, Salomia Ticiani, Johan und Lea – wie viele mussten seinetwegen leiden oder sogar sterben! Fürwahr durfte er sich den Herrn der Unruhe nennen, hatte er doch schon ein Übermaß an Unrast und schmerzliche Erregtheit über unschuldige Menschen gebracht. Und nun auch noch Laura …!

Ein Schlag erschütterte den Lastwagen. Er musste durch ein Loch gefahren sein. Auf der Ladefläche kämpfte jeder um Halt. Laura kippte über Nicos Oberschenkel weg, aber er konnte sie nicht halten, weil ihnen die Hände auf dem Rücken gefesselt waren. Zudem trugen sie Ketten an den Füßen. Plötzlich raunte sie ihm etwas zu.

»Sie bringen uns nach Anzio. Wieso?«

»Vielleicht haben Sie ja doch noch ein wenig Respekt vor deinem Vater. Sie wollen …«

»Klappe! Beide! Sonst knallt's!«, brüllte einer der Soldaten.

Laura blickte in die Mündung seiner Maschinenpistole, während sie sich wieder aufrichtete.

»Ruhig Blut!«, ermahnte Nico den Mann und redete der Waffe unhörbar eine Verstopfung ein.

Der Soldat setzte sich wieder.

Endlich erreichten sie den Hafen von Anzio. Das Aussteigen gestaltete sich für die zwei Gefangenen aufgrund der Fußfesseln schwierig. Laura stürzte und wurde von einem der Wachleute grob auf die Beine gezerrt. Die Soldaten trieben sie auf eine gemauerte Lagerhalle zu. Davor stand eine Reihe weiterer Posten. Auch an den Seiten des Backsteingebäudes entdeckte Nico Bewaffnete. Wozu dieser Aufwand, fragte er sich. Hielt man einen jungen Mann und eine Frau, die fast noch ein Mädchen war, für so gefährlich?

Feldwebel Hurz bellte einen Befehl, das weite Tor wurde geöffnet, die Gefangenen ins Dunkel dahinter gestoßen. Die Tür schepperte hinter ihnen ins Schloss. Eine Kette rasselte.

Laura drückte sich eng an Nico heran und flüsterte: »Was haben die mit uns vor?«

»Kannst du dir das nicht denken?«

Der Körper der jungen Frau zitterte. Ihre Stimme war nur ein Hauch. »Sie wollen uns doch nicht wirklich auf die Reise ohne Wiederkehr schicken? Mein Vater würde …«

»Dein Vater besitzt keine Macht mehr. Er kann uns nicht mehr helfen.« Nico stieß ein irres Lachen aus. »Ich selbst habe ihm die Möglichkeit genommen, dich zu retten. Wenn das nicht die berühmte Ironie des Schicksals ist! Bruno hatte schon Recht, als er uns beiden keine Zukunft gab.«

»Ich wünschte, ich hätte mich geirrt«, sagte unvermittelt eine Stimme aus der Dunkelheit.

Nico erstarrte. Das konnte unmöglich wahr sein! »Bruno?« Er hörte, wie sich aus dem Hintergrund der Halle Schritte näherten. Dann klang die Stimme ganz nah.

»Ich bin hier, *amico mio.*«

»Du ...« Nico senkte den Kopf und rannte wie ein wütender Stier in die Richtung des Sprechers. Er spürte einen dumpfen Schlag, als sein Schädel Brunos Brust traf. Beide gingen zu Boden.

Nun lässt es sich nicht trefflich ringen, wenn man gefesselt ist. Nico stieß mit den Knien, mit dem Kopf, biss sogar einige Male – meistens ins Leere – und versuchte seinen Kontrahenten durch wütendes Zappeln in den Ziegelboden einzuarbeiten. Bruno leistete erstaunlich wenig Gegenwehr. Schon nach kurzer Zeit erlahmte die Kampfkraft des Angreifers. Nico begann zu weinen. Seine Stirn sank auf Brunos Brust.

»Warum hast du mich verraten?«

Er hörte den keuchenden Atem des Mannes unter ihm, sogar seinen Herzschlag, dann die Antwort. »Es tut mir Leid, *amico mio.*«

Nico rollte sich von dem Partisan herunter, kämpfte sich auf die Knie und schrie: »Nenne mich nie mehr deinen Freund, du Judas. So nennt ihr Christen einen wie dich doch, oder etwa nicht? Wie viele Silberlinge hat Manzini dir für mich bezahlt?«

Brunos Antwort klang kühl. »Es ging nicht um Geld, Nico. In unserer Gruppe waren sich alle einig: Mit deinen Alleingängen bist du eine zu große Gefahr für uns geworden.«

»Ach! Und Laura? Haben deine Kameraden sie auch zum Tode verurteilt, oder ist das deine ganz persönliche kleine Rache, weil sie dich hat abblitzen lassen?«

»Was redest du da? Ich liebe Laura. Viel länger als du. Ich würde sie nie in Gefahr bringen.«

»Das hast du aber getan, indem du sie zu mir schicktest und die Wehrmacht gleich hintendrein.«

»Aber ...« Mit einem Mal klang Brunos Stimme panisch. »Ich dachte ... das Kommando hätte dich längst abgeholt. Laura sollte vor verschlossenen Toren stehen. Sie sollte sehen, dass auf dich kein Verlass ist. Dann hätte sie sich vielleicht endlich für den Richtigen entschieden.«

»Du meinst für dich, Bruno Sacchi?« Die laute, von Verachtung triefende Antwort kam nicht von Nico.

»Laura?«

»Ja. Sag bloß, du hast mich vorher nicht erkannt.«

»Nein!«, stieß Bruno hervor. »Da war nur ein Flüstern … Das … O Gott! Was habe ich getan?«

Nico ließ das Kinn auf die Brust sinken und schüttelte den Kopf. Der Hass, den er gerade noch gespürt hatte, war einer tiefen Traurigkeit gewichen. »Du hast die Menschen, die dir einmal etwas bedeutet haben, ans Messer geliefert, Bruno.«

Erst jetzt bemerkte Nico das Scharren weiterer Füße aus dem Hintergrund. Offenbar hatten die Deutschen noch mehr Gefangene gemacht.

»Wer ist da?«, fragte Laura.

Eine andere Frau antwortete: »Die übrigen Delinquenten.«

»Seid ihr auch Partisanen?«

»Ja. Zumindest waren wir es, bis unser verliebter Anführer die Wehrmacht in unser Lager geführt hat.«

»Das war ohne Absicht«, beteuerte Bruno.

Die Antwort aus der Dunkelheit kam postwendend. »Mag sein, Genosse Sacchi. Aber trotzdem wirst du die Schuld an unser aller Tod mit ins Grab nehmen.«

Oberst Kaltenreutter wollte es sich nicht nehmen lassen, dem Massaker persönlich beizuwohnen. Gemeinsam mit Feldwebel Hurz führte er das Erschießungskommando an. Der Weg vom Hafen war kurz. Man wollte Laura, Nico, Bruno und die vierundzwanzig übrigen Partisanen am Strand bei Neros Villa erschießen, nur einen Steinwurf von den *Grotte di Nerone* entfernt. Dort hinein sollten die Leichen geworfen werden.

Er habe, gestand Kaltenreutter, im Hinblick auf den Umgang mit rebellischen Gegnern, von dem alten Kaiser Nero eine Menge gelernt. Mit dem Ort der Hinrichtung verbinde sich auf wunderbare Weise die Antike mit dem Morgengrauen des Tausendjährigen Reiches. Laura hatte ihm für diese Bemerkung ins Gesicht gespuckt.

»Prägen Sie sich den 21. Januar 1944 gut ein, Fräulein«, knurrte sie derselbe Oberst an, der schon am vorangegangenen Abend so wenig das unterirdische Feuerwerk im Haus ihres Vaters genossen hatte. »Der heutige Freitag wird nach Ihrer Geburt das wichtigste Datum in Ihrem Leben sein – man stirbt schließlich nur einmal.«

Ganz der beherrschte Truppenführer, wischte er sich den Speichel von der Wange und übertrug Feldwebel Hurz die weiteren Vorbereitungen der standrechtlichen Erschießung.

Die Gefangenen brachen gegen sechs Uhr dreißig am Lagerhaus auf. Die Sonne würde erst in etwas mehr als einer Stunde aufgehen. Die Männer der Militäreskorte wirkten ungewöhnlich nervös. Nico fiel auf, wie ein Soldat auf ihn deutete und einem anderen etwas zuflüsterte. Hatte sich die Legende vom Walzenbändiger, dem Doctor Mechanicae und Liebling der leblosen Dinge – zu denen bekanntlich auch Gewehre gehörten – etwa schon bis zu den Besatzern herumgesprochen? Fürchteten sie unliebsame Überraschungen?

In der evakuierten Stadt gab es niemanden, der den letzten Marsch der Delinquenten begleitete, der ihnen Mut zusprach oder wenigstens für sie eine Träne vergoss. Manche Partisanen konnten vor Angst kaum laufen. Einem jungen Mann namens Nuzio lief es feucht die Beine hinab. Er wurde von einem Kameraden gestützt, weil jeder Zurückbleibende mit seiner sofortigen Erschießung rechnen musste.

Nico und Laura hielten sich gegenseitig fest. Während er im Stillen mit sich haderte, schien sie sich mit ihrem Schicksal abgefunden zu haben.

»Ich bin froh, dass ich in dieser Stunde bei dir sein kann, Nico.«

Sein Atem flatterte, als er tief Luft holte und seine ganze

Verzweiflung vor ihr ausschüttete. »Aber du hast etwas Besseres verdient, Laura, als an meiner Seite erschossen zu werden. Du und ich, das konnte nicht funktionieren. Ich hätte mich in die Wahrheit fügen sollen, anstatt auf ein Wunder zu hoffen.«

»Du meinst, wie Wasser, das den Berg hinauffließt?«

Er presste die Lippen zusammen.

»Das hat ein Verräter gesagt, Nico. Glaubst du Bruno immer noch?«

»Er war einmal mein bester Freund.«

»Und was bin ich?«

Seine Hand zog sie noch dichter an ihn heran. »Du bist die große Liebe meines Lebens.«

Ihr Kopf neigte sich gegen seine Schulter. »Ich will nicht sagen, dass ich gerne sterbe, Liebster, aber mit diesem Gedanken im Sinn wird es mir leichter fallen.«

Als sie schließlich den Felsvorsprung erreichten, auf dem einst die Villa des Cäsaren gestanden hatte, dämmerte es bereits. Im Zwielicht des frühen Morgens erschienen die Eingänge zu den Grotten wie ein vieläugiges, lauerndes Ungeheuer. Etwas oberhalb der Ruinen gab es zwischen den Felsen ein kleines sandiges Strandstück. Dieses hatte sich der Oberst für sein Blutbad ausgesucht.

Die Gefangenen mussten vor der Felswand Aufstellung nehmen. Entgegen den üblichen Klischees wurden keine Augenbinden verteilt. Feldwebel Hurz überließ es aber dem Einzelnen, ob er aufs Meer hinaus und damit dem Exekutionskommando ins Auge sehen oder doch lieber den verwitterten, Frieden verheißenden Stein betrachten wollte.

Der Herr der Unruhe hatte sich vermeintlich für den Seeblick entschieden. In Wahrheit beobachtete er die zunehmend nervöser werdenden Soldaten, wog still seine Chancen ab. *Es sind zu viele Waffen!*, rief eine Stimme in seinem Kopf. Lauras Hand ergriff die seine; das Mädchen trotzte wie er sehenden Auges seinen Henkern. *Rette wenigstens sie!*, hallte es aus einem anderen Winkel seines Bewusstsein. Aber wie? Leise begann er zu summen.

Am Rand seines Blickfeldes nahm er das Herumrucken von Lauras Kopf wahr. Sie fragte sich bestimmt, was in ihn gefahren war. Auch einige Soldaten hatten das befremdende Verhalten des Sonderlings bemerkt. Sie stießen ihre Kameraden an. Unruhe machte sich breit. Auf dem Marsch zur Hinrichtungsstätte hatte Nico sie tuscheln gehört. Gerüchte gingen um, dass der einstige Hüter von Manzinis Lebensuhr einen ganzen Konvoi der Waffen-SS lahm gelegt und mit Handgranaten sein Spiel getrieben hatte. Was mochte er da mit zwei Dutzend Infanteristen anfangen?

Die Schützen folgten murrend dem Kommando, sich in einer Reihe aufzustellen.

»Machen Sie schnell, Hurz«, drängte Oberst Kaltenreutter. Er stand versetzt hinter den Exekutanten.

Der Feldwebel gab den Befehl zum Anlegen.

Nicos Augen schritten die Gewehrmündungen ab. Sein Summen wurde lauter. Einige Soldaten zitterten so stark, dass sie unmöglich präzise zielen konnten. Auch Hurz fiel die Anspannung seiner Leute auf.

»Reißen Sie sich zusammen, Mann!«, schnauzte er einen Schützen an, dem gerade das Gewehr aus dem Anschlag gerutscht war.

Nico wechselte einen Blick mit Bruno, der links neben ihm stand.

»Gott sei mit dir, *amico mio*!«, flüsterte der Partisan.

Wortlos wandte sich Nico wieder dem Erschießungskommando zu. Er heftete den Blick auf einen Soldaten, der ihm mehr als alle anderen überreizt vorkam. Unbewusst presste er Lauras Hand zusammen. Nico holte tief Luft und riss die Augen auf.

Der Soldat verlor die Nerven und drückte ab, bevor Hurz das Feuerkommando hatte geben können. Eine Stichflamme schoss aus dem Gewehr, aber nicht aus der Mündung. Die Waffe war nach hinten losgegangen. Der Mann brüllte vor Schmerzen auf. Sein Gesicht war vor lauter Blut nicht mehr zu erkennen. Er taumelte, strauchelte und fiel zu Boden, wo er sich, aus Leibeskräften schreiend, hin und her wälzte.

»Schaffen Sie ihn hier weg«, blaffte Hurz zwei Männer an, wohl wissend, wie der Anblick des Verletzten auf die Moral der übrigen Männer wirken musste.

Der Delinquent Nuzio krümmte sich an der Felsmauer zusammen und wimmerte vor sich hin. Andere Partisanen konnten den Anblick der Exekutanten nicht länger ertragen und drehten sich um. Aber auch unter den Soldaten war die Unruhe jetzt fast greifbar. Nico sah in ihren Augen die Furcht lodern. Er schöpfte Hoffnung.

»Anlegen!«, befahl der Feldwebel.

Wieder gingen die Gewehre in Anschlag, die Mündungen wankten wie Ähren im Wind. Aus der Ferne wehte der Wind ein brummendes Geräusch herüber.

»Feuer!«

Niemand drückte ab.

Oberst Kaltenreutter trat aus dem Hintergrund einen Schritt vor und brüllte: »Wollen Sie alle als Nächste an der Wand stehen? Feuern Sie!«

Einundzwanzig Männer zauderten.

Kaltenreutter zog seine Pistole aus dem Gürtelholster und stapfte mit großen, wütenden Schritten auf die Reihe der Delinquenten zu. Er hielt den Lauf an Lauras Stirn, schrie »So macht man das!« und drückte ab.

Die Feuerwaffe verweigerte kühl den Befehl.

»Was zum Kuckuck …!«

Er betätigte abermals den Abzug, aber die Pistole streikte. Wütend stapfte er zu Hurz zurück. Das Erschießungskommando hatte derweil einmütig mit der Überprüfung seiner Gewehre begonnen. »Geben Sie mir Ihre Dienstwaffe«, verlangte Kaltenreutter.

Plötzlich schwoll über ihren Köpfen ein ohrenbetäubendes Dröhnen an. Alle blickten nach oben. Von Norden raste dicht über dem Boden ein Kampfflugzeug heran. Nico sah einen weißen Stern auf blauem Grund. Es war ein Amerikaner, eine Spitfire.

Kurz bevor der Jäger das Exekutionskommando erreichte, aktivierte er die beiden Bordkanonen. Irrwitzigerweise blitzte in Nicos Kopf das Bild eines über die Donau hüpfenden Steines auf, als er die zwei Einschussreihen auf einen überraschten Haufen von Soldaten zujagen sah. Die Partisanen drückten sich an die Felswand, um dem tödlichen Hagel zu entgehen. Einige Exekutanten ließen sich noch auf den Boden fallen, bevor die Salve durch sie hindurchfegte.

Nico drückte Lauras Gesicht an seine Brust und schützte sie mit seinen Armen, so gut es ging. Fassungslos starrte er auf die blutige Saat eines einzigen Luftangriffs. Die großkalibrigen Kanonen des Jägers hatten einige Männer buchstäblich entzweigerissen. Für Sekunden machte ihn der Schock taub. Die Schreie der Verwundeten, die fliehenden Überlebenden, alles schien ihm seltsam fern. Wie in einer Wochenschau mit zu leise eingestelltem Ton.

»Kommt!«, hörte er plötzlich neben sich Bruno schreien.

Es war, als erwachte Nico aus einem furchtbaren Albtraum, nur um sofort in den nächsten zu gleiten. Mit einem Mal war wieder alles da: die Schreie der Verletzten, die wie Peitschenhiebe knallende Dienstwaffe von Feldwebel Hurz, der tatsächlich zu glauben schien, mit seiner Pistole ein Kampfflugzeug abschießen zu können, und der Propellerlärm der Spitfire. Der Jäger kippte über das Steuerbordleitwerk ab. Offenbar wollte der Pilot noch einen zweiten Angriff fliegen.

»Jetzt kommt endlich!«, brüllte Bruno erneut und zerrte Nico am Ärmel.

Endlich fiel die Starre von ihm ab. »Schnell!«, sagte er zu Laura, und sie begannen zu laufen.

Es war alles andere als ein geordneter Rückzug. In losen Gruppen rannten die Partisanen in verschiedene Richtungen davon. Bruno hielt direkt auf die *Grotte di Nerone* zu.

»Was hast du vor?«, keuchte Nico.

»Wir fliehen in die Höhlen?«

»Bist du verrückt? Da stecken wir doch in der Falle.«

»Ja, das sollen sie glauben. Vertrau mir.«

»Ich? *Dir* vertrauen?«

»Nur noch dieses eine Mal, Nico.«

»Vergiss es. Laura und ich werden in die Stadt fliehen.«

»Da finden sie euch.«

»Wir werden sehen. Viel Glück, *partigiano*. Komm, Laura!«

Nico rannte, ohne weiter auf Brunos Fluchen zu achten, mit ihr um die Ruinen herum, auf die Häuser zu. Inzwischen hatte das Kampfflugzeug eine Schleife gezogen und perforierte den Strand mit einer zweiten Doppellinie.

Das Paar rannte durch die leeren Straßen von Anzio. Auch hier hatten die Bombardements der letzten Wochen ihre Spuren hinterlassen.

»Sollten wir uns nicht verstecken?«, fragte Laura atemlos.

Nico spürte die Erschöpfung seines immer noch geschwächten Körpers. Auch er war aus der Puste, als er keuchte: »Zu dicht am Strand … Sie werden uns suchen … Alles durchkämmen … Komm! Weiter!« Er zog an Lauras Hand, aber sie hielt ihn zurück.

»Warte mal! Hörst du das?«

Er lauschte. »Motorengeräusche. Könnte Verstärkung sein, die zum Strand ausrückt.«

»Oder sie suchen uns schon. Wir müssen ihnen ausweichen.«

»Da lang!«, stieß Nico hervor und deutete auf eine Nebenstraße.

Wieder liefen sie durch die ausgestorbene Stadt, bis ihnen kaum noch Kraft zum Stehen blieb.

»Ich hab Seitenstiche«, jammerte Laura.

Nico deutete auf ein prachtvolles Jugendstilgebäude mit zwei Kuppeltürmen und einem großen, von Säulen getragenen Balkon über der Eingangstreppe. »Lass uns in das Haus da gehen und uns etwas ausruhen.«

Das Schloss am Portal war jung und flexibel, es öffnete den beiden Flüchtigen geradezu überschwänglich die Pforten. Kurz darauf saßen Nico und Laura aneinander gelehnt auf dem Boden eines großen Saals im ersten Stock. Durch das Sprossenfenster über ihnen konnte man die nähere Umgebung im Auge behalten.

»Hast du überhaupt eine Ahnung, in was für einem Sündentempel wir uns hier gerade ausruhen?«, fragte Laura. Ihr Rücken lehnte an Nicos Brust.

Er legte seine Wange auf ihr Haar. Wollte Laura die schrecklichen Bilder der vergangenen Minuten aus ihrem Kopf verbannen, dass sie ihn danach fragte? »Keine Ahnung«, antwortete er sanft. »Es wird doch kein Bordell gewesen sein?«

Ihr Kopf rollte ein paar Mal hin und her. »Viel schlimmer! Für die heilige Mutter Kirche jedenfalls. Das Haus wurde von einem Signor Polli gebaut. Er wollte darin einen Kasinobetrieb aufmachen. Aber die katholische Kirche legte Einspruch ein – du weißt, wie mächtig sie in Nettunia ist.«

»Wohl nicht allein hier. Und was ist passiert?«

»Obwohl dieses Gebäude bereits fix und fertig war, wurde Signor Polli nie die Glücksspielzulassung erteilt. Es heißt, er habe kurz danach Selbstmord begangen.«

»Das ist eine traurige Geschichte.«

»Eine lustigere ist mir leider nicht eingefallen.«

Er küsste ihren Scheitel. Selbst nach der unbequemen Nacht duftete ihr Haar für ihn wie frisch gepflückter Jasmin. »Du wirst auch wieder glücklichere Zeiten erleben, mein Täubchen.«

Sie hob den Kopf und versuchte zu ihm hochzuschielen. »Wie nennst du mich?«

»Oh, ist mir wohl so rausgerutscht. Das hat der Meister meines Vaters immer zu seiner Frau gesagt.«

»Ich mag es, wenn du mich so nennst. Was ist aus den beiden geworden?«

»Davide hält sich versteckt, und Salomia wurde von den Deutschen mit vielen anderen Juden eingefangen, in einen Eisenbahnwaggon gepfercht und in ein Lager westlich von Krakau deportiert.«

»In Polen? Das ist ja schrecklich! Was tun die Deutschen mit diesen armen Menschen?«

Nico schluckte. »Wer noch bei Kräften ist, muss Sklavenarbeit verrichten. Die Übrigen kommen in Gaskammern, wo sie einen qualvollen Tod sterben.«

Laura schlug die Hände vor das Gesicht. »Beim Allmächtigen! Das habe ich nicht gewusst.«

»Na ja, selbst den Deutschen muss wohl einleuchten, dass sie mit ihren Tötungsfabriken bei ihren Mitmenschen wenig Sympathien ernten können.«

»In was für einer Welt leben wir nur, Nico?«

»Es gibt dunkle Zeiten, in denen das einzige Licht die Hoffnung ist, die in uns glimmt. Du darfst nicht zulassen, dass sie erlischt.«

»Sprich nicht immer von mir, als würde es dich nicht geben. Lass uns gemeinsam von hier weggehen.«

»Damit sie dich am Ende doch noch töten? Nein, mein Täubchen. Du fliehst am besten nach Zucchetti, Piscina Cardillo oder Tre Cancelli. Du kannst dort zwischen den Evakuierten untertauchen, bis das alles hier vorüber ist.«

»Nicht ohne dich, Nico.«

»Sei vernünftig. Ich habe es dir so oft erklärt: Wir beide können nicht …«

»Doch. Wir können«, unterbrach sie ihn heftig. »Ich lasse mich nicht so einfach von dir fortschicken, während du nach Nettuno zurückkehrst und meinen Vater zur Strecke bringst.«

»Aus deinem Mund hört sich das an, als wäre ich ein Jäger und er das Wild. Hat er dir nicht erzählt, dass ich ihn hätte töten können?«

»Nein. Wenn das stimmen würde, was er mir ständig über dich erzählt, dann wärst du ein menschenfressendes Ungeheuer.«

»Dann belügt er seine eigene Tochter. Vor elf Tagen in den Pontinischen Sümpfen wollte er Bruno und mich mit einer Handgranate töten. Obwohl es mir ein Leichtes gewesen wäre, deinen Vater in die Luft zu sprengen, habe ich die Bombe zur Muße ermahnt, sie aufgehoben und fortgeschleudert, damit sie keinen Schaden anrichtet. Das ist die Wahrheit, Laura. Ich will der Ankläger deines Vaters sein, aber ich bin nicht sein Henker.«

Einen Moment verharrte sie mit schief gelegtem Kopf, schien seine Worte erst in ihr Bewusstsein einzuordnen, dann lehnte sie sich wieder an ihn und erwiderte aufgeräumt: »Gut. Versteh mich bitte richtig, Nico. Ich verabscheue, was *Papà* getan hat. Er soll sich für seine Taten verantworten. Aber wie könnte ich einen Mann lieben, an dessen Händen das Blut meines Vaters klebt?«

Er strich sanft über ihr Haar. »Das sehe ich genauso. – Laura?«

»Ja?«

»Ich denke, wir sollten jetzt wieder aufbrechen.«

Er half ihr vom Boden auf und warf einen Blick aus dem Fenster. Was er vor dem Kasino sah, ließ sein Blut in den Adern gefrieren. Laura bemerkte sofort, dass etwas nicht stimmte, und schaute selbst auf die Straße hinunter.

»Allmächtiger! Ich habe sie überhaupt nicht gehört. Wo kommen all die Soldaten her?«

Vor dem Gebäude stand ein Panzerspähwagen, dessen Geschütz direkt auf die zwei Flüchtlinge gerichtet war. Vielleicht hatten die Soldaten das gummibereifte Fahrzeug bei ausgeschaltetem Motor in Stellung gebracht. Hinter allen möglichen Verschanzungen ragten Stahlhelme und Gewehrläufe hervor.

»Kopf runter!«, warnte Nico. Beide gingen blitzschnell in die Hocke, aber man hatte sie bereits gesehen.

Durch die Fenster drang verzerrt eine Stimme zu ihnen herauf. Sie wurde von einem Lautsprecher verstärkt. »Kommen Sie mit erhobenen Händen heraus, dann geschieht Ihnen nichts.«

»Das ist dieser Kaltenreutter«, raunte Laura.

»Vielleicht hätten wir doch auf Bruno hören sollen«, brummte Nico.

»Dafür ist es jetzt zu spät. Was sollen wir tun?«

»Na was schon? Uns ergeben.«

»Um wieder zum Exekutionsplatz geführt zu werden? Lieber kämpfe ich.«

Nico umfasste Lauras Hände mit den seinen. »Womit denn, mein Täubchen? Willst du sie mit deinem Lächeln betören?«

Unvermittelt tönte eine andere Stimme aus dem Lautsprecher. »Laura! Ich bin es, dein Vater. Kommt bitte beide heraus. Der Oberst hat mir sein Wort gegeben, dass nicht geschossen wird.«

Papà!, formten Lauras Lippen, ohne einen einzigen Laut passieren zu lassen.

»Wie hat er dich gefunden?«, wunderte sich Nico.

»Jemand muss Bruno gesehen haben, als er gestern Abend zu mir kam. Vielleicht wurden wir sogar belauscht. Und dann komme ich nachts nicht nach Hause. Ich traue meinem Vater zu, dass er beim Reichsführer SS selbst interveniert hat, um seine vermisste Tochter wiederzufinden.«

»Ich zähle bis zehn, dann nehmen wir das Gebäude unter Feuer. Eins«, hallte wieder Kaltenreutters Stimme herein.

Gleich darauf musste Manzini sich das Mikrofon zurückerkämpft haben, denn er flehte: »Bitte, Laura, gebt auf! Sogar dein Uhrmacher kann gegen all die Waffen hier nichts ausrichten. Sie haben Dynamit.«

»Lass uns gehen«, sagte Nico.

Endlich fügte sich Laura in das Unabwendbare. Arm in Arm schritten sie die Treppe ins Foyer hinab. Gemeinsam öffneten sie das Portal. Hinter dem schmiedeeisernen Gitter auf der Straße waren Dutzende von Waffen auf sie gerichtet. Vier Soldaten näherten sich ihnen mit vorgehaltenen Maschinenpistolen. Das Paar wurde sofort getrennt. Zwei Männer schubsten Laura zu dem Panzerspähwagen, hinter dem der Oberst und Manzini Deckung gesucht hatten. Die beiden anderen Soldaten führten Nico die Straße hinab zu einem bereitstehenden Mannschaftstransporter.

Laura bäumte sich gegen ihre Bewacher auf und schrie immer wieder Nicos Namen. Er drehte sich nicht um. Wenigstens sie war gerettet. Was mit ihm geschah, war ihm in diesem Moment völlig egal.

Grob wurde Nico durch einen von Staub und Trümmern bedeckten Gang gestoßen. Vor einer Tür hielt man ihn fest. Ein Soldat sperrte das Schloss auf, der andere stieß ihn in den großen Raum. Stolpernd kam er zum Stehen und drehte sich zu Feldwebel Hurz um.

»Was haben Sie mit mir vor?«

Der Offizier trug einen Verband um den Arm. »Sie meinen, weil der Oberst nicht ein zweites Mal versucht hat, Sie zu erschießen? Die Sonderbehandlung haben Sie Ihrem Freund zu verdanken?«

»Und wer soll das sein?«

»Der Gouverneur.«

»Manzini? Er ist nicht mein Freund. Außerdem wollten Sie doch gerade noch seine Tochter umbringen.«

»Don Massimiliano, wie Sie ihn nennen, ist ein Stehaufmännchen. Er hatte noch ein Trumpf in der Hand, einen Buben in schwarzer Uniform.«

»Dann soll dieser … ›Bube‹ mich ausquetschen?« In Nicos Erwiderung schwang zum ersten Mal offene Furcht anstatt Trotz.

Das schien Hurz zu gefallen. Er grinste süffisant. »Ich mag die SS nicht besonders, aber ihre Verhörtechniken sind legendär. Warten Sie nur ab.« Er schlug die Tür ins Schloss. Es wurde zugesperrt. Dumpf hörte man die Anweisung an die Wachen, jeden Fluchtversuch mit sofortiger Erschießung zu ahnden. Jemand entfernte sich.

Nico starrte benommen die rissige, vergilbte Tür an.

Eine Äußerung von Vittorio Abbado über das römische Gefängnis *Regina Coeli* kam ihm in den Sinn. Der ehemalige *Assistente del Procuratore* – die rechte Hand des Staatsanwaltes – hatte davon erzählt, dass die Besatzer bisweilen den Drang verspürten, jemanden zu quälen. Offenbar beabsichtigte die SS im Garnisonsgebäude von Nettuno eine Außenstelle ihrer Folterkammer einzurichten.

Das war – einmal mehr – die größte Ironie. Nico steckte in einem Gebäude fest, das an derselben Piazza stand wie Manzinis

Palast. Vielleicht weinte Laura um ihren Liebsten nur wenige Meter von hier, nicht ahnend, wie nah er ihr war.

Nico sah sich in seinem Gefängnis um. Offensichtlich handelte es sich um einen ehemaligen Klassenraum der italienischen Artillerieschule, die bis zum 9. September letzten Jahres im Garnisonsgebäude untergebracht war. Es standen noch die Tische und Stühle der Kadetten herum. An der Stirnwand hing eine schwarze Tafel. Der Raum lag in jenem Obergeschoss des Militärbaus, der vor vier Monaten von drei Treffern aus einem panzerbrechenden Geschütz der Wehrmacht durchlöchert worden war. Anscheinend verspürten die inzwischen hier eingezogenen Besatzer keine Lust, in dem zerstörten Gebäudeteil aufzuräumen, um sich darin auszubreiten. Für einen Gefangenen hingegen waren die möglicherweise vom Einsturz bedrohten Mauern wohl gerade gut …

Mitten in diesem Gedanken ruckte Nico herum. Er versuchte sich seine momentane Position vorzustellen. Wo waren die Granaten eingeschlagen? Er hatte draußen doch die Zerstörungen gesehen. Seine Augen wandten sich der Wand gegenüber der Schiefertafel zu. Ja, dahinter musste alles in Schutt und Trümmern liegen. Er ging zum vergitterten Fenster und schätzte die Entfernung bis zur Straße. Ihm wurde mulmig. Die Stockwerke waren hoch!

Leise schlich er zur Tür und lauschte. Die beiden Wachen dahinter sprachen miteinander. Seine Hand legte sich auf das Schloss. *Tu mir einen Gefallen und lass dich wenigstens heute nicht mehr von diesem kantigen Schlüssel herumkommandieren!* Nico fühlte, wie sich in dem schlichten Mechanismus etwas verhakte.

Nun durchquerte er den Raum, um die besagte Mauer einer genaueren Begutachtung zu unterziehen. Mit ausgestreckten Armen ließ er die Handflächen über die weiß verputzte Wand streichen. Ein Haus war zwar keine Maschine, aber gehörte es nicht ebenso zu den leblosen Dingen? Nico redete sich Mut ein. Er musste es versuchen. Auch Türen waren ihm hold gewesen, nur weil in ihnen ein kleines Schloss wohnte …

Nicos Rechte verharrte über einem Riss im Verputz. Er schloss die Augen. Richtig! Da lag ein Eisenanker im Mauerwerk. Die Erinnerung an die Granateinschläge war noch deutlich zu spüren. Nico legte beide Handflächen an die Wand.

»›Seine Füße waren teils aus Eisen und teils aus geformtem Ton‹«, wiederholte er murmelnd eine Passage aus dem Buch des Propheten Daniel. Schon immer hatte ihn die Beschreibung des vom babylonischen König Nebukadnezar im Traum gesehenen Standbildes fasziniert. Nico begann vorsichtig Druck auf die Mauer auszuüben. »›Du schautest weiter, bis ein Stein herausgehauen wurde, nicht mit Händen.‹« Seine Rezitation wurde zu einem leisen Singsang. »›Und er schlug das Bild an seine Füße aus Eisen und geformtem Ton und *zermalmte* sie.‹«

Die in der Mauer eingeschlossene Spannung befreite sich jäh unter seinen Fingern. Ein großes Stück stürzte polternd ein. Dahinter kam ein zerstörtes Zimmer zum Vorschein und ein klaffendes Loch in der Außenwand, eine unregelmäßig gezackte Einschlagstelle, durch die er ein Stück Himmel sah.

Nico hörte, wie sich jemand an der Tür hinter ihm zu schaffen machte. Rasch stieg er durch die Bresche in den Nebenraum. Mit wenigen Schritten war er bei der Öffnung, die ins Freie hinausführte; ihr Durchmesser betrug ungefähr einen halben Meter. Er spähte zur Straße hinab. Direkt unter ihm – er konnte sein Glück kaum fassen – stand ein Mannschaftswagen. Über der Ladefläche war eine Plane gespannt. Zwölf oder fünfzehn Schritte entfernt erzählten sich zwei bewaffnete Posten vermutlich Witze; der dickere von beiden bog sich gerade vor Lachen. Ihr Lärmen musste sogar das Rumpeln über ihren Köpfen übertönt haben. Nico begann leise zu summen.

Nebenan krachten Gewehrkolben gegen die Tür, während er durch das Loch hinauskletterte. An der glatten Außenmauer fanden seine Füße nirgends Halt. Die beiden Soldaten auf der Straße hatten ihn noch nicht bemerkt. Sich an dem rauen Rand des Einschusslochs festklammernd, stemmte er sich einen Moment mit den Füßen gegen die Fassade, um sich gleich darauf mit dem rechten Bein abzustoßen.

Um ein Haar hätte er den Lastwagen verfehlt und wäre hart auf dem Boden aufgeschlagen. So aber prallte er gegen die durchhängende Plane und rutschte – nicht ganz freiwillig – außen am Fahrzeug hinab. Unbeschadet erreichte er den Boden, wo er kurz, aber heftig mit dem Pflaster der Piazza Umberto I. Bekanntschaft machte. Als er sich wieder hochrappelte, sah er den Dünneren der beiden Wachleute mit dem Finger auf ihn zeigen. Der andere riss geistesgegenwärtig seine Maschinenpistole hoch und wollte das Feuer eröffnen. Das einzige Geräusch, das die Waffe von sich gab, stammte von dem herausfallenden Magazin. Der zweite Posten machte dieselbe Erfahrung.

»Pech gehabt!«, rief Nico den reichlich verwirrten Soldaten zu, die viel zu spät auf die Idee kamen, ihn zu verfolgen. Schon war er herumgewirbelt und eilte davon. Als er um die Hausecke bog, verloren sie ihn aus den Augen.

20. KAPITEL

Der Herr der Unruhe

Nettunia, 1944

Wenn der Fuchs sich blicken lässt, fliehen die Kaninchen unter die Erde. Nicht anders verhielt sich Nico. Nach seinem Entkommen aus dem Garnisonsgebäude war er in der Altstadt untergetaucht. Buchstäblich. Er hatte sich in die Tunnel hinabbegeben und die Suchtrupps der Wehrmacht wie eine Flutwelle über sich hinwegschwappen lassen. In den Höhlen wurde er wie der verlorene Sohn begrüßt. Nur noch wenige Nettunier harrten unter der Stadt aus. Unter ihnen befand sich auch Signora Tortora.

»Na bist du endlich wieder da, Jungchen?«, begrüßte sie ihn.

Nico erzählte dem Überrest der »Höhlenmenschen« von den dramatischen Ereignissen der letzten vierundzwanzig Stunden und richtete das Wort dann wieder direkt an die Witwe mit den sich ringelnden Seidenstrümpfen.

»Sie haben Ihre Augen und Ohren doch überall, Signora. Gibt es irgendwelche Neuigkeiten über Laura Manzini und ihren Vater?«

»Das will ich meinen!«, grunzte sie. »Die Familie und ihr Personal befinden sich unter Arrest.«

»Was?«

Die Tortora kicherte. »Das hat sich der Kerl selbst zuzuschreiben. Na, vielleicht hast du auch ein bisschen dazu beigetragen, Jungchen. Die Wehrmacht hat seinen Palazzo umstellt. Man ist sich wohl nicht einig, was man mit dem Gouverneur anfangen soll.«

»Das kann stimmen. Bei der SS hat er wohl immer noch ein

paar hoch stehende Freunde. Mir liegt der Gedanke wie ein Stein im Magen, dass Laura ihre Rettung diesem Judenjäger Kappler verdanken könnte.«

»In der Wehrmacht soll es ein paar Leute geben, die Manzini am liebsten in seinem Palazzo ausräuchern würden. Du solltest dein Mädchen schleunigst da rausholen.«

»Genau das habe ich vor. Und zwar sofort.«

Nico begab sich, von Signora Tortoras Dunstglocke eingehüllt, zur unterirdischen Geheimtür von Manzinis Palast. Dort machte er eine schreckliche Entdeckung. Die Tür war verrammelt. Obwohl er das Schloss problemlos hatte öffnen können, ließ sie sich keinen Fingerbreit bewegen. Verzweifelt drehte sich Nico zur Tortora um, die mit einer Kerze hinter ihm stand.

»Sie haben den ganzen Keller verbarrikadiert.«

Ihre ohnehin schon runzelige Stirn furchte sich noch mehr. »Woher weißt du das?«

»Das Schloss hat's mir verraten.«

»Ach so. Ist es zufällig mit Doktor Montis Radio verwandt oder verschwägert?«

»Mir ist nicht zum Scherzen zumute, alte Frau.«

»Wie hast du mich genannt?«

»Entschuldigung. Ist mir so rausgerutscht. Was mache ich denn jetzt? An den Posten oben komme ich nicht vorbei. Aber ich muss Laura da irgendwie herausbekommen und in Sicherheit bringen.«

»Hast du dir schon überlegt, wie ihr aus der Stadt entkommen wollt? Ich meine, wenn du dein Mädchen nicht gerade still und heimlich entführst, dann wird die ganze Wehrmacht hinter dir her sein.«

»Sie haben Recht. Ich brauche ein Transportmittel.«

»Wie geht es deinem Schimmel?«

»Wem?«

»Na dem weißen Motorrad. Wie nanntest du es doch gleich …?«

»Albino. Hab es im Wald beim Torre versteckt.«

»Wenn du stramm marschierst, dann kannst du in einer Stunde, höchstens anderthalb dort sein. Hol's dir. Roll es im Dunkeln in die Stadt zurück. Den Motor musst du auslassen, damit dich niemand hört. Versteck es in irgendeinem verlassenen Haus.«

Die Zuversicht, mit der die Tortora sprach, flößte Nico neue Hoffnung ein. Er konnte sogar ein kleines Lächeln aus sich herauspressen. »Sie hätten Hauptmann werden sollen, anstatt …«

»Eine schlampige alte Vettel?«

»Das haben Sie gesagt.«

»Ist schon in Ordnung. Ich pflege meinen Ruf, so gut ich kann.« Wieder kicherte sie. »Vorschlag: Lass uns zunächst zum Lauschposten gehen, und du kitzelst für mich die Plaudertasche. Ich grase ein wenig den Äther ab, bis du mit dem Motorrad zurück bist. Vielleicht schnappt das Mikrofon ja etwas Nützliches auf, das uns weiterhilft.«

Nico überlegte nicht lang. »Gute Idee. So machen wir 's.«

Die Sonne hatte sich bereits ins Tyrrhenische Meer gesenkt, als Nico nach Nettuno zurückkehrte. Es war nicht ganz ungefährlich gewesen, Albino aus dem Hain beim Torre Astura zu bergen, denn Kaltenreutter oder Hurz oder wer auch immer hatte dort mehrere Scharfschützen versteckt. Nico hatte lange regungslos am Waldrand liegen müssen, bis sich die getarnten Soldaten durch winzige Bewegungen verraten hatten. In einem weiten Bogen hatte er Albino am Lenkrad aus der Gefahrenzone geführt. Als er die Stadt erreichte, war es stockdunkel.

Er versteckte das Motorrad bei Margerita Riccis Bäckerei, die immer noch arbeitete, weil die deutsche Kampfmoral von der regelmäßigen Versorgung mit frischem, möglichst dunklem Brot abhängig war. Hier arbeitete Orlando, ein Bruder von Dante Castaldi, der Nico seinerzeit von der Erschießung des armen Jungen mit den zwei Kneifzangen erzählt hatte. Der gesamte Castaldi-Clan gehörte zu den glühenden Bewunderern des Walzenbändigers. Teils über-, teils unterirdisch bahnte sich Nico seinen Weg zum Horchposten.

»Irgendwelche Neuigkeiten?«

Signora Tortora, deren Ohr am Radiolautsprecher klebte, schreckte hoch. »Jungchen, du kannst doch eine schwerhörige Vettel nicht so erschrecken!«

»Kommt überhaupt noch etwas aus der Kiste raus? Ich bin doch schon seit Stunden weg.«

»Und ob, mein Lieber. Scheinst deine Gabe in letzter Zeit gut gepflegt zu haben, Jungchen. Allerdings murmelt die Plaudertasche nur noch ganz leise. Mit meiner Vermutung habe ich übrigens richtig gelegen.«

»Wie meinst du das?«

»Die hecken irgendetwas gegen Manzini aus. Möglichweise schon morgen früh.«

»Was hast du gehört?«

»Du weißt ja, die Mitteilungen sind alle verschlüsselt. Aber irgend so ein Obermacker ist in die Funkbude geschneit, hat dem Mann am Mikrofon einen Zettel in die Hand gedrückt und sagte: ›Hau raus det Zeuch. Morjen früh heizen wa dem Juvanör ein, und danach jib's 'n Viehtrieb erster Klasse.‹«

»O nein! Selbst wenn dieses ›Einheizen‹ nicht wortwörtlich gemeint ist …« Sein Hals schnürte ihm die Worte ab.

»Werden sie Don Massimiliano und seine Sippe deportieren«, deutete die Tortora den letzten Teil des abgehörten Gesprächs.

»Ich muss sofort in den Palazzo.«

»Immer langsam mit den jungen Pferden«, bremste ihn die Tortora. »Die Geheimtür ist zu, und anders kannst du nicht ungesehen in den Palast marschieren, um dein Mädchen herauszuholen. Wenn du dich unbedingt umbringen willst, dann sollte das deine Ultima Ratio sein, nicht die erste Wahl.«

Immer wieder überraschte die äußerlich so liederliche Witwe Nico mit dem Aufblitzen ihrer Bildung. »Sie schlagen mir vor, noch ein wenig ›den Äther abzugrasen‹, um möglicherweise einen besseren Weg zu finden, ehe ich mich ins Unglück stürze?«

»Sag ich doch.«

Nico seufzte. »Also gut. Ich habe in der letzten Nacht kein

Auge zugetan und fühle mich wie gerädert. Wenn ich das Radio noch einmal aufmuntere, könnten Sie dann …?«

»Selbstredend, Jungchen. Hau dich nur aufs Ohr. Ich mach dich wach, wenn's was Neues gibt.«

»Mehr als vier Stunden Schlaf brauche ich nicht.«

Die Tortora trug eine Herrenarmbanduhr. Diese befragte sie und erwiderte: »Um zwei Uhr morgens wecke ich dich.«

Nachdem Nico dem Rundfunkempfänger gut zugeredet hatte, rollte er sich mit einer im Nachbarzimmer gefundenen Decke auf den Bodendielen zusammen. Wenige Sekunden später war er eingeschlafen.

Die Schützen legten an. Der Feldwebel gab den Feuerbefehl. Das Krachen aus zwei Dutzend Gewehrläufen hallte wie ein einziger Schuss. Laura riss Augen und Mund auf. Auf ihrem Gesicht lag ein Ausdruck der Verwunderung, als sie sich zu Nico umdrehte und, von sämtlichen Kugeln ins Herz getroffen, zusammensank …

»Verdammt, Jungchen! Bist du tot, oder willst du nicht aufwachen?«

Nico schüttelte den Kopf wie ein Hund, der sich das Wasser aus dem Fell schleuderte. Blinzelnd öffnete er die Augen. »Was?«

»Hast du das eben gehört?«

Die schreckliche Szene mit dem Erschießungkommando stieg wieder hoch. War es etwa doch kein Albtraum gewesen? »Wie spät ist es?«

»Viertel vor zwei.«

Nico holte Luft, um etwas zu erwidern, als plötzlich auch er es vernahm.

Ein fernes Donnergrollen trieb über die Stadt hinweg.

»Sie kommen!«, hauchte er und war im Nu auf den Beinen.

»Es könnten aber auch die üblichen Bombardements in den Castelli sein«, gab Signora Tortora zu bedenken. Ihr war anzusehen, dass sie nicht wirklich daran glaubte.

Er schüttelte abermals den Kopf. »Nein. Es klingt … irgendwie anders. Ich spüre es mehr, als ich es hören kann. Es sind die Amerikaner. Die Invasion beginnt.«

Ehe die Tortora etwas erwidern konnte, stand der Himmel in Flammen, ein vielstimmiges Pfeifen ließ die Luft vibrieren, und von überall ertönten Explosionen. Das Haus bebte.

»Du hast Recht«, rief sie. »Der Krieg kommt zu uns nach Nettunia.«

Unvermittelt begann Doktor Montis Radio zu sprechen. »Melden Sie unverzüglich dem Oberkommando, was hier los ist. Wir werden angegriffen. Die Amis kommen. Sie sollen uns dringend Luftunterstützung schicken, und die Artillerie soll den Hafen von Anzio in ein Flammenmeer verwandeln, sonst werden wir überrannt.«

Ein wahres Trommelfeuer ging jetzt auf die Stadt nieder. Die Tortora schrie: »Tu was, Nico! Wenn der Funkspruch rausgeht, dann könnte die Landung der Alliierten scheitern.«

»Was …?« Er starrte sie ungläubig an. Nach dem Vorfall in den Pontinischen Sümpfen hatte er sich geschworen, sich nie mehr in diesen Krieg einzumischen. »Ich kann nicht …«

»Du *musst*!«, keifte ihn die Alte an und sah dabei aus wie die böse Hexe aus Hänsel und Gretel.

»Aber das Radio kann nur hören. Wie soll ich …?«

Im Nachbarhaus schlug eine Rakete ein.

»In dir steckt mehr, als du für möglich hältst, Jungchen. Das habe ich von Anfang an gewusst. Störe ihren Funkverkehr. Summ ihnen was vor. Aber sorg dafür, dass die Landungstruppen Zeit gewinnen!«

Mühsam riss er sich von ihr los, umklammerte mit beiden Händen das Radio. In der Stadt jenseits der Fenster flackerten verschiedene Feuer. Nico fragte sich, ob er tun sollte, was sie da verlangte. Und ob er es überhaupt *konnte*.

Aus dem Lautsprecher drangen überraschend klar verständliche Worte. »Hier schwarzer Marderbau. Schwarzer Marderbau ruft Adlerhorst. Bitte kommen!«

Immer noch zögerte Nico. Rettete er wirklich Leben, wenn er sich jetzt einmischte? Im Circeo-Nationalpark hatte er genau das Gegenteil erreicht.

»Adlerhorst hört Sie, schwarzer Marderbau. Es ist zwei Stunden nach Mitternacht. Benutzt bitte den neuen Code, Kameraden. Ende.«

»*Nico dei Rossi!*«, kreischte die alte Frau. »Willst du, dass Zehntausende von Soldaten im Meer ersaufen?«

»Negativ, Adlerhost. Machen Sie sich bereit. Es folgt eine unverschlüsselte Eilmeldung an das Oberkommando. Ende.«

»Seid ihr verrückt geworden? Haltet euch an die Vorschriften. Ende.«

»Keine Zeit, Adlerhorst. Vor ein paar Minuten hat hier …«

Die Meldung ging in einem Rauschen unter. Nico saß immer noch vor dem Radio und hielt es mit beiden Händen umklammert. Seine Augen waren geschlossen. Er zitterte.

»Hast *du* das getan?«, fragte die Tortora hektisch.

Er antwortete nicht. Schweiß rann ihm über die Stirn. Seine ganze Konzentration richtete sich auf die Funkstation, über die er mit einem unsichtbaren Band verbunden war.

»Nico!«, drängte die alte Frau. »Ist nur unser Radio ausgefallen, oder hast du es geschafft?«

Mit einem Mal entspannte er sich. Seine Hände sanken auf den kleinen Tisch, auf dem das Gerät stand. Erschöpft wandte er sich zu der Witwe um. »Der Funker wird ein paar Stunden brauchen, bis ihm sein Gerät wieder gehorcht.«

Abermals schlug eine Rakete in unmittelbarer Nähe ein. Putz rieselte von der Decke. Irgendwo klirrten Fensterscheiben. Signora Tortora klopfte Nico auf die Schulter. »Du bist ein Wunderkind, Jungchen, aber jetzt lass uns hier verschwinden.«

Die Stunden bis zum Morgen wälzten sich quälend lange dahin. Nico verbrachte sie in Gesellschaft von Signora Tortora und einer zunehmend schwächer werdenden Handlampe in einer Höhle unter der Stadt. Immer wieder bebte die Erde unter den

Einschlägen der Raketen. Es war gar nicht daran zu denken, sich oben sehen zu lassen. Zwischen dem provisorischen Bunker und dem größeren Gängelabyrinth weiter westlich gab es keine Verbindung, was Nico mit wachsender Unruhe erfüllte. Die Witwe hatte diesen Ort zwar als enorm tief und daher besonders sicher gepriesen, aber er wusste nicht, ob ihm wirklich an diesen Vorzügen gelegen war. Er wollte lieber bei Laura sein.

»Hoffentlich ist sie in den Keller geflüchtet.«

»Dein Mädchen? Mach dir keine Sorgen, Jungchen. Donna Laura ist die Einzige im Manzini-Clan, deren Herz genauso groß ist wie ihr Verstand.«

Nico saß neben der Alten auf einer in den Fels gehauenen Bank und sah sie verwundert an.

Sie kicherte. »Man braucht beides, um ein wertvoller Mensch zu sein.«

Er seufzte. »Das ist sie. Zu wertvoll für mich.«

»Was redest du da?«

»Ich will nur, dass es ihr gut geht.«

»Wenn die da oben fertig sind, dann spazierst du zu ihr, nimmst sie in den Arm und küsst sie mindestens eine Stunde lang. Danach habt ihr dann zehn Bambinis und lebt glücklich bis an euer Ende.«

»Ich glaube, um so viele Kinder zu kriegen ist mehr als ein langer Kuss nötig«, gab Nico leise zu bedenken.

»Meinst du, das weiß ich nicht?«, erwiderte sie ruppig. »Ich kann mich noch genau erinnern, wie die Sache funktioniert. Schließlich habe ich auch eine Tochter. Was meinst du, wie die zustande gekommen ist?«

»Bitte ersparen Sie mir die Details.«

Mit einem Mal wurde die raue Stimme der liederlichen Alten ganz sanft. Sie legte ihren Arm um Nicos Schulter und sagte: »Lass den Kopf nicht hängen, Jungchen. Nähre deinen Glauben, und deine Zweifel werden verhungern.«

»Wie bitte?«

»Sprich ein Gebet, setze deine Hoffnung in das Gute, das am

Ende immer das Böse besiegen wird. Ohne Glauben wirst du scheitern. Also lass ihn nicht verhungern, Jungchen.«

»Ich wusste gar nicht, dass Sie ein religiöser Mensch sind, Signora Tortora.«

Sie tat die unvermittelt zwischen ihnen aufgekommene Nähe mit einem Achselzucken ab. »In Situationen wie dieser wird fast jeder fromm.«

Mit einem Mal glaubte Nico, ein Vorhang würde in seinem Innern entzweigerissen, und zum ersten Mal sah er klar, was er bis dahin immer abgeleugnet hatte. Abrupt erhob er sich. »Mir scheint aber, dass Sie von etwas anderem gesprochen haben. Ich habe den Glauben an Lauras und meine Zukunft verhungern und verdursten lassen, weil mir ihre Liebe unheimlich war. Sie ist die Tochter meines Todfeindes. Sie besitzt ein Vermögen. Sie könnte in Gefahr geraten, wenn sie sich mit mir abgibt. Ich hatte so viele Bedenken …« Er schüttelte ungläubig den Kopf.

Die Vettel kicherte. »Ich glaube, Doctor Mechanicae, jetzt hat's endlich bei dir klick gemacht.«

Nichts würde ihn mehr aufhalten können. Entgegen dem ausdrücklichen Rat der Tortora – die Stadt lag immer noch unter einer Glocke aus Explosionen und Maschinengewehrfeuer – kehrte Nico an die Oberfläche zurück. Es war kurz nach sieben, und die Dämmerung hatte bereits eingesetzt.

Sobald er die Straße betrat, geriet er auch schon in Bedrängnis. Jemand schoss auf ihn. Mit Mühe entkam er in eine Seitengasse. Die deutsche Gegenwehr war wohl eher konfus, aber sie verhinderte sein direktes Durchkommen zum Palazzo Manzini. Um die versprengten Einheiten zu umgehen, musste er immer weiter nach Süden ausweichen. Endlich gelang es ihm, die Altstadt zu betreten. Auch hier huschten Gestalten durch das Zwielicht, deren Waffen ihn zu immer neuen Haken zwangen. Plötzlich stand er an der westlichen Stadtmauer und blickte aufs Meer hinaus.

Es war ein unglaublicher Anblick. Das Meer wimmelte nur so von allen möglichen Seefahrzeugen. Große Landungsschiffe lagen am Hafen wie auch an den seichten Stellen des Strandes und spuckten Männer oder ganze Lkws aus. Andere nahmen bereits wieder leere Transporter auf. Für jeden Zweck schien es ein besonderes Vehikel zu geben. Einige legten einen Schleier aus Rauchwolken über das Meer, sodass die wahre Größe dieser Invasionsarmee unmöglich zu erkennen war. Andere Schiffe beantworteten die noch vereinzelt aufflackernde Gegenwehr aus den deutschen Geschützständen mit Granatfeuer. Am erstaunlichsten fand Nico aber die großen Ballone, die wie riesige silberne Fische am Himmel hingen. Hatte er, wie Signora Tortora behauptete, diesem Spektakel den Weg geebnet? Nein, das mochte er nicht glauben. Plötzlich prasselte in unmittelbarer Nähe eine Gewehrsalve in die Stadtmauer. Nico erwachte aus seiner Starre und zog sich wieder in die Gassen zurück.

Er musste zum Palazzo Manzini, zu Laura. In der Nähe hörte er das Getrappel von Stiefeln. Er duckte sich hinter einem Treppenaufgang. Das waren keine deutschen, sondern amerikanische Soldaten! Sie eilten über die Piazza Vittorio Emanuele III. zielstrebig auf die Via dei Quartiere zu. Offenbar hatte ihnen jemand genaue Pläne von dem Labyrinth aus Gassen und Plätzen verschafft. Als der Trupp endlich außer Sicht war, setzte Nico seine waghalsige Altstadtdurchquerung fort. Durch die Via Colonna gelangte er auf die Piazza Battisti, von wo aus er sich an die Rückfront des Manzini-Palastes heranarbeiten wollte. Dabei stieß er auf ein unerwartetes Hindernis.

Oberhalb der Freitreppe von San Giovanni stand ein deutscher Panzer, aus dessen Heck Flammen schlugen. Das allein hätte Nicos Sturmlauf zu Laura vermutlich kaum bremsen können – das Feuer war nicht besonders groß –, aber aus der Stiftskirche drangen Stimmen.

Was, wenn sich Laura darin befand? Es wäre immerhin möglich, dass ihr Vater sie zur Einkehr oder zum Schutz dorthin geschickt hatte. Aber selbst wenn sie nicht in dem Gebäude war, musste er den Eingeschlossenen helfen. Bei einer Ausbreitung des Feuers würde sich der Rauch in jeden Winkel ausbreiten. Ihnen drohte der Erstickungstod, selbst unten in der Krypta – nur wenige kannten, wie Donatello gesagt hatte, den dort verborgenen Zugang in die Höhlen.

Warum waren die Übriggebliebenen der Stadt überhaupt in die Kirche geflohen? Glaubten sie, die Madonna delle Grazie, die oberste Schutzheilige der Stadt, würde Bomben und Granaten von ihnen fern halten? Soweit er gehört hatte, war das verehrte Bildnis selbst schutzbedürftig – man hatte es im letzten Monat nach Rom gebracht, um es vor Zerstörung und Diebstahl zu bewahren. Oder hatten deutsche Soldaten die Einheimischen aus Furcht vor Übergriffen in das Gotteshaus gesperrt und dann den Panzer davor postiert? Er wusste es nicht. Unleugbar hatte jedenfalls eine panzerbrechende Waffe das Kettenfahrzeug in Brand gesteckt, und nun drohte es samt Treibstoff und Munition zu explodieren.

Nicos Blick hetzte zu verschiedenen Punkten des Gebäudes. Das Portal wurde vom Heck des Panzers blockiert, dessen vordere Hälfte über den Stufen hing – es sah aus, als würde er schweben. Die Nebenausgänge waren zugenagelt. Ebenso die Fenster, die ohnehin viel zu hoch waren, um sie als Fluchtweg zu benutzen. Die Gedanken rasten so schnell durch seinen Kopf, dass er sie kaum fassen konnte. Er fühlte sich, als jage er mit einer Spitfire im Tiefflug durch die Stadt und versuchte die Straßennamen zu lesen. Immer wieder flackerte Lauras Gesicht vor seinem inneren Auge auf. Was konnte er tun? Die Amerikaner rufen? Vermutlich würden sie ihn erschießen. Die Bretterverschanzungen von den Hinterausgängen reißen? Wie denn? Etwa mit bloßen Händen? Und für ein Kennenlernen mit Hunderten von Nägeln und Schrauben fehlte ihm die Zeit. Blieb eigentlich nur der brennende Panzer. Er musste weg. Aber auch dazu fehlte ihm die Kraft. Es sei denn …

Er machte auf dem Absatz kehrt und rannte die Via Colonna zurück. Die ausgedehnte Piazza Umberto I. zu überqueren, wagte er nicht. Zu groß war die Gefahr, dass sich die Deutschen im Garnisonshaus zur letzten großen Verteidigungsschlacht berufen fühlten und auf alles schossen, was sich bewegte. Deshalb überquerte er ein Stück weiter südlich die Via Durand de la Penne, die immer noch breit genug war, um einem den Angstschweiß aus den Poren zu treiben. Aber er schaffte es. Außer Atem, aber unverletzt erreichte er den gegenüber liegenden neueren Stadtteil und wenig später Margerita Riccis Bäckerei. Albino wartete geduldig im Hof. Der schwarze Lack hatte nicht den kleinsten Kratzer abbekommen.

In einer Ecke des Hofes entdeckte Nico ein zusammengerolltes Stahltau, das für seine Zwecke ausreichen müsste. Er schlang es sich wie eine Schärpe quer über die Brust und stieg auf den Sattel. »Ich muss dich jetzt um einen großen Gefallen bitten, mein Alter«, sagte er liebevoll und streichelte den glänzenden Tank. Das Motorrad sprang willig an. Sekunden später raste er auf die Straße hinaus, zurück in die Altstadt.

Auf dem Weg pfiffen ihm mehr als einmal Kugeln um den Kopf, aber trotz allem gelangte er wohlbehalten zur Piazza Battisti zurück. Die aus dem Heck des Kettenfahrzeuges schlagenden Flammen waren auf das hölzerne Portal der Kirche übergesprungen. Vielleicht hatte die Panzerfaust den Tank nicht voll getroffen, sonst wäre es vermutlich längst explodiert. *Wie viel Zeit bleibt mir noch?* Die verzweifelten Stimmen aus der Kirche fegten die Frage aus Nicos Kopf.

Unter den ersten vier Stufen der zum Portal führenden Treppe gab es einen Absatz. Dorthin stellte der Walzenbändiger seinen eisernen Gefährten. Hastig fädelte er hierauf das Kabel durch eine Öse am Bug des Panzers, an die er kaum heranlangte – die Hitze war so groß, dass er glaubte, in Flammen aufgehen zu müssen. Das andere Ende des Kabels befestigte er am Rahmen des Motorrades.

Als er es wieder bestiegen hatte, begann er erneut auf das Gefährt einzureden, das ihn mehr als fünf Jahre lang durch dick und dünn getragen hatte; auf ihm war er mit Laura durch den Frühling gebraust, und es hatte ihn in der dunkelsten Zeit seines Lebens begleitet. »Ich weiß, dass ich mehr von dir verlange, als man einem treuen Freund zumuten darf, aber wenn du mir jetzt nicht hilfst, dann werden diese Menschen bei lebendigem Leibe verbrennen. Lass mich nicht im Stich, Albino!«

Er stellte die Zündung ein und trat das Anlasserpedal nieder. Der Motor heulte vor wilder Entschlossenheit auf. Nico legte den Gang ein und setzte das Gefährt vorsichtig in Bewegung, bis sich das Kabel straffte. »Jetzt zieh, Albino!«, feuerte er das Kraftrad an.

Nach menschlichem Ermessen erwartete er Unmögliches. Das Hinterrad drehte durch. Er nahm wieder etwas Gas weg und setzte erneut an. »Du alter Dickhäuter kannst auch ruhig ein wenig mithelfen«, schrie er zum Panzer hinauf. Das auf den Steinplatten durchdrehende Gummi begann zu rauchen, und der Motor gab beängstigende Geräusche von sich, aber Albino legte sich weiter ins Zeug. »Du schaffst es!«, spornte ihn Nico an, obwohl der brennende Panzer sich nicht um einen Millimeter bewegte. Der wie eine große, wild gewordene Hornisse brummende Motor übertönte jetzt sogar das Geschrei aus der Kirche. »Zieh!«, schrie der Reiter auf dem schwarzen Eisenross und drehte sich zu dem Kettenfahrzeug um.

Plötzlich bewegte sich die Kanone. Der Panzer ruckte nach vorn. Das Gleichgewicht verlagerte sich. Einen Moment lang balancierte er wie eine Balkenwaage hin und her, dann kippte er mit der Kanone voran nach unten. Albinos stählernes Herz heulte noch einmal lauter auf, und das Unfassbare geschah. Das Motorrad zog den ins Rutschen geratenen Panzer noch über den Absatz hinweg bis zum Fuß der Treppe hinab. Abrupt kam das ungleiche Gespann zum Stehen.

Nico flog über den Lenker hinweg und rollte sich mehr schlecht als recht auf dem Pflaster ab. Das Eisenross kippte zur Seite. Ein haarsträubendes, metallisches Knirschen drang aus Albinos Herzen. Dann kehrte Stille ein.

Benommen taumelte Nico zum Motorrad zurück. Er legte seine Hand auf den Tank und murmelte: »Du bist vielleicht leblos, aber nicht tot. Warte, bis ich wiederkomme.«

Oberhalb der Treppe hörte er ein ächzendes Geräusch. Die

zweiflüglige Tür öffnete sich. *Laura?* Ihr Name scholl durch die Hallen seines Bewusstseins mit der Kraft von tausend Orgelpfeifen. Er reckte den Hals, stieg langsam die Stufen empor. Wo war sie? Männer, Frauen und sogar zwei Kinder drängten aus der Kirche. Die Vorhut bildeten Orlando und Dante Castaldi, die zwei Bäckerbrüder. Sie erkannten sofort die von dem brennenden Panzer ausgehende Gefahr und scheuchten die verängstigten Menschen in Richtung der Via San Giovanni seitlich die Treppe hinab.

Nico eilte zu Orlando. »Ist Donna Laura da drinnen?«

»Äh! Ich glaube nicht. Aber ich könnte mich irren. Wir hatten da drinnen nur das Licht von ein paar Votivkerzen. Außerdem herrschte, nachdem die Deutschen uns in die Kirche getrieben haben, ein ziemliches Durcheinander.«

»Geht es euch gut?«

»Ja. Es war knapp, aber die Flammen sind noch nicht durch die Türen gedrungen. Wir müssen sie dringend löschen, bevor das Feuer auf die ganze Kirche übergreift.«

»Kannte niemand von euch den geheimen Ausgang in der Krypta?«

»Hier? In San Giovanni? Nein. Mein Gott! Von den Höhlen habe ich selbstverständlich gewusst, aber …« Der Bäcker schüttelte fassungslos den Kopf.

»Ich muss nach meinem Mädchen sehen«, sagte Nico.

Orlando legte ihm die noch vom Mehl weiße Hand auf die Schulter. »Wir verdanken dir unser Leben, Don Nico. Jetzt geh und rette deine Zukunft. Das hier schaffen wir auch ohne dich.«

»Danke.«

Nico lief an den lodernden Toren vorbei in die Kirche. Er wollte schon aufatmen, weil niemand mehr zu sehen war, aber da hörte er ein leises Wimmern. Das Geräusch kam aus der Nähe des Altars. Rasch holte er sich eine noch brennende Opferkerze und durchquerte das Kirchenschiff. Rechts vor der Treppe, die zum Chorraum hinaufführte, gab es einen Durchgang. Dahinter lag eine der zugenagelten Seitentüren. Er folgte dem leisen Klagen bis in die Cappella del Carmine, die links vom Hinterausgang lag.

Da kniete, im schwachen Kerzenlicht kaum zu erkennen, eine Frau in hellem Kleid. Langes schwarzes Haar floss ihr über den Rücken. Nicos Herz machte einen Satz.

»Laura?«

Die Weinende reagierte nicht.

Er lief zu ihr und rief erneut Lauras Namen.

Endlich drehte die Frau sich um. Als Nico ihren geschwollenen Leib und ihr tränenüberströmtes Gesicht sah, durchwogte ihn eine Welle der Enttäuschung. Es war nicht Laura, sondern eine Schwangere, die hier wohl für ihr ungeborenes Kind gebetet hatte. Entfernt kam sie ihm bekannt vor.

Im nächsten Moment hatte er sich wieder in der Gewalt. Die Frau brauchte Hilfe. Er beugte sich zu ihr hinab und bot ihr seine Hand als Stütze an. »Das Tor ist offen. Sie und Ihr Kind sind gerettet. Kommen Sie, Signora …«

»Casaldi«, sagte sie mit einem letzten Schluchzer.

Er glaubte sich verhört zu haben. »So wie unsere fleißigen Bäcker?«

»Nein, mit Orlando und Dante bin ich weder verwandt noch verschwägert.« Sie schenkte ihm ein kleines Lächeln. Anstatt aufzustehen, fragte sie: »Sie haben mich für eine andere gehalten, nicht wahr?«

»Ja, ich hatte gehofft, Donna Laura zu finden.«

»Laura Manzini? Die ist nicht da.«

Die Bestimmtheit von Signora Casaldi ließ Nico aufhorchen. »Haben Sie Donna Laura in den letzten vierundzwanzig Stunden gesehen?«

»Das kann ich nicht genau sagen. Als heute Nacht das Unheil über die Stadt aufzog, sind wir von deutschen Soldaten in die Kirche getrieben worden. Im Aufblitzen einer Explosion habe ich in der Via del Limbo eine Gestalt gesehen. Ich bin mir sicher, dass es eine Frau war. Sie hatte ungefähr meine Figur – nur ohne das Kind im Bauch, versteht sich.«

»Ist es Laura Manzini gewesen?«, fragte Nico aufgeregt.

»Vielleicht. Vielleicht aber auch nicht. Der Blitz, die bewaffneten Männer um uns herum, die Angst – ich war viel zu aufgeregt, um mir darüber Gedanken zu machen.«

Enttäuscht atmete Nico wieder aus. »Na ja, ich werde sie schon finden.«

»Au!« Signora Casaldi hielt sich den Leib.

»Haben Sie Schmerzen?«

Sie schüttelte den Kopf. »Der Junge tritt und schlägt mich, schon seit die Schießerei begonnen hat. Ihm scheint der Tag nicht besonders zu gefallen.«

»Woher wissen Sie, dass es ein Junge ist?«

»Haben Sie schon mal ein Mädchen erlebt, das so boxen kann?«

»Vielleicht wird er ja ein großer Faustkämpfer.«

»O nein, bitte nicht! Mir wäre so jemand wie Sie lieber, Don Niklas, ein Uhrmacher. Meinetwegen auch ein Museumsdirektor, aber niemals ein Boxer.«

»Wir sollten jetzt hinausgehen, Signora Casaldi. Kommen Sie. Ich helfe Ihnen.« Er stützte sie, während sie sich aufrichtete.

»Ich hätte doch mit den anderen in den Campana fliehen sollen«, sagte sie, während beide dem Ausgang entgegenstrebten. »Aber ich wollte nicht, dass mein Kind in einer Schachtel aus Sperrholz zur Welt kommt.«

»Das Lager im Pinienwald ist aber bestimmt sicherer als die Stadt.«

»Sie haben Recht, Don Niklas. Warum eigentlich nicht in den Wald? Ich glaube, ich werde den Jungen Silvano nennen.«

»Den ›Waldmann‹?«

»Das klingt friedlich, finden Sie nicht?«

Nico führte sie die Freitreppe zur Via San Giovanni hinab. »Ja, Signora Casaldi. Tun Sie das. Frieden ist gut. Nichts brauchen wir dringender.«

Der Schornstein des Palazzo Manzini qualmte. Erst jetzt bemerkte Nico den Rauch. Kein Wunder bei dem dramatischen Geschehen vor der Kirche. Hinter ihm brannte immer noch der Panzer. Mit verhaltenen Schritten näherte er sich dem Palast. Die Gasse davor war wie ausgestorben. Die Posten der Wehrmacht hatten sich vermutlich schon vor Stunden aus dem Staub gemacht. Das graue Gebäude kam Nico, trotz des eindeutigen Lebenszeichens aus dem Schlot, auf eine schwer fassbare Weise tot vor. Vielleicht waren längst alle Bewohner geflohen. Die Beobachtungen von Signora Casaldi legten diese Vermutung nahe. Doch bevor er sich in der Stadt auf die Suche nach Laura machte, musste er sich im Palazzo umsehen. Dafür gab es noch einen anderen Grund.

Der Hintereingang in der Via del Limbo war unverschlossen. Vorsichtig drückte er die nur angelehnte Tür nach innen. Der Gang, der zur Küche und den anderen Wirtschaftsräumen führte, war leer. Leise betrat er den Palast.

Ungehindert erreichte er den Wandelgang, der den Lichthof umspannte. Auch hier herrschte Stille. Selbst die vereinzelten Maschinengewehrsalven aus der Ferne waren innerhalb der Mauern nur als gedämpftes Prasseln wahrzunehmen. Nacheinander kontrollierte er die Räume im Erdgeschoss. Keine Menschenseele. Also doch ein totes Haus?

Er stieg die Treppe zum ersten Stock empor. Gerade als er nach links in die Galerie einbiegen wollte, trat ihm plötzlich Donna Genovefa entgegen. Sie trug ein langes Kleid aus gelblich weißer Spitze, das schmal an ihrem schlanken Leib herabfiel. Ihr Gesicht war blass und seltsam ausdruckslos. Selbst jetzt entdeckte Nico nur ein winziges Funkeln in den dunklen Augen der kühlen Schönheit. Keine Überraschung. Keine Furcht. Kein Wort.

Die Sekunden zogen sich zäh dahin, während sich die beiden mit Blicken maßen, er stand noch auf der letzten Stufe, sie überragte ihn um einen halben Kopf. Irgendwann bemerkte Nico, dass er vergessen hatte zu atmen, und ließ die Luft lange durch die Nase ausströmen. Vorsichtig, als sei Manzinis Frau eine Schlafwandlerin, die nicht geweckt werden durfte, lief er um sie herum. Sein Ziel war das Arbeitszimmer des Gouverneurs. Die Lebensuhr.

Langsam schritt er die Galerie entlang. Als er sich nach einigen Metern umdrehte, erschauerte er. Donna Genovefa stand nach wie vor am Treppenabsatz und schaute ihm nach. Er lief weiter. Ein heftiger Donner ließ ihn zusammenfahren. *Der Panzer! Er muss explodiert sein. Ich habe Albino liegen lassen …!*

Zum Umkehren war es zu spät. Er hatte das Büro erreicht. Die Tür stand offen. Wenigstens entkam er nun endlich dem geheimnisvollen Blick der schweigsamen Frau.

Nachdem er den tiefen Türsturz unterquert hatte, erlebte er die nächste Überraschung. Massimiliano Manzini wuselte durch den Raum. Es sah aus, als habe hier eine Razzia stattgefunden: umgestoßene Stühle, leer gefegte Regale, am Boden verstreute Gegenstände. Und auf dem Schreibtisch eine auf Hochglanz polierte Schatulle aus Ahorn. Nico spürte, wie sein Puls auf Touren kam.

Manzini lief gerade vom Tresor zum Kamin und warf einen Stapel Dokumente ins prasselnde Feuer. Daher also der Qualm! Als er zum Stahlschrank zurückkehren wollte, bemerkte er den Beobachter bei der Tür und erstarrte. Drei, vier Herzschläge lang sahen die beiden Männer nur einander an. Dann stahl sich ein diabolisches Lächeln auf Manzinis Lippen.

»Siehe da, des Uhrmachers Sohn!«

Nico schritt langsam auf den Schreibtisch zu, immer darum bemüht, das Behältnis der Lebensuhr nicht anzustarren. »Wo ist Laura?«

Ein fast lautloses Kichern. »Sie hat mich verlassen. Ist heute Nacht einfach fortgegangen.«

»Wohin?«

»Das weiß ich nicht. Und wenn, dann würde ich es dir nicht sagen, Walzenbändiger.«

Obwohl dieses Geständnis Nico mehr als nur beunruhigte, blieb er äußerlich gefasst. »Sie sind wohl gerade dabei, Ihre Sündenregister zu verbrennen? Lassen Sie 's sein. Das Blut meines Vaters und anderer Unschuldiger klebt an Ihren Händen. Weder Wasser noch Feuer können Sie läutern, Don Massimiliano.«

»Bist du etwa gekommen, um mir den Todesstoß zu versetzen?«

Nico blieb stehen. Nur der Arbeitstisch trennte die beiden Feinde voneinander. »Ich hätte Sie in den Sümpfen töten können. Ein höherer Richter, als ich es bin, wird über Sie urteilen.«

»Wenn ich hier fertig bin, wird es keine Beweise geben, auf die er sich stützen könnte.«

»Sind Sie sicher?«

Der mehrfache Mörder stieß ein heiseres Lachen aus. »Hat dir noch niemand gesagt, dass der große Massimiliano ein Illusionist ist? Ich habe die Faschisten verführt, die Nationalsozialisten, und ich werde auch die Alliierten von meiner Unschuld überzeugen.«

Nicos zur Schau gestellte Gelassenheit geriet ins Wanken. Dieser Gauner wollte immer noch nicht aufgeben. Und wer konnte schon wissen, ob er nicht tatsächlich seinen Kopf ein weiteres Mal aus der Schlinge zu ziehen vermochte. Nico spürte, wie der schon besiegt geglaubte Rachedurst in ihm aufstieg. Das durfte er nicht zulassen. Dieser größenwahnsinnige Egomane musste endlich in seine Schranken verwiesen werden.

»Vassene il tempo e l'uom non se n'avvede«, deklamierte der Sohn des Uhrmachers, als wäre er ein klassischer Bühnenschauspieler – Die Zeit geht hin, und der Mensch gewahrt es nicht.

Das letzte Wort des Dante-Zitats war noch nicht ganz ausgesprochen, als Manzini sich zu verwandeln begann. Sein eben noch unbekümmert lächelndes Gesicht erstarrte. Die lockere Körperhaltung wich einer augenscheinlichen Anspannung. »Was …?« Er glotzte Nico fassungslos an.

»Mein Vater war nicht Ihr erstes Opfer«, erklärte dieser mit neu erwachendem Mut. »Acht Jahre vorher, am 10. Juni 1924, haben Sie Giacomo Matteotti ermordet, den Generalsekretär der Sozialistischen Partei.«

Manzinis Gesicht wurde puterrot, und er schrie: »Das ist eine infame Lüge!«

»Vassene il tempo e l'uom *non se n'avvede«*, wiederholte Nico, und diesmal legte er besondere Betonung auf die Mitte des Zitats. »Ich muss zugeben, es hat lange gedauert, bis mir der verborgene

Sinn von Dantes Worten aufgegangen ist. »Eines Morgens, als ich aus einem fiebrigen Traum erwachte, fragte ich mich, warum *der Mensch* das Hingehen der Zeit nicht gewahrt. Aber dann fiel mir ein, dass Sie einen Chauffeur haben, der Uberto *Dell'Uomo* heißt – dasselbe Wort, sieht man von der kleinen grammatikalischen Verformung ab. Als Sie das Zitat aus Dantes *Purgatorio* in der Uhr meines Vater gesehen haben, ist es Ihnen schlagartig bewusst geworden: Uberto ist dieser Mensch, der nicht beachtet, dass die Zeit vergeht, weil er nicht vergessen kann, was er gesehen hat und was sein Gewissen belastet: den Mord an Giacomo Matteotti.«

Schweißtropfen standen auf Manzinis Stirn. Sein Kopf zitterte hin und her. »Hirngespinste! Das alles ist deiner Phantasie entsprungen. Kein Richter würde dir diese Geschichte glauben.«

»Auch nicht, wenn der Ermittler die Verbindungen zu ›Purgatorio‹ entdeckt, dem Geheimkommando, das Sie im Auftrag von Benito Mussolini befehligt haben? Uberto Dell'Uomo gehörte dieser verdeckt arbeitenden Einheit nicht nur an, er war so etwas wie Ihr Adjutant, Don Massimiliano. Kurz vor dem Mord an Matteotti hatte er den sozialistischen Oppositionsführer zusammengeschlagen und landete dafür im Gefängnis. Das ist aktenkundig. Ebenso die Tatsache, dass er von Ihnen zweimal herausgeboxt wurde: nach dem K. o. des Abgeordneten und wenig später noch einmal, als Uberto aus begreiflichen Gründen als Hauptverdächtiger in dem Mordfall festgenommen worden war. Er hat einmal zu mir gesagt: ›Der Podestà und ich sind durch eine unsichtbare Kette verbunden.‹ Ich hielt das damals für so eine Art Treuebekenntnis, aber dann wurde mir klar, dass Ihr Adjutant *Sie* angekettet hat. Ich vermute, er bewahrt an einem sicheren Ort seine Zeugenaussage auf, für den Fall, dass ihm ein Unglück widerfährt. Hat aus diesem Grund der ungeschickteste Mensch im Umgang mit Technik, der mir je über den Weg gelaufen ist, bei Ihnen den Posten als Chauffeur bekommen?«

Nicos Hand schnappte vor und griff nach der Ahornkiste. Er spürte das Gewicht der großkalibrigen Uhr. Damit hatte er alles, was er brauchte. Uberto würde sein Schweigen brechen, wenn er Manzini nicht länger zu fürchten brauchte. Im Nachhinein war Nico das klar geworden, nachdem er sich ihr Gespräch in der Trattoria hatte durch den Kopf gehen lassen.

Einmal mehr unterschätzte Nico die Tücke seines Gegners. Mit überraschender Schnelligkeit schoss auch Manzinis Hand nach vorn und packte ihn am Unterarm. Ein ungleiches Ringen begann.

Der schwergewichtige Hausherr zog seinen schmächtigen, sich heftig wehrenden Besucher mit Leichtigkeit über den Tisch. Nico hörte Gegenstände zu Boden fallen, die seine zappelnden Beine heruntergefegt hatten, aber er ignorierte den schmerzhaften Zangengriff und klammerte sich weiter an die Schatulle. »Geben Sie mir die Uhr!«, presste er hervor.

Manzini grunzte. »Damit du sie zerstören kannst und den Fluch deines Vaters über mich bringst?«

»Sie ist *mein* Erbe und gehört mir. Mehr will ich …« Das Letzte Wort wurde Nico regelrecht in den Hals zurückgestampft, als ihn Manzinis Faust im Gesicht traf. Sein Arm wurde von der Wucht des Schlages aus dem menschlichen Schraubstock gerissen. Nico schlug hart auf dem Boden auf. Da entglitt die Kassette seinem Griff. Reflexhaft blickte er ihr nach. Sie war aufgesprungen. Die Uhr lag jenseits der Teppichkante mit offenem Deckel auf den Steinfliesen. Ein Schatten trat in seinen Gesichtskreis, er wandte sich sofort wieder dem Gegner zu und erschrak.

Manzinis fleischige Rechte umklammerte einen Brieföffner. Sein Gesicht war zornrot, die Augen blutunterlaufen. Mit schriller Stimme schrie er: »Du hättest sie fast zerstört!«

Und dann stieß er zu.

Nico hatte gerade noch genügend Geistesgegenwart, um sich zur Seite zu rollen, aber er spürte einen stechenden Schmerz am Oberarm. Schon die nächste Attacke konnte sein Herz treffen. Verzweifelt versuchte er dem Wahnsinnigen, der ihm brüllend nachsetzte, zu entkommen. Auf allen vieren krabbelte er davon. Aber Manzini war wendiger, als man es seinen Körpermassen zutraute. Er packte Nico am Fußgelenk und riss ihn erbarmungslos zurück. Die fleischige Faust mit dem spitzen Stilett hob sich abermals. Nico zappelte und zerrte, er teilte mit dem freien Fuß Tritte aus, aber er kam nicht los. Voller Schrecken sah er dieses irre Grinsen im Gesicht des Mannes, der sich hämisch auf den Abschluss einer vor langem begonnenen Aufgabe zu freuen schien.

Plötzlich hörte Nico das dumpfe Donnern schneller Schritte. Von links flog eine Hand heran, packte Manzinis erhobenen Arm und drehte ihn nach hinten. Der Hausherr verlor das Gleichgewicht. Nico konnte sich losreißen und kroch schnell auf den Teppich wie ein Ringer, der jenseits der Kampfzone Zuflucht suchte.

»Uberto!«, hauchte er.

Der Chauffeur war also nicht geflohen. Er musste irgendwo in einem der oberen Stockwerke oder in einem Nebenzimmer gewesen sein. Jetzt ging er auf seinen ehemaligen Befehlshaber und langjährigen Arbeitgeber los.

Die beiden sich nun gegenüberstehenden Kämpfer waren einander schon eher ebenbürtig. Manzini hatte zwar mehr Masse, aber Uberto war größer und athletischer gebaut. Ersterer besaß indes eine Waffe, Letzterer nur seine größere Beweglichkeit.

»Lassen Sie den Jungen in Frieden, Don Massimiliano!«, forderte der Chauffeur. Er stand vornübergebeugt, seine Arme waren leicht ausgebreitet.

»Auch du, mein Sohn Brutus?«, knurrte Manzini. Er klang immer noch siegesgewiss. Blitzschnell schoss seine Hand vor.

Uberto reagierte flink. Er wich der spitzen Klinge aus, stieß aber mit der Schulter gegen die Wand. »Geben Sie doch Ruhe, Don Massimiliano. Ist nicht schon genug Blut vergossen worden?«

Die Antwort bestand in einer zweiten Attacke. Uberto konnte nur noch nach hinten stolpern, weil er zwischen der Wand und seinem Gegner eingekeilt war.

»Ein Vorschlag zur Güte«, sagte Manzini. »Um der alten Zeiten willen. Lass mich noch einen Mord begehen, einen ganz kleinen – viel ist an dem Uhrmachersohn sowieso nicht dran.«

Nico, immer noch auf dem Teppich liegend, rappelte sich endlich hoch.

Manzini musste das Zögern seines Fahrers missverstanden haben, denn er schickte sich an, dem Hüter der Lebensuhr nachzusetzen, Uberto ging jedoch erneut dazwischen. Die beiden Schwergewichte lagen jetzt miteinander im Clinch.

Nico verfolgte den Kampf auf Leben und Tod mit weit aufgerissenen Augen. Sein Herz hämmerte wie wild. Es schien sich Schlag für Schlag die Luftröhre hochzuarbeiten. Immer wieder blitzten Bilder aus seiner Kindheit auf, als schon einmal zwei Männer so miteinander gerungen hatten.

Die Kraftanstrengung der beiden Kontrahenten entlud sich in Lauten, die dem Beobachter den Schweiß auf die Stirn trieben. Was konnte er tun, um Uberto zu helfen? Während die beiden ächzten und seltsam brummende Geräusche von sich gaben, suchte er nach einem Gegenstand, der sich als Schlagwaffe gebrauchen ließ. Vor lauter Aufregung fand er nichts. Derweil wankten die Ringkämpfer stampfend hin und her.

»Nein!«, stieß plötzlich Uberto hervor.

Nico erstarrte. Ungläubig sah er, wie der Chauffeur mit weit aufgerissenen Augen in Manzinis Gesicht glotzte. Dann erschlaffte sein Körper und sank zu Boden. Aus der Brust des Besiegten ragte der Griff des Stiletts.

Der Sieger stand breitbeinig, mit dem Rücken zum Uhrmachersohn, über seinem Opfer. Er keuchte, wankte sogar. Unvermittelt bückte sich Manzini und zog seine Waffe aus dem reglosen Körper. Nachdem er die schmale Klinge an der Chauffeursuniform abgewischt hatte, richtete er sich stöhnend wieder auf.

Nico hätte längst weglaufen können, aber er war wie gelähmt. Ohne sich von der Stelle zu rühren, beobachtete er seinen Gegner, der fast schon wieder gerade stand, als er plötzlich nach vorne kippte. Um nicht zu stürzen, aber auch nicht auf den am Boden liegenden Körper zu treten, versuchte Manzini über Ubertos Unterleib hinwegzusteigen. Dabei blieb er mit der Fußspitze an dessen Becken hängen, ruderte eine Weile hilflos mit den Armen, drohte nun endgültig nach hinten zu schlagen, als ihm im letzten Moment doch noch ein Ausfallschritt gelang. Polternd wankte er rückwärts, mit den Armen in der Luft weiterhin um die Balance kämpfend …

Das erste Stampfen – er ruderte immer noch. Ein zweites, gefolgt von einem metallenen Geräusch. Und dann das für Massimiliano Manzini schrecklichste Knirschen seines boshaften Lebens.

Nico stockte der Atem. Manzini war auf die Lebensuhr getreten, sein schwerer Körper hatte sie regelrecht zermalmt. Das Stilett klapperte auf die Steinfliesen. Als könne er durch sein Zögern noch ungeschehen machen, was da eben passiert war, wagte er nicht, den Fuß zur Seite zu nehmen. Bis er wohl den goldenen Deckel unter seiner Schuhsohle hervorblitzen sah.

»Der Fluch des Uhrmachers!« Seine Stimme glich einem asthmatischen Keuchen.

Nico erinnerte sich an die letzten Worte seines Vaters, und unbewusst sprach er sie aus: »Dein Leben soll wie die Unruh der Uhr sein, die du gestohlen hast: unstet, zerbrechlich und wenn *sie* einst stehen bleibt, sollst auch du sterben.«

Das massige Haupt des Mörders wandte sich dem Herrn der Unruhe zu. Der blanke Schrecken spiegelte sich auf Manzinis schweißnassem Gesicht. Sein Mundwinkel zuckte. Er schüttelte den Kopf, erst langsam, dann schneller, bis daraus ein irres Zittern wurde.

»Nein!«, keuchte er. »Du kannst mich nicht verfluchen. Die Uhr hat keine Macht über mich. Sie …« Manzinis Stimme ging in einem gurgelnden Laut unter. Er fasste sich an die linke Brust. Seine Hand verkrampfte sich zu einer zitternden Kralle. Er begann erneut zu wanken, bekam plötzlich Übergewicht, kippte nach hinten und schlug der Länge nach auf dem Steinboden auf.

Nico hatte später nie sagen können, wie lange er dagestanden und Manzinis Gesicht angestarrt hatte. Es war eine Momentaufnahme des Schreckens, eingefrorenes Grauen. Die Augen weit aufgerissen, lag der einst mächtigste Mann von Nettunia im Blut seines geborstenen Schädels. Reglos. Tot.

Unvermittelt vernahm Nico ein leises Stöhnen. Sein Kopf fuhr herum. Uberto bewegte sich.

Schnell lief er zu dem Mann, ohne den er wohl nicht mehr leben würde, kniete sich zu ihm nieder und nahm seine Pranke. »Uberto, du lebst!«

»Das sieht nur so aus«, keuchte der Chauffeur. Aus seinem Mundwinkel sickerte Blut. »Du …«

»Sag jetzt nichts! Schone deine Kräfte. Die Amerikaner haben bestimmt Sanitäter mitgebracht. Ich werde Hilfe holen.« Nico wollte schon aufstehen, aber Uberto ließ seine Hand nicht los.

»Nein, Niklas. Oder Nico. Es … Die Zeit reicht nicht mehr.«

»Was redest du da …!«

»Lass mich ausreden. Meine Lunge ist verletzt. Ich kenne mich in solchen Dingen aus. Bevor ich sterbe, musst du etwas wissen.«

»Wenn du die Sache mit dem ›Purgatorio‹-Kommando meinst, die kenne ich schon. Du warst daran beteiligt, hast Manzini beim Mord an Matteotti assistiert …«

»Nein, als wir ihn entführten, habe ich nur den Wagen …« Uberto verschluckte sich am eigenen Blut, hustete rote Blasen, die über seinem Gesicht zerplatzten und es mit Sprenkeln übersäten. Endlich fand er zur Sprache zurück. »Mussolinis Befehl war widersprüchlich. Ich dachte, wir … sollten den Generalsekretär nur einschüchtern, aber dann … brachte Don Massimiliano ihn kaltblütig um.«

»So ähnlich habe ich mir das schon gedacht. Und jetzt schweig, damit du nicht deinen letzten Atem vergeudest.«

»Es ist … zu spät«, beharrte Uberto. Seine Stimme wurde immer schwächer. »Eins musst du … musst du noch wissen. Ich habe alles aufgeschrieben und bei … einem Freund meiner Familie hinterlegt, der Notar ist. Ich bin in Sonnino geboren … Du weißt schon, das Sonnino hier in Latium. Geh … zu … Dottore …«

Uberto hörte einfach auf zu sprechen. Der Mund war noch geöffnet, aber seine Augen gebrochen.

Nicos Kopf sank herab. Als wäre ein Damm geborsten, strömte die ganze Anspannung aus ihm heraus. Sein Körper erbebte unter dem Gefühl ohnmächtiger Verzweiflung. Tränen rannen ihm über die Wangen. Er hatte den tumben Menschen, der noch im Tod seine Hand festhielt, nie als einen Freund angesehen. Uberto besaß eine zwielichtige Vergangenheit und manchmal ein aufbrausendes Wesen. Aber meistens war er wie ein zahmer Bär gewesen, der mit seiner Kraft und Ungeschicklichkeit anderen ein Schmunzeln entlockte. Er hatte seine Verfehlungen wohl bereut und jahrzehntelang an einem schlechten Gewissen gelitten. Vielleicht war er im tiefsten Inneren einfach nur ein schwacher Mensch gewesen, der einmal gestrauchelt war und keine Hand gefunden hatte, die ihm wieder auf die Beine half.

Müde richtete sich Nico endlich auf. Er lief zu der Ahornschatulle, die von Manzini unbedacht zur Seite gekickt worden war. Nachdem er sie aufgehoben hatte, bückte er sich nach den Überresten der goldenen Uhr und stutzte. Auf dem Zifferblatt war nur noch ein einziger Zeiger zu sehen. Der Anblick ließ Nico erschauern, beschwor er doch Verfluchungen aus seinem Gedächtnis herauf, die ihm damals nur wie das wirre Gestammel eines Sterbenden erschienen waren. Jetzt hatten sich die letzten Worte seines Vaters erfüllt, als wären sie eine düstere Prophezeiung gewesen, ein zum Bann gewordenes Gedicht.

Achte gut auf deine Lebensuhr!
Und bebe vor Furcht!
Denn wenn ihr Zeiger verschwindet
und die Unruh erstarrt,
kommt mit ihr auch dein Leben zum Stehen,
wird für immer vergehen.

Nico suchte mit den Augen den Boden ab. Er konnte den Stundenzeiger nirgends finden. Also bettete er die Überreste der Uhr sanft wie die Gebeine eines verstorbenen Freundes auf den schwarzen Samt und schloss mit leisem Klappen die Kiste.

Sein Blick fiel auf das wie eine groteske Maske aussehende Gesicht des Mannes, der in seinem Leben so viel Leid verursacht hatte. Nico schüttelte den Kopf. Andere Worte, die sich seinem Gedächtnis vor einer Ewigkeit eingegraben hatten, drängten mit einem Mal wieder hervor.

»›Mach deine Rechnung mit dem Himmel, Vogt! Fort musst du, deine Uhr ist abgelaufen.‹«

»Das ist aus Schillers *Tell*, nicht wahr?«, meldete sich plötzlich eine Stimme von der Tür.

Nicos Kopf ruckte herum. Überrascht sah er die Gattin des Verstorbenen auf sich zukommen. Hatte sie eine Waffe? Wollte sie den Toten rächen? Weder für das eine noch das andere konnte er irgendwelche Anzeichen erkennen. Sie durchquerte ruhig den Raum, blieb neben ihm stehen und sah mit unbewegtem Gesicht auf ihren verblichenen Gemahl.

»Ich habe lange in der Schweiz gelebt. Wilhelm Tell ist dort Nationalheld«, sagte sie unvermittelt und riss sich erst dann vom Anblick des Hingeschiedenen los.

Nico starrte sie nur ungläubig an. Die ganze Situation kam ihm irgendwie surreal vor. »Ich …«, stotterte er. »Sein Herz … ich vermute, es war ein Herzanfall. Seine Lebensuhr –« Nico zeigte ihr die Kassette – »ist stehen geblieben. Sie wurde von meinem Vater gebaut. Er hat Don Massimiliano verflucht, nachdem der ihm ein Messer in den Leib gerammt hatte. Sie wissen ja, wie abergläubisch Ihr Mann war. Der Fluch muss ihn dermaßen verängstigt haben, dass er einfach tot umgefallen ist.«

»Oder der Bann des Uhrmachermeisters existierte wirklich.«

Nico musste an den verschwundenen Zeiger denken und schluckte. Unbehaglich sah er auf den Toten hinab.

»Ich glaube, Signor dei Rossi, Sie haben heute auch von mir einen Fluch genommen.« Sie schloss sich Nicos Blicken an.

»Sie haben von ihm nicht viel Zuneigung erfahren, habe ich Recht?«

»Nicht mehr, seitdem ich die Fehlgeburt hatte. Aber Sie werden lachen – ich habe ihn trotzdem geliebt.«

Chaotisch wäre wohl der passende Ausdruck, um Nicos Seelenzustand zu beschreiben, doch Genovefas Äußerung ließ plötzlich Ruhe einkehren. Vor seinem inneren Auge erschien wieder klar das Bild, das ihn überhaupt hierher geführt hatte. »Der erste Schritt zu einer guten Entscheidung ist die Erkenntnis, dass es überhaupt mehr als eine Deutung gibt«, murmelte er.

»Was sagten Sie, Signor dei …?«

Nico drehte sich ganz zu Manzinis Witwe um und ergriff ihre Hände. »Donna Genovefa, ich muss zu Laura. Bitte sagen Sie mir, wo ich sie finden kann.«

»Sie ist fort …«, antwortete die Gefragte seltsam tonlos. Ihre Augen schienen jenseits der Mauern nach der Stieftochter zu suchen.

»Hat sie nicht wenigstens angedeutet, wohin?«

Genovefas Aufmerksamkeit kehrte zum Herrn der Unruhe zurück. »Laura sagte, wenn du sie wirklich liebst, mein Junge, wirst du sie finden.«

»Das ist alles?«

»Nein, sie fügte noch etwas hinzu, aus dem ich nicht schlau geworden bin …« Wieder schien ihre Konzentration abzuschweifen.

»Donna Genovefa! Wenn ich Laura finden soll, muss ich alles wissen.«

»Sie sagte, wenn du sie wirklich liebst, dann wird das Unmögliche geschehen …« Die irgendwie verstört wirkende Frau ließ Nico lange warten, bis sie ihre Hände unvermittelt aus seinem Griff befreite. Wie eine treu sorgende Mutter wischte sie ihm mit den Fingern über die linke Schulter, als wolle sie Krümel aus dem schwarzen Wollstoff kehren. »Hat dich da ein Engel berührt?«

Er schielte auf die Stelle hinab und entdeckte schemenhaft einen weißen Handabdruck. Unwillkürlich musste er lächeln. »Wenn die Himmelsboten neuerdings Brot backen.«

Ihre Stirn krauste sich.

»Der Abdruck muss von Orlando Castaldi stammen, dem Bäcker. Er hatte mir seine Hand auf die Schulter gelegt«, erklärte Nico.

Sie nickte verstehend. »Manchmal begegnen uns die Engel in merkwürdigen Verkleidungen. Wenn du dich jetzt auf die Suche begibst, dann halte Ausschau nach den kleinen Wundern. Und mich –« Sie drehte ihren Kopf wieder dem Toten zu – »lass nun bitte in Frieden meinen Mann begraben.«

Der Leblosen Liebling hatte eine ungefähre Vorstellung, wie sich ein frisch gepflügtes Feld fühlen musste. Ihm ging es ganz ähnlich, als er den Palazzo Manzini verließ und zu den schwelenden Trümmern des Panzers zurückkehrte. »Zur bestimmten Zeit wird ihr Fuß wanken«, hieß es in der Thora, und auch Lorenzo Di Marco hatte das gesagt. Er konnte unmöglich geahnt haben, wie buchstäblich sich seine Vorhersage erfüllen sollte. Der Mörder von Emanuele dei Rossi und wohl noch vielen anderen lebte nicht mehr.

Irgendwie hat er sich selbst gerichtet, dachte Nico. Er empfand keinen Triumph. Überhaupt verwunderte ihn die befremdliche Stille, die in seinem Innern herrschte, obwohl er Laura so sehr vermisste. Sie war einfach verschwunden. Mit seinem Tod hatte ihr Vater alles zum Erlöschen gebracht. Den Durst nach Rache. Den Hass. Die Wut. Die Hoffnung …? War er betäubt? Vielleicht lag es an seiner Umgebung. Kein einziger Schuss war in Nettunia zu hören. Es bedeutete nicht den Frieden. Nur die Ruhe vor dem Sturm.

Aber davon wusste er noch nichts, als er vor dem halb von Trümmern begrabenen Häuflein verbogenen und zusammengeschmolzenen Metalls stand, das einmal Albino gewesen war. Noch ein Freund, von dem er Abschied nehmen musste.

21. KAPITEL

Der Späher von Forte Sangallo

Nettunia und Genzano di Roma, 1944

Am 23. Januar 1944 schlugen die Deutschen mit brutaler Gewalt zurück. Sie umzingelten den Brückenkopf der Alliierten und konnten ihn beinahe spalten. Vier Stunden lang verwandelten die Bomber der Luftwaffe den Hafen von Anzio und die nähere Umgebung in ein Flammenmeer. Und Nico dei Rossi war mittendrin.

Albino hatte er schweren Herzens dem Gang alles Irdischen anbefohlen. Das Motorrad war nur noch Schrott. Nico fehlte auch die Muße, mit dem zerschmolzenen Blech und verbogenen Stahl das Kunststück zu wiederholen, das ihm einst bei der Turmuhr des Palazzo Comunale gelungen war. Um ihn herum tobte ein erbarmungsloser Krieg, dessen schreckliches Ausmaß er nur schlaglichtartig wahrnahm. Es sollte noch lange dauern, bis er auch nur annähernd begriff, welchem Feuersturm er und die Menschen um ihn herum in den folgenden Wochen ausgesetzt waren.

Mehr als um alles andere sorgte er sich um Laura. Er hatte sie nirgends in Nettuno gefunden. Sie war wie vom Erdboden verschluckt. Es hätte ihn stutzig machen sollen, dass Manzinis Lancia verschwunden war, aber darauf kam er erst, als es bereits zu spät war.

Die Schlacht um Anzio und Nettuno dauerte etwa vier Monate. An die fünftausend Soldaten verloren dabei im Namen der Freiheit ihr Leben. Später sollten die Historiker sich noch lange über den Sinn oder Unsinn der Operation *Shingle* streiten. Einige hielten die Landung der alliierten Truppen im Rücken der deutschen »Gustav-Linie« für den größten strategischen Fehler des

Zweiten Weltkrieges. Aber die leuchtenden Kreuze auf dem amerikanischen Militärfriedhof in Nettuno überstrahlen jede finstere Kritik.

Dabei begann alles so viel versprechend. Nach dem ersten Vorstoß hatten die Alliierten mehr als sechsunddreißigtausend Mann sowie über dreitausend Fahrzeuge an Land gesetzt. Die deutschen Verteidiger wurden völlig überrascht, einige sogar im Schlaf. Die Verlustliste der Invasoren zählte »nur« dreizehn Kämpfer.

Vordringliches Ziel war, den Brückenkopf zu befestigen sowie die Eisenbahn- und Schnellstraßen nach Rom unter Kontrolle zu bringen, damit der deutsche Nachschub unterbrochen wurde. Gleichzeitig sollte durch das Ablenkungsmanöver die den italienischen Stiefel zwischen Minturno und Ortona durchschneidende deutsche Verteidigungslinie geschwächt werden. U.S. Major General John P. Lucas zögerte jedoch, das Überraschungsmoment auszunutzen und schnell in die Albaner Berge vorzustoßen, um sich mit den an der Gustav-Linie kämpfenden Einheiten von General Mark Clarks 5. Armee zu vereinigen. Lucas hielt seine Truppenstärke für zu schwach.

Für Nico bedeutete das Sichhinziehen der Kämpfe im Frühjahr 1944 vor allem eine zunehmend unerträgliche Ungewissheit. Zwischen den deutschen Bombardements hatte er tagelang nach Laura gesucht, aber weder sie noch der schwarze Lancia Astura tauchten irgendwo auf. Uberto hatte einmal gesagt, er habe ihr Fahrunterricht gegeben. Wohin um alles in der Welt konnte sie in den ersten Stunden der alliierten Landungsoperation geflüchtet sein?

Weil eine schnelle Besserung der Situation nicht abzusehen war, hatten die Amerikaner am 18. Februar mit der Evakuierung der Zivilisten begonnen. Kinder, Frauen und Männer wurden nach Sizilien, Kalabrien und Kampanien verschifft, wo man zu ihrem Schutz Evakuierungszentren eingerichtet hatte. Nico konnte sich nicht vorstellen, an einem anderen Ort zu sein als hier, wo sich Laura irgendwo versteckt halten musste.

Es war der 21. Februar. Nachmittag. Es nieselte. Die GIs checkten im Hafen von Anzio immer noch Menschen aus ihrer

Heimat aus. Gerade galt *White Anzio*, was so viel bedeutete wie: »Alles klar, der Feind hält still.« Trotzdem herrschte eine überreizte Stimmung, denn der Status wechselte zur Entnervung aller nicht selten mehrmals täglich zu *Yellow Anzio* – »Passt auf, es wird brenzlig!« – oder sogar *Red Anzio* – »Vom Himmel fällt die Hölle runter.« – und wieder zurück. Auf der engen Mole reihten sich Lastwagen, von deren Ladeflächen Dutzende Personen stiegen. Alle Wagen mussten warten, weil das vorderste Fahrzeug am Kai streikte. Nico stand nur wenige Schritte entfernt und beobachtete die Szene.

Der für die Einschiffung zuständige Sergeant, ein bulliger kleiner Italo-Amerikaner, kam fluchend die Mole heraufgelaufen. »Schaff so schnell wie möglich deine Karre hier weg, Tom«, schnauzte er den Fahrer an.

Der Mann am Lenkrad kaute auf einem Zahnstocher herum und erwiderte ungerührt im breitesten Südstaatendialekt: »Kein Problem, Luke. Ich nehm den Truck auf die Schulter und schlepp ihn zum Depot zurück.«

»Dann hole gefälligst einen Abschleppwagen.«

»Die sind alle überlastet. Dauert bestimmt 'ne Ewigkeit, bis endlich einer hier aufkreuzt. Die Mole is'n verdammter Schießstand, Luke. Wenn *Red Anzio* kommt, dann veranstalten die Krauts 'n Preisballern auf uns.«

»Er hat Recht«, mischte sich Nico in den Dialog ein.

»Mischen Sie sich da nicht ein«, blaffte ihn der Sergeant an. Mit einem Mal stutzte er. »Sie sprechen Englisch?«

»Meine Mutter stammt aus Greenwich.«

»Greenwich, Ohio?«, fragte der Fahrer.

»Niemals, Tom«, widersprach der Sergeant. »Hör dir doch seine Aussprache an.« Sich wieder Nico zuwendend, tippte er: »Ich wette, Ihre Mutter ist in New Jersey geboren, Sir.«

»Nein, in London.«

»Aber das ist doch in Ohio«, beharrte der Mann im Truck.

»Quatsch!«, widersprach der Sergeant. »Das liegt am Eriesee, drüben auf der kanadischen Seite. Ich komme aus der Gegend.«

»Eigentlich rede ich von dem London an der Themse«, präzisierte Nico.

»Ohio?«, fragte Tom.

»England.«

Die beiden Soldaten sahen sich verständnislos an.

»Wenn Sie möchten, schaue ich mir Ihren Truck an«, schlug Nico vor.

»Verstehen Sie denn was davon?«, fragte der Sergeant.

»Manchmal schon. Darf ich mal?« Er deutete zum Führerhaus hinaus.

»Wegen mir. Ich gebe Ihnen sechzig Sekunden.«

Der Transporter sprang bereits nach der Hälfte der Zeit an.

Tom fand das ziemlich erstaunlich. »Wie hast du das gemacht, Kamerad?«

»Mein Name ist Nico. Maschinen und Apparate sind meine Passion.«

Tom fiel der Zahnstocher aus dem offen stehenden Mund.

»Das ist ein römisch-katholisches Wort«, erläuterte der Sergeant für seinen staunenden Kameraden. »Hat irgendwas mit Leidenschaft zu tun.«

»Könnte ich bei Ihnen arbeiten?«, fragte Nico nun freiheraus.

»Sie wissen doch, dass alle Zivilisten in die Evakuierungszentren verbracht werden sollen.«

»Und Sie wissen sicherlich, dass manche Einwohner der Stadt sich nicht von ihrer Scholle vertreiben lassen werden. Die Höhlen, in denen sich Ihr Oberkommando in den ersten Tagen nach der Landung versteckt hat, davon gibt es noch viele hier. Wäre doch besser, ich könnte mich bei Ihnen nützlich machen, als wenn ich da irgendwo unterkrieche, finden Sie nicht?«

Der Sergeant brauchte einen Moment, um die Verflechtungen des Gesagten zu erfassen. Schließlich grinste er. »Na meinetwegen. Melden Sie sich beim Kommando in der Villa Borghese und sagen Sie denen, Sergeant Luke D'Annibale hat Sie geschickt. Ich käme später vorbei, um Ihre Bewerbung zu unterstützen.«

»Danke«, sagte Nico freudig und eilte davon.

Die deutschen Bomber kamen vor allem nachts. Obwohl sich die Flakgeschütze der Alliierten von Tag zu Tag besser auf sie einschossen und immer mehr von ihnen herunterholten, flogen sie bis zum Fall der Gustav-Linie ständig neue Einsätze. Mitunter glaubte Nico, der Himmel würde in Brand stehen.

Dass er bei den alliierten Truppen die Stelle als Mechaniker bekommen hatte, war nicht zuletzt der Fürsprache von Signora Tortora zu verdanken. Die als Inbegriff der Schlampigkeit beleumundete Witwe aus der Via Veneto war von nicht wenigen in Nettuno als deutsche Kollaborateurin verdächtig worden. Als daher nach der Landung der Alliierten der Jeep eines italo-amerikanischen Leutnants namens De Rubeis vor ihrem Haus hielt, glaubten alle, sie würde gleich in Handschellen abgeführt werden. Umso größer war die Verwunderung, als Signora Tortora von dem Offizier mit Dankesworten überschüttet wurde, weil sie den Alliierten so wertvolle Dienste geleistet habe. So entpuppte sich die Tortora als Geheimagentin des Secret Service, was nicht nur in Nico dei Rossis Kopf einige schief hängende Bilder zurechtrückte.

So manches Mal fragte Nico sich allerdings, ob er seine Entscheidung, in der Stadt zu bleiben, nicht mit dem Leben bezahlen würde.

Private Paul Brown – ein GI, mit dem sich Nico ein wenig angefreundet hatte – unkte einen Monat nach dem Anlaufen der Evakuierungsaktion, dass in vier Wochen kein einziges Haus mehr in der Stadt stehen werde. Vorher hätte sich Nico die Inszenierung des Fegefeuers nie so grausam vorstellen können, aber das *purgatorio* in Anzio und Nettuno brannte noch neun ganze Wochen lang.

Vom 22. bis zum 24. Mai kulminierte der Wahnsinn des Krieges in einem ununterbrochenen Artilleriefeuer. Nico sah verwundete, betrunkene, durchgedrehte und immer wieder tote Soldaten. Am Abend des 25. – es war ein Donnerstag – stand er auf der nördlichen der beiden dem Meer zugewandten Bastionen des Forte Sangallo und blickte auf die bewegte See hinaus. Die Sonne hatte sich unter die Wolken geschoben und färbte die

Schaumkronen rot. Plötzlich wurde sein Nacken steif, die Augen starrten auf einen mehrere hundert Meter entfernten Punkt im seichten Wasser.

»*Neptunia!*«, hauchte er.

Es war keine Fata Morgana. Jedenfalls hätte er diese Behauptung vehement abgestritten. Unter ihm ragte weißer Marmor aus dem Meer, Ruinen nur, aber in seiner Phantasie erwuchs daraus die mythische Stadt. Aus seiner Erinnerung stiegen Donna Genovefas Worte auf, die ihn mit Hoffnung und zugleich mit Verzweiflung erfüllt hatten.

»Wenn du sie wirklich liebst, dann wird das Unmögliche geschehen.« Sein Murmeln wurde vom Wind aufs Meer hinausgetragen.

Hinter ihm ertönten Schritte. Er drehte sich um. Private Brown eilte auf ihn zu. Paul war ein mittelgroßer Afroamerikaner aus der 45. Infanteriedivision mit einem Hang zur Schwermut, den er leider allzu oft im Alkohol ertränkte. Nico brachte den häufigen Stimmungstiefs des Kameraden ein gewisses Verständnis entgegen, weil Pauls vordringliche Aufgabe in der Registrierung der KIAs bestand. *Killed in action.* Seine Liste der gefallenen Kameraden war einfach zu lang, um sich ein fröhliches Gemüt zu bewahren.

»Nico«, rief der Soldat überschwänglich, bevor er ganz die Steinbrüstung erreicht hatte. »*We got it!*« – Wir haben's geschafft.

»Keine Ahnung, was du meinst, Paul.«

»Lucas und Clark können sich die Hände reichen. Der Brückenkopf und die 5. Armee haben die Gustav-Linie durchbrochen und die Deutschen Einheiten vom Nachschub abgeschnitten. Der Highway 7 ist in unserer Hand. Nur noch eine Frage der Zeit, bis wir auch den 6er gepackt haben.« Er grinste, weil er glaubte, ihm sei gerade ein tolles Wortspiel gelungen.

In Nicos Hinterkopf dämmerte etwas, das er noch nicht deutlich erkennen konnte. Er starrte erst in Pauls große weiße Augen, dann zu den marmornen Mauern im Meer und mit einem Mal glaubte er zu wissen, wohin Laura geflohen war.

Drei Tage später rollte Nico zwischen Cornedbeefdosen und Colaflaschen in Richtung Norden. Der Truck quälte sich die Albaner Berge hinauf. Sein Ziel war die Straße Nummer 7, die Rom mit Cisterna verband, das vor zwei Tagen gefallen war. Weiter östlich hatten Amerikaner und Briten die Fernstraße 6 in die Mangel genommen. Man rechnete innerhalb der nächsten Stunden mit einer Vereinigung der beiden Armeen. Der deutsche Widerstand bröckelte an allen Linien, aber er war noch nicht endgültig gebrochen. Erst in der letzten Nacht hatte es wieder schwere Bombardements gegeben.

In Genzano di Roma sprang der Mechaniker von der Ladefläche und bedankte sich beim Fahrer. Der Motor des Trucks brüllte auf und tuckerte mit dem gepökelten Rindfleisch davon. Nico marschierte durch die Stadt, hinauf zum Kraterrand, der, wie er wusste, einen atemberaubenden Blick auf den »Spiegel der Diana« bot. Die dunklen Fluten des Lago di Nemi wirkten so geheimnisvoll wie ehedem.

Er lief weiter, folgte genau dem Pfad, den er vor fast auf den Tag genau vier Jahren gegangen war. Sein Ziel: Santa Maria della Cima, die kleinste Kirche auf dem Kraterrand. Endlich erreichte er das Pfarrhaus. Das in den Hof führende Tor stand halb offen. Dahinter entdeckte er eine schwarze Limousine. Der kleine Jubilierer in seiner linken Brust stimmte einen heftigen Radau an. Seine Knie wurden weich. Voll gespannter Erwartung trat er in den Hof.

In dem teils gepflasterten, teils mit Beeten bepflanzten Geviert herrschte Stille und das in jeder Hinsicht. Nico sah die Hauswand, einen Schuppen, alles verbunden mit einer Mauer aus Lavasteinen, aber kein schönes Mädchen oder einen kahlköpfigen Priester, nicht einmal eine Haushälterin. Er lauschte, bildete sich ein, die Wände würden sich gegenseitig das Echo von Lauras Lachen zuspielen, ganz leise nur. Wahrscheinlich war es eine Sinnestäuschung, weil er sich nichts sehnlicher wünschte, als seine Liebe endlich in die Arme zu schließen und sie nie wieder loszulassen.

»Ist da jemand?« Er spitzte die Ohren. Niemand antwortete. Er wiederholte seine Frage, wagte sogar ein Anheben der Lautstärke. Unvermittelt nahm er aus den Augenwinkeln eine Bewegung wahr. Er blickte zum Haus empor. War da nicht eben jemand vom Fenster zurückgetreten?

»Signor Lo Bello!« Es fiel ihm immer noch schwer, katholische Geistliche mit Vater anzureden.

Wieder blieb alles still.

Dann hörte er plötzlich ein leises Klappern. Es kam von draußen. Rasch lief er durch das Tor, blickte die Gasse hinunter und sah gerade noch das Hinterrad eines Fahrrades um die Ecke biegen sowie einen wehenden hellen Stoffzipfel, der sich zur genauen Personenbestimmung wenig eignete. War das Laura gewesen? Unwahrscheinlich. Wieso sollte sie vor ihm fliehen?

Nico lief zu der kleinen Treppe, über die man zum Haupteingang des Pfarrhauses gelangte. Gerade wollte er den Türgriff berühren, als ihm dieser entzogen wurde.

Vor ihm stand Giacomo Lo Bello, wie er ihn Erinnerung hatte, nur vielleicht etwas schmaler und ein wenig älter. Der schwarze Talar war makellos sauber, lediglich das Lachen wurde von traurigen Augen getrübt. Beim letzten Mal hatte der Priester in holperigem Deutsch mit einem Wiener Dialekt gesprochen, jetzt richtete er das Wort unverkennbar an einen Italiener.

»Herzlich willkommen! Ich freue mich, Sie im Stück wiederzusehen, Signor dei Rossi. Wir haben lange auf Sie gewartet.«

Wir? »Ist Laura bei Ihnen?«

»Nein.«

Nico wäre fast zusammengebrochen. »Aber … aber im Hof steht doch der Lancia …«

»O Gott!«, stieß Padre Giacomo hervor, dem Nicos Bestürzung sofort aufgefallen war. »Ich wollte Sie nicht erschrecken. Laura wohnt selbstverständlich bei mir. Sie kam just an dem Morgen nach Genzano, als die Alliierten unten am Meer ihre Landung begannen. Seitdem klagt Mariella – meine Haushälterin – unter Arbeitsmangel, weil das Mädchen meint, ihr Obdach mit Frondienst abbezahlen zu müssen. Können Sie sich das vorstellen, Signor dei Rossi?«

»Da Sie mich mit meinem richtigen Namen ansprechen, nehme ich an, dass Laura Ihnen alles erzählt hat?«

Der alte Seelenhirte lächelte wissend. »Zumindest genug.«

»Wo ist sie jetzt?«

»Vermutlich auf der Via dei Laghi.«

»Was?«, japste Nico. »Ist das nicht auf dem Weg nach Castel Gandolfo? Warum tut sie so etwas? In der Gegend können immer noch versprengte Einheiten der Deutschen sein und …«

»Das habe ich ihr auch gesagt«, unterbrach der Priester den aufgeregten jungen Mann. »Aber Sie wissen ja, wie die jungen Leute sind: übermütig und leichtsinnig. Seit sie bei mir ist, liegt sie mir in den Ohren: Wenn Nico mich findet, dann soll er ein Wunder erleben.«

»Wie bitte?«

»In der Remise müsste noch ein Fahrrad stehen. Mit dem anderen hat sich Laura davongemacht. Fahren Sie Richtung Albano, aber nicht bis zum zweiten Kratersee. Vorher gibt es einen Abzweig nach Ariccia. Da biegen Sie ab.«

Nico zauderte nicht lang. Er holte den betagten, schwarz lackierten Drahtesel aus dem Schuppen und ritt im gestreckten Galopp aus der Stadt hinaus. Am Straßenrand flogen immer wieder ausgebrannte Fahrzeuge an ihm vorbei, mal deutsche, dann wieder amerikanische. Aus dem Osten, wo noch um die Überlandstraße Nummer 6 gekämpft wurde, drang Geschützdonner herüber. Von Laura war nicht der kleinste Rockzipfel zu sehen. Nico machte sich allmählich Sorgen. Nach fünfzehn oder zwanzig Minuten erreichte er endlich die beschriebene Gabelung. Er verließ die Via dei Laghi und nahm Kurs auf Ariccia.

Schon bald wurde die Straße abschüssig. Jetzt musste er seinen heftig klappernden Drahtesel sogar zur Mäßigung ermahnen, weil er fürchtete, das alte Gefährt könnte sich unter ihm in seine Einzelteile auflösen. Und dann sah er sie.

An dieser Stelle verlief die Straße, gesäumt von frischem Grün, zunächst schnurgerade in eine Senke hinab, danach wieder den Berg hinauf und verschwand schließlich oben in einer Kehre im Wald. Laura erwartete ihren Verfolger kurz hinter der Talsohle. Ihr Fahrrad stand an einen Busch gelehnt.

Für Nico gab es jetzt kein Halten mehr. Seine offene Jacke flatterte im Wind. Der Drahtesel schepperte auf das Mädchen zu. Als er den tiefsten Punkt der Straße erreicht hatte, zog er die Handbremse. Danach passierte zunächst einmal gar nichts. Erst als er beherzter zupackte, stellte sich so etwas wie Verzögerung ein. Mit überraschendem Schwung raste er an Laura vorbei und noch ein gutes Stück den Hang hinauf.

Endlich kam er zum Stehen, ließ das Fahrrad einfach am Straßenrand liegen und lief zu Laura zurück. Sie trug flache, schwarze Schuhe, kurze Söckchen, ihr geblümtes cremefarbenes Kleid mit halbem Arm und einen dazu passenden Haarreif. Ihre Hände waren hinter dem Rücken versteckt. Den Ausdruck auf ihrem Gesicht konnte Nico schwer deuten – irgendetwas zwischen Strenge und Sehnsucht. Merkwürdigerweise kostete ihn jeder Schritt auf sie zu mehr Anstrengung, als er es in dieser Situation erwartet hätte. Er breitete die Arme aus.

»Laura, ich …«

»Bleib stehen und schweig still, Nico dei Rossi!« Sie hatte ihren rechten Arm hochgerissen und hielt ihm die Handfläche entgegen.

Stolpernd kam er zum Stillstand, drei, höchstens vier Schritte von ihr entfernt. Seine Verwunderung brach sich Bahn: »Laura! Freust du dich denn nicht …?«

»Doch!«, stieß sie hervor, sah aber nicht so aus. Ihre Unterlippe bebte, als wolle sie jeden Moment zu weinen beginnen.

»Aber … deine Stiefmutter hat mir deine Nachricht ausgerichtet: Wenn ich dich wirklich liebe, dann werde ich dich finden. Hier bin ich, Laura!« Seine Hände strebten noch weiter auseinander.

»Das sehe ich. Mehr hat Genovefa dir nicht gesagt?«

»Doch. Sie sagte, wenn ich dich wahrhaft liebe, dann wird das Unmögliche geschehen.«

»Und?«

»Was meinst du?«

»Glaubst du daran?«

»Ich weiß nicht … Vor drei Tagen habe ich im Meer die Ruinen von *Neptunia* gesehen. Danach erhielt ich die Nachricht von der Befreiung Genzanos und wusste mit einem Mal, wo ich dich suchen musste. Das war für mich Wunder genug, um …« Er schüttelte ratlos den Kopf, weil ihm unklar war, was sie von ihm erwartete.

»Ich will deinem Gedächtnis auf die Sprünge helfen, Nico. Sieh mir genau zu.« Jetzt holte sie auch ihre linke Hand hinter dem Rücken hervor. »Was siehst du?«

»Eine Weinflasche?«, antwortete Nico überrascht.

Ihr Ton blieb sachlich. »Es ist nur Wasser drin. Schau her!« Sie lief zur Mitte der ansteigenden Straße, ging in die Knie, legte die Flasche quer zur Fahrtrichtung nieder und ließ sie los. Was dann geschah, überraschte Nico, nein, es erschütterte ihn.

Die Flasche kullerte den Berg hinauf.

Laura lief ein Stück weit nebenher. Wenn die raue Straße etwas glatter gewesen wäre, hätte sie dem munter hangan klimpernden Glaszylinder wohl nicht so gemächlich folgen können. Dennoch musste sie ihr Tempo stetig steigern. Nicos Mund stand offen. Seine Augen drohten ihm aus dem Kopf zu fallen. Erst als Laura sich bückte, um die Flasche an der Flucht zu hindern, überwand er die Sprachlosigkeit.

»Ist das … eine optische Täuschung.«

Sie lief langsam zu ihm zurück. »Hast du schon vergessen, mit wie viel Schwung du da drüben hinuntergekommen bist? Und hier führt die Straße wieder nach oben. Lass mich dir noch etwas vorführen, Nico. Ich wollte es dir schon lange zeigen.«

Inzwischen hatte sie wieder die Stelle kurz oberhalb der Talsohle erreicht. Sie zog den nur lose eingesteckten Korken heraus und goss den Inhalt der Flasche auf die Fahrbahn. Lächelnd fragte sie: »Was siehst du jetzt?«

Nicos Mund war trocken, weil er ihn so lange nicht mehr richtig zubekommen hatte. Wieder starrte er nur auf die klare Flüssigkeit, die sich aufmachte, den Gipfel des Hügels zu ersteigen. Er schüttelte ungläubig den Kopf.

»Das Wasser fließt den Berg hinauf. Wie ist das möglich?«

»Niemand kann es zufrieden stellend erklären, Nico, aber trotzdem geschieht es, wann immer du willst. Dieses Geheimnis ist so unergründlich wie die Liebe, findest du nicht?«

Sie trat so dicht an ihn heran, dass keine Hand mehr zwischen sie gepasst hätte. Ihre dunklen Augen hielten seinen Blick gefangen. Er benetzte mit der Zungenspitze seine Lippen. »Ich … ich weiß jetzt, warum du mich hierher gelockt hast.«

»Dann sag es mir«, flüsterte sie. Ihre Brust hob und senkte sich vor Erregung.

»Bruno hatte behauptet, das Wasser würde eher den Berg hinauffließen, als dass aus uns beiden ein Paar werden könnte.«

»Und?« Ihre Stimme war kaum noch zu hören.

»Das Unmögliche ist ge…« Er schloss sie in die Arme, seine Lippen legten sich auf die ihren, und sie küssten sich, als wäre es das Erste und Letzte, was sie je in ihrem Leben tun würden.

Irgendwann mussten sie wieder Atem holen, und Nico nutzte die Gelegenheit, um sie seiner Liebe zu versichern. Laura indes gestand ihm, dass diese »letzte Probe« sie fast zerrissen hätte.

»Am liebsten wäre ich dir sofort in die Arme gefallen, aber ich hatte solche Angst, du könntest wieder an unserer gemeinsamen Zukunft zweifeln.«

»Das ist vorbei, mein Täubchen. Schon an dem Morgen, als die Landung in Nettunia begann, wurde mir das klar. Ich wollte zu dir, aber du warst nicht da. Und dann passierte auch noch das mit deinem Vater.«

Laura schob Nico ein Stück von sich. »Was ist mit ihm?«

»Du hast es noch nicht erfahren?«

»Wie denn? Bis vor ein paar Tagen waren noch die Deutschen in der Stadt.«

Nico glaubte, alle Kraft würde aus ihm herausfließen. Er holte tief Luft. »Er ist tot.«

»Hast du ihn …?«

»Nein. Jedenfalls nicht direkt.«

»Was bedeutet das?«, fragte sie mit belegter Stimme.

Nico erzählte ihr die Geschichte. Er verschwieg nichts. Laura stand vor ihm, die Arme vor der Brust verschränkt, und nicht ihre Ohren, sondern ihre großen dunklen Augen schienen jedes Wort aus seinem Mund zu saugen. Als er geendet hatte, schwieg sie eine lange Zeit. Nicos Herz dagegen war alles andere als still. Er wusste, wenn Laura ihn jetzt verstieße, dann würde er nie wieder lachen können.

Ruhig machte sie einen Schritt nach vorn, schlang wieder ihre Arme um ihn, legte ihre Wange an die seine und flüsterte: »Ich liebe dich, Nico.«

Den Namen ihres Vaters nahm Laura Manzini nie wieder in den Mund.

Der Empfang im Pfarrhaus wirkte auf Nico wie eine Verschwörung.

»Und?«, fragte Giacomo Lo Bello.

Laura zog nur die Nase kraus und nickte.

»Hat er dich schon gefragt?«

»Nicht direkt.«

Der Priester bedachte Nico mit einem strengen Blick.

»Ist da irgendetwas an mir vorbeigegangen?«, erkundigte der sich ahnungslos.

»Hast du sie geküsst, mein Sohn?« Der Alte hatte seit ihrer Rückkehr jede Förmlichkeit fallen lassen.

»Äh … na ja …«

»Ja, hat er«, kürzte Laura das Drucksen ihres Liebsten ab.

»Und?«, fragte der Seelenhirte erneut, diesmal an den jungen Mann gerichtet.

Allmählich dräute Nico, worauf dieses Verhör hinauslief. »Ich würde Laura gerne heiraten.«

Sie schmunzelte. »Musst du nicht erst mich fragen?«

»Möchtest du?«

»Ja«, hauchte sie.

»Ich dachte nur … Wir müssen wohl noch eine Weile warten.«

»Wieso?«, fragte verwundert der Priester.

»Na … Laura ist römisch-katholisch. Ich dagegen …«

»Sag jetzt nichts Unbedachtes, Niklas Michel!«, unterbrach ihn rasch der Geistliche.

Nico begriff nicht sogleich. »Dieser Name ist nicht mehr …«

»Mund halten!«, schnauzte ihn der Alte an. »Wenn es euer Wunsch ist, dann werde ich euch trauen. Dich, Laura Manzini, und dich, Niklas Michel. In Kriegszeiten gerät viel durcheinander. Wenn erst Frieden ist, lässt sich das leicht geradebiegen.«

Endlich hatte Nico verstanden. Er lachte über seine eigene Begriffsstutzigkeit. »Wann könnte die Trauung denn stattfinden?«

Padre Giacomo zwinkerte Laura vergnügt zu, um dem Bräutigam darauf geradezu schwermütig zu antworten: »Ein Seelsorger hat unter den Umständen, wie sie uns derzeit plagen, alle Hände voll zu tun. Meine Gemeinde beansprucht mich praktisch Tag und Nacht.«

»Verstehe«, seufzte Nico.

Ein Grinsen brach durch die ernste Miene des Geistlichen. »Allerdings … gleich *jetzt* hätte ich noch Zeit.«

Wegen der konfessionell etwas schwierigen Konstellation fand die Trauung im Pfarrhaus statt. Die Hochzeitsgesellschaft bestand aus Mariella, der ungefähr sechzigjährigen Haushälterin des Priesters, und einer Hand voll Freunden, die Laura während ihrer Wochen in Genzano kennen gelernt hatte. Eine Gardine diente der Braut als Schleier. Das Hochzeitsmahl bestand aus dem Inhalt einiger Dosen, auf denen der Aufdruck »U.S. Army« stand. Immerhin gab es jenes frische Brot, für das die Bäcker von Genzano di Roma berühmt geworden sind.

Während der Feier wurde gelacht, auf einer Ziehharmonika musiziert und getanzt. Trotzdem hatte Nico das Gefühl, irgendetwas gehe hinter seinem Rücken vor. Der Priester tuschelte mit einem Besucher, der sofort wieder das Fest verließ. Später flüsterte ihm Laura etwas zu und deutete dabei auf ihren Bräutigam. Kurz vor Mitternacht baute sich der kleine Seelenhirte unvermittelt vor Nico auf.

»Für die Hochzeitsnacht ist jetzt alles bereit.«

Nico wurde rot.

Das fand Padre Giacomo auch noch komisch. Sein im Laufe der Feier wieder etwas größer gewordenes Bäuchlein wippte vor Vergnügen. »Ich habe euch mein Schlafzimmer herrichten lassen.«

Nico brachte mit Mühe seinen Mund wieder zu. »Aber das kann ich nicht …«

»Keine Widerrede! Ich schlafe auf einer Kirchenbank«, unterbrach ihn der Priester und grinste. »Nein, war nur ein Scherz. Im Haus gibt es genug Betten. Geht einfach die Treppe hoch, dann fallt ihr direkt in euer Liebesnest hinein.«

Während Nico um seine Fassung rang, spürte er, wie jemand seine Hand ergriff. Es war Laura. Sie deutete mit dem Kopf zur Tür und flüsterte: »Komm!«

Hand in Hand stiegen sie zum Obergeschoss empor. Vor dem Eingang zum Schlafgemach verharrte Nico.

Laura schien seine Schüchternheit zu gefallen. Ihre Mundwinkel zuckten vor kaum verhohlenem Vergnügen. Sie neckte ihn mit einer Stimme wie ein Glockenspiel. »Was ist? Du musst schon aufmachen, wenn wir unsere Hochzeitsnacht nicht hier draußen verbringen wollen.«

Er gehorchte. Langsam ließ er die Tür in den Raum schwingen. Irgendwo brannte ein Petroleumlicht. Ein aromatischer Duft stieg ihm in die Nase. Vom Luftzug wirbelten im Zimmer Tausende Blütenblätter leise raschelnd umeinander. Nicht nur auf dem Boden, überall lagen sie: auf der Anrichte, dem Stuhl, dem Fensterbrett und sogar auf dem Bett. Nico konnte sich selbst nicht erklären, wieso ihn dieser überraschende Anblick mit einem solchen Glücksgefühl erfüllte.

»Was ist das?«, keuchte er.

»Die Blätter des ausgefallenen Corpus Christi. Du erinnerst dich doch noch, wie wir damals die Kunstwerke aus Blumen auf der Straße bewundert haben.«

»Ja, natürlich, aber …« Er schüttelte sprachlos den Kopf.

»Seit Italien in den Krieg eingetreten ist, hat es in Genzano keine Blumenbilder mehr gegeben. Die gesammelten Blüten schliefen bis heute in den Tuffsteinhöhlen.« Laura deutete ins Zimmer. »Jetzt können wir daraus unsere eigenen Bilder erschaffen.«

Nico nahm sie in den Arm. Er musste vor Glück weinen, weil er den liebsten Menschen, den es für ihn gab, endlich so lange festhalten durfte, wie sein Herz schlagen würde. Behutsam hob er Laura vom Boden auf, und während er sie ins duftende Meer noch ungemalter Bilder trug, zog sie hinter ihnen die Tür ins Schloss.

Vor dem Bett stellte er sie wieder vorsichtig auf die Füße, um sie erneut zu umarmen. Ihre Lippen erforschten jedes Details seines Gesichts, und seine Hände fanden erstaunlich viele Wege, um ihre Wonnen zu steigern. Nie mehr wollte er etwas anderes sein als der Hüter ihrer Freuden, der Herr ihrer liebestrunkenen Unruhe.

Als Lauras Kleid zu Boden glitt, erzeugte es ein neues Blütengestöber. Mit ihrer Hilfe wurde auch Nico schnell seine Hüllen los. Durch das Fenster fiel das silberne Licht des Halbmondes. Staunend sah er sie an und konnte sein Glück nicht fassen. Vor ihm stand eine Eva, wie Gott sie schöner nicht hätte schaffen können. Nico hob sie auf, trug sie um das Bett herum und ließ sie vorsichtig auf die raschelnden Blüten nieder. Dann zog sie ihn zu sich herab.

»Und jetzt«, hauchte ihr heißer Atem in sein Ohr, »lass mich dir das schönste Wunder zeigen.«

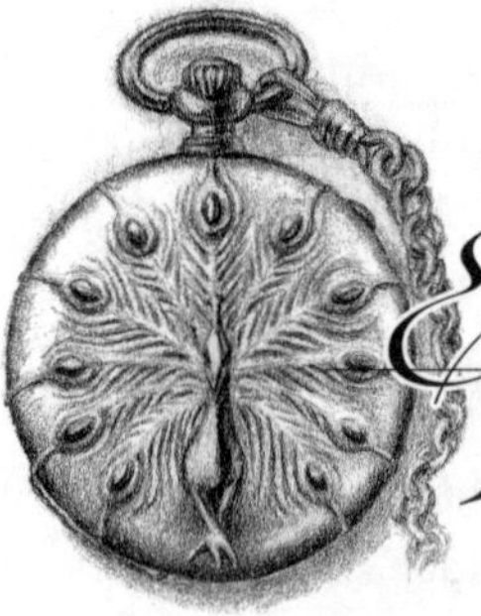

Epilog

In der Folge liefen zahlreiche Lebensfäden, die mehr oder weniger lang mit demjenigen von Nico dei Rossi verknüpft gewesen waren, wieder auseinander. Gelegentlich gab es auch ein zeitweiliges Aufleben alter Verbindungen.

Einer dieser für ihn so wichtigen Menschen war Davide Ticiani. Davides Ehefrau Salomia hatte in den Gaskammern von Auschwitz-Birkenau ihr Leben verloren; ihr genauer Todestag wurde nie bekannt. Wie Johan, Lea – und übrigens auch der sozialdemokratische Schriftsteller Moritz Mezei – wurden sie zunächst ins Sammellager Fossoli di Carpi transportiert, bevor die Nationalsozialisten sie auf die Reise ohne Wiederkehr schickten.

Noch während die deutsche Wehrmacht in den Castelli hinhaltenden Widerstand leistete, hatten die Besatzer in der Ewigen Stadt die Gelegenheit genutzt, um Massaker zu inszenieren.

Der Polizeichef von Rom, SS-Obersturmbannführer Herbert Kappler, soll selbst mit Hand angelegt haben, als am 25. März in den Ardeatinischen Höhlen dreihundertfünfunddreißig Geiseln erschossen wurden. Es heißt, Hitler habe persönlich die Anordnung dazu gegeben. Die Ausführung des Befehls überließ er Kappler und seinen Stellvertretern, darunter SS-Sturmbannführer Karl Hass.

Nach dem Krieg war Hass weiter in Rom tätig, zunächst als Mitarbeiter des amerikanischen Geheimdienstes OSS und dessen Nachfolger, der CIA. Später half er beim deutschen Bundesnachrichtendienst und auch bei italienischen Geheimdiensten aus, da man dort seine antikommunistische Haltung schätzte. Im März 1998 wurde er zu lebenslanger Haft verurteilt.

Erheblich früher nahm sich Justitia des Juden- und Partisanenjägers Herbert Kappler an. Er wurde schon drei Jahre nach Kriegsende in Italien von einem Militärgericht zu lebenslanger Freiheitsstrafe verurteilt. In der Nacht vom 14. auf den 15. August 1977 entkam er allerdings seinen Bewachern unter eigenartigen Umständen. Wegen gesundheitlicher Probleme war er zuvor in ein Militärhospital eingeliefert worden. Um die »Flucht« sponnen sich bald Legenden. Niemand anderer als sein alter Kamerad Karl Hass habe bei der Planung mitgewirkt, wollten Insider wissen. Angeblich sei der vierundachtzigjährige Kappler drei Meter tief aus dem Fenster gesprungen, sagten andere. Einige Kenner vertreten die Auffassung, italienische und deutsche Geheimdienste hätten dem Alt-Nazi die »Flucht« ermöglicht. Bei seiner Ankunft in der Bundesrepublik Deutschland wurde er jedenfalls von seinen Anhängern mit frenetischem Beifall begrüßt. Unbehelligt verlebte er mit seiner Familie noch ein ganzes Jahr, ehe er starb.

Die vom Tausendjährigen Reich und vom wiederauflebenden Römischen Imperium träumenden Visionäre aus Deutschland und Italien fanden ein schmähliches Ende. Adolf Hitler soll am 30. April 1945 eigenhändig aus dem Leben geschieden sein – was, wie wir ja inzwischen wissen, ganz auf der Linie der suizidalen Tradition Österreichs liegt. Bereits zwei Tage vor ihm war Benito Mussolini von der Bühne abgetreten. Die kniffligen Details überließ er lieber anderen. Ungefähr ein Jahr später erreichte Nico ein Brief von Bruno Sacchi, in dem das Blutgericht mit durchaus melancholischen Worten beschrieben wurde.

Lieber Nico!

Bitte verbrenne meinen Brief nicht, bevor du ihn gelesen hast. Alles tut mir so Leid! Du hattest Recht. Ich war eifersüchtig auf dich, weil Laura nicht mich, sondern dich liebte. Außerdem war ich vernagelt. Heute ist mir das klar. Ich dachte, wer nicht mit der Resistenza ist, der muss auf der Seite der Deutschen stehen. Deshalb hatte ich dich verraten. Inzwischen habe ich viel er-

lebt und schmerzvoll erfahren müssen, dass es außer Weiß und Schwarz noch richtige Farben gibt.

Du fragst dich bestimmt, was aus mir geworden ist. Als Führer einer Widerstandsgruppe hatte ich versagt. Die ehemaligen Genossen im Latium betrachteten mich mit demselben Argwohn wie ich zuvor dich. Deshalb ging ich aus unserer Heimat fort. Nach einer Odyssee, die zu beschreiben hier zu weit gehen würde, hatte ich mich einer Partisanengruppe in Norditalien angeschlossen. Ende April letzten Jahres hörten wir, dass unserem alten »Freund«, dem Duce, mit seiner Flamme Clara Petacci die Flucht in die Schweiz gelungen war. Wir haben sie kurz hinter der Grenze trotzdem geschnappt und in Giulino di Mezzegra eingesperrt. Einige von uns wollten Benito den Prozess machen, aber andere empfanden nur Hass für ihn und fürchteten, er könnte sich irgendwie um seine Bestrafung herumdrücken. Da haben wir den Duce und Clara erschossen. Ihre Leichen brachten wir nach Mailand und hängten sie kopfunter zur Schau an einem Gerüst auf der Piazza Loretto auf. Ein jämmerliches Ende, wenn man bedenkt, dass er einmal im Augustus-Mausoleum beigesetzt werden wollte.

Lange habe ich geglaubt, mich nach einem solchen »Erfolg« wie ein Held fühlen zu können – und viele halten uns bis heute für solche –, aber eher das Gegenteil ist der Fall. Jetzt kann ich verstehen, Nico, warum du der Rache abgeschworen hattest. Nachdem der Blutdurst abgeklungen ist, fühlt man sich hohl und leer. Die Vendetta ist nicht der Weg von Gerechtigkeit und Freiheit, das ist mir heute klar.

Mir kam zu Ohren, dass Don Massimiliano auch den Lohn für seine Niedertracht bekommen hat. Hoffentlich fühlst du dich jetzt besser als ich. Hast du Laura gefunden? Wenn ja – und das ist kein Scherz –, wünsche ich euch alles Glück der Welt. Solltet ihr mal nach Giulino di Mezzegra kommen, dann schau doch einfach bei mir herein. Ich habe an dir viel gutzumachen.

In Freundschaft,
Bruno, der Späher vom Forte Sangallo

Massimiliano Manzini blieb das Aufhängen an den Füßen erspart. Er soll von seiner Frau in einem anonymen Grab beigesetzt worden sein. Die Zeugenaussage von Uberto Dell'Uomo verschwand in einem Karton, wo sie wohl bis heute liegt. Offiziell wurde der Mörder des sozialistischen Oppositionspolitikers Giacomo Matteotti nie gefunden.

Genovefa verkaufte nach Kriegsende ihr Erbe und versuchte für ihren Mann Sühne zu leisten. Sie machte viele der von ihm Verratenen und Geschädigten ausfindig und zahlte ihnen oder den Hinterbliebenen mehr als nur dreißig Silberlinge zurück. Einige Jahre nach Kriegsende verschwand sie – wohl in der Einsicht, dass manche Schuld mit Geld nicht zu sühnen war – sang- und klanglos aus der Stadt. Bald geriet die kühle Schönheit in Vergessenheit; irgendwie hatte sie nie so richtig hierher gehört.

Mancher unter den Wegbegleitern jener Tage verwandelte sich nach dem Ende des Terrors auf ganz andere Weise. Der Rabbiner Israel Zolli nahm aus Dankbarkeit für das Eingreifen des Papstes dessen Taufnamen Eugenio an und konvertierte zum römisch-katholischen Glauben. Zolli überlebte das Kriegsende um elf Jahre und starb just an dem Tag, an dem der Chronist dieser Geschichte geboren wurde. Lorenzo Di Marco dagegen verließ nicht nur die *Città del Vaticano*, sondern auch die katholische Kirche. Von Diplomatie und Dogmen hatte er genug. Hinfort suchte er im unverfälschten Wort Gottes die Erleuchtung und widmete in der Gemeinschaft Gleichgesinnter sein restliches Leben urchristlichen Idealen. Mit einem Freund, für den er lange in den Vatikanischen Archiven Nachforschungen betrieben hatte, siedelte er 1958 nach New York City um und erreichte in der Neuen Welt ein biblisches Alter.

Von Vittorio Abbado ist bekannt, dass er im nach-faschistischen Italien ein von dunklen Elementen gefürchteter Staatsanwalt wurde, der vor allem der Mafia hart zusetzte, bis diese ihn durch ein Attentat aus dem Weg räumte. Besser erging es Donatello, dem alten Leibdiener von Baron Alberto Fassini Camossi. Gemeinsam mit Emma Pallotta verlebte er noch vierzehn glückliche Jahre in Rocca di Papa und starb eines natürlichen Todes.

Natürlich darf diese Geschichte nicht enden, ohne nach dem Verbleib von Nico und Laura dei Rossi zu fragen. Obwohl sich ihre Spur Ende der vierziger Jahre verliert, gibt es Grund zur Annahme, dass auch sie den Beginn des einundzwanzigsten Jahrhunderts im Kreise von drei Söhnen, zwei Töchtern und einer nicht mehr festzustellenden Anzahl von Enkeln erlebt haben.

Anfang der fünfziger tauchte nämlich im schweizerischen Luzern ein Uhrmachermeister auf, der in seiner Werkstatt ein außergewöhnliches Kleinod seiner Kunst ausstellte. Niemand konnte sich dem Zauber der prachtvollen Verzierungen dieser goldenen Uhr entziehen. Auf dem Deckel war zum Beispiel ein Pfau zu sehen, der ein Rad schlug; Rubine funkelten in den Augen des Vogels und Smaragde auf dem Außenrand des Federkreises. Fast schon kurios ist allerdings, dass diese an sich vollkommene Uhr nur einen einzigen Zeiger besaß.

Abergläubische Naturen sagten dem Luzerner Meister geradezu magische Fähigkeiten nach. Er schuf eine Reihe einzigartiger Kunstwerke, die auf eine danach nie mehr erreichte Weise mit ihren Besitzern verbunden waren. Die Legende geht um, er habe sogar eine Uhr gebaut, die nur die glücklichen Stunden ihres Eigners zählte. Wie dem auch sei, die kleine, aber feine Uhrenschmiede dieses begnadeten Meisters gilt für Eingeweihte bis heute als »die letzte Bastion des alten Handwerks vor den siliziumbestückten. seelenlosen Zeitschredderern der Gegenwart«.

Ob es sich bei dem Schweizer Uhrmacher, der sich Anonymität ausbedungen hat, nun um Nico dei Rossi handelt oder nicht, das sei dahingestellt. Es heißt aber, er habe in jeder seiner Uhren eine Nachricht verborgen, die nur finden kann, wer ein besonderes Händchen für die leblosen Dinge besitzt. Allen anderen verschließen sich die Uhrwerke wie ein kosmisches Rätsel und tragen ihr Geheimnis in sich, von Unruhe erfüllt bis zum Ende.

ANMERKUNGEN DES AUTORS

Meine Frau hat eine besondere Gabe. Sie kann mit Maschinen reden. Ja, besser noch, die Apparate lesen ihr jeden Wunsch von den Augen ab – und tun dann genau das Gegenteil. Ob die Arme nun mit ihrer Bankkarte den Zugang zum Geldautomaten erzwingen oder das Handy zu einer SMS überreden will, die Apparate verweigern sich ihr. Aber sie gehorchen wieder, sobald *ich* genau dieselben Handgriffe mache wie meine Frau. Dieses Phänomen, dem man unbedingt eine Doktorarbeit widmen sollte, hat mich auf die Idee gebracht, den Spieß einmal umzudrehen. Was wäre, fragte ich mich, wenn jemand die Gabe besitzt, mit Maschinen oder anderen Apparaturen genauso zu reden wie Doktor Dolittle mit den Tieren?

Der Einfall mag amüsant klingen. Aber die Geschichte, die mir vorschwebte, ist ungefähr in demselben Maße eine Posse wie Dantes *La Divina Commedia* eine Komödie. Die Jahre zwischen 1932 und 1944, die im Mittelpunkt des Romans stehen, waren ja auch alles andere als komisch. Durch die Konzentrierung auf die Hauptschauplätze Wien, Rom und Nettuno wollte ich dem Leser eine Perspektive auf diese Zeit anbieten, die er so vielleicht noch nie eingenommen hat. Sicher kann man drüber streiten, ob ein Unterhaltungsroman, noch dazu ein fantastisch angehauchter, die dunkelste Epoche der deutschen Geschichte thematisieren darf. Mir scheint jedoch, dass manches Bedenken für ein solches Unterfangen sich aus den Zweifeln nährt, dass Unterhaltendes, gar Fantastisches zugleich tiefgründig und ernsthaft sein kann. Trotzdem möchte ich – sieht man die Trivialität dessen, was uns

»Nachrichtenmedien« immer wieder zu den grauenhaftesten Ereignissen auftischen – für solche Bücher eine Lanze brechen. Da es zudem Menschen geben soll, die emsig Belletristik lesen, aber nie eine Zeitung oder ein Geschichtsbuch, mag man mir diesen Drahtseilakt zugestehen. Erinnern hat viele Facetten. Ja, Vergeben heißt nicht Vergessen, sondern es bedeutet Erinnern ohne Groll. Menschen in Nettuno und im bayerischen Traunreut haben das schon lange erkannt – seit 1973 pflegen sie ihre Städtepartnerschaft. Solcherart Gedenken wehrt sich gegen schweigendes Verdrängen. Kraftvoll klingt es in den Worten der Dichterin Ingeborg Bachmann: »Umgreift die Zeit, schleudert sie ins Heute.«

Zwischen dem 8. September 1943, als der »Achsenpartner« Italien aus dem Krieg ausschied, und dem 2. Mai 1945, als die Kapitulation der deutschen Wehrmacht samt SS und Polizei in Italien in Kraft trat, starben – ohne Berücksichtigung der gefallenen Partisanen und regulären Soldaten sowie der durch Kriegseinwirkungen getöteten Staatsbürger – täglich über einhundertundsechzig italienische Kinder, Frauen und Männer jeden Alters durch deutsche Hand, sei es auf direkte oder auf indirekte Weise. Wenn auch zahlenmäßig geringer, können und dürfen die von den deutschen Besatzern Italiens an den Juden begangenen Gräuel nicht heruntergespielt werden.

Gerne verweist man darauf, dass die mediterrane Variante des Antisemitismus bei weitem nicht so menschenverachtend gewesen sei wie die deutsche. Umso befremdlicher fand ich einen mir während der Recherchen zum vorliegenden Roman aufgefallenen Artikel von Jedioth Yossi Bar. Unter dem Titel »Die Juden sollen nach Israel gehen« schrieb er am 6. Juli 2003: »18% der italienischen Jugendlichen sind der Meinung, dass die Juden in Italien nach Israel zurückkehren sollen, und ein ähnlicher Anteil der Jugendlichen behauptet, dass ›die Juden übertreiben, bei dem, was während des Holocausts passiert ist und mit dem Leiden, das sie durchgemacht haben‹.« Bei seinen Aussagen stützt sich Yossi Bar auf eine Studie, die von der Universität Rom unter Schirmherrschaft der jüdischen Gemeinden Italiens erarbeitet wurde. Man habe unter zweitausendzweihundert Jugendlichen zwischen vierzehn und achtzehn Jahren im ganzen Land nach Anzeichen von Rassismus gesucht. »Die Resultate sind beunruhigend«, sagte Professor Enzo Campelli, der die Untersuchung leitete. Der Artikel nennt noch »weitere Vorurteile unter italienischen Jugendlichen, die bei der Studie ans Licht kamen: 23% meinten, man könne Juden nicht vollständig trauen, 34% glauben, dass ein Großteil der finanziellen Macht in der Welt unter jüdischer Kontrolle steht, und 22% sind davon überzeugt, dass die Juden sich anderen gegenüber überlegen glauben.«

Obwohl oder gerade weil ich von der »Gnade der späten Geburt« begünstigt bin, hielt ich es im Licht solcher Fakten für lohnenswert, mich erneut der unbequemen Zeit zu nähern, die einige am liebsten vergessen machen wollen. Je tiefer ich mich in die Materie versenkte, desto aufregendere Schätze förderte ich zu Tage. Dazu gehören zweifelsohne die »echten« Menschen, die dem Roman Authentizität verleihen, auch wenn er immer eine frei erfundene Geschichte bleibt. Soweit historische Personen oder Institutionen darin auftauchen, werden sie in ein fiktives Geschehen gestellt. Gleichwohl ist es oft die Wirklichkeit, die am fantastischsten erscheint. Im Hinblick auf mein Personal mag als Beispiel die sprachbegabte Signora Tortora genügen, die »als ungesellige Vettel verschrien, unordentlich und mit ihren um die Knie geringelten Seidenstrümpfen als Verkörperung der Schlampigkeit stadtbekannt« war. Sie hat tatsächlich in Nettuno gelebt und diente dem Secret Service als Spionin.

Auch beim Streifzug durch Zeit und Raum fand ich viel Anlass zum Staunen: das antike Neptunia und Antium, die Villa des Nero, der Torre Astura, die Höhlen unter Nettunos Altstadt, das Herumschieben der dortigen Bevölkerung – erst durch die Besatzer, später durch die Befreier –, die wechselvolle Geschichte des Juden-Ghettos in Rom, das zwiespältige Wirken des Vatikans vor, während und nach dem Zweiten Weltkrieg, das Wien zwischen den großen Kriegen – nicht selten lief ich Gefahr, mich in den fesselnden Details zu verstricken.

Ach ja, beinahe hätte ich das bergauf fließende Wasser vergessen. Wunderbar in Herbert Rosendorfers Geschichte »Das Anti-Newton-Institut« beschrieben, habe ich mich selbst von diesem Phänomen verblüffen lassen. Ich saß mit anderen in einer Limousine, die mit ihrer ganzen Masse auf den Asphalt drückte, und konnte nicht fassen, wie eine zarte Frau sie mit zwei Fingern ins Rollen brachte – den Hang hinauf. Für derlei Experimente sind keine bei Vollmond geopferten schwarzen Katzen erforderlich, man muss nur die richtige Stelle auf der Verbindungsstraße zwischen der Via dei Laghi und Ariccia finden. Jeder kann sich dort zu jeder Tageszeit selbst von dem Wunder überzeugen, das Nicos Glauben an das unmöglich Erscheinende wieder aufleben ließ. Eine wundervolle Metapher, wie ich finde: Jede Zeit hat ihre Gedankenuniformen – Grund genug, ab und zu seine Garderobe zu wechseln.

Die Geschichte hinter meiner Geschichte ist ebenfalls wechselvoll. Früh entschied ich mich, den Fokus nach Italien zu verlegen. Eine Stadt musste her, die während der Landung der Alliierten zwar eine gewisse Rolle gespielt hatte, aber sie sollte nicht allzu bekannt sein, zu groß wäre die Gefahr, mit dem Schul- und Allgemeinwissen meiner Leser zu kollidieren. Ich fragte meinen Agenten – er lebt in der Nähe von Rom – nach einem unauffälligen Örtchen. Er empfahl mir Nettuno.

Als ich die überschaubare Gemeinde am Tyrrhenischen Meer, in unmittelbarer Nähe zum allseits bekannten Anzio, im Juni 2003 zum ersten Mal besuchte, freute ich mich, die passende Spielwiese für meine Fiktionen gefunden zu haben. Bei den weiteren Recherchen wurde mir jedoch schnell klar, dass Anzio und Nettuno nicht zu trennen sind, waren sie doch bis 1856 sowie zwischen 1939 und 1945 *eine* Gemeinde. Plötzlich lastete auf mir der Druck, einen der exponiertesten Kriegsschauplätze des Zweiten Weltkrieges und zudem seit der Antike bedeutenden Ort genau und facettenreich aus der Sicht eines Einheimischen zu schildern. Was half mir dabei? Die Sicht eines Einheimischen.

Obwohl die Liste der Quellen, die ich für meine Recherchen herangezogen habe, sehr lang ist, gilt daher mein besonderer Dank Signor Silvano Casaldi – ich hoffe, ihm in dem Buch das ihm gebührende Denkmal gesetzt zu haben. Der Direktor des heute im Forte Sangallo untergebrachten Museums von Nettuno hat mir manch skurrile Frage beantwortet und, auch wenn es um die Zeit des Faschismus ging, nicht schamhaft geschwiegen.

»Demnächst wirst du wohl gemeldet«, schrieb mir mein Agent, Roman Hocke, der zweite unermüdliche Helfer bei der Jagd nach Informationen. Ohne ihn wäre aus der ursprünglichen Idee vom *Doctor Mechanicae* eine völlig andere Erzählung entstanden. Roman war mir aber nicht nur Muse, sondern auch dramaturgischer Mentor, zweibeinige Datenbank, Dante-Experte, Fremdenführer, kritischer Gesprächspartner, Hotelier, Gastronomieberater, Chauffeur und Dolmetscher. Doch sogar er wäre ohne seine bessere Hälfte für mich wohl nur halb so wertvoll gewesen. Andrea hat unseren Geist und Körper aufs Beste versorgt. Sie und Roman verdienen meinen tief empfundenen Dank.

Die nötige Orientierung in der österreichischen respektive der Wiener Geschichte verschaffte mir Dr. Helmut Reisinger, dem ich ebenso danken möchte wie, *last but not least*, meiner Frau. In den schwierigen Tagen während meiner kreativen Konzentrationsverschiebungen hat sie viel Geduld bewiesen. Und nun muss sie auch noch als Grund für dieses verrückte Buch herhalten …

Dan Brown

Sakrileg

Thriller

Der Mega-Seller aus den USA
»THE DA VINCI CODE«

Eine entstellte Leiche im Louvre …
Rätselhafte Zeichen in den Werken Leonardo da Vincis …
Eine mächtige Geheimgesellschaft …
Ein Mythos, der die Grundfesten der Kirchen erschüttert …

Der Roman über die größte Verschwörung
der letzten 2000 Jahre.
Der neue Bestseller des Autors von »ILLUMINATI«!

»Der Thriller des Jahres!«
Stern

»Von der ersten Zeile an schlägt Dan Brown seine Leser in Bann.«
Welt am Sonntag

»Dan Brown trifft einen Ton,
der für eine Weltkarriere maßgeschneidert ist.«
Frankfurter Allgemeine Zeitung

606 Seiten
gebunden mit Schutzumschlag

Gustav Lübbe Verlag

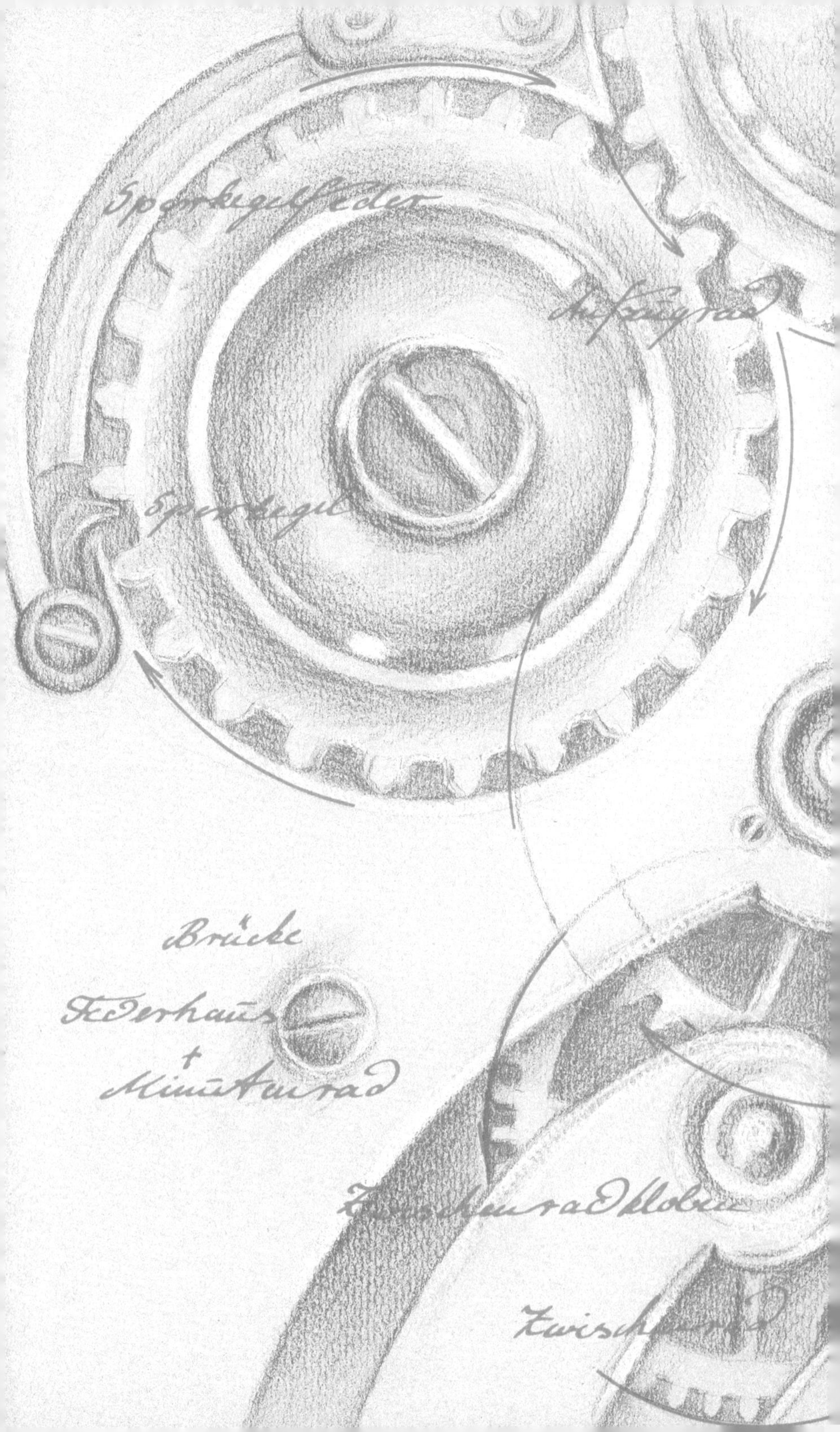
Brücke
Federhaus
+
Minutenrad